ŒUVRES COMPLÈTES

DE VOLTAIRE

TOME VINGT-CINQUIÈME

PRIX 1.25

PARIS

LIBRAIRIE HACHETTE ET Cie

79, BOULEVARD SAINT-GERMAIN, 79

ŒUVRES COMPLÈTES

DE VOLTAIRE

COULOMMIERS

Imprimerie PAUL BRODARD.

ŒUVRES COMPLÈTES

DE VOLTAIRE

TOME VINGT-CINQUIÈME

PARIS

LIBRAIRIE HACHETTE ET Cie

79, BOULEVARD SAINT-GERMAIN, 79

1893

MÉLANGES.

PRÉFACE [1].

(1754.)

La manière dont j'ai étudié l'histoire était pour moi, et non pour le public; mes études n'étaient point faites pour être imprimées. Une personne très-rare dans son siècle et dans tous les siècles [2], dont l'esprit s'étendait à tout, voulut enfin apprendre avec moi l'histoire, pour laquelle elle avait eu d'abord autant de dégoût que le P. Malebranche, parce qu'elle avait comme lui de très-grands talents pour la métaphysique et la géométrie. « Que m'importe, disait-elle, à moi Française, vivant dans ma terre, de savoir qu'Égil succéda au roi Haquin en Suède? et qu'Ottoman était fils d'Ortogul? J'ai lu avec plaisir les histoires des Grecs et des Romains. Elles présentaient à mon esprit de grands tableaux qui m'attachaient. Mais je n'ai pu encore achever aucune grande histoire de nos nations modernes; je n'y vois guère que de la confusion, une foule de petits événements sans liaison et sans suite, mille batailles qui n'ont décidé de rien, et dans lesquelles je n'apprenais pas seulement de quelles armes on se servait pour se détruire. J'ai renoncé à une étude aussi sèche qu'immense, qui accable l'esprit sans l'éclairer.

— Mais, lui dis-je, si, parmi tant de matériaux brutes et informes, vous choisissiez de quoi vous faire un édifice à votre usage; si, en retranchant tous les détails des guerres aussi ennuyeux qu'infidèles, toutes les petites négociations qui n'ont été que des fourberies inutiles, toutes les aventures particulières, qui étouffent les grands événements; si, en conservant celles qui peignent les mœurs, vous faisiez de ce chaos un tableau général et bien articulé; si vous cherchiez à démêler dans les événements l'histoire de l'esprit humain, croiriez-vous avoir perdu votre temps? »

Cette idée la détermina; et c'est sur ce plan que je travaillai. Je fus d'abord étonné du peu de secours que je trouvai dans la multitude immense des livres.

Je me souviens que quand nous commençâmes à ouvrir Puffendorf, qui avait écrit dans Stockholm, et à qui les archives de l'État furent ouvertes, nous nous assurions d'y trouver quelles étaient les forces de ce pays, combien il nourrissait d'habitants, comment les peuples de

---

1. Cette *Préface* était en tête du volume publié par Voltaire en 1754, sous le titre d'*Essai sur l'histoire universelle, tome troisième.* (ED.)
2. Mme la marquise du Châtelet. (ED.)

1

la province de Gothie s'étaient joints à ceux qui ravagèrent l'empire romain, comment les arts s'introduisirent en Suède dans la suite des temps, quelles étaient ses lois principales, ses richesses, ou plutôt sa pauvreté : nous ne trouvâmes pas un mot de ce que nous cherchions.

Lorsque nous voulûmes nous instruire des prétentions des empereurs de Rome, et de celles des papes contre les empereurs, nous ne trouvâmes que confusion et obscurité; de sorte que dans tout ce que j'écrivais, je mettais toujours à la marge, *vide, quære, dubita* [1]. C'est ce qui est encore en gros caractères en cent endroits de mon ancien manuscrit de l'année 1740, surtout quand il s'agit des donations de Pepin et de Charlemagne, et des disputes de l'Église romaine et de l'Église grecque.

Presque rien de ce que les Occidentaux ont écrit sur les peuples d'Orient avant les derniers siècles, ne nous paraissait vraisemblable; et nous savions combien, en fait d'histoire, tout ce qui est contre la vraisemblance est presque toujours contre la vérité.

La seule chose qui me soutenait dans des recherches si ingrates, était ce que nous rencontrions de temps en temps sur les arts et sur les sciences. Cette partie devint notre principal objet. Il était aisé de s'apercevoir que dans nos siècles de barbarie et d'ignorance, qui suivirent la décadence et le déchirement de l'empire romain, nous reçûmes presque tout des Arabes, astronomie, chimie, médecine, et surtout des remèdes plus doux et plus salutaires que ceux qui avaient été connus des Grecs et des Romains. L'algèbre est de l'invention de ces Arabes; notre arithmétique même nous fut apportée par eux. Ce furent deux Arabes, Haran et Bensaid, qui travaillèrent aux Tables Alphonsines. Le shérif Ben-Mohamed, qu'on appelle le *Géographe de Nubie*, chassé de ses États, porta en Sicile, au roi Roger II, un globe d'argent de huit cents marcs, sur lequel il avait gravé la terre connue, et corrigé Ptolémée.

Il fallut donc rendre justice aux Arabes, quoiqu'ils fussent mahométans, et avouer que nos peuples occidentaux étaient très-ignorants dans les arts, dans les sciences, ainsi que dans la police des États, quoique éclairés des lumières de la vérité sur des choses plus importantes. Si quelques personnes ont eu la mauvaise foi de blâmer cette équité, et de vouloir la rendre odieuse, elles sont bien à plaindre d'être si indignes du siècle où elles vivent.

Plusieurs morceaux de la poésie et de l'éloquence arabe me parurent sublimes, et je les traduisis; ensuite, quand nous vîmes tous les arts renaître en Europe par le génie des Toscans, et que nous lûmes leurs ouvrages, nous fûmes aussi enchantés que nous l'étions quand nous lisions les beaux morceaux de Milton, d'Addison, de Dryden et de Pope. Je fis, autant que je le pus, des traductions exactes en vers des meilleurs endroits des poëtes des nations savantes; je tâchai d'en conserver l'esprit. En un mot, l'histoire des arts eut la préférence sur l'histoire des faits.

---

1. Vois, cherche, doute. (ÉD.)

Tous ces matériaux concernant les arts ayant été perdus après la mort de cette personne si respectable, ni mon âge, ni l'éloignement des grandes bibliothèques, ni l'affaiblissement des talents, qui est la suite des longues maladies, ne m'ont pas permis de recommencer ce travail pénible. Il se trouve heureusement exécuté par des mains plus habiles, manié avec profondeur, et rédigé avec ordre dans l'immortel ouvrage de l'*Encyclopédie*. Je ne peux regretter que les traductions en vers des meilleurs morceaux de tous les grands poëtes depuis le Dante; car on ne les connaît point du tout dans les traductions en prose.

Il est public que plusieurs personnes eurent des copies de mon manuscrit historique; il y en eut même plusieurs chapitres imprimés dans le *Mercure de France;* on les recueillit ensuite sous différents titres. Enfin en 1753, un libraire de la Haye s'avisa d'acheter quelques chapitres très-informes de ce manuscrit, qu'un homme peu scrupuleux ne fit point difficulté de lui vendre. Le libraire crut que ces chapitres contenaient une suite complète, depuis Charlemagne jusqu'au règne de Charles VII, roi de France; et il imprima ce recueil tronqué et imparfait, sous le titre trompeur d'*Abrégé de l'histoire universelle, depuis Charlemagne jusqu'à Charles-Quint*. Je faisais alors imprimer le premier tome des *Annales de l'Empire*, et j'avais pris dans un de mes manuscrits de mon *Histoire universelle*, que j'avais trouvé à Gotha, de quoi m'aider dans ces *Annales*.

Surpris de voir, dans les gazettes, cette prétendue histoire universelle annoncée sous mon nom, et n'ayant point encore reçu ce livre, qui se vendait publiquement en Hollande et à Paris, tout ce que je pus faire, ce fut de rendre compte, dans la préface [1] des *Annales de l'Empire,* de la plupart des choses dont je viens de parler.

Bientôt après, cette prétendue *Histoire universelle* imprimée à la Haye parvint entre mes mains, et j'y trouvai plus de fautes que de pages. C'est *Amédée de Genève*, pour *Robert fils d'Amédée;* c'est *Louis aîné de Charlemagne*, pour *Louis aîné de la maison de Charlemagne*. On voit un *évêque d'Italie*, au lieu d'un *évêque en Italie;* un *évêque de Palestine*, au lieu d'un *évêque de Ptolémaïde en Palestine; Clément IV*, pour *Innocent IV; Abougrafar*, au lieu d'*Abougiafar; Darius fils d'Hidaspes*, pour *fils d'Histaspe;* c'est la *précision des équinoxes*, c'est la *valeur du climat*, au lieu de la *chaleur*. On y trouve le *minime* Aldobrandin, au lieu du *moine* Aldobrandin, quatre cents ans avant qu'on eût des minimes. On réimprima ce livre à Paris, sous le nom de *Jean Nourse*, avec toutes les mêmes erreurs. On s'empressa de le réimprimer à Genève et à Leipsick. J'envoyai un *errata* tel que je pus le faire à la hâte, n'ayant pas le manuscrit original sous mes yeux.

Ayant fait enfin venir cet ancien manuscrit original de Paris, je fus indigné de voir combien le livre donné au public était différent du

---

1. Ce que Voltaire appelle ici préface des *Annales de l'Empire*, est la lettre *A M. de****, *professeur en histoire*. (Éd.)

mien. Ce n'est qu'un extrait défectueux de mon ouvrage. Les titres des chapitres ne se ressemblent seulement pas. Interpolations, omissions, fausses dates, noms défigurés, calculs erronés, tout me révolta. Non-seulement on ne me faisait pas dire ce que j'avais dit, mais on me faisait dire positivement le contraire.

Je fis une confrontation juridique de mon ancien manuscrit avec le livre imprimé [1]. Je constatai et je condamnai l'abus qu'on avait fait de mes travaux et de mon nom. On vient encore de donner tout récemment une nouvelle édition de cet ouvrage informe, sous le faux titre de *Colmar*. Tant d'efforts réitérés pour tromper le public, tant d'empressement à acheter un livre tout défiguré, sont des avertissements que le fond de l'ouvrage n'est pas sans utilité, et m'imposent le devoir de le publier un jour moi-même. Mais comment surcharger encore le public d'une nouvelle édition, lorsque l'Europe est inondée de tant de fausses? Il faut attendre; il faut du temps pour remanier ces deux premiers volumes, dont quelques feuilles se retrouvent dans les *Annales de l'Empire*. Ces deux premiers tomes concernent d'ailleurs des temps obscurs, qui demandent des recherches pénibles. Il est plus difficile qu'on ne pense de trouver, dans les décombres de la barbarie, de quoi construire un bâtiment qui plaise.

Je ne puis donc faire autre chose aujourd'hui que de donner la suite jusqu'au commencement du règne de Charles-Quint; après quoi viendra le reste qui se rejoindra au *Siècle de Louis XIV*.

Je suis forcé de hasarder moi-même ce troisième volume, dont je fais présent au libraire Conrad Walther de Dresde, qui a, dit-on, donné une édition des deux premiers tomes, moins fautive que les autres; et je hasarde ce troisième volume, parce que j'apprends que les manuscrits s'étant multipliés, des libraires sont prêts à publier cette suite d'une manière aussi fautive que le commencement.

Ce n'est point ici un livre de chronologie et de généalogie. Il y en a assez. C'est le tableau des siècles : c'est la manière dont une dame d'un esprit supérieur étudiait l'histoire avec moi, et celle dont toutes les personnes de son rang veulent l'étudier.

Il est vrai que, dans ce volume que je donne malgré moi, je laisse toujours voir l'effet qu'ont fait sur mon esprit les objets que je considère. Mais ce compte que je me rendais de mes lectures, avec une naïveté qu'on n'a presque jamais quand on écrit pour le public, est précisément ce qui pourra être utile. Chaque lecteur en est bien plus à portée d'asseoir son jugement en rectifiant le mien; et quiconque pense, fait penser.

Par exemple, lorsque Louis XI, au lieu de tâcher de reprendre Calais sur Édouard IV, qui devait avoir en Angleterre assez d'embarras, achète la paix de lui, et se fait son tributaire, cette conduite me paraît peu glorieuse; mais elle peut paraître très-politique à un homme

---

1. *Procès-verbal concernant un livre intitulé :* Abrégé de l'Histoire universelle, *attribué à M. de Voltaire*, in-12 de neuf pages, réimprimé dans *Mon séjour auprès de Voltaire, par Colini*, 1807, in-8°, pages 121-124. (ED.)

qui considérera que le duc de Bourgogne aurait pu prendre le parti du roi d'Angleterre contre la France. Un autre se représentera que le grand François de Guise prit Calais sur la reine Marie d'Angleterre dans le temps que Philippe II, mari de cette reine, était bien plus à craindre qu'un duc de Bourgogne. Un autre cherchera dans le caractère même de Louis XI le motif de sa conduite. Voilà comme l'histoire peut être utile; et ce faible ouvrage peut l'être en faisant naître des réflexions meilleures que les miennes.

Savoir que François Ier fut prisonnier de Charles-Quint en 1525, c'est ne mettre qu'un fait dans sa mémoire : mais rechercher pourquoi Charles profita si peu de son bonheur, cela est d'un lecteur judicieux. Non-seulement il verra la fortune de Charles-Quint balancée par la jalousie des nations, mais les conquêtes en Europe de Soliman, son ennemi, arrêtées par ses guerres avec les Persans; et il découvrira tous ces contre-poids, qui empêchent une puissance d'écraser les autres.

Réduit ainsi très à regret, par une infidélité que je n'attendais pas, à publier mes anciennes études, je me console dans l'espérance qu'elles pourront en produire de plus solides. Cette manière de s'instruire est déjà fort goûtée par plusieurs personnes, qui n'ayant pas le temps de consulter la foule des livres et des détails, sont bien aises de se former un tableau général du monde.

C'est dans cet esprit que j'ai crayonné le *Siècle de Louis XIV*. Les lois, les arts, les mœurs ont été mon principal objet. Les petits faits ne doivent entrer dans ce plan que lorsqu'ils ont produit des événements considérables. Il est fort indifférent que la ville de Creutznach ait été prise le 21 septembre, ou le 22, en 1688; que l'épouse d'un neveu de Mme de Maintenon soit nommée sa nièce[1]; mais il est important de savoir que jamais Louis XIV n'eut la moindre part au testament du roi d'Espagne Charles II, lequel changea la face de l'Europe; et que la paix de Ryswick ne fut point faite dans la vue de faire tomber la monarchie d'Espagne à un fils de France, comme on l'avait toujours cru, et comme l'a pensé milord Bolingbroke lui-même, qui en cela s'est trompé. Les querelles domestiques de la reine Anne d'Angleterre ne sont pas par elles-mêmes un objet d'attention; mais elles le deviennent parce qu'elles sont en effet l'origine d'une paix sans laquelle la France courait risque d'être démembrée.

Les détails qui ne mènent à rien sont, dans l'histoire, ce que sont les bagages dans une armée, *impedimenta*. Il faut voir les choses en grand, par cela même que l'esprit humain est petit, et qu'il s'affaisse sous le poids des minuties : elles doivent être recueillies par les annalistes, et dans des espèces de dictionnaires où on les trouve au besoin.

Quand on étudie ainsi l'histoire, on peut se mettre sans confusion les siècles devant les yeux. Il est aisé alors d'apercevoir le caractère des temps de Louis XIV, de Charles-Quint, d'Alexandre VI, de saint

1. Mme de Villette. (ÉD.)

Louis, de Charlemagne. C'est à la peinture des siècles qu'il faut s'attacher.

Les portraits des hommes sont presque tous faits de fantaisie. C'est une grande charlatanerie de vouloir peindre un personnage avec qui on n'a point vécu. Salluste a peint Catilina ; mais il avait connu sa personne. Le cardinal de Retz fait des portraits de tous ses contemporains qui ont joué de grands rôles : il est en droit de peindre ce qu'il a vu et connu. Mais que souvent la passion a tenu le pinceau ! Les hommes publics des temps passés ne peuvent être caractérisés que par les faits.

Je ne sais pourquoi le traducteur estimable des *Lettres* du lord Bolingbroke [1] me reproche d'avoir jugé le cardinal Mazarin *sur des vaudevilles*. Je ne l'ai point jugé ; j'ai exposé sa conduite, et je ne crois pas aux vaudevilles. Ce traducteur me permettra de lui dire que c'est lui qui se trompe sur les faits en jugeant le cardinal Mazarin. *Ce ministre*, dit-il, *avait trouvé la France dans le plus grand embarras.* Le contraire est exactement vrai. Quand le cardinal Mazarin vint au ministère, la France était tranquille au dedans, et victorieuse au dehors, par les batailles de Rocroi et de Nordlingue, et par les grands succès des Suédois dans l'Empire.

Il laissa au roi, dit-il, *des finances en meilleur ordre que l'on n'eût jamais vu.* Quelle erreur ! ne sait-on pas que Charles le Sage, François Ier, laissèrent des trésors ? que le grand Henri avait quarante millions de livres numéraires dans ses coffres, et que le royaume fleurissait par la régie la plus sage, lorsque sa mort funeste fit place à l'administration d'une régence prodigue et tumultueuse ? Les finances du cardinal Mazarin étaient en très-bon ordre à la vérité ; mais celles de l'État étaient si dérangées, que le surintendant avait dit souvent à Louis XIV : *Il n'y a point d'argent dans les coffres de Votre Majesté, mais M. le cardinal vous en prétera.* Les revenus de l'État étaient si mal administrés, qu'on fut obligé d'ériger une chambre de justice. On voit, par les *Mémoires de Gourville*, quel avait été le brigandage : l'ordre ne fut mis que par le grand Colbert.

Les plus belles années de Louis XIV, dit-il, *sont celles qui ont suivi immédiatement la mort de Mazarin, où son esprit régnait encore.* Comment l'esprit du cardinal Mazarin régnait-il donc dans la conquête de la Franche-Comté, et de la moitié de la Flandre dont il avait rendu tant de villes ? dans l'établissement d'une marine, que le cardinal avait laissé dépérir entièrement ? dans la réforme des lois qu'il ignorait ? dans l'encouragement des arts qu'il méprisa ?

M. de V*** entreprend de démontrer que le prince d'Orange n'était aucunement redouté en France, etc. On ne démontre qu'une proposition de mathématique ; mais il est très-vrai que, quand on crut en France que le prince d'Orange, ou plutôt le roi Guillaume, avait été tué à la bataille de la Boyne, les feux de joie que le peuple de Paris fit si indécemment étaient l'effet de la haine, et non de la crainte. Il est très-vrai qu'on ne craignait point à Paris l'invasion d'un prince qui

1. Barbeu du Bourg. (ÉD.)

avait assez d'affaires en Irlande, et qui avait toujours été vaincu en Flandre. Les hommes d'État et de guerre pouvaient estimer le roi Guillaume; mais le peuple de Paris ne pouvait certainement le redouter. On a pu craindre dans Paris le prince Eugène et le duc de Marlborough, quand ils ravageaient la Champagne; mais il n'est pas dans la nature humaine qu'on tremble dans une capitale au nom d'un ennemi qui n'a jamais entamé les frontières d'un royaume alors toujours victorieux.

Le duc de Berri, à toute force, peut avoir dit aux princes ses frères : *Vous serez, l'un roi de France, et l'autre roi d'Espagne, et moi je serai le prince d'Orange : je vous ferai enrager tous deux.* Mais le traducteur de milord Bolingbroke doit observer qu'on peut faire *enrager*, et être battu; il doit observer qu'un critique peut se tromper aussi bien qu'un historien, et il aurait dû tâcher de n'avoir pas tort dans toutes ses critiques.

Il dit à la tête des *Mémoires secrets* du même Bolingbroke, *que je veux proscrire les faits.* Je voudrais, au contraire, qu'il y eût des faits dans ces *Mémoires*, qui en sont absolument destitués; et je voudrais, pour l'honneur de milord Bolingbroke, que ces *Mémoires* eussent toujours été *secrets*.

Je crois devoir ici dire un mot de l'édition qu'un critique d'un autre genre a faite du *Siècle de Louis XIV.* Il a jugé à propos d'imprimer mon ouvrage avec ses notes; et il a trouvé le secret de faire un libelle, d'un monument élevé à la gloire de la nation par les mains de la vérité. C'est un exemple rare de ce que peuvent hasarder l'ignorance et la calomnie en démence.

La littérature est un terrain qui produit des poisons comme des plantes salutaires. Il se trouve des misérables qui, parce qu'ils savent lire et écrire, croient se faire un état dans le monde en vendant des scandales à des libraires, au lieu de prendre un métier honnête, ne sachant pas que la profession d'un copiste, ou même celle d'un laquais fidèle, est très-préférable à la leur. Celui dont je parle vend et fait imprimer ce tissu de sottises, sous le titre de *Siècle de Louis XIV*, en *trois volumes avec des notes, par M. L. B.*[1], *à Francfort :* et après

---

1. Le personnage que M. de Voltaire dédaigne ici de nommer, est un nommé Angliviel de La Baumelle. Nous ne savons de quel pays il est. Il a été élevé à Genève pour être ministre du saint Évangile; ayant depuis été renvoyé de Copenhague, nous savons avec tout le pays, qu'il passa à Gotha, d'où il s'enfuit avec une femme de chambre qui avait volé sa maitresse. Réfugié à Francfort, il y fit imprimer un misérable libelle, intitulé le *Qu'en dira-t-on, ou Mes pensées,* dans lequel il outrage impudemment S. A. S. monseigneur le duc de Saxe-Gotha, en le nommant par son nom. Il vomit des injures abominables contre la cour de Dresde, contre nos ministres, et contre les personnes sacrées de nos augustes souverains : il désigne indignement, par leurs propres et privés noms, les personnages les plus respectables de la Suisse, MM. D'Orlac, de Sinner, de Vatteville, de Diosbach, et toute la régence de Berne. Il injurie milord Bath, et attaque, par des grossièretés, une infinité d'honnêtes gens qu'il n'a jamais connus. Ce polisson, dans le même livre, pousse la folie jusqu'à dire « qu'une république fondée par un voleur comme Cartouche serait une excellente république, » et que « l'âme de Cartouche ressemblait à celle du grand Condé. »
La même extravagance atroce règne dans les notes ignorantes qu'il a vendues

avoir été si justement puni pour cette infamie, il composa vite un autre libelle diffamatoire, pour subsister pendant quelques semaines. Un autre, voyant que le *Siècle de Louis XIV* se débite dans l'Europe avec succès, et que les libraires que j'en ai gratifiés y ont trouvé leur compte, se hâte d'y ajouter un nouveau volume qui n'y a aucun rapport. Il ramasse quelques lettres de Bolingbroke sur l'histoire générale; il y mêle quelques pièces obscures qu'il a ramassées dans la fange; il intitule cette rapsodie : *Troisième volume du Siècle de Louis XIV ;* les ignorants l'achètent, et l'éditeur jouit quelques mois du fruit de sa prévarication.

Un autre avait, je ne sais comment, entre les mains un manuscrit informe et pitoyable d'une petite partie de mon *Histoire universelle ;* il le vend quelques florins, comme on l'a déjà dit, à un libraire de la Haye, qui se hâte de l'imprimer sans m'en avertir.

Dans le *Siècle de Louis XIV*, à l'article des écrivains, dont plusieurs ont honoré ces temps célèbres, et dont d'autres ont été si indignes, j'ai dit que la Hollande a été infectée de vils auteurs, qui ont fait des libelles contre leur patrie, contre des souverains qui dédaignent de se venger, contre des citoyens qui ne le peuvent. J'ai dit que leurs imitateurs s'attirent l'exécration publique; cette juste remarque soulève ces imitateurs, et, au lieu de se corriger, ils entassent petits libelles sur petits libelles, qui restent comme eux dans la poussière et dans l'oubli. Ces vers de terre qui se mettent dans la littérature et qui la rongent, mais qu'on secoue et qu'on écrase, ne peuvent ni ternir le lustre, ni diminuer la solidité des sciences.

INTRODUCTION

DE L'ABRÉGÉ DE L'HISTOIRE UNIVERSELLE

(1753.)

Plusieurs esprits infatigables ayant débrouillé autant qu'on le peut le chaos de l'antiquité, et quelques génies éloquents ayant écrit l'histoire universelle jusqu'à Charlemagne, j'ai regretté qu'ils n'aient pas fourni une carrière plus longue; j'ai voulu, pour m'instruire de ce qu'ils ne disent pas, mettre sous mes yeux un précis de l'histoire, laquelle nous intéresse à mesure qu'elle devient plus moderne.

Ma principale idée est de connaître, autant que je pourrai, les mœurs des peuples, et d'étudier l'esprit humain; je regarderai l'ordre

pour quinze ducats au libraire Eslinger, de Francfort. Il y vomit des calomnies horribles contre les plus grands hommes, et surtout contre la maison d'Orléans; c'est pour cela qu'il a été enfermé. Il est bon de faire connaître de pareilles canailles, comme on donne, dans les gazettes, le renseignement des voleurs de grands chemins. (*Note de l'éditeur.*) — Cette note ne se trouve que dans l'édition de Dresde, 1754-58. ÉD.

des successions des rois et la chronologie comme mes guides, mais non comme le but de mon travail. Ce travail serait bien ingrat, si je me bornais à vouloir apprendre seulement en quelle année un prince indigne d'être connu succéda à un prince barbare.

Il semble, en lisant les histoires, que la terre n'ait été faite que pour quelques souverains, et pour ceux qui ont servi leurs passions; tout le reste est négligé. Les historiens imitent en cela quelques tyrans dont ils parlent; ils sacrifient le genre humain à un seul homme. N'y a-t-il donc eu sur la terre que des princes? et faut-il que presque tous les inventeurs des arts soient inconnus, tandis qu'on a des suites chronologiques de tant d'hommes qui n'ont fait aucun bien ou qui ont fait beaucoup de mal? Autant il faut connaître les grandes actions des souverains qui ont changé la face de la terre, et surtout de ceux qui ont rendu leurs peuples meilleurs et plus heureux : autant on doit ignorer le vulgaire des rois qui ne servirait qu'à charger la mémoire.

Je me propose de diviser mon étude par siècles; mais je sens qu'en ne présentant à mon esprit que ce qui se fait précisément dans le siècle que j'aurai sous les yeux, je serai obligé de trop partager mon attention, de séparer en trop de parties les idées suivies que je veux me faire, d'abandonner la recherche d'une nation, ou d'un art, ou d'une révolution, pour ne la reprendre que longtemps après. Je remonterai donc quelquefois à la source éloignée d'un art, d'une coutume importante, d'une loi, d'une révolution. J'anticiperai quelquefois, mais le moins que je pourrai, et en évitant, autant que ma faiblesse me le permettra, la confusion et la dispersion des idées. Je tâcherai de présenter à mon esprit une peinture fidèle de ce qui mérite d'être connu dans l'univers.

Avant de considérer l'état où était l'Europe vers le temps de Charlemagne, et les débris de l'empire romain, j'examine d'abord s'il n'y a rien qui soit digne de mon attention dans le reste de notre hémisphère. Ce reste est douze fois plus étendu que la domination romaine, et m'apprend d'abord que ces monuments des empereurs de Rome, chargés des titres de maîtres et de restaurateurs de l'univers, sont des témoignages immortels de vanité et d'ignorance, non moins que de grandeur.

Frappés de l'éclat de cet empire, de ses accroissements et de sa chute, nous avons, dans la plupart de nos histoires universelles, traité les autres hommes comme s'ils n'existaient pas. La province de la Judée, la Grèce, les Romains se sont emparés de toute notre attention; et quand le célèbre Bossuet dit un mot des mahométans, il n'en parle que comme d'un déluge de barbares. Cependant beaucoup de ces nations possédaient des arts utiles que nous tenons d'elles; leurs pays nous fournissaient des commodités et des choses précieuses que la nature nous a refusées; et vêtus de leurs étoffes, nourris des productions de leurs terres, instruits par leurs inventions, amusés même par les jeux qui sont le fruit de leur industrie, nous nous sommes fait avec trop d'injustice une loi de les ignorer.

DIALOGUE

ENTRE UN BRACHMANE ET UN JÉSUITE,

SUR LA NÉCESSITÉ ET L'ENCHAÎNEMENT DES CHOSES.

(1756.)

LE JÉSUITE. — C'est apparemment par les prières de saint François Xavier que vous êtes parvenu à une si heureuse et si longue vieillesse? Cent quatre-vingts ans! cela est digne du temps des patriarches.

LE BRACHMANE. — Mon maître Fonfouca en a vécu trois cents; c'est le cours ordinaire de notre vie. J'ai une grande estime pour François Xavier; mais ses prières n'auraient jamais pu déranger l'ordre de l'univers : et s'il avait eu seulement le don de faire vivre une mouche un instant de plus que ne le portait l'enchaînement des destinées, ce globe-ci serait tout autre chose que ce que vous voyez aujourd'hui

LE JÉSUITE. — Vous avez une étrange opinion des futurs contingents. Vous ne savez donc pas que l'homme est libre, que notre volonté dispose à notre gré de tout ce qui se passe sur la terre? Je vous assure que les seuls jésuites y ont fait pour leur part des changements considérables.

LE BRACHMANE. — Je ne doute pas de la science et du pouvoir des révérends pères jésuites : ils sont une partie fort estimable de ce monde, mais je ne les en crois pas les souverains. Chaque homme, chaque être, tant jésuite que brachmane, est un ressort de l'univers; il obéit à la destinée, et ne lui commande pas. A quoi tenait-il que Gengis-kan conquît l'Asie? à l'heure à laquelle son père s'éveilla un jour en couchant avec sa femme, à un mot qu'un Tartare avait prononcé quelques années auparavant. Je suis, par exemple, tel que vous me voyez, une des causes principales de la mort déplorable de votre bon roi Henri IV, et vous m'en voyez encore affligé.

LE JÉSUITE. — Votre Révérence veut rire apparemment. Vous la cause de l'assassinat de Henri IV !

LE BRACHMANE. — Hélas! oui. C'était l'an neuf cent quatre-vingt-trois mille de la révolution de Saturne, qui revient à l'an mil cinq cent cinquante de votre ère. J'étais jeune et étourdi. Je m'avisai de commencer une petite promenade du pied gauche, au lieu du pied droit, sur la côte de Malabar, et de là suivit évidemment la mort de Henri IV.

LE JÉSUITE. — Comment cela, je vous supplie? Car nous qu'on accusait de nous être tournés de tous les côtés dans cette affaire, nous n'y avons aucune part.

LE BRACHMANE. — Voici comme la destinée arrangea la chose. En avançant le pied gauche, comme j'ai l'honneur de vous dire, je fis tomber malheureusement dans l'eau mon ami Ériban, marchand persan, qui se noya. Il avait une fort jolie femme qui convola avec un marchand arménien; elle eut une fille qui épousa un Grec; la fille de ce Grec s'établit en France, et épousa le père de Ravaillac. Si tout cela n'était pas arrivé, vous sentez que les affaires des maisons de France et d'Autriche auraient tourné différemment. Le système de l'Europe aurait changé. Les guerres entre l'Allemagne et la Turquie auraient eu d'autres suites; ces suites auraient influé sur la Perse, la Perse sur les Indes. Vous voyez que tout tenait à mon pied gauche, lequel était lié à tous les autres événements de l'univers, passés, présents et futurs.

LE JÉSUITE. — Je veux proposer cet argument à quelqu'un de nos pères théologiens, et je vous apporterai la solution.

LE BRACHMANE. — En attendant, je vous dirai encore que la servante du grand-père du fondateur des feuillants (car j'ai lu vos histoires) était aussi une des causes nécessaires de la mort de Henri IV, et de tous les accidents que cette mort entraîna.

LE JÉSUITE. — Cette servante-là était une maîtresse femme.

LE BRACHMANE. — Point du tout : c'était une idiote à qui son maître fit un enfant. Mme de La Barrière en mourut de chagrin. Celle qui lui succéda fut, comme disent vos chroniques, la grand'mère du bienheureux Jean de La Barrière, qui fonda l'ordre des feuillants. Ravaillac fut moine dans cet ordre. Il puisa chez eux certaine doctrine fort à la mode alors, comme vous savez. Cette doctrine lui persuada que c'était une bonne œuvre d'assassiner le meilleur roi du monde. Le reste est connu.

LE JÉSUITE. — Malgré votre pied gauche et la servante du grand-père du fondateur des feuillants, je croirai toujours que l'action horrible de Ravaillac était un futur contingent, qui pouvait fort bien ne pas arriver; car enfin la volonté de l'homme est libre.

LE BRACHMANE. — Je ne sais pas ce que vous entendez par une volonté libre; je n'attache point d'idée à ces paroles. Être libre, c'est faire ce qu'on veut, et non pas vouloir ce qu'on veut. Tout ce que je sais, c'est que Ravaillac commit volontairement le crime qu'il était destiné à faire par des lois immuables. Ce crime était un chaînon de la grande chaîne des destinées.

LE JÉSUITE. — Vous avez beau dire, les choses de ce monde ne sont point si liées ensemble que vous pensez. Que fait, par exemple, au reste de la machine la conversation inutile que nous avons ensemble sur le rivage des Indes?

LE BRACHMANE. — Ce que nous disons vous et moi est peu de chose, sans doute; mais si vous n'étiez pas ici, toute la machine du monde serait autre chose qu'elle n'est.

LE JÉSUITE. — Votre Révérence *bramine* avance là un furieux paradoxe.

LE BRACHMANE. — Votre Paternité *ignacienne* en croira ce qu'elle voudra : mais certainement nous n'aurions pas cette conversation, si vous n'étiez venu aux Indes; vous n'auriez pas fait ce voyage, si votre saint Ignace de Loyola n'avait pas été blessé au siége de Pampelune, et si un roi de Portugal[1] ne s'était obstiné à faire doubler le cap de Bonne-Espérance. Ce roi de Portugal n'a-t-il pas, avec le secours de la boussole, changé la face du monde? Mais il fallait qu'un Napolitain[2] eût inventé la boussole. Et puis dites que tout n'est pas éternellement asservi à un ordre constant, qui unit par des liens invisibles et indissolubles tout ce qui naît, tout ce qui agit, tout ce qui souffre, tout ce qui meurt sur notre globe.

LE JÉSUITE. — Hé! que deviendront les futurs contingents?

LE BRACHMANE. — Ils deviendront ce qu'ils pourront : mais l'ordre établi par une main éternelle et toute-puissante doit subsister à jamais.

LE JÉSUITE. — A vous entendre, il ne faudrait donc point prier Dieu?

LE BRACHMANE. — Il faut l'adorer. Mais qu'entendez-vous par le prier?

LE JÉSUITE. — Ce que tout le monde entend, qu'il favorise nos désirs, qu'il satisfasse à nos besoins.

LE BRACHMANE. — Je vous comprends. Vous voulez qu'un jardinier obtienne du soleil à l'heure que Dieu a destinée de toute éternité pour la pluie, et qu'un pilote ait un vent d'est lorsqu'il faut qu'un vent d'occident rafraîchisse la terre et les mers. Mon père, prier c'est se soumettre. Bonsoir. La destinée m'appelle à présent auprès de ma bramine.

LE JÉSUITE. — Ma volonté libre me presse d'aller donner leçon à un jeune écolier.

DIALOGUES

ENTRE LUCRÈCE ET POSIDONIUS.

(1756.)

PREMIER ENTRETIEN.

POSIDONIUS. — Votre poésie est quelquefois admirable; mais la physique d'Épicure me paraît bien mauvaise.

LUCRÈCE. — Quoi! vous ne voulez pas convenir que les atomes se sont arrangés d'eux-mêmes de façon qu'ils ont produit cet univers?

POSIDONIUS. — Nous autres mathématiciens, nous ne pouvons convenir que des choses qui sont prouvées évidemment par des principes incontestables.

LUCRÈCE. — Mes principes le sont.

Ex nihilo nihil, in nihilum nil posse reverti[3];
Tangere enim et tangi nisi corpus nulla potest res[4].

Que rien ne vient de rien, rien ne retourne à rien;
Et qu'un corps n'est touché que par un autre corps.

---

1. Emmanuel. (ÉD.) — 2. Gioia. (ÉD.)
3. Vers de Perse, sat. III, v. 84. (ÉD.)
4. Vers de Lucrèce, liv. I v. 305. (ÉD.)

POSIDONIUS. — Quand je vous aurais accordé ces principes, et même les atomes et le vide, vous ne me persuaderiez pas plus que l'univers s'est arrangé de lui-même dans l'ordre admirable où nous le voyons, que si vous disiez aux Romains que la sphère armillaire composée par Posidonius s'est faite toute seule.

LUCRÈCE. — Mais qui donc aura fait le monde?

POSIDONIUS. — Un être intelligent, plus supérieur au monde et à moi que je ne le suis au cuivre dont j'ai composé ma sphère.

LUCRÈCE. — Vous qui n'admettez que des choses évidentes, comment pouvez-vous reconnaître un principe dont vous n'avez d'ailleurs aucune notion?

POSIDONIUS. — Comme, avant de vous avoir connu, j'ai jugé que votre livre était d'un homme d'esprit.

LUCRÈCE. — Vous avouez que la matière est éternelle, qu'elle existe parce qu'elle existe; or, si elle existe par sa nature, pourquoi ne peut-elle pas former par sa nature des soleils, des mondes, des plantes, des animaux, des hommes?

POSIDONIUS. — Tous les philosophes qui nous ont précédés ont cru la matière éternelle, mais ils ne l'ont pas démontré; et quand elle serait éternelle, il ne s'ensuit point du tout qu'elle puisse former des ouvrages dans lesquels éclatent tant de sublimes desseins. Cette pierre aurait beau être éternelle, vous ne me persuaderez point qu'elle puisse produire l'*Iliade* d'Homère.

LUCRÈCE. — Non; une pierre ne composera point l'*Iliade*, non plus qu'elle ne produira un cheval; mais la matière, organisée avec le temps, et devenue un mélange d'os, de chair et de sang, produira un cheval, et organisée plus finement, composera l'*Iliade*.

POSIDONIUS. — Vous le supposez sans aucune preuve, et je ne dois rien admettre sans preuve. Je vais vous donner des os, du sang, de la chair tout faits; je vous laisserai travailler, vous et tous les épicuriens du monde: consentiriez-vous à faire le marché de posséder l'empire romain si vous venez à bout de faire un cheval avec les ingrédients tout préparés, ou à être pendu si vous n'en pouvez venir à bout?

LUCRÈCE. — Non; cela passe mes forces, mais non pas celles de la nature. Il faut des millions de siècles pour que la nature, ayant passé par toutes les formes possibles, arrive enfin à la seule qui puisse produire des êtres vivants.

POSIDONIUS. — Vous aurez beau remuer dans un tonneau, pendant toute votre vie, tous les matériaux de la terre mêlés ensemble, vous n'en tirerez pas seulement une figure régulière; vous ne produirez rien. Si le temps de votre vie ne peut suffire à produire seulement un champignon, le temps de la vie d'un autre homme y suffira-t-il? Ce qu'un siècle n'a pas fait, pourquoi plusieurs siècles pourraient-ils le faire? Il faudrait avoir vu naître des hommes et des animaux du sein de la terre, et des blés sans germe, etc., etc., pour oser affirmer que la matière toute seule se donne de telles formes: personne, que je sache, n'a vu cette opération: personne ne doit donc y croire.

LUCRÈCE. — Eh bien! les hommes, les animaux, les arbres auront 'oujours été. Tous les philosophes conviennent que la matière est éternelle : ils conviendront que les générations le sont aussi. C'est la nature de la matière qu'il y ait des astres qui tournent, des oiseaux qui volent, des chevaux qui courent, et des hommes qui fassent des *Iliades.*

POSIDONIUS. — Dans cette supposition nouvelle, vous changez de sentiment : mais vous supposez toujours ce qui est en question ; vous admettez une chose dont vous n'avez pas la plus légère preuve.

LUCRÈCE. -- Il m'est permis de croire que ce qui est aujourd'hui était hier, était il y a un siècle, il y a cent siècles, et ainsi en remontant sans fin. Je me sers de votre argument : personne n'a jamais vu le soleil et les astres commencer leur carrière, les premiers animaux se former et recevoir la vie ; on peut donc penser que tout a été éternellement comme il est.

POSIDONIUS. — Il y a une grande différence. Je vois un dessein admirable, et je dois croire qu'un être intelligent a formé ce dessein.

LUCRÈCE. — Vous ne devez pas admettre un être dont vous n'avez aucune connaissance.

POSIDONIUS. — C'est comme si vous me disiez que je ne dois pas croire qu'un architecte a bâti le Capitole, parce que je n'ai pu voir cet architecte.

LUCRÈCE. — Votre comparaison n'est pas juste. Vous avez vu bâtir des maisons, vous avez vu des architectes ; ainsi vous devez penser que c'est un homme semblable aux architectes d'aujourd'hui qui a bâti le Capitole. Mais ici les choses ne vont pas de même : le Capitole n'existe point par sa nature, et la matière existe par sa nature. Il est impossible qu'elle n'ait pas une certaine forme. Or pourquoi ne voulez-vous pas qu'elle possède par sa nature la forme qu'elle a aujourd'hui ? Ne vous est-il pas beaucoup plus aisé de reconnaître la nature qui se modifie elle-même, que de reconnaître un être invisible qui la modifie ? dans le premier cas vous n'avez qu'une difficulté, qui est de comprendre comment la nature agit ; dans le second cas, vous avez deux difficultés, qui sont de comprendre et cette même nature, et un être inconnu qui agit sur elle.

,POSIDONIUS. — C'est tout le contraire. Je vois non-seulement de la difficulté, mais de l'impossibilité à comprendre que la matière puisse avoir des desseins infinis, et je ne vois aucune difficulté à admettre un être intelligent qui gouverne cette matière par ses desseins infinis et par sa volonté toute-puissante.

LUCRÈCE. — Quoi ! c'est donc parce que votre esprit ne peut comprendre une chose qu'il en suppose une autre ? C'est donc parce que vous ne pouvez saisir l'artifice et les ressorts nécessaires par lesquels la nature s'est arrangée en planètes, en soleil, en animaux, que vous recourez à un autre être ?

POSIDONIUS. — Non ; je n'ai pas recours à un Dieu parce que je ne puis comprendre la nature ; mais je comprends évidemment que la nature a besoin d'une intelligence suprême ; et cette seule raison me prouverait un Dieu, si je n'avais pas d'ailleurs d'autres preuves.

LUCRÈCE. — Et si cette matière avait par elle-même l'intelligence?

POSIDONIUS. — Il m'est évident qu'elle ne la possède point.

LUCRÈCE. — Et à moi il est évident qu'elle la possède, puisque je vois des corps comme vous et moi qui raisonnent.

POSIDONIUS. — Si la matière possédait par elle-même la pensée, il faudrait que vous dissiez qu'elle la possède nécessairement. Or, si cette propriété lui était nécessaire, elle l'aurait en tout temps et en tous lieux : car ce qui est *nécessaire* à une chose ne peut jamais en être séparé. Un morceau de boue, le plus vil excrément penserait; or certainement vous ne diriez pas que du fumier pense : la pensée n'est donc pas un attribut nécessaire à la matière.

LUCRÈCE. — Votre raisonnement est un sophisme. Je tiens le mouvement *nécessaire* à la matière; cependant ce fumier, ce tas de boue, ne sont pas actuellement en mouvement; ils y seront quand quelque corps les poussera. De même la pensée ne sera l'attribut d'un corps que quand ce corps sera organisé pour penser.

POSIDONIUS. — Votre erreur vient de ce que vous supposez toujours ce qui est en question. Vous ne voyez pas que pour organiser un corps, le faire homme, le rendre pensant, il faut déjà de la pensée, il faut un dessein arrêté. Or vous ne pouvez admettre des desseins avant que les seuls êtres qui ont ici-bas des desseins soient formés; vous ne pouvez admettre des pensées avant que les êtres qui ont des pensées existent. Vous supposez encore ce qui est en question quand vous dites que le mouvement est nécessaire à la matière : car ce qui est absolument nécessaire existe toujours, comme l'étendue existe toujours dans toute matière; or le mouvement n'existe pas toujours. Les pyramides d'Égypte ne sont certainement pas en mouvement : une matière subtile aurait beau passer entre les pierres des pyramides d'Égypte, la masse de la pyramide est immobile. Le mouvement n'est donc pas absolument nécessaire à la matière; il lui vient d'ailleurs, ainsi que la pensée vient d'ailleurs aux hommes. Il y a donc un être intelligent et puissant qui donne le mouvement, la vie et la pensée.

LUCRÈCE. — Je peux vous répondre en disant qu'il y a toujours eu du mouvement et de l'intelligence dans le monde : ce mouvement et cette intelligence se sont distribués de tout temps, suivant les lois de la nature. La matière étant éternelle, il était impossible que son existence ne fût pas dans quelque ordre; elle ne pouvait être dans aucun ordre sans le mouvement et sans la pensée : il fallait donc que l'intelligence et le mouvement fussent en elle.

POSIDONIUS. — Quelque chose que vous fassiez, vous ne pouvez jamais que faire des suppositions. Vous supposez un ordre; il faut donc qu'il y ait une intelligence qui ait arrangé cet ordre. Vous supposez le mouvement et la pensée avant que la matière fût en mouvement et qu'il y eût des hommes et des pensées. Vous ne pouvez nier que la pensée n'est pas essentielle à la matière, puisque vous n'osez pas dire qu'un caillou pense. Vous ne pouvez opposer que des *peut-être* à la vérité qui vous presse; vous sentez l'impuissance de la matière, et vous êtes forcé d'admettre un être suprême, intelligent, tout-puissant, qui a organisé la matière et les êtres pensants. Les desseins de cette intelligence supérieure éclatent de toutes parts, et vous devez les apercevoir dans un brin d'herbe comme dans le cours des astres. On voit que tout est dirigé à une fin certaine.

LUCRÈCE. — Ne prenez-vous point pour un dessein ce qui n'est qu'une existence nécessaire? ne prenez-vous point pour une fin ce qui n'est qu'un usage que nous faisons des choses qui existent? Les Argonautes ont bâti un vaisseau pour aller à Colchos; direz-vous que les arbres ont été créés pour que les Argonautes bâtissent un vaisseau, et que la mer a été faite pour que les Argonautes entreprissent leur navigation? Les hommes portent des chaussures; direz-vous que les jambes ont été faites par un Être suprême pour être chaussées? non, sans doute : mais les Argonautes ayant vu du bois en ont bâti un navire, et ayant connu que l'eau pouvait porter ce navire, ils ont entrepris leur voyage. De même, après une infinité de formes et de combinaisons que la matière avait prises, il s'est trouvé que les humeurs et la corne transparente qui composent l'œil, séparées autrefois dans différentes parties du corps humain, ont été réunies dans la tête, et les animaux ont commencé à voir. Les organes de la génération qui étaient épars se sont rassemblés, et ont pris la forme qu'ils ont : alors les générations ont été produites avec régularité. La matière du soleil, longtemps répandue et écartée dans l'espace, s'est conglobée et a fait l'astre qui nous éclaire. Y a-t-il à tout cela de l'impossibilité?

POSIDONIUS. — En vérité vous ne pouvez pas avoir sérieusement recours à un tel système. Premièrement, en adoptant cette hypothèse vous abandonneriez les générations éternelles dont vous parliez tout à l'heure. Secondement, vous vous trompez sur les causes finales. Il y a des usages volontaires que nous faisons des présents de la nature : il y a des effets indispensables. Les Argonautes pouvaient ne point employer les arbres des forêts pour en faire un vaisseau : mais ces arbres étaient visiblement destinés à croître sur la terre, à donner des fruits et des feuilles. On peut ne point couvrir ses jambes d'une chaussure : mais la jambe est visiblement faite pour porter le corps et pour marcher, les yeux pour voir, les oreilles pour entendre, les parties de la génération pour perpétuer l'espèce. Si vous considérez que d'une étoile placée à quatre ou cinq cents millions de lieues de nous, il part des traits de lumière qui viennent faire le même angle déterminé dans les yeux de chaque animal, et que tous les animaux ont à l'instant la sensation de la lumière, vous m'avouerez qu'il y a là une mécanique, un dessein admirable. Or n'est-il pas déraisonnable d'admettre une mécanique sans artisan, un dessein sans intelligence, et de tels desseins sans un Être suprême?

LUCRÈCE. — Si j'admets cet Être suprême, quelle forme aura-t-il? Sera-t-il en un lieu? sera-t-il hors de tout lieu? sera-t-il dans le temps, hors du temps? remplira-t-il tout l'espace, ou non? Pourquoi aurait-il fait ce monde? quel est son but? Pourquoi former des êtres sensibles t malheureux? Pourquoi le mal moral et le mal physique? De quelque côté que je tourne mon esprit, je ne vois que l'incompréhensible.

POSIDONIUS. — C'est précisément parce que cet Être uprême existe, que sa nature doit être incompréhensible : car s'il existe, il doit y avoir l'infini entre lui et nous. Nous devons admettre qu'il est, sans savoir ce qu'il est, et comment il opère. N'êtes-vous pas forcé d'admettre les asymptotes en géométrie, sans comprendre comment ces lignes peuvent s'approcher toujours et ne se toucher jamais ? N'y a-t-il pas des choses aussi incompréhensibles que démontrées dans les propriétés du cercle ? Concevez donc qu'on doit admettre l'incompréhensible, quand l'existence de cet incompréhensible est prouvée.

LUCRÈCE. — Quoi ! il me faudrait renoncer aux dogmes d'Épicure ?

POSIDONIUS. — Il vaut mieux renoncer à Épicure qu'à la raison.

SECOND ENTRETIEN.

LUCRÈCE. — Je commence à reconnaître un Être suprême inaccessible à nos sens, et prouvé par notre raison, qui a fait le monde, et qui le conserve : mais pour tout ce que je dis de l'âme dans mon troisième livre, admiré de tous les savants de Rome, je ne crois pas que vous puissiez m'obliger à y renoncer.

POSIDONIUS. — Vous dites d'abord :

Idque situm media regione in pectoris hæret.

L'esprit est au milieu de la poitrine.
Liv. III, v. 141.

Mais quand vous avez composé vos beaux vers, n'avez-vous jamais fait quelque effort de tête ? Quand vous parlez de l'esprit de Cicéron ou de l'orateur Marc-Antoine, ne dites-vous pas que c'est une bonne tête ? et si vous disiez qu'il a une bonne poitrine, ne croirait-on pas que vous parlez de sa voix et de ses poumons ?

LUCRÈCE. — Mais ne sentez-vous pas que c'est autour du cœur que se forment les sentiments de joie, de douleur, et de crainte ?

Hic exultat enim pavor ac metus ; hæc loca circum
Lætitiæ mulcent.
Liv. III, v. 142.

Ne sentez-vous pas votre cœur se dilater ou se resserrer à une bonne ou mauvaise nouvelle ? N'y a-t-il pas là des ressorts secrets qui se détendent ou qui prennent de l'élasticité ? C'est donc là qu'est le siége de l'âme.

POSIDONIUS. — Il y a une paire de nerfs qui part du cerveau, qui passe à l'estomac et au cœur, qui descend aux parties de la génération, et qui leur imprime des mouvements ; direz-vous que c'est dans les parties de la génération que réside l'entendement humain ?

LUCRÈCE. — Non, je n'oserais le dire ; mais, quand je placerai l'âme dans la tête, au lieu de la mettre dans la poitrine, mes principes subsisteront toujours : l'âme sera toujours une matière infiniment déliée, semblable au feu élémentaire qui anime toute la machine.

POSIDONIUS. — Et comment concevez-vous qu'une matière déliée puisse avoir des pensées, des sentiments par elle-même ?

LUCRÈCE. — Parce que je l'éprouve, parce que toutes les parties de mon corps étant touchées en ont le sentiment; parce que ce sentiment est répandu dans toute ma machine, parce qu'il ne peut y être répandu que par une matière extrêmement subtile et rapide; parce que je suis un corps; parce qu'un corps ne peut être agité que par un corps; parce que l'intérieur de mon corps ne peut être pénétré que par des corpuscules très-déliés, et que par conséquent mon âme ne peut être que l'assemblage de ces corpuscules.

POSIDONIUS. — Nous sommes déjà convenus dans notre premier entretien qu'il n'y a pas d'apparence qu'un rocher puisse composer l'*Iliade*. Un rayon de soleil en sera-t-il plus capable ? Imaginez ce rayon de soleil cent mille fois plus subtil et plus rapide; cette clarté, cette ténuité, feront-elles des sentiments et des pensées ?

LUCRÈCE. — Peut-être en feront-elles quand elles seront dans des organes préparés.

POSIDONIUS. — Vous voilà toujours réduit à des *peut-être*. Du feu ne peut penser par lui-même plus que de la glace. Quand je supposerais que c'est du feu qui pense en vous, qui sent, qui a une volonté, vous seriez donc forcé d'avouer que ce n'est pas par lui-même qu'il a une volonté, du sentiment, et des pensées.

LUCRÈCE. — Non, ce ne sera pas par lui-même; ce sera par l'assemblage de ce feu et de mes organes.

POSIDONIUS. — Comment pouvez-vous imaginer que de deux corps qui ne pensent point chacun séparément, il résulte la pensée quand ils sont unis ensemble ?

LUCRÈCE. — Comme un arbre et de la terre pris séparément ne portent point de fruit, et qu'ils en portent quand on a mis l'arbre dans la terre.

POSIDONIUS. — La comparaison n'est qu'éblouissante. Cet arbre a en soi le germe des fruits, on le voit à l'œil dans ses boutons; et le suc de la terre développe la substance de ces fruits. Il faudrait donc que le feu eût déjà en soi le germe de la pensée, et que les organes du corps développassent ce germe.

LUCRÈCE. — Que trouvez-vous à cela d'impossible ?

POSIDONIUS. — Je trouve que ce feu, cette matière quintessenciée n'a pas en elle plus de droit à la pensée que la pierre. La production d'un être doit avoir quelque chose de semblable à ce qui la produit : or une pensée, une volonté, un sentiment, n'ont rien de semblable à de la matière ignée.

LUCRÈCE. — Deux corps qui se heurtent produisent du mouvement; et cependant ce mouvement n'a rien de semblable à ces deux corps, il n'a rien de leurs trois dimensions, il n'a point comme eux de figure; donc un être peut n'avoir rien de semblable à l'être qui le produit : donc la pensée peut naître de l'assemblage de deux corps qui n'auront point la pensée.

POSIDONIUS. — Cette comparaison est encore plus éblouissante que juste. Je ne vois que matière dans deux corps en mouvement; je ne vois là que des corps passant d'un lieu dans un autre. Mais quand nous raisonnons ensemble, je ne vois aucune matière dans vos idées et dans les miennes. Je vous dirai seulement que je ne conçois pas plus comment un corps a le pouvoir d'en remuer un autre, que je ne conçois comment j'ai des idées. Ce sont pour moi deux choses également inexplicables, et toutes deux me prouvent également l'existence et la puissance d'un Être suprème auteur du mouvement et de la pensée.

LUCRÈCE. — Si notre âme n'est pas un feu subtil, une quintessence éthérée, qu'est-elle donc?

POSIDONIUS. — Vous et moi n'en savons rien : je vous dirai bien ce qu'elle n'est pas; mais je ne puis vous dire ce qu'elle est. Je vois que c'est une puissance qui est en moi, que je ne me suis pas donné cette puissance, et que par conséquent elle vient d'un être supérieur à moi.

LUCRÈCE. — Vous ne vous êtes pas donné la vie, vous l'avez reçue de votre père; vous avez reçu de lui la pensée avec la vie, comme il l'avait reçue de son père, et ainsi en remontant à l'infini. Vous ne savez pas plus au fond ce que c'est que le principe de la vie, que vous ne connaissez le principe de la pensée. Cette succession d'êtres vivants et pensants a toujours existé de tout temps.

POSIDONIUS. — Je vois toujours que vous êtes forcé d'abandonner le système d'Épicure, et que vous n'osez plus dire que la déclinaison des atomes produit la pensée : mais j'ai déjà réfuté dans notre dernier entretien la succession éternelle des êtres sensibles et pensants; je vous ai dit que s'il y avait eu des êtres matériels pensants par eux-mêmes, il faudrait que la pensée fût un attribut nécessaire essentiel à toute matière; que si la matière pensait nécessairement par elle-même, toute matière serait pensante : or cela n'est pas; donc il est insoutenable d'admettre une succession d'êtres matériels pensant par eux-mêmes.

LUCRÈCE. — Ce raisonnement que vous répétez n'empêche pas qu'un père ne communique une âme à son fils en formant son corps. Cette âme et ce corps croissent ensemble; ils se fortifient, ils sont assujettis aux maladies, aux infirmités de la vieillesse. La décadence de nos forces entraîne celle de notre jugement; l'effet cesse enfin avec la cause, et l'âme se dissout comme la fumée dans les airs.

Præterea, gigni pariter cum corpore, et una
Crescere sentimus, pariterque senescere mentem
Nam velut infirmo pueri teneroque vagantur
Corpore, sic animi sequitur sententia tenuis.
Inde, ubi robustis adolevit viribus ætas,
Consilium quoque majus, et auctior est animi vis
Post, ubi jam validis quassatum est viribus ævi
Corpus, et obtusis ceciderunt viribus artus,
Claudicat ingenium, delirat linguaque mensque;
Omnia deficiunt, atque uno tempore desunt.

Ergo dissolvi quoque convenit omnem animaï
Naturam, ceu fumus in altas aeris auras :
Quandoquidem gigni pariter, pariterque videtur
Crescere ; et, ut docui, simul ævo fessa fatiscit.

Liv. III, v. 446.

POSIDONIUS. — Voilà de très-beaux vers; mais m'apprenez-vous par là quelle est la nature de l'âme?

LUCRÈCE. — Non, je vous fais son histoire, et je raisonne avec quelque vraisemblance.

POSIDONIUS. — Où est la vraisemblance qu'un père communique à son fils la faculté de penser?

LUCRÈCE. — Ne voyez-vous pas tous les jours que les enfants ont des inclinations de leurs pères, comme ils en ont les traits?

POSIDONIUS. — Mais un père en formant son fils n'a-t-il pas agi comme un instrument aveugle? A-t-il prétendu faire une âme, faire des pensées, en jouissant de sa femme? L'un et l'autre savent-ils comment un enfant se forme dans le sein maternel? Ne faut-il pas recourir à quelque cause supérieure, ainsi que dans les autres opérations de la nature que nous avons examinées? Ne sentez-vous pas, si vous êtes de bonne foi, que les hommes ne se donnent rien, et qu'ils sont sous la main d'un maître absolu?

LUCRÈCE. — Si vous en savez plus que moi, dites-moi donc ce que c'est que l'âme.

POSIDONIUS. — Je ne prétends pas en savoir plus que vous. Éclairons-nous l'un l'autre. Dites-moi d'abord ce que c'est que la végétation.

LUCRÈCE. — C'est un mouvement interne qui porte les sucs de la terre dans une plante, la fait croître, développe ses fruits, étend ses feuilles, etc.

POSIDONIUS. — Vous ne pensez pas, sans doute, qu'il y ait un être appelé *végétation* qui opère ces merveilles?

LUCRÈCE. — Qui l'a jamais pensé?

POSIDONIUS. — Vous devez conclure de notre précédent entretien que l'arbre ne s'est point donné la végétation lui-même.

LUCRÈCE. — Je suis forcé d'en convenir.

POSIDONIUS. — Et la vie? vous me direz bien ce que c'est.

LUCRÈCE. — C'est la végétation avec le sentiment dans un corps organisé.

POSIDONIUS. — Et il n'y a pas un être appelé *la vie* qui donne ce sentiment à un corps organisé.

LUCRÈCE. — Sans doute. La végétation et la vie sont des mots qui signifient des choses végétantes et vivantes.

POSIDONIUS. — Si l'arbre et l'animal ne peuvent se donner la végétation et la vie, pouvez-vous vous donner vos pensées?

LUCRÈCE. — Je crois que je le peux, car je pense à ce que je veux. Ma volonté était de vous parler de métaphysique, et je vous en parle.

POSIDONIUS. — Vous croyez être le maître de vos idées? Vous savez donc quelles pensées vous aurez dans une heure, dans un quart d'heure?

LUCRÈCE. — J'avoue que je n'en sais rien.

POSIDONIUS. — Vous avez souvent des idées en dormant; vous faites des vers en rêve; César prend des villes; je résous des problèmes; les chiens de chasse poursuivent un cerf dans leurs songes. Les idées nous viennent donc indépendamment de notre volonté; elles nous sont donc données par une cause supérieure.

LUCRÈCE. — Comment l'entendez-vous? Prétendez-vous que l'Être suprême est occupé continuellement à donner des idées, ou qu'il a créé des substances incorporelles, qui ont ensuite des idées par elles-mêmes, tantôt avec le secours des sens, tantôt sans ce secours? Ces substances sont-elles formées au moment de la conception de l'animal? sont-elles formées auparavant, et attendent-elles des corps pour aller s'y insinuer, ou ne s'y logent-elles que quand l'animal est capable de les recevoir? ou enfin est-ce dans l'Être suprême que chaque être animé voit les idées des choses? Quelle est votre opinion?

POSIDONIUS. — Quand vous m'aurez dit comment notre volonté opère sur-le-champ un mouvement dans nos corps, comment votre bras obéit à votre volonté, comment nous recevons la vie, comment nos aliments se digèrent, comment du blé se transforme en sang, je vous dirai comment nous avons des idées. J'avoue sur tout cela mon ignorance. Le monde pourra avoir un jour de nouvelles lumières, mais depuis Thalès jusqu'à nos jours nous n'en avons point. Tout ce que nous pouvons faire, c'est de sentir notre impuissance, de reconnaître un être tout-puissant, et de nous garder de ces systèmes.

JUSQU'A QUEL POINT

ON DOIT TROMPER LE PEUPLE.

(1756.)

C'est une très-grande question, mais peu agitée, de savoir jusqu'à quel degré le peuple, c'est-à-dire neuf parts du genre humain sur dix, doit être traité comme des singes. La partie trompante n'a jamais bien examiné ce problème délicat; et de peur de se méprendre au calcul, elle a accumulé tout le plus de visions qu'elle a pu dans les têtes de la partie trompée.

Les honnêtes gens qui lisent quelquefois Virgile, ou les *Lettres provinciales*, ne savent pas qu'on tire vingt fois plus d'exemplaires de *l'Almanach de Liége* et du *Courrier boiteux*, que de tous les bons livres anciens et modernes. Personne assurément n'a une vénération plus sincère que moi pour les illustres auteurs de ces almanachs et pour leurs confrères. Je sais que depuis le temps des anciens Chaldéens il y a des jours et des moments marqués pour prendre médecine, pour se couper les ongles, pour donner bataille et pour fendre du bois. Je sais que le plus fort revenu, par exemple, d'une illustre académie consiste dans la vente des almanachs de cette espèce. Oserai-je, avec toute la soumission possible, et toute la défiance que j'ai de mon avis, demander quel mal il arriverait au genre humain, si quelque puissant astrologue apprenait aux paysans et aux bons bourgeois des petites villes, qu'on peut, sans rien risquer, se couper les ongles quand on veut, pourvu que ce soit dans une bonne intention? Le peuple, me répondra-t-on, ne prendrait point des almanachs de ce nouveau venu. J'ose présumer au contraire qu'il se trouverait parmi le peuple de grands génies qui se feraient un mérite de suivre cette nouveauté. Si on me réplique que ces grands génies feraient des factions et allumeraient une guerre civile, je n'ai plus rien à dire, et j'abandonne pour le bien de la paix mon opinion hasardée.

Tout le monde connaît le roi de Boutan. C'est un des plus grands princes du monde. Il foule à ses pieds les trônes de la terre; et ses souliers, s'il en a, ont des sceptres pour agrafes. Il adore le diable, comme on sait, et lui est fort dévot, aussi bien que sa cour. Il fit venir un jour un fameux sculpteur de mon pays pour lui faire une belle statue de Belzébuth. Le sculpteur réussit parfaitement; jamais le diable n'a été si beau : mais malheureusement notre Praxitèle n'avait donné que cinq griffes à son animal, et les Boutaniers lui en donnaient toujours six. Cette énorme faute du sculpteur fut relevée par le grand maître des cérémonies du diable, avec tout le zèle d'un homme justement jaloux des droits de son patron et de l'usage immémorial et sacré du royaume de Boutan. Il demanda la tête du sculpteur. Celui-ci répondit que ces cinq griffes pesaient tout juste le poids des six griffes ordinaires; et le roi de Boutan, qui est fort indulgent, lui fit grâce. Depuis ce temps, le peuple de Boutan fut détrompé sur les six griffes du diable.

Le même jour, Sa Majesté eut besoin d'être saignée : un chirurgien gascon, qui était venu à sa cour dans un vaisseau de notre compagnie des Indes, fut nommé pour tirer cinq onces de ce sang précieux. L'astrologue de quartier cria que la vie du roi était en danger, si on le saignait dans l'état où était le ciel. Le Gascon pouvait lui répondre qu'il ne s'agissait que de l'état où était le roi de Boutan; mais il attendit prudemment quelques minutes; et prenant son almanach : « Vous avez raison, grand homme, dit-il à l'aumônier de quartier, le roi serait mort si on l'avait saigné dans l'instant où vous parliez; le ciel a changé depuis ce temps-là, et voici le moment favorable. » L'aumônier en convint. Le roi fut guéri; et petit à petit on s'accoutuma à saigner les rois quand ils en avaient besoin.

Un brave dominicain disait dans Rome à un philosophe anglais : « Vous êtes un chien; vous enseignez que c'est la terre qui tourne, et vous ne songez pas que Josué arrêta le soleil. — Eh! mon révérend père, répondit l'autre, c'est aussi depuis ce temps-là que le soleil est immobile. » Le dominicain et le chien s'embrassèrent, et on osa croire enfin, même en Italie, que la terre tourne.

Un augure se lamentait, du temps de César, avec un sénateur sur
la décadence de la république. « Il est vrai que les temps sont bien funestes, disait le sénateur; il faut trembler pour la liberté romaine. —
Ah! ce n'est pas là le plus grand mal, disait l'augure; on commence
à n'avoir plus pour nous ce respect qu'on avait autrefois: il semble
qu'on nous tolère, nous cessons d'être nécessaires. Il y a des généraux
qui osent donner bataille sans nous consulter; et, pour comble de
malheur, ceux qui nous vendent des poulets sacrés commencent à raisonner. — Eh bien! que ne raisonnez-vous aussi? répliqua le sénateur; et puisque les vendeurs de poulets du temps de César en savent
plus que ceux du temps de Numa, ne faut-il pas que vous autres augures d'aujourd'hui, vous soyez plus philosophes que ceux d'autrefois? »

GALIMATIAS DRAMATIQUE

(1757.)

UN JÉSUITE, *prêchant aux Chinois.* — Je vous le dis, mes chers frères,
Notre Seigneur veut faire de tous les hommes des vases d'élection; il
ne tient qu'à vous d'être vases; vous n'avez qu'à croire sur-le-champ
tout ce que je vous annonce; vous êtes les maîtres de votre esprit, de
votre cœur, de vos pensées, de vos sentiments. Jésus-Christ est mort
pour tous, comme on sait, la grâce est donnée à tous. Si vous n'avez
pas la contrition, vous avez l'attrition; si l'attrition vous manque,
vous avez vos propres forces et les miennes.

UN JANSÉNISTE, *arrivant.* — Vous en avez menti, enfant d'Escobar
et de perdition; vous prêchez ici l'erreur et le mensonge. Non, Jésus
n'est mort que pour plusieurs; la grâce est donnée à peu; l'attrition
est une sottise; les forces des Chinois sont nulles, et vos prières sont
des blasphèmes; car Augustin et Paul....

LE JÉSUITE. — Taisez-vous, hérétique : sortez, ennemi de saint Pierre.
Mes frères, n'écoutez point ce novateur qui cite Augustin et Paul; et
venez tous que je vous baptise.

LE JANSÉNISTE. — Gardez-vous-en bien, mes frères; ne vous faites
point baptiser par la main d'un moliniste; vous seriez damnés à tous
les diables. Je vous baptiserai dans un an au plus tôt, quand je vous
aurai appris ce que c'est que la grâce.

LE QUAKER. — Ah! mes frères, ne soyez baptisés ni par la patte de
ce renard, ni par la griffe de ce tigre. Croyez-moi, il vaut mieux n'ê-
tre point baptisé du tout; c'est ainsi que nous en usons. Le baptême
peut avoir son mérite; mais on peut très-bien s'en passer. Tout ce qui
est nécessaire, c'est d'être animé de l'Esprit; vous n'avez qu'à l'attendre, il viendra, et vous en saurez plus en un moment que ces charlatans n'en pourraient dire dans toute leur vie.

L'ANGLICAN. — Ah! mes ouailles, quels monstres viennent ici vous
dévorer! Mes chères brebis, ne savez-vous pas que l'Église anglicane

est la seule Église pure? nos chapelains qui sont venus boire du punch
à Kanton ne vous l'ont-ils pas dit?

LE JÉSUITE. — Les anglicans sont des déserteurs; ils ont renoncé à
notre pape, et le pape est infaillible.

LE LUTHÉRIEN. — Votre pape est un âne, comme l'a prononcé Luther. Mes chers Chinois, moquez-vous du pape, et des anglicans, et
des molinistes, et des jansénistes, et des quakers, et ne croyez que
les luthériens : prononcez seulement ces mots, *in, cum, sub;* et bu-
vez du meilleur.

LE PURITAIN. — Nous déplorons, mes frères, l'aveuglement de tous
ces gens-ci, et le vôtre. Mais, Dieu merci, l'Éternel a ordonné que je
viendrais à Pékin, au jour marqué, confondre ces bavards; que vous
m'écouteriez, et que nous ferions le souper ensemble le matin, car
vous saurez que dans le ive siècle de l'ère de Denys le Petit....

LE MUSULMAN. — Eh! mort de Mahomet, voilà bien des discours! Si
quelqu'un de ces chiens-là s'avise encore d'aboyer, je leur coupe à
tous les deux oreilles; pour leur prépuce, je ne m'en donnerai pas la
peine; ce sera vous, mes chers Chinois, que je circoncirai : je vous
donne huit jours pour vous y préparer; et si quelqu'un de vous autres,
après cela, s'avise de boire du vin, il aura affaire à moi.

LE JUIF. — Ah! mes enfants, si vous voulez être circoncis, donnez-
moi la préférence; je vous ferai boire du vin tant que vous voudrez;
mais si vous êtes assez impies pour manger du lièvre qui, comme
vous savez, rumine, et n'a pas le pied fendu[1], je vous ferai passer au
fil de l'épée quand je serai le plus fort, ou, si vous l'aimez mieux, je
vous lapiderai; car....

LES CHINOIS. — Ah! par Confucius et les *cinq Kings*, tous ces gens-
là ont-ils perdu l'esprit? Monsieur le geôlier des Petites-Maisons de
la Chine, allez renfermer tous ces pauvres fous chacun dans leur
loge.

RÉFUTATION D'UN ÉCRIT ANONYME,

CONTRE LA MÉMOIRE

DE FEU M. JOSEPH SAURIN,

DE L'ACADÉMIE DES SCIENCES, EXAMINATEUR DES LIVRES, ET PRÉPOSÉ AU JOURNAL DES SAVANTS.

(1757.)

Si celui qui poursuit feu M. Saurin jusque dans le tombeau savait
que cet académicien a laissé une famille nombreuse, il serait sans
doute affligé d'avoir porté le poignard dans le cœur des enfants, en
remuant les cendres du père.

---

1. *Deutéronome*, chap. XIV, v. 7 : « De his autem quæ ruminant et ungulam
« non findunt, comedere non debetis, ut camelum, leporem, etc. »

S'il savait que le fils, aussi rempli de probité et de mérite que dénué de fortune, peut se voir arracher toutes ses espérances par les calomnies dont on noircit la mémoire de son père ; s'il apprenait que ces calomnies peuvent priver d'établissement cinq filles vertueuses, il effacerait par ses larmes ce que sa coupable imprudence lui a fait écrire.

Jusqu'à quand verra-t-on non-seulement les gens de lettres, qui doivent être humains, mais encore ceux dont la profession est d'être charitables, infecter les journaux et les dictionnaires de médisances, d'offenses personnelles, de scandales, que la religion réprouve et que le monde abhorre ?

On imprima, il y a quelques années, dans les *Suppléments de Moréri* et du célèbre Bayle, des anecdotes concernant feu M. Joseph Saurin. On l'accuse dans ces articles des actions les plus odieuses, parce qu'il avait quitté une secte pour une autre, ou plutôt parce qu'il avait mieux aimé vivre à Paris dans le sein des lettres, que de se consumer ailleurs dans le fatras des disputes théologiques. Je fus indigné de l'insolence du compilateur nommé Chaufepié, qui croyait avoir continué le dictionnaire de Bayle.

Les dictionnaires sont faits pour être les dépôts des sciences, et non les greffes d'une chambre criminelle. Cependant ce scandale imprimé faisait quelque effet dans les esprits faibles, et avides de la honte d'autrui.

J'avais passé trois années de ma jeunesse avec M. Joseph Saurin, dans l'étude de la géométrie et de la métaphysique ; et ne l'ayant pu connaître dans le temps de ses malheurs et des faiblesses qu'on lui objectait (faiblesses dont je le crus très-incapable), je fus intimement lié avec lui dans le temps de sa vie heureuse, c'est-à-dire ignorée, retirée, occupée, frugale, austère. Je le vis mourir avec une résignation courageuse, adorant Dieu en sage, se repentant de ses fautes, pardonnant celles des autres, méprisant tant de faux systèmes que des hommes vains ont ajoutés à la parole de Dieu, et pénétré d'une religion pure, dont tout bon esprit sent la force et chérit les consolations.

C'est de quoi je rendis compte dans la liste des écrivains du siècle de Louis XIV. Je n'ai cherché dans l'histoire de ce beau siècle, le modèle du siècle présent, qu'à rendre justice à tous les génies, à tous les savants, à tous les artistes qui le décorèrent. J'ai voulu, en louant les morts, exciter les vivants à leur ressembler. J'ai célébré les travaux des Fénelon, des Bossuet, des Pascal, des Bourdaloue, des Massillon, avec la même candeur que j'ai peint Louis XIV unissant les deux mers, fondant la marine et le commerce, établissant la discipline militaire et la police, prévenant par ses bienfaits les hommes de génie et les savants dans toute l'Europe, méritant enfin, malgré ses défauts et ses fautes, le titre d'*homme prodigieux* que lui donne l'homme d'État Ustariz, dans son excellent livre de l'Administration du royaume d'Espagne [1].

1. *Théorie et pratique du commerce et de la marine*, par D. H. Ustariz, traduit de l'espagnol en français par Forbonnais, 1753, in-4°. (ÉD.)

Les honnêtes gens de toutes les nations ont souscrit à ces vérités, excepté, peut-être, quelques ennemis invétérés, qui dans le fond de leur cœur admirent ce qu'ils haïssent. Il en a été de même de tous les grands hommes du siècle de Louis XIV : l'équité du public leur a rendu justice, et l'esprit de parti a murmuré.

C'est ce qui arrive à l'occasion de Joseph Saurin, l'un des plus beaux génies du siècle des grandes choses. De très-savants hommes éclairèrent alors le monde. et aujourd'hui on s'occupe à disséquer leurs cadavres

Si ce philosophe était tombé dans des fautes graves, il faudrait les couvrir du manteau de la charité[1] ; c'est l'intérêt de la société, c'est celui de la religion. Que peut gagner un homme revêtu d'un ministère qu'il dit saint, quand il s'acharne à prouver oue son confrère a mérité d'être repris de justice?

Il parle de prudence : y a-t-il de la prudence à déshonorer son état? Il parle de religion : y a-t-il de la religion à souiller la cendre d'un homme enseveli depuis plus de trente années, et à vouloir prouver qu'il a fini ses jours en criminel? Quelle religion de s'acharner contre les vivants et contre les morts ! quel fruit en reviendra-t-il à la société, à la morale, à l'édification publique, quand on aura tristement combattu des témoignages respectables rendus en faveur d'une famille vertueuse?

Touché de l'affliction que l'imposture préparait à cette famille, et pressé par les devoirs de l'humanité, je vais trouver un gentilhomme, un ancien officier, seigneur de la terre dans laquelle Joseph Saurin avait été ce qu'on appelle ministre ou pasteur. « Avez-vous jamais vu, lui dis-je, une lettre dans laquelle Saurin est supposé s'accuser lui-même des fautes dont on le charge, et qu'on a fait imprimer depuis peu? — Non, répond cet officier plein de franchise et de bonté, je ne l'ai jamais vue; et je ne puis approuver l'usage qu'on en fait. » Toute sa famille répond la même chose. Trois pasteurs respectables, animés des mêmes principes d'honneur, signent la même déclaration; et voilà qu'un homme qui n'ose pas signer son nom s'élève contre tous ces témoignages[2]. « Je ne veux pas, dit-il, que vous rendiez la paix à des cœurs affligés : en vain tous vos témoignages sont authentiques; je veux, par un libelle sans nom, déchirer pieusement ceux que vous avez généreusement consolés. »

N'est-on pas en droit de dire à ce fanatique menteur : « Par quelle cruauté inouïe venez-vous sans mission, sans titre, sans raison, persécuter la mémoire d'un sage que vous n'avez point connu, et du fond de votre petit pays, encore barbare, poursuivre ses enfants que vous

---

1. C'est ce qu'a fait M. de Voltaire par commisération pour le fils respectable et les filles de Joseph Saurin. Voy. la lettre qu'il lui écrivit à ce sujet. M. de Voltaire était bien instruit de la vérité.... Saurin avait été pasteur du lieu de ma naissance; et c'était avec un de mes grands-oncles qu'il avait eu une de ses aventures cruelles. *(Note de Wagnière.)*

2. Ces pasteurs se sont attiré une affaire très-grave pour avoir signé suivant leur conscience : tant le célèbre anatomiste Haller avait mis l'intolérance à la mode dans le canton de Berne! *(Éd. de Kehl.)*

ne connaissez pas ? Montrez des preuves, ou faites amende honorable. Un accusateur doit avoir ses preuves en main; et quand il les a, il est odieux. S'il ne les a pas, il est calomniateur, et mérite d'être puni par la justice, quand il y en a une.

Par quel excès incompréhensible avez-vous pu vous laisser emporter jusqu'à taxer de déisme et d'athéisme le service charitable rendu à la mémoire d'un mort, et à la réputation d'un fils qui donne déjà les plus grandes espérances d'être très-supérieur à son père dans la littérature ?

Misérable aboyeur de village, vous appelez déiste et athée celui qui défend l'innocence! et qui êtes-vous, vous qui l'outragez ?

On sait que ce cloaque de turpitudes n'est que l'écoulement du bourbier dans lequel fut plongé le poëte Jean-Baptiste Rousseau, après l'aventure de ses couplets, pour lesquels il fut condamné au bannissement perpétuel par le Châtelet et par le parlement de Paris. Il avait été assez fou pour avouer qu'il était l'auteur des cinq premiers couplets, et assez criminel pour oser accuser un vieux géomètre d'avoir fait les autres. Convaincu de calomnie et de subornation de témoins, il fut justement puni. Réfugié en Suisse parmi les domestiques du comte du Luc, ambassadeur de France, il y ourdit toutes ces impostures contre Joseph Saurin.

Il m'importe fort peu que Rousseau soit ou ne soit pas au nombre des artistes de paroles qui ont illustré la France, qu'il ait fait de passables ou de très-ennuyeuses comédies, quelques odes harmonieuses et quelques-unes de détestables, quelques épigrammes sur la sodomie et sur la bestialité; il m'importe encore très-peu qu'un partisan intéressé de ces épigrammes l'appelle le grand Rousseau pour le distinguer des autres Rousseau. Je ne veux, dans ce petit écrit, que rendre gloire à la vérité sur des faits dont je suis parfaitement informé. Il y a deux monstres qui désolent la terre en pleine paix : l'un est la calomnie, et l'autre l'intolérance; je les combattrai jusqu'à ma mort.

MÉMOIRE[1]

SUR LE LIBELLE CLANDESTINEMENT IMPRIMÉ A LAUSANNE, SOUS LE TITRE DE

GUERRE DE M. DE VOLTAIRE.

1° La *Défense de milord Bolingbroke* est un écrit formel contre la religion, écrit très-dangereux, qu'on ne peut publier ni faussement imputer à qui que ce soit sans crime[2].

---

1. Ce *Mémoire* est relatif à la publication d'un volume intitulé : *Guerre littéraire, ou Choix de quelques pièces de M. de V****. Il avait été imprimé à la suite d'une édition du *Précis de l'Ecclésiaste et du Cantique des cantiques*, Liège, 1759, in-8°. (ED.)
2. La *Défense de milord Bolingbroke* est de Voltaire. (ÉD.)

2° La *Lettre* de M. de Voltaire, *écrite* de Lausanne *à M. Thieriot* [1] à Paris, est une lettre presque entièrement supposée, comme il est aisé de le savoir de M. Thieriot à Paris, rue Saint-Honoré, chez M. le comte de Montmorency. C'est troubler la société que d'imprimer les lettres des particuliers : il est encore plus contre les bonnes mœurs de les falsifier.

3° La *Réponse* [2] à cette lettre par une société de Génevois, est un outrage à la ville de Génève, un libelle anonyme qui n'a jamais été imprimé à Genève, et qu'il n'est pas permis d'imprimer ni de débiter.

4° Une autre prétendue lettre [3] écrite de Genève est encore un écrit anonyme faussement imputé aux Génevois, et ne montre qu'une intention formelle, quoique très-infructueuse, de semer la discorde entre la ville de Genève et M. de Voltaire, seigneur de deux terres aux portes de cette ville dans l'ancien dénombrement.

5° La prétendue dispute de M. de Voltaire avec M. Vernet, professeur en théologie, n'a jamais existé. M. de Voltaire est seigneur de la terre où M. le professeur Vernet a une maison de campagne : et le brouillon qui a supposé un démêlé entre deux voisins et deux amis, ne peut être qu'un perturbateur du repos public.

6° Le dernier mémoire anonyme [4] sur la mémoire de feu M. Saurin ne tend qu'à désoler une famille innocente des fautes du père, s'il en a fait, et à renouveler un scandale affreux que la prudence et la bonté de Leurs Excellences a daigné vouloir étouffer.

Le seul nom de l'éditeur rend bien suspect tout le reste de cet ouvrage de ténèbres que je ne connais pas entièrement, et dont je n'ai vu que quelques fragments et quelques titres, tous faux et calomnieux. C'est un nommé Grasset, Génevois, convaincu d'avoir volé MM. Cramer. Je joins ici le certificat que Grasset a été décrété de prise de corps à Genève. Je me réserve le droit de le poursuivre en justice. C'est une vaine excuse de dire que son libelle est extrait d'autres libelles. Des personnalités calomnieuses sont punissables, et il est faux que toutes les pièces de ce recueil soient tirées d'autres brochures, puisque les dernières lettres sur Saurin sont nouvelles.

Je requiers que cette déclaration signée de ma main, ensemble le certificat des sieurs Cramer, et autres pièces probantes que je ferai tenir, soient produites devant les seigneurs curateurs de l'académie.

A Tournay, près de Genève. Par moi FRANÇOIS DE VOLTAIRE, gentilhomme ordinaire de la chambre du roi, comte de Tournay, le 12 février 1759.

Nota. Cette déclaration a été envoyée à l'académie de Lausanne, sans lettre, et dans une simple enveloppe, avec cette adresse : *A messieurs les recteurs et membres de l'académie de Lausanne.*

---

1. C'est la lettre du 26 mars 1757, datée de Monrion, près de Lausanne ; voyez la *Correspondance*, à cette date. (ED.)
2. Cette *Réponse*, datée du 30 mai 1757, avait été, dans le temps, imprimée à la suite de la lettre à Thieriot est dans la *Guerre littéraire*. (ED.)
3. C'est la lettre de Vernet. (ED.)
4. Voltaire désigne ainsi la *Lettre à l'occasion d'un article concernant Saurin*, du 23 septembre 1758, en réponse à laquelle il composa la *Réfutation d'un écrit anonyme*. (ED.)

REQUÊTE

AUX MAGNIFIQUES SEIGNEURS ET CURATEURS
DE L'ACADÉMIE DE LAUSANNE.

Étant informé que les professeurs de Lausanne croient devoir favori
ser le sieur Darnay leur concitoyen, et Grasset l'imprimeur, je présente cette requête aux magnifiques seigneurs curateurs, et les supplie
de me pardonner si elle n'est pas dans les formes que j'ignore.

1° Je déclare et proteste que dans ce libelle infâme il n'y a, de toutes les choses qu'on m'impute, aucune pièce qui soit de moi, excepté
ma déclaration en faveur de la famille Saurin, qui m'a prié de prendre
sa défense, et qui conjure très-humblement Leurs Excellences de daigner empêcher qu'on la couvre d'opprobre; qu'on renouvelle encore
dans des libelles anonymes des plaies faites depuis soixante et dix ans;
qu'on fasse valoir contre leur père une lettre à lui imputée, que la famille jure n'avoir jamais été écrite.

2° Les cent douze premières pages de ce libelle sont tirées, à la vérité, de pièces anonymes ramassées dans d'anciens journaux de Hollande : je ne les avais jamais lues, et je suis aussi surpris qu'indigné
qu'on m'impute dans ces fatras des opinions que je n'ai jamais profes-
sées. Ces cent douze pages sont pleines d'injures que je dois pardonner, mais que le bon ordre ne peut permettre. On imprime impunément en Hollande mille scandales que le sage gouvernement de Berne
ne souffre pas.

3° La *Défense de milord Bolingbroke* n'est point de moi, mais d'un
homme très-supérieur à moi, et à qui on doit du respect. Cet écrit n'est
point l'ouvrage qu'on m'avait annoncé d'abord; et, quel qu'il soit, je
me plains qu'on m'attribue ce que je déclare n'avoir point fait.

Il est dit, page 26 de la partie du libelle imprimée en petits caractères, que le roi de Prusse m'a chassé de ses États; cela est faux : j'en
atteste Sa Majesté le roi de Prusse.

Je proteste, et je fais serment qu'une lettre à moi imputée, page 57,
écrite à M. Thieriot à Paris, est falsifiée, et je m'en rapporte au témoignage du sieur Thieriot. J'ajoute qu'il est contre les mœurs d'imprimer les lettres des particuliers.

Je persiste à dire que la prétendue lettre d'une société de Genève est
un libelle infâme, qu'il est défendu d'imprimer à Genève, et qui n'y a
jamais paru.

Je pourrais demander justice des injures grossières qu'on vomit contre moi dans trente pages de ce libelle, des termes de déiste et d'athée
dont on ose se servir; mais il ne m'appartient que de demander la
suppression de cette infamie, et d'attendre le jugement avec confiance
et respect.

Voltaire.

N. B. Deux professeurs de Lausanne, liés avec le sieur Darnay et

Grasset, disent, dans leur rapport, qu'il n'y a rien dans le libelle con-tre l'Etat et la religion. Vraiment, on le croit bien : si le libelle était contre Dieu et l'État, l'auteur mériterait le dernier supplice; mais ce libelle diffame des particuliers qui implorent la justice et la bonté de magnifiques seigneurs curateurs.

LETTRE

AUX AUTEURS DU JOURNAL ENCYCLOPÉDIQUE.

A Zastrou, le 1er avril 1759.

MESSIEURS,

Vous dites dans votre Journal du mois de mars qu'une espèce de petit roman, intitulé *Candide ou l'Optimisme*, est attribué à un nommé M. de V***. Je ne sais de quel M. de V*** vous voulez par-ler; mais je vous déclare que ce petit livre est de mon frère, M. De-mad, actuellement capitaine dans le régiment de Brunsvick. A l'égard de la prétendue royauté des jésuites dans le Paraguai, que vous appe-lez une *misérable fable*, je vous déclare à la face de l'Europe que rien n'est plus certain ; que j'ai servi sur un des vaisseaux espagnols envoyés à Buenos-Ayres en 1756, pour mettre à la raison la colonie voisine de la ville du Saint-Sacrement; que j'ai passé trois mois à celle de l'As-somption; que les jésuites ont, de ma connaissance, vingt-neuf pro-vinces qu'ils appellent *Réductions*, et qu'ils y sont absolus, au moyen de huit réales par tête, qu'ils payent au gouvernement de Buenos-Ayres, pour chaque père de famille; et encore ne payent-ils que pour le tiers de leurs *Réductions*. Ils ne souffrent pas qu'aucun Espagnol y reste plus de trois jours, et n'ont jamais voulu que leurs sujets appris-sent la langue castillane. Ce sont eux seuls qui font faire l'exercice des armes aux Paraguains; ce sont eux seuls qui les conduisent à la guerre. Le jésuite Thomas Vesle, natif de Bavière, fut tué à l'attaque de la ville du Saint-Sacrement, en montant à l'assaut, à la tête des Paraguains, en 1737, et non pas en 1735, comme le dit le jésuite Charlevoix, auteur aussi insipide que mal instruit. On sait comme ils soutinrent la guerre contre don Antiquera; on sait ce qu'ils ont tramé en dernier lieu contre la couronne de Portugal, et comme ils ont bravé les ordres du conseil de Madrid.

Ils sont si puissants, qu'ils obtinrent de Philippe V, en 1743, une confirmation de leur puissance qu'on ne pouvait leur ôter. Je sais bien, messieurs, qu'ils n'ont pas le titre de *roi;* et par là on peut excuser ce que vous dites de la *misérable fable* de la royauté du Pa-raguai ; mais le dey d'Alger n'est pas roi, et n'en est pas moins maî-tre absolu. Je ne conseillerais pas à mon frère le capitaine de faire le voyage du Paraguai sans être le plus fort.

Au reste, messieurs, j'ai l'honneur de vous informer que mon frère le capitaine, qui est le *loustig* du régiment, est un très-bon chrétien qui, en s'amusant à composer le roman de *Candide*, dans son quartier d'hiver, a eu principalement en vue de convertir les sociniens. Ces hérétiques ne se contentent pas de nier hautement la Trinité et les peines éternelles; ils disent que Dieu a nécessairement fait de notre monde le meilleur des mondes possibles, et que *tout est bien*. Cette idée est manifestement contraire à la doctrine du péché originel. Ces novateurs oublient que le serpent, qui était le plus subtil des animaux, séduisit la femme tirée de la côte d'Adam; qu'Adam fut séduit à son tour, et que, pour les punir, Dieu maudit la terre qu'il avait bénie : *Maledicta terra in opere tuo; in laboribus comedes ex ea cunctis diebus vitæ tuæ.* Ignorent-ils que tous les Pères de l'Église, sans en excepter un seul, ont fondé la religion chrétienne sur cette malédiction prononcée par Dieu même, et dont nous ressentons continuellement les effets? Les sociniens affectent d'exalter la Providence, et ils ne voient pas que nous sommes des coupables tourmentés qui devons avouer nos fautes et notre punition. Que ces hérétiques se gardent de paraître devant mon frère le capitaine; il leur ferait voir si *tout est bien.*

Je suis, monsieur, votre très-humble et très-obéissant serviteur,
DEMAD.

P. S. Mon frère le capitaine est l'intime ami de M. Ralph, professeur assez connu dans l'académie de Francfort-sur-l'Oder, qui l'a beaucoup aidé à faire ce profond ouvrage de philosophie; et mon frère a eu la modestie de ne l'intituler que *Traduction* de M. Ralph, modestie bien rare chez les auteurs.

RELATION

DE LA MALADIE, DE LA CONFESSION, DE LA MORT, ET DE L'APPARITION

DU JÉSUITE BERTHIER;

AVEC LA RELATION DU VOYAGE DE FRÈRE GARASSISE,

ET CE QUI S'ENSUIT, EN ATTENDANT CE QUI S'ENSUIVRA [1].

(1759.)

Ce fut le 12 octobre 1759 que frère Berthier alla, pour son malheur, de Paris à Versailles avec frère Coutu, qui l'accompagne ordinairement. Berthier avait mis dans la voiture quelques exemplaires du *Journal de Trévoux*, pour les présenter à ses protecteurs et protectrices; comme à la femme de chambre de Mme la nourrice, à un officier de

---

1. Frère Berthier n'est mort qu'en décembre 1782; il s'était retiré à Bourges, et le clergé venait de lui donner une pension, pour le remercier d'avoir fait à la religion des ennemis de tous les Français qui se distinguaient dans les lettres par leurs connaissances et par leurs talents. (*Éd. de Kehl.*)

bouche, à un des garçons apothicaires du roi, et à plusieurs autres seigneurs qui font cas des talents. Berthier sentit en chemin quelques nausées; sa tête s'appesantit : il eut de fréquents bâillements. « Je ne sais ce que j'ai, dit-il à Coutu, je n'ai jamais tant bâillé. — Mon révé- rend père, répondit frère Coutu, ce n'est qu'un rendu. — Comment! que voulez-vous dire avec votre rendu? dit frère Berthier. — C'est, dit frère Coutu, que je bâille aussi, et je ne sais pourquoi, car je n'ai rien lu de la journée, et vous ne m'avez point parlé depuis que je suis en route avec vous. » Frère Coutu, en disant ces mots, bâilla plus que jamais. Berthier répliqua par des bâillements qui ne finissaient point. Le cocher se retourna, et les voyant ainsi bâiller, se mit à bâiller aussi · le mal gagna tous les passants; on bâilla dans toutes les maisons voi- sines : tant la seule présence d'un savant a quelquefois d'influence sur les hommes !

Cependant une petite sueur froide s'empara de Berthier. « Je ne sais ce que j'ai, dit-il, je me sens à la glace. — Je le crois bien, dit le frère compagnon. — Comment, vous le croyez bien ! dit Berthier : qu'entendez-vous par là? — C'est que je suis gelé aussi, dit Coutu. — Je m'endors, dit Berthier. — Je n'en suis pas surpris, dit l'autre. — Pourquoi cela? dit Berthier. — C'est que je m'endors aussi, » dit le compagnon. Les voilà saisis tous deux d'une affection soporifique et léthargique, et en cet état ils s'arrêtèrent devant la porte des coches de Versailles. Le cocher, en leur ouvrant la portière, voulut les tirer de ce profond sommeil; il n'en put venir à bout : on appela du secours. Le compagnon, qui était plus robuste que frère Berthier, donna enfin quelques signes de vie; mais Berthier était plus froid que jamais. Quelques médecins de la cour, qui revenaient de dîner, passèrent au- près de la chaise : on les pria de donner un coup d'œil au malade : l'un d'eux lui ayant tâté le pouls s'en alla en disant qu'il ne se mêlait plus de médecine depuis qu'il était à la cour. Un autre, l'ayant consi- déré plus attentivement, déclara que le mal venait de la vésicule du fiel qui était toujours trop pleine : un troisième assura que le tout provenait de la cervelle qui était trop vide.

Pendant qu'ils raisonnaient, le patient empirait, les convulsions commençaient à donner des signes funestes, et déjà les trois doigts dont on tient la plume étaient tout retirés, lorsqu'un médecin princi- pal qui avait étudié sous Mead[1] et sous Boerhaave, et qui en savait plus que les autres, ouvrit la bouche de Berthier avec un biberon, et ayant attentivement réfléchi sur l'odeur qui s'en exhalait, prononça qu'il était empoisonné.

A ce mot tout le monde se récria. « Oui, messieurs, continua-t-il, il est empoisonné; il n'y a qu'à tâter sa peau, pour voir que les exha- laisons d'un poison froid se sont insinuées par les pores; et je main- tiens que ce poison est pire qu'un mélange de ciguë, d'ellébore noire, d'opium, de solanum, et de jusquiame. Cocher, n'auriez-vous point

---

1. Savant médecin anglais du XVIIIᵉ siècle, célèbre par ses travaux sur les poisons et sur la peste. (ED.)

mis dans votre voiture quelque paquet pour nos apothicaires? — Non, monsieur, répondit le cocher; voilà l'unique ballot que j'y ai placé par ordre du révérend père. » Alors il fouilla dans le coffre, et en tira deux douzaines d'exemplaires du *Journal de Trévoux*. « Eh bien! messieurs, avais-je tort? » dit ce grand médecin.

Tous les assistants admirèrent sa prodigieuse sagacité; chacun reconnut l'origine du mal : on brûla sur-le-champ sous le nez du patient le paquet pernicieux; et les particules pesantes s'étant atténuées par l'action du feu, Berthier fut un peu soulagé; mais comme le mal avait fait de grands progrès, et que la tête était attaquée, le danger subsistait toujours. Le médecin imagina de lui faire avaler une page de l'*Encyclopédie* dans du vin blanc, pour remettre en mouvement les humeurs de la bile épaissie : il en résulta une évacuation copieuse; mais la tête était toujours horriblement pesante, les vertiges continuaient, le peu de paroles qu'il pouvait articuler n'avaient aucun sens : il resta deux heures dans cet état, après quoi on fut obligé de le faire confesser.

Deux prêtres se promenaient alors dans la rue des Récollets : on s'adressa à eux. Le premier refusa : « Je ne veux point, dit-il, me charger de l'âme d'un jésuite, cela est trop scabreux : je ne veux avoir affaire à ces gens-là, ni pour les affaires de ce monde, ni pour celles de l'autre : confessera un jésuite qui voudra, ce ne sera pas moi. » Le second ne fut pas si difficile. « J'entreprendrai cette opération, dit-il; on peut tirer parti de tout. »

Aussitôt il fut conduit dans la chambre où le malade venait d'être transporté; et comme Berthier ne pouvait encore parler distinctement, le confesseur prit le parti de l'interroger. « Mon révérend père, lui dit-il, croyez-vous en Dieu? — Voilà une étrange question, dit Berthier. — Pas si étrange, dit l'autre : il y a croire et croire : pour s'assurer de croire comme il faut, il est nécessaire d'aimer Dieu et son prochain : les aimez-vous sincèrement? — Je distingue, dit Berthier. — Point de distinction, s'il vous plaît, reprit le confessant; point d'absolution si vous ne commencez par ces deux devoirs. — Eh bien! oui, dit le confessé, puisque vous m'y forcez, j'aime Dieu, et le prochain comme je peux.

— N'avez-vous point lu souvent de mauvais livres? dit le confessant. — Qu'entendez-vous par mauvais livres? dit le confessé. — Je n'entends pas, dit le confessant, les livres simplement ennuyeux, comme l'*Histoire romaine* des frères Catrou et Rouillé, et vos tragédies de colléges et vos livres intitulés *des Belles-Lettres*, et *la Louisiade* de votre Le Moine, et les vers de votre Ducerceau sur la ravigote, et ses nobles stances sur le messager du Mans, et le remercîment au duc du Maine pour des pâtés, et votre *Pensez-y bien*, et toutes les finesses du bel esprit monacal; j'entends les imaginations du frère Bougeant, condamnées par le parlement et par l'archevêque de Paris; j'entends les gentillesses de frère Berruyer, qui a changé l'*Ancien* et le *Nouveau-Testament* en un roman de ruelle dans le goût de *Clélie*, si justement flétri à Rome et en France; j'entends la théologie de frère Busenbaum et de frère

Lacroix[1], qui ont si hautement renchéri sur tout ce qu'avaient écrit frère Guignard, et frère Gueret, et frère Garnet, et frère Oldcorn, et tant d'autres; j'entends frère Jouvency, qui compare finement le président de Harlay à Pilate, le parlement aux Juifs, et frère Guignard à Jésus-Christ, parce qu'un citoyen trop emporté, mais pénétré d'une juste horreur contre un professeur du parricide, s'avisa de cracher au visage de frère Guignard, assassin de Henri IV, dans le temps que ce monstre impénitent refusait de demander pardon au roi et à la justice; j'entends enfin cette foule innombrable de vos casuistes, que l'éloquent Pascal a trop épargnés, et surtout votre Sanchez, qui, dans son livre *De matrimonio*, a fait un recueil de tout ce que *l'Arétin* et le *Portier des Chartreux* auraient tremblé de dire[2]. Pour peu que vous ayez fait de telles lectures, vous êtes en grand danger de votre salut.

— Je distingue, répondit l'interrogé. — Point de distinction, encore une fois, reprit l'interrogeant. Avez-vous lu tous ces livres? oui, ou non. — Monsieur, dit Berthier, je suis en droit de tout lire, attendu le poste éminent que j'occupe dans la Compagnie. — Eh! quel est donc ce grand poste? dit le confesseur. — Eh bien! répondit Berthier, c'est moi, afin que vous le sachiez, qui suis l'auteur du *Journal de Trévoux*.

—Quoi! c'est vous qui êtes l'auteur de ce livre qui damne tant de monde? — Monsieur, monsieur, mon livre ne damne personne; dans quel péché pourrait-il faire tomber, s'il vous plaît? — Ah! frère, dit le confessant, ne savez-vous pas que quiconque appelle son frère Raca est coupable de la géhenne du feu[3]? Or vous avez le malheur de faire venir à quiconque vous lit la tentation prochaine de vous nommer Raca : combien ai-je vu d'honnêtes gens qui, ayant lu seulement deux ou trois pages de votre livre, le jetaient au feu, transportés de colère! « Quel impertinent auteur! disaient-ils; l'ignorant! le butor! le cuistre! le cheval! » Cela ne finissait point : l'esprit de charité était totalement éteint en eux, et ils étaient évidemment en risque de leur salut. Jugez de combien de maux vous avez été cause! Il y a peut-être près de cinquante personnes qui vous lisent, et ce sont cinquante âmes que vous mettez en péril tous les mois. Ce qui excite surtout la colère

1. Ces deux honnêtes jésuites disent, dans ce beau livre réimprimé depuis peu, qu'un citoyen, proscrit par un prince, ne peut être assassiné légitimement que dans le territoire du prince; mais qu'un prince, proscrit par le pape, peut être assassiné dans toute la terre, parce que le pape est souverain de la terre; qu'un homme chargé de tuer un excommunié peut donner cette commission à un autre; que c'est un acte de charité d'accepter cette commission, etc., pages 101, 102, 103.

2. Ce frère Sanchez examine « Utrum femina quæ nondum seminavit, possit, « virili membro extracto, se tactibus ad seminandum provocare? » Lib. IX, disp. xvii, n° 8. « Semen ubi femina effudit, an teneatur alter effundere, sive inter uxores, sive inter fornicantes? Utrum liceat intra vas præposterum, aut in os feminæ, membrum intromittere, animo consummandi intra vas legitimum, etc. » Lib. IX, disp. xvii, depuis le n° 1, 2, 3, 4. Ce même Sanchez pousse l'abomination jusqu'à examiner sérieusement : « An Virgo Maria semen emiserit in copulatione cum Spiritu Sancto? » Lib. II, disp. xxi, n° 11. Et il tient pour l'affirmative.

3. Matthieu, v, 22. (Éd.)

parmi les fidèles, c'est cette confiance avec laquelle vous décidez de tout ce que vous n'entendez point. Ce vice prend visiblement sa source dans deux péchés mortels : l'un est l'orgueil, et l'autre l'avarice. N'est-il pas vrai que vous faites votre livre pour de l'argent, et que vous êtes atteint de la superbe, quand vous critiquez mal à propos l'abbé Velli, et l'abbé Coyer, et l'abbé d'Olivet, et tous nos bons auteurs? Je ne puis vous donner l'absolution, que vous n'ayez fait un ferme propos de ne travailler de votre vie au *Journal de Trévoux.* »

Frère Berthier ne savait que répondre; sa tête n'était pas bien libre, et il tenait furieusement à ses deux péchés favoris. « Eh quoi! vous hésitez, dit le confessant; songez que dans peu d'heures tout va finir pour vous : peut-on chérir encore ses passions, quand il faut renoncer pour jamais à les satisfaire? Vous demandera-t-on au jour du jugement si vous avez réussi ou non à faire le *Journal de Trévoux?* Est-ce pour cela que vous êtes né? est-ce pour nous ennuyer que vous avez fait vœu de chasteté, d'humilité et d'obéissance? Arbre séché, arbre rabougri, qui allez être réduit en cendres, profitez du moment qui vous reste; portez encore des fruits de pénitence; détestez surtout l'esprit de calomnie qui vous a possédé jusqu'à présent; tâchez d'avoir autant de religion que ceux que vous accusez d'être sans religion. Sachez, frère Berthier, que la piété et la vertu ne consistent pas à croire que votre François Xavier [1] ayant laissé tomber son crucifix dans la mer, un cancre vint humblement le lui rapporter. On peut être honnête homme, et douter que le même Xavier ait été en deux endroits à la fois; vos livres peuvent le dire; mais, mon frère, il est permis de ne rien croire de ce qui est dans vos livres.

« A propos, frère, n'auriez-vous point écrit à frère Malagrida et complices? Vraiment j'oubliais cette peccadille : vous croyez donc que parce qu'il n'en coûta autrefois qu'une dent à Henri IV, et qu'il n'en coûte aujourd'hui qu'un bras au roi de Portugal, vous pourrez vous sauver avec la direction d'intention? vous pensez que ce sont là des péchés véniels, et, pourvu que le *Journal de Trévoux* se débite, vous vous souciez peu du reste.

— Je distingue, monsieur, dit Berthier. — Encore des distinctions! dit le confessant : eh bien! moi, je ne distingue point, et je vous refuse net l'absolution. »

Comme il disait ces mots, arrive frère Coutu en hâte, tout courant, tout essoufflé, tout suant, tout haletant, tout puant; il s'était informé de celui qui avait l'honneur de confesser son révérend père. « Arrêtez, arrêtez, cria-t-il, point de sacrements, je vous en conjure, mon cher révérend père Berthier, mourez sans sacrements; c'est l'auteur des *Nouvelles ecclésiastiques* avec qui vous êtes, c'est le renard qui se confesse au loup; vous êtes perdu si vous avez dit la vérité. »

L'étonnement, la honte, la douleur, la colère, la rage, ranimèrent alors un moment les esprits du patient. « Vous l'auteur des *Nouvelles ecclésiastiques!* s'écria-t-il; et vous avez attrapé un jésuite! — Oui, mon

---

1. Miracles rapportés dans la Vie de saint François Xavier.

ami, répondit le confessant avec un sourire amer. — Rends-moi ma confession, coquin, dit Berthier; rends-moi ma confession tout à l'heure. Ah! c'est donc toi, l'ennemi de Dieu, des rois et même des jésuites; c'est toi qui viens abuser de l'état où je suis! Traître, que n'es-tu en apoplexie, et que ne puis-je te donner l'extrême-onction! Tu crois donc être moins ennuyeux et moins fanatique que moi? Oui, j'ai écrit des sottises, j'en conviens: je me suis rendu méprisable et haïssable, je l'avoue: mais toi, n'es-tu pas le plus bas et le plus exécrable de tous les barbouilleurs de papier à qui la démence a mis la plume à la main? Dis-moi donc si ton histoire des convulsions ne vaut pas bien nos *Lettres édifiantes et curieuses?* Nous voulons dominer partout, je le confesse; et toi tu voudrais tout brouiller: nous voudrions séduire toutes les puissances: et toi tu voudrais exciter la sédition contre elles. La justice a fait brûler nos livres, d'accord; mais n'a-t-elle pas fait aussi brûler les tiens? Nous sommes tous en prison dans le Portugal, il est vrai; mais la police ne t'a-t-elle pas poursuivi cent fois, toi et tes complices? Si j'ai eu la bêtise d'écrire contre des hommes éclairés qui dédaignaient jusque-là de m'écraser, n'as-tu pas eu la même impertinence? ne nous tourne-t-on pas tous deux également en ridicule? et ne devons-nous pas avouer que dans ce siècle, l'égout des siècles, nous sommes tous deux les plus vils insectes de tous les insectes qui bourdonnent au milieu de la fange de ce bourbier? » Voilà ce que la force de la vérité arrachait de la bouche de frère Berthier; il parlait comme un inspiré; ses yeux, remplis d'un feu sombre, roulaient avec égarement; sa bouche se tordait, l'écume la couvrait, son corps se roidissait, son cœur palpitait: bientôt une défaillance générale succéda à ces convulsions; et dans cette défaillance il serra tendrement la main de frère Coutu. « J'avoue, dit-il, qu'il y a bien des pauvretés dans mon *Journal de Trévoux;* mais il faut excuser la faiblesse humaine. — Ah! mon révérend père, vous êtes un saint, dit frère Coutu; vous êtes le premier auteur qui ait jamais avoué qu'il était ennuyeux: allez, mourez en paix, moquez-vous des *Nouvelles ecclésiastiques;* mourez, mon révérend père, et soyez sûr que vous ferez des miracles. »

Ainsi passa de cette vie à l'autre frère Berthier, le 12 octobre, à cinq heures et demie du soir.

Apparition de frère Berthier à frère Garassise, continuateur du JOURNAL DE TRÉVOUX.

Le 14 octobre, moi frère Ignace Garassise, petit-neveu de frère Garasse, sur les deux heures après minuit, étant éveillé, j'eus une vision, et voici venir à moi le fantôme de frère Berthier, dont il me prit le plus long et le plus terrible bâillement que j'eusse jamais éprouvé. « Vous êtes donc mort, lui dis-je, mon révérend père? » Il me fit en bâillant un signe de tête qui voulait dire oui. « Tant mieux, lui dis-je, car sans doute Votre Révérence est au nombre des saints; vous devez occuper une des premières places. Quel plaisir de vous voir dans le ciel avec tous nos frères, passés, présents, et futurs! N'est-il pas vrai que cela fait environ quatre millions de têtes à auréole depuis la fondation de notre Compagnie jusqu'à nos jours? Je ne crois pas qu'il s'en trouve autant chez les pères de l'Oratoire. Parlez, mon révérend père, ne bâillez plus, et dites-moi des nouvelles de vos joies.

— O mon fils! dit frère Berthier d'une voix lugubre, que vous êtes dans l'erreur! hélas! le *Paradis ouvert à Philagie* est fermé pour nos pères! — Est-il possible? fis-je. — Oui, fit-il, gardez-vous des vices pernicieux qui nous damnent; et surtout, quand vous travaillerez au *Journal de Trévoux*, ne m'imitez pas: ne soyez ni calomniateur, ni mauvais raisonneur, ni surtout ennuyeux, comme j'ai eu le malheur de l'être, ce qui est de tous les péchés le plus impardonnable. »

Je fus saisi d'une sainte horreur à ce terrible propos de frère Berthier. « Vous êtes donc damné? m'écriai-je. — Non, fit-il; je me suis heureusement repenti au dernier moment, je suis en purgatoire pour trois cent trente-trois mille trois cent trente-trois ans, trois mois, trois semaines et trois jours, et je n'en serai tiré que quand il se trouvera quelqu'un de nos frères qui sera humble, pacifique, qui ne désirera point d'aller à la cour, qui ne calomniera personne auprès des princes, qui ne se mêlera point des affaires du monde; qui, lorsqu'il fera des livres, ne fera bâiller personne, et qui m'appliquera tous ses mérites.

— Ah! frère, lui dis-je, votre purgatoire durera longtemps. Eh! dites-moi, je vous prie, quelle est votre pénitence dans ce purgatoire?

— Je suis obligé, dit-il, de faire tous les matins le chocolat d'un janséniste; on me fait lire pendant le dîner à haute voix une Lettre provinciale, et le reste du temps on m'occupe à raccommoder les chemises des religieuses de Port-Royal. — Vous me faites trembler! lui dis-je : que sont donc devenus nos pères pour qui j'avais une si grande vénération? où est le R. P. Letellier, ce chef, cet apôtre de l'Église gallicane? — Il est damné sans miséricorde, me répondit frère Berthier, et il le méritait bien : il avait trompé son roi, il avait allumé le flambeau de la discorde, supposé des lettres d'évêques, et persécuté de la manière la plus lâche et la plus emportée le plus digne archevêque que jamais ait eu la capitale de la France[1]; il a été condamné irrémissiblement comme faussaire, calomniateur et perturbateur du repos public : c'est lui surtout qui nous a perdus, c'est lui qui a redoublé en nous cette manie qui nous fait aller en enfer par centaines et par milliers. Nous crûmes, parce que frère Letellier avait du crédit, que nous devions tous en avoir; nous nous imaginâmes, parce qu'il avait trompé son pénitent, que nous devions tromper tous les nôtres; nous crûmes, parce qu'un de ses livres avait été condamné à Rome, que nous ne devions faire que des livres qui dussent aussi être condamnés; et enfin, nous avons fait le *Journal de Trévoux*. »

Tandis qu'il me parlait, je me tournais sur le côté gauche, puis sur le côté droit, puis je me mettais sur mon séant, puis je m'écriai : « O

1. Le cardinal de Noailles. (ÉD.)

mon cher purgatorien! que faut-il faire pour éviter l'état où vous êtes? quel est le péché qui est le plus à craindre? »

Berthier alors ouvrit la bouche, et dit : « En passant auprès de l'enfer pour aller au purgatoire, on me fit entrer dans la caverne des sept péchés capitaux, qui est à gauche du vestibule : je m'adressai d'abord à la luxure; c'était une grosse dondon fraîche et appétissante; elle était couchée sur un lit de roses, ayant le livre de Sanchez à ses pieds, et un jeune abbé à ses côtés; je lui dis : « Madame, ce n'est pas vous apparemment qui damnez nos jésuites? — Non, dit-elle, je n'ai pas cet honneur: j'ai, à la vérité, un petit frère qui s'était emparé de l'abbé Desfontaines, et de quelques autres de son espèce, tandis qu'ils portaient l'habit: mais, en général, je ne me mêle pas de vos affaires : la volupté n'est pas faite pour tout le monde. »

« L'Avarice était dans un coin, pesant de l'herbe du Paraguai contre de l'or. « Est-ce vous, madame, qui avez le plus de crédit chez nous? « — Non, mon révérend père, je damne seulement quelques-uns de vos « pères procureurs. » « Serait-ce vous? dis-je à la Colère. — Adressez-« vous à d'autres; je suis passagère, j'entre dans tous les cœurs, mais « je n'y demeure pas; mes sœurs prennent bientôt la place. » Je me tournai alors vers la Gourmandise qui était à table. « Pour vous, ma-« dame, lui dis-je, je sais bien, grâce à notre frère cuisinier, que ce « n'est pas vous qui perdez nos âmes. » Elle avait la bouche pleine, et ne put me répondre: mais elle me fit signe, en branlant la tête, que nous n'étions pas dignes d'elle.

« La Paresse reposait sur un canapé, à moitié endormie; je ne voulus pas l'éveiller: je me doutais bien de l'aversion qu'elle a pour des gens qui, comme nous, courent par tout le monde.

« J'aperçus l'Envie dans un coin, qui rongeait les cœurs de trois ou quatre poëtes, de quelques prédicateurs, et de cent faiseurs de brochures. « Vous avez bien la mine, lui dis-je, d'avoir grande part à « nos péchés. — Ah! dit-elle, mon révérend père, vous êtes trop bon : « comment des gens qui ont si bonne opinion d'eux-mêmes pourraient-« ils avoir recours à une pauvre malheureuse comme moi, qui n'ai que « la peau sur les os? Adressez-vous à monsieur mon père. »

« En effet, son père était auprès d'elle dans une chaise à bras, vêtu d'un habit fourré d'hermine, la tête haute, le regard dédaigneux, les joues rouges, pleines et pendantes; je reconnus l'Orgueil: je me prosternai; c'était le seul être à qui je pusse rendre ce devoir. « Pardon, « mon père, lui dis-je, si je ne me suis pas d'abord adressé à vous; je « vous ai toujours eu dans mon cœur: oui, c'est vous qui nous gouver-« nez tous. Le plus ridicule écrivain, fût-ce l'auteur de l'Année litté-« raire, est inspiré par vous: ô magnifique diable! c'est vous qui régnez « sur le mandarin et sur le colporteur, sur le grand lama et sur le ca-« pucin, sur la sultane et sur la bourgeoise: ainsi nos pères sont vos « premiers favoris: votre divinité éclate en nous à travers les voiles de « la politique; j'ai toujours été le plus fier de vos disciples, et je sens « même que je vous aime encore. » Il répondit à mon hymne par un sourire de protection, et aussitôt je fus traduit en purgatoire. »

Ici finit la vision de frère Garassise; il renonça au *Journal de Trévoux*, passa à Lisbonne, où il eut de longues conférences avec frère Malagrida, et ensuite alla au Paraguai.

Relation du voyage de frère Garassise, neveu de frère Garasse, successeur de frère Berthier, et ce qui s'ensuit, en attendant ce qui s'ensuivra.

L'an de notre salut 1760, le 14 janvier, arriva de Lisbonne à Paris frère Garassise, en poste sur ses fesses, et mit pied à terre au collège de Clermont, dit, par abus, de Louis-le-Grand, et on sonna la cloche, et le R. P. provincial assembla son conseil, composé du R. P. spirituel, du R. P. recteur, du R. P. principal, de trois RR. PP. assistants, et du R. P. Croust, confesseur en cour.

Et frère Garassise rendit compte en ces termes du succès de son voyage devant cette vénérable assemblée :

« Au nom de saint Ignace. En arrivant de nuit à la ville de Lisbonne pour le service de la compagnie, voici que le ciel s'entr'ouvrit, et que deux saints de notre ordre en descendirent, lesquels saints je ne pus reconnaître, attendu l'énorme quantité que nous en possédons; et ils avaient les yeux plus perçants, et les oreilles plus longues, et les mains plus crochues que les autres hommes; et l'un d'eux me dit : « Garas- « sise, neveu de Garasse, cours à la prison des Lions, où est renfermé « frère Malagrida, et tu lui parleras, et il te dira les choses; » et je lui dis : « Comment voulez-vous que j'aille à la prison des Lions, et que « frère Malagrida me dise les choses, puisque je n'ai pas les clefs, et que « la prison des Lions est gardée par la sainte Hermandad? » Et le saint me répondit : « Nous serons avec toi, et les portes s'ouvriront; » et je répondis aux deux saints : « Pourquoi n'y avez-vous pas été vous- » mêmes, et pourquoi n'avez-vous pas tiré frère Malagrida de la prison « des Lions? » Et l'un d'eux me dit : « Tu es bien curieux; ne sais-tu « pas que les saints ne peuvent pas tout faire? Obéis, et marche. »

« J'obéis, et je marchai; et voici les portes de la prison s'ouvrirent : je me prosternai devant frère Malagrida : je baisai ses chaînes : je lui dis : « Pourquoi êtes-vous ici? » Il me répondit : « Pour faire mon « salut. — Serez-vous pendu? fis-je. — Je n'en sais rien, fit-il. — Les « méchants ont prévalu contre vous, ajoutai-je. — Saint Ignace soit « béni, ajouta-t-il. Vous êtes venu ici pour accomplir l'œuvre; prenez « ce que je vais vous donner; portez-le à ceux qui vous ont envoyé, et « qu'il soit conservé soigneusement pour servir au besoin. »

« Alors il tira d'entre les plis de sa robe un coutelet que la sainte Hermandad n'avait jamais pu découvrir, et il le mit entre mes mains, et je lui dis : « Frère, d'où vous vient ce petit coutelet? »

« Puis, levant les yeux au ciel avec des soupirs, il dit : « Ce saint « instrument a toujours été dans notre ordre; je le tiens de frère Lacroix[1], « qui le tenait de frère Lessius, qui le tenait de frère Mariana, qui le « tenait de frère Busembaum, qui le tenait des frères Oldcorn et Garnet,

---

1. Frère Lacroix avait été éditeur de Busembaum. (Éd.)

« qui le tenaient des frères Guignard et Gueret, qui le tenaient des
« frères Créton et Campion, qui le tenaient de frère Matthieu, courrier
« de la Ligue : c'est une des plus saintes reliques que nous ayons ; et
« quiconque de nous aura le bonheur de le posséder court fortune d'être
« pendu, et d'aller en paradis. »

« Je pris humblement la relique, et la mis dans ma culotte, et je
m'écriai : « O frère ! comment se peut-il qu'avec une si puissante re-
« lique vous ayez fait si peu de miracles ? » Et alors il me dit : « Voici
« je te confie tous les secrets de la sainte entreprise, et ils sont dans ce
« paquet cacheté, et tu porteras ce paquet cacheté au provincial de ta
« province, afin que tout soit accompli. »

Et alors frère Garassise mit humblement sur la table le paquet cacheté, et on ouvrit ce paquet, et on y lut ces choses :

Comment les frères jésuites avaient fait révolter pour la cause de
Dieu la horde du Saint-Sacrement contre leur roi légitime.

Comment les frères jésuites avaient excité une sédition dans le Brésil, pour rétablir l'union et la paix.

Comment les frères jésuites avaient pris leurs mesures pour envoyer
le roi de Portugal rendre compte à Dieu de ses actions.

Comment les frères jésuites ont été chassés de Portugal par les lois
humaines contre les lois divines.

Comment les frères Malagrida, Mathos, et Alexandre, n'ont pas
encore reçu la couronne du martyre, que tout le monde leur souhaite.

Le R. P. provincial ayant fait lecture du contenu de tous ces articles, et l'assemblée ayant délibéré sur cette affaire, le R. P. procureur se leva et dit : « Voici s'amuser à chose de néant, et qui ne sont
d'aucun rapport ; quand ce couteau, que je révère comme je le dois,
ferait encore de nouveaux miracles, cela ne nous donnerait pas de
quoi vivre ; quand on aura pendu frère Malagrida, frère Mathos, et
frère Alexandre, nous n'y gagnerons pas un écu ; nous avons perdu la
moitié de nos écoliers ; nos livres ne se débitent plus ; nous sommes
haïs et méprisés : le grand Berthier est mort ; les libraires ne nous
donnent plus d'argent, et nous n'avons plus personne parmi nous capable de travailler au *Journal de Trévoux*. Berruyer en était digne ;
mais la mort nous a privés de ce grand homme. Griffet pourrait nous
aider ; mais il est occupé à rallonger l'Histoire de frère Daniel ; et
quoiqu'il ne soit pas plus instruit que frère Daniel des lois du royaume,
des droits des différents corps, des libertés de l'Église gallicane, de
l'ancienne chevalerie, des états du royaume, et des anciens parlements,
cependant il écrit toujours à bon compte, et ne peut se résoudre à
continuer notre Journal. Quel parti prendrons-nous, mes révérends
pères ? » Le R. P. spirituel se leva, et proféra ces paroles :

« Il nous faut de l'argent ; affermons le *Journal de Trévoux* à quelque serviteur de Dieu connu dans Paris. » Un des assistants dit : « Je
propose le célèbre Abraham Chaumeix ; » mais on conclut à la pluralité des voix qu'on ne pouvait se fier à cet homme, attendu qu'il avait
changé trop souvent de profession ; s'étant fait de vinaigrier voiturier,
de voiturier colporteur, de colporteur jésuite, de jésuite maître d'école,

de maître d'école convulsionnaire, et qu'il avait fini par se faire cruci-fier, le 2 mars 1750, dans la rue Saint-Denis, vis-à-vis Saint-Leu, au second étage; qu'enfin il n'y avait pas moyen de confier un fardeau aussi important que le *Journal de Trévoux* à un écrivain de cette trempe, quelque grand homme qu'il fût d'ailleurs.

Le R. P. Croust ouvrit son avis en ces termes : « *Pax Christi, shelm*[1], puisque vous ne pouvez faire votre chien de *Journal de Trévoux* en français, je vous conseille de le faire en allemand; on ne vous enten-dra pas plus qu'on ne vous entendait auparavant; et en outre, la lan-gue allemande est bien plus propre aux injures que votre fichue lan-gue franque trop efféminée. » L'assemblée rit, et Croust jura Dieu en allemand.

Comme l'assemblée était en ces détresses, entra brusquement maî-tre Aliboron, dit Fréron, de l'académie d'Angers. « Mes révérends pè-res, dit-il, je sais quelle est votre peine; j'ai été jésuite, et vous m'a-vez chassé; je ne suis qu'une cruche de votre poterie que vous avez cassée, mais *servabit odorem testa diu*, comme dit saint Matthieu; je suis plus ignorant, plus impudent, plus menteur que jamais; faites-moi fermier du *Journal de Trévoux*, et je vous payerai comme je pourrai. — Mon ami, dit Croust, vous avez, il est vrai, de grandes qualités; mais il est dit, dans Cicéron : « Ne donnez pas le pain des « enfants de la maison aux chiens[2]; » et dans un autre endroit, dont je ne me souviens pas, il dit : « Je suis venu pour sauver mes loups « de la dent de mes brebis. » Allez, maître, vous gagnez assez à hur-ler et à aboyer dans votre trou, tirez. »

Frère Garassise, qui n'avait point encore parlé, se leva et dit : « Mes révérends pères, il n'est pas juste en effet qu'un apostat soit préféré aux enfants de la maison : j'ai été choisi par frère Berthier, d'ennuyeuse mémoire; il m'a remis en bâillart l'emploi de journa-liste : je ne l'ai quitté que pour m'acquitter de la commission sainte que j'avais auprès de frère Malagrida; je travaillerai au *Journal de Trévoux* jusqu'au temps où je pourrai aller exécuter vos ordres au Pa-raguai. Je vous ai apporté le coutelet de frère Malagrida ; j'ai la plume de Berthier, je possède la fadeur de Catrou, les antithèses de Porée, la sécheresse de Daniel; je demande ce qui m'est dû pour prix de mes services. »

A ces mots, l'assemblée lui décerna le Journal tout d'une voix; il l'écrivit, et l'on bâilla plus que jamais dans Paris.

N. B. On a mis sous presse le contenu du procès des frères Mala-grida, Mathos, et Alexandre, et le journal de tout ce qui s'est passé au Paraguai depuis cinq ans, envoyé par le gouverneur du Brésil à la cour de Lisbonne; ce sont deux pièces authentiques, par lesquelles on finira ces relations, qui composeront un volume utile et édifiant; on pourra même y ajouter quelques remarques pour l'avantage du pro-chain.

1. *Schelm*, en allemand, signifie fripon, coquin. (ÉD.)
2. **Matthieu**. VII, 6; et XV, 26. (ED.)

MÉMOIRES

POUR SERVIR

À LA VIE DE M. DE VOLTAIRE,

ÉCRITS PAR LUI-MÊME.

(COMPOSÉS EN 1759, PUBLIÉS SEULEMENT EN 1784.)

J'étais las de la vie oisive et turbulente de Paris, de la foule des petits-maîtres, des mauvais livres imprimés avec approbation et privilége du roi, des cabales des gens de lettres, des bassesses et du brigandage des misérables qui déshonoraient la littérature. Je trouvai, en 1733, une jeune dame qui pensait à peu près comme moi, et qui prit la résolution d'aller passer plusieurs années à la campagne pour y cultiver son esprit, loin du tumulte du moude : c'était Mme la marquise du Châtelet, la femme de France qui avait le plus de disposition pour toutes les sciences.

Son père, le baron de Breteuil, lui avait fait apprendre le latin, qu'elle possédait comme Mme Dacier : elle savait par cœur les plus beaux morceaux d'Horace, de Virgile, et de Lucrèce; tous les ouvrages philosophiques de Cicéron lui étaient familiers. Son goût dominant était pour les mathématiques et pour la métaphysique. On a rarement uni plus de justesse d'esprit et plus de goût avec plus d'ardeur de s'instruire : elle n'aimait pas moins le monde, et tous les amusements de son âge et de son sexe. Cependant elle quitta tout pour aller s'ensevelir dans un château délabré sur les frontières de la Champagne et de la Lorraine, dans un terrain très-ingrat et très-vilain. Elle embellit ce château[1], qu'elle orna de jardins assez agréables. J'y bâtis une galerie; j'y formai un très-beau cabinet de physique. Nous eûmes une bibliothèque nombreuse. Quelques savants vinrent philosopher dans notre retraite. Nous eûmes deux ans entiers le célèbre Koënig, qui est mort professeur à la Haye, et bibliothécaire de Mme la princesse d'Orange. Maupertuis vint avec Jean Bernouilli; et dès lors Maupertuis, qui était né le plus jaloux des hommes, me prit pour l'objet de cette passion qui lui a été toujours très-chère.

J'enseignai l'anglais à Mme du Châtelet, qui au bout de trois mois le sut aussi bien que moi, et qui lisait également Locke, Newton, et Pope. Elle apprit l'italien aussi vite; nous lûmes ensemble tout le Tasse et tout l'Arioste. De sorte que quand Algarotti vint à Cirey, où il acheva son *Neutonianismo per le dame*, il la trouva assez savante dans sa langue pour lui donner de très-bons avis dont il profita. Algarotti était un Vénitien fort aimable, fils d'un marchand fort riche; il

1. Cirey. (ÉD.)

voyageait dans toute l'Europe, savait un peu de tout, et donnait à tout de la grâce.

Nous ne cherchions qu'à nous instruire dans cette délicieuse retraite, sans nous informer de ce qui se passait dans le reste du monde. Notre plus grande attention se tourna longtemps du côté de Leibnitz et de Newton. Mme du Châtelet s'attacha d'abord à Leibnitz, et développa une partie de son système dans un livre très-bien écrit, intitulé *Institutions de Physique*. Elle ne chercha point à parer cette philosophie d'ornements étrangers : cette afféterie n'entrait point dans son caractère mâle et vrai. La clarté, la précision, et l'élégance, composaient son style. Si jamais on a pu donner quelque vraisemblance aux idées de Leibnitz, c'est dans ce livre qu'il la faut chercher. Mais on commence aujourd'hui à ne plus s'embarrasser de ce que Leibnitz à pensé.

Née pour la vérité, elle abandonna bientôt les systèmes, et s'attacha aux découvertes du grand Newton. Elle traduisit en français tout le livre des principes mathématiques ; et depuis, lorsqu'elle eut fortifié ses connaissances, elle ajouta à ce livre, que si peu de gens entendent, un commentaire algébrique, qui n'est pas davantage à la portée du commun des lecteurs. M. Clairaut, l'un de nos meilleurs géomètres, a revu exactement ce commentaire. On en a commencé une édition ; il n'est pas honorable pour notre siècle qu'elle n'ait pas été achevée.

Nous cultivions à Cirey tous les arts. J'y composai *Alzire*, *Mérope*, l'*Enfant prodigue*, *Mahomet*. Je travaillai pour elle à un *Essai sur l'Histoire générale* depuis Charlemagne jusqu'à nos jours : je choisis cette époque de Charlemagne, parce que c'est celle où Bossuet s'est arrêté, et que je n'osais toucher à ce qui avait été traité par ce grand homme. Cependant elle n'était pas contente de l'*Histoire universelle* de ce prélat. Elle ne la trouvait qu'éloquente ; elle était indignée que presque tout l'ouvrage de Bossuet roulât sur une nation aussi méprisable que celle des Juifs.

Après avoir passé six années dans cette retraite, au milieu des sciences et des arts, il fallut que nous allassions à Bruxelles, où la maison du Châtelet avait depuis longtemps un procès considérable contre la maison de Honsbrouk. J'eus le bonheur d'y trouver un petit-fils de l'illustre et infortuné grand pensionnaire de Witt, qui était premier président de la chambre des comptes. Il avait une des plus belles bibliothèques de l'Europe, qui me servit beaucoup pour l'*Histoire générale ;* mais j'eus à Bruxelles un bonheur plus rare, et qui me fut plus sensible : j'accommodai le procès pour lequel les deux maisons se ruinaient en frais depuis soixante ans. Je fis avoir à M. le marquis du Châtelet deux cent vingt mille livres, argent comptant, moyennant quoi tout fut terminé.

Lorsque j'étais encore à Bruxelles, en 1740, le gros roi de Prusse Frédéric-Guillaume, le moins endurant de tous les rois, sans contredit le plus économe et le plus riche en argent comptant, mourut à Berlin. Son fils, qui s'est fait une réputation si singulière, entretenait un commerce assez régulier avec moi depuis plus de quatre années. Il n'y a jamais eu peut-être au monde de père et de fils qui se ressemblas-

sent moins que ces deux monarques. Le père était un véritable Van-
dale, qui dans tout son règne n'avait songé qu'à amasser de l'argent,
et à entretenir à moins de frais qu'il se pouvait les plus belles troupes
de l'Europe. Jamais sujets ne furent plus pauvres que les siens, et jamais roi ne fut plus riche. Il avait acheté à vil prix une grande partie
des terres de sa noblesse, laquelle avait mangé bien vite le peu d'argent qu'elle en avait tiré, et la moitié de cet argent était rentrée encore dans les coffres du roi par les impôts sur la consommation. Toutes les terres royales étaient affermées à des receveurs qui étaient en
même temps exacteurs et juges, de façon que quand un cultivateur
n'avait pas payé au fermier à jour nommé, ce fermier prenait son habit de juge, et condamnait le délinquant au double. Il faut observer
que, quand ce même juge ne payait pas le roi le dernier du mois, il
était lui-même taxé au double le premier du mois suivant.

Un homme tuait-il un lièvre, ébranchait-il un arbre dans le voisinage des terres du roi, ou avait-il commis quelque autre faute, il fallait payer une amende. Une fille faisait-elle un enfant, il fallait que la
mère, ou le père, ou les parents, donnassent de l'argent au roi pour
la façon.

Mme la baronne de Knipausen, la plus riche veuve de Berlin, c'est-
à-dire qui possédait sept à huit mille livres de rente, fut accusée d'a-
voir mis au monde un sujet du roi dans la seconde année de son veu-
vage : le roi lui écrivit de sa main que, pour sauver son honneur,
elle envoyât sur-le-champ trente mille livres à son trésor; elle fut
obligée de les emprunter, et fut ruinée.

Il avait un ministre à la Haye, nommé Luiscius : c'était assurément de tous les ministres des têtes couronnées le plus mal payé; ce
pauvre homme, pour se chauffer, fit couper quelques arbres dans le
jardin d'Hors-Lardik, appartenant pour lors à la maison de Prusse; il
reçut bientôt après des dépêches du roi son maître qui lui retenaient
une année d'appointements. Luiscius désespéré se coupa la gorge avec
le seul rasoir qu'il eût : un vieux valet vint à son secours, et lui sauva
malheureusement la vie. J'ai retrouvé depuis Son Excellence à la Haye,
et je lui ai fait l'aumône à la porte du palais nommé *la vieille Cour*,
palais appartenant au roi de Prusse, et où ce pauvre ambassadeur avait
demeuré douze ans.

Il faut avouer que la Turquie est une république en comparaison du
despotisme exercé par Frédéric-Guillaume. C'est par ces moyens qu'il
parvint, en vingt-huit ans de règne, à entasser dans les caves de son
palais de Berlin environ vingt millions d'écus bien enfermés dans des
tonneaux garnis de cercles de fer. Il se donna le plaisir de meubler
tout le grand appartement du palais de gros effets d'argent massif,
dans lesquels l'art ne surpassait pas la matière. Il donna aussi à la
reine sa femme, en compte, un cabinet dont tous les meubles étaient
d'or, jusqu'aux pommeaux des pelles et pincettes, et jusqu'aux cafe-
tières.

Le monarque sortait à pied de ce palais, vêtu d'un méchant habit
de drap bleu, à boutons de cuivre, qui lui venait à la moitié des

cuisses; et quand il achetait un habit neuf, il faisait servir ses vieux boutons C'est dans cet équipage que Sa Majesté, armée d'une grosse canne de sergent, faisait tous les jours la revue de son régiment de géants. Ce régiment était son goût favori et sa plus grande dépense. Le premier rang de sa compagnie était composé d'hommes dont le plus petit avait sept pieds de haut : il les faisait acheter aux bouts de l'Europe et de l'Asie. J'en vis encore quelques-uns après sa mort. Le roi, son fils, qui aimait les beaux hommes, et non les grands hommes, avait mis ceux-ci chez la reine sa femme en qualité d'heiduques. Je me souviens qu'ils accompagnèrent un vieux carrosse de parade qu'on envoya au-devant du marquis de Beauvau, qui vint complimenter le nouveau roi au mois de novembre 1740. Le feu roi Frédéric-Guillaume, qui avait autrefois fait vendre tous les meubles magnifiques de son père, n'avait pu se défaire de cet énorme carrosse dédoré. Les heiduques, qui étaient aux portières pour le soutenir, en cas qu'il tombât, se donnaient la main par-dessus l'impériale.

Quand Frédéric-Guillaume avait fait sa revue, il allait se promener par la ville; tout le monde s'enfuyait au plus vite; s'il rencontrait une femme, il lui demandait pourquoi elle perdait son temps dans la rue : « Va-t'en chez toi, gueuse; une honnête femme doit être dans son ménage. » Et il accompagnait cette remontrance ou d'un bon soufflet, ou d'un coup de pied dans le ventre, ou de quelques coups de canne. C'est ainsi qu'il traitait aussi les ministres du saint Évangile, quand il leur prenait envie d'aller voir la parade.

On peut juger si ce Vandale était étonné et fâché d'avoir un fils plein d'esprit, de grâces, de politesse, et d'envie de plaire, qui cherchait à s'instruire, et qui faisait de la musique et des vers. Voyait-il un livre dans les mains du prince héréditaire, il le jetait au feu; le prince jouait-il de la flûte, le père cassait la flûte, et quelquefois traitait Son Altesse Royale comme il traitait les dames et les prédicants à la parade.

Le prince, lassé de toutes les attentions que son père avait pour lui, résolut un beau matin, en 1730, de s'enfuir, sans bien savoir encore s'il irait en Angleterre ou en France. L'économie paternelle ne le mettait pas à portée de voyager comme le fils d'un fermier général ou d'un marchand anglais. Il emprunta quelques centaines de ducats.

Deux jeunes gens fort aimables, Kat et Keith, devaient l'accompagner. Kat était le fils unique d'un brave officier général. Keith était gendre de cette même baronne de Knipausen à qui il en avait coûté dix mille écus pour faire des enfants. Le jour et l'heure étaient déterminés; le père fut informé de tout : on arrêta en même temps le prince et ses deux compagnons de voyage. Le roi crut d'abord que la princesse Guillelmine, sa fille, qui depuis a épousé le prince margrave de Bareith, était du complot; et, comme il était très-expéditif en fait de justice, il la jeta à coups de pied par une fenêtre qui s'ouvrait jusqu'au plancher. La reine mère, qui se trouva à cette expédition dans le temps que Guillelmine allait faire le saut, la retint à peine par ses jupes. Il en resta à la princesse une contusion au-dessous du teton gauche, qu'elle a conservée toute sa vie comme une marque des sentiments paternels, et qu'elle m'a fait l'honneur de me montrer.

Le prince avait une espèce de maîtresse[1], fille d'un maître d'école de la ville de Brandebourg, établie à Potsdam. Elle jouait du clavecin assez mal, le prince royal l'accompagnait de la flûte. Il crut être amoureux d'elle, mais il se trompait ; sa vocation n'était pas pour le sexe. Cependant, comme il avait fait semblant de l'aimer, le père fit faire à cette demoiselle le tour de la place de Potsdam, conduite par le bourreau, qui la fouettait sous les yeux de son fils.

Après l'avoir régalé de ce spectacle, il le fit transférer à la citadelle de Custrin, située au milieu d'un marais. C'est là qu'il fut enfermé six mois, sans domestiques, dans une espèce de cachot ; et, au bout de six mois, on lui donna un soldat pour le servir. Ce soldat, jeune, beau, bien fait, et qui jouait de la flûte, servit en plus d'une manière à amuser le prisonnier[2]. Tant de belles qualités ont fait depuis sa fortune. Je l'ai vu à la fois valet de chambre et premier ministre, avec toute l'insolence que ces deux postes peuvent inspirer.

Le prince était depuis quelques semaines dans son château de Custrin, lorsqu'un vieil officier, suivi de quatre grenadiers, entra dans sa chambre, fondant en larmes. Frédéric ne douta pas qu'on ne vînt lui couper le cou. Mais l'officier, toujours pleurant, le fit prendre par les quatre grenadiers qui le placèrent à la fenêtre, et qui lui tinrent la tête, tandis qu'on coupait celle de son ami Kat sur un échafaud dressé immédiatement sous la croisée. Il tendit la main à Kat, et s'évanouit. Le père était présent à ce spectacle, comme il l'avait été à celui de la fille fouettée.

Quant à Keith, l'autre confident, il s'enfuit en Hollande. Le roi dépêcha des soldats pour le prendre : il ne fut manqué que d'une minute, et s'embarqua pour le Portugal, où il demeura jusqu'à la mort du clément Frédéric-Guillaume.

Le roi n'en voulait pas demeurer là. Son dessein était de faire couper la tête à son fils. Il considérait qu'il avait trois autres garçons dont aucun ne faisait des vers, et que c'était assez pour la grandeur de la Prusse. Les mesures étaient déjà prises pour faire condamner le prince royal, comme l'avait été le czarovitz, fils aîné du czar Pierre Ier.

Il ne paraît pas bien décidé par les lois divines et humaines qu'un jeune homme doive avoir le cou coupé pour avoir voulu voyager. Mais le roi aurait trouvé à Berlin des juges aussi habiles que ceux de Russie. En tout cas, son autorité paternelle aurait suffi. L'empereur Charles VI, qui prétendait que le prince royal, comme prince de l'Empire, ne pouvait être jugé à mort que dans une diète, envoya le comte de Seckendorff au père pour lui faire les plus sérieuses remontrances. Le comte de Seckendorff, que j'ai vu depuis en Saxe, où il s'est retiré, m'a juré qu'il avait eu beaucoup de peine à obtenir qu'on ne tranchât pas la tête au prince. C'est ce même Seckendorff qui a commandé les armées de Bavière, et dont le prince, devenu roi de

---

1. Depuis Mme Shommers. (ÉD.) — 2. Il s'appelait Federsdoff. (ÉD.)

Prusse, fait un portrait affreux dans l'histoire de son père, qu'il a in-
sérée dans une trentaine d'exemplaires des *Mémoires de Brandebourg*[1].
Après cela, servez les princes, et empêchez qu'on ne leur coupe la
tête.

Au bout de dix-huit mois, les sollicitations de l'empereur et les
larmes de la reine de Prusse obtinrent la liberté du prince héréditaire,
qui se mit à faire des vers et de la musique plus que jamais. Il lisait
Leibnitz, et même Wolf, qu'il appelait un compilateur de fatras, et il
donnait tant qu'il pouvait dans toutes les sciences à la fois.

Comme son père lui accordait peu de part aux affaires, et que même
il n'y avait point d'affaires dans ce pays, où tout consistait en revues,
il employa son loisir à écrire aux gens de lettres en France qui étaient
un peu connus dans le monde. Le principal fardeau tomba sur moi.
C'était des lettres en vers: c'était des traités de métaphysique, d'histoire, de politique. Il me traitait d'homme divin : je le traitais de Salomon. Les épithètes ne nous coûtaient rien. On a imprimé quelques-
unes de ces fadaises dans le recueil de mes œuvres; et heureusement
on n'en a pas imprimé la trentième partie. Je pris la liberté de lui envoyer une très-belle écritoire de Martin; il eut la bonté de me faire
présent de quelques colifichets d'ambre. Et les beaux esprits des cafés
de Paris s'imaginèrent, avec horreur, que ma fortune était faite.

Un jeune Courlandais, nommé Kaiserling, qui faisait aussi des vers
français, tant bien que mal, et qui en conséquence était alors son favori, nous fut dépêché à Cirey des frontières de la Poméranie. Nous
lui donnâmes une fête : je fis une belle illumination, dont les lumières
dessinaient les chiffres et le nom du prince royal, avec cette devise :
L'espérance du genre humain. Pour moi, si j'avais voulu concevoir des
espérances personnelles, j'en étais très en droit ; car on m'écrivait
Mon cher ami, et on me parlait souvent, dans les dépêches, des marques solides d'amitié qu'on me destinait quand on serait sur le trône.
Il y monta enfin lorsque j'étais à Bruxelles[2], et il commença par envoyer en France, en ambassade extraordinaire, un manchot, nommé
Camas; ci-devant Français réfugié, et alors officier dans ses troupes.
Il disait qu'il y avait un ministre de France à Berlin à qui il manquait
une main[3], et que pour s'acquitter de tout ce qu'il devait au roi de
France, il lui envoyait un ambassadeur qui n'avait qu'un bras. Camas,
en arrivant au cabaret, me dépêcha un jeune homme qu'il avait fait
son page, pour me dire qu'il était trop fatigué pour venir chez moi;
qu'il me priait de me rendre chez lui sur l'heure, et qu'il avait le plus
grand et le plus magnifique présent à me faire de la part du roi son
maître. « Courez vite, dit Mme du Châtelet; on vous envoie sûrement
les diamants de la couronne. » Je courus, je trouvai l'ambassadeur,
qui, pour toute valise, avait derrière sa chaise un quartaut de vin de

---

1. J'ai donné à l'électeur palatin l'exemplaire dont le roi de Prusse m'avait
fait présent.
2. 31 mai 1740. (ÉD.)
3. Il avait eu deux doigts de la main gauche emportés par un biscaïen au
siège de Douai, en 1710. (ÉD.)

la cave du feu roi, que le roi régnant m'ordonnait de boire. Je m'é-
puisai en protestations d'étonnement et de reconnaissance sur les marques liquides des bontés de Sa Majesté, substituées aux solides dont
elle m'avait flatté, et je partageai le quartaut avec Camas.

Mon Salomon était alors à Strasbourg. La fantaisie lui avait pris,
en visitant ses longs et étroits États qui allaient depuis Gueldres jusqu'à la mer Baltique, de voir *incognito* les frontières et les troupes de
France.

Il se donna ce plaisir dans Strasbourg, sous le nom du comte du
Four, riche seigneur de Bohème. Son frère le prince royal, qui l'accompagnait, avait pris aussi son nom de guerre; et Algarotti, qui s'é-
tait déjà attaché à lui, était le seul qui ne fût pas en masque.

Le roi m'envoya à Bruxelles une relation de son voyage moitié prose
et moitié vers, dans un goût approchant de Bachaumont et de Chapelle, c'est-à-dire autant qu'un roi de Prusse peut en approcher. Voici
quelques endroits de sa lettre :

« Après des chemins affreux, nous avons trouvé des gîtes plus affreux encore;

> Car des hôtes intéressés,
> De la faim nous voyant pressés,
> D'une façon plus que frugale,
> Dans une cuisine infernale,
> En nous empoisonnant, nous volaient nos écus.
> O siècle différent du temps de Lucullus !

« Des chemins affreux, mal nourris, mal abreuvés; ce n'était pas
tout : nous essuyâmes encore bien des accidents; et il faut assurément
que notre équipage ait un air bien singulier, puisqu'en chaque endroit
où nous passâmes on nous prit pour quelque chose d'autre.

> Les uns nous prenaient pour des rois;
> D'autres, pour des filous courtois;
> D'autres, pour gens de connaissance.
> Parfois le peuple s'attroupait,
> Entre les yeux nous regardait
> En badauds curieux remplis d'impertinence.

« Le maître de la poste de Kehl nous ayant assuré qu'il n'y avait
point de salut sans passe-port, et voyant que le cas nous mettait dans
la nécessité absolue d'en faire nous-mêmes, ou de ne point entrer à
Strasbourg, il fallut prendre le premier parti, à quoi les armes prus-
siennes que j'avais sur mon cachet nous secondèrent merveilleusement.

« Nous arrivâmes à Strasbourg, et le corsaire de la douane et le visiteur parurent contents de nos preuves.

> Ces scélérats nous épiaient;
> D'un œil le passe-port lisaient,
> De l'autre lorgnaient notre bourse.
> L'or, qui toujours fut de ressource,

Par lequel Jupin jouissait
De Danaé, qu'il caressait ;
L'or, par qui César gouvernait
Le monde, heureux sous son empire ;
L'or, plus dieu que Mars et l'Amour ;
Ce même or sut nous introduire
Le soir dans les murs de Strasbourg. »

On voit par cette lettre qu'il n'était pas encore devenu le meilleur de nos poëtes, et que sa philosophie ne regardait pas avec indifférence le métal dont son père avait fait provision.

De Strasbourg il alla voir ses États de la basse Allemagne, et me manda qu'il viendrait *incognito* me voir à Bruxelles. Nous lui préparâmes une belle maison ; mais étant tombé malade dans le petit château de Meuse, à deux lieues de Clèves, il m'écrivit qu'il comptait que je ferais les avances. J'allai donc lui présenter mes profonds hommages. Maupertuis, qui avait déjà ses vues, et qui était possédé de la rage d'être président d'une académie, s'était présenté de lui-même, et logeait avec Algarotti et Kaiserling dans un grenier de ce palais. Je trouvai à la porte de la cour un soldat pour toute garde. Le conseiller privé Rambonet, ministre d'État, se promenait dans la cour en soufflant dans ses doigts. Il portait de grandes manchettes de toile, sales, un chapeau troué, une vieille perruque de magistrat, dont un côté entrait dans une de ses poches, et l'autre passait à peine l'épaule. On me dit que cet homme était chargé d'une affaire d'État importante, et cela était vrai.

Je fus conduit dans l'appartement de Sa Majesté. Il n'y avait que les quatre murailles. J'aperçus dans un cabinet, à la lueur d'une bougie, un petit grabat de deux pieds et demi de large, sur lequel était un petit homme affublé d'une robe de chambre de gros drap bleu : c'était le roi, qui suait et qui tremblait sous une méchante couverture, dans un accès de fièvre violent. Je lui fis la révérence, et commençai la connaissance par lui tâter le pouls, comme si j'avais été son premier médecin. L'accès passé, il s'habilla et se mit à table. Algarotti, Kaiserling, Maupertuis, et le ministre du roi auprès des États-Généraux, nous fûmes du souper, où l'on traita à fond de l'immortalité de l'âme, de la liberté, et des androgynes de Platon.

Le conseiller Rambonet était, pendant ce temps-là, monté sur un cheval de louage : il alla toute la nuit, et le lendemain arriva aux portes de Liége, où il instrumenta au nom du roi son maître, tandis que deux mille hommes des troupes de Vesel mettaient la ville de Liége à contribution. Cette belle expédition avait pour prétexte quelques droits que le roi prétendait sur un faubourg. Il me chargea même de travailler à un manifeste, et j'en fis un tant bon que mauvais, ne doutant pas qu'un roi, avec qui je soupais et qui m'appelait son ami, ne dût avoir toujours raison. L'affaire s'accommoda bientôt, moyennant un million qu'il exigea en ducats de poids, et qui servirent à l'indemniser des frais de son voyage de Strasbourg, dont il s'était plaint dans sa poétique lettre.

Je ne laissai pas de me sentir attaché à lui, car il avait de l'esprit,
des grâces, et, de plus, il était roi; ce qui fait toujours une grande
séduction, attendu la faiblesse humaine. D'ordinaire ce sont nous autres gens de lettres qui flattons les rois: celui-là me louait depuis les
pieds jusqu'à la tête, tandis que l'abbé Desfontaines et d'autres gredins me diffamaient dans Paris, au moins une fois la semaine.

Le roi de Prusse, quelque temps avant la mort de son père, s'était
avisé d'écrire contre les principes de Machiavel. Si Machiavel avait eu
un prince pour disciple, la première chose qu'il lui eût recommandée
aurait été d'écrire contre lui. Mais le prince royal n'y avait pas entendu
tant de finesse. Il avait écrit de bonne foi dans le temps qu'il n'était
pas encore souverain, et que son père ne lui faisait pas aimer le pouvoir despotique. Il louait alors de tout son cœur la modération, la
justice; et, dans son enthousiasme, il regardait toute usurpation
comme un crime. Il m'avait envoyé son manuscrit à Bruxelles, pour
le corriger et le faire imprimer; et j'en avais déjà fait présent à un
libraire de Hollande, nommé Vanduren, le plus insigne fripon de son
espèce. Il me vint enfin un remords de faire imprimer l'Anti-Machiavel,
tandis que le roi de Prusse, qui avait cent millions dans ses coffres,
en prenait un aux pauvres Liégeois, par la main du conseiller Rambonet. Je jugeai que mon Salomon ne s'en tiendrait pas là. Son père
lui avait laissé soixante et six mille quatre cents hommes complets
d'excellentes troupes; il les augmentait, et paraissait avoir envie de
s'en servir à la première occasion.

Je lui représentai qu'il n'était peut-être pas convenable d'imprimer
son livre précisément dans le temps même qu'on pourrait lui reprocher
d'en violer les préceptes. Il me permit d'arrêter l'édition. J'allai en
Hollande uniquement pour lui rendre ce petit service; mais le libraire
demanda tant d'argent, que le roi, qui d'ailleurs n'était pas fâché dans
le fond du cœur d'être imprimé, aima mieux l'être pour rien que de
payer pour ne l'être pas.

Lorsque j'étais en Hollande, occupé de cette besogne, l'empereur
Charles VI mourut, au mois d'octobre 1740, d'une indigestion de
champignons qui lui causa une apoplexie; et ce plat de champignons
changea la destinée de l'Europe. Il parut bientôt que Frédéric II, roi
de Prusse, n'était pas aussi ennemi de Machiavel que le prince royal
avait paru l'être. Quoiqu'il roulât déjà dans sa tête le projet de son
invasion en Silésie, il ne m'appela pas moins à sa cour.

Je lui avais déjà signifié que je ne pouvais m'établir auprès de lui,
que je devais préférer l'amitié à l'ambition, que j'étais attaché à
Mme du Châtelet, et que, philosophe pour philosophe, j'aimais mieux
une dame qu'un roi.

Il approuvait cette liberté, quoiqu'il n'aimât pas les femmes. J'allai
lui faire ma cour au mois d'octobre. Le cardinal de Fleury m'écrivit
une longue lettre pleine d'éloges pour l'Anti-Machiavel, et pour l'auteur; je ne manquai pas de la lui montrer. Il rassemblait déjà ses
troupes, sans qu'aucun de ses généraux ni de ses ministres pût pénétrer son dessein. Le marquis de Beauvau, envoyé auprès de lui pour le

complimenter, croyait qu'il allait se déclarer contre la France en faveur de Marie-Thérèse, reine de Hongrie et de Bohême, fille de Charles VI; qu'il voulait appuyer l'élection à l'empire de François de Lorraine, grand-duc de Toscane, époux de cette reine; qu'il pouvait y trouver de grands avantages.

Je devais croire plus que personne qu'en effet le nouveau roi de Prusse allait prendre ce parti, car il m'avait envoyé, trois mois auparavant, un écrit politique de sa façon, dans lequel il regardait la France comme l'ennemie naturelle et déprédatrice de l'Allemagne. Mais il était dans sa nature de faire toujours tout le contraire de ce qu'il disait et de ce qu'il écrivait, non par dissimulation, mais parce qu'il écrivait et parlait avec une espèce d'enthousiasme, et agissait ensuite avec une autre.

Il partit au 15 de décembre, avec la fièvre quarte, pour la conquête de la Silésie, à la tête de trente mille combattants, bien pourvus de tout, et bien disciplinés; il dit au marquis de Beauvau, en montant à cheval : « Je vais jouer votre jeu; si les as me viennent, nous partagerons. »

Il a écrit depuis l'histoire de cette conquête; il me l'a montrée tout entière. Voici un des articles curieux du début de ces annales; j'eus soin de le transcrire de préférence, comme un monument unique.

« Que l'on joigne à ces considérations, des troupes toujours prêtes d'agir, mon épargne bien remplie, et la vivacité de mon caractère; c'étaient les raisons que j'avais de faire la guerre à Marie-Thérèse, reine de Bohême et de Hongrie. » Et quelques lignes ensuite, il y avait ces propres mots : « L'ambition, l'intérêt, le désir de faire parler de moi, l'emportèrent; et la guerre fut résolue. »

Depuis qu'il y a des conquérants ou des esprits ardents qui ont voulu l'être, je crois qu'il est le premier qui se soit ainsi rendu justice. Jamais homme peut-être n'a plus senti la raison, et n'a plus écouté ses passions. Ces assemblages de philosophie et de déréglements d'imagination ont toujours composé son caractère.

C'est dommage que je lui aie fait retrancher ce passage quand je corrigeai depuis tous ses ouvrages : un aveu si rare devait passer à la postérité, et servir à faire voir sur quoi sont fondées presque toutes les guerres. Nous autres gens de lettres, poëtes, historiens, déclamateurs d'académie, nous célébrons ces beaux exploits : et voilà un roi qui les fait, et qui les condamne.

Ses troupes étaient déjà en Silésie quand le baron de Gotter, son ministre à Vienne, fit à Marie-Thérèse la proposition incivile de céder de bonne grâce au roi électeur son maître les trois quarts de cette province, moyennant quoi le roi de Prusse lui prêterait trois millions d'écus, et ferait son mari empereur.

Marie-Thérèse n'avait alors ni troupes, ni argent, ni crédit, et cependant elle fut inflexible. Elle aima mieux risquer de tout perdre que de fléchir sous un prince qu'elle ne regardait que comme le vassal de ses ancêtres, et à qui l'empereur son père avait sauvé la vie. Ses généraux assemblèrent à peine vingt mille hommes; son maréchal Neuperg, qui les commandait, força le roi de Prusse de recevoir la bataille sous les murs de Neiss, à Molwitz [1]. La cavalerie prussienne fut d'abord mise en déroute par la cavalerie autrichienne ; et dès le premier choc, le roi, qui n'était pas encore accoutumé à voir des batailles, s'enfuit jusqu'à Opeleim, à douze grandes lieues du champ où l'on se battait. Maupertuis, qui avait cru faire une grande fortune, s'était mis à sa suite dans cette campagne, s'imaginant que le roi lui ferait au moins fournir un cheval. Ce n'était pas la coutume du roi. Maupertuis acheta un âne deux ducats le jour de l'action, et se mit à suivre Sa Majesté sur son âne, du mieux qu'il put. Sa monture ne put fournir la course ; il fut pris et dépouillé par les housards.

Frédéric passa la nuit couché sur un grabat dans un cabaret de village près de Ratibor, sur les confins de la Pologne. Il était désespéré, et se croyait réduit à traverser la moitié de la Pologne pour rentrer dans le nord de ses États, lorsqu'un de ses chasseurs arriva du camp de Molwitz, et lui annonça qu'il avait gagné la bataille. Cette nouvelle lui fut confirmée un quart d'heure après par un aide de camp. La nouvelle était vraie. Si la cavalerie prussienne était mauvaise, l'infanterie était la meilleure de l'Europe. Elle avait été disciplinée pendant trente ans par le vieux prince d'Anhalt. Le maréchal de Schwerin, qui la commandait, était un élève de Charles XII ; il gagna la bataille aussitôt que le roi de Prusse se fut enfui. Le monarque revint le lendemain, et le général vainqueur fut à peu près disgracié.

Je retournai philosopher dans la retraite de Cirey. Je passais les hivers à Paris où j'avais une foule d'ennemis ; car m'étant avisé d'écrire, longtemps auparavant, l'*Histoire de Charles XII*, de donner plusieurs pièces de théâtre, de faire même un poëme épique, j'avais, comme de raison, pour persécuteurs tous ceux qui se mêlaient de vers et de prose. Et, comme j'avais même poussé la hardiesse jusqu'à écrire sur la philosophie, il fallait bien que les gens qu'on appelle *dévots*, me traitassent d'athée, selon l'ancien usage.

J'avais été le premier qui eût osé développer à ma nation les découvertes de Newton, en langage intelligible. Les préjugés cartésiens, qui avaient succédé en France aux préjugés péripatéticiens, étaient alors tellement enracinés, que le chancelier d'Aguesseau regardait comme un homme ennemi de la raison et de l'État quiconque adoptait des découvertes faites en Angleterre. Il ne voulut jamais donner de privilége pour l'impression des *Éléments de la philosophie de Newton*.

J'étais grand admirateur de Locke : je le regardais comme le seul métaphysicien raisonnable ; je louai surtout cette retenue si nouvelle, si sage en même temps, et si hardie, avec laquelle il dit que nous n'en saurons jamais assez par les lumières de notre raison pour affirmer que Dieu ne peut accorder le don du sentiment et de la pensée à l'être appelé *matière*.

On ne peut concevoir avec quel acharnement et avec quelle intrépidité d'ignorance on se déchaîna contre moi sur cet article. Le senti-

1. 10 avril 1741. (ÉD.)

ment de Locke n'avait point fait de bruit en France auparavant, parce que les docteurs lisaient saint Thomas et Quesnel, et que le gros du monde lisait des romans. Lorsque j'eus loué Locke, on cria contre lui et contre moi. Les pauvres gens qui s'emportaient dans cette dispute ne savaient sûrement ni ce que c'est que la *matière*, ni ce que c'est que l'*esprit*. Le fait est que nous ne savons rien de nous-mêmes, que nous avons le mouvement, la vie, le sentiment, et la pensée, sans savoir comment; que les éléments de la matière sont aussi inconnus que le reste; que nous sommes des aveugles qui marchons et raisonnons à tâtons; et que Locke a été très-sage en avouant que ce n'est pas à nous à décider de ce que le Tout-Puissant ne peut pas faire.

Cela, joint à quelques succès de mes pièces de théâtre, m'attira une bibliothèque immense de brochures dans lesquelles on prouvait que j'étais un mauvais poëte athée, et fils d'un paysan.

On imprima l'histoire de ma vie, dans laquelle on me donna cette belle généalogie. Un Allemand n'a pas manqué de ramasser tous les contes de cette espèce, dont on avait farci les libelles qu'on imprimait contre moi. On m'imputait des aventures avec des personnes que je n'avais jamais connues, et avec d'autres qui n'avaient jamais existé.

Je trouve, en écrivant ceci, une lettre de M. le maréchal de Richelieu qui me donnait avis d'un gros libelle où il était prouvé que sa femme m'avait donné un beau carrosse, et quelque autre chose, dans le temps qu'il n'avait point de femme. Je m'étais d'abord donné le plaisir de faire un recueil de ces calomnies; mais elles se multiplièrent au point que j'y renonçai.

C'était là tout le fruit que j'avais tiré de mes travaux. Je m'en consolais aisément, tantôt dans la retraite de Cirey, et tantôt dans la bonne compagnie de Paris.

Tandis que les excréments de la littérature me faisaient ainsi la guerre, la France la faisait à la reine de Hongrie; et il faut avouer que cette guerre n'était pas plus juste : car, après avoir solennellement stipulé, garanti, juré la pragmatique-sanction de l'empereur Charles VI, et la sanction et la succession de Marie-Thérèse à l'héritage de son père; après avoir eu la Lorraine pour prix de ces promesses, il ne paraissait pas trop conforme au droit des gens de manquer à un tel engagement. On entraîna le cardinal de Fleury hors de ces mesures. Il ne pouvait pas dire, comme le roi de Prusse, que c'était la vivacité de son tempérament qui lui faisait prendre les armes. Cet heureux prêtre régnait à l'âge de quatre-vingt-six ans, et tenait les rênes de l'État d'une main très-faible. On s'était uni avec le roi de Prusse dans le temps qu'il prenait la Silésie; on avait envoyé en Allemagne deux armées pendant que Marie-Thérèse n'en avait point. L'une de ces armées avait pénétré jusqu'à cinq lieues de Vienne sans trouver d'ennemis : on avait donné la Bohême à l'électeur de Bavière, qui fut élu empereur, après avoir été nommé lieutenant général des armées du roi de France. Mais on fit bientôt toutes les fautes qu'il fallait pour tout perdre.

Le roi de Prusse, ayant, pendant ce temps-là, mûri son courage et

gagné des batailles, faisait sa paix avec les Autrichiens. Marie lui abandonna, à son très-grand regret, le comté de Glatz avec la Silésie.
S'étant détaché de la France sans ménagement, à ces conditions, au
mois de juin 1742, il me manda qu'il s'était mis dans les remèdes, et
qu'il conseillait aux autres malades de se rétablir.

Ce prince se voyait alors au comble de sa puissance, ayant à ses
ordres cent trente mille hommes de troupes victorieuses, dont il avait
formé la cavalerie, tirant de la Silésie le double de ce qu'elle avait
produit à la maison d'Autriche, affermi dans sa nouvelle conquête, et
d'autant plus heureux que toutes les autres puissances souffraient. Les
princes se ruinent aujourd'hui par la guerre : il s'y était enrichi.

Ses soins se tournèrent alors à embellir la ville de Berlin, à bâtir
une des plus belles salles d'opéra qui soient en Europe, à faire venir
des artistes en tout genre; car il voulait aller à la gloire par tous les
chemins. et au meilleur marché possible.

Son père avait logé à Potsdam dans une vilaine maison; il en fit un
palais. Potsdam devint une jolie ville. Berlin s'agrandissait; on commençait à y connaître les douceurs de la vie, que le feu roi avait très-
négligées : quelques personnes avaient des meubles; la plupart même
portaient des chemises : car, sous le règne précédent, on ne connaissait guère que des devants de chemise qu'on attachait avec des
cordons; et le roi régnant n'avait pas été élevé autrement. Les choses
changeaient à vue d'œil : Lacédémone devenait Athènes. Des déserts
furent défrichés, cent trois villages furent formés dans des marais des-
séchés Il n'en faisait pas moins de la musique et des livres : ainsi il ne
fallait pas me savoir si mauvais gré de l'appeler le Salomon du Nord. Je
lui donnais dans mes lettres ce sobriquet, qui lui demeura longtemps.

Les affaires de la France n'étaient pas alors si bonnes que les siennes.
Il jouissait du plaisir secret de voir les Français périr en Allemagne,
après que leur diversion lui avait valu la Silésie. La cour de France
perdait ses troupes, son argent, sa gloire, son crédit, pour avoir fait
Charles VII empereur; et cet empereur perdait tout, pour avoir cru
que les Français le soutiendraient.

Le cardinal de Fleury mourut, le 29 de janvier 1743, âgé de quatre-
vingt-dix ans : jamais personne n'était parvenu plus tard au ministère,
et jamais ministre n'avait gardé sa place plus longtemps. Il commença
sa fortune, à l'âge de soixante-treize ans, par être roi de France, et le
fut jusqu'à sa mort sans contradiction; affectant toujours la plus grande
modestie, n'amassant aucun bien, n'ayant aucun faste, et se bornant
uniquement à régner. Il laissa la réputation d'un esprit fin et aimable
plutôt que d'un génie, et passa pour avoir mieux connu la cour que
l'Europe.

J'avais eu l'honneur de le voir beaucoup chez Mme la maréchale
de Villars, quand il n'était qu'ancien évêque de la petite vilaine ville
de Fréjus, dont il s'était toujours intitulé *évêque par l'indignation divine*, comme on le voit dans quelques-unes de ses lettres. Fréjus était
une très-laide femme qu'il avait répudiée le plus tôt qu'il avait pu. Le
maréchal de Villeroi, qui ne savait pas que l'évêque avait été longtemps

l'amant de la maréchale sa femme, le fit nommer par Louis XIV précepteur de Louis XV; de précepteur il devint premier ministre, et ne manqua pas de contribuer à l'exil du maréchal son bienfaiteur. C'était, à l'ingratitude près, un assez bon homme. Mais, comme il n'avait aucun talent, il écartait tous ceux qui en avaient, dans quelque genre que ce pût être.

Plusieurs académiciens voulurent que j'eusse sa place à l'académie française. On demanda, au souper du roi, qui prononcerait l'oraison funèbre du cardinal à l'académie. Le roi répondit que ce serait moi. Sa maîtresse, la duchesse de Châteauroux, le voulait; mais le comte de Maurepas, secrétaire d'Etat, ne le voulut point : il avait la manie de se brouiller avec toutes les maîtresses de son maître, et il s'en est trouvé mal.

Un vieil imbécile, précepteur du dauphin, autrefois théatin, et depuis évêque de Mirepoix, nommé Boyer, se chargea, par principe de conscience, de seconder le caprice de M. de Maurepas. Ce Boyer avait la feuille des bénéfices; le roi lui abandonnait toutes les affaires du clergé : il traita celle-ci comme un point de discipline ecclésiastique. Il représenta que c'était offenser Dieu qu'un profane comme moi succédât à un cardinal. Je savais que M. de Maurepas le faisait agir; j'allai trouver ce ministre; je lui dis : « Une place à l'académie n'est pas une dignité bien importante; mais, après avoir été nommé, il est triste d'être exclu. Vous êtes brouillé avec Mme de Châteauroux, que le roi aime, et avec M. le duc de Richelieu, qui la gouverne; quel rapport y a-t-il, je vous prie, de vos brouilleries avec une pauvre place à l'académie française? Je vous conjure de me répondre franchement : en cas que Mme de Châteauroux l'emporte sur M. l'évêque de Mirepoix, vous y opposerez-vous?... » Il se recueillit un moment et me dit : » *Oui, et je vous écraserai.* »

Le prêtre enfin l'emporta sur la maîtresse; et je n'eus point une place dont je ne me souciais guère. J'aime à me rappeler cette aventure qui fait voir les petitesses de ceux qu'on appelle grands, et qui marque combien les bagatelles sont quelquefois importantes pour eux.

Cependant les affaires publiques n'allaient pas mieux depuis la mort du cardinal que dans ses deux dernières années. La maison d'Autriche renaissait de sa cendre. La France était pressée par elle et par l'Angleterre. Il ne nous restait alors d'autre ressource que dans le roi de Prusse, qui nous avait entraînés dans la guerre, et qui nous avait abandonnés au besoin.

On imagina de m'envoyer secrètement chez ce monarque pour sonder ses intentions, pour voir s'il ne serait pas d'humeur à prévenir les orages qui devaient tomber tôt ou tard de Vienne sur lui, après avoir tombé sur nous, et s'il ne voudrait pas nous prêter cent mille hommes, dans l'occasion, pour mieux assurer sa Silésie. Cette idée était tombée dans la tête de M. de Richelieu et de Mme de Châteauroux. Le roi l'adopta; et M. Amelot, ministre des affaires étrangères, mais ministre très-subalterne, fut chargé seulement de presser mon départ.

Il fallait un prétexte. Je pris celui de ma querelle avec l'ancien évêque de Mirepoix. Le roi approuva cet expédient. J'écrivis au roi de Prusse que je ne pouvais plus tenir aux persécutions de ce théatin, et que j'allais me réfugier auprès d'un roi philosophe, loin des tracasseries d'un bigot. Comme ce prélat signait toujours, l'*anc. évêq. de Mirepoix*, en abrégé, et que son écriture était assez incorrecte, on lisait, *L'ane de Mirepoix*, au lieu de l'*ancien :* ce fut un sujet de plaisanteries; et jamais négociation ne fut plus gaie.

Le roi de Prusse, qui n'y allait pas de main morte quand il fallait frapper sur les moines et sur les prélats de cour, me répondit avec un déluge de railleries sur l'âne de Mirepoix, et me pressa de venir. J'eus grand soin de faire lire mes lettres et les réponses. L'évêque en fut informé. Il alla se plaindre à Louis XV de ce que je le faisais passer, disait-il, pour un sot dans les cours étrangères. Le roi lui répondit que c'était une chose dont on était convenu, et qu'il ne fallait pas qu'il y prît garde.

Cette réponse de Louis XV, qui n'est guère dans son caractère, m'a toujours paru extraordinaire. J'avais à la fois le plaisir de me venger de l'évêque qui m'avait exclu de l'académie, celui de faire un voyage très-agréable, et celui d'être à portée de rendre service au roi et à l'État. M. de Maurepas entrait même avec chaleur dans cette aventure, parce qu'alors il gouvernait M. Amelot, et qu'il croyait être le ministre des affaires étrangères.

Ce qu'il y eut de plus singulier, c'est qu'il fallut mettre Mme du Châtelet de la confidence. Elle ne voulait point, à quelque prix que ce fût, que je la quittasse pour le roi de Prusse; elle ne trouvait rien de si lâche et de si abominable dans le monde que de se séparer d'une femme pour aller chercher un monarque. Elle aurait fait un vacarme horrible. On convint, pour l'apaiser, qu'elle entrerait dans le mystère, et que les lettres passeraient par ses mains.

J'eus tout l'argent que je voulus pour mon voyage, sur mes simples reçus, de M. de Montmartel. Je n'en abusai pas. Je m'arrêtai quelque temps en Hollande, pendant que le roi de Prusse courait d'un bout à l'autre de ses États pour faire des revues. Mon séjour ne fut pas inutile à la Haye. Je logeai dans le palais de la vieille cour, qui appartenait alors au roi de Prusse par ses partages avec la maison d'Orange. Son envoyé, le jeune comte de Podewils, amoureux et aimé de la femme d'un des principaux membres de l'État, attrapait par les bontés de cette dame des copies de toutes les résolutions secrètes de leurs hautes puissances très-malintentionnées contre nous. J'envoyais ces copies à la cour; et mon service était très-agréable.

Quand j'arrivai à Berlin, le roi me logea chez lui, comme il avait fait dans mes précédents voyages. Il menait à Potsdam la vie qu'il a toujours menée depuis son avénement au trône. Cette vie mérite quelque petit détail.

Il se levait à cinq heures du matin en été, et à six en hiver. Si vous voulez savoir les cérémonies royales de ce lever, quelles étaient les grandes et les petites entrées, quelles étaient les fonctions de son grand aumônier, de son grand chambellan, de son premier gentilhomme de la chambre, de ses huissiers; je vous répondrai qu'un laquais venait allumer son feu, l'habiller, et le raser : encore s'habillait-il presque tout seul. Sa chambre était assez belle; une riche balustrade d'argent, ornée de petits amours très-bien sculptés, semblait fermer l'estrade d'un lit dont on voyait les rideaux; mais derrière les rideaux était, au lieu de lit, une bibliothèque : et quant au lit du roi, c'était un grabat de sangles avec un matelas mince, caché par un paravent. Marc-Aurèle et Julien, ses deux apôtres, et les plus grands hommes du stoïcisme, n'étaient pas plus mal couchés.

Quand Sa Majesté était habillée et bottée, le stoïque donnait quelques moments à la secte d'Épicure : il faisait venir deux ou trois favoris, soit lieutenants de son régiment, soit pages, soit heiduques: ou jeunes cadets. On prenait du café. Celui à qui on jetait le mouchoir, restait demi-quart d'heure tête à tête. Les choses n'allaient pas jusqu'aux dernières extrémités, attendu que le prince, du vivant de son père, avait été fort maltraité dans ses amours de passade, et non moins mal guéri. Il ne pouvait jouer le premier rôle : il fallait se contenter des seconds.

Ces amusements d'écoliers étant finis, les affaires d'État prenaient la place. Son premier ministre arrivait par un escalier dérobé, avec une grosse liasse de papiers sous le bras. Ce premier ministre était un commis qui logeait au second étage dans la maison de Federsdoff, ce soldat devenu valet de chambre et favori, qui avait autrefois servi le roi prisonnier dans le château de Custrin. Les secrétaires d'État envoyaient toutes leurs dépêches au commis du roi. Il en apportait l'extrait : le roi faisait mettre les réponses à la marge, en deux mots. Toutes les affaires du royaume s'expédiaient ainsi en une heure. Rarement les secrétaires d'État, les ministres en charge, l'abordaient : il y en a même à qui il n'a jamais parlé. Le roi son père avait mis un tel ordre dans les finances, tout s'exécutait si militairement, l'obéissance était si aveugle, que quatre cents lieues de pays étaient gouvernées comme une abbaye.

Vers les onze heures, le roi, en bottes, faisait dans son jardin la revue de son régiment des gardes; et, à la même heure, tous les colonels en faisaient autant dans toutes les provinces. Dans l'intervalle de la parade et du dîner, les princes ses frères, les officiers généraux, un ou deux chambellans mangeaient à sa table, qui était aussi bonne qu'elle pouvait l'être dans un pays où il n'y a ni gibier ni viande de boucherie passable, ni une poularde, et où il faut tirer le froment de Magdebourg.

Après le repas, il se retirait seul dans son cabinet, et faisait des vers jusqu'à cinq ou six heures. Ensuite venait un jeune homme nommé Darget, ci-devant secrétaire de Valori, envoyé de France, qui faisait la lecture. Un petit concert commençait à sept heures : le roi y jouait de la flûte aussi bien que le meilleur artiste. Les concertants exécutaient souvent de ses compositions; car il n'y avait aucun art qu'il ne cultivât, et il n'eût pas essuyé chez les Grecs la mortification qu'eut Épaminondas d'avouer qu'il ne savait pas la musique.

On soupait dans une petite salle dont le plus singulier ornement était un tableau dont il avait donné le dessin à Pesne, son peintre, l'un de nos meilleurs coloristes. C'était une belle priapée. On voyait des jeunes gens embrassant des femmes, des nymphes sous des satyres, des amours qui jouaient au jeu des Encolpes et des Gitons, quelques personnes qui se pâmaient en regardant ces combats, des tourterelles qui se baisaient, des boucs sautant sur des chèvres, et des béliers sur des brebis.

Les repas n'étaient pas souvent moins philosophiques. Un survenant qui nous aurait écoutés, en voyant cette peinture, aurait cru entendre les sept sages de la Grèce au bordel. Jamais on ne parla en aucun lieu du monde avec tant de liberté de toutes les superstitions des hommes, et jamais elles ne furent traitées avec plus de plaisanteries et de mépris. Dieu était respecté, mais tous ceux qui avaient trompé les hommes en son nom n'étaient pas épargnés.

Il n'entrait jamais dans le palais ni femmes ni prêtres. En un mot, Frédéric vivait sans cour, sans conseil et sans culte.

Quelques juges de province voulurent faire brûler je ne sais quel pauvre paysan accusé par un prêtre d'une intrigue galante avec son ânesse : on n'exécutait personne sans que le roi eût confirmé la sentence, loi très-humaine qui se pratique en Angleterre et dans d'autres pays; Frédéric écrivit au bas de la sentence qu'il donnait dans ses États *liberté de conscience et de v...*

Un prêtre d'auprès de Stettin, très-scandalisé de cette indulgence, glissa, dans un sermon sur Hérode, quelques traits qui pouvaient regarder le roi son maître : il fit venir ce ministre de village à Potsdam en le citant au consistoire, quoiqu'il n'y eût à la cour pas plus de consistoire que de messe. Le pauvre homme fut amené : le roi prit une robe et un rabat de prédicant; d'Argens, l'auteur des *Lettres juives*, et un baron de Pollnitz qui avait changé trois ou quatre fois de religion, se revêtirent du même habit: on mit un tome du *Dictionnaire* de Bayle sur une table, en guise d'Évangile, et le coupable fut introduit par deux grenadiers devant ces trois ministres du Seigneur. « Mon frère, lui dit le roi, je vous demande au nom de Dieu sur quel Hérode vous avez prêché... —Sur Hérode qui fit tuer tous les petits enfants, répondit le bonhomme — Je vous demande, ajouta le roi, si c'était Hérode premier du nom, car vous devez savoir qu'il y en a eu plusieurs. » Le prêtre de village ne sut que répondre. « Comment! dit le roi, vous osez prêcher sur un Hérode, et vous ignorez quelle était sa famille ! vous êtes indigne du saint ministère. Nous vous pardonnons cette fois; mais sachez que nous vous excommunierons si jamais vous prêchez quelqu'un sans le connaître. » Alors on lui délivra sa sentence et son pardon. On signa trois noms ridicules, inventés à plaisir. « Nous allons demain à Berlin, ajouta le roi; nous demanderons grâce pour vous à nos frères : ne manquez pas de nous venir parler. » Le prêtre alla dans Berlin chercher les trois ministres : on se moqua de lui; et le roi, qui était plus plaisant que libéral, ne se soucia pas de payer son voyage.

Frédéric gouvernait l'Église aussi despotiquement que l'État. C'était lui qui prononçait les divorces quand un mari et une femme voulaient se marier ailleurs. Un ministre lui cita un jour l'ancien Testament, au sujet d'un de ces divorces : « Moïse, lui dit-il, menait ses Juifs comme il voulait, et moi je gouverne mes Prussiens comme je l'entends. »

Ce gouvernement singulier, ces mœurs encore plus étranges, ce contraste de stoïcisme et d'épicuréisme, de sévérité dans la discipline militaire et de mollesse dans l'intérieur du palais, des pages avec lesquels on s'amusait dans son cabinet, et des soldats qu'on faisait passer trente-six fois par les baguettes sous les fenêtres du monarque qui les regardait, des discours de morale et une licence effrénée, tout cela composait un tableau bizarre que peu de personnes connaissaient alors, et qui depuis a percé dans l'Europe.

La plus grande économie présidait dans Potsdam à tous ses goûts. Sa table et celle de ses officiers et de ses domestiques étaient réglées à trente-trois écus par jour, indépendamment du vin. Et au lieu que chez les autres rois ce sont des officiers de la couronne qui se mêlent de cette dépense, c'était son valet de chambre Federsdoff qui était à la fois son grand maître d'hôtel, son grand échanson et son grand panetier.

Soit économie, soit politique, il n'accordait pas la moindre grâce à ses anciens favoris, et surtout à ceux qui avaient risqué leur vie pour lui quand il était prince royal. Il ne payait pas même l'argent qu'il avait emprunté alors : et comme Louis XII ne vengeait pas les injures du duc d'Orléans, le roi de Prusse oubliait les dettes du prince royal.

Cette pauvre maîtresse, qui avait été fouettée pour lui par la main du bourreau, était alors mariée, à Berlin, au commis du bureau des fiacres : car il y avait dix-huit fiacres dans Berlin ; et son amant lui faisait une pension de soixante et dix écus qui lui a toujours été très bien payée. Elle s'appelait Mme Shommers, grande femme, maigre, qui ressemblait à une sibylle, et n'avait nullement l'air d'avoir mérité d'être fouettée pour un prince.

Cependant, quand il allait à Berlin, il y étalait une grande magnificence dans les jours d'appareil. C'était un très-beau spectacle pour les hommes vains, c'est-à-dire pour presque tout le monde, de le voir à table, entouré de vingt princes de l'empire, servi dans la plus belle vaisselle d'or de l'Europe, et trente beaux pages, et autant de jeunes heiduques superbement parés, portant de grands plats d'or massif. Les grands officiers paraissaient alors ; mais hors de là on ne les connaissait point.

On allait après dîner à l'Opéra, dans cette grande salle de trois cents pieds de long, qu'un de ses chambellans, nommé Knobersdorf, avait bâtie sans architecte. Les plus belles voix, les meilleurs danseurs, étaient à ses gages. La Barbarini dansait alors sur son théâtre : c'est elle qui depuis épousa le fils de son chancelier. Le roi avait fait enlever à Venise cette danseuse par des soldats, qui l'emmenèrent par Vienne même jusqu'à Berlin. Il en était un peu amoureux, parce qu'elle avait les jambes d'un homme. Ce qui était incompréhensible, c'est qu'il lui donnait trente-deux mille livres d'appointements.

Son poète italien, à qui il faisait mettre en vers les opéras dont lui-même faisait toujours le plan, n'avait que douze cents livres de gages; mais aussi il faut considérer qu'il était fort laid, et qu'il ne dansait pas. En un mot, la Barbarini touchait à elle seule plus que trois ministres d'État ensemble. Pour le poète italien, il se paya un jour par ses mains. Il décousit, dans une chapelle du premier roi de Prusse, de vieux galons d'or dont elle était ornée. Le roi, qui jamais ne fréquenta de chapelle, dit qu'il ne perdait rien. D'ailleurs il venait d'écrire une Dissertation en faveur des voleurs, qui est imprimée dans les recueils de son académie : et il ne jugea pas à propos, cette fois-là, de détruire ses écrits par les faits.

Cette indulgence ne s'étendait pas sur le militaire. Il y avait dans les prisons de Spandau un vieux gentilhomme de Franche-Comté, haut de six pieds, que le feu roi avait fait enlever pour sa belle taille; on lui avait promis une place de chambellan, et on lui en donna une de soldat. Ce pauvre homme déserta bientôt avec quelques-uns de ses camarades; il fut saisi et ramené devant le roi, auquel il eut la naïveté de dire qu'il ne se repentait que de n'avoir pas tué un tyran comme lui. On lui coupa, pour réponse, le nez et les oreilles : il passa par les baguettes trente-six fois; après quoi il alla traîner la brouette à Spandau. Il la traînait encore quand M. de Valori, notre envoyé, me pressa de demander sa grâce au très-clément fils du très-dur Frédéric-Guillaume. Sa Majesté se plaisait à dire que c'était pour moi qu'il faisait jouer la *Clemenza di Tito*, opéra plein de beautés, du célèbre Metastasio, mis en musique par le roi lui-même, aidé de son compositeur. Je pris mon temps pour recommander à ses bontés ce pauvre Franc-Comtois sans oreilles et sans nez, et je lui détachai cette semonce.

Génie universel, âme sensible et ferme,
Quoi! lorsque vous régnez, il est des malheureux!
Aux tourments d'un coupable il vous faut mettre un terme,
Et n'en mettre jamais à vos soins généreux.

Voyez autour de vous les Prières tremblantes,
Filles du repentir, maîtresses des grands cœurs,
S'étonner d'arroser de larmes impuissantes
Les mains qui de la terre ont dû sécher les pleurs.

Ah! pourquoi m'étaler avec magnificence
Ce spectacle étonnant où triomphe Titus?
Pour achever la fête, égalez sa clémence,
Et l'imitez en tout, ou ne le vantez plus.

La requête était un peu forte; mais on a le privilége de dire ce qu'on veut en vers. Le roi promit quelque adoucissement; et même, plusieurs mois après, il eut la bonté de mettre le gentilhomme dont il s'agissait à l'hôpital, à six sous par jour. Il avait refusé cette grâce à la reine sa mère, qui apparemment ne l'avait demandée qu'en prose.

Au milieu des fêtes, des opéras, des soupers, ma négociation secrète avançait. Le roi trouva bon que je lui parlasse de tout; et j'entremêlais souvent des questions sur la France et sur l'Autriche à propos de l'*Énéide* et de *Tite Live*. La conversation s'animait quelquefois; le roi s'échauffait, et me disait que tant que notre cour frapperait à toutes les portes pour obtenir la paix, il ne s'aviserait pas de se battre pour elle. Je lui envoyais de ma chambre à son appartement mes réflexions sur un papier à mi-marge. Il répondait sur une colonne à mes hardiesses. J'ai encore ce papier où je lui disais : « Doutez-vous que la maison d'Autriche ne vous redemande la Silésie à la première occasion ? » Voici sa réponse en marge :

« Ils seront reçus, biribi,
A la façon de barbari,
Mon ami. »

Cette négociation d'une espèce nouvelle finit par un discours qu'il me tint dans un de ses moments de vivacité contre le roi d'Angleterre son cher oncle. Ces deux rois ne s'aimaient pas. Celui de Prusse disait : « George est l'oncle de Frédéric, mais George ne l'est pas du roi de Prusse. » Enfin il me dit : « Que la France déclare la guerre à l'Angleterre, et je marche. »

Je n'en voulais pas davantage. Je retournai vite à la cour de France : je rendis compte de mon voyage. Je lui donnai l'espérance qu'on m'avait donnée à Berlin. Elle ne fut point trompeuse : et le printemps suivant le roi de Prusse fit en effet un nouveau traité avec le roi de France. Il s'avança en Bohême avec cent mille hommes, tandis que les Autrichiens étaient en Alsace.

Si j'avais conté à quelque bon Parisien mon aventure, et le service que j'avais rendu, il n'eût pas douté que je fusse promu à quelque beau poste. Voici quelle fut ma récompense.

La duchesse de Châteauroux fut fâchée que la négociation n'eût pas passé immédiatement par elle; il lui avait pris envie de chasser M. Amelot, parce qu'il était bègue, et que ce petit défaut lui déplaisait : elle haïssait de plus cet Amelot, parce qu'il était gouverné par M. de Maurepas; il fut renvoyé au bout de huit jours, et je fus enveloppé dans sa disgrâce.

Il arriva, quelque temps après, que Louis XV fut malade à l'extrémité dans la ville de Metz : M. de Maurepas et sa cabale prirent ce temps pour perdre Mme de Châteauroux. L'évêque de Soissons, Fitz-James, fils du bâtard de Jacques II, regardé comme un saint, voulut, en qualité de premier aumônier, convertir le roi, et lui déclara qu'il ne lui donnerait ni absolution ni communion, s'il ne chassait sa maîtresse et sa sœur la duchesse de Lauraguais, et leurs amis. Les deux sœurs partirent chargées de l'exécration du peuple de Metz. Ce fut pour cette action que le peuple de Paris, aussi sot que celui de Metz, donna à Louis XV le surnom de *Bien-Aimé*. Un polisson, nommé Vadé, imagina ce titre que les almanachs prodiguèrent. Quand ce prince se porta bien, il ne voulut être que le bien-aimé de sa maîtresse. Ils s'aimèrent plus qu'auparavant. Elle devait rentrer dans son ministère; elle allait partir de Paris pour Versailles, quand elle mourut subitement des suites de la rage que sa démission lui avait causée. Elle fut bientôt oubliée.

Il fallait une maîtresse. Le choix tomba sur la demoiselle Poisson, fille d'une femme entretenue et d'un paysan de la Ferté-sous-Jouare, qui avait amassé quelque chose à vendre du blé aux entrepreneurs des vivres. Ce pauvre homme était alors en fuite, condamné pour quelque malversation. On avait marié sa fille au sous-fermier Le Normand, seigneur d'Étiole, neveu du fermier-général Le Normand de Tournehem, qui entretenait la mère. La fille était bien élevée, sage, aimable, remplie de grâces et de talents, née avec du bon sens et un bon cœur Je la connaissais assez : je fus même le confident de son amour. Elle m'avouait qu'elle avait toujours eu un secret pressentiment qu'elle serait aimée du roi, et qu'elle s'était senti une violente inclination pour lui.

Cette idée, qui aurait pu paraître chimérique dans sa situation, était fondée sur ce qu'on l'avait souvent menée aux chasses que faisait le roi dans la forêt de Sénars. Tournehem, l'amant de sa mère, avait une maison de campagne dans le voisinage. On promenait Mme d'Étiole dans une jolie calèche. Le roi la remarquait, et lui envoyait souvent des chevreuils. Sa mère ne cessait de lui dire qu'elle était plus jolie que Mme de Châteauroux, et le bonhomme Tournehem s'écriait souvent : « Il faut avouer que la fille de Mme Poisson est un morceau de roi. » Enfin, quand elle eut tenu le roi entre ses bras, elle me dit qu'elle croyait fermement à la destinée; et elle avait raison. Je passai quelques mois avec elle à Étiole, pendant que le roi faisait la campagne de 1746.

Cela me valut des récompenses qu'on n'avait jamais données ni à mes ouvrages ni à mes services. Je fus jugé digne d'être l'un des quarante membres inutiles de l'académie. Je fus nommé historiographe de France; et le roi me fit présent d'une charge de gentilhomme ordinaire de sa chambre. Je conclus que, pour faire la plus petite fortune, il valait mieux dire quatre mots à la maîtresse d'un roi que d'écrire cent volumes.

Dès que j'eus l'air d'un homme heureux, tous mes confrères les beaux esprits de Paris se déchaînèrent contre moi avec toute l'animosité et l'acharnement qu'ils devaient avoir contre quelqu'un à qui on donnait toutes les récompenses qu'ils méritaient.

J'étais toujours lié avec la marquise du Châtelet par l'amitié la plus inaltérable et par le goût de l'étude. Nous demeurions ensemble à Paris et à la campagne. Cirey est sur les confins de la Lorraine : le roi Stanislas tenait alors sa petite et agréable cour à Lunéville. Tout vieux et tout dévot qu'il était, il avait une maîtresse : c'était Mme la marquise de Boufflers. Il partageait son âme entre elle et un jésuite nommé Menou, le plus intrigant et le plus hardi prêtre que j'aie jamais connu. Cet homme avait attrapé au roi Stanislas, par les importunités de sa femme qu'il avait gouvernée, environ un million, dont partie fut employée à bâtir une magnifique maison pour lui et quelques jésuites, dans la ville de Nancy. Cette maison était dotée de vingt-quatre mille livres de rente, dont douze pour la table de Menou, et douze pour donner à qui il voudrait.

La maîtresse n'était pas, à beaucoup près, si bien traitée. Elle tirait à peine alors du roi de Pologne de quoi avoir des jupes; et cependant le jésuite enviait sa portion, et était furieusement jaloux de la marquise. Ils étaient ouvertement brouillés. Le pauvre roi avait tous les jours bien de la peine, au sortir de la messe, à rapatrier sa maîtresse et son confesseur.

Enfin notre jésuite ayant entendu parler de Mme du Châtelet, qui était très-bien faite, et encore assez belle, imagina de la substituer à Mme de Boufflers. Stanislas se mêlait quelquefois de faire d'assez mauvais petits ouvrages : Menou crut qu'une femme auteur réussirait mieux qu'une autre auprès de lui. Et le voilà qui vient à Cirey pour ourdir cette belle trame : il cajole Mme du Châtelet, et nous dit que le roi Stanislas sera enchanté de nous voir : il retourne dire au roi que nous brûlons d'envie de venir lui faire notre cour : Stanislas recommande à Mme de Boufflers de nous amener.

Et en effet, nous allâmes passer à Lunéville toute l'année 1749. Il arriva tout le contraire de ce que voulait le révérend père. Nous nous attachâmes à Mme de Boufflers; et le jésuite eut deux femmes à combattre.

La vie de la cour de Lorraine était assez agréable, quoiqu'il y eût, comme ailleurs, des intrigues et des tracasseries. Poncet, évêque de Troyes, perdu de dettes et de réputation, voulut sur la fin de l'année augmenter notre cour et nos tracasseries : quand je dis qu'il était perdu de réputation, entendez aussi la réputation de ses oraisons funèbres et de ses sermons. Il obtint, par nos dames, d'être grand aumônier du roi, qui fut flatté d'avoir un évêque à ses gages, et à de très-petits gages.

Cet évêque ne vint qu'en 1750. Il débuta par être amoureux de Mme de Boufflers, et fut chassé. Sa colère retomba sur Louis XV, gendre de Stanislas; car, étant retourné à Troyes, il voulut jouer un rôle dans la ridicule affaire des billets de confession, inventés par l'archevêque de Paris, Beaumont; il tint tête au parlement, et brava le roi. Ce n'était pas le moyen de payer ses dettes; mais c'était celui de se faire enfermer. Le roi de France l'envoya prisonnier en Alsace, dans un couvent de gros moines allemands. Mais il faut revenir à ce qui me touche.

Mme du Châtelet mourut[1] dans le palais de Stanislas, après deux jours de maladie. Nous étions tous si troublés, que personne de nous ne songea à faire venir ni curé, ni jésuite, ni sacrement. Elle n'eut point les horreurs de la mort : il n'y eut que nous qui les sentîmes. Je fus saisi de la plus douloureuse affliction. Le bon roi Stanislas vint dans ma chambre me consoler, et pleurer avec moi. Peu de ses con-

1. Le 10 septembre 1749. (ÉD.)

frères en font autant en de pareilles occasions. Il voulut me retenir :
'e ne pouvais plus supporter Lunéville, et je retournai à Paris.

Ma destinée était de courir de roi en roi, quoique j'aimasse ma liberté avec idolâtrie. Le roi de Prusse, à qui j'avais souvent signifié
que je ne quitterais jamais Mme du Châtelet pour lui, voulut à toute
force m'attraper quand il fut défait de sa rivale. Il jouissait alors d'une
paix qu'il s'était acquise par des victoires, et son loisir était toujours
employé à faire des vers, ou à écrire l'histoire de son pays et de ses
campagnes. Il était bien sûr, à la vérité, que ses vers et sa prose
étaient fort au-dessus de ma prose et de mes vers, quant au fond des
choses : mais il croyait que, pour la forme, je pouvais, en qualité
d'académicien, donner quelque tournure à ses écrits ; il n'y eut point
de séduction flatteuse qu'il n'employât pour me faire venir.

Le moyen de résister à un roi victorieux, poëte, musicien, et philosophe, et qui faisait semblant de m'aimer ! Je crus que je l'aimais.
Enfin je pris encore le chemin de Potsdam au mois de juin 1750.
Astolphe ne fut pas mieux reçu dans le palais d'Alcine. Être logé dans
l'appartement qu'avait eu le maréchal de Saxe, avoir à ma disposition
les cuisiniers du roi quand je voulais manger chez moi, et les cochers
quand je voulais me promener, c'étaient les moindres faveurs qu'on
me faisait. Les soupers étaient très-agréables. Je ne sais si je me
trompe, il me semble qu'il y avait bien de l'esprit : le roi en avait et
en faisait avoir ; et, ce qu'il y a de plus extraordinaire, c'est que je
n'ai jamais fait de repas si libres. Je travaillais deux heures par jour
avec Sa Majesté ; je corrigeais tous ses ouvrages, ne manquant jamais
de louer beaucoup ce qu'il y avait de bon, lorsque je raturais tout ce
qui ne valait rien. Je lui rendais raison par écrit de tout, ce qui composa une rhétorique et une poétique à son usage ; il en profita, et
son génie le servit encore mieux que mes leçons. Je n'avais nulle cour
à faire, nulle visite à rendre, nul devoir à remplir. Je m'étais fait
une vie libre, et je ne concevais rien de plus agréable que cet état.

Alcine-Frédéric, qui me voyait déjà la tête un peu tournée, redou-
bla ses potions enchantées pour m'enivrer tout à fait. La dernière
séduction fut une lettre qu'il m'écrivit de son appartement au mien.
Une maîtresse ne s'explique pas plus tendrement ; il s'efforçait de dissiper dans cette lettre la crainte que m'inspiraient son rang et son caractère : elle portait ces mots singuliers :

« Comment pourrais-je jamais causer l'infortune d'un homme que
j'estime, que j'aime, et qui me sacrifie sa patrie, et tout ce que l'humanité a de plus cher ?... Je vous respecte comme mon maître en éloquence. Je vous aime comme un ami vertueux. Quel esclavage, quel
malheur, quel changement y a-t-il à craindre dans un pays où l'on
vous estime autant que dans votre patrie, et chez un ami qui a un
cœur reconnaissant ? J'ai respecté l'amitié qui vous liait à Mme du
Châtelet ; mais, après elle, j'étais un de vos plus anciens amis. Je
vous promets que vous serez heureux ici autant que je vivrai. »

Voilà une lettre telle que peu de majestés en écrivent. Ce fut le dernier verre qui m'enivra. Les protestations de bouche furent encore

plus fortes que celles par écrit. Il était accoutumé à des démonstrations de tendresse singulières avec des favoris plus jeunes que moi; et oubliant un moment que je n'étais pas de leur âge, et que je n'avais pas la main belle, il me la prit pour la baiser. Je lui baisai la sienne, et je me fis son esclave. Il fallait une permission du roi de France pour appartenir à deux maîtres. Le roi de Prusse se chargea de tout.

Il écrivit pour me demander au roi mon maître. Je n'imaginai pas qu'on fût choqué à Versailles qu'un gentilhomme ordinaire de la chambre, qui est l'espèce la plus inutile de la cour, devînt un inutile chambellan à Berlin. On me donna toute permission. Mais on fut très-piqué; et on ne me le pardonna point. Je déplus fort au roi de France, sans plaire davantage à celui de Prusse, qui se moquait de moi dans le fond de son cœur.

Me voilà donc avec une clef d'argent doré pendue à mon habit, une croix au cou, et vingt mille francs de pension. Maupertuis en fut malade, et je ne m'en aperçus pas. Il y avait alors un médecin à Berlin, nommé La Métrie, le plus franc athée de toutes les facultés de médecine de l'Europe; homme d'ailleurs gai, plaisant, étourdi, tout aussi instruit de la théorie qu'aucun de ses confrères, et, sans contredit, le plus mauvais médecin de la terre dans la pratique : aussi, grâces à Dieu, ne pratiquait-il point. Il s'était moqué de toute la faculté à Paris, et avait même écrit contre les médecins beaucoup de personnalités qu'ils ne pardonnèrent point; ils obtinrent contre lui un décret de prise de corps. La Métrie s'était donc retiré à Berlin, où il amusait assez par sa gaieté; écrivant d'ailleurs, et faisant imprimer tout ce qu'on peut imaginer de plus effronté sur la morale. Ses livres plurent au roi, qui le fit, non pas son médecin, mais son lecteur.

Un jour, après la lecture, La Métrie, qui disait au roi tout ce qui lui venait dans la tête, lui dit qu'on était bien jaloux de ma faveur et de ma fortune. « Laissez faire, lui dit le roi, on presse l'orange, et on la jette quand on a avalé le jus. » La Métrie ne manqua pas de me rendre ce bel apophthegme, digne de Denys de Syracuse.

Je résolus dès lors de mettre en sûreté les pelures de l'orange. J'avais environ trois cent mille livres à placer. Je me gardai bien de mettre ce fonds dans les États de mon Alcine; je le plaçai avantageusement sur les terres que le duc de Virtemberg possède en France. Le roi, qui ouvrait toutes mes lettres, se douta bien que je ne prétendais pas rester auprès de lui. Cependant la fureur de faire des vers le possédait comme Denys. Il fallait que je rabotasse continuellement, et que je revisse encore son *Histoire de Brandebourg*, et tout ce qu'il composait.

La Métrie mourut après avoir mangé chez milord Tyrconel, envoyé de France, tout un pâté farci de truffes, après un très-long dîner. On prétendit qu'il s'était confessé avant de mourir; le roi en fut indigné : il s'informa exactement si la chose était vraie; on l'assura que c'était une calomnie atroce, et que La Métrie était mort comme il avait vécu, en reniant Dieu et les médecins. Sa Majesté, satisfaite, composa sur

le-champ son oraison funèbre, qu'il fit lire en son nom à l'assemblée
publique de l'académie par Darget, son secrétaire; et il donna six
cents livres de pension à une fille de joie que La Métrie avait amenée
de Paris, quand il avait abandonné sa femme et ses enfants.

Maupertuis, qui savait l'anecdote de l'écorce d'orange, prit son
temps pour répandre le bruit que j'avais dit que la charge d'athée du
roi était vacante. Cette calomnie ne réussit pas; mais il ajouta ensuite
que je trouvais les vers du roi mauvais, et cela réussit.

Je m'aperçus que depuis ce temps-là les soupers du roi n'étaient
plus si gais; on me donnait moins de vers à corriger, ma disgrâce était
complète.

Algarotti, Darget, et un autre Français nommé Chazot, qui était un
de ses meilleurs officiers, le quittèrent tous à la fois. Je me disposais
à en faire autant. Mais je voulus auparavant me donner le plaisir de me
moquer d'un livre que Maupertuis venait d'imprimer. L'occasion était
belle; on n'avait jamais rien écrit de si ridicule et de si fou. Le bonhomme proposait sérieusemsnt de faire un voyage droit aux deux pô-
les; de disséquer des têtes de géants, pour connaître la nature de
l'âme par leurs cervelles; de bâtir une ville où l'on ne parlerait que
latin; de creuser un trou jusqu'au noyau de la terre; de guérir les maladies en enduisant les malades de poix résine; et enfin de prédire
l'avenir en exaltant son âme.

Le roi rit du livre, j'en ris, tout le monde en rit. Mais il se passait
alors une scène plus sérieuse, à propos de je ne sais quelle fadaise de
mathématique que Maupertuis voulait ériger en découverte. Un géomètre plus savant, nommé Koenig, bibliothécaire de la princesse d'O-
range, à la Haye, lui fit apercevoir qu'il se trompait, et que Leibnitz,
qui avait autrefois examiné cette vieille idée, en avait démontré la
fausseté dans plusieurs de ses lettres, dont il lui montra des copies.

Maupertuis, président de l'académie de Berlin, indigné qu'un associé étranger lui prouvât ses bévues, persuada d'abord au roi que Koenig, en qualité d'homme établi en Hollande, était son ennemi, et avait
dit beaucoup de mal de la prose et de la poésie de Sa Majesté à la princesse d'Orange.

Cette première précaution prise, il aposta quelques pauvres pension-
naires de l'académie qui dépendaient de lui, et fit condamner Koenig,
comme faussaire, à être rayé du nombre des académiciens. Le géomètre de Hollande avait pris les devants, et avait renvoyé sa patente de
la dignité d'académicien de Berlin.

Tous les gens de lettres de l'Europe furent aussi indignés des manœuvres de Maupertuis qu'ennuyés de son livre. Il obtint la haine et
le mépris de ceux qui se piquaient de philosophie, et de ceux qui n'y
entendaient rien. On se contentait à Berlin de lever les épaules, car le
roi ayant pris parti dans cette malheureuse affaire, personne n'osait
parler; je fus le seul qui élevai la voix. Koenig était mon ami; j'avais
à la fois le plaisir de défendre la liberté des gens de lettres avec la
cause d'un ami, et celui de mortifier un ennemi qui était autant l'ennemi de la modestie que le mien. Je n'avais nul dessein de rester à

Berlin; j'ai toujours préféré la liberté à tout le reste. Peu de gens de lettres en usent ainsi. La plupart sont pauvres; la pauvreté énerve le courage; et tout philosophe à la cour devient aussi esclave que le premier officier de la couronne. Je sentis combien ma liberté devait déplaire à un roi plus absolu que le Grand-Turc. C'était un plaisant roi dans l'intérieur de sa maison, il le faut avouer. Il protégeait Maupertuis, et se moquait de lui plus que de personne. Il se mit à écrire contre lui, et m'envoya son manuscrit dans ma chambre par un des ministres de ses plaisirs secrets, nommé Marvits; il tourna beaucoup en ridicule le trou au centre de la terre, sa méthode de guérir avec un enduit de poix résine, le voyage au pôle austral, la ville latine, et la lâcheté de son académie, qui avait souffert la tyrannie exercée sur le pauvre Koenig. Mais comme sa devise était : *point de bruit*, *si je ne le fais*, il fit brûler[1] tout ce qu'on avait écrit sur cette matière, excepté son ouvrage.

Je lui renvoyai son ordre, sa clef de chambellan, ses pensions; il fit alors tout ce qu'il put pour me garder, et moi tout ce que je pus pour le quitter. Il me rendit sa croix et sa clef, il voulut que je soupasse avec lui; je fis donc encore un souper de Damoclès; après quoi je partis avec promesse de revenir, et avec le ferme dessein de ne le revoir de ma vie.

Ainsi nous fûmes quatre qui nous échappâmes en peu temps, Chazot, Darget, Algarotti, et moi. Il n'y avait pas en effet moyen d'y tenir. On sait bien qu'il faut souffrir auprès des rois; mais Frédéric abusait un peu trop de sa prérogative. La société a ses lois, à moins que ce ne soit la société du lion et de la chèvre. Frédéric manquait toujours à la première loi de la société, de ne rien dire de désobligeant à personne. Il demandait souvent à son chambellan Pollnitz s'il ne changerait pas volontiers de religion pour la quatrième fois, et il offrait de payer cent écus comptant pour sa conversion. « Eh, mon Dieu! mon cher Pollnitz, lui disait-il, j'ai oublié le nom de cet homme que vous volâtes à la Haye, en lui vendant de l'argent faux pour du fin : aidez un peu ma mémoire, je vous prie. » Il traitait à peu près de même le pauvre d'Argens. Cependant ces deux victimes restèrent. Pollnitz, ayant mangé tout son bien, était obligé d'avaler ces couleuvres pour vivre; il n'avait pas d'autre pain: et d'Argens n'avait pour tout bien dans le monde que ses *Lettres juives*, et sa femme, nommée Cochois, mauvaise comédienne de province, si laide qu'elle ne pouvait rien gagner à aucun métier, quoiqu'elle en fît plusieurs. Pour Maupertuis, qui avait été assez malavisé pour placer son bien à Berlin, ne songeant pas qu'il vaut mieux avoir cent pistoles dans un pays libre que mille dans un pays despotique, il fallait bien qu'il restât dans les fers qu'il s'était forgés.

En sortant de mon palais d'Alcine, j'allai passer un mois auprès de Mme la duchesse de Saxe-Gotha, la meilleure princesse de la terre, la plus douce, la plus sage, la plus égale, et qui, Dieu merci, ne faisait

---

1. Le 24 décembre 1752. (ÉD.)

point ce vers. De là je fus quelques jours à la maison de campagne du landgrave de Hesse, qui était beaucoup plus éloigné de la poésie que la princesse de Gotha. Je respirais. Je continuai doucement mon chemin par Francfort. C'était là que m'attendait ma très-bizarre destinée.

Je tombai malade à Francfort ; une de mes nièces [1], veuve d'un capitaine au régiment de Champagne, femme très-aimable, remplie de talents, et qui de plus était regardée à Paris comme bonne compagnie, eut le courage de quitter Paris pour venir me trouver sur le Mein ; mais elle me trouva prisonnier de guerre. Voici comme cette belle aventure s'était passée. Il y avait à Francfort un nommé Freytag, banni de Dresde, après y avoir été mis au carcan et condamné à la brouette, devenu depuis dans Francfort agent du roi de Prusse, qui se servait volontiers de tels ministres, parce qu'ils n'avaient de gages que ce qu'ils pouvaient attraper aux passants.

Cet ambassadeur et un marchand nommé Smith, condamné ci-devant à l'amende pour fausse monnaie, me signifièrent, de la part de S. M. le roi de Prusse, que j'eusse à ne point sortir de Francfort, jusqu'à ce que j'eusse rendu les effets précieux que j'emportais à Sa Majesté. « Hélas ! messieurs, je n'emporte rien de ce pays-là, je vous jure, pas même les moindres regrets. Quels sont donc les joyaux de la couronne brandebourgeoise que vous redemandez ? — C'être, monsir, répondit Freytag, l'œuvre de poëshie du roi mon gracieux maître. — Oh ! je lui rendrai sa prose et ses vers de tout mon cœur, lui répliquai-je, quoique après tout j'aie plus d'un droit à cet ouvrage. Il m'a fait présent d'un bel exemplaire imprimé à ses dépens. Malheureusement cet exemplaire est à Leipsick avec mes autres effets. » Alors Freytag me proposa de rester à Francfort jusqu'à ce que le trésor qui était à Leipsick fût arrivé ; et il me signa ce beau billet :

« Monsir, sitôt le gros ballot de Leipsick sera ici, où est l'œuvre de *poëshie* du roi mon maître, que Sa Majesté demande ; et l'œuvre de *poëshie* rendu à moi, vous pourrez partir où vous paraîtra bon. A Francfort, 1er de juin 1753. FREYTAG, résident du roi mon maître. » J'écrivis au bas du billet : *Bon pour l'œuvre de poëshie du roi votre maître :* de quoi le résident fut très-satisfait.

Le 17 de juin arriva le grand ballot de *poëshie*. Je remis fidèlement ce sacré dépôt, et je crus pouvoir m'en aller sans manquer à aucune tête couronnée : mais, dans l'instant que je partais, on m'arrête, moi, mon secrétaire, et mes gens ; on arrête ma nièce ; quatre soldats la traînent au milieu des boues chez le marchand Smith, qui avait je ne sais quel titre de conseiller privé du roi de Prusse. Ce marchand de Francfort se croyait alors un général prussien : il commandait douze soldats de la ville dans cette grande affaire, avec toute l'importance et la grandeur convenables. Ma nièce avait un passe-port du roi de France, et, de plus, elle n'avait jamais corrigé les vers du roi de Prusse. On respecte d'ordinaire les dames dans les horreurs de la guerre ; mais le

1. Louise Mignot, successivement Mme Denis et Mme Duvivier, morte en 1790. (ED.)

conseiller Smith et le résident Freytag, en agissant pour Frédéric, croyaient lui faire leur cour en traînant le pauvre beau sexe dans les boues.

On nous fourra tous dans une espèce d'hôtellerie, à la porte de laquelle furent postés douze soldats : on en mit quatre autres dans ma chambre, quatre dans un grenier où l'on avait conduit ma nièce, quatre dans un galetas ouvert à tous les vents, où l'on fit coucher mon secrétaire sur de la paille. Ma nièce avait, à la vérité, un petit lit; mais ses quatre soldats, avec la baïonnette au bout du fusil, lui tenaient lieu de rideaux et de femme de chambre.

Nous avions beau dire que nous en appelions à César, que l'empereur avait été élu dans Francfort, que mon secrétaire était Florentin[1], et sujet de Sa Majesté Impériale, que ma nièce et moi nous étions sujets du roi très-chrétien, et que nous n'avions rien à démêler avec le margrave de Brandebourg : on nous répondit que le margrave avait plus de crédit dans Francfort que l'empereur. Nous fûmes douze jours prisonniers de guerre, et il nous fallut payer cent quarante écus par jour.

Le marchand Smith s'était emparé de tous mes effets, qui me furent rendus plus légers de moitié. On ne pouvait payer plus chèrement *l'œuvre de poëshie du roi de Prusse*. Je perdis environ la somme qu'il avait dépensée pour me faire venir chez lui, et pour prendre de mes leçons. Partant nous fûmes quittes.

Pour rendre l'aventure complète, un certain Van Duren, libraire à la Haye, fripon de profession, et banqueroutier par habitude, était alors retiré à Francfort. C'était le même homme à qui j'avais fait présent, treize ans auparavant, du manuscrit de *l'Anti-Machiavel* de Frédéric. On retrouve ses amis dans l'occasion. Il prétendit que Sa Majesté lui redevait une vingtaine de ducats, et que j'en étais responsable. Il compta l'intérêt, et l'intérêt de l'intérêt. Le sieur Fichard, bourgmestre de Francfort, qui était même le bourgmestre régnant, comme cela se dit, trouva, en qualité de bourgmestre, le compte très-juste, et, en qualité de régnant, il me fit débourser trente ducats, en prit vingt-six pour lui, et en donna quatre au fripon de libraire.

Toute cette affaire d'Ostrogoths et de Vandales étant finie, j'embrassai mes hôtes, et je les remerciai de leur douce réception.

Quelque temps après, j'allai prendre les eaux de Plombières; je bus surtout celles du Léthé, bien persuadé que les malheurs, de quelque espèce qu'ils soient, ne sont bons qu'à oublier. Ma nièce, Mme Denis, qui faisait la consolation de ma vie, et qui s'était attachée à moi par son goût pour les lettres, et par la plus tendre amitié, m'accompagna de Plombières à Lyon. J'y fus reçu avec des acclamations par toute la ville, et assez mal par le cardinal de Tencin, archevêque de Lyon, si connu par la manière dont il avait fait sa fortune en rendant catholique ce Law ou Lass, auteur du Système qui bouleversa la France. Son concile d'Embrun acheva la fortune que la conversion de Law

---

1 Colini. (ED.)

avait commencée. Le Système le rendit si riche, qu'il eut de quoi
acheter un chapeau de cardinal. Il fut ministre d'État; et, en qualité
de ministre, il m'avoua confidemment qu'il ne pouvait me donner à
dîner en public, parce que le roi de France était fâché contre moi de
ce que je l'avais quitté pour le roi de Prusse. Je lui dis que je ne dînais
jamais, et qu'à l'égard des rois, j'étais l'homme du monde qui prenais
le plus aisément mon parti, aussi bien qu'avec les cardinaux. On
m'avait conseillé les eaux d'Aix en Savoie; quoiqu'elles fussent sous la
domination d'un roi, je pris ma route pour aller en boire. Il fallait
passer par Genève : le fameux médecin Tronchin, établi à Genève
depuis peu, me déclara que les eaux d'Aix me tueraient, et qu'il me
ferait vivre.

J'acceptai le parti qu'il me proposait. Il n'est permis à aucun catholique de s'établir à Genève, ni dans les cantons suisses protestants. Il
me parut plaisant d'acquérir des domaines dans les seuls pays de la
terre où il ne m'était pas permis d'en avoir.

J'achetai par un marché singulier, et dont il n'y avait point d'exemple dans le pays, un petit bien [1] d'environ soixante arpents, qu'on me
vendit le double de ce qu'il eût coûté auprès de Paris : mais le plaisir
n'est jamais trop cher; la maison est jolie et commode; l'aspect en est
charmant; il étonne et ne lasse point. C'est d'un côté le lac de Genève;
c'est la ville de l'autre; le Rhône en sort à gros bouillons, et forme un
canal au bas de mon jardin; la rivière d'Arve, qui descend de la Savoie, se précipite dans le Rhône; plus loin on voit encore une autre
rivière. Cent maisons de campagne, cent jardins riants, ornent les
bords du lac et des rivières; dans le lointain s'élèvent les Alpes, et à
travers leurs précipices on découvre vingt lieues de montagnes couvertes de neiges éternelles. J'ai encore une plus belle maison [2], et une
vue plus étendue à Lausanne; mais ma maison auprès de Genève est
beaucoup plus agréable. J'ai dans ces deux habitations ce que les rois
ne donnent point, ou plutôt ce qu'ils ôtent, le repos et la liberté; et
j'ai encore ce qu'ils donnent quelquefois, et que je ne tiens pas d'eux;
je mets en pratique ce que j'ai dit dans le *Mondain* :

> Oh ! le bon temps que ce siècle de fer !

Toutes les commodités de la vie en ameublements, en équipages, en
bonne chère, se trouvent dans mes deux maisons;. une société douce
et de gens d'esprit remplit les moments que l'étude et le soin de ma
santé me laissent. Il y a là de quoi faire crever de douleur plus d'un
de mes chers confrères les gens de lettres : cependant je ne suis pas
né riche, il s'en faut de beaucoup. On me demande par quel art je
suis parvenu à vivre comme un fermier général; il est bon de le dire,
afin que mon exemple serve. J'ai vu tant de gens de lettres pauvres et
méprisés, que j'ai conclu dès longtemps que je ne devais pas en augmenter le nombre.

---

1. *Les Délices.* (ÉD.)
2. **Monriond**, acheté en 1755, et revendu en 1757. (ÉD.)

Il faut être, en France, enclume ou marteau : j'étais né enclume. Un patrimoine court devient tous les jours plus court, parce que tout augmente de prix à la longue, et que souvent le gouvernement a touché aux rentes et aux espèces. Il faut être attentif à toutes les opérations que le ministère, toujours obéré et toujours inconstant, fait dans les finances de l'État. Il y en a toujours quelqu'une dont un particulier peut profiter, sans avoir obligation à personne; et rien n'est si doux que de faire sa fortune par soi-même : le premier pas coûte quelques peines; les autres sont aisés. Il faut être économe dans sa jeunesse; on se trouve dans sa vieillesse un fonds dont on est surpris. C'est le temps où la fortune est le plus nécessaire, c'est celui où je jouis : et, après avoir vécu chez des rois, je me suis fait roi chez moi, malgré des pertes immenses.

Depuis que je vis dans cette opulence paisible et dans la plus extrême indépendance, le roi de Prusse est revenu à moi; il m'envoya, en 1755, un opéra qu'il avait fait de ma tragédie de *Mérope* : c'était sans contredit ce qu'il avait jamais fait de plus mauvais. Depuis ce temps il a continué à m'écrire; j'ai toujours été en commerce de lettres avec sa sœur la margrave de Bareith, qui m'a conservé des bontés inaltérables.

Pendant que je jouissais dans ma retraite de la vie la plus douce qu'on puisse imaginer, j'eus le petit plaisir philosophique de voir que les rois de l'Europe ne goûtaient pas cette heureuse tranquillité, et de conclure que la situation d'un particulier est souvent préférable à celle des plus grands monarques, comme vous allez voir.

L'Angleterre fit une guerre de pirates à la France, pour quelques arpents de neige, en 1756 : dans le même temps l'impératrice, reine de Hongrie, parut avoir quelque envie de reprendre, si elle pouvait, sa chère Silésie, que le roi de Prusse lui avait arrachée. Elle négociait dans ce dessein avec l'impératrice de Russie et avec le roi de Pologne, seulement en qualité d'électeur de Saxe, car on ne négocie point avec les Polonais. Le roi de France, de son côté, voulait se venger sur les États de Hanovre du mal que l'électeur de Hanovre, roi d'Angleterre, lui faisait sur mer. Frédéric, qui était alors allié avec la France, et qui avait un profond mépris pour notre gouvernement, préféra l'alliance de l'Angleterre à celle de la France, et s'unit avec la maison de Hanovre, comptant empêcher d'une main les Russes d'avancer dans sa Prusse, et de l'autre les Français de venir en Allemagne; il se trompa dans ces deux idées : mais il en avait une troisième dans laquelle il ne se trompa point; ce fut d'envahir la Saxe sous prétexte d'amitié, et de faire la guerre à l'impératrice, reine de Hongrie, avec l'argent qu'il pilla chez les Saxons.

Le marquis de Brandebourg, par cette manœuvre singulière, fit seul changer tout le système de l'Europe. Le roi de France, voulant le retenir dans son alliance, lui avait envoyé le duc de Nivernois, homme d'esprit, et qui faisait de très-jolis vers. L'ambassade d'un duc et pair et d'un poëte semblait devoir flatter la vanité et le goût de Frédéric; il se moqua du roi de France, et signa son traité avec l'Angleterre le

jour même que l'ambassadeur arriva à Berlin; joua très-poliment le
duc et pair, et fit une épigramme contre le poëte.

C'était alors le privilége de la poésie de gouverner les États. Il y
avait un autre poëte à Paris, homme de condition, fort pauvre, mais
très-aimable, en un mot l'abbé de Bernis, depuis cardinal. Il avait dé-
buté par faire des vers contre moi, et ensuite était devenu mon ami,
ce qui ne lui servait à rien; mais il était devenu celui de Mme de
Pompadour, et cela lui fut plus utile. On l'avait envoyé du Parnasse
en ambassade à Venise; il était alors à Paris avec un très-grand crédit.

Le roi de Prusse, dans ce beau livre de *poëshies*, que ce M. Freytag
redemandait à Francfort avec tant d'instance, avait glissé un vers
contre l'abbé de Bernis :

> Évitez de Bernis la stérile abondance.

Je ne crois pas que ce livre et ce vers fussent parvenus jusqu'à
l'abbé : mais, comme Dieu est juste, Dieu se servit de lui pour venger
la France du roi de Prusse. L'abbé conclut[1] un traité offensif et dé-
fensif avec M. de Staremberg, ambassadeur d'Autriche, en dépit de
Rouillé, alors ministre des affaires étrangères. Mme de Pompadour
présida à cette négociation : Rouillé fut obligé de signer le traité conjointement avec l'abbé de Bernis, ce qui était sans exemple. Ce ministre Rouillé, il faut l'avouer, était le plus inepte secrétaire d'État que
jamais roi de France ait eu, et le pédant le plus ignorant qui fût dans
la robe. Il avait demandé un jour si la Vétéravie était en Italie. Tant
qu'il n'y eut point d'affaires épineuses à traiter, on le souffrit; mais,
dès qu'on eut de grands objets, on sentit son insuffisance, on le renvoya, et l'abbé de Bernis eut sa place.

Mlle Poisson, dame Le Normand, marquise de Pompadour, était
réellement premier ministre d'État. Certains termes outrageants, lâchés
contre elle par Frédéric, qui n'épargnait ni les femmes ni les poëtes,
avaient blessé le cœur de la marquise, et ne contribuèrent pas peu à
cette révolution dans les affaires qui réunit en un moment les maisons
de France et d'Autriche, après plus de deux cents ans d'une haine ré-
putée immortelle. La cour de France, qui avait prétendu, en 1741,
écraser l'Autriche, la soutint en 1756; et enfin l'on vit la France, la
Russie, la Suède, la Hongrie, la moitié de l'Allemagne, et le fiscal de
l'empire, déclarés contre le seul marquis de Brandebourg.

Ce prince, dont l'aïeul pouvait à peine entretenir vingt mille hommes, avait une armée de cent mille fantassins, et de quarante mille
cavaliers, bien composée, encore mieux exercée, pourvue de tout;
mais enfin il y avait plus de quatre cent mille hommes en armes contre
le Brandebourg.

Il arriva, dans cette guerre, que chaque parti prit d'abord tout ce
qu'il était à portée de prendre. Frédéric prit la Saxe, la France prit
les États de Frédéric depuis la ville de Gueldres jusqu'à Minden, sur
le Veser, et s'empara pour un temps de tout l'électorat de Hanovre et

1. Le 1er mai 1757. (ÉD.)

de la Hesse, alliée de Frédéric; l'impératrice de Russie prit toute la Prusse; ce roi. battu d'abord par les Russes, battit les Autrichiens, et ensuite en fut battu dans la Bohême, le 18 de juin 1757 [1].

La perte d'une bataille semblait devoir écraser ce monarque; pressé de tous côtés par les Russes, par les Autrichiens, et par la France, lui-même se crut perdu. Le maréchal de Richelieu venait de conclure près de Stade un traité avec les Hanovriens et les Hessois, qui ressemblait à celui des Fourches-Caudines. Leur armée ne devait plus servir; le maréchal était près d'entrer dans la Saxe avec soixante mille hommes; le prince de Soubise allait y entrer d'un autre côté avec plus de trente mille, et était secondé de l'armée des Cercles de l'empire; de là on marchait à Berlin. Les Autrichiens avaient gagné un second combat, et étaient déjà dans Breslau; un de leurs généraux même avait fait une course jusqu'à Berlin, et l'avait mis à contribution : le trésor du roi de Prusse était presque épuisé, et bientôt il ne devait plus lui rester un village; on allait le mettre au ban de l'empire; son procès était commencé; il était déclaré rebelle; et, s'il était pris, l'apparence était qu'il aurait été condamné à perdre la tête.

Dans ces extrémités, il lui passa dans l'esprit de vouloir se tuer. Il écrivit à sa sœur, Mme la margrave de Bareith, qu'il allait terminer sa vie : il ne voulut point finir la pièce sans quelques vers; la passion de la poésie était encore plus forte en lui que la haine de la vie. Il écrivit donc au marquis d'Argens une longue épître en vers, dans laquelle il lui faisait part de sa résolution, et lui disait adieu. Quelque singulière que soit cette épître par le sujet et par celui qui l'a écrite, et par le personnage à qui elle est adressée, il n'y a pas moyen de la transcrire ici tout entière, tant il y a de répétitions; mais on y trouve quelques morceaux assez bien tournés pour un roi du Nord; en voici plusieurs passages :

> Ami, le sort en est jeté,
> Las de plier dans l'infortune,
> Sous le joug de l'adversité,
> J'accourcis le temps arrêté
> Que la nature notre mère
> A mes jours remplis de misère
> A daigné prodiguer par libéralité.
> D'un cœur assuré, d'un œil ferme,
> Je m'approche de l'heureux terme
> Qui va me garantir contre les coups du sort,
> Sans timidité, sans effort.
> Adieu, grandeurs, adieu, chimères;
> De vos bluettes passagères
> Mes yeux ne sont plus éblouis.
> Si votre faux éclat de ma naissante aurore
> Fit trop imprudemment éclore
> Des désirs indiscrets, longtemps évanouis,

1. A Kollin. (ÉD.)

Au sein de la philosophie,
   École de la vérité,
Zénon me détrompa de la frivolité
Qui produit les erreurs du songe de la vie....
   Adieu, divine volupté,
Adieu, plaisirs charmants, qui flattez la mollesse,
   Et dont la troupe enchanteresse
Par des liens de fleurs enchaîne la gaieté....
Mais que fais-je, grand Dieu! courbé sous la tristesse
Est-ce à moi de nommer les plaisirs, l'allégresse?
   Et sous la griffe du vautour
   Voit-on la tendre tourterelle
   Et la plaintive Philomèle
   Chanter ou respirer l'amour?
Depuis longtemps pour moi l'astre de la lumière
N'éclaira que des jours signalés par mes maux;
Depuis longtemps Morphée, avare de pavots,
N'en daigne plus jeter sur ma triste paupière.
Je disais ce matin, les yeux couverts de pleurs :
   « Le jour, qui dans peu va paraître,
   M'annonce de nouveaux malheurs; »
Je disais à la nuit : « Tu vas bientôt renaître
   Pour éterniser mes douleurs.... »
Vous, de la liberté héros que je révère,
O mânes de Caton! ô mânes de Brutus!
   Votre illustre exemple m'éclaire
   Parmi l'erreur et les abus;
   C'est votre flambeau funéraire
Qui m'instruit du chemin, peu connu du vulgaire.
Que nous avaient tracé vos antiques vertus....
J'écarte les romans et les pompeux fantômes
Qu'engendra de ses flancs la Superstition;
Et pour approfondir la nature des hommes,
   Pour connaître ce que nous sommes,
Je ne m'adresse point à la Religion.
   J'apprends de mon maître Épicure
   Que du temps la cruelle injure
   Dissout les êtres composés;
   Que ce souffle, cette étincelle,
Ce feu vivifiant des corps organisés,
   N'est point de nature immortelle.
Il naît avec le corps, s'accroît dans les enfants,
   Souffre de la douleur cruelle;
Il s'égare, il s'éclipse, il baisse avec les ans;
Sans doute il périra quand la nuit éternelle
Viendra nous arracher du nombre des vivants....
Vaincu, persécuté, fugitif dans le monde,
   Trahi par des amis pervers,

Je souffre, en ma douleur profonde,
Plus de maux dans cet univers
Que, dans les fictions de la fable féconde,
N'en a jamais souffert Prométhée aux enfers.
Ainsi, pour terminer mes peines,
Comme ces malheureux au fond de leurs cachots,
Las d'un destin cruel, et trompant leurs bourreaux,
D'un noble effort brisent leurs chaînes;
Sans m'embarrasser des moyens,
Je romps les funestes liens
Dont la subtile et fine trame
A ce corps rongé de chagrins
Trop longtemps attacha mon âme.
Tu vois, dans ce cruel tableau,
De mon trépas la juste cause.
Au moins ne pense pas du néant du caveau
Que j'aspire à l'apothéose.....
Mais lorsque le printemps, paraissant de nouveau,
De son sein abondant t'offre des fleurs écloses,
Chaque fois d'un bouquet de myrtes et de roses
Souviens-toi d'orner mon tombeau.

Il m'envoya cette épître écrite de sa main. Il y a plusieurs hémistiches pillés de l'abbé de Chaulieu et de moi. Les idées sont incohérentes, les vers en général mal faits, mais il y en a de bons; et c'est beaucoup pour un roi de faire une épître de deux cents mauvais vers dans l'état où il était. Il voulait qu'on dît qu'il avait conservé toute la présence et toute la liberté de son esprit dans un moment où les hommes n'en ont guère.

La lettre qu'il m'écrivit témoignait les mêmes sentiments; mais il y avait moins de myrtes et de roses, et d'Ixion et de douleur profonde. Je combattis en prose la résolution qu'il disait avoir prise de mourir; et je n'eus pas de peine à le déterminer à vivre. Je lui conseillai d'entamer une négociation avec le maréchal de Richelieu, d'imiter le duc de Cumberland; je pris enfin toutes les libertés qu'on peut prendre avec un poëte désespéré, qui était tout prêt de n'être plus roi. Il écrivit en effet au maréchal de Richelieu; mais, n'ayant pas de réponse, il résolut de nous battre. Il me manda qu'il allait combattre le prince de Soubise; sa lettre finissait par des vers plus dignes de sa situation, de sa dignité, de son courage et de son esprit.

Quand on est voisin du naufrage,
Il faut, en affrontant l'orage,
Penser, vivre, et mourir en roi.

En marchant aux Français et aux Impériaux, il écrivit à Mme la margrave de Bareith, sa sœur, qu'il se ferait tuer : mais il fut plus heureux qu'il ne le disait et qu'il ne le croyait. Il attendit, le 5 de novembre 1757, l'armée française et impériale dans un poste assez avantageux, à Rosbach, sur les frontières de la Saxe ; et, comme il **avait** toujours parlé de se faire tuer, il voulut que son frère le prince **Henri** acquittât sa promesse à la tête de cinq bataillons prussiens qui devaient soutenir le premier effort des armées ennemies, tandis que son artillerie les foudroierait, et que sa cavalerie attaquerait la leur.

En effet le prince Henri fut légèrement blessé à la gorge d'un coup de fusil ; et ce fut, je crois, le seul Prussien blessé à cette journée. Les Français et les Autrichiens s'enfuirent à la première décharge. Ce fut la déroute la plus inouïe et la plus complète dont l'histoire ait jamais parlé. Cette bataille de Rosbach sera longtemps célèbre. On vit trente mille Français et vingt mille Impériaux prendre une fuite honteuse et précipitée devant cinq bataillons et quelques escadrons. Les défaites d'Azincourt, de Crécy, de Poitiers, ne furent pas si humiliantes.

La discipline et l'exercice militaire que son père avait établis, et que le fils avait fortifiés, furent la véritable cause de cette étrange victoire. L'exercice prussien s'était perfectionné pendant cinquante ans. On avait voulu l'imiter en France comme dans tous les autres États ; mais on n'avait pu faire en trois ou quatre ans, avec des Français peu disciplinables, ce qu'on avait fait pendant cinquante ans avec des Prussiens ; on avait même changé les manœuvres en France presque à chaque revue, de sorte que les officiers et les soldats, ayant mal appris des exercices nouveaux, et tous différents les uns des autres, n'avaient rien appris du tout, et n'avaient réellement aucune discipline ni aucun exercice. En un mot, à la seule vue des Prussiens, tout fuit en déroute, et la fortune fit passer Frédéric, en un quart d'heure, du comble du désespoir à celui du bonheur et de la gloire.

Cependant il craignait que ce bonheur ne fût très-passager ; il craignait d'avoir à porter tout le poids de la puissance de la France, de la Russie et de l'Autriche, et il aurait bien voulu détacher Louis XV de Marie-Thérèse.

La funeste journée de Rosbach faisait murmurer toute la France contre le traité de l'abbé de Bernis avec la cour de Vienne. Le cardinal de Tencin, archevêque de Lyon, avait toujours conservé son rang de ministre d'État, et une correspondance particulière avec le roi de France ; il était plus opposé que personne à l'alliance avec la cour autrichienne. Il m'avait fait à Lyon une réception dont il pouvait croire que j'étais peu satisfait : cependant l'envie de se mêler d'intrigues, qui le suivait dans sa retraite, et qui, à ce qu'on prétend, n'abandonne jamais les hommes en place, le porta à se lier avec moi, pour engager Mme la margrave de Bareith à s'en remettre à lui, et à lui confier les intérêts du roi son frère. Il voulait réconcilier le roi de Prusse avec le roi de France, et croyait procurer la paix. Il n'était pas bien difficile de porter Mme de Bareith et le roi son frère à cette négociation ; je m'en chargeai avec d'autant plus de plaisir que je voyais très-bien qu'elle ne réussirait pas.

Mme la margrave de Bareith écrivit de la part du roi son frère. C'était par moi que passaient les lettres de cette princesse et du cardi-

nal : j'avais en secret la satisfaction d'être l'entremetteur de cette
grande affaire, et peut-être encore un autre plaisir, celui de sentir
que mon cardinal se préparait un grand dégoût Il écrivit une belle
lettre au roi en lui envoyant celle de la margrave ; mais il fut tout
étonné que le roi lui répondît assez sèchement que le secrétaire d'État
des affaires étrangères l'instruirait de ses intentions.

En effet l'abbé de Bernis dicta au cardinal la réponse qu'il devait
faire : cette réponse était un refus net d'entrer en négociation. Il
fut obligé de signer le modèle de la lettre que lui envoyait l'abbé de
Bernis ; il m'envoya cette triste lettre qui finissait tout ; et il en mourut
de chagrin au bout de quinze jours [1].

Je n'ai jamais trop conçu comment on meurt de chagrin, et comment des ministres et de vieux cardinaux, qui ont l'âme si dure, ont
pourtant assez de sensibilité pour être frappés à mort par un petit dégoût : mon dessein avait été de me moquer de lui, de le mortifier, et
non pas de le faire mourir.

Il y avait une espèce de grandeur dans le ministère de France à refuser la paix au roi de Prusse, après avoir été battu et humilié par
lui ; il y avait de la fidélité et bien de la bonté de se sacrifier encore
pour la maison d'Autriche ; ces vertus furent longtemps mal récompensées par la fortune.

Les Hanovriens, les Brunswickois, les Hessois, furent moins fidèles
à leurs traités, et s'en trouvèrent mieux. Ils avaient stipulé avec le maréchal de Richelieu qu'ils ne serviraient plus contre nous ; qu'ils re-
passeraient l'Elbe, au delà duquel on les avait renvoyés ; ils rompirent
leur marché des Fourches-Caudines, dès qu'ils surent que nous avions
été battus à Rosbach. L'indiscipline, la désertion, les maladies, détrui-
sirent notre armée, et le résultat de toutes nos opérations fut, au
printemps de 1758, d'avoir perdu trois cents millions et cinquante
mille hommes en Allemagne pour Marie-Thérèse, comme nous avions
fait dans la guerre de 1741, en combattant contre elle.

Le roi de Prusse, qui avait battu notre armée dans la Thuringe, à
Rosbach [2], s'en alla combattre l'armée autrichienne à soixante lieues de
là. Les Français pouvaient encore entrer en Saxe, les vainqueurs marchaient ailleurs ; rien n'aurait arrêté les Français ; mais ils avaient
jeté leurs armes, perdu leurs canons, leurs munitions, leurs vivres, et
surtout la tête. Ils s'éparpillèrent. On rassembla leurs débris difficile-
ment. Frédéric, au bout d'un mois, remporte à pareil jour une victoire plus signalée et plus disputée sur l'armée d'Autriche, auprès de
Breslau [3] ; il reprend Breslau, il y fait quinze mille prisonniers ; le
reste de la Silésie rentre sous ses lois : Gustave-Adolphe n'avait pas
fait de si grandes choses. Il fallut bien alors lui pardonner ses vers,
ses plaisanteries, ses petites malices, et même ses péchés contre le
sexe féminin. Tous les défauts de l'homme disparurent devant la gloire
du héros.

1. Le 2 mars 1758. (ÉD.) — 2. Le 5 novembre 1757. (ÉD.)
3. Le 5 décembre fut remportée la victoire de Lissa. (ÉD.)

Aux Délices, 6 de novembre 1759.

J'avais laissé là mes *Mémoires*, les croyant aussi inutiles que les *Lettres* de Bayle à Mme sa chère mère, et que la *Vie de Saint-Évremond* écrite par Desmaiseaux, et que celle de l'abbé de Montgon écrite par lui-même : mais bien des choses qui me paraissent ou neuves ou plaisantes me ramènent au ridicule de parler de moi à moi-même.

Je vois de mes fenêtres la ville où régnait Jean Chauvin, le Picard, dit Calvin, et la place où il fit brûler Servet pour le bien de son âme. Presque tous les prêtres de ce pays-ci pensent aujourd'hui comme Servet, et vont même plus loin que lui. Ils ne croient point du tout Jésus-Christ Dieu ; et ces messieurs, qui ont fait autrefois main basse sur le purgatoire, se sont humanisés jusqu'à faire grâce aux âmes qui sont en enfer. Ils prétendent que leurs peines ne seront point éternelles, que Thésée ne sera pas toujours dans son fauteuil, que Sisyphe ne roulera pas toujours son rocher : ainsi de l'enfer, auquel ils ne croient plus, ils ont fait le purgatoire, auquel ils ne croyaient pas. C'est une assez jolie révolution dans l'histoire de l'esprit humain. Il y avait là de quoi se couper la gorge, allumer des bûchers, faire des Saint-Barthélemy ; cependant on ne s'est pas même dit d'injures, tant les mœurs sont changées. Il n'y a que moi à qui un de ces prédicants en ait dit, parce que j'avais osé avancer que le Picard Calvin était un esprit dur qui avait fait brûler Servet fort mal à propos. Admirez, je vous prie, les contradictions de ce monde : voilà des gens qui sont presque ouvertement sectateurs de Servet, et qui m'injurient pour avoir trouvé mauvais que Calvin l'ait fait brûler à petit feu avec des fagots verts !

Ils ont voulu me prouver en forme que Calvin était un bon homme ; ils ont prié le conseil de Genève de leur communiquer les pièces du procès de Servet : le conseil, plus sage qu'eux, les a refusées ; il ne leur a pas été permis d'écrire contre moi dans Genève. Je regarde ce petit triomphe comme le plus bel exemple des progrès de la raison dans ce siècle.

La philosophie a remporté encore une plus grande victoire sur ses ennemis à Lausanne. Quelques ministres s'étaient avisés dans ce pays-là de compiler je ne sais quel mauvais livre contre moi, pour l'honneur, disaient-ils, de la religion chrétienne. J'ai trouvé sans peine le moyen de faire saisir les exemplaires, et de les supprimer par autorité du magistrat : c'est peut-être la première fois qu'on ait forcé des théologiens à se taire, et à respecter un philosophe[1]. Jugez si je ne dois pas aimer passionnément ce pays-ci. Êtres pensants, je vous avertis

---

1. Cela était cependant arrivé une fois en France, et sous le règne de François Ier. Voici un extrait d'une lettre qu'il écrivit au parlement de Paris, en date du 9 avril 1526 :

« Et parce que nous sommes duement acertenés qu'indifféremment ladite faculté (la Sorbonne) et ses suppôts écrivent contre un chacun en dénigrant leur honneur, état, et renommée, comme ont fait contre Erasme, et pourraient s'efforcer à faire le semblable contre autres, nous vous commandons qu'ils n'aient en général rien particulier à écrire, ni composer, et imprimer choses

qu'il est très-agréable de vivre dans une république aux chefs de laquelle on peut dire : « Venez dîner demain chez moi. » Cependant je ne me suis pas encore trouvé assez libre; et ce qui est, à mon gré, digne de quelque attention, c'est que, pour l'être parfaitement, j'ai acheté des terres en France. Il y en avait deux à ma bienséance, à une lieue de Genève, qui avaient joui autrefois de tous les priviléges de cette ville. J'ai eu le bonheur d'obtenir du roi un brevet par lequel ces priviléges me sont conservés. Enfin j'ai tellement arrangé ma destinée, que je me trouve indépendant à la fois en Suisse, sur le territoire de Genève et en France.

J'entends parler beaucoup de liberté, mais je ne crois pas qu'il y ait eu en Europe un particulier qui s'en soit fait une comme la mienne. Suivra mon exemple qui voudra ou qui pourra.

Je ne pouvais certainement mieux prendre mon temps pour chercher cette liberté et le repos loin de Paris. On y était alors aussi fou et aussi acharné dans des querelles puériles que du temps de la Fronde; il n'y manquait que la guerre civile : mais, comme Paris n'avait ni un roi des halles, tel que le duc de Beaufort, ni un coadjuteur donnant la bénédiction avec un poignard, il n'y eut que des tracasseries civiles : elles avaient commencé par des billets de banque pour l'autre monde, inventés, comme je l'ai déjà dit, par l'archevêque de Paris, Beaumont, homme opiniâtre, faisant le mal de tout son cœur par excès de zèle, un fou sérieux, un vrai saint dans le goût de Thomas de Cantorbéry. La querelle s'échauffa pour une place à l'hôpital, à laquelle le parlement de Paris prétendait nommer, et que l'archevêque réputait place sacrée, dépendante uniquement de l'Église Tout Paris prit parti ; les petites factions janséniste et moliniste ne s'épargnèrent pas; le roi les voulut traiter comme on fait quelquefois des gens qui se battent dans la rue; on leur jette des seaux d'eau pour les séparer. Il donna le tort aux deux partis, comme de raison; mais ils n'en furent que plus envenimés : il exila l'archevêque, il exila le parlement; mais un maître ne doit chasser ses domestiques que quand il est sûr d'en trouver d'autres pour les remplacer; la cour fut enfin obligée de faire revenir le parlement, parce qu'une chambre nommée royale, composée de conseillers d'État et de maîtres des requêtes, érigée pour juger les procès, n'avait pu trouver pratique. Les Parisiens s'étaient mis dans la tête de ne plaider que devant cette cour de justice qu'on appelle parlement. Tous ses membres furent donc rappelés, et crurent avoir remporté une victoire signalée sur le roi. Ils l'avertirent paternellement, dans une de leurs remontrances, qu'il ne fallait pas qu'il exilât une

---

quelconques qu'elles n'aient été premièrement revues et approuvées par vous ou vos commis, et en pleine chambre délivrées. » François Iᵉʳ ne conserva pas longtemps cette sage politique, et son intolerance prépara les malheurs qui désolèrent la France sous le règne de ses petits-fils, et causèrent la ruine et la destruction de sa famille. Cet ordre donné au parlement ne renfermait rien de contraire à la loi naturelle; la Sorbonne jouissant en France d'un privilége exclusif pour le commerce de théologie, le gouvernement était en droit de soumettre ce privilége à toutes les restrictions qu'il jugeait convenables. **(Éd. de Kehl.)**

autre fois son parlement, attendu, disaient-ils, *que cela était de mau-*
vais exemple. Enfin ils en firent tant, que le roi résolut au moins de
casser une de leurs chambres, et de réformer les autres. Alors ces
messieurs donnèrent tous leur démission, excepté la grand'chambre;
les murmures éclatèrent : on déclamait publiquement au Palais contre
le roi. Le feu qui sortait de toutes les bouches prit malheureusement
à la cervelle d'un laquais, nommé Damiens, qui allait souvent dans la
grand'salle. Il est prouvé par le procès de ce fanatique de la robe qu'il
n'avait pas l'idée de tuer le roi, mais seulement celle de lui infliger
une petite correction. Il n'y a rien qui ne passe par la tête des hommes.
Ce misérable avait été cuistre au collège des Jésuites, collège où j'ai
vu quelquefois les écoliers donner des coups de canif, et les cuistres
leur en rendre. Damiens alla donc à Versailles dans cette résolution,
et blessa le roi au milieu de ses gardes et de ses courtisans, avec un
de ces petits canifs dont on taille des plumes [1].

On ne manqua pas, dans la première horreur de cet accident, d'imputer le coup aux jésuites, qui étaient, disait-on, en possession par
un ancien usage. J'ai lu une lettre du P. Griffet, dans laquelle il disait : « Cette fois-ci ce n'est pas nous, c'est à présent le tour de messieurs. » C'était naturellement au grand prévôt de la cour à juger l'assassin, puisque le crime avait été commis dans l'enceinte du palais du
roi. Le malheureux commença par accuser sept membres des enquêtes : il n'y avait qu'à laisser subsister cette accusation, et exécuter
le criminel; par là le roi rendait le parlement à jamais odieux, et se
donnait sur lui un avantage aussi durable que la monarchie. On croit
que M. d'Argenson porta le roi à donner à son parlement la permission
de juger l'affaire : il en fut bien récompensé, car huit jours après, il
fut dépossédé et exilé.

Le roi eut la faiblesse de donner de grosses pensions aux conseillers
qui instruisirent le procès de Damiens, comme s'ils avaient rendu
quelque service signalé et difficile. Cette conduite acheva d'inspirer à
messieurs des enquêtes une confiance nouvelle; ils se crurent des personnages importants; et leurs chimères de représenter la nation et
d'être les tuteurs des rois se réveillèrent : cette scène passée, et n'ayant
plus rien à faire, ils s'amusèrent à persécuter les philosophes.

Omer Joly de Fleury, avocat général du parlement de Paris, étala,
devant les chambres assemblées, le triomphe le plus complet que
l'ignorance, la mauvaise foi, et l'hypocrisie, aient jamais remporté.
Plusieurs gens de lettres, très-estimables par leur science et par leur
conduite, s'étaient associés pour composer un dictionnaire immense
de tout ce qui peut éclairer l'esprit humain : c'était un très-grand
objet de commerce pour la librairie de France : le chancelier, les ministres, encourageaient une si belle entreprise. Déjà sept volumes
avaient paru; on les traduisait en italien, en anglais, en allemand,
en hollandais; et ce trésor, ouvert à toutes les nations par les Français, pouvait être regardé comme ce qui nous faisait alors le plus

---

1. Le 5 janvier 1757. (ÉD.)

d'honneur, tant les excellents articles du *Dictionnaire encyclopédique* rachetaient les mauvais, qui sont pourtant en assez grand nombre. On ne pouvait rien reprocher à cet ouvrage, que trop de déclamations puériles, malheureusement adoptées par les auteurs du recueil, qui prenaient à toute main pour grossir l'ouvrage; mais tout ce qui part de ces auteurs est excellent.

Voilà Omer Joly de Fleury qui, le 23 de février 1759, accuse ces pauvres gens d'être athées, déistes, corrupteurs de la jeunesse, rebelles au roi, etc. Omer, pour prouver ces accusations, cite saint Paul, le procès de Théophile, et Abraham Chaumeix[1]. Il ne lui manquait que d'avoir lu le livre contre lequel il parla; ou, s'il l'avait lu, Omer était un étrange imbécile. Il demande justice à la cour contre l'article *Ame*, qui, selon lui, est le matérialisme tout pur. Vous remarquerez que cet article *Ame*, l'un des plus mauvais du livre, est l'ouvrage d'un pauvre docteur de Sorbonne[2], qui se tue à déclamer à tort et à travers contre le matérialisme. Tout le discours d'Omer Joly de Fleury fut un tissu de bévues pareilles. Il défère donc à la justice le livre qu'il n'a point lu ou qu'il n'a point entendu; et tout le parlement, sur la réquisition d'Omer, condamne l'ouvrage, non-seulement sans aucun examen, mais sans en avoir lu une page. Cette façon de rendre justice est fort au-dessous de celle de Bridoye, car au moins Bridoye pouvait rencontrer juste[1].

Les éditeurs avaient un privilége du roi. Le parlement n'a pas certainement le droit de réformer les priviléges accordés par Sa Majesté; il ne lui appartient de juger ni d'un arrêt du conseil, ni de rien de ce qui est scellé à la chancellerie : cependant il se donna le droit de condamner ce que le chancelier avait approuvé; il nomma des conseillers pour décider des objets de géométrie et de métaphysique contenus dans l'*Encyclopédie*. Un chancelier un peu ferme aurait cassé l'arrêt du parlement comme très-incompétent : le chancelier de Lamoignon se contenta de révoquer le privilége, afin de n'avoir pas la honte de voir juger et condamner ce qu'il avait revêtu de l'autorité suprême. On croirait que cette aventure est du temps du P. Garasse, et des arrêts contre l'émétique; cependant elle est arrivée dans le seul siècle éclairé qu'ait eu la France : tant il est vrai qu'il suffit d'un sot pour déshonorer une nation. On avouera sans peine que, dans de telles circonstances, Paris ne devait pas être le séjour d'un philosophe, et qu'Aristote fut très-sage de se retirer à Chalcis lorsque le fanatisme dominait dans Athènes. D'ailleurs l'état d'homme de lettres à Paris est immédiatement au-dessus de celui d'un bateleur : l'état de gentilhomme ordinaire de Sa Majesté, que le roi m'avait conservé, n'est pas

---

1. Abraham Chaumeix, ci-devant vinaigrier, s'étant fait janséniste et convulsionnaire, était alors l'oracle du parlement de Paris. Omer Fleury le cita comme un père de l'Eglise. Chaumeix a été depuis maître d'école à Moscou. (*Ed. de Kehl.*)

2. L'abbé Yvon. (ÉD.)

1. Bridoye est un juge qui, dans Rabelais (*Pantagruel*, livre III, chap. XXXVII et suiv.), « sentenciait les procès au sort des dés. » (ED.)

grand'chose. Les hommes sont bien sots, et je crois qu'il vaut **mieux**
bâtir un beau château, comme j'ai fait, y jouer la comédie, et y faire
bonne chère, que d'être levraudé à Paris, comme Helvétius[1], par **les**
gens tenant la cour du parlement, et par les gens tenant l'écurie de
la Sorbonne. Comme je ne pouvais assurément ni rendre les hommes
plus raisonnables, ni le parlement moins pédant, ni les théologiens
moins ridicules, je continuai à être heureux loin d'eux.

Je suis quasi honteux de l'être, en contemplant du port tous les
orages : je vois l'Allemagne inondée de sang, la France ruinée de
fond en comble, nos armées, nos flottes, battues, nos ministres renvoyés l'un après l'autre, sans que nos affaires en aillent mieux ; le roi
de Portugal assassiné, non pas par un laquais, mais par les grands
du pays, et cette fois-ci les jésuites ne peuvent pas dire : *Ce n'est pas
nous.* Ils avaient conservé leur droit, et il a été bien prouvé depuis
que les bons pères avaient saintement mis le couteau dans les mains
des parricides. Ils disent pour leurs raisons qu'ils sont souverains au
Paraguai, et qu'ils ont traité avec le roi de Portugal de couronne à
couronne.

Voici une petite aventure aussi singulière qu'on en ait vu depuis qu'il y a eu des rois et des poëtes sur la terre : Frédéric ayant
passé un temps assez long à garder les frontières de la Silésie dans
un camp inexpugnable, s'y est ennuyé, et, pour passer le temps, il
a fait une ode contre la France et contre le roi. Il m'envoya, au commencement de mai 1759, son ode signée Frédéric, et accompagnée
d'un paquet énorme de vers et de prose. J'ouvre le paquet, et je
m'aperçois que je ne suis pas le premier qui l'ait ouvert : il était visible qu'en chemin il avait été décacheté. Je fus transi de frayeur en
lisant dans l'ode les strophes suivantes :

> O nation folle et vaine,
> Quoi! sont-ce là ces guerriers
> Sous Luxembourg, sous Turenne,
> Couverts d'immortels lauriers;
> Qui, vrais amants de la gloire,
> Affrontaient pour la victoire
> Les dangers et le trépas ?
> Je vois leur vil assemblage
> Aussi vaillant au pillage
> Que lâche dans les combats.
> Quoi! votre faible monarque,
> Jouet de la Pompadour,
> Flétri par plus d'une marque
> Des opprobres de l'amour,
> Lui qui, détestant les peines,
> Au hasard remet les rênes
> De son empire aux abois,

[1] Arrêt du 6 février 1759. (ÉD.)

Cet esclave parle en maître!
Ce Céladon sous un hêtre
Croit dicter le sort des rois!

Je tremblai donc en voyant ces vers parmi lesquels il y en a de très-bons, ou du moins qui passeront pour tels. J'ai malheureusement la réputation méritée d'avoir jusqu'ici corrigé les vers du roi de Prusse. Le paquet a été ouvert en chemin, les vers transpireront dans le public, le roi de France les croira de moi, et me voilà criminel de lèse-majesté, et, qui pis est, coupable envers Mme de Pompadour.

Dans cette perplexité, je priai le résident de France à Genève de venir chez moi; je lui montre le paquet; il convient qu'il a été décacheté avant de me parvenir. Il juge qu'il n'y a pas d'autre parti à prendre, dans une affaire où il y allait de ma tête, que d'envoyer le paquet à M. le duc de Choiseul, ministre en France : en toute autre circonstance je n'aurais point fait cette démarche; mais j'étais obligé de prévenir ma ruine; je faisais connaître à la cour tout le fond du caractère de son ennemi. Je savais bien que le duc de Choiseul n'en abuserait pas, et qu'il se bornerait à persuader le roi de France que le roi de Prusse était un ennemi irréconciliable qu'il fallait écraser, si on pouvait. Le duc de Choiseul ne se borna pas là; c'est un homme de beaucoup d'esprit, il fait des vers, il a des amis qui en font; il paya le roi de Prusse en même monnaie, et m'envoya une ode contre Frédéric, aussi mordante, aussi terrible que l'était celle de Frédéric contre nous. En voici des échantillons détachés :

Ce n'est plus cet heureux génie
Qui des arts dans la Germanie
Devait allumer le flambeau;
Époux, fils, et frère coupable,
C'est celui qu'un père équitable
Voulut étouffer au berceau.

Cependant c'est lui dont l'audace
Des neuf Sœurs et du dieu de Thrace
Croit réunir les attributs,
Lui qui, chez Mars comme au Parnasse,
N'a jamais occupé de place
Qu'entre Zoïle et Mévius.

Vois, malgré la garde romaine,
Néron poursuivi sur la scène
Par les mépris des légions;
Vois l'oppresseur de Syracuse
Sans fruit prostituant sa muse
Aux insultes des nations.

Jusque-là, censeur moins sauvage,
Souffre l'innocent badinage
De la Nature et des Amours.

Peux-tu condamner la tendresse,
Toi qui n'en as connu l'ivresse
Que dans les bras de tes tambours?

Le duc de Choiseul, en me faisant parvenir cette réponse, m'assura qu'il allait la faire imprimer, si le roi de Prusse publiait son ouvrage, et qu'on battrait Frédéric à coups de plume comme on espérait le battre à coups d'épée. Il ne tenait qu'à moi, si j'avais voulu me réjouir, de voir le roi de France et le roi de Prusse faire la guerre en vers : c'était une scène nouvelle dans le monde. Je me donnai un autre plaisir, celui d'être plus sage que Frédéric : je lui écrivis que son ode était fort belle, mais qu'il ne devait pas la rendre publique, qu'il n'avait pas besoin de cette gloire, qu'il ne devait pas se fermer toutes les voies de réconciliation avec le roi de France, l'aigrir sans retour, et le forcer à faire les derniers efforts pour tirer de lui une juste vengeance. J'ajoutai que ma nièce avait brûlé son ode, dans la crainte mortelle qu'elle ne me fût imputée. Il me crut, me remercia, non sans quelques reproches d'avoir brûlé les plus beaux vers qu'il eût faits en sa vie. Le duc de Choiseul, de son côté, tint parole, et fut discret.

Pour rendre la plaisanterie complète, j'imaginai de poser les premiers fondements de la paix de l'Europe sur ces deux pièces qui devaient perpétuer la guerre jusqu'à ce que Frédéric fût écrasé. Ma correspondance avec le duc de Choiseul me fit naître cette idée ; elle me parut si ridicule, si digne de tout ce qui se passait alors, que je l'embrassai ; et je me donnai la satisfaction de prouver par moi-même sur quels petits et faibles pivots roulent les destinées des royaumes. M. de Choiseul m'écrivit plusieurs lettres ostensibles tellement conçues, que le roi de Prusse pût se hasarder à faire quelques ouvertures de paix, sans que l'Autriche pût prendre ombrage du ministère de France ; et Frédéric m'en écrivit de pareilles dans lesquelles il ne risquait pas de déplaire à la cour de Londres. Ce commerce très-délicat dure encore ; il ressemble aux mines que font deux chats qui montrent d'un côté patte de velours, et des griffes de l'autre. Le roi de Prusse, battu par les Russes, et ayant perdu Dresde, a besoin de la paix ; la France, battue sur terre par les Hanovriens, et sur mer par les Anglais, ayant perdu son argent très-mal à propos, est forcée de finir cette guerre ruineuse.

Voilà, belle Émilie, à quel point nous en sommes.

Cinna, I, III.

Aux Délices, ce 27 de novembre 1759.

Je continue, et ce sont toujours des choses singulières. Le roi de Prusse m'écrivit du 17 de décembre[1] : « Je vous en manderai davantage de Dresde, où je serai dans trois jours : » et le troisième jour il est battu par le maréchal Daun, et il perd dix-huit mille hommes[2]. Il me semble que tout ce que je vois est la fable du *Pot au lait*. Notre

1. Lisez : du 17 novembre. (Éd.)
2. La victoire de Daun sur les Prussiens, à Maxen en Saxe, est du 20 novembre 1759. (Éd.)

grand marin Berrier, ci-devant lieutenant de police à Paris, et qui a passé de ce poste à celui de secrétaire d'État et de ministre des mers, sans avoir jamais vu d'autre flotte que la galiote de Saint-Cloud et le coche d'Auxerre: notre Berrier, dis-je, s'était mis dans la tête de faire un bel armement naval pour opérer une descente en Angleterre : à peine notre flotte a-t-elle mis le nez hors de Brest, qu'elle a été battue par les Anglais, brisée par les rochers, détruite par les vents, ou engloutie dans la mer.

Nous avons eu pour contrôleur général des finances un Silhouette que nous ne connaissions que pour avoir traduit en prose quelques vers de Pope : il passait pour un aigle ; mais, en moins de quatre mois, l'aigle s'est changé en oison. Il a trouvé le secret d'anéantir le crédit, au point que l'État a manqué d'argent tout d'un coup pour payer les troupes. Le roi a été obligé d'envoyer sa vaisselle à la Monnaie : une bonne partie du royaume a suivi cet exemple.

12 février 1760.

Enfin, après quelques perfidies du roi de Prusse, comme d'avoir envoyé à Londres des lettres que je lui avais confiées, d'avoir voulu semer la zizanie entre nous et nos alliés, toutes perfidies très-permises à un grand roi, surtout en temps de guerre, je reçois des propositions de paix de la main du roi de Prusse, non sans quelques vers ; il faut toujours qu'il en fasse. Je les envoie à Versailles ; je doute qu'on les accepte : il ne veut rien céder, et il propose, pour dédommager l'électeur de Saxe, qu'on lui donne Erfurth, qui appartient à l'électeur de Mayence : il faut toujours qu'il dépouille quelqu'un ; c'est sa façon. Nous verrons ce qui résultera de ces idées, et surtout de la campagne qu'on va faire.

Comme cette grande et horrible tragédie est toujours mêlée de comique, on vient d'imprimer à Paris les *Poëshies du roi mon maître*, comme disait Freytag ; il y a une épître au maréchal Keith, dans laquelle il se moque beaucoup de l'immortalité de l'âme et des chrétiens. Les dévots n'en sont pas contents, les prêtres calvinistes murmurent ; ces pédants le regardaient comme le soutien de la bonne cause ; ils l'admiraient quand il jetait dans des cachots les magistrats de Leipsick, et qu'il vendait leurs lits pour avoir leur argent. Mais depuis qu'il s'est avisé de traduire quelques passages de Sénèque, de Lucrèce, et de Cicéron, ils le regardent comme un monstre. Les prêtres canoniseraient Cartouche dévot.

REMARQUE

AU SUJET D'UNE OMISSION QUI SE TROUVE DANS LE JOURNAL ENCYCLOPÉDIQUE.
(1er JANVIER 1760).

Messieurs les auteurs du *Journal encyclopédique* sont priés de vouloir bien corriger la petite inadvertance où l'on est tombé dans leur journal, où (page 79, mois de janvier) il est dit que, dans l'*Essai sur* l'histoire générale, sur les mœurs et l'esprit des nations, depuis Charlemagne, l'auteur a oublié Otman, troisième calife, et que cette omission est considérable : elle le serait en effet, quoique le but de l'auteur de cet *Essai sur l'histoire* n'ait point du tout été de faire des mémoires chronologiques, mais de peindre les mœurs des hommes : mais il s'en faut beaucoup que cette omission soit vraie : il n'y a qu'à jeter les yeux sur la page 47. on y trouvera ces mots : « Omar est assassiné par un esclave perse en 608 ; Otman, son successeur, l'est en 655, dans une émeute ; Ali, ce fameux gendre de Mahomet, n'est élu et ne règne qu'au milieu des troubles, etc. »

Les auteurs n'avaient point apparemment le livre devant les yeux, quand ils ont fait l'extrait de la prétendue critique de cet essai sur l'*Histoire générale* [1] ; ils se sont fiés à ce censeur téméraire ; ils n'ont pas cru qu'un auteur qui critique un livre connu de tout le monde, pût avancer une imputation si fausse, et se tromper si grossièrement.

Au reste, on ne peut que remercier messieurs les auteurs du *Journal encyclopédique* de la candeur et de l'équité qui caractérisent leur excellent journal, approuvé de toutes les sociétés de gens de lettres et de toutes les religions de l'Europe : tous ceux qui lisent ce journal doivent des remercîments à M. le duc de Bouillon des instructions utiles et agréables que sa protection leur a procurées.

Au château de Tournay, pays de Gex, ce 31 mars 1760.

VOLTAIRE,
Gentilhomme ordinaire de la chambre du roi.

LES QUAND,

NOTES UTILES SUR UN DISCOURS PRONONCÉ[2] DEVANT L'ACADÉMIE FRANÇAISE LE 10 MARS 1760.

Quand on a l'honneur d'être reçu dans une compagnie respectable d'hommes de lettres, il ne faut pas que la harangue de réception soit une satire contre les gens de lettres ; c'est insulter la compagnie et le public.

Quand par hasard on est riche, il ne faut pas avoir la basse cruauté de reprocher aux gens de lettres leur pauvreté dans un discours académique, et dire avec orgueil qu'ils déclament contre les richesses,

1. Nous n'avons fait l'extrait qu'avec l'ouvrage de M. de Voltaire sous les yeux ; et l'omission dont se plaint cet illustre auteur se trouve dans l'édition que nous avons de ses œuvres. A la vérité, elle est furtive, ou c'est plutôt une contrefaction ; et cette faute y existe réellement, ce qui nous détermine d'autant plus à publier cette lettre, afin qu'elle serve de correctif à cet endroit défiguré. (*Note des rédacteurs du Journal encyclopédique.*) — Dans leurs embarras, dont j'ai parlé en ma note précédente, les rédacteurs ont mis cette note pour ménager et l'auteur de la *Critique*, et Voltaire. Je n'ai pu trouver la contrefaction contenant la faute. (*Note de M. Beuchot.*)

2. Par Jean-Jacques Lefranc de Pompignan, qui remplaçait Maupertuis. (Éd.)

et qu'ils portent envie en secret aux riches : 1°.parce que le récipien-daire ne peut savoir ce que ses confrères moins opulents que lui pensent en secret; 2° parce que aucun d'eux ne porte envie au réci-piendaire.

Quand on ne fait pas honneur à son siècle par ses ouvrages, c'est une étrange témérité de décrier son siècle.

Quand on est à peine homme de lettres, et nullement philosophe, il ne sied pas de dire que notre nation n'a qu'une fausse littérature et une vaine philosophie.

Quand on a traduit et outré même la *Prière du déiste*, composée par Pope; *quand* on a été privé six mois entiers de sa charge en pro-vince, pour avoir traduit et envenimé cette formule du déisme; *quand* enfin on a été redevable à des philosophes de la jouissance de cette charge, c'est manquer à la fois à la reconnaissance, à la vérité, à la justice, que d'accuser les philosophes d'impiété; et c'est insulter à toutes les bienséances, de se donner les airs de parler de religion dans un discours public, devant une académie qui a pour maxime et pour loi de n'en jamais parler dans ses assemblées.

Quand on prononce devant une académie un de ces discours dont on parle un jour ou deux, et que même quelquefois on porte au pied du trône, c'est être coupable envers ses concitoyens, d'oser dire, dans ce discours, que la philosophie de nos jours sape les fondements du trône et de l'autel. C'est jouer le rôle d'un délateur, d'oser avancer que la haine de l'autorité est le caractère dominant de nos productions; et c'est être délateur avec une imposture bien odieuse, puisque non-seu-lement les gens de lettres sont les sujets les plus soumis, mais qu'ils n'ont même aucun privilége, aucune prérogative qui puisse jamais leur donner le moindre prétexte de n'être pas soumis. Rien n'est plus criminel que de vouloir donner aux princes et aux ministres des idées si injustes sur des sujets fidèles, dont les études font honneur à la na-tion : mais heureusement les princes et les ministres ne lisent point ces discours, et ceux qui les ont lus une fois ne les lisent plus.

Quand on succède à un homme bizarre, qui a eu le malheur de nier dans un mauvais livre les preuves évidentes de l'existence d'un Dieu, tirées des desseins, des rapports et des fins de tous les ouvrages de la création, seules preuves admises par les philosophes, et seules preuves consacrées par les pères de l'Église; *quand* cet homme bizarre a fait tout ce qu'il a pu pour infirmer ces témoignages éclatants de la nature entière; *quand* à ces preuves frappantes, qui éclairent tous les yeux, il a substitué ridiculement une équation d'algèbre, il ne faut pas dire, à la vérité, que ce raisonneur était un athée, parce qu'il ne faut accu-ser personne d'athéisme, et encore moins l'homme à qui l'on succède; mais aussi ne faut-il pas le proposer comme le modèle des écrivains religieux : il faut se taire, ou du moins parler avec plus d'art et de retenue.

Quand on harangue en France une académie, il ne faut pas s'em-porter contre les philosophes qu'a produits l'Angleterre; il faudrait plutôt les étudier.

Quand on est admis dans un corps respectable, il faut dans sa harangue cacher sous le voile de la modestie l'insolent orgueil qui est le
partage des têtes chaudes et des talents médiocres.

PLAIDOYER DE RAMPONEAU,

PRONONCÉ PAR LUI-MÊME DEVANT SES JUGES[1].

Maître Beaumont[2], dans ce siècle de perversité, pense-t-il que les
grâces de son style séduiront ses juges, que ses plaisanteries les
égayeront, que les tours insidieux de son éloquence les convain-
cront?

Remarquez d'abord, messieurs, avec quelle adresse maître Beaumont supprime mon nom de baptême : il m'appelle Ramponeau tout
court; voulant vous insinuer par cette réticence que je ne suis pas
baptisé, et qu'ainsi n'ayant pas renoncé aux pompes du démon, je peux
me montrer sur le théâtre sans avoir rien à risquer; que je suis un
enfant de perdition qu'on peut abandonner aux plaisirs de la multitude, sans crainte de perdre une âme déjà perdue.

Je suis baptisé, messieurs, et mon nom est Genest de Ramponeau,
cabaretier de la Courtille.

Vous avez tremblé, ô Gaudon ma partie ! et vous, son éloquent protecteur, vous tremblez à ce nom de saint Genest, qui, ayant paru sur
le théâtre de Rome, comme vous voulez me produire sur celui du Boulevart[3], ou Boulevert, fut miraculeusement converti en jouant la comédie. Il convertit même une partie de la cour de l'empereur, si on
m'a dit vrai; il reçut la couronne du martyre, si je ne me trompe.
Vous me préparez, maître Beaumont, un martyre bien plus cruel;
vous me criez d'une voix triomphante : *Ramponeau, montrez-vous, ou
payez.*

Je ne payerai point, messieurs, et je ne me montrerai point sur le
théâtre. J'ai fait un marché, il est vrai; mais, comme dit le fameux

---

1. Ramponeau, cabaretier de la Courtille, vendait, en 1760, de très-mauvais
vin à très-bon marché. La canaille y courait en foule; cette affluence extraordinaire excita la curiosité des oisifs de la bonne compagnie. Ramponeau devint
célèbre. Il avait la complaisance de se laisser voir chez lui aux grandes dames
et aux seigneurs que la curiosité y attirait. Gaudon, entrepreneur de spectacles,
s'imagina qu'il ferait fortune s'il pouvait montrer Ramponeau sur son théâtre;
le marché se conclut : mais Ramponeau, s'apercevant qu'il lui était désavan-
tageux, refusa de tenir ses engagements. Ce procès produisit quelques facéties,
ne fut point jugé, et Ramponeau fut oublié pour jamais avant la fin de l'année.
(*Ed. de Kehl.*)

2. Elie de Beaumont. (ÉD.)

3. On devrait dire *Boulevert*, parce que autrefois le rempart était couvert de
gazon, sur lequel on jouait à la boule; on appelait le gazon *le vert* : de là le
mot *boule-vert*, terme que les Anglais ont rendu exactement par *Bowling-
green*. Les Parisiens croient bien prononcer en disant *Boulevart*; le pauvre
peuple dit *Boulevert*. (*Ed. de Kehl.*)

Grec dont j'ai entendu parler à la Courtille : « Si ce que j'ai promis est injuste, je n'ai rien promis. »

Maître Beaumont prétend que si Jean-Jacques Rousseau, citoyen de Genève, s'est fait voir marchant à quatre pattes sur le théâtre des Fossés-Saint-Germain[1], Genest de Ramponeau, citoyen de la Courtille, ne doit point rougir de se montrer sur ses deux pieds; mais la Cour verra aisément le faux de ce sophisme.

Jean-Jacques est un hérétique, et je suis catholique; Jean-Jacques n'a comparu que par procureur, et on veut me faire comparaître en personne; Jean-Jacques a comparu en dépit des lois, et c'est en vertu des lois qu'on veut me montrer au peuple; Jean-Jacques a été faiseur de comédies, et moi je suis un honnête cabaretier. On sait ce qu'on doit à la dignité des professions. Néron voulut avilir les chevaliers romains jusqu'à les faire monter sur le théâtre; mais il n'osa y contraindre les cabaretiers.

Si la Cour avait pu lire un petit livre que Jean-Jacques, indigné de sa gloire, et honteux d'avoir travaillé pour les spectacles, a lâché contre les spectacles mêmes, elle verrait que ce Rousseau préfère hautement les marchands de vin aux histrions[2]. Il ne veut pas que dans sa patrie il y ait des comédies, mais il y veut des cabarets; il regrette ce beau jour de son enfance, où il vit tous les Génevois ivres; il souhaite que les filles dansent toutes nues au cabaret[3].

Nous espérons que les mœurs se perfectionneront bientôt jusqu'à parvenir à ce dernier degré de la politesse. Alors maître Beaumont lui-même sera très-assidu chez moi, à la Courtille. Il ne songera plus à me produire sur le rempart; il sentira ce qu'on doit à un cabaretier.

Feu Mgr le cardinal de Fleury disait que les fermiers généraux étaient les colonnes de l'État : si cela est, nous sommes la base de ces colonnes; car, sans nous, plus de produit dans les aides; et, sans les aides, comment l'État pourrait-il aider ses alliés, et s'aider lui-même contre ses ennemis? M. Silhouette, qui a tenu le tonneau des finances[4] moins de temps que je n'ai tenu ceux de mes vins de Brie, a voulu faire quelque peine au corps des fermiers; mais il a respecté le nôtre.

Si nous sommes nécessaires à la puissance temporelle, nous le sommes encore plus à la spirituelle, qui est si au-dessus de l'autre. C'est chez nous que le peuple célèbre les fêtes : c'est pour nous qu'on abandonne souvent, trois jours de suite, dans les campagnes, les travaux

1. Dans les *Philosophes*, comédie de Palissot, jouée le 2 mai 1760. (ÉD.)
2. Dans sa lettre à d'Alembert contre les spectacles, il fait l'éloge des *cercles*, où « chacun, se livrant sans gêne aux amusements de son goût, joue, cause, lit, *boit*, ou fume. » (ÉD.)
3. J. J. Rousseau, dans sa même lettre, dit qu'il « voudrait bien nous (aux Génevois) croire les yeux et les cœurs assez chastes pour supporter un tel spectacle, et que de jeunes personnes dans cet état fussent à Genève, comme à Sparte, couvertes de l'honnêteté publique. » (Fn)
4. Huit mois et demi. (ÉD.)

nécessaires, mais profanes, de la charrue, pour venir chez nous sanctifier les jours de salut et de miséricorde; c'est là qu'on perd heureusement cette raison frivole, orgueilleuse, inquiète, curieuse, si contraire à la simplicité du chrétien, comme maître Beaumont lui-même
est forcé d'en convenir; c'est là qu'en ruinant sa santé on fournit aux
médecins de nouvelles découvertes; c'est là que tant de filles, qui
peut-être auraient langui dans la stérilité, acquièrent une fécondité
heureuse qui produit tant d'enfants bien élevés, utiles à l'Église et au
royaume, et qu'on voit peupler les grands chemins pour remplir le vide
de nos villes dépeuplées.

Que dira maître Beaumont si je lui montre les saints rituels, où sont
excommuniés les fauteurs du théâtre, c'est-à-dire les rois, les princes,
les Sophocle et les Corneille? Un cabaretier, au contraire, est essen-
tiellement de la communion des fidèles, puisque c'est chez lui que les
fidèles boivent et mangent.

Les fermiers généraux eux-mêmes, quoiqu'ils fussent tous chevaliers dans la république romaine, quoiqu'ils soient colonnes chez nous,
sont maudits dans l'Écriture : « S'il n'écoute pas l'Église, qu'il soit regardé comme un païen et comme un fermier général, *sicut ethnicus
et publicanus*[1]. » L'apôtre ne dit point qu'il soit regardé comme un cabaretier de la Courtille; il s'en donne bien de garde.

Au contraire, c'est par un cabaret, et même une cabaretière, que
les premiers triomphes du saint peuple juif commencèrent. La belle
Rahab, vous le savez, messieurs, tenait un cabaret à Jéricho, dans le
vaste pays de Setim. Elle était zonah, du mot hébreu *zun*, qui signifie
cabaret, et rien de plus. (Et c'est ce que je tiens de M. Tellès qui
vient souvent chez moi.) Elle reçut les espions du saint peuple; elle
trahit pour lui sa patrie; elle fut l'heureuse cause que les murailles de
Jéricho étant tombées au bruit de la trompette et des voix des Juifs, la
nation chérie tua les hommes, les femmes, les filles, les enfants, les
bœufs, les brebis et les ânes.

Quelques interprètes soutiennent que Rahab était non-seulement cabaretière, mais fille de joie. A Dieu ne plaise que je contredise ces
grands hommes; mais si elle avait été une simple fille de joie, une
fille de rempart, Salomon, prince de Juda, aurait-il daigné l'épouser?
Je laisse le reste à vos sublimes réflexions.

Vous voyez, juges augustes du Boulevart et de la Courtille, quelle
prééminence eut de tous les temps le cabaret sur le théâtre. Vous fré-
missez de l'indigne proposition de maître Beaumont, qui prétend me
faire quitter la Courtille pour le rempart. J'ose plaider ma cause moi-
même, parce que là où la raison est évidente l'éloquence est inutile.
Si elle succombait cette raison, quelquefois mal accueillie chez les
hommes, je mettrais alors ma cause entre les mains de maître Man-
nori, célèbre dans l'univers, qui a fait imprimer des plaidoyers lus de
l'univers, et l'univers entier jugerait entre Gaudon et Ramponeau.

---

1. Matth., XVIII, 17. (ÉD.)

e vois d'ici maître Beaumont sourire, je l'entends répéter ces mots d'Horace, ce poëte du Pont-Neuf que j'ai ouï souvent citer :

Perfidus hic caupo.

Livre I, sat. I, 29.

.... *cauponibus atque malignis.*

Id., I, IV, 4.

Ce fripon de cabaretier, ces cabaretiers malins.

Il aura recours même à l'*Encyclopédie*, ouvrage d'un siècle que j'ai entendu nommer de Trajan; car à quoi n'a-t-on point recours dans une mauvaise cause? L'*Encyclopédie*, à l'article *Cabaret*, prétend que les lois de la police ne sont pas toujours rigoureusement observées dans nos maisons. Je demande justice à la cour de cette calomnie : je me joins à maître Palissot, maître Le Franc de Pompignan et maître Fréron, contre ce livre abominable. Je savais déjà par leurs émissaires, mes camarades ou mes pratiques, combien ce livre et leurs semblables sont pernicieux.

Une foule de citoyens de tout ordre et de tout âge les lit, au lieu d'aller au cabaret : les auteurs et les lecteurs passent dans leurs cabinets une vie retirée, qui est la source de tant d'attroupements scandaleux. On étudie la géométrie, la morale, la métaphysique et l'histoire; de là ces billets de confession qui ont troublé la France, ces convulsions qui l'ont également déshonorée, ces cris contre des contributions nécessaires au soutien de la patrie, tandis que les comédiens recueillent plus d'argent par jour aux représentations de la pièce charitable contre les *Philosophes*, que le souverain n'en retire pour le soutien du royaume. Ces détestables livres enseignent visiblement à couper la bourse et la gorge sur le grand chemin; ce qui certes n'arrive pas à la Courtille, où nous abreuvons les gorges, et vidons les bourses loyalement.

Je conclus donc à ce qu'il plaise à la cour me faire donner beaucoup d'argent par Gaudon, qui a la mauvaise foi de m'en demander en vertu de son marché; faire brûler le factum de maître Beaumont, comme attentatoire aux lois du royaume et à la religion; *item*, faire brûler pareillement tous les livres qui pourront, soit directement, soit indirectement, empêcher les citoyens d'aller à la Courtille, et leur procurer le plaisir honteux de la lecture.

RÉFLEXIONS POUR LES SOTS.

(1760.)

Si le grand nombre gouverné était composé de bœufs, et le petit nombre gouvernant, de bouviers, le petit nombre ferait très-bien de tenir le grand nombre dans l'ignorance.

Mais il n'en est pas ainsi. Plusieurs nations qui longtemps n'ont eu que des cornes, et qui ont ruminé, commencent à penser.

Quand une fois ce temps de penser est venu, il est impossible d'ôter aux esprits la force qu'ils ont acquise; il faut traiter en êtres pensants ceux qui pensent, comme on traite les brutes en brutes.

Il serait impossible aux chevaliers de la Jarretière, assemblés à l'hôtel de ville de Londres, de faire croire aujourd'hui que saint George leur patron les regarde du haut du ciel, une lance à la main, monté sur un grand cheval de bataille.

Le roi Guillaume, la reine Anne, George Ier, George II, n'ont guéri personne des écrouelles. Autrefois un roi qui aurait refusé de se servir de ce saint privilége eût révolté la nation : aujourd'hui un roi qui en voudrait user ferait rire la nation entière[1].

Le fils du grand Racine, dans un poëme intitulé la *Grâce*[2], s'exprime ainsi sur l'Angleterre :

> L'Angleterre, où jadis brilla tant de lumière,
> Recevant aujourd'hui toutes religions,
> N'est plus qu'un triste amas de folles visions.

M. Racine se trompe; l'Angleterre fut plongée dans l'ignorance et le mauvais goût jusqu'au temps du chancelier Bacon. C'est la liberté de penser qui a fait éclore chez les Anglais tant d'excellents livres; c'est parce que les esprits ont été éclairés, qu'ils ont été hardis; c'est parce qu'ils ont été hardis, qu'on a donné des prix à ceux qui feraient passer les mers à leurs blés; c'est cette liberté qui a fait fleurir tous les arts, et qui a couvert l'Océan de vaisseaux.

A l'égard des folles visions que leur reproche l'auteur du poëme sur la *Grâce*, il est vrai qu'ils ont abandonné la dispute sur la grâce efficace et suffisante et concomitante ; mais en récompense ils ont donné les logarithmes, la position de trois mille étoiles, l'aberration de la lumière, la connaissance physique de cette lumière même, le calcul qu'on appelle *de l'infini*, et la loi mathématique par laquelle tous les globes du monde gravitent les uns sur les autres. Il faut avouer que la Sorbonne, quoique très-supérieure, n'a pas encore fait de telles découvertes.

Cette petite envie de se faire valoir en invectivant contre son siècle, en voulant ramener les hommes de la nourriture du pain à celle du gland, en répétant sans cesse et hors de propos de misérables lieux communs, ne fera pas fortune dorénavant.

Il est ridicule de penser qu'une nation éclairée ne soit pas plus heureuse qu'une nation ignorante.

Il est affreux d'insinuer que la tolérance est dangereuse, quand nous voyons à nos portes l'Angleterre et la Hollande peuplées et enrichies par cette tolérance, et de beaux royaumes dépeuplés et incultes par l'opinion contraire.

La persécution contre les hommes qui pensent librement ne **vient**

1. Cependant, en 1774, Louis XVI les toucha. (ÉD.)
2. Chant VI, vers 130-32. (ÉD.)

pas de ce qu'on croit ces hommes dangereux; car assurément aucun d'eux n'a jamais ameuté quatre gredins dans la place Maubert, ni dans la grand'salle. Aucun philosophe n'a jamais parlé ni à Jacques Clément, ni à Barrière, ni à Chastel, ni à Ravaillac, ni à Damiens.

Aucun philosophe n'a empêché qu'on payât les impôts nécessaires à la défense de l'État; et lorsque autrefois on promenait la châsse de sainte Geneviève par les rues de Paris, pour avoir de la pluie ou du beau temps, aucun philosophe n'a troublé la procession; et quand les convulsionnaires ont demandé les saints secours, aucun philosophe ne leur a donné des coups de bûche.

Quand les jésuites ont employé la calomnie, les confessions et les lettres de cachet, contre tous ceux qu'ils accusaient d'être jansénistes, c'est-à-dire d'être leurs ennemis; quand les jansénistes se sont vengés ensuite comme ils ont pu des insolentes persécutions des jésuites, les philosophes ne se sont mêlés en aucune façon de ces querelles; ils les ont rendues méprisables, et par là ils ont rendu à la nation un service éternel.

Si une bulle écrite en mauvais latin, et scellée de l'anneau du pêcheur, ne décide plus du destin d'un État; si un légat *du côté* [1] ne vient plus donner des ordres à nos rois et lever des décimes sur nos peuples, à qui en a-t-on l'obligation? aux maximes du chancelier de L'Hospital, qui était philosophe; aux écrits de Gerson, qui était aussi philosophe; aux lumières de l'avocat-général Cugnières, qui passa pour un philosophe, et surtout aux solides écrits de nos jours, qui ont jeté un si énorme ridicule sur la sottise de nos pères, qu'il est désormais impossible à leurs enfants d'être aussi sots qu'eux.

Les vrais gens de lettres et les vrais philosophes ont beaucoup plus mérité du genre humain que les Orphée, les Hercule et les Thésée: car il est plus beau et plus difficile d'arracher des hommes civilisés à leurs préjugés que de civiliser des hommes grossiers, plus rare de corriger que d'instituer.

D'où vient donc la rage de quelques bourgeois et de quelques petits écrivains subalternes contre les citoyens les plus estimables et les plus utiles? C'est que ces bourgeois et ces petits écrivains ont bien senti dans le fond de leur cœur qu'ils étaient méprisables aux yeux des hommes de génie: c'est qu'ils ont eu la hardiesse d'être jaloux: un homme accoutumé à être loué dans l'obscurité de son petit cercle devient furieux quand il est méprisé au grand jour.

Aman voulut faire pendre tous les Juifs, parce que Mardochée ne lui avait pas fait la révérence. Acanthos voudrait brûler tous les sages, parce qu'un sage a dit qu'un discours d'Acanthos [2] ne valait rien.

O Acanthos! fais relier en maroquin les *Méditations* du R. P. Croiset; et s'il paraît un bon livre, cours le dénoncer à ceux qui ne le liront pas; fais brûler un ouvrage utile, les étincelles t'en sauteront au visage.

1. Legat *a latere.* (ÉD.)
2. Mot grec qui signifie proprement *flos spinosus*, fleur épineuse. Voltaire désigne ainsi Omer Joly de Fleury, avocat-général au parlement. (ED.)

EXTRAIT

DES NOUVELLES A LA MAIN DE LA VILLE DE MONTAUBAN EN QUERCI
(1er JUILLET 1760).

Le *Mémoire* de M. Le Franc de Montauban, *présenté au roi*, étant
parvenu à Montauban, et chacun étant stupéfait, les parents du sieur
auteur du mémoire s'assemblèrent; et ayant reconnu que ledit sieur
instruisait familièrement Sa Majesté de ses gestes, dits et écrits; qu'il
parlait au roi des entretiens amiables que lui sieur Le Franc avait eus
avec M. d'Aguesseau; qu'il apprenait au roi qu'il avait eu une bibliothèque à Montauban, et de plus, qu'il faisait des vers; ayant remarqué
dans ledit écrit plusieurs autres passages qui dénotaient une tête attaquée, ils députèrent en poste un avocat de ladite ville au sieur auteur,
demeurant pour lors à Paris, et lui enjoignirent de s'informer exactement de sa santé, et d'en faire un rapport juridique. Ledit avocat, accompagné d'un témoin irréprochable, alla à Paris, et se transporta
chez le malade : il le trouva debout, à la vérité, mais les yeux un peu
égarés, et le pouls élevé. Le patient cria d'abord devant les deux députés : *Jeovah, Jupiter, Seigneur* [1].

« Je ne suis qu'un avocat, répondit le voyageur; je ne m'appelle point
Jeovah. — Avez-vous vu le roi? dit le malade. — Non, monsieur, je viens
vous voir. — Allez dire au roi de ma part, reprit le sieur malade, qu'il
relise mon mémoire, et portez-lui le catalogue de ma bibliothèque.
L'avocat lui conseilla de manger de bons potages, de se baigner et de
se coucher de bonne heure. A ces mots le patient eut des convulsions,
et dans l'accès il s'écria :

> « Créateur de tous les êtres,
> Dans ton amour paternel,
> Pour nous former tu pénètres
> L'ombre du sein maternel [2].

— Eh ! monsieur, dit l'avocat, pourquoi me citez-vous ces détestables
vers, quand je vous parle raison? Le malade écuma à ce propos, et
grinçant les dents, il dit :

> « Le cruel Amalec tombe [3]
> Sous le fer de Josué;
> L'orgueilleux Jabin succombe
> Sous le fer d'Abinoé.
> Issachar a pris les armes :
> Zabulon court aux alarmes. »

L'avocat versa des larmes en voyant l'état lamentable du patient; il

1. Prière du déiste composée par ledit sieur.
2. *Poésies sacrées* dudit auteur, p. 61 (liv. I, ode X).
3. *Ibid.*, p. 87 (liv. II, cantique III).

retourna à Montauban faire son rapport juridique, et la famille étant certaine que le malade était *mentis non compos*, fit interdire le sieur Le Franc de Pompignan, jusqu'à ce qu'un bon régime pût rétablir la santé d'icelui

PRÉFACE

DU RECUEIL DES FACÉTIES PARISIENNES [1].

(1760.)

Les sottises qu'on fait, qu'on dit et qu'on écrit, étant plus multipliées que la race de Jacob et que les sables de la mer, il est difficile de faire un choix. Toutes ces innombrables vessies, accumulées les unes sur les autres dans le gouffre de l'oubli, crèvent au moment qu'elles sont formées, et il en résulte un immense nuage, dans lequel on ne discerne plus rien. Les journaux et les mercures tâchent en vain de faire vivre un mois ou quinze jours les sottises nouvelles; mais, entraînés eux-mêmes dans l'abîme, ils s'y précipitent avec elles, comme les nageurs maladroits vont au fond de l'eau en voulant donner la main aux passagers qui se noient.

Dans ce vaste tourbillon de nos impertinences, nous avons choisi discrètement quelques-unes des plus légères, pour les faire surnager un jour ou deux : elles amuseront les oisifs et les oisives; après quoi elles iront trouver le *Journal de Trévoux*, l'*Année littéraire*, et autres efforts de l'esprit humain, consacrés à l'éternité : j'entends l'éternité du néant.

N. B. Je ne veux pas dire que les pièces que j'imprime soient des impertinences; je parle seulement des sujets de ces pièces : elles sont plaisantes, et les sujets sont ridicules. Voilà tout ce que j'ai prétendu, sans vouloir offenser personne.

DIALOGUES CHRÉTIENS,

ou

PRESERVATIF CONTRE L'ENCYCLOPÉDIE.

(1760.)

PREMIER DIALOGUE

ENTRE UN PRÊTRE ET UN ENCYCLOPÉDISTE.

LE PRÊTRE. — Eh bien! malheureux, jusqu'à quand voulez-vous donc outrager la religion et décrier ses ministres?

L'ENCYCLOPÉDISTE. — Je n'outrage point la religion que je professe

1. Recueil fait par Morellet. (ÉD.)

et que je respecte; je me tais sur ses ministres, et je ne comprends point ce qui peut allumer ainsi votre bile et m'attirer ces injures. De quel droit d'ailleurs me faites-vous ces questions? quelle est votre mission?

LE PRÊTRE. — Quelle est ma mission? la piété, le zèle, la charité chrétienne. Vous triompheriez bientôt, messieurs les athées, s'il ne se trouvait pas encore des hommes religieux qui ont le courage de s'opposer à vos pernicieux desseins. Je me suis ligué avec deux prêtres comme moi pour soutenir les autels que vous vouliez renverser. Tous trois pleins de l'amour de Dieu et de l'avancement de son règne, nous avons déclaré une guerre éternelle à tous ceux qui examinent, qui discutent, qui approfondissent, qui raisonnent, qui écrivent, et surtout aux encyclopédistes.

Nous faisons un *Journal chrétien*, dans lequel, après avoir premièrement critiqué leurs ouvrages, nous examinons ensuite leur conduite, que nous trouvons ordinairement vicieuse et criminelle; et lorsqu'elle nous paraît innocente, nous disons que la chose est impossible, puisqu'ils ont travaillé à l'*Encyclopédie*.

L'ENCYCLOPÉDISTE. — Voilà un projet qui me paraît bien raisonnable, et rien assurément ne sera plus chrétien que cet ouvrage. Mais dites-moi, je vous prie, ne craignez-vous point la police? croyez-vous qu'elle tolère une entreprise de cette nature? A quel titre osez-vous sonder les cœurs et faire la confession de foi des auteurs qui vous déplaisent? pensez-vous qu'abusant de votre caractère, et sous le prétexte trivial et spécieux de défendre la religion que personne ne songe à attaquer, dont les fondements sont inébranlables, et qui est sous la protection des lois et du gouvernement, vous puissiez établir une inquisition, et que l'on souffre une pareille témérité?

LE PRÊTRE. — Une inquisition! Ah! s'il y en avait une en France, vous seriez un peu plus contenus, vous autres impies! mais je n'en désespère pas; le pape [1] qui occupe si glorieusement la chaire de saint Pierre vient de se brouiller avec la cour de Portugal en protégeant les jésuites, auxquels elle voulait contester le droit de corriger les rois; il a envoyé un visiteur apostolique en Corse sans consulter la république de Gênes, et, depuis son arrivée dans ce pays-là, le zèle des mécontents s'est bien ranimé : tout cela me donne de grandes espérances, et si son prédécesseur [2] avait pensé comme lui, nous aurions la consolation de voir ce sage tribunal établi parmi nous.

Vous parlez de la police! ne s'est-elle pas déclarée assez hautement en proscrivant l'*Encyclopédie*, ce dépôt d'hérésies et de schismes, ce recueil d'impiétés et de blasphèmes, qui respire à chaque page la révolte contre la religion et contre l'autorité? ne vient-elle pas en dernier lieu de permettre qu'on exposât sur le théâtre toutes les horreurs de votre morale [3]? les conclusions du procureur général [4] contre

---

1. Clément XIII. (ÉD.) — 2. Benoît XIV. (ÉD.)
3. La comédie des *Philosophes*, par Palissot. (ÉD.)
4. Omer Joly de Fleury, qui, comme le dit Voltaire, n'était ni Homère, ni joli, ni fleuri. Son réquisitoire est du 23 janvier 1759. (ÉD.)

Encyclopédie n'ont-elles pas été plus fortes que le mandement de notre archevêque[1]? les discours académiques, qui sont lus du roi et de tout l'univers, ne sont-ils pas des déclamations contre vous? Et vous comptez encore sur la police! tremblez que sa main ne s'arme contre les auteurs, après avoir sévi contre l'ouvrage; tremblez qu'elle ne vous plonge dans des cachots, d'où vous ne sortirez que pour être traînés à la Grève, et précipités de là dans le feu éternel qui est préparé au diable et à ses anges.

L'ENCYCLOPÉDISTE. — Voilà une terrible déclaration; et je ne m'attendais pas, en travaillant innocemment à cet ouvrage, où j'ai inséré quelques articles sur les arts, de travailler pour la Grève et pour l'enfer.

La police, en effet, a supprimé l'*Encyclopédie* : peut-être y avait-il des choses qui n'étaient pas de l'essence d'un dictionnaire, et qu'il aurait été plus convenable de ne pas y mettre; mais je réponds que les estimables auteurs de cet ouvrage n'ont eu que les intentions les plus pures, et n'ont cherché que la vérité : si quelquefois elle leur a échappé, c'est qu'il est dans la nature humaine de se tromper : la vérité ne s'effraye point des recherches, elle reste toujours debout, et triomphe toujours de l'erreur. Voyez les Anglais; cette nation sage et éclairée a livré les questions les plus délicates à la discussion et à l'examen. M. Hume, ce fameux sceptique, est aussi honoré parmi eux que l'homme le plus soumis à la foi; vous savez aussi bien que moi qu'elle est un don de Dieu, et qu'il ne faut pas s'emporter contre ceux qui, manquant de ce précieux flambeau, veulent y suppléer par la conviction qui résulte de l'examen. Nos magistrats, dont la religion surprise s'est alarmée trop légèrement, rendront justice aux vues utiles de ces hommes éclairés, qui travaillaient à la gloire de la nation en instruisant l'univers. L'Europe entière demande avec tant d'empressement la continuation de cet ouvrage, qu'ils seront forcés de se rendre à ce cri général[2].

LE PRÊTRE. — Vous nous citez sans cesse les Anglais, et c'est le mot de ralliement des philosophes; vous avez pris à tâche de louer cette nation féroce, impie et hérétique; vous voudriez avoir comme eux le privilége d'examiner, de penser par vous-mêmes, et arracher aux ecclésiastiques le droit immémorial de penser pour vous et de vous

1. Christophe de Beaumont, archevêque de Paris. (ÉD.)
2. Les deux premiers volumes de l'*Encyclopédie* avaient paru en 1751; un arrêt du conseil, du 7 février 1752, en suspendit l'impression. Ce ne fut qu'à la fin de 1753 qu'on leva la défense. Le tome III parut dès cette année; le tome IV, en 1754; le cinquième, en 1755; le sixième, en 1756; le septième, en 1757. (Le dernier mot du volume est GYTHIUM, ville du Péloponèse.) Ces volumes ayant été dénoncés au parlement, cette compagnie, par un arrêt du 23 janvier 1759, ordonna la nomination de commissaires pour les examiner, ainsi que d'autres ouvrages. Un nouvel arrêt du 6 février nomma des examinateurs. Le chancelier, jaloux de son autorité, fit alors rendre l'arrêt du conseil, du 8 mars 1759, qui révoque le privilége obtenu le 21 janvier 1746 pour l'impression de l'*Encyclopédie*. Le tome VIII ne vit le jour qu'en 1765, etc. Les déclamations du clergé ne cessèrent pas; mais grâce à MM. de Choiseul, de Malesherbes, etc., l'entreprise vint à sa fin. (*Note de M. Beuchot.*)

diriger. Vous voulez qu'on admire des gens qui sont nos ennemis de toute éternité, qui désolent nos colonies, et qui ruinent notre commerce; vous ne vous contentez donc pas d'être infidèles à la religion, vous l'êtes encore à l'État? Le ministère aura peut-être la faiblesse de fermer les yeux sur votre trahison, mais nous trouverons les moyens de vous punir.

On ne prononcera plus de discours à l'Académie qui ne soit une satire des philosophes anglais, et l'on n'adoptera dans le conseil de Versailles aucune des maximes de celui de Kensington[1].

L'ENCYCLOPÉDISTE. — Ce sera bien fait. Mais c'est assez parler des Anglais; et pour abréger notre conversation, dites-moi, je vous prie, d'où vient votre déchaînement contre les encyclopédistes? Avez-vous lu leur ouvrage avec attention?

LE PRÊTRE. — Non assurément; je ne suis pas assez scélérat pour avoir souillé mon esprit de la lecture d'un ouvrage aussi profane : je n'en ai pas lu un mot, je n'en lirai jamais rien; je me contenterai de le décrier dans mon journal, et de faire imprimer toutes les semaines que c'est le livre le plus dangereux qui ait jamais été composé.

L'ENCYCLOPÉDISTE. — Votre projet est très-sensé assurément; mais ne serait-il pas plus équitable de le juger après l'avoir lu, que de vous en fier à des rapports peut-être infidèles et peut-être intéressés?

A quel égard encore vous a-t-on dit qu'il fût dangereux?

LE PRÊTRE. — A tous égards : la théologie n'est point celle de la Sorbonne; la morale n'est point celle des jésuites; la médecine n'est point celle de la Faculté de Paris; l'art militaire est composé sur des mémoires prussiens; la marine et le commerce sur des mémoires anglais : en un mot, tout en est détestable.

L'ENCYCLOPÉDISTE. — Voilà qui est raisonner, à la fin; et si vous m'aviez dit tout cela d'abord, notre dispute aurait été plus tôt terminée.

LE PRÊTRE. — Je vois que si je disais encore un mot, vous abjureriez la philosophie pour afficher la dévotion; mais nous ne voulons plus de toutes ces palinodies qui font rire les incrédules, et qui vous raccommodent avec les bonnes gens de notre parti, qui sont dupes de vos simagrées : les ouvrages que vous avez faits contre la religion et ses ministres restent, et la rétractation périt. Il faut que vous soyez toute votre vie un objet de scandale, et que vous mouriez dans l'impénitence, et que vous soyez damné éternellement. Je ne veux plus de commerce avec vous, et je vous déclare que l'ouvrage est abominable d'un bout à l'autre; qu'il fallait non-seulement le supprimer, mais encore le brûler; qu'il fallait faire le procès à tous ceux qui y ont travaillé, à ceux qui l'ont imprimé, à ceux qui l'ont acheté, et que vous êtes tous des athées, des déistes, des sociniens, des ariens, des semi-pélagiens, des manichéens, etc., etc., etc.

N'avez-vous pas eu l'irréligieuse affectation de louer les anciens, qui étaient dans les ténèbres du paganisme, aux dépens des modernes,

1. **Résidence** du roi d'Angleterre. (ÉD.)

qui sont éclairés du flambeau de la révélation? N'avez-vous pas poussé l'impiété jusqu'à comparer le siècle idolâtre d'Auguste au siècle chrétien de Louis XiV?

L'ENCYCLOPÉDISTE. — Je me retire enchanté de votre érudition et de votre douceur, en vous exhortant à ne pas laisser refroidir le zèle dont je vous vois animé; voici un de vos adversaires, dont je vous recommande la conversion, puisque vous avez dédaigné la mienne.

SECOND DIALOGUE

ENTRE UN PRÊTRE ET UN MINISTRE PROTESTANT.

LE PRÊTRE. — Entrez, entrez, monsieur. Vous me trouvez ici bien échauffé; ne croyez pas. je vous prie, que ce soit en parlant de controverse que ma bile s'est allumée; je ne songe plus ni à Calvin ni à Luther; ce n'est plus contre les réformateurs que je veux écrire; ce ne sera plus le mot d'hérétique que je ferai résonner dans mes écrits et dans mes sermons. Je veux poursuivre les philosophes, les encyclopédistes: et voilà les vrais schismatiques. Il faut que nous oubliions tous nos démêlés, que nous nous passions mutuellement nos dogmes et notre doctrine, et que nous nous réunissions contre cette engeance pernicieuse qui a voulu nous détruire : car, ne vous y trompez pas, ils en veulent également à tous les ecclésiastiques, à toutes les religions; ils prétendent établir l'empire de la raison : et nous resterions tranquilles dans ce danger!

LE MINISTRE. — Monsieur, je loue infiniment le dessein où vous êtes de perdre ceux qui veulent nous décréditer, mais j'en blâme la manière; il faut s'y prendre plus doucement, et par là plus sûrement: presque toujours on se nuit à soi-même en poursuivant son ennemi avec trop de passion et d'acharnement. Je sais bien aussi qu'il ne faut pas trop raisonner. et que ces gens-là sont assez subtils pour en imposer à ceux qui examinent. Mais il faut décrier les auteurs, et alors l'ouvrage perd certainement son crédit; il faut adroitement empoisonner leur conduite; il faut les traduire devant le public comme des gens vicieux, en feignant de pleurer sur leurs vices; il faut présenter leurs actions sous un jour odieux, en feignant de les disculper; si les faits nous manquent, il faut en supposer, en feignant de taire une partie de leurs fautes. C'est par ces moyens-là que nous contribuerons à l'avancement de la religion et de la piété, et que nous préviendrons les maux et les scandales que les philosophes causeraient dans le monde s'ils y trouvaient quelque créance.

LE PRÊTRE. — Voilà qu'on vous surprend toujours dans ce malheureux défaut de la tolérance qui vous a séparés de nous, et qui s'oppose aux progrès de votre religion. Ah! si, comme nous. vous brûliez, vous envoyiez à la potence, aux galères, il y aurait un peu plus de foi parmi vous autres, et l'on ne vous reprocherait pas de tomber dans le relâchement.

Vous me direz peut-être que notre zèle s'est bien ralenti, et que si nous n'avions pas les billets de confession, on ne distinguerait plus notre religion de la vôtre; mais laissez faire les jansénistes et les auteurs du *Journal chrétien.*

LE MINISTRE. — Il est vrai que nos idées sont différentes sur les moyens d'entendre la foi; mais nous avons eu quelques-uns de ces moments brillants que vous regrettez, et le supplice de Servet doit exciter votre admiration et votre envie. La corruption des mœurs met des entraves à notre zèle; mais je réponds de moi et de mes confrères; et si l'autorité séculière voulait seconder le zèle ecclésiastique, nous offririons de bon cœur sur le même bûcher un sacrifice à Dieu, dont l'odeur lui serait certainement bien agréable.

LE PRÊTRE. — Je suis enchanté de ce que vous me dites, et je vois que nous ne différons que par la conduite, et non par les intentions. Puisque nous pensons de même, exterminons donc les philosophes : tout est permis contre eux; supposons-leur des crimes, des blasphèmes; déférons-les au gouvernement comme ennemis de la religion et de l'autorité; excitons les magistrats à les punir, en y intéressant leur salut; et s'ils se refusent à nos pieux desseins, flétrissons les encyclopédistes dans nos écrits, anathématisons-les dans la chaire, et poursuivons-les sans relâche.

LE MINISTRE. — Je le veux bien, et je crois même que notre union secrète produira un très-bon effet; ce pieux syncrétisme ne sera point soupçonné du public, qui, voyant les deux partis acharnés contre ces gens-là, ne manquera pas de les croire très-criminels : mais cependant que gagnerons-nous à tout cela? Je vous avoue que j'aime bien à décrier ceux qui attaquent la religion et ses ministres; mais si l'on gagnait davantage à les louer, cela deviendrait embarrassant. Nous autres ministres protestants, nous sommes mariés, nos bénéfices sont des plus minces, et nous nous devons à notre famille : on n'a point de considération dans le monde sans argent, et on doit procurer de la considération à ses enfants. Si en disant du mal des philosophes et du bien de leurs ouvrages, ou du bien de leurs personnes et du mal de leurs ouvrages, ou même si en louant le tout on vendait mieux ses feuilles, il faudrait bien se soumettre à cette nécessité.

S'ils voulaient même acheter la paix, ce a dépendrait des conditions : si, par exemple, on pouvait les engager à n'attaquer que les luthériens, ce serait un moyen d'accommodement, et ce serait les faire travailler pour nous ; mais s'ils veulent absolument que cela soit plus général, ne pourrait-on pas, moyennant une petite redevance, leur abandonner la morale, qui dans le fond tient plus à la jurisprudence qu'à la religion, et les moines, que vous n'aimez pas mieux que nous? Par ce léger sacrifice nous sauverions les dogmes et les prêtres, ce qui est pourtant l'essentiel; nous occuperions les philosophes, et nous aurions la gloire de les rendre nos tributaires.

LE PRÊTRE. — Ah, fi donc! quoi! l'intérêt peut trouver place dans votre cœur, quand il s'agit de celui de la religion! vous pouvez balancer entre Dieu et Mammon! Il s'agit bien de vendre ses feuilles, il s'agit de les faire lire; je vendrais plutôt mon manteau pour acheter du papier et des plumes, et écrire contre eux. D'ailleurs que voulez-vous qu'ils vous donnent? ce sont des gueux qui ne vivent que de ce qu'ils volent. Je suis si fort indigné de vos vues sordides, que je romprais pour jamais avec vous si j'avais moins à cœur l'écrasement de cette canaille; mais vous m'êtes nécessaire pour l'exécution de mon projet; et puisqu'il vous faut de l'argent, je vous ferai avoir une pension de mille écus sur la caisse des nouveaux convertis : j'exigerai seulement une petite condition, c'est que vous me fassiez quelques sermons dont j'ai besoin contre les encyclopédistes, pour les gens d'une certaine espèce; et vous m'en ferez bien aussi trois ou quatre sur la controverse pour le peuple.

LE MINISTRE. — Je le veux bien; je ferai le tout en conscience : je n'ai jamais prêché contre les encyclopédistes; il faudra des sermons tout neufs; ma santé est faible, et pourrait se ressentir de ce travail; ainsi je ne vous en ferai pas sur la controverse, mais je pourrai vous en retourner trois ou quatre des miens sur cette matière.

Vous vous êtes scandalisé de ce que je pensais à l'intérêt; mais vous cesserez bientôt de l'être, lorsque vous saurez que j'applique cet argent à de bonnes œuvres, et que je destine cette pension à l'entretien d'un pauvre homme auquel je m'intéresse très-particulièrement. Ne vous étonnez donc pas si je vous demande qu'elle soit payée régulièrement, et même d'avance si cela se peut.

LE PRÊTRE. — Je vous le promets, et l'usage que vous faites de cet argent vous rend toute mon estime; mais n'avez-vous jamais lu ce livre dont je ne saurais prononcer le nom sans frémir? Je ne l'ai pas vu, mais on dit qu'au mot *vie*, l'article de *vie heureuse* fait dresser les cheveux. Tolère-t-on cet ouvrage de Satan dans le pays où vous vivez?

LE MINISTRE. — J'en ai lu quelque chose, et en effet ce livre est plein de blasphèmes et d'impiétés. Le mot *vie* que vous citez n'est pas encore fait; mais sans doute qu'il serait affreux s'il était imprimé.

On a souffert cet ouvrage dans ma patrie, quoique j'aie bien fait quelques tentatives pour en faire saisir une cinquantaine d'exemplaires qui y sont répandus, et que je voulais faire confisquer au profit des ecclésiastiques, parce qu'ils sont à l'abri de la contagion, et que, l'ayant entre leurs mains, ils l'auraient mieux réfuté. La chose a souffert quelque difficulté; et, pour diminuer au moins la grandeur du mal, j'en ai emprunté sous main quelques exemplaires que je n'ai point rendus : j'ai imaginé, pour les retrancher de la société. de les envoyer en Espagne, où je les ai fait payer le double de leur valeur aux libertins qui les ont achetés; après quoi j'en ai donné avis au grand inquisiteur, qui a fait saisir et brûler les exemplaires, mettre à l'inquisition les gens qui en étaient possesseurs, et qui m'a envoyé cent pistoles d'or pour le service que j'ai rendu à la religion.

LE PRÊTRE. — Il y a bien quelque chose à dire contre la délicatesse dans ce que vous racontez là: mais la fin de l'action en sanctifie les moyens, et je vous absous pour toutes celles de la même nature passées, présentes, et à venir.

LE MINISTRE. — Puisque vous approuvez mon zèle, et que vous croyez qu'on peut se permettre quelques négligences en morale lorsqu'il s'a-git des intérêts de la religion, je vais vous narrer un petit fait que vous entendrez dans son vrai sens, et qui pourrait être mal interprété par le vulgaire qui ne juge jamais que sur les apparences. J'avais vu, dans une bibliothèque qui m'était ouverte, un manuscrit dont la pu-blication pouvait nuire à la cour de Rome, et qui inquiétait fort Sa Sainteté : un premier mouvement de zele me porta à m'en saisir pour le faire imprimer et combattre nos ennemis: mais je pensai qu'il serait plus politique d'en faire un sacrifice au saint-père, qui m'en saurait gré, et respecterait une religion dont les ministres se conduisaient avec cette modération et ce désintéressement; car je le laissais absolu-ment maître des conditions. Il fut en effet très-sensible à ma démar-che, me fit remercier, et m'envoya mille écus en échange du manus-crit, dont j'ai gardé une copie à tout événement. Il ne s'en tint pas là; il donna un bénéfice de cinq cents écus à un prêtre de ma connais-sance que je lui recommandai, et qui en a partagé le revenu avec moi jusqu'à sa mort.

LE PRÊTRE. — J'approuve infiniment votre conduite; mais, comme vous le dites, il faut avoir une piété bien éclairée pour démêler le mérite de cette action, et je ne serais pas surpris que les gens du monde s'y trompassent. Il y a cependant cette copie qui...

LE MINISTRE. — Puisque nous sommes sur le ton de la confiance, il faut que je vous fasse une confession entière, et que je vous montre jusqu'où j'ai poussé le zèle et la charité. J'écrivais contre les philoso-phes; et, voyant que mes ouvrages n'étaient pas un préservatif suffi-sant contre la malignité des leurs, je tentai une autre voie : je m'a-dressai au plus dangereux et au plus écouté d'entre eux[1]; je cherchai à gagner sa confiance, et après y avoir réussi, je lui proposai d'être l'é-diteur de ses œuvres. Je pensai que le public, rassuré en voyant mon nom à côté de celui de l'auteur et à la tête de l'ouvrage (dans une pré-face composée avec cette pieuse adresse qu'inspire la vraie dévotion aux gens de notre état), le lirait non-seulement sans défiance, mais même avec édification : tant il faut peu de chose pour se rendre maî-tre des opinions! Par là je parais le coup que l'on voulait porter à la religion, je sanctifiais les choses profanes, et je changeais en un baume salutaire le poison que nos ennemis avaient préparé. La chose était prête à réussir, l'auteur allait me faire présent d'un de ses ma-nuscrits, le marché était fait avec un libraire, qui devait m'en donner un louis d'or par feuille, et deux cents exemplaires, que j'aurais ven-dus, tandis que j'aurais fait faire quelques changements aux siens, lorsqu'on m'a traversé; mais aussi j'ai bien dit du mal du livre, et ce n'est pas ma faute si je n'en ai pas fait à l'auteur.

LE PRÊTRE. — Cela est très-bien encore; mais je vois toujours de l'argent dans tout ce que vous faites, et j'aimerais mieux qu'il n'y en eût pas

LE MINISTRE. — Vous avez donc oublié ce que je vous ai dit tout à

1. Voltaire lui-même. (ÉD.)

l'heure de l'usage que j'en fais : vous me forcez à vous répéter que je le consacre à de bonnes œuvres. et je puis vous assurer avec vérité que les petites sommes que j'ai reçues ont été remises fidèlement entre les mains de ce pauvre homme dont je vous ai parlé. J'aurais bien des choses à vous raconter encore, si je vous disais tout ce que j'ai fait pour lui; mais je craindrais d'abuser de votre complaisance, et ce sera pour la première entrevue.

LE PRÈTRE. — J'approuve tout ce que vous avez fait, les motifs en sont louables, et je vous estimerais fort si vous aviez un peu plus de chaleur contre nos ennemis. Chacun a sa manière : je vous avoue que je préfère les voies abrégées; j'aime mieux persécuter : travaillez tout doucement par la sape, tandis que j'irai avec le fer et le feu renverser et brûler tout ce qui m'opposera quelque résistance.

LE MINISTRE. — Bonjour, monsieur; j'avais oublié de vous dire que tout ceci doit être fort secret entre nous, et que tout ce que j'écrirai doit être anonyme : n'oubliez pas non plus la pension, et souvenez-vous qu'elle est destinée à un pauvre homme.

LE PRÈTRE. — Bonjour, monsieur; n'oubliez pas les sermons, et souvenez-vous qu'ils ne sauraient être trop forts.

LETTRE CIVILE ET HONNÈTE

A L'AUTEUR MALHONNÈTE DE LA CRITIQUE DE L'HISTOIRE UNIVERSELLE DE M. DE VOLTAIRE, QUI N'A JAMAIS FAIT D'HISTOIRE UNIVERSELLE :

LE TOUT AU SUJET DE MAHOMET.

(1760.)

I. Je ne sais s'il importe beaucoup pour la connaissance de la religion mahométane. et de la grande révolution commencée par Mahomet. que ce prophète soit né d'une branche aînée ou d'une branche cadette. et que cette branche ait été pauvre ou riche. Un homme curieux de ces profondes recherches pourrait montrer aisément qu'Achem, bisaïeul de Mahomet, forma deux branches, et que Mahomet descendait de la cadette. Il pourrait encore, s'il voulait ennuyer des Français, montrer savamment qu'Abdalla-Moutaleb, son grand-père, laissa douze fils, selon les auteurs suivis par M. le comte de Boulainvilliers [1]; et que le prophète fut fils du douzième enfant, ainsi très cadet.

Mais en même temps, en fouillant dans la *Bibliothèque orientale* [2], on trouverait que Moutaleb n'eut que dix garçons, et partant qu'il est impossible que le prophète fût né du douzième. Mais en récompense le révérend docteur Prideaux [3] le fait naître de l'aîné; en quoi le révé-

---

1. Page 197, édition de 1731. — 2. Par d'Herbelot. (ÉD.)
3. Humphrey Prideaux a écrit en anglais la *Vie de Mahomet*. (ÉD.)

rend docteur s'est trompé, s'étant écarté en ce point de l'opinion authentique du révérend docteur Abulfeda, auteur très-canonique chez les Turcs.

Je pourrais citer M. Sale, moitié Anglais, moitié Arabe [1], qui nous a donné la seule bonne traduction que nous ayons du divin Koran ou Alcoran; mais pour cela je ne voudrais pas accuser mon critique d'un mensonge imprimé; car je me pique d'être poli. Je me bornerai seulement à remarquer qu'il est difficile de faire des généalogies. Ce n'est pas que je conteste à Mahomet sa noblesse; à Dieu ne plaise! Il descendait sans doute d'Ismael, Ismael d'Adam, et moi aussi. Mahomet, mon critique, et moi, nous sommes parents, et il faut en user civilement avec sa famille.

II. C'est une grande question de savoir si Mahomet avait deux mois ou trois mois quand il perdit son père; je suis persuadé dans le fond de l'âme qu'il n'avait que deux mois; mais je ne disputerai avec aucun iman sur cet article. De grands hommes remarquent que son bien et celui de sa mère consistaient en cinq petits chameaux; je ferais peut-être plus de cas d'un historien qui montrerait qu'il porta les armes à l'âge de quatorze ans, comme le disent Codabi et Zabbadi; car c'est quelque chose d'apprendre que le courage de ce prophète conquérant se soit déployé de bonne heure.

Ni moi, ni l'illustre savant qui me relève si bien, ne savons précisément combien de temps Mahomet fut facteur de la veuve Cadige, qu'il épousa depuis. Je veux croire avec lui que ce mariage se fit, comme il le dit, avec beaucoup de pompe et de magnificence, entre une marchande de chameaux et un homme qui n'avait rien, dans un pays où l'on manque de tout.

Il est dit dans les auteurs arabes qu'il eut de son oncle douze écus d'or en mariage; apparemment qu'il dépensa tout pour ses noces, si elles furent si pompeuses.

III. J'avais cru que Mahomet avait mené une vie assez obscure, jusqu'au temps où il jeta les fondements de la révolution d'une grande partie du monde; mais j'avoue que ses historiens n'ont pas manqué de rapporter qu'il donna, depuis son mariage, quarante moutons à sa nourrice : on infère de là, avec raison, qu'il était très-riche, et que par conséquent il fit de grandes choses. Si cela est, je me suis grossièrement trompé; et je vois que toute la terre avait les yeux sur Mahomet avant qu'il s'avisât de devenir prophète.

IV. J'ai dit que Mahomet enseignait aux Arabes, adorateurs des étoiles, qu'il ne fallait adorer que le dieu qui les a faites. Je suis fâché d'être obligé d'avouer ici que j'ai eu raison; car malheureusement le mot *Sabba* en arabe signifie l'*armée des cieux;* et c'est de là que le *Sabbisme* prit son nom . et que vient chez les Hébreux le mot *Sabbahot,* comme je crois l'avoir prouvé ci dessus. Les Arabes adoraient *Misam*, le Soleil; *Mostari*, Jupiter; *Azad*, Mercure.

---

1. Sale, né en Angleterre, avait demeuré vingt-cinq ans en Arabie. (ÉD.)

Je n'ai dit nulle part qu'ils n'avaient point d'autres dieux; je suis même si savant, que j'affirme qu'ils avaient des déesses.

Je sais encore qu'ils adoraient un premier moteur, comme les Égyptiens, les Grecs, et les Romains, en reconnaissaient un, en adorant pourtant mille autres divinités. Mais j'ai dit que Mahomet leur enseigna à ne point rendre à la créature l'hommage qu'ils ne devaient qu'au créateur; j'ai eu très-grande raison, et j'en suis fort affligé pour l'Arabe savant et poli qui me critique, et que je reconnais pour mon maître.

V. Non, sans doute, il n'y a point de passage de l'Alcoran qui impose l'obligation de courir au martyre; mais tout l'Alcoran respire la nécessité de combattre pour la croyance musulmane; c'est là l'unique source des victoires de Mahomet; c'est cet enthousiasme qui fit de ses sectateurs un peuple de conquérants : il était perdu s'il n'avait pas fait à ses musulmans un devoir de verser leur sang pour sa religion.

Ainsi, dans une bataille contre l'armée d'Héraclius, lorsque les Arabes plièrent sur la nouvelle que leur général Dherrar avait été fait prisonnier, Rasi, un de leurs capitaines, courut à eux : « Qu'importe, leur dit-il, que Dherrar soit pris ou mort? Dieu est vivant et vous regarde. »

Un autre général s'écrie : « Voyez le ciel, combattez pour Dieu, et il vous donnera la terre. » Aujourd'hui même encore, chez les Turcs, on appelle *martyrs* tous ceux qui meurent en combattant contre les infidèles. Telle est la loi que Mahomet a gravée dans leurs cœurs, beaucoup mieux que s'il l'eût écrite.

La loi de la circoncision n'est pas moins solennelle, et n'est pas plus écrite. Mahomet fut circoncis; tous les Arabes l'étaient à l'âge de treize ans, comme l'avoue saint Jérôme sur Jérémie. chap. x. On faisait même une petite circoncision aux filles, en leur coupant un peu de la peau des nymphes; elles souffrent encore. dans plusieurs pays mahométans, cette sainte opération, lorsqu'elles atteignent l'âge de puberté.

Mais la circoncision des mâles est le sceau du mahométisme. Je n'ai point détaillé les autres observances de la loi mahométane. J'aurais pu remarquer qu'elle commande l'aumône; qu'elle défend les jeux de hasard : il y a mille détails dans lesquels je pourrais entrer dans une nouvelle édition d'un certain *Essai sur les mœurs*, etc., qui n'est point du tout une histoire universelle, qui n'est qu'un tableau des principales sottises de ce monde; mais il faut toujours craindre de perdre dans ces petits détails l'esprit des nations que j'ai voulu peindre.

VI. L'illustre savant, mon censeur, prend contre Mahomet le parti du vin. Je lui sais bon gré de vouloir convertir les musulmans sur cet article; mais s'il se fait Turc, comme l'abbé Mac-Carthi, je ne lui conseille pas d'en boire, surtout dans le ramadan, si le muphti est dévot, et s'il a du crédit.

Je l'avertis que Mahomet, dès son deuxième chapitre, déclare formellement que c'est un grand péché de boire du vin, et jouer aux dés; et je lui conseille de relire assidûment ces belles paroles du chapitre v :

« Dans les croyants et dans les justes, ce n'était point un péché de s'adonner au vin et au jeu avant qu'ils fussent défendus : » donc ils étaient défendus par Mahomet. Vous ne savez pas votre religion, monsieur le Turc : vous dites que vous vivez parmi les Turcs; instruisez-vous donc : profitez de leurs exemples, et connaissez mieux l'Alcoran avant d'en parler. Des sonnistes vous diront que le *jeu* signifie ici la *chasse*. Je soutiens qu'ils ont tort, comme je le prouverai ci-dessous : mais il résulte toujours que Mahomet a défendu le vin.

VII. Mon savant Turc a lu *Ismamisme* pour *Islamisme;* mon savant Turc a mal lu. Je lui conseille de recourir au troisième chapitre de son Koran ou de son Alcoran, où il est dit : « En vérité, l'Islam est aux yeux de Dieu la seule religion; dis, si on dispute avec toi : « Je me « suis résigné à Dieu. »

Qu'il consulte Abedavi, il verra qu'*Islam* veut dire *se résignant soi-même*. Il a beau dire qu'*Islam* signifie *salut*, parce que *salamalech* est la salutation des Turcs. Avec quels Turcs a-t-il donc vécu? Il faut que ce soit avec des Turcs de bien mauvaise compagnie. Quoi! de *salutation, révérence*, viendrait le salut éternel, l'islamisme! Cette fade équivoque n'est supportable que dans notre langue. L'Arabe n'admet point de tels jeux de mots; c'est une langue grave, sérieuse, énergique. Oh! la belle chose que la langue arabe!

VIII. Notre Scaliger turc m'intente un procès bien juste et bien intéressant, pour savoir s'il faut dire le *Koran* ou l'*Alcoran;* mais il sait que l'article *al* signifie *le*, et que ce n'est que l'ignorance de la langue arabe qui a fait confondre ce *le* avec son substantif : s'il consulte le chapitre XII, intitulé *Joseph*, il verra ces mots : « Nous te rapportons une excellente histoire dans ce Koran, » c'est-à-dire dans cette *lecture* que Mahomet faisait du chapitre XII. *Koran* signifiait donc *lecture;* et c'est ce que dit expressément Albedavi : ce mot vient de *karaa* qui signifie *lire*. Mahomet ne dit pas *dans cet Alcoran*, il dit *dans ce Koran*. Je suis honteux d'être si fort en arabe; mais savez-vous l'arabe, vous qui parlez?

IX. Voici une grande dispute. Mon maître veut absolument que Mahomet ne sût ni lire ni écrire : je ne l'aurais pas choisi pour mon facteur en Syrie, s'il avait été si ignorant. Je sais bien qu'il s'appelle lui-même le *prophète non lettré* dans le chapitre VII; mais je prie mon critique d'observer que ce chapitre VII est plein d'érudition : qu'il le lise, il sera obligé de convenir, à sa honte, que Mahomet était un homme savant et modeste. Mais que dira-t-il, quand il apprendra que Mahomet était un poëte, et que son Koran ou son Alcoran est écrit en vers? Ne sait-il pas que les poëtes de la Mecque affichaient leurs poésies à la porte du temple de la Mecque; et que Labid, fils de Rabia, le meilleur poëte sans contredit des Mecquois, ayant vu le second chapitre du Koran ou Alcoran que Mahomet avait affiché, se jeta à ses genoux, et lui dit : « O Mahomet! ou Mohammed, fils d'Abdalla, fils de Moutaleb, fils d'Achem, vous êtes plus grand poëte que moi! vous êtes sans doute le prophète de Dieu. »

Je ne suis, je l'avoue, ni aussi savant, ni aussi bon poëte que **Labid,** fils de Rabia; mais je me jette aux pieds de mon savant censeur, je lui dis : « Vous êtes plus savant que moi, mais soyez un peu honnête, et ne me traitez pas avec tant de cruauté, parce que j'ai dit qu'un poëte savait lire et écrire. »

Avez-vous oublié que ce poëte était astronome, et qu'il réforma le calendrier des Arabes? Que ne dites-vous que César, qui en fit autant chez les Romains, ne savait ni lire ni écrire?

Mahomet aurait-il, je vous prie, demandé une plume et de l'encre dans son agonie, s'il n'avait été accoutumé à s'en servir? Omar l'en empêcha, de peur qu'il ne fît un testament, ou qu'il n'écrivît des sottises. Mais, monsieur, quand vous avez pris la plume pour écrire contre moi tant d'injures, si quelqu'un vous avait ôté votre plume dans vos accès, aurait-on droit de dire, comme on le dit pourtant à la lecture de votre ouvrage, que vous ne savez point écrire?

Vous prétendez que le prophète devait demander un style de fer, e non pas une plume : je conçois, monsieur, qu'un style de fer est d votre goût; mais, en conscience, on écrivait alors sur du parchemin.

Au reste, je rends toute la justice que je dois, soit à votre style, soit à votre plume.

X. Maître, vous me dénoncez à l'empereur de Maroc, au Grand-Turc, et au Grand-Mogol, comme un perturbateur du repos public, qui ose avancer que l'intention de Mahomet était qu'Ali, mari de sa chère fille Fatime, fût en possession du califat. Vous ne voulez point qu'on songe à établir son gendre et son cousin germain. Pourvu que vous ne me défériez pas à l'inquisition, je me tiendrai très-heureux.

XI. M'y voilà déféré, maître : j'ai dit qu'on reconnut Mahomet pour un grand homme; rien n'est plus impie, dites-vous. Je vous répondrai que ce n'est pas ma faute, si ce petit homme a changé la face d'une partie du monde, s'il a gagné des batailles contre des armées dix fois plus nombreuses que les siennes, s'il a fait trembler l'empire romain, s'il a donné les premiers coups à ce colosse que ses successeurs ont écrasé, et s'il a été législateur de l'Asie, de l'Afrique, et d'une partie de l'Europe : je vous accorde qu'il est damné : mais César et Alexandre le sont aussi; Cicéron ne l'est-il pas? Et ne pourriez-vous point l'etre, tout éloquent que vous êtes, pour vous être mis si fort en colère?

XII. Cette colère pourtant est en quelques endroits bien excusable; *irascimini et nolite peccare*. Vous condamnez comme hérétique, sentant l'hérésie, et malsonnante, cette proposition : « L'amour, qu'un tempérament ardent avait rendu nécessaire à Mahomet, et qui lui donna tant de femmes et de concubines, n'affaiblit ni son courage, ni son application, ni sa santé. » Vous m'avouerez au moins, monsieur, qu'il avait du courage, quoiqu'il fît l'amour, puisqu'il donna tant de combats. A votre avis, le maréchal de Saxe, qui aimait tant les filles, était-il sans courage? Je connais encore plus d'un maréchal de France qui trouvera votre proposition plus malsonnante que vous ne trouvez la mienne. Vous serez forcé de convenir que Mahomet était appliqué, puisqu'il était législateur; et quand je vous dirai qu'il était médecin, vous ne douterez pas qu'il ne se portât très-bien.

Je ne prétends pas autoriser la pluralité des femmes, à Dieu ne plaise ! Je crois qu'une seule suffit à la fois, pour le bonheur d'un galant homme. Mais, monsieur, considérez, de grâce, que Mahomet était Arabe, et qu'on pourrait bien vous montrer dans son voisinage de très-grands rois qui avaient un peu plus de femmes que le petit-fils d'Abdalla-Moutaleb. Vous dites ici des injures aux dames. Que je vous suis obligé ! Vous me donnez cette moitié du genre humain pour protectrice ; et avec cette moitié je suis sûr de l'autre.

XIII. Vous ne voulez donc pas, monsieur, que *raschild* soit le plus beau des titres ! Cependant, monsieur, *raschild* signifie *juste*. Voudriez-vous faire croire, par vos critiques, que l'équité n'est pas votre vertu favorite ?

Non, en vérité, monsieur, elle ne l'est pas. Comme vous traitez M. le comte de Boulainvilliers ! Vous l'appelez, sans façon, *mahométan français*, *déserteur du christianisme*. Je croyais d'abord que c'était à M. le comte de Bonneval que vous en vouliez ; l'expression serait juste, puisqu'en effet M. de Bonneval s'est fait circoncire : mais pour M. de Boulainvilliers, je n'ai point ouï dire qu'il l'ait été ; il regardait Mahomet comme un Numa Pompilius, un Thésée. Tout le monde dit du bien de ces gens-là ; pourquoi ne voudriez-vous pas qu'on en dît aussi un peu de Mahomet, à quelques égards ? Appelez-vous *païens* ceux qui louent Thésée ? Non. Pourquoi donc appelez-vous *mahométan* M. le comte de Boulainvilliers ? Ignorez-vous que sa famille est chrétienne ? Et croyez-vous qu'elle soit assez bonne chrétienne pour vous pardonner un outrage si infâme et si grossier ? Pour moi, monsieur, je vous pardonne, et de si bon cœur, que je vous promets de ne vous jamais lire.

XIV. Vous vous trompez, mon Turc ; la religion dominante dans l'Inde est la vôtre. Est-il possible que vous soyez si mal instruit de vos affaires ? Il y a, dites-vous, mille idolâtres pour un musulman. Mais, mon cher Turc, vous savez qu'en Grèce il y a aussi mille pauvres gens de la religion grecque, pour un brave osmanli, pour un Turc. On appelle la *religion dominante* celle qui domine. J'ai dans mes terres plus de domestiques huguenots que de catholiques ; cependant ma religion est la dominante. Le calvinisme domine en Hollande, quoiqu'il y ait plus de catholiques que de protestants. Mais ce n'est pas tout ; vous n'avez jamais lu le livre de M. Niecamp[1] sur la presqu'île de l'Inde. Je vous avertis que c'est la seule bonne relation qu'on ait de ce pays. Mais vous ne savez peut-être pas l'allemand : n'importe, lisez ce livre : vous y verrez que les musulmans ont converti dans la presqu'île des milliers d'idolâtres ; que partout les musulmans sont en crédit dans la presqu'île ; mais enfin apprenez que la religion du Grand-Mogol est dominante dans le Mogol.

XV. Que vous êtes ignorant, mon cher Turc ! Apprenez que les bramins, ou bramines, ou hramènes d'aujourd'hui, sont les successeurs

---

1. *Histoire de la mission danoise dans les Indes orientales, traduite de l'allemand, de Jean-Lucas Niecamp,* 1745, trois parties in-8°. (*Note de M. Beuchot.)*

des brachmanes; qu'ils tiennent d'eux la métempsycose, et la belle coutume de faire brûler les veuves dévotes [1]: qu'ils se disent, ainsi que les anciens gymnosophistes, disciples du roi Brachman. C'était, comme tout le monde sait, un grand philosophe, qui vivait il y a cinq ou six mille ans. Il faut que vous n'ayez jamais été à l'université de Jaganat [2], puisque vous ignorez ces choses, que les moindres écoliers de cette savante université vous auraient dites. Ah! je vois bien que vous n'êtes qu'un Turc de Paris. Je vous reconnais, masque.

XVI. Non, mon ami, vous n'avez jamais été dans l'Inde; non, vous ne vivez point avec les fidèles musulmans, comme vous vous en vantez. Quoi! vous soutenez que la presqu'île deçà le Gange n'appartient pas de droit au Grand-Mogol, après les conquêtes d'Aurengzeb? Vous ignorez qu'il prétend un tribut de tous les nababs, de tous les raïas, qui sucent la presqu'île? Pauvre homme! vous ne savez pas que le souba de Décan prend l'investiture de Sa Majesté Impériale mogole; qu'il est maître, à la vérité, du gouvernement d'Arcate; qu'il donne ce gouvernement à son favori; mais que ce souba n'en dépend pas moins de l'empereur? Oui, monsieur, toute la presqu'île, toutes les Indes, à compter depuis Candahar jusqu'à Calicut, tout appartient de droit divin à Sa Majesté, attendu le droit de conquête et le droit de bienséance. Allez vous informer de tout cela au portier de M. Dupleix, qui a rendu pour peu de temps le nom français respectable et terrible dans l'Inde : il vous en dira cent fois plus que moi; il vous apprendra à parler.

C'est moi qui vous déférerai au Grand-Mogol. Vous abusez de sa faiblesse présente, vous prenez le parti des rebelles que vous appelez rois; sachez qu'ils ne sont que naïques.

Avez-vous jamais entendu parler du royaume Tondenmandalam, que possédait le roi Tonden, vaincu par Aurengzeb? Savez-vous que Visa-pour et Golconde sont regardés comme des provinces de l'empire? Savez-vous?... Mais, vraiment, je suis bien bon de vous parler. Adieu; je n'aime pas à perdre mon temps.

LETTRE

DE M. CUBSTORF, PASTEUR DE HELMSTADT,

A M. KIRKEF, PASTEUR DE LAUVTORP.

Du 10 octobre 1760.

Je gémis comme vous, mon cher confrère, des funestes progrès de la philosophie. Les magistrats, les princes pensent; nous sommes perdus. L'Angleterre surtout a corrompu l'Europe par ses malheureuses

---

1. Cette coutume a été abolie, par ordonnance du 4 décembre 1829, dans la partie de l'Inde soumise à la domination anglaise. (*Note de M. Beuchot.*)
2. Jaganat ou Jagrenat, sur le golfe de Bengale, est célèbre par sa pagode, où réside le grand prêtre des brames. (*Id.*)

découvertes sur la lumière, sur la gravitation, sur l'aberration des étoiles fixes. Les hommes parviennent insensiblement à cet excès de témérité, de ne rien croire que ce qui est raisonnable; et ils répondent à plusieurs de nos inventions :

Quodcumque ostendis mihi sic, incredulus odi
Hor., *de Art. poet.*, 183.

J'ai réfléchi, dans l'amertume de mon cœur, sur cette haine funeste que tant de personnes de tout rang, de tout âge, et de tout sexe, déploient si hautement contre nos semblables; peut-être nos divisions en sont-elles la source; peut-être aussi devons-nous l'attribuer au peu de circonspection de certaines personnes qui ont révolté les esprits au lieu de les gagner. Nous avons insulté les sages, comme les luthériens outragent les calvinistes, comme les calvinistes disent des injures aux anglicans, les anglicans aux puritains, ceux-ci aux primitifs, nommés *quakers*, tous à l'Église romaine, et l'Église romaine à tous.

Si nous avions été plus modérés, je suis persuadé qu'on ne se serait pas tant révolté contre nous. Pardonnons, mon cher confrère, à ceux qui attaquent injustement les fondements d'un édifice que nous démolissons nous-mêmes, et dont nous prenons toutes les pierres pour nous les jeter à la tête.

Je pense que le seul moyen de ramener nos ennemis serait de ne leur montrer que de la charité et de la modestie; mais nous commençons par prodiguer les noms de *petits esprits*, de *libertins*, de *cœurs corrompus*[1], nous forçons leur amour-propre à se mettre contre nous sous les armes. Ne serait-il pas plus sage et plus utile d'employer la douceur, qui vient à bout de tout ?

D'un côté, nous leur disons que nos opinions sont si claires qu'il faut être en démence pour les nier; de l'autre, nous leur crions qu'elles sont si obscures, « qu'il ne faut pas faire usage de sa raison avec elles. » Comment veut-on qu'ils ne soient pas embarrassés par ces deux expositions contradictoires ?

Chacune de nos sectes prétend le titre d'*universelle;* mais qu'avons-nous à répondre, quand nos adversaires prennent une mappemonde, et couvrent avec le doigt le petit coin de la terre où notre secte est confinée?

Montrons-leur qu'elle mériterait d'être universelle, si nous étions sages; ne les révoltons point en leur disant qu'il n'y a de probité que chez nous : voilà ce qui a le plus soulevé les savants. Ils ne conviendront jamais que Confucius, Pythagore, Zaleucus, Socrate, Platon, Caton, Scipion, Cicéron, Trajan, les Antonins, Épictète, et tant d'autres, n'eussent pas de vertu; ils nous reprocheront de calomnier, par cette assertion odieuse, les hommes de tous les temps et de tous les

---

1. Expressions du discours de Lefranc de Pompignan, qui a donné lieu aux pièces intitulées : *les Si*, *les Quand*, etc. (ÉD.)

lieux. Hélas! l'anabaptiste, les mains teintes de sang, aurait-il été bien reçu à dire. pendant le siége de Munster, qu'il n'y avait de probité que chez lui? le calviniste aurait-il pu le dire en assassinant le duc de Guise? le papiste. en sonnant les matines de la Saint-Barthélemy? Poltrot, Clément, Chastel. Ravaillac, le jésuite Le Tellier, étaient très dévots: mais en bonne foi n'aimeriez-vous pas mieux la probité de La Mothe-Le-Vayer, de Gassendi, de Locke, de Bayle, de Descartes, de Middleton, et de cent autres grands hommes que je vous nommerais? Non, mon frère, ne nous servons jamais de ces malheureux arguments qu'on rétorque si aisément contre nous-mêmes. Le P. Canaye disait : *Point de raison ;* et moi je dis : *Point de dispute, point d'insolence.*

On dit qu'autrefois nous nous sommes laissé emporter à l'ambition, à la haine, à l'avarice, à la vengeance; que nous avons disputé aux princes leur juridiction; que nous avons troublé les États, que nous avons répandu le sang : ne tombons plus dans ces horribles excès; convenons que l'Église est dans l'État, et non l'État dans l'Église. Obéissons aux princes comme tous les autres sujets. Ce sont nos scandales encore plus que nos dogmes qui nous ont fait tant d'ennemis. On ne s'élève contre les lois et contre les fonctions des magistrats dans aucun pays de la terre. Si on s'est élevé contre nous dans tous les temps et dans tous les lieux, à qui en est la faute?

L'humilité, le silence et la prière, doivent être nos seules armes.

Les savants ne croient pas certaines assertions (ni nous non plus). Eh bien! les croiront-ils davantage quand nous les outragerons? Les Chinois, les Japonais, les Siamois, les Indiens, les Tartares, les Turcs, les Persans. les Africains, ne croient pas en nous; irons-nous pour cela les traiter tous les jours de perturbateurs du repos de l'État, de mauvais citoyens, d'ennemis de Dieu et des hommes ? Pourquoi ne disons-nous point d'injures à toutes ces nations, et outrageons-nous un Allemand, un Anglais, qui ne pensent pas comme nous? Pourquoi tremblons-nous respectueusement devant un souverain qui nous méprise; et déclamons-nous si fièrement contre un particulier sans crédit, que nous soupçonnons de ne point nous estimer assez?

Cette rage de vouloir dominer sur les esprits doit être bien confondue. Je vois que chaque effort que nous faisons pour nous relever sert à nous abattre. Laissons en repos les puissants du monde et les hommes instruits, afin qu'ils nous y laissent; vivons en paix avec ceux que nous ne subjuguerons jamais, et qui peuvent nous décrier. Réprimons surtout la hauteur et l'emportement, qui conviennent si mal, et qui réussissent si peu.

Vous connaissez le pasteur Durnol: c'est un bon homme au fond, mais il est fort colérique. Il expliquait un jour le Pentateuque aux enfants, et il en était à l'article de l'âne de Balaam : un jeune garçon se mit à rire, M. Durnol fut indigné; il cria, il menaça, il prouva que les ânes pouvaient parler très-bien, surtout quand ils voyaient devant eux un ange armé d'une épée : le petit garçon se mit à rire davantage, M. Durnol s'emporta; il donna un grand coup de pied à l'enfant, qui lui dit en pleurant : « Ah! je conviens que l'âne de Balaam parlait, mais il ne ruait pas. »

Cette naïveté a fait sur moi une grande impression, et j'ai conseillé depuis à tous mes amis de cesser de ruer et de braire.

FRAGMENT

D'UNE LETTRE DE LORD BOLINGBROKE.

Un très-grand prince me disait, il y a deux mois, aux eaux d'Aix-la-Chapelle, qu'il se ferait fort de gouverner très-heureusement une nation considérable sans le secours de la superstition. « Je le crois fermement, lui répondis-je; et une preuve évidente, c'est que moins notre Église anglicane a été superstitieuse, plus notre Angleterre a été florissante : encore quelques pas et nous en vaudrons mieux. Mais il faut du temps pour guérir le fond de la maladie, quand on a détruit les principaux symptômes.

— Les hommes, me dit ce prince, sont des espèces de singes qu'on peut dresser à la raison comme à la folie. On a pris longtemps ce dernier parti; on s'en est mal trouvé. Les chefs barbares qui conquirent nos nations barbares crurent d'abord emmuseler les peuples par le moyen des évêques. Ceux-ci, après avoir bien sellé et fessé les sujets, en firent autant aux monarques. Ils détrônèrent Louis le Débonnaire ou le Sot, car on ne détrône que les sots; il se forma un chaos d'absurdités, de fanatisme, de discordes intestines, de tyrannie et de sédition qui s'est étendu sur cent royaumes. Faisons précisément le contraire, et nous aurons un effet contraire. J'ai remarqué, ajouta-t-il, qu'un très-grand nombre de bons bourgeois, de prêtres, d'artisans même, ne croient pas plus aux superstitions que les confesseurs des princes, les ministres d'État et les médecins. Mais qu'arrive-t-il? ils ont assez de bon sens pour voir l'absurdité de nos dogmes, et ils ne sont ni assez instruits ni assez sages pour pénétrer au delà. Le Dieu qu'on nous annonce, disent-ils, est ridicule; donc il n'y a point de Dieu. Cette conclusion est aussi absurde que les dogmes qu'on leur prêche; et, sur cette conclusion précipitée, ils se jettent dans le crime, si un bon naturel ne les retient pas.

« Proposons-leur un Dieu qui ne soit pas ridicule, qui ne soit pas déshonoré par des contes de vieilles, ils l'adoreront sans rire et sans murmurer; ils craindront de trahir la conscience que Dieu leur a donnée. Ils ont un fonds de raison, et cette raison ne se révoltera pas. Car enfin, s'il y a de la folie à reconnaître un autre que le souverain de la nature, il n'y en a pas moins à nier l'existence de ce souverain. S'il y a quelques raisonneurs dont la vanité trompe leur intelligence jusqu'à lui nier l'intelligence universelle, le très-grand nombre, en voyant les astres et les animaux organisés, reconnaîtra toujours la puissance formatrice des astres et de l'homme. En un mot, l'honnête homme se plie plus aisément à fléchir devant l'Etre des êtres que sous un natif de la Mecque ou de' Bethléem. Il sera véritablement religieux en écrasant la superstition. Son exemple influera sur la populace, et ni les prêtres ni les gueux ne seront à craindre.

« Alors je ne craindrai plus ni l'insolence d'un Grégoire VII, ni les poisons d'un Alexandre VI, ni le couteau des Clément, des Ravaillac, des Balthazar Gérard, et de tant d'autres coquins armés par le fanatisme. Croit-on qu'il me sera plus difficile de faire entendre raison aux Allemands qu'il ne l'a été aux princes chinois de faire fleurir chez eux une religion pure, établie chez tous les lettrés depuis plus de cinq mille ans ? »

Je lui répondis que rien n'était plus raisonnable et plus facile, mais qu'il ne le ferait pas, parce qu'il serait entraîné par d'autres soins dès qu'il serait sur le trône, et que, s'il tentait de rendre son peuple raisonnable, les princes voisins ne manqueraient pas d'armer l'ancienne folie de son peuple contre lui-même.

« Les princes chinois, lui dis-je, n'avaient point de princes voisins à craindre quand ils instituèrent un culte digne de Dieu et de l'homme. Ils étaient séparés des autres dominations par des montagnes inaccessibles et par des déserts. Vous ne pourrez effectuer ce grand projet que quand vous aurez cent mille guerriers victorieux sous vos drapeaux, et alors je doute que vous l'entrepreniez. Il faudrait, pour un tel projet, de l'enthousiasme dans la philosophie, et le philosophe est rarement enthousiaste. Il faudrait aimer le genre humain, et j'ai peur que vous ne pensiez qu'il ne mérite pas d'être aimé. Vous vous contenterez de fouler l'erreur à vos pieds, et vous laisserez les imbéciles tomber à genoux devant elle. »

Ce que j'avais prédit est arrivé ; le fruit n'est pas encore tout à fait assez mûr pour être cueilli.

AVIS.

(1761.)

Ayant vu dans plusieurs journaux l'*Ode* et les *Lettres de M. Le Brun*, secrétaire de Son Altesse Royale monseigneur le prince de Conti, avec mes réponses annoncées sous le titre de *Genève*, je suis obligé d'avertir que Duchesne les a imprimées à Paris ; que je ne publie point mes Lettres, encore moins celles des autres, et qu'aucun des petits ouvrages qu'on débite à Paris sous le nom de *Genève* n'est connu dans cette ville.

C'est d'ailleurs outrager la France, que de faire accroire qu'on ait été obligé d'imprimer en pays étranger l'ode de M. Le Brun, laquelle fait honneur à la patrie par les strophes admirables dont elle est pleine, et par le sujet qu'elle traite. Les Lettres dont M. Le Brun m'a honoré sont encore un monument très-précieux ; c'est lui, et M. Titon du

Tillet, si connu par son zèle patriotique, qui seuls ont pris soin dans Paris de l'héritière du nom du grand Corneille, et qui m'ont procuré l'honneur inestimable d'avoir chez moi la descendante du premier Français qui ait fait respecter notre patrie des étrangers dans le premier des arts. C'est donc à Paris, et non à Genève, ni ailleurs, qu'on a dû imprimer, et qu'on a imprimé en effet ce qui regarde ce grand homme. Les petits billets que j'ai pu écrire sur cette affaire ne contiennent que des détails obscurs, qui assurément ne méritent pas de voir le jour.

Je dois avertir encore que je ne demeure, ni n'ai jamais demeuré à Genève, où plusieurs personnes mal informées m'écrivent; que si j'ai une maison de campagne dans le territoire de cette ville, ce n'est que pour être à portée des secours dans une vieillesse infirme; que je vis dans mes terres en France, honoré des bienfaits du roi, et des privilèges singuliers qu'il a daigné accorder à ces terres : qu'en y méprisant du plus souverain mépris les insolents calomniateurs de la littérature, de la philosophie, je ne suis occupé que de mon zèle et de ma reconnaissance pour mon roi, du culte et de tous les exercices de ma religion et des soins de l'agriculture.

Je dois ajouter qu'il m'est revenu que plusieurs personnes se plaignent de ne recevoir point de réponses de moi; j'avertis que je ne reçois aucune lettre cachetée de cachets inconnus, et qu'elles restent toutes à la poste. Fait au château de Ferney, pays de Gex, province de Bourgogne, le 12 janvier 1761.

VOLTAIRE.

A MONSIEUR

LE LIEUTENANT CRIMINEL

DU PAYS DE GEX,

ET AUX JUGES QUI DOIVENT PRONONCER AVEC LUI
EN PREMIÈRE INSTANCE [1].

MONSIEUR,

Je demande vengeance du sang de mon fils : toute la province crie qu'on fasse justice. J'ignore les formalités des lois; vous daignerez suppléer à mon ignorance. Mon fils unique est entre la vie et la mort;

---

1. Les éditeurs de Kehl ont imprimé cette requête, *rédigée probablement par M. de Voltaire*, disent-ils, à la suite de la lettre à l'avocat Arnoult, du 5 juin 1761.

Ancian, curé de Moëns, contre lequel Voltaire avait écrit à l'évêque d'Annecy, le 15 décembre 1759 (voy. la *Correspondance*), en fut, en 1761, quitte, grâce à Voltaire (voy. sa lettre à l'évêque d'Annecy, du 29 avril 1768), pour quinze cents francs de dommages-intérêts et les frais. Mais, en 1768, il eut un second procès criminel, et fut (voy. la note des éditeurs de Kehl sur la lettre à Arnoult du 6 juillet 1761) condamné aux galères, par arrêt du parlement de Bourgogne. (*Note de M. Beuchot.*)

Il ne peut s'expliquer ; et je n'ai presque que mes larmes pour me plaindre
à vous. Tout ce que je sais certainement, par les rapports unanimes
qui m'ont été faits, c'est que mon fils a été assassiné, le 28 décembre
dernier, entre les dix heures et demie et onze heures de nuit, par le
curé de Moëns, nommé *Ancian*, au village de Magny : que le curé
porta lui-même les premiers coups, qu'il fut secondé par plusieurs
paysans apostés par lui-même, et qu'on me rapporta mon fils tout
sanglant, sans pouls, sans connaissance, sans parole, état où il est
encore.

Que puis-je faire dans ma juste douleur (moi qui n'étais point présent à cet assassinat), que de vous supplier, monsieur, d'interroger
sans délai tous les témoins, et de voir, avec un œil impartial, si ce
qu'ils vous diront sera conforme à tout ce qu'ils m'ont dit ?

Voici, monsieur, le rapport unanime qu'ils m'ont fait. Le sieur
Collet, jeune homme du bourg de Sacconney, frontière de France, où
nous demeurons, travaillant en horlogerie, va quelquefois dans le
voisinage chez la veuve Burdet, bourgeoise de Magny, chez laquelle
le curé de Moëns fréquente.

Le 26 de décembre, ce curé va rendre visite à la dame Burdet, à
neuf heures du soir, et reste avec elle jusqu'à onze.

Le 27 de décembre, Collet va chez ladite dame, y trouve encore le
curé, qui lui lance des regards de colère, et lui témoigne la plus
grande impatience de le voir sortir ; il sort, et les laisse tête à tête.

Le 28, la dame Burdet invite à souper chez elle le sieur Guyot,
contrôleur du bureau de Sacconney ; il y va. Il rencontre en chemin
mon fils, et Collet son ami, qui étaient à la chasse vers Ferney ; il
leur propose d'être de la partie ; ils vont ensemble à Magny chez cette
dame.

Le curé Ancian avait mis un espion, nommé Dubi, à la porte de
la maison. Dubi court l'avertir, à neuf heures trois quarts, que les
conviés sont à table, et qu'ils parlent de lui. Le cure donnait à
souper à trois curés ses voisins, l'un de Ferney, l'autre de Matignin,
et le troisieme de Prevezin. Le sieur Ancian les quitte sur-le-champ
sans dire mot, prend avec lui plusieurs paysans, va jusque dans un
cabaret où le nommé Brochu et autres l'attendaient, les arme lui-
même de ces bâtons et massues avec lesquels on assomme des bœufs ;
il place deux de ses complices à la porte de la maison de la veuve Burdet, et entre, avec quatre ou cinq autres, dans la cuisine où les
conviés achevaient de manger. « C'est donc ainsi, madame, lui dit-il,
que vous vous plaisez à déchirer ma réputation ! » Alors, trouvant sous
a main un chien de chasse de mon fils, il l'assomma d'un coup de
bâton. Mon fils, qui s'était retiré, par déférence pour le caractère de
ce prêtre, dans la chambre voisine, accourt, demande raison de cette
violence ; le curé lui répond par un soufflet : les gens apostés par lui
tombent en ce moment par derrière sur mon fils et sur le sieur Collet,
leur déchargent des coups de bâton sur la tête, et les étendent aux
pieds du curé.

Le sieur Guyot, qui était dans la chambre voisine, en sort au bruit et aux cris de la veuve Burdet, il voit ses deux amis tout sanglants su le carreau, et tire son couteau de chasse : deux complices du cu prennent leur temps, le frappent sur la tête, et l'étourdissent.

Le curé lui-même, armé d'un bâton, frappe à droite et à gauch sur mon fils, sur Guyot et sur Collet, que ses complices avaient m hors d'état de se défendre: il ordonne à ses gens de marcher sur ventre de mon fils: ils le foulent longtemps aux pieds : Guyot s'év. nouit du coup qu'il avait reçu sur la tête: ayant repris ses esprits, s'écrie : « Faut-il que je meure sans confession! — Meurs comme u chien, lui répond le curé, meurs comme les huguenots! »

Dans ce tumulte horrible, la veuve Burdet se jette aux genoux d curé: ce prêtre la repousse, lui donne un soufflet, la jette par terre la pousse à coups de pied sous le lit, tandis que ses complices donner des coups de bâton à cette dame.

J'omets, monsieur, toutes les circonstances étrangères à ma dou leur, et qui peuvent aggraver le crime sans me consoler.

Je vous prie d'interroger la dame Burdet, les sieurs Guyot et Collet les chirurgiens qui les ont pansés, les sœurs grises de Sacconney, chirurgien d'Ornex, les voisins, les seigneurs de paroisse du pays, le curés que le sieur Ancian quitta à dix heures du soir pour aller exécu ter son assassinat prémédité.

C'est à l'évêque à savoir ce qu'il doit faire, quand il apprendra qu ce prêtre eut l'audace, le lendemain, de célébrer la messe, et de ten son Dieu entre ses mains meurtrières. C'est à vous, monsieur, à vou informer comment on a laissé en place un homme ci-devant convainc d'avoir donné des soufflets dans son église à deux de ses paroissiens[1] et qui, en dernier lieu, ayant ruiné les communiers de Ferney par de procès, a traîné en prison à Gex deux de ces infortunés. Mon devoi est seulement de vous instruire du nom des complices parvenus à m connaissance : Pierre Dubi, demeurant à Magny; Jean Gard, propr domestique du curé; François Tillet, granger du sieur Bellami Benoît Brochu, du village d'Ornex; vous saurez aisément qui sont le autres.

J'apprends que le curé Ancian, étant informé de ma juste plainte ose en faire une de son côté; qu'il joint à son crime cette artificieus insolence : mais je requiers que le curé de Ferney soit interrogé, e qu'on sache de lui si le curé Ancian ne lui a pas avoué l horreur d son délit; s'il ne lui a pas dit qu'il voudrait avoir donné deux mill livres pour étouffer cette malheureuse action. Enfin, monsieur j'implore la justice divine et humaine, et j'arrose de mes pleurs m requête.

J'ajoute encore un mot. Toute la province sait que M. le substitu de M. le procureur général au bailliage de Gex, ayant épousé la sœu du feu curé de Moëns, qui résigna sa cure au présent curé Ancian, a toujours accordé sa bienveillance audit Ancian; mais c'est une raiso

1. Entre autres au sieur Vaillet, aujourd'hui secrétaire du maire et subdé légué de Gex, syndic de la province.

de plus pour espérer la justice qu'on demande : l'équité impartiale l'emporte sur toutes les considérations.

A. Sacconney, le 3 de janvier 1761.

AMBROISE DECROZE.
VACHAT, procureur.

Addition. — Le 10 janvier, j'apprends que le juge a décrété de prise de corps tous les complices du curé Ancian. Ils ont pris la fuite: ils vont probablement changer de religion hors du royaume. A l'égard du curé, il n'est décrété que d'ajournement personnel. Cependant le bruit public de la province est qu'il a signé, le 28 de décembre, un billet à ses complices, par lequel il promettait les mettre à l'abri de toute recherche et de tout dommage. La veuve Burdet a dit à vingt personnes, et a dû déposer que le curé était venu boire chez elle la veille de l'assassinat, à dix heures du soir : qu'il lui avait dit en s'en allant en colère : « Adieu, la paille est trop près du feu. » Si jamais il y eut un assassinat prémédité, c'est sans doute celui-ci. Cependant les complices sont décrétés, et celui qui les a corrompus, qui les a armés, qui les a conduits, qui a frappé avec eux, n'est qu'ajourné, parce qu'il est prêtre. et qu'il a des protecteurs. Cependant mon fils, assassiné le 28 décembre, est à l'agonie le 10 de janvier.

LETTRES SUR LA NOUVELLE HÉLOISE,

OU ALOISIA,

DE JEAN-JACQUES ROUSSEAU, CITOYEN DE GENÈVE.

(1761.)

A M. DE VOLTAIRE.

LETTRE I.

A qui pourrais-je adresser [1] mes doutes qu'à vous, monsieur, qui avez encore illustré par votre génie une nation que les Corneille et les Racine avaient rendue la première de l'Europe ?

Je ne sais plus de quels termes il faut se servir. Si je compare le langage des plus orgueilleux écrivains de notre siècle à celui des bons auteurs du siècle de Louis XIV ou au vôtre, je n'y trouve rien qui se ressemble. Je veux bien croire qu'on a aujourd'hui plus de goût, plus de talent, plus de lumières que du temps des Pascal, des Racine et des Boileau. Concevez donc ma juste affliction de ne pouvoir entendre les

---

1. Ces lettres, quoique signées du marquis de Ximenès, sont de Voltaire. Ximenès n'a fait que les premières lignes et les dernières de la première lettre (ED.)

nouveaux génies qu'il faut admirer. Je viens de parcourir une brochure où les choses dont l'auteur rend compte sont *au parfait :* j'ai cru d'abord qu'il voulait parler de quelques *verbes ;* point du tout, c'est de peinture et de sculpture. Une princesse, dans un roman, *est bien éduquée :* cela veut dire qu'elle a reçu une éducation digne d'elle, qu'elle est bien élevée; on y voit une *pitié tendre à tous les maux d'autrui ;* une *oisiveté qui engendre des jeux;* des yeux qui deviennent *fixés en terre;* une héroïne de roman *affectée de pitié,* et qui *élève à son amant ses timides supplications.* Cette héroïne *remplit des soins,* au lieu de remplir des devoirs, et de rendre des soins. *Son extrême amour est exposé à des tragédies.* Son teint fleuri *outrage son amant.* Cette pénitente avait une si affreuse idée *du premier pas, qu'à peine voyait-elle au delà nul intervalle, jusqu'au dernier;* mais son amant y voyait la tendre *sollicitude* de l'amour.

Aussitôt Julie couvre ses regards *d'un voile,* et met une *entrave a son cœur. Une faveur! ah, c'est un tourment horrible!* lui dit son amant: *garde tes baisers, ils sont trop âcres.*

Après l'âcreté de ces baisers l'amant fait vingt lieues en trois jours; mais *chaque pas séparait son corps de son âme.* Daignerez-vous, monsieur, me dire en passant comment ce corps et cette âme, qui étaient séparés au premier pas, se séparèrent encore aux autres pas, et se retrouvèrent ensuite au dernier pas?

Quand le corps de l'amant a retrouvé son âme, il écrit à sa maîtresse que « les lois les plus sévères ne peuvent leur imposer d'autre peine que le prix même de leur amour. » Il est à croire que sa maîtresse n'entendit rien à ce galimatias. Mais pour le payer en même monnaie, elle lui mande qu'elle « cultive l'espérance, » et qu'elle « la voit flétrir tous les jours: » l'autre lui répond, en renchérissant, que « leurs âmes, épuisées d'amour et de peine, se fondent, et coulent comme l'eau. »

Il peut être fort plaisant de voir couler une âme; mais pour l'eau, c'est d'ordinaire quand elle est épuisée qu'elle ne coule plus : je m'en rapporte à vous. Cependant, monsieur, ces deux âmes qui *coulent* ne peuvent *suffire à leur félicité infinie.* Nos deux amants, qui coulaient ainsi, se parlèrent à l'oreille; mais Julie trembla qu'on ne cherchât du mystère à cette *chuchoterie.*

Julie, rentrée chez elle, écrivit une lettre tendre au chuchoteur : « Baise cette lettre, et saute de joie, lui dit-elle. Ah ! tyran, tu veux en vain m'asservir; pardonne, ô mon doux ami, ces mouvements involontaires ! »

Cependant le doux ami était *affamé de transports,* et il attendait le moment *tardif* de voir sa maîtresse avec une douloureuse impatience. Pour apaiser *cette faim, l'impatient ami* s'en alla loin d'elle, entendre de la musique, non pas de la musique française: « Car, dit-il, la mélodie qui ne parle point chante toujours mal ; et voici, continue-t-il, l'erreur des Français sur les forces de la musique; ils ne peuvent avoir

1. La *Nouvelle Heloïse* de J. J. Rousseau.

une mélodie à eux, sur une poésie maniérée qui ne connut jamais la nature. »

Mon doux ami, grand philosophe, qui connaît la nature, et qui d'ailleurs est assez ivrogne, s'avisa, étant ivre, de dire beaucoup d'ordures à sa respectable maîtresse : celle-ci écouta patiemment cette mélodie française qui n'était point maniérée; mais le lendemain elle lui en fit de doux reproches, en lui avouant qu'elle avait entendu souvent de « ces expressions-là, en passant son chemin, mais que l'amour est le plus chaste de tous les liens : que pour une femme qui aime, il n'y a point d'homme que son amant, et qu'un amant est un être bien plus sublime qu'un homme : » sur quoi l'auteur met en marge cette belle réflexion morale : « O Amour, si je regrette l'âge où l'on te goûte, ce n'est pas pour l'heure de la jouissance. »

Notre amant ayant ensuite rencontré un pair d'Angleterre en Suisse, causa avec lui jusqu'à l'heure du dîner, et *fit apporter un poulet.* La maîtresse ne manqua pas de parler aussi à ce pair : elle lui dit que « dans un moment où l'épreuve se prépare au dehors, le sage se portant partout avec lui, porte aussi partout son bonheur. » Cette légère ironie de la douce amie ne pouvait, dit-il, fâcher le pair; car, quoiqu'elle ne fît pas grand cas de la *philosophie parlière* (elle veut dire apparemment une philosophie qui n'est qu'en paroles), un honnête homme a *toujours quelque honte de changer de maxime du soir au matin.*

Vous saurez, monsieur, que le pair d'Angleterre avait un ami, qui *n'était pas de son vol; car* il n'avait pas le *penser mâle des âmes fortes.* La douce amie, qui avait le *penser* plus mâle, fit présent de quelques écus à son amant le philosophe, qui avait aussi le penser fort mâle, mais qui était un pauvre homme du pays. Elle dit que « son doux ami n'en a ni paru humilié, ni prétendu en faire une affaire. »

Le doux ami se trouva bientôt à son aise; il reçut une bonne pension du pair d'Angleterre à qui il avait donné un poulet. « Il s'en va, dit-il, faire figure à Paris; » ce noble philosophe va même dans un mauvais lieu, et il écrit à sa maîtresse. « Pour ici où nulle affaire ne m'attache, je continuerai à vivre à ma manière. » Comme il est extrêmement amoureux de sa Julie, il lui écrit de longues lettres, dans lesquelles il ne lui parle que de la bonne compagnie de Paris. « Il faut, dit-il, changer de principe comme d'assemblée, modifier son esprit à chaque pas, et mesurer ses maximes à la toise; quitter en entrant son âme, et en prendre une autre aux couleurs de la maison, comme un laquais. »

Vous sentez, monsieur, qu'on ne peut mieux connaître, ni peindre plus parfaitement les sociétés de Paris, ni s'exprimer avec plus de délicatesse. Il voit tout, il observe tout dans Paris; il ne parle que de ses belles observations à sa maîtresse, tant il est affamé de transports. « J'assignerai, dit-il, les différences à mesure que je parcourrai les autres pays, comme on décrit l'olivier sur un saule, ou le palmier sur un sapin. »

Remarquez surtout, monsieur, que tout ce qu'il craint dans Paris,

c'est d'avoir contribué pour sa part aux désordres qu'il y remarque.
Il tremble de n'y être qu'un *bourgeois*, parce qu'il a l'honneur d'être
citoy n de Genève ; et il attend le moment où il pourra décrire en Angleterre l olivier sur le saule, en soupirant de temps à autre pour les
beaux yeux de sa Julie : car il est bien ennuyé de voir des Français
qui sont autant de marionnettes clouées sur la même planche. La nécessité d'avoir un carrosse est surtout ce qui l'effraye ; il prétend qu'*un
carrosse n'est pas tant pour se conduire que pour exister ;* il se conduit pourtant quelquefois en carrosse ; mais il est très-indigné de la
manière *intrépide et curieuse dont les femmes fixent les gens.* Il remarque surtout que *la gorge d'une femme n'est point à elle, qu'il a bien
l'art de les observer, et que cet art n'est pas difficile vis-à-vis* des
femmes de Paris.

Dans ses curieuses observations, il trouve que les airs de notre musique ressemblent tout à fait *à la course d'une oie grasse ou d'une vache qui galope.* Enfin il donne dans le *persiflage de ses amis.*

Voilà, monsieur, une partie des expressions sublimes qui m'ont
frappé dans le premier et le second volume de la *Nouvelle Héloïse* de
Jean-Jacques Rousseau, ouvrage dans lequel cet homme se met si noblement au-dessus des règles de la langue et des bienséances, et daigne y marquer un profond mépris pour notre nation. C'est un service
qu'il nous rend, puisqu'il nous corrigera. Mais, en attendant que nous
lui en fassions de très-humbles remercîments, permettez-moi d'avoir
l'honneur de vous dire dans ma première lettre ce que c'est que ce roman, et vous verrez si le fond est digne du style.

J'ai l'honneur d'être, monsieur, avec les sentiments de la plus tendre vénération,

Votre très-humble et très-obéissant serviteur,

Le marquis DE XIMENÈS.

20e janvier 1761.

LETTRE II.

Monsieur, qui ne connaît les aventures d'Héloïse et d'Abélard ? qui
ne sait que cet homme illustre balança toujours la réputation de
saint Bernard, et quelquefois son crédit? Il eut un mérite très-rare,
des faiblesses communes, des malheurs singuliers. Les amours et les
lettres d'Abélard et d'Héloïse vivront éternellement :

Viruntqui commissi calores
Helosiæ calamis puellæ.

La vérité surtout met le sceau de l'immortalité aux lettres touchan-
tes que ces deux amants s'écrivirent. Elles ont été traduites en vers et
en prose dans toutes les langues. Jean Jacques s'est mis à inventer
cette ancienne histoire sous d'autres noms ; mais, fâché qu'un homme
aussi bien fait, et d'une figure aussi agréable qu'on nous peint Abélard, eût perdu dans le cours de ses amours le principal mérite de sa
figure, il a retranché de son roman cette particularité de l'histoire :

et comme il est aussi grand, aussi noblement fait qu'Abélard; comme il est, ainsi que lui, l'obj t des soupirs de toutes les dames de Paris, il s'est fait le héros de son roman. Ce sont les aventures et les opinions de Jean Jacques qu'on lit dans la *Nouvelle Héloïse*, et que malheureusement vous n'avez pas lues.

Pour ennoblir les personnages et le lieu de la scène, Jean-Jacques a choisi pour son théâtre un petit pays sujet d'un canton suisse. Le principal personnage est une espèce de valet suisse, qui a un peu étudié, et qui enseigne ce qu'il sait à une *Julie, fille d'un baron du pays de Vaud* Vous savez qu'il n'y a rien de plus grand que ces barons. Le petit valet, philosophe suisse, débite à Julie son écolière la morale d'Épictète, et lui parle d'amour. Julie, en présence de sa cousine Claire, donne à son maître un baiser très-long et très *âcre* dont il se plaint beaucoup, et le lendemain le maître fait un enfant à l'écolière. Les dames pourraient croire que c'est là la conclusion du roman : mais voici, monsieur, par quelle intrigue délicate, par quels événements merveilleux ce roman philosophique dure encore cinq tomes entiers après la conclusion.

Il y avait en Suisse un pair d'Angleterre, qui vivait dans un village, pour se former et pour s'instruire. Milord Édouard, ayant entendu parler des *charmes, perfections*, et *commodités qu'en sa voisine on disait être*, ne manqua pas de la demander en mariage à son père. Cet Anglais était fier, un peu dur, un peu ivrogne. et croyait aimer la musique italienne, le tout en digne pair de la Grande-Bretagne. Le valet philosophe était assez ivrogne aussi : milord but du punch avec le valet, ils parlèrent de leur maîtresse : milord s'aperçut bien tout ivre qu'l était. que le philosophe suisse avait les bonnes grâces de l'héroïne destinée à être pairesse d'Angleterre. Il y eut un démenti de donné. Le valet amoureux sauta noblement à son épée; milord Édouard, à la sienne : mais le bon génie de ces deux champions, ou plutôt le génie de l'auteur, les sauva d'une mort inévitable, par une des aventures les plus surprenantes qu'on ait jamais lues dans aucune histoire écrite en roman, ou dans aucun roman écrit en histoire.

Milord Édouard. en poussant sa première botte, se donna une entorse; cet incident ingénieux fit qu'on ne se battit point. Jean Jacques sortit de la chambre, alla cuver son punch. et envoya ensuite un cartel à milord, comme il se pratique entre gens de qualité, le priant civilement de se couper la gorge avec lui, quand il pourrait s'aider de son pied. La belle Julie effrayée, tremblante pour les jours du précepteur dont elle était grosse, sachant qu'il n'y a rien de si commun que de voir des précepteurs se battre co tre des membres de la chambre haute en Suisse, étant informée, de plus, que milord Édouard avait déjà tué cinq ou six hommes en faisant ses études, écrivit aussitôt une lettre raisonnée à son tendre amant contre la mode des duels, et lui prouva que rien n'était plus lâche que de se battre contre un pair d'Angleterre. Elle fit plus : comme elle était extrêmement prudente, très-réservée dans sa conduite et dans ses paroles, pleine de pudeur, n'osant s'avouer à elle-même son amour pour le précepteur, elle **prit** le parti d'écrire à milord la lettre du monde la plus circonspecte, par laquelle elle lui avoua qu'elle était folle du philosophe, et lui fit entendre qu'elle pourrait même dans quelques mois accoucher d'un enfant de sa façon. C'était, comme on voit, de quoi désarmer milord. Il demanda aussitôt pardon au précepteur devant témoins, et lui dit : « Jean-Jacques, puisque vous avez fait un enfant à milady, vous aurez à jamais l'amitié de tous les pairs d'Angleterre, et particulièrement la mienne. » Le parlement d'Angleterre ne fait pas l'amour autrement. Il devint sur-le-champ son confident, son ami intime; ils causèrent quatre heures ensemble de leurs amours, et ce fut après cet entretien que le précepteur *fit apporter un poulet*, comme vous l'avez déjà pu voir dans ma précédente lettre, où il n'était question que de la noblesse du style.

Milord, après avoir mangé le poulet, ne s'en tint pas là; il courut sur-le-champ chez M. le baron du pays de Vaud, à qui il avait demandé sa fille en mariage, *et la lui demanda pour le précepteur Jean-Jacques*. Le baron fut assez malavisé et assez imprudent pour dire qu'on se moquait de lui, et que Jean-Jacques, quelque grand philosophe qu'il pût être, et quoiqu'il eût un père excellent garçon horloger, qui avait porté un mois le mousquet, n'était point pourtant fait pour épouser la fille d'un baron.

Milord trouva la réponse du père très-ridicule, et lui soutint qu'il n'y avait point de baron en Suisse qui ne dût être très-honoré de donner sa fille à un philosophe; qu'il savait bien que Jean-Jacques n'était qu'un gueux, mais qu'il lui donnait la moitié de son bien en mariage, attendu qu'une fois, en passant par Genève, il avait entendu parler ce grand homme *sur l'égalité des conditions*, et prouver démonstrativement qu'un garçon horloger qui sait lire et écrire est parfaitement égal aux grands d'Espagne, aux maréchaux de France, aux ducs et pairs d'Angleterre, aux princes de l'Empire, et aux syndics de Genève.

Le baron du pays de Vaud s'échauffa furieusement à ce discours; et, sans un tiers, il allait se battre, car milord n'était pas si endurant avec les barons qu'avec les Jean-Jacques.

Dès que la belle Julie eut appris la manière gracieuse dont son père avait reçu les agréables propositions de milord, elle ne manqua pas d'aller remontrer à M. son père tout le mérite du philosophe; elle lui fit voir combien ces gens-là étaient au-dessus des autres hommes, et à quel point ils étaient nécessaires dans les familles, et surtout auprès des demoiselles qui veulent lire Plutarque et apprendre l'orthographe. Le père, ennuyé de toute cette philosophie, donna un énorme soufflet à la belle Julie, laquelle du coup tomba sur une chaise de paille, meuble fort ordinaire dans le pays de Vaud; elle se blessa en tombant, et fit quelque temps après un faux germe, ce qui priva malheureusement la Suisse d'un petit Jean-Jacques, qui en eût fait les délices et l'admiration.

Cependant il faut avouer que le baron, quoiqu'il donnât des soufflets, était, dans le fond un assez bon homme. *Il fit danser sa fille sur ses genoux après l'avoir soufffetée*, et il ne fut plus question de M. le précepteur.

Voilà encore le roman fini, à moins que Jean-Jacques ne répare la perte du faux germe, et ne fasse un second enfant à sa Suissesse. Mais un nouvel ordre de choses se présenta pour exercer toutes les vertus de ce tendre amant, et pour le rendre l'homme le plus accompli que nous ayons eu en Europe.

Il avait, comme nous l'avons dit, le cœur extrêmement haut, et n'était pas homme à recevoir des *gages*, parce que ce mot de *gage* pourrait détruire, dans l'esprit de ceux qui ne pensent point, l'idée de cette égalité parfaite que Dieu a mise entre toutes les les conditions. Jean-Jacques ne reçut donc point de gages, mais une douzaine d'écus que lui donna sa belle maîtresse; il daigna accepter aussi quelques guinées de milord avec une petite pension, moyennant quoi il alla briller à Paris dans le beau monde, de peur que M. le baron ne le fît jeter, en Suisse, par les fenêtres de sa chaumière, qu'il appelait château.

Dès qu'il fut à Paris, où il porta toujours dans son cœur l'image de sa chère Julie, il vit que la philosophie bien entendue admettait des consolations, et aussitôt il en alla chercher chez les filles de joie avec la meilleure compagnie de Paris, semblable à Don Quichotte, qui adorait Dulcinée du Toboso dans les bras de Maritorne. Il instruisit aussitôt sa belle Suissesse de cette petite infidélité, qui n'était au fond qu'un sacrifice fait sur un autel étranger à la vraie divinité qui régnait sur son âme.

Quelque temps après cet événement, Jean-Jacques eut la petite vérole ; mais il ne nous dit pas tout.

Supprimit orator, quod rusticus edit inepte.

Sa maîtresse ne prit pas tout à fait les mêmes remèdes contre l'amour ; mais elle épousa, pour se dépiquer, un gros Russe naturalisé dans le pays de Vaud, assez semblable au bon Suisse que Mme la duchesse du Maine donna à Mlle de Launay. Quand ce bonhomme fut en possession des charmes de la belle Julie, c'était bien là le cas pour Jean-Jacques de chercher ses consolations ordinaires ; mais il aima mieux faire le tour du monde avec l'amiral Anson. Il assista à la prise du fameux vaisseau de Manille, et eut pour son droit de présence une part très-considérable du butin : nous ne savons pas ce que cet argent est devenu ; mais il est à croire que Jean-Jacques est aujourd'hui un des plus riches marins du canton de Berne que nous ayons à Paris C'est apparemment avec cet argent qu'il se fit faire un bon habit à son retour, acheta une chaise de poste pour aller rendre ses respects, dans le pays de Vaud, à Mme Julie et à M. le Russe son mari. Il s'appelait Volmar : c'était un homme de près de cinquante ans, encore assez frais, qui ne riait jamais, mais qui trouvait bon qu'on rît quelquefois, pourvu que ce ne fût pas de lui.

M. de Volmar le reçut à bras ouverts : « Monsieur, lui dit-il, comme vous avez été l'amant de ma femme, je me flatte que vous serez toujours son bon ami, et que vous voudrez bien être le mien : nous vivrons tous trois familièrement en bons Suisses avec nos parents, comme si de rien n'était, et vous pouvez compter que cette petite vie sera le modèle de la philosophie et du bonheur. »

Le voyageur fut tout étonné de trouver M. de Volmar si savant; mais Julie, en personne discrète, avait avoué, dans une soirée d'hiver, à son mari, ne sachant que faire, qu'elle avait autrefois couché avec le philosophe; et elle toucha même quelque chose du faux germe. Son gros *Russe-Suisse* ne s'en embarrassa pas, *ayant peut-être en sa personne de quoi négliger ce point-là*. Il aimait aussi à boire, comme milord et Jean-Jacques, et disait, dans ses goguettes, qu'il *était très-content du tonneau, quoiqu'un autre l'eût percé;* propos, à la vérité, qui ne sent pas l'homme élevé à la cour, mais très-convenable à la noble simplicité du pays *dont il avait* (dit-il) *adopté les maximes.*

Jean-Jacques vécut depuis fort uniment entre son ancien cocu et son ancienne maîtresse. Il entra dans tous les détails des soins domestiques. Il avoue qu'à la vérité madame était un peu gourmande : mais aussi elle ne prenait jamais *du café, ou le café*, que dans son entresol. Enfin la belle Julie devint dévote, et mourut ensuite calviniste, trouvant notre religion très-ridicule et très-vénale.

Toutes ces grandes aventures sont ornées de magnifiques lieux communs sur la vertu. Jamais catin ne prêcha plus, et jamais valet suborneur de filles ne fut plus philosophe. Jean-Jacques a trouvé l'heureux secret de mettre dans ce beau roman de six tomes, trois ou quatre pages de faits, et environ mille de discours moraux. Ce n'est ni *Télémaque*, ni la *Princesse de Clèves*, ni *Zayde :* c'est JEAN-JACQUES tout pur.

LETTRE III.

MONSIEUR, en parcourant le roman de Jean-Jacques, nous avons bien vu qu'il n'avait nulle intention de faire un roman. Ce genre d'ouvrage, quelque frivole qu'il soit, demande du génie, et surtout l'art de préparer les événements, de les enchaîner les uns aux autres, de nouer une intrigue. et de la dénouer. Jean-Jacques a voulu seulement, sous le titre de la *Nouvelle Héloïse*, instruire notre nation, et la célébrer pour le prix des bontés qu'il a toujours reçues d'elle.

Ses instructions sont admirables. Il nous propose d'abord de nous tuer; et il prétend que saint Augustin est le premier qui ait jamais imaginé qu'il n'était pas bien de se donner la mort. Dès qu'on s'ennuie, selon lui, il faut mourir. Mais, maître Jean-Jacques, c'est bien pis quand on ennuie! Que faut-il faire alors? Réponds-moi

Si on t'en croyait, tout le petit peuple de Paris prendrait vite congé de ce monde: ce n'est que dans le pays de Vaud qu'on doit avoir envie de vivre et de rire; mais à Paris, le riche, dit-il, « arrache un reste de pain noir à l'opprimé qu'il feint de plaindre en public. »

Il est étrange, monsieur, que Jean-Jacques ne sache pas que personne né mange de pain bis à Paris, qu'il y est inconnu, et qu'il s'en faut beaucoup que M. Volmar, et son baron, et sa Julie, aient mangé du pain aussi blanc qu'en mange le dernier des pauvres de Paris. C'est une des choses qui étonnent le plus les étrangers dans notre vaste et opulente ville. Le bon petit homme nous parle des cinquièmes étages : il y a été souvent : il dit que c'est là qu'on apprend à connaître les véritables mœurs de la ville; qu'il y retourne donc, et il verra si l'on y mange du pain noir, comme il nous le reproche.

Il n'est pas plus content de nos hôtels, et de ce qui s'y passe, que des réduits des artisans. « De quelque sens, dit-il, qu'on envisage les choses, tout n'est ici que jargon: l'honnête homme d'ici n'est point celui qui fait de bonnes actions, mais celui qui dit de belles choses. » Ah! mon doux ami, crois au moins que ceux qui ont donné le couvert, le vêtement, la nourriture à un seigneur étranger venu de Genève, pensaient au moins faire une bonne action.

Si tu méprises si fort les grands et les petits, un seigneur d'une figure aussi distinguée que la tienne, un homme couru de toutes les belles, devrait au moins épargner nos dames. Non; elles ne sont pas si maigres ni si tannées que tu le dis. Les dames du pays de Vaud leur sont infiniment supérieures, nous le savons; mais il reste encore quelques grâces à nos Parisiennes. Tes beaux yeux n'ont pas tourné sur elles de favorables regards. Quoi! illustre amant de Julie, tu leur trouves le *maintien soldatesque et le ton grenadier, depuis le faubourg Saint-Germain jusqu'aux halles!* O vous, charmantes et respectables beautés! qui peut-être portez dans vos cœurs les sentiments les plus tendres, mais qui portez sur vos visages enchanteurs les traits de la modestie; vous dont la voix est aussi douce que les regards de vos yeux; vous seriez-vous attendues que le plus brillant seigneur que nous ayons jamais eu à Paris ne trouverait, dans vos *maigre* visages, *que des faces de grenadiers?* Ah! si quelque véritable grenadier apprenait !.... mais non, il ne faut pas se fâcher contre Jean-Jacques.

Que dis-je? hélas! on ne va se fâcher que trop : cachez-vous vite, ou partez : pauvre malheureux! comment vous est-il échappé de dire qu'il y a vingt à parier contre un *qu'un gentilhomme descend d'un fripon?* Ne savez-vous pas qu'un Montmorency, qui a l'honneur de vous loger, est un assez bon gentilhomme?

Nous avouons que votre père *qui porta un mois le mousquet,* comme vous le dites, sous le général Saconnay, allait de pair avec les Montmorency, les Soubise, les Bouillon, les Châtillon, les Choiseul, les Tonnerre, les Beauvau, etc. Mais plus on est grand, mon ami, et plus il faut être modeste : ayant surtout quitté votre patrie où vous avez joué un si grand rôle, étant devenu si à la mode parmi nous, et nous faisant l'honneur d'être depuis si longtemps notre compatriote, vous auriez dû ne pas dire *que la noblesse d'Angleterre est la plus brave de l'Europe;* un gentilhomme tel que vous doit sentir que c'est là un point bien délicat. Vous savez que le roi a plus de noblesse dans ses armées, que l'Angleterre n'a de soldats en Allemagne : je serais fâché qu'il se trouvât quelque garde de Sa Majesté qui prît vos expressions à la lettre.

Si Jean-Jacques attaque la noblesse, il était de la prudence d'un philosophe tel que lui, de ménager la robe; mais il s'en va mal à propos attaquer un arrêt du parlement de Paris. Il trouve mauvais qu'on ait cassé un mariage qui n'était point fa t selon les lois. « Ce chaste nœud de la nature n'est soumis ni au pouvoir souverain, ni à l'autorité paternelle, mais à la seule autorité du père commun qui sait commander aux cœurs, et, leur ordonnant de s'unir, les peut contraindre à s'aimer. »

Telle est la décision de mon doux ami; cela peut mener loin. La fille d'un duc et pair pourra, quand elle voudra, épouser, à l'âge de quinze ans, le fils du relieur des livres de Jean-Jacques, pour peu qu'il soit joli et qu'il ait quelque teinture de philosophie, attendu l'égalité parfaite que mon doux ami admet entre les relieurs de livres et les pairs de France. Et lui-même qui est orné des dons les plus séduisants de la nature, et dont le premier abord enchante, tournera la tête à quelque princesse, et fera un mariage tel que M. de Lauzun, sans que le roi puisse y trouver à redire. Car remarquez que M. de Lauzun était un homme de qualité; qu'un simple conseiller approche de ce rang; qu'un conseiller se croit égal à un gentilhomme; qu'un officier municipal se croit égal à un gentilhomme; qu'un citoyen de Genève se croit égal à un officier municipal; que par conséquent il n'y a nulle différence entre Jean-Jacques et le comte de Lauzun qui épousa Mademoiselle; qu'ainsi il est clair que mon doux ami épousera une princesse du sang avant qu'il soit peu, et qu'il aura encore le plaisir de faire les vers et la musique de l'épithalame.

LETTRE IV.

MONSIEUR, je frémis pour notre ami Jean-Jacques, je tremble pour ses jours. Il est vrai que le clergé, la noblesse, le parlement, et les dames mêmes, n'ont fait que rire de ses injures et de ses systèmes : heureusement même pour lui, l'ennui que causent ses six volumes est si prodigieux que bien des gens, qui auraient remarqué ses petites témérités, ont mieux aimé laisser là le livre que de rechercher l'auteur. Mais hier il arriva du scandale.

Jean-Jacques, passant dans la rue près de l'Opéra, fut arrêté par cinq ou six virtuoses de l'orchestre, qui le traitèrent un peu rudement; il se sauva dans une maison dont la porte était ouverte, et grimpa à un de ces cinquièmes étages, où il dit qu'on apprend mieux qu'ailleurs à connaître les mœurs de la ville. Les violons montèrent après lui. Jean-Jacques se réfugia dans une chambre assez dérangée, où il trouva une dame penchée négligemment sur un canapé un peu déchiré.

C'était précisément la même dame chez laquelle il s'était consolé des tourments de l'absence, et de chez qui il avait rapporté en Suisse les principes secrets de ce qu'il appelle la petite vérole. La dame éperdue se jeta entre lui et les assaillants. « Eh! mon Dieu, leur dit-elle, messieurs, pourquoi battez-vous ce magnifique seigneur, qui soupe chez moi quelquefois avec des officiers étrangers?

— Ah! coquin, dit le premier violon, nous t'apprendrons si *l'ennuyeux et lamentable chant français ressemble aux cris de la colique,* comme tu l'écris. — Viens çà, viens çà, dit l'autre; celui que tu appelles le *bûcheron* va frapper sur toi la mesure. — Va, va, la *vache qui galope* t'attrapera, » disait un troisième. Un quatrième s'écriait : « Tu ne mangeras pas de l'*oie grasse.* »

— Pardon, messieurs, dit mon doux ami se jetant à genoux, je n'y retournerai plus; c'est une méprise de Suisse; je suis votre serviteur à tous, je fais moi-même de la musique française, j'en ai copié toute ma vie. « Tu en es plus coupable, » répliqua un des violons, en lui donnant un coup d'archet des plus forts sur le nez. La dame jetait les hauts cris. « Vous vous méprenez, messieurs, c'est un citoyen de Genève, vous dis-je. » Les violons n'entendaient point raison, les coups d'archet pleuvaient: Jean-Jacques fuyait dans tous les coins de la chambre; il se penchait à la fenêtre pour ne recevoir les coups que sur son derrière. En se penchant, il aperçut un grand homme vêtu de noir, sec, décharné, la face allongée, le nez pointu, le corps plié en deux, monté sur deux bâtons de cire noire, qu'on appelait ses jambes, une main dans la poche, et l'autre en l'air battant la mesure.

A cette figure, Jean-Jacques reconnut Rameau. « A mon secours! s'écria-t-il, mon bon monsieur Rameau, à mon secours! L'orchestre me tue, il a toujours fait mon supplice : à l'aide! au guet! au meurtre! faut-il avoir eu toute ma vie les oreilles écorchées par les filles de l'Opéra, pour expirer aujourd'hui sous les violons? »

Rameau monta paisiblement en fredonnant un air, et vint voir sur quel ton étaient les choses. Il trouva les archets brisés, une grosse dame en jupon sale, tout éplorée, et le nez du doux ami tout sanglant.

Rameau, en maître souverain de l'orchestre, fit ralentir la mesure; et, après avoir écouté patiemment, pour la première fois de sa vie, les violons de l'Opéra : « *Ne vous fâchez pas,* leur dit-il, *messieurs; c'est un pauvre fou, qui n'est pas si méchant qu'on le croit;* sa folie consiste dans les inconséquences, et dans une vanité dont aucun barbier n'approcha jamais. Il a fait une mauvaise comédie, et il a écrit contre la comédie; il a publié que le théâtre de Paris corrompait les mœurs, et il vient de donner au public un roman d'*Héloïse* ou d'*Aloïse,* dont plusieurs endroits feraient rougir madame que voilà, si elle savait lire. Il est allé à Genève abjurer la religion catholique pour vivre en France. Le pauvre homme a fait lui-même de la musique française que j'ai eu la bonté de corriger. Il a imprimé, dans le *Dictionnaire encyclopédique,* quelques âneries sur l'harmonie, qu'il m'a fallu encore relever: et pour récompense il écrit contre moi. Il ne lui manque plus que d'être peintre, et d'écrire contre Vanloo et contre Drouais; il faut pardonner à un pauvre homme qui a le cerveau blessé. Il s'est mis dans un tonneau, qu'il a cru être celui de Diogène, et pense de là être en droit de faire le cynique; il crie de son tonneau aux passants : *Admirez mes haillons.* La seule manière de le punir, est de ne

regarder ni sa personne ni son tonneau; il vaut mieux l'ignorer que
de le battre. »

Ce discours sensé apaisa l'orchestre; mais il ne corrigea pas Jean-
Jacques.

J'ai l'honneur d'être, etc., etc.

ANECDOTES SUR FRÉRON,

ÉCRITES PAR UN HOMME DE LETTRES A UN MAGISTRAT QUI VOULAIT
ÊTRE INSTRUIT DES MŒURS DE CET HOMME.

(1761.)

Élie Catherin Fréron est né à Quimper-Corentin [1]; son père était or-
fèvre. Voici un fait qu'on m'a assuré, mais dont je n'ai pas la certitude :
on prétend que le père de Fréron a été obligé, plusieurs années avant
sa mort, de quitter sa profession, pour avoir mis de l'alliage plus que
de raison dans l'or et l'argent.

Fréron commença ses études à Quimper, et fit sa rhétorique à Paris
sous le P. Porée. Un oncle qu'il avait aux environs de la rue Saint-
Jacques lui donna un asile dans sa maison, et s'en défit en faveur des
jésuites, qui le mirent dans leur noviciat, rue Pot-de-fer. Ils le nommèrent ensuite régent en sixième au collège de Louis-le-Grand. Il y
resta deux ans et demi, et sa conduite ayant trop éclaté, ils l'envoyèrent à Alençon, d'où il quitta tout à fait la société.

Je me souviens d'avoir entendu dire à Fréron, au café de Viseux, rue
Mazarine, en présence de quatre ou cinq personnes, après un dîner où
il avait beaucoup bu, qu'étant jésuite il avait été l'*agent* et le *patient*.
Comme je ne veux dire que ce que je sais bien certainement, je ne
rapporterai pas tout ce qu'on m'a raconté de ses friponneries, vols et
sacrilèges, lorsqu'il portait l'habit de jésuite.

Chassé de la société, Fréron se lia avec l'abbé Desfontaines, chassé
des jésuites comme lui, qui l'employa à son journal, moyennant vingt-
quatre livres la feuille d'impression : c'était toute sa ressource pour vivre.
Il portait alors le petit collet; et un jour qu'il était au parterre de la
Comédie-Française, il se prit de paroles avec un avocat; au sortir du
parterre on en vint aux coups, et les deux champions se vautrèrent
dans la boue en présence de six cents personnes.

M. d'Estouteville retira Fréron chez lui, pour l'aider à traduire le
chant des *Plaisirs* du chevalier Marin. Ils le traduisirent ensemble; et
après la mort de M. d'Estouteville, Fréron s'attribua l'ouvrage à lui
seul. Notez que Fréron ne sait pas l'italien.

A peine l'abbé Desfontaines tomba malade de la maladie dont il est

1. Né en 1719, mort à Montrouge le 10 mars 1776. (ÉD.)

mort, que Fréron le quitta pour faire des feuilles en son nom. Il les intitula : *Lettres d'une comtesse.*

Dès le troisième ou quatrième cahier de ce nouveau journal, Fréron eut l'impudence d'attaquer M. l'abbé de Bernis, sur une pension de mille écus que lui faisait avoir Mme de Pompadour. Le fruit de cette insolente plaisanterie fut le séjour de quelques mois à Vincennes, d'autres disent à Bicêtre, et un exil de huit mois à Bar-sur-Seine.

Il revint à Paris, et je sais que pour vivre il s'était associé avec des fripons au jeu; qu'ils avaient des dés pipés, et qu'une nuit ils gagnè-rent quarante louis au procureur Laujon, dans la rue des Cordeliers. Ce fait, ainsi qu'un autre de cette nature, est rapporté en termes cou-verts dans l'*Observateur littéraire* de l'abbé Laporte, année 1758, tome II, page 319.

En 1719[1], Fréron entreprit un nouveau journal satirique, sous le titre de *Lettres sur quelques écrits de ce temps.* Il s'associa, pour cet ouvrage, un nommé Dutertre, auteur de l'*Histoire des conjurations*, d'un *Abrégé de l'histoire d'Angleterre*, etc. Ce Dutertre est mort[2]. Il eut part avec Fréron aux dix premiers volumes des *Lettres sur quelques écrits de ce temps.*

Ces *Lettres* ont été interrompues et reprises plusieurs fois. La pre-mière cause qui les fit interdire est un article concernant la *Vie de Ninon de l'Enclos*[3]; et cet article de Ninon de l'Enclos fait le commen-cement du tome VI des *Lettres sur quelques écrits de ce temps.* Je ne parle point ici des querelles de Fréron et de son lâche procédé avec M. Marmontel : cette histoire est trop connue, et se trouve imprimée dans la *Bigarrure* en Hollande.

Six mois se passèrent sans que Fréron pût obtenir la permission de reprendre ses feuilles. Mais ayant fait beaucoup de bassesses auprès de Solignac, secrétaire du roi de Pologne et ex-jésuite comme lui, ce Solignac persuada à Sa Majesté que Fréron était persécuté; qu'il mou-rait de faim; qu'il avait une femme et des enfants; et qu'enfin Sa Ma-jesté *bienfaisante* ne pouvait pas mieux user de ses bontés qu'envers Fréron. Il l'engagea à se montrer son protecteur, et Fréron eut le droit de recommencer ses satires.

Dans ce temps-là l'abbé Laporte avait quitté ses feuilles, parce que ce métier lui paraissait infâme et indigne d'un littérateur. Fréron vint le trouver, lui proposa de s'associer avec lui; l'abbé Laporte y con-sentit à la fin, à condition qu'il ne mettrait point son nom, et qu'il ne paraîtrait pas y avoir part. « Je veux bien, dit Fréron, me charger de tout l'odieux de la besogne, mais je veux que ce sacrifice de mon honneur me tienne lieu de travail; ainsi, en faisant le quart de la feuille, je veux qu'elle me soit payée comme si j'en avais fait la moitié. » L'abbé Laporte accepta la proposition, et les voilà associés. Il était dit, dans le traité, que le libraire payerait à l'abbé Laporte le quart de la feuille, lorsqu'il

1. Il y a erreur dans la date. — Les *Lettres sur quelques écrits de ce temps* ont commencé en 1749, et fini en 1754; elles forment treize volumes in-12. (*Note de M. Beuchot.*)
2. En 1759. (ED.) — 3. Par Bret. (ED.)

en aurait fait la moitié, et qu'il payerait la moitié du prix toute la feuille faite. Comme c'était le libraire qui payait, l'abbé Laporte n'a point eu à se plaindre du payement.

Ils travaillèrent ainsi pendant quelques mois. Laporte fit l'extrait des *Lettres sur l'histoire par milord Bolingbroke;* Fréron ajouta à cet extrait des personnalités offensantes contre ce milord. Ceux qui s'intéressent encore à sa mémoire se plaignirent : voilà encore les feuilles de Fréron suspendues.

Fréron va crier famine chez le magistrat de la librairie, représente ses enfants et sa femme nus et mourants de faim ; il écrit à son protecteur Solignac, et on lui rend ses feuilles. Il les continue jusqu'en 1754, sous le titre de *Lettres sur quelques écrits de ce temps.* Il avait fait un traité avec le libraire Lambert ; et, sans se mettre en peine de son marché avec Duchesne, il ôta ces feuilles à ce dernier. Il y a un mémoire imprimé, où Duchesne se plaint de cette friponnerie de Fréron.

Laporte, qui n'avait fait aucun traité avec Duchesne[1], n'en fit aucun avec Lambert, et n'était pour rien dans le tripotage ; il ne connaissait pas même Lambert, lorsque Fréron fit son traité avec ce libraire. Mais comme l'abbé Laporte devait avoir le quart du produit des feuilles, il était en droit de demander à voir le nouveau traité, afin d'exiger ce quart du produit. Fréron, qui voulait le friponner, fit deux traités avec son nouveau libraire, l'un secret, et l'autre ostensible. Le premier portait qu'il recevrait cinq cents livres par cahier ; l'autre ne portait que quatre cents livres. On montra ce dernier traité à l'abbé Laporte, et par là on ne lui donnait que cent francs, tandis que réellement Fréron mettait dans sa poche vingt-cinq livres qui étaient destinées à son associé. Il y a eu quarante cahiers par an ; c'est donc de cent pistoles dont Laporte était lésé. Il n'a su cela qu'à la fin de l'année ; et ce fut la femme du libraire qui, quelque temps avant que de mourir, lui révéla cette friponnerie, pressée par un remords de conscience, disait-elle, qui l'empêchait de mourir tranquillement.

Dans les temps des brouilleries de Lambert avec Fréron, Lambert, qui avait intérêt de faire connaître les friponneries de Fréron, fit un mémoire présenté à M. de Malesherbes, dans lequel ce trait était rapporté tout au long.

Les feuilles de Fréron, en passant de la boutique de Duchesne dans celle de Lambert, prirent le titre d'*Année littéraire;* et comme le nombre des cahiers avait augmenté, Fréron s'associa d'autres gens de lettres pour travailler avec lui, parce qu'il n'était pas en état de faire la moitié de l'ouvrage qui lui était réservée ; car Laporte avait déclaré qu'il s'en tiendrait à la moitié de la besogne. Ce fut alors que le nombre des croupiers de Fréron devint très-considérable.

A l'exception de quelques injures grossières dont Fréron lardait les extraits qu'on lui apportait, tout était de main étrangère ; et voici les noms de ces nouveaux croupiers, avec les extraits qu'ils fournissaient au journaliste en chef. Je ne parlerai pas des extraits de l'abbé La-

---

1. On peut interroger l'abbé Laporte et Duchesne

porte; il suffit de dire qu'il a fait exactement pendant sept ans la moitié de l'ouvrage. Quant à l'autre moitié, outre M. Dutertre dont j'ai parlé, MM. de Caux, de Resseguier, Palissot, Bret, Berland, de Bruix, Dorat, Louis, Bergier, d'Arnaud, Coste, Blondel, Patte, Poinsinet, Vandermonde, de Rivery, Leroi, Sedaine, Castillon, Colardeau, Déon de Beaumont, Gossard, etc., sont ceux qui y ont le plus contribué.

C'est M. de Caux qui a fait les extraits de toutes les tragédies [1] dont l'*Année littéraire* a fait mention, jusqu'à *Iphigénie en Tauride* exclusivement, temps auquel il s'est brouillé avec Fréron, parce que Fréron ne le payait pas. Il a fait aussi l'extrait des *OEuvres de M. de La Motte*, et de tous les poëtes latins et français dont il est parlé dans le même ouvrage, jusqu'au temps que je viens de dire. Le chevalier de Resseguier a pris sa place pour les poëtes français. Il a fait, entre autres extraits, celui des *Poésies de l'abbé de Lattaignant*, en forme de lettre attribuée à un Breton. J'ignore si le chevalier de Resseguier reçoit de l'argent. MM. Blondel et Patte faisaient les extraits des ouvrages d'architecture. Blondel a dirigé l'appartement de Fréron, qui lui doit encore et ses extraits et son travail comme architecte. Patte se contentait de quelques louanges fades pour tout payement. On peut voir dans les feuilles de cette année comment Patte et Fréron se sont déshonorés mutuellement au sujet des planches de l'*Encyclopédie*. Louis a donné quelques extraits de livres de chirurgie, non à cause de Fréron, qui lui a volé un couteau, mais pour faire plaisir à l'abbé Laporte, son ami, lorsqu'il travaillait avec Fréron. D'Arnaud a rendu compte du *Discours sur le maréchal de Saxe* [2], qui a remporté le prix à l'Académie française, en 1759, il a aussi fait quelques extraits de nos poëtes: Palissot a loué l'*Anacréon* de son beau-frère Poinsinet, et critiqué le *Jaloux*, comédie du sieur Bret; et celui-ci faisait de son côté l'éloge des *Tuteurs*, comédie de Palissot.

C'est ainsi que Fréron, qui mettait son nom à tous les extraits, faisait travailler ses croupiers les uns sur les autres. Il a un peu travaillé à la critique odieuse du livre *de l'Esprit* d'Helvétius. Bergier a fait celle de l'*Ami des hommes*, et des *Annales de l'abbé de Saint-Pierre*. Poinsinet a loué sa *Briséis*. Colardeau a déchiré Marmontel, et toujours sous le nom de Fréron. Berland a fait l'analyse de sa traduction du *Prædium rusticum* du P. Vannière; Bruix, celle de ses *Pensées et Réflexions*. Coste a parlé lui-même de son *Voyage d'Espagne* [3], et cet extrait a fait mettre Fréron à la Bastille. Ce [4] Coste est un mauvais sujet de Bayonne qui a fait cent lettres de change à Paris, où il n'ose plus paraître. Il couchait avec la femme de Fréron, et faisait mettre de l'argent de ce même Fréron sur des corsaires : c'est le seul ami qu'ait eu Fréron. En voilà assez; les autres actions de ce polisson sont assez publiques.

1. Il faut interroger M. de Caux et autres.
2. *Eloge du maréchal de Saxe*, par Thomas. (ÉD.)
3. *Lettres sur le Voyage d'Espagne*, 1756, in-12. (ÉD.)
4. Il faut savoir si ce La Coste est celui qui a été depuis condamné aux galères. (Ce n'est pas le même.)

SUPPLÉMENT.

Les feuilles de Fréron furent encore suspendues, pour **avoir injurié** grossièrement quelques personnes.

Autre suspension, pour avoir fait paraître sa feuille sans qu'elle **ait** été vue par le censeur, lorsqu'il rendit compte du discours académique de M. d'Alembert. Il avait éludé le censeur, pour pouvoir plus librement exhaler sa rage contre cet académicien.

Autre suspension, à l'occasion des *Lettres* de son ami Coste dont j'ai parlé plus haut. Dans l'extrait que Fréron fit de ces *Lettres*, il parla, avec une indécence digne de Bicêtre, de la nation espagnole : il n'alla qu'à la Bastille.

Vous demandez ce que c'est que son mariage avec sa nièce, et son procès avec sa sœur. Sa nièce est de Quimper-Corentin comme lui; c'est la fille d'un huissier. Elle vint à Paris, il y a treize ou quatorze ans, et fut mise, en qualité de servante, chez la sœur de Fréron. Je l'ai vue balayer la rue devant la boutique de sa tante. Le mauvais traitement qu'elle recevait chez cette même tante engagea Fréron, qui demeurait avec sa sœur, à en sortir, et à prendre avec lui, dans une chambre garnie, rue de Buci, la petite fille avec laquelle il était en commerce; quelque temps après Fréron prit des meubles. Sa nièce devint sa gouvernante. Il lui fit deux enfants; pendant la grossesse du second, il se maria par dispense.

L'histoire du procès de Fréron avec sa sœur est très-longue et très-compliquée. Le libraire Lambert m'a fait lire un mémoire manuscrit, très-curieux et très-bien fait, où le procès est plaisamment raconté. Je sais que Lambert conserve très-soigneusement ce manuscrit; et l'abbé Laporte en a parlé dans l'*Observateur littéraire*, 1760, tome I, page 177; il rapporte le sujet de ce procès. La sœur de Fréron est fripière; son enseigne est : *Au riche Laboureur;* pour faire niche à son frère qu'elle déteste bien cordialement, elle m'a dit qu'elle allait mettre une enseigne d'habits et de meubles sur sa boutique, avec ces mots : A L'ANNÉE FRIPIÈRE FRÉRON.

Fréron a fait faire, il y a douze à quatorze ans, deux cents paires de souliers pour envoyer aux îles; l'envoi a été fait effectivement; il en a reçu l'argent, et il le doit encore au cordonnier.

J'ai ouï dire à un procureur du Châtelet qu'il n'y avait pas de semaine qu'on n'appelât à l'audience quelque procès de ce Fréron, etc., etc.

NOTE.

Celui qui a daigné faire imprimer cet écrit tombé entre ses mains, a voulu seulement faire rougir ceux qui ont protégé un coquin, et ceux qui ont fait quelque attention à ses feuilles. Si on parle dans l'histoire naturelle des aigles et des rossignols, on y parle aussi des crapauds.

Il est nécessaire que ces infamies soient constatées par le témoignage de tous ceux qui sont cités dans cet écrit; ils ne doivent pas le refuser à la vengeance publique.

Copie de la lettre de M. Royou, *avocat au parlement de Rennes,*
mardi matin, 6 *mars* 1770.

« Fréron, auteur de *l'Année littéraire*, est mon cousin, et, malheureusement pour ma sœur, pour moi et pour toute la famille, mon
beau-frère depuis trois ans.

« Mon père, subdélégué et sénéchal du Pont-l'abbé, à trois lieues de
Quimper-Corentin, en Basse-Bretagne, quoique dans une situation
aisée, n'étant pas riche, ne donna à sa fille que vingt mille livres de
dot. Trois jours après les noces, M. Fréron jugea à propos d'aller à
Brest, où il dissipa cette somme avec des bateleuses.

« Il revint chez son beau-père pour donner à ma sœur, sa femme,
un très-mauvais présent, et demander en grâce de quoi se rendre à
Paris. Mon père fut assez bon, ou plutôt assez faible pour donner encore mille écus. Il était alors à Lorient, et quoiqu'il reçût cette nouvelle somme par lettre de change, il ne put se rendre qu'à Alençon,
et fit le reste de la route jusqu'à Paris comme les capucins, et ne
donna pour toute voiture à sa femme qu'une place sur un peu de paille
dans le panier de la voiture publique.

« Arrivé à Paris, il n'en agit pas mieux avec elle. Ma sœur, après
deux ans de patience, se plaignit à mon père, qui m'ordonna de me
rendre incessamment à Paris pour m'informer si ma sœur était aussi
cruellement traitée qu'elle le lui marquait. Alors Fréron chercha et
tenta tous les moyens de me perdre. Il sut que, pendant les troubles du
parlement de Bretagne, où je militais depuis plusieurs années en qualité d'avocat, j'ai montré un zèle vraiment patriotique, et toute la fermeté d'un bon citoyen.

« Comme il faisait le métier d'espion, il ne négligea rien pour obtenir par le moyen de... une lettre de cachet pour me faire renfermer.

« Fréron, qui voulait être à la fois ma partie, mon témoin et mon
bourreau, vint en personne, escorté d'un commissaire et de neuf à
dix manants, m'arrêter dans mon appartement à Paris, rue des Noyers.
Il me fit traiter de la manière la plus barbare, et conduire au petit
Châtelet, où je passai, dans le fond d'un cachot, la nuit du dimanche
au lundi de la Pentecôte. Le lundi, Fréron se rendit, environ les dix
heures du matin, avec ses affiliés, au petit Châtelet. Il me fit charger
de chaînes, et conduire à ma destination. Il était à côté de moi dans
un fiacre, et tenait lui-même les chaînes, etc., etc. »

On nous a communiqué l'original de cette lettre signée Royou. Ce
n'est pas à nous de discuter si le sieur Royou a été coupable ou non
envers le gouvernement; mais quand même il eût été criminel,
c'est toujours le procédé du plus lâche et du plus détestable coquin,
de faire le métier d'archer pour arrêter et pour garrotter son beau-
frère.

C'est pourtant ce misérable qui a contrefait l'homme de lettres, et
qui a trouvé des protecteurs quand il a fallu déshonorer la littérature.

On lui a donné des examinateurs, qui tous se sont dégoûtés l'un après l'autre d'être les complices des platitudes d'un homme digne d'ailleurs de toute la sévérité de la justice. Ce fut d'abord le chirurgien Morand qui, après l'avoir guéri d'un mal vénérien, cessa d'avoir commerce avec lui. A Morand succéda le sieur Coquelet de Chaussepierre, avocat, qui rougit bientôt de ce vil métier si peu fait pour lui. Il fut remplacé par le sieur Rémond Sainte-Albine, connu vulgairement sous un autre nom. On ne conçoit pas comment le sieur Rémond a pu donner son attache aux grossièretés que Fréron a vomies contre l'Académie dans je ne sais quelle satire contre l'*Éloge de Molière*, excellent ouvrage de M. de Chamfort. Fréron doit rendre grâce au mépris dont il est couvert s'il n'a pas été puni. L'Académie a ignoré ses impertinences : si la police l'avait su, il aurait pu faire un nouveau voyage à Bicêtre.

APPEL

A TOUTES LES NATIONS DE L'EUROPE,

DES JUGEMENTS D'UN ÉCRIVAIN ANGLAIS;

OU MANIFESTE AU SUJET DES HONNEURS DU PAVILLON ENTRE LES THÉATRES DE LONDRES ET DE PARIS.

(1761.)

Deux petits livres anglais, dont nous avons vu l'extrait dans le *Journal encyclopédique*, nous apprennent que cette nation, célèbre par tant de bons ouvrages et tant de grandes entreprises, possède de plus deux excellents poëtes tragiques. L'un est Shakspeare. qu'on assure laisser Corneille fort loin derrière lui; et l'autre le tendre Otwai, très-supérieur au tendre Racine.

Cette dispute étant une affaire de goût, il semble qu'il n'y ait rien à répliquer aux Anglais. Qui pourrait empêcher une nation entière d'aimer mieux un poëte de son pays que celui d'un autre? On ne peut prouver à tout un peuple qu'il a du plaisir mal à propos; mais on peut faire les autres nations juges entre le théâtre de Paris et celui de Londres. Nous nous adressons donc à tous les lecteurs depuis Pétersbourg jusqu'à Naples, et nous les prions de décider.

Il n'y a point d'homme de lettres, soit Russe, soit Italien, soit Allemand, ou Espagnol, point de Suisse ou de Hollandais qui ne connaisse, par exemple, *Cinna* ou *Phèdre;* et très-peu connaissent les Œuvres de Shakspeare et d'Otwai. C'est déjà un assez grand préjugé; mais ce n'est qu'un préjugé. Il faut mettre les pièces du procès sur le bureau. *Hamlet* est une des pièces les plus estimées de Shakspeare, et des plus courues. Nous allons fidèlement l'exposer aux yeux des juges.

Plan de la tragédie d'Hamlet. — Le sujet d'Hamlet, prince de Danemark, est à peu près celui d'Électre.

Hamlet, roi de Danemark, a été empoisonné par son frère Claudius, et par sa propre femme Gertrude, qui lui ont versé du poison dans l'oreille pendant qu'il dormait. Claudius a succédé au mort; et peu de jours après l'enterrement, la veuve a épousé son beau-frère.

Personne n'a eu le moindre soupçon de l'empoisonnement du feu roi Hamlet par l'oreille. Claudius règne tranquillement. Deux soldats étant en sentinelle à la porte du palais de Claudius, l'un dit à l'autre : « Comment s'est passée ton heure de garde? — Fort bien, je n'ai pas entendu une souris trotter. » Après quelques propos pareils, un spectre paraît vêtu à peu près comme le feu roi Hamlet; l'un des deux soldats dit à son camarade : « Parle à ce revenant, toi, car tu as étudié. — — Volontiers, dit l'autre. Arrête et parle, fantôme : je te l'ordonne, parle. » Le fantôme disparaît sans répondre. Les deux soldats étonnés raisonnent sur cette apparition. Le soldat docteur se ressouvient d'avoir ouï dire « que la même chose était arrivée à Rome du temps de la mort de César; les tombeaux s'ouvrirent, les morts dans leurs linceuls crièrent et sautèrent dans les rues de Rome. C'est sûrement un présage de quelque grand événement. »

A ces paroles le revenant reparaît encore. Une sentinelle lui crie : « Fantôme, que veux-tu? puis-je faire quelque chose pour toi? viens-tu pour quelque trésor caché? » *Alors le coq chante.* Le spectre s'en retourne à pas lents; les sentinelles se proposent de lui donner un coup de hallebarde pour l'arrêter; mais il s'enfuit, et ces soldats concluent que c'est l'usage que les esprits s'enfuient au chant du coq.

Car, disent-ils, dans le temps de l'Avent, la veille de Noël, « l'oiseau du point du jour chante toute la nuit, et alors les esprits n'osent plus courir. Les nuits sont saines, les planètes n'ont point de mauvaise influence, les fées et les sorcières sont sans pouvoir dans un temps si saint et si béni. »

Vous noterez que c'est là un des beaux endroits que Pope a marqués avec des guillemets, dans son édition de Shakspeare, pour en faire sentir la force.

Après cette apparition, le roi Claudius, Gertrude sa femme, et les courtisans, font conversation dans une salle du palais. Le jeune Hamlet, fils du monarque empoisonné, Hamlet, le héros de la pièce, reçoit avec une tristesse morne et sévère les marques d'amitié que lui donnent Claudius et Gertrude : ce prince était bien loin de soupçonner que son père eût été empoisonné par eux; mais il trouvait fort mauvais, dans le fond de son cœur, que sa mère se fût remariée si vite avec le frère de son premier mari. C'est en vain que Gertrude veut persuader à son fils de ne plus porter le deuil. « Ce n'est pas, dit-il, mon habit couleur d'encre; ce ne sont pas les apparences de la douleur qui font le deuil véritable : ce deuil est au fond de mon cœur; le reste n'est que vaine ostentation. » Il déclare qu'il veut quitter le Danemark, et aller à l'école à Vittemberg. « Cher Hamlet, ne va point à l'école à Vittemberg, reste avec nous. » Hamlet répond qu'il tâchera d'obéir. Le roi Claudius en est charmé, et ordonne que tout le monde aille boire au bruit du canon, quoique la poudre ne fût point encore inventée.

Hamlet, demeuré seul, reste en proie à ses réflexions. « Quoi, dit-il, ma mère que mon père aimait tant, ma mère pour qui mon père sentait toujours renaître son appétit en mangeant, ma mère en épouse un autre au bout d'un mois! un autre qui n'approche pas plus de lui qu'un satyre n'approche du soleil, à peine le mois écoulé! un petit mois! que dis-je? avant qu'elle eût usé les souliers avec lesquels elle suivit le corps de mon pauvre père! Ah! la fragilité est le nom de la femme. Mon cœur se fend, car il faut que j'arrête ma langue. » Pope avertit encore les lecteurs d'admirer ce morceau.

Cependant les deux sentinelles viennent informer le prince Hamlet qu'il ont vu un spectre tout semblable au roi son père : cela donne une grande inquiétude au prince; il brûle de voir ce fantôme; il jure de lui parler, quand l'enfer ouvert lui commanderait de se taire, et il va chez lui attendre avec impatience que le jour finisse.

Tandis qu'il est dans sa chambre au palais, il y a une jeune personne, nommée Ophélie, fille de milord Polonius, grand chambellan, qui paraît dans la maison de son père avec son frère Laerte. Ce Laerte va voyager, cette Ophélie sent un peu de goût pour le prince Hamlet : Laerte lui donne de très-bons conseils.

« Voyez-vous, ma sœur, un prince, un héritier d'un royaume ne doit pas couper sa viande lui-même; il faut qu'on lui choisisse ses morceaux : prenez garde de perdre avec lui votre cœur, et de laisser votre chaste trésor ouvert à ses violentes importunités. Il est dangereux d'ôter son masque, même au clair de la lune. La putréfaction détruit souvent les enfants du printemps, avant que leurs boutons soient ouverts; et dans le matin et la rosée de la jeunesse, les vents contagieux sont fort à craindre. »

Ophélie répond : « Ah! mon cher frère, ne fais pas avec moi comme font tant de curés maugracieux, qui montrent le chemin roide et épineux du ciel, tandis qu'eux-mêmes sont de hardis libertins, qui font le contraire de ce qu'ils prêchent. »

Le frère et la sœur, ayant ainsi raisonné, laissent la place au prince Hamlet, qui revient avec un ami et les mêmes sentinelles qui avaient vu le revenant. Ce fantôme se présente encore devant eux. Le prince lui parle avec respect et avec courage. Le fantôme ne lui répond qu'en lui faisant signe de le suivre. « Ah! ne le suivez pas, lui dit son ami; quand on a suivi un esprit, on court risque de devenir fou. — N'importe, répond Hamlet, j'irai avec lui. » On veut l'en empêcher, on ne peut en venir à bout : « Mon destin me crie d'y aller, dit-il, et rend les plus petites de mes artères aussi fortes que le lion de Némée. Oui, je le suivrai, et je ferai un esprit de quiconque s'y opposera. »

Il s'en retourne donc avec le fantôme, et ils reviennent ensuite familièrement tous deux ensemble. Le revenant lui apprend « qu'il est en purgatoire, et qu'il va lui conter des choses qui lui feront dresser les cheveux comme les pointes d'un porc-épic. » « On croit, dit-il, que

je suis mort de la piqûre d'un serpent dans mon verger ; mais le serpent, c'est celui qui porte ma couronne, c'est mon frère et ce qu'il
y a de plus horrible, c'est qu'il m'a fait mourir sans que je pusse recevoir l'extrême-onction ; venge-moi. Adieu, mon fils, les vers luisants
annoncent l'aurore ; adieu, souviens-toi de moi. »

Les amis du prince Hamlet reviennent alors lui demander ce que lui
a dit l'esprit. « C'est un très-honnête esprit, répond le prince ; mais
iurez-moi de ne rien révéler de ce qu'il m'a confié. » On entend
aussitôt la voix du fantôme qui crie aux amis : « Jurez. — Il faut,
ieur dit le prince, jurer par mon épée. » Le fantôme crie sous terre :
« Jurez par son épée. » Ils font le serment. Hamlet s'en va avec eux
sans prendre aucune résolution.

Le lecteur qui lit cette histoire merveilleuse peut se souvenir que
ce même prince Hamlet était amoureux de Mlle Ophélie, fille de milord Polonius, grand chambellan, et sœur du jeune Laerte, qui va
en France pour se former *l'esprit et le cœur*. Le bonhomme Polonius
recommande Laerte son fils à son gouverneur, et lui dit en propres
termes que ce jeune homme va quelquefois au bordel, et qu'il faut le
veiller de près. Tandis qu'il donne au gouverneur ses instructions, sa
fille Ophélie arrive tout effarée : « Ah ! milord, lui dit-elle, j'étais occupée à coudre dans mon cabinet ; le prince Hamlet est arrivé le pourpoint déboutonné, sans chapeau, sans jarretières, les bas sur les ta-
lons, les genoux tremblants et se frappant l'un contre l'autre, pâle
comme sa chemise. Il m'a longtemps manié le visage comme s'il voulait me peindre, m'a secoué le bras, a branlé la tête, a poussé de
profonds soupirs, et s'en est allé comme un aveugle qui cherche son
chemin à tâtons. »

Le bonhomme Polonius, qui ne sait pas que Hamlet a vu un esprit,
et qu'il peut en être devenu fou, croit que ce prince a perdu la cervelle
par l'excès de son amour pour Ophélie ; et les choses en restent là. Le
roi et la reine raisonnent beaucoup sur la folie du prince. Des ambassadeurs de Norvége [1] arrivent à la cour, et apprennent cet accident.
Le bonhomme Polonius, qui est un vieux radoteur beaucoup plus fou
que Hamlet, assure le roi qu'il aura grand soin du malade : « C'est mon
devoir, dit-il ; car qu'est-ce que le devoir ? c'est le devoir, comme le
jour est le jour, la nuit est la nuit, et le temps est le temps ; ainsi,
puisque la brièveté est l'âme de l'esprit, et que la loquacité en est le
corps, je serai court : votre noble fils est fou ; je l'appelle fou, car
qu'est-ce que la folie, sinon d'être fou ? Il est donc fou, madame. Cela
est ; c'est grand' pitié : mais c'est grand' pitié que cela soit vrai ; il ne
s'agit plus que de trouver la cause de l'effet. Or, la cause, c'est que
j'ai une fille. » Pour prouver que c'est l'amour qui a ôté le sens commun au prince, il lit au roi et à la reine les lettres que Hamlet a **écrites**
à Ophélie.

Tandis que le roi, la reine et toute la cour s'entretiennent ainsi **du**

1. En France, on s'avise d'imprimer Norvége, Wirtemberg, Westphalie ; c'est
que les imprimeurs français ne savent pas que le *w* tudesque vaut notre *v* con-
sonne.

triste état du prince, il arrive tout en désordre, et confirme par ses discours l'opinion qu'on a de sa cervelle; cependant il fait quelquefois des réponses qui décèlent une âme profondément blessée, lesquelles ont beaucoup de sens. Les chambellans, qui ont ordre de le divertir, lui proposent d'entendre une troupe de comédiens nouvellement arrivés. Hamlet parle de la comédie avec beaucoup d'intelligence; les comédiens jouent une scène devant lui, il en dit fort bien son avis. Et ensuite, quand il est seul, il déclare qu'il n'est pas si fou qu'il le paraît. « Quoi, dit-il, un comédien vient de pleurer pour Hécube! Et qu'est-ce que lui est Hécube? Que ferait-il donc si son oncle et sa mère avaient empoisonné son père, comme Claudius et Gertrude ont empoisonné le mien? Ah! maudit empoisonneur, assassin, putassier! traître, débauché, indigne, vilain! Et moi, quel âne je suis! N'est-il pas vraiment brave à moi, moi le fils d'un roi empoisonné, moi à qui le ciel et l'enfer demandent vengeance, de me borner à exhaler ma douleur en paroles comme une putain? que je m'en tienne à des malédictions comme une vraie salope, comme une gueuse, un torchon de cuisine! »

Il prend alors la résolution de se servir de ces comédiens pour découvrir si en effet son oncle et sa mère ont empoisonné son père : « Car après tout, dit-il, le fantôme a pu me tromper; c'est peut-être le diable qui m'a parlé; il faut s'éclaircir. » Hamlet propose donc aux comédiens de jouer une pantomime, dans laquelle un homme dormira, et un autre lui versera du poison dans l'oreille. Il est bien sûr que si le roi Claudius est coupable, il sera fort étonné en voyant la pantomime; il pâlira, son crime sera sur son visage. Hamlet sera convaincu du crime, et aura le droit de se venger.

Ainsi dit, ainsi fait. La troupe vient jouer cette scène muette devant le roi, la reine et toute la cour. Et après la scène muette, il y en a une autre en vers. Le roi et la reine trouvent ces deux scènes fort impertinentes. Ils soupçonnent Hamlet d'avoir fait la pièce, et de n'être pas tout à fait aussi fou qu'il le paraît : cette idée les met dans une grande perplexité; ils tremblent d'être découverts. Quel parti prendre? Le roi Claudius se résout à envoyer Hamlet en Angleterre pour le guérir de sa folie, et écrit au roi d'Angleterre, son bon ami, pour le prier de faire pendre le jeune voyageur sitôt la présente reçue.

Mais avant de faire partir Hamlet, la reine est bien aise de l'interroger, de le sonder; et de peur qu'il ne fasse quelque folie dangereuse, le vieux chambellan Polonius se cache derrière une tapisserie, prêt à venir au secours en cas de besoin.

Le prince fou, ou prétendu fou, vient parler à Gertrude sa mère. Chemin faisant, il rencontre dans un coin le roi Claudius, à qui il a pris un petit remords; il craint d'être un jour damné pour avoir empoisonné son frère, épousé la veuve, et usurpé la couronne. Il se met à genoux et fait une courte prière, qui vaudra ce qu'elle pourra. Hamlet a d'abord envie de prendre ce temps-là pour le tuer; mais faisant réflexion que le roi Claudius est en état de grâce, puisqu'il prie Dieu, il se donne bien de garde de l'assassiner dans cette circonstance. « Que je serais sot! dit-il; je l'enverrais droit au ciel, au lieu qu'il a envoyé mon père en purgatoire : allons, mon épée, attends, pour passer au travers de son corps, qu'il soit ivre, ou qu'il joue, et qu'il jure, ou qu'il soit couché avec quelque incestueuse, ou qu'il fasse quelque autre action qui n'ait pas l'air d'opérer son salut ; alors tombe sur lui, qu'il donne du talon au ciel, que son âme soit damnée, et noire comme l'enfer où il descendra ! » C'est encore là un morceau que les guillemets de Pope nous ordonnent d'admirer.

Hamlet ayant donc différé le meurtre du roi Claudius dans l'intention de le damner, vient parler à sa mère, et lui fait, au milieu de ses propos insensés, des reproches accablants, qu'elle ressent jusqu'au fond du cœur. Le vieux chambellan Polonius craint que les choses n'aillent trop loin ; il crie au secours derrière la tapisserie. Hamlet ne doute pas que ce ne soit le roi qui s'est caché là pour l'entendre : « Ah ! ma mère, s'écrie-t-il, il y a un gros rat derrière la tapisserie ! » Il tire son épée, court au rat, et tue le bonhomme Polonius. « Ah ! mon fils, que fais-tu ? — Ma mère, est-ce le roi que j'ai tué ? C'est une vilaine action de tuer un roi ; et presque aussi vilaine, ma bonne mère, que de tuer un roi et de coucher avec son frère. » Cette conversation dure très-longtemps : et Hamlet, en s'en allant, marche sans y penser sur le corps du vieux chambellan, et est prêt de tomber.

Le bonhomme milord chambellan était un vieux fou, et donné pour tel comme on l'a déjà vu. Sa fille Ophélie, qui apparemment avait des dispositions au même tour d'esprit, devient folle à lier, quand elle apprend la mort de son père : elle accourt avec des fleurs et de la paille sur sa tête, chante des vaudevilles, et va se noyer.

On la repêche, et on se dispose à l'enterrer. Cependant le roi Claudius a fait embarquer le prince pour l'Angleterre : déjà Hamlet était dans le vaisseau, et il se doutait qu'on l'envoyait à Londres pour lui jouer quelque mauvais tour ; il prend dans la poche d'un des chambellans, ses conducteurs, la lettre du roi Claudius à son ami le roi d'Angleterre, scellée du grand sceau ; il y trouve une instante prière de le dépêcher, et de le faire partir pour l'autre monde à son arrivée. Que fait-il ? il avait heureusement le grand sceau de son père dans sa bourse ; il jette la lettre dans la mer, et en écrit une autre, dans laquelle il signe *Claudius*, et prie le roi d'Angleterre de faire pendre sur-le-champ les porteurs de la dépêche ; puis il replie le tout fort proprement, et y applique le sceau du royaume.

Cela fait, il trouve un prétexte de revenir à la cour. La première chose qu'il y voit, c'est une couple des fossoyeurs qui creusent une fosse pour enterrer Mlle Ophélie : ces deux manœuvres sont des réjouis assez plaisants : ils agitent la question si Ophélie doit être enterrée en terre sainte après s'être noyée, et ils concluent qu'elle doit être traitée en bonne chrétienne, parce qu'elle est fille de qualité. Ensuite ils prétendent que les manœuvres sont les plus anciens gentilshommes de la terre, parce qu'ils sont du métier d'Adam · « Mais Adam était-il gentilhomme ? dit l'un des fossoyeurs. — Oui, répond l'autre, car il es, le premier qui ait porté les armes. — Lui, des armes ! dit le premier. — Sans doute, dit le second ; peut-on remuer la terre sans avoir des pioches et des hoyaux ? il avait donc des armes, il était donc gentil-homme. »

Au milieu de tous ces beaux discours, et des chansons galantes que ces messieurs chantent dans le cimetière de la paroisse du palais, arrive le prince Hamlet avec un de ses amis, et tous ensemble se mettent à considérer les têtes de morts qu'on trouve en creusant. Hamlet croit reconnaître le crâne d'un homme d'État, capable de tromper Dieu, puis celui d'un courtisan, d'une dame de la cour, d'un fripon d'homme de loi, et il n'épargne pas les railleries aux défunts possesseurs de ces têtes. Enfin on trouve l'étui qui renfermait la cervelle du fou du roi, et on conclut qu'il n'y a pas grande différence entre la cervelle des Alexandre, des César, et celle de ce fou ; enfin, en raisonnant et en chantant, la fosse est faite. Les prêtres arrivent avec de l'eau bénite. On apporte le corps d'Ophélie. Le roi et la reine suivent la bière ; Laerte, le frère d'Ophélie, accompagne sa sœur avec un long crêpe ; et quand on a mis le corps en terre, Laerte, outré de douleur, se jette dans la fosse. Hamlet, qui se souvient d'avoir aimé Ophélie, s'y jette aussi. Laerte, indigné de voir avec lui dans la même fosse celui qui a tué le chambellan Polonius, son père, en le prenant pour un rat, lui saute à la face ; ils se battent à coups de poing dans la fosse, et le roi les sépare pour maintenir la décence dans les cérémonies de l'Église.

Cependant le roi Claudius, qui est grand politique, voit bien qu'il se faut défaire d'un aussi dangereux fou que le prince Hamlet ; et puisque ce jeune prince n'est pas pendu à Londres, il est bien convenable de le faire périr en Danemark.

Voici la façon dont l'adroit Claudius s'y prend ; il était accoutumé à empoisonner. « Écoute, dit-il au jeune Laerte, le prince Hamlet a tué ton père, mon grand chambellan : je vais te proposer, pour te venger, un petit divertissement de chevalerie. Je gagerai contre toi que de douze passes tu n'en feras pas trois à Hamlet ; tu combattras avec lui devant toute la cour. Tu prendras adroitement un fleuret aiguisé dont j'ai trempé la pointe dans un poison très-subtil. Si par malheur tu ne peux réussir à frapper le prince, j'aurai soin de mettre pour lui une bouteille de vin empoisonné sur la table. Il faut bien boire quand on s'escrime, Hamlet boira quelques coups, et de façon ou d'autre il est mort sans rémission. » Laerte trouve le divertissement et la vengeance de la meilleure invention du monde.

Hamlet accepte le défi. On met des bouteilles et des vidrecomes sur la table ; les deux champions paraissent, le fleuret à la main, en présence de Claudius, de Mme Gertrude, et de la cour danoise ; ils ferraillent ; Laerte blesse Hamlet avec son fleuret empoisonné. Hamlet, se sentant blessé, crie trahison ; tous les assistants crient trahison. Hamlet, furieux, arrache à Laerte son fleuret pointu, l'en frappe lui-même, et en frappe le roi : la reine Gertrude, épouvantée, veut boire un coup pour reprendre ses forces ; la voilà aussi empoisonnée ; et tous quatre, c'est-à-dire le roi Claudius, Gertrude, Laerte, et Hamlet, tombent morts.

Il est à remarquer qu'on reçoit alors la nouvelle que les deux chambellans qui avaient fait voile pour l'Angleterre, avec le paquet scellé du grand sceau du Danemark, ont été dépêchés en arrivant. Ainsi, Dieu merci, il ne reste aucun des acteurs en vie : mais pour remplacer les défunts, il y a un certain Fort-en-bras, parent de la maison, qui a conquis la Pologne pendant qu'on jouait la pièce, et qui vient à la fin se proposer pour candidat au trône de Danemark.

Telle est exactement la fameuse tragédie d'*Hamlet*, le chef-d'œuvre du théâtre de Londres. Tel est l'ouvrage qu'on préfère à *Cinna*.

Il y a là deux grands problèmes à résoudre : le premier, comment tant de merveilles se sont accumulées dans une seule tête ? car il faut avouer que toutes les pièces du divin Shakspeare sont dans ce goût; le second, comment on a pu élever son âme jusqu'à voir ces pièces avec transport, et comment elles sont encore suivies dans un siècle qui a produit le *Caton* d'Addison ?

L'étonnement de la première merveille doit cesser quand on saura que Shakspeare a pris toutes ses tragédies de l'histoire ou des romans, et qu'il n'a fait que mettre en dialogues le roman de Claudius, de Gertrude et d'Hamlet, écrit tout entier par Saxon le grammairien, à qui gloire soit rendue.

La seconde partie du problème, c'est-à-dire le plaisir qu'on prend à ces tragédies, souffre un peu plus de difficulté; mais en voici la raison, selon les profondes réflexions de quelques philosophes.

Les porteurs de chaise, les matelots, les fiacres, les courtauds de boutique, les bouchers, les clercs même aiment beaucoup les spectacles; donnez-leur des combats de coqs, ou de taureaux, ou de gladiateurs, des enterrements, des duels, des gibets, des sortiléges, des revenants, ils y courent en foule; et il y a plus d'un seigneur aussi curieux que le peuple. Les bourgeois de Londres trouvèrent dans les tragédies de Shakspeare tout ce qui peut plaire à des curieux. Les gens de la cour furent obligés de suivre le torrent : comment ne pas admirer ce que la plus saine partie de la ville admirait ? Il n'y eut rien de mieux pendant cent cinquante ans; l'admiration se fortifia, et devint une idolâtrie. Quelques traits de génie, quelques vers heureux, pleins de naturel et de force, et qu'on retient par cœur, malgré qu'on en ait, ont demandé grâce pour le reste, et bientôt toute la pièce a fait fortune, à l'aide de quelques beautés de détail.

Il y a, n'en doutons point, de ces beautés dans Shakspeare. M. de Voltaire est le premier qui les ait fait connaître en France; c'est lui qui nous apprit, il y a environ trente ans, les noms de Milton et de Shakspeare : mais les traductions qu'il a faites de quelques passages de ces auteurs sont-elles fidèles? Il nous avertit lui-même que non; il nous dit qu'il a plutôt imité que traduit. Voici comme il a rendu en vers le monologue d'Hamlet, qui commence la seconde scène du troisième acte :

Demeure, il faut choisir, et passer à l'instant
De la vie à la mort, et de l'être au néant.
Dieux justes, s'il en est, éclairez mon courage.

Faut-il vieillir courbé sous la main qui m'outrage,
Supporter ou finir mon malheur et mon sort?
Qui suis-je? qui m'arrête? et qu'est-ce que la mort?
C'est la fin de nos maux, c'est mon unique asile;
Après de longs transports, c'est un sommeil tranquille.
On s'endort, et tout meurt. Mais un affreux réveil
Doit succéder peut-être aux douceurs du sommeil.
On nous menace, on dit que cette courte vie
De tourments éternels est aussitôt suivie.
O mort! moment fatal! Affreuse éternité!
Tout cœur à ton seul nom se glace épouvanté.
Eh! qui pourrait, sans toi, supporter cette vie;
De nos fourbes puissants bénir l'hypocrisie;
D'une indigne maîtresse encenser les erreurs;
Ramper sous un ministre, adorer ses hauteurs;
Et montrer les langueurs de son âme abattue
A des amis ingrats, qui détournent la vue?
La mort serait trop douce en ces extrémités;
Mais le scrupule parle, et nous crie : « Arrêtez. »
Il défend à nos mains cet heureux homicide,
Et d'un héros guerrier fait un chrétien timide, etc.

Après ce morceau de poésie, les lecteurs sont priés de jeter les yeux sur la traduction littérale :

Être ou n'Être pas, c'est là la question,
S'il est plus noble dans l'esprit de souffrir
Les piqûres et les flèches de l'affreuse fortune,
Ou de prendre les armes contre une mer de trouble,
Et en s'opposant à eux, les finir? Mourir, dormir,
Rien de plus; et par ce sommeil, dire : « nous terminons
Les peines du cœur, et dix mille chocs naturels
Dont la chair est héritière; » c'est une consommation
Ardemment désirable. Mourir, dormir :
Dormir! peut-être rêver! Ah! voilà le mal.
Car, dans ce sommeil de la mort, quels rêves aura-t-on,
Quand on a dépouillé cette enveloppe mortelle?
C'est là ce qui fait penser : c'est là la raison
Qui donne à la calamité une vie si longue.
Car qui voudrait supporter les coups, et les injures du temps,
Les torts de l'oppresseur, les dédains de l'orgueilleux,
Les angoisses d'un amour méprisé, les délais de la justice,
L'insolence des grandes places, et les rebuts
Que le mérite patient essuie de l'homme indigne?
Quand il peut faire son *quietus* [1]
Avec une simple aiguille à la tête! Qui voudrait porter ces fardeaux,

---

1. Ce mot latin, qui signifie *tranquille*, est dans l'origina..

Sangloter, suer sous une fatigante vie?
Mais cette crainte de quelque chose après la mort,
Ce pays ignoré, des bornes duquel
Nul voyageur ne revient, embarrasse la volonté,
Et nous fait supporter les maux que nous avons,
Plutôt que de courir vers d'autres que nous ne connaissons pas;
Ainsi la conscience fait des poltrons de nous tous:
Ainsi la couleur naturelle de la résolution
Est ternie par les pâles teintes de la pensée;
Et les entreprises les plus importantes,
Par ce respect, tournent leur courant de travers,
Et perdent leur nom d'action.....

A travers les obscurités de cette traduction scrupuleuse, qui ne peut rendre le mot propre anglais par le propre français, on découvre pourtant très-aisément le génie de la langue anglaise : son naturel, qui ne craint pas les idées les plus basses, ni les plus gigantesques; son énergie, que d'autres nations croiraient dureté; ses hardiesses, que des esprits peu accoutumés aux tours étrangers prendraient pour du galimatias : mais sous ces voiles on découvrira de la vérité, de la profondeur, et je ne sais quoi qui attache, et qui remue beaucoup plus que ne ferait l'élégance : aussi il n'y a presque personne en Angleterre qui ne sache ce monologue par cœur. C'est un diamant brut qui a des taches : si on le polissait, il perdrait de son poids.

Il n'y a peut-être pas un plus grand exemple de la diversité des goûts des nations. Qu'on vienne après cela nous parler des règles d'Aristote, des trois unités, et des bienséances, et de la nécessité de ne laisser jamais la scène vide, et de faire ni sortir, ni entrer aucun personnage sans une raison sensible; de lier une intrigue avec art, de la dénouer naturellement, de s'exprimer en termes nobles et simples, de faire parler les princes avec la décence qu'ils ont toujours, ou qu'ils voudraient avoir; de ne jamais s'écarter des règles de la langue! Il est clair qu'on peut enchanter toute une nation sans se donner tant de peines.

Si Shakspeare l'emporte par ces raisons sur Corneille, nous avouerons que Racine est bien peu de chose en comparaison du tendre et élégant Otwai. Pour s'en convaincre, il ne faut que jeter les yeux sur ce petit précis de la tragédie intitulée l'*Orpheline*.

L'ORPHELINE, tragédie. — Un vieux gentilhomme bohême, nommé Acasto, est retiré dans son château avec ses deux fils, Castalio et Polidore. Il est vrai que ces noms-là ne sont pas plus bohêmes que celui de Claudius n'est danois. Serine, sa fille, demeure aussi dans la maison; de plus, il a chez lui une orpheline nommée Monime, qui n'est pas la Monime de Racine. Cette Monime lui a été confiée par le défunt père de la demoiselle. Il y a dans le château de Mgr Acasto un chapelain, un page, et deux valets de chambre. Voilà le train du bonhomme, du moins celui qu'on voit sur le théâtre. Joignez-y encore une servante de Serine; ajoutez à tout cela un frère de Monime, homme un peu violent, qui arrive de Hongrie, et vous aurez tous les acteurs de cette tragédie.

Si celle d'*Hamlet* commence par deux sentinelles, celle de l'*Orpheline* commence par deux valets de chambre; car il faut bien imiter les grands hommes. Ces valets parlent de leur bon maître Acasto, qui a qutté le service, et de ses deux enfants Polidore et Castalio, qui passent leur temps à la chasse. Pour ne point amuser le lecteur, il faut lui dire que s'il se doute que les deux frères sont tous deux amoureux de Monime, comme dans Racine, il ne se trompe pas. Mais il sera peut-être un peu étonné d'apprendre que Castalio, l'un des deux frères, qui est aimé, permet à son cher Polidore de coucher, s'il peut, avec Monime; pourvu que lui, Castalio, puisse aussi avoir le même droit, il est content : car il jure qu'il ne veut pas l'épouser, *et qu'il se mariera quand il sera vieux, pour mortifier sa chair.*

Cependant, immédiatement après avoir parlé ainsi contre le mariage, il épouse secrètement Monime, et l'aumônier de la maison leur donne la bénédiction nuptiale. Sur ces entrefaites arrive de Hongrie M. Chamont, frère de Monime; c'est un homme bien étrange et bien difficile que ce M. Chamont. Il demande d'abord à sa sœur si elle a son pucelage. Monime lui jure qu'elle est une personne d'honneur. « Eh ! pourquoi êtes-vous en doute de mon pucelage, mon frère? — Écoutez, ma sœur, il n'y a pas longtemps que j'eus un rêve en Hongrie; tout mon lit remua; je te vis entre deux gens qui te fêtoyaient tour à tour : je pris ma grande épée, je courus à eux; et, en m'éveillant, je vis que j'avais percé ma tapisserie à personnages, juste dans l'endroit qui représente Polynice et Étéocle, les deux frères Thébains se tuant l'un l'autre.

— Eh bien, mon frère, parce que vous avez été tourmenté en songe, il faut que vous me tourmentiez éveillée? — Oh! ce n'est pas tout, ma sœur, ne te justifie pas si vite. Comme je passais mon chemin l'autre jour en pensant à mon rêve, je rencontrai une vieille sans dent, toute racornie, tout en double; son dos voûté était couvert d'un vieux morceau de bergame, ses cuisses à peine cachées par des haillons de toutes couleurs (variété de gueuserie); elle ramassait quelques copeaux de bois; je lui donnai l'aumône; elle me demanda où j'allais, et me dit d'aller vite si je voulais sauver ma sœur. Enfin elle me parla de Castalio et de Polidore. »

Cette aventure étonne beaucoup Monime : elle lui avoue sur-le-champ qu'elle s'est promise à Castalio; mais elle jure qu'elle n'a pas encore couché avec lui.

Cet aveu ne satisfait point M. Chamont; c'est un rude homme, comme nous l'avons déjà insinué; il s'en va trouver le chapelain : « Or çà, lui dit-il, monsieur Gravité, n'êtes-vous pas l'aumônier de la maison? — Et vous, monsieur, n'êtes-vous pas officier? — Oui, l'ami. — Monsieur, j'ai été officier aussi; mais mes parents m'ont mis dans l'Église, et je suis pourtant honnête homme, quoique je sois vêtu de noir; je suis assez bienvenu dans la famille; je ne prétends pas en savoir plus que les autres, je ne me mêle que de mes affaires; je me lève matin, j'étudie peu, je bois et mange gaiement ; aussi tout le monde a de la considération pour moi.

— As-tu connu mon père, le vieux Chamont ? — Oui, j'ai été très-affligé de sa mort. — Quoi ! tu l'aimais ! Je t'embrasserais volontiers... Dis-moi un peu, crois-tu que Castalio aime ma sœur ? — S'il aime votre sœur ? — Oui, oui, s'il aime ma sœur ? — Ma foi, je ne le lui ai jamais demandé ; et je m'étonne que vous me fassiez une pareille question.

— Ah ! hypocrite ! tu es comme tous tes pareils, tu ne vaux rien, tu n'as pas le courage de dire la vérité ; et tu prétends l'enseigner !... Es-tu mêlé dans cette affaire ? Quelle part y as-tu ? La peste soit de la face sérieuse du vilain ! tu roules les yeux tout juste comme les maque-relles : oui, les maquerelles ; elles parlent du ciel, elles ont les yeux dévots, elles mentent ; elles prêchent comme un prêtre, et tu es une maquerelle »

Ce qu'il y a de bon, c'est que l'aumônier, gagné par ces douces pa-roles, lui avoue que, le matin, il a marié dans un grenier Castalio et Monime.

Le frère trouve la chose assez bien, et s'en va avec monsieur l'au-mônier. Les deux mariés arrivent à leur place ; il s'agit de consommer le mariage. Les gens peu instruits croiraient, par tout ce qui s'est passé, que cette cérémonie va se faire sur le théâtre. Mais la décente Monime se contente de dire au nouveau marié de venir frapper trois coups à la porte de son appartement, quand toute la maison sera bien endormie.

Le frère Polidore entend ce propos ; et ne sachant pas que son frère Castalio est le mari de Monime, il prend son parti de le prévenir, et d'aller vite s'emparer des prémices de Monime. Il s'adresse au petit fripon de page, lui promet des sucreries et de l'argent, s'il veut amu-ser son frère Castalio une partie de la nuit : le page fait bien sa com-mission ; il parle à Castalio de l'amour de Monime, de ses jarretières, de sa gorge ; il veut lui chanter une chanson. Il lui fait perdre son temps.

Polidore n'a pas perdu le sien ; il est allé à la porte de Monime, il a frappé les trois petits coups, la servante lui a ouvert, et le voilà couché avec la femme de son frère.

Enfin, Castalio arrive à cette porte, et frappe les trois coups ; la servante, qui aurait dû le reconnaître à la voix, et reconnaître aussi l'autre, ne s'avise seulement pas de craindre de se méprendre ; elle croit que le faux mari qui se présente est Polidore, et que c'est le vrai mari Castalio qui est au lit ; elle le renvoie, lui dit qu'il est un extra-vagant ; il a beau se nommer, on lui ferme la porte au nez ; il est traité par la suivante comme Amphitryon par Sosie.

Polidore ayant joui à son aise du fruit de sa supercherie, apparem-ment sans dire mot, a laissé là sa conquête, et s'est allé reposer. Cas-talio, à qui on n'a point ouvert, se désespère, entre en fureur, se roule sur le plancher, dit des injures à tout le sexe, et conclut que depuis Ève, qui devint amoureuse du diable, et damna le genre humain, les femmes ont été la cause de tous les malheurs.

Monime, qui s'est levée en hâte pour retrouver son cher Castalio, avec qui elle croit avoir passé quelques doux moments, le rencontre, et veut l'embrasser; il la traite de scélérate, et la traîne par les cheveux hors du théâtre.

M. Chamont, se souvenant toujours de son rêve et de sa vieille sorcière, vient gravement demander à sa sœur des nouvelles de la consommation de son mariage. La pauvre femme lui avoue que son mari, après l'avoir bien caressée, l'a traînée par les cheveux sur le plancher.

Ce Chamont, qui n'entend pas raillerie, s'en va vite trouver le père (qui par parenthèse était tombé en faiblesse dans le courant de la tragédie par excès de vieillesse); il lui parle du même ton qu'il a parlé à l'aumônier : « Savez-vous, lui dit-il, que votre fils Castalio a épousé ma sœur? — J'en suis fâché, répond le bonhomme. — Comment, fâché? Pardieu! il n'y a point de grand seigneur qui ne s'enorgueillît d'avoir ma sœur, entendez-vous? Mais, morbleu, il l'a maltraitée ; je veux que vous lui appreniez à vivre, ou je mettrai le feu à la maison. — Eh bien, eh bien, je vous rendrai justice. Adieu, fier garçon. »

Ce pauvre père va donc parler à Castalio son fils, pour savoir quelle est cette aventure. Pendant qu'il lui parle, Polidore veut savoir de Monime comment elle se trouve de la nuit passée; il croit n'avoir joui que de la maîtresse de son frère, en vertu de la permission que son frère lui avait donnée. Monime, à ses discours se doute de la méprise; enfin Polidore lui avoue qu'il a eu ses faveurs. Monime tombe évanouie; elle ne reprend ses sens que pour s'abandonner à l'excès de sa juste douleur. « Malheureux! sais-tu quel crime tu as commis, et tu m'as fait commettre? Je suis la femme de ton frère... — Qui? vous! Quoi! mariée... — Oui, mariée d'hier, et nous sommes coupables du plus horrible inceste. » Alors ce sont de part et d'autre, des regrets, des pleurs, des cris; c'est le plus violent désespoir. « Je vais faire pénitence le reste de ma vie, dit Polidore. — Et moi aussi, dit Monime. — Je veux d'abord, dit Polidore, pour première pénitence, je veux, si tu es grosse, que ton fruit périsse... — Non, dit Monime, je veux qu'il vive, qu'il soit aussi malheureux que nous, qu'il porte la peine de notre crime.

— Allons, dit Polidore, dans quelque affreuse solitude; errons comme Adam et Ève chassés du Paradis; allons parmi les serpents qui boivent le sang des enfants; et quand je mourrai, puisses-tu me tenir dans tes bras! »

Voilà donc l'abomination de la désolation dans la famille; le père outragé par Chamont; son fils Castalio toujours au désespoir d'avoir été rebuté par sa femme; cette femme, criminelle malgré elle, en proie à la douleur et à la honte; Polidore dévoré de ses remords et de son désespoir. Il vient trouver son frère, il l'insulte exprès, il l'appelle menteur et poltron, pour l'engager à mettre l'épée à la main. Castalio tire en effet l'épée; Polidore se précipite lui-même au-devant du coup. « Voilà ce que je voulais; voilà ce que j'ai mérité; je t'avais outragé, je meurs de ta main, tu es vengé. » Il tombe expirant entre son frère et Monime. Cette malheureuse femme s'est empoisonnée; elle tombe morte à côté de Polidore. Le vieux père arrive, il est témoin de cet horrible spectacle. Castalio recommande à Chamont sa sœur Serine, dont il a été peu question jusqu'à ce moment, et il se tue aux yeux de son vieux père, qui a déjà eu deux accès de faiblesse dans la pièce, et qui ne la fera pas longue.

Courtes réflexions. — Nous sentons combien la Monime de Racine, dans *Mithridate,* est au-dessous de la Monime de M. Thomas Otwai; c'est le même qui fit *Venise préservée.* Il est désagréable qu'on ne nous ait pas traduit fidèlement cette *Venise;* on nous a privés d'un sénateur qui mord les jambes de sa maîtresse, qui fait le chien, qui aboie, et qu'on chasse à coups de fouet; nous aurions encore eu le plaisir de voir un échafaud, une roue, un prêtre qui veut exhorter à la mort le capitaine Pierre, et qu'on renvoie comme un gueux; il y a mille autres traits de cette force, que le traducteur a épargnés à notre fausse délicatesse.

Nous ne pouvons trop nous plaindre que le traducteur nous ait privés, avec la même cruauté, des plus belles scènes de l'*Othello* de Shakspeare. Avec quel plaisir nous aurions vu la première scène à Venise, et la dernière en Chypre! Un Maure enlève d'abord la fille d'un sénateur. Jago, officier du Maure, court sous la fenêtre du père : le père paraît en chemise à cette fenêtre. « Tête-bleu, dit Jago, mettez votre robe; un bélier noir monte sur votre brebis blanche; allons, allons, debout, descendez, ou le diable va faire de vous un grand-père!

LE SÉNATEUR. — Quoi donc! que veux-tu? es-tu devenu fou?

JAGO. — Eh! mordieu, signor, êtes-vous de ceux qui n'oseraient servir Dieu si le diable le leur défendait? Nous venons vous rendre service, et vous nous prenez pour des ruffiens; je vous dis que votre fille va être couverte par un cheval de Barbarie; que vos petits-enfants henniront après vous, et que vous aurez pour cousins des roussins d'Afrique.

LE SÉNATEUR. — Quel profane coquin me parle ainsi?

JAGO. — Eh! ou;i sachez que votre fille Desdémona et le Maure Othello font à présent la bête à deux dos. »

Ce même Jago accompagne à Chypre le Maure Othello et la signora Desdémona, que le sénat a gracieusement accordée pour femme à ce Maure, gouverneur de Chypre, en dépit du père.

A peine sont-ils arrivés dans cette île, que ce Jago entreprend de rendre le Maure jaloux de sa femme, et de lui faire soupçonner sa fidélité. Le Maure commence déjà à sentir de l'inquiétude, il fait ses réflexions. « Après tout, dit-il, quelle sensation ai-je eue des plaisirs que d'autres ont pu lui donner et de sa luxure? Je ne l'ai point vu, cela ne m'a point blessé; j'ai dormi tout aussi bien. Quand on nous vole une chose dont nous n'avons pas besoin, si nous l'ignorons, on ne nous a rien volé..... J'aurais été fort heureux si toute l'armée, et jus-

qu'aux gougats, avaient tâté d'elle, et que je n'en eusse rien su.....
Oh! non... . Adieu tout contentement: adieu les troupes emplumées;
adieu la fière guerre, qui fait une vertu de l'ambition; adieu les chevaux hennissants, et la trompette aiguë, et le fifre qui perce l'oreille,
et le tambour qui anime le coura e, et la bannière royale, et tous les
grades, et l'orgueil, et la pompe, et les détails d'une guerre glorieuse;
et vous, engins mortels, dont le rude gosier imite ceux de l'immortel
Jupiter, adieu; Othello n'a plus d'occupation. »

C'est encore là un des endroits admirables enrichis par les guillemets de Pope.

JAGO. — Est-il possible, monseigneur!

OTHELLO. — Vilain, prouve-moi que ma femme est une putain,
prouve-le-moi, donne-m'en une preuve oculaire, ou, par tout ce que
vaut l'âme éternelle de l'homme, il vaudrait mieux pour toi que tu
fusses né un chien.

JAGO. — Cette fonction ne me plaît guère; mais puisque je me suis si
fort avancé, par pure honnêteté et par amitié pour vous, je poursui-
vrai. J'étais couché l'autre nuit avec votre lieutenant Cassio, et je ne
pouvais dormir à cause d'une rage de dent : il y a des gens, comme
vous savez, qui ont l'âme si relâchée, qu'ils parlent en dormant de
leurs affaires; Cassio est un de ceux-là. Il disait dans son sommeil :
« Ma chère Desdémona, soyons bien prudents, cachons bien nos
amours; » en parlant ainsi, il me prenait les mains, il me tâtonnait,
il s'écriait : « Ah! charmante créature! » et il me baisait avec ardeur,
comme s'il eût arraché par la racine des baisers plantés sur mes lèvres; et il mettait ses cuisses sur mes jambes, et il soupirait, il hale-
tait, il me baisait, il s'écriait : « Damné de destin qui t'a donnée à ce
Maure! »

Sur ces preuves si décemment énoncées, et sur un mouchoir de
Desdémona que Cassio avait rencontré par hasard, le capitaine maure
ne manque pas d'étrangler sa femme dans son lit; mais il lui donne un
baiser avant de la faire mourir. « Allons, dit-il, meurs, putain!... —
Ah! monseigneur, renvoyez-moi, mais ne me tuez pas.... — Meurs,
putain!... — Ah! tuez-moi demain, laissez-moi vivre cette nuit.... —
Gueuse, si tu branles!... — Une seule demi-heure.... — Non, quand
cela sera fait il n'y aura plus de délai.... — Mais que je dise au moins
mes prières.... — Non, il est trop tard.... » Il l'étrangle; et Desdémona, après avoir été bien étranglée, s'écrie qu'elle est innocente. Quand
Desdémona est morte, le sénat rappelle Othello; on vient le prendre
pour le mener à Venise, où il doit être jugé. « Arrêtez, dit-il, un mot
ou deux.... Vous direz au sénat qu'un jour, dans Alep, je trouvai un
Turc à turban qui battait un Vénitien, et qui se moquait de la République; je pris par la barbe ce chien de circoncis, *et je le frappai
ainsi.* » Il se frappe alors lui-même.

Un traducteur français[1] qui nous a donné des esquisses de plusieurs
pièces anglaises, et entre autres du *Maure de Venise*, moitié en vers

1. La Place. (ÉD.)

moitié en prose. n'a traduit aucun des morceaux essentiels que nous avons mis sous les yeux des lecteurs; il fait parler ainsi Othello.

> L'art n'est pas fait pour moi; c'est un fard que je hais.
> Dites leur qu Othello, plus amoureux que sage,
> Quoiqu'époux adoré, jaloux jusqu'à la rage,
> Trompé par un esclave, aveuglé par l'erreur,
> Immola son épouse, et se perça le cœur.

Il n'y a pas un mot de cela dans l'original. *L'art n'est pas fait pour moi*, est pris dans *Zaïre ;* mais le reste n'en est pas.

Le lecteur est maintenant en état de juger le procès entre la tragédie de Londres et la tragédie de Paris

Des divers changements arrivés à l'art tragique. — Qui croirait que l'art de la tragédie est dû en partie à Minos? Si un juge des enfers est l'inventeur de cette poésie, il n'est pas étonnant qu'elle soit un peu lugubre. On lui donne d'ordinaire une origine plus gaie. Thespis et d'autres ivrognes passent pour avoir introduit ce spectacle chez les Grecs au temps des vendanges: mais si nous en croyons Platon dans son dialogue de Minos, on jouait déjà des pièces de théâtre du temps de ce prince. Thespis promenait ses acteurs dans une charrette. Mais en Crète, et dans d'autres pays, longtemps avant Thespis, les acteurs ne jouaient que dans les temples. La tragédie fut dans son origine une chose sacrée; et de là vient que les hymnes des chœurs sont presque toujours les louanges des dieux dans les tragédies d'Eschyle, de Sophocle, d'Euripide. Il n'était pas permis à un poëte de donner une pièce avant quarante ans; ils s'appelaient Τραγῳδοδιδάσκαλοι, docteurs en tragédie. Ce n'était qu'aux grandes fêtes qu'on représentait leurs ouvrages; l'argent que le public employait à ces spectacles était un argent sacré.

Eubulus ou Eubolis, ou Ébylys, fit passer en loi qu'on mettrait à mort quiconque proposerait de détourner cette monnaie à des usages profanes. C'est pourquoi Démosthène, dans sa seconde Olynthienne, emploie tant de circonspection et tant de détours pour engager les Athéniens à employer cet argent à la guerre contre Philippe; c'est comme si on entreprenait en Italie de soudoyer des troupes avec le trésor de Notre-Dame-de-Lorette.

Les spectacles étaient donc liés aux cérémonies de la religion. On sait que, chez les Égyptiens, les danses, les chants, les représentations furent une partie essentielle des cérémonies réputées saintes. Les Juifs prirent ces usages des Égyptiens, comme tout peuple ignorant et grossier tâche d'imiter ses voisins savants et polis; de là ces fêtes juives, ces danses des prêtres devant l'arche, ces trompettes, ces hymnes, et tant d'autres cérémonies entièrement égyptiennes.

Il y a bien plus, les véritablement grandes tragédies, les représentations imposantes et terribles, étaient les mystères sacrés qu'on célébrait dans les plus vastes temples du monde, en présence des seuls initiés; c'était là que les habits, les décorations, les machines étaient propres au sujet; et le sujet était la vie présente et la vie future.

C'était d'abord un grand chœur, à la tête duquel était l'hiérophante : « Préparez-vous, s'écriait-il, à voir par les yeux de l'âme l'arbitre de l'univers. Il est unique, il existe seul par lui-même, et tous les êtres doivent à lui seul leur existence; il étend partout son pouvoir et ses œuvres; il voit tout, et ne peut être vu des mortels. »

Le chœur répétait cette strophe; ensuite on gardait quelque temps le silence; c'était là un vrai prologue. La pièce commençait par une nuit répandue sur le théâtre; des acteurs paraissaient à la faible lueur d'une lampe; ils erraient sur des montagnes et descendaient dans des abîmes. Ils se heurtaient, ils marchaient comme égarés. Leurs discours, leurs gestes, exprimaient l'incertitude des démarches des hommes, toutes les erreurs de notre vie. La scène changeait, les enfers paraissaient dans toute leur horreur, les criminels avouaient leurs fautes et attestaient la vengeance céleste[1]. Enfin on voyait les Champs-Élysiens, la demeure des justes. Ils chantaient la bonté de Dieu, d'un seul Dieu, créateur du monde; ils enseignaient aux assistants tous leurs devoirs. C'est ainsi que Stobée parle de ces spectacles sublimes, dont on retrouve encore quelques faibles traces dans des fragments épars de l'antiquité.

Chez les Romains, la comédie fut admise après la première guerre punique pour accomplir un vœu, pour détourner la contagion, pour apaiser les dieux, comme le dit Tite Live au livre VII. Ce fut un acte très-solennel de religion. Les pièces de Livius Andronicus furent une partie de la cérémonie sainte des jeux séculaires. Jamais de théâtre sans simulacres des dieux et sans autels.

Les chrétiens eurent la même horreur que les Juifs pour les cérémonies païennes. Les premiers Pères de l'Église voulurent séparer en tout les chrétiens des gentils; ils crièrent contre les spectacles. Le théâtre, séjour des antiques divinités subalternes, leur parut l'empire du diable. Mais saint Grégoire de Nazianze institua un théâtre chrétien, comme nous l'apprend Sozomène; un saint Apollinaire en fit autant, c'est encore Sozomène qui nous en instruit dans l'*Histoire ecclésiastique*. L'*Ancien* et le *Nouveau Testament* furent les sujets de ces pièces; et il y a très-grande apparence que la tradition de ces ouvrages de théâtre fut l'origine des mystères qu'on joua quelque temps après dans presque toute l'Europe.

---

1. En faisant réimprimer cet opuscule, en 1764, à la suite des *Contes de Guillaume Vadé*, Voltaire ajouta ce qui suit :

« C'est ce que Virgile développe admirablement dans son sixième livre de l'*Énéide*, qui n'est autre chose qu'une description des mystères; et c'est ce qui montre qu'il n'a pas tant de torts de mettre ces paroles dans la bouche de Phlégias : *Soyez justes, mortels, et ne craignez qu'un Dieu*. Ce fou de Scarron se trompe donc quand il dit :

> Cette sentence est bonne et belle,
> Mais en enfer de quoi sert-elle?

Elle servait aux spectateurs. Enfin on voyait, etc. » (*Note de M. Beuchot.*)

Castelverro certifie, dans sa poétique, que la passion de Jésus-Christ était jouée de temps immémorial dans toute l'Italie. Nous imitâmes ces représentations des Italiens, de qui nous tenons tout, et nous les imitâmes assez tard, ainsi que nous avons fait dans presque tous les arts de l'esprit et de la main.

Nous ne commençâmes ces exercices qu'au xive siècle ; les bourgeois de Paris firent leurs premiers essais à Saint-Maur. On joua les mystères à l'entrée de Charles VI à Paris, l'an 1380 ; on les joua à l'entrée de la reine Isabelle de Bavière, en 1386 ; et le roi, en 1402, donna des lettres patentes à la confrérie de la Passion, par lesquelles « Elle leur accorde pour toujours, et perpétuellement, congé et licence de faire jouer quelque mystère que ce soit, ou de ladite passion, ou résurrection, ou autre quelconque des saints et saintes qu'ils voudront élire et mettre sus, soit devant le roi, soit devant commun, tant en records (c'est-à-dire musique) qu'autrement. »

Les confrères achetèrent depuis une place près de l'ancien palais des ducs de Bourgogne, et y firent bâtir un théâtre spacieux en 1548, théâtre subsistant aujourd'hui, occupé par les comédiens nommés Italiens[1]. Nous ne suivrons pas plus loin l'histoire de ce théâtre de l'hôtel de Bourgogne, laquelle se trouve dans plusieurs ouvrages. Voyons ce que c'était que ces comédiens ou tragédiens de la Passion.

On croit communément que ces pièces étaient des turpitudes, des plaisanteries indécentes sur les mystères de notre sainte religion, sur la naissance d'un dieu dans une étable, sur le bœuf et sur l'âne, sur l'étoile des trois rois, sur ces trois rois mêmes, sur la jalousie de Joseph, etc. On en juge par nos noëls, qui sont en effet des plaisanteries, aussi comiques que blâmables, sur tous ces événements ineffables ; il n'y a presque personne qui n'ait entendu répéter les vers par lesquels on prétend qu'une de ces tragédies de la Passion commence :

> « Matthieu ? — Plaît-il, Dieu ?
> — Prends ton épieu.
> — Prendrai-je aussi mon épée ?
> — Oui, et suis-moi en Galilée. »

Il n'y pas un mot de tout cela dans les pièces des mystères qui sont venues jusqu'à nous. Ces ouvrages étaient la plupart très-graves ; on n'y pouvait reprendre que la grossièreté de la langue qu'on parlait alors. C'était la sainte Écriture en dialogues et en action ; c'étaient des chœurs qui chantaient les louanges de Dieu. Il y avait sur le théâtre beaucoup plus de pompe et d'appareil que nous n'en avons jamais vu ; la troupe bourgeoise était composée de plus de cent acteurs, indépendamment des assistants, des gagistes, et des machinistes. Aussi on y courait en foule, et une seule loge était louée, à l'hôtel de Bourgogne, cinquante écus pour un carême, avant l'établissement de l'hôtel de

---

1. Il était situé rue Mauconseil ; il a été abandonné en 1783. (Éd.)

Bourgogne. C'est ce qui se voit dans les registres du parlement de **Paris** de l'an 1541.

Les prédicateurs se plaignirent que personne ne venait plus à leurs sermons, car le monologue fut en tout temps jaloux du dialogue : il s'en fallait beaucoup que les sermons fussent alors aussi décents que ces pièces de théâtre. Si on veut s'en convaincre, on n'a qu'à lire les sermons du R. P Codret, et surtout aux pages 60 et 61, édition in-4° de Paris, 1515.

« Certaine uxor rustici, voulant amandare son mari, pour introduire un prêtre quem amabat, après vêpres détourne un veau de stabulo, et in pascua relegavit, et incitat maritum, ut quæreret ; et quand le bonhomme allait cherchant le veau, bonus adulter bis aut ter rustici uxorem subegit, et re patrata discessit. Le bouvier revenu avec son bœuf, adhæsit uxori, et toucha iter femineum, et reperit irroratum : admiratur. Rogat uxorem cur cunnus rorat, et illa respondit : « Amisso « de bove plorat. » Rusticus credidit ; et subinde, quum coïret, viam sensit latiorem, et dixit : « Largior est solito ; » et illa respondit : « Ridet de bove reperto. »

Les mystères ne sont point du tout dans ce goût ; quoiqu'ils en aient la naïveté, on n'y trouve aucune obscénité. Cependant, en 1541, le procureur général, par son réquisitoire du 9 novembre, prétend (article second) « que prédications sont plus décentes que mystères, attendu qu'elles se font par théologiens, gens doctes et de savoir, que ne sont les actes que font gens indoctes. »

Sans entrer dans un plus long détail sur les mystères et sur les moralités qui leur succédèrent, il suffira de dire que les Italiens, qui les premiers donnèrent ces jeux, les quittèrent aussi les premiers : le cardinal Bibiena, le pape Léon X, l'archevêque Trissino[1], ressuscitèrent, autant qu'ils le purent, le théâtre des Grecs. La ville de Vicence, en 1514, fit des dépenses immenses pour la représentation de la première tragédie qu'on eût vue en Europe, depuis la décadence de l'empire. Elle fut jouée dans l'hôtel de ville, et on y accourut des extrémités de l'Italie ; la pièce est de l'archevêque Trissino ; elle est noble, elle est régulière, et purement écrite ; il y a des chœurs, elle respire en tout le goût de l'antiquité ; on ne peut lui reprocher que les déclamations, les défauts d'intrigue et la langueur ; c'étaient les défauts des Grecs ; il les imita trop dans leurs fautes, mais il atteignit à quelques-unes de leurs beautés. Deux ans après, le pape Léon X fit représenter à Florence la *Rosamonda* du Ruccelaï, avec une magnificence très-supérieure à celle de Vicence. L'Italie fut partagée entre le Ruccelaï et le Trissino.

Longtemps auparavant, la comédie sortait du tombeau par le génie du cardinal Bibiena, qui donna la *Calandra* en 1482 : après lui on eut les comédies de l'immortel Arioste, la fameuse *Mandragore* de Machiavel ; enfin le goût de la pastorale prévalut. L'*Aminte* du Tasse eut le succès qu'elle méritait, et le *Pastor fido* un succès encore plus grand :

---

1. Trissino n'était pas archevêque. (ÉD.)

toute l'Europe savait et sait encore par cœur cent morceaux du *Pastor fido;* ils passeront à la dernière postérité : il n'y a de véritablement beau que ce que toutes les nations reconnaissent pour tel. Malheur à un peuple, comme on l'a déjà dit, qui seul est content de sa musique, de ses peintures, de son éloquence, de sa poésie!

Tandis que le *Pastor fido* enchantait l'Europe, qu'on en récitait partout des scènes entières, qu'on le traduisait dans toutes les langues, en quel état étaient ailleurs les belles-lettres et les théâtres? Ils étaient dans l'état où nous étions tous, dans la barbarie. Les Espagnols avaient encore leurs *autos-sacramentales*, c'est-à-dire, leurs actes sacramentaux. Lope de Vega, qui était digne de corriger son siècle, fut subjugué par son siècle. Il dit lui-même qu'il est obligé, pour plaire, d'enfermer sous la clef les bons auteurs anciens, de peur qu'ils ne lui reprochent ses sottises. Dans l'une de ses meilleures pièces, intitulée *Don Raymond*, ce don Raymond, fils d'un roi de Navarre, est déguisé en paysan; l'infante de Léon, sa maîtresse, est déguisée en bûcheron; un prince de Léon, en pèlerin; une partie de la scène est chez un aubergiste.

Pour les Français, quels étaient leurs livres et leurs spectacles favoris? le chapitre des torche-culs de Gargantua, l'oracle de la dive bouteille, les pièces de Chrétien et de Hardy.

Soixante-douze ans s'écoulèrent depuis Jodelle, qui, sous Henri II, avait très-vainement tenté de faire revivre l'art des Grecs, sans que la France produisît rien de supportable. Enfin, Mairet, gentilhomme du duc de Montmorency, après avoir lutté longtemps contre le mauvais goût, donna sa tragédie de *Sophonisbe*, qui ne ressemble point à celle de l'archevêque Trissino. C'est une petite singularité que la renaissance du théâtre, et l'observation des règles, aient commencé en Italie et en France par une *Sophonisbe*. Cette pièce de Mairet est la première que nous ayons, dans laquelle les trois unités ne soient point violées; elle servit de modèle à la plupart des tragédies qu'on donna depuis. Elle fut jouée en 1629, quelque temps avant que Corneille travaillât pour la scène tragique; et elle fut si goûtée, malgré ses défauts, que lorsque Corneille lui-même voulut ensuite donner une *Sophonisbe*, elle tomba; et celle de Mairet se soutint encore longtemps. Mairet ouvrit donc la véritable carrière où Rotrou entra, et celui-ci alla plus loin que son maître. On joue encore sa tragédie de *Venceslas*, pièce très-défectueuse à la vérité, mais dont la première scène et presque tout le quatrième acte sont des chefs-d'œuvre.

Corneille parut ensuite : sa *Médée*, qui n'est qu'une déclamation, eut un peu de succès. Mais le *Cid* fut la première pièce qui franchit les bornes de la France, et qui obtint tous les suffrages, excepté ceux du cardinal de Richelieu et de Scudéri. On sait assez jusqu'à quel point ce grand homme s'éleva dans les belles scènes des *Horaces*, et dans son chef-d'œuvre de *Cinna*, dans les personnages de Cornélie [1], de Sévère [2], dans le cinquième acte de *Rodogune*. Si *Pertharite*, *Théo-*

---

1. De *Pompée.* (ÉD.) — 2. De *Polyeucte.* (ÉD.)

aore, *OEdipe*, *Bérénice*, *Suréna*, *Pulchérie*, *Agésilas*, *Attila*, *Don Sanche*, la *Toison d'or*, ont été indignes de lui et de tous les théâtres, ses belles pièces, et les morceaux admirables répandus dans les médiocres, le feront toujours regarder avec justice comme le père de la tragédie.

Il est inutile de parler ici de celui qui fut son émule et son vainqueur, quand ce grand homme commença à baisser. Il ne fut plus permis alors de négliger la langue et l'art des vers dans les tragédies, et tout ce qui ne fut pas écrit avec l'élégance de Racine fût méprisé.

Il est vrai qu'on nous reprocha, avec raison, que notre théâtre était une école continuelle d'une galanterie et d'une coquetterie qui n'a rien de tragique. On a justement condamné Corneille pour avoir fait parler d'amour Thésée et Dircé au milieu de la peste [1] ; pour avoir mis des petites coquetteries sans passion dans la bouche de Cléopâtre; et enfin, pour avoir presque toujours traité l'amour bourgeois dans tous ses ouvrages, sans jamais en faire une passion forte, excepté dans les fureurs de Camille [2], et dans les scènes attendrissantes du *Cid* qu'il avait prises dans Guillem de Castro, et qu'il avait embellies. On ne reprocha pas à l'élégant Racine l'amour insipide et les expressions bourgeoises; mais on s'aperçut bientôt que toutes ses pièces, et celles des auteurs suivants, contenaient une déclaration, une rupture, un raccommodement, une jalousie. On a prétendu que cette uniformité de petites intrigues aurait trop avili les pièces de cet aimable poëte, s'il n'avait pas su couvrir cette faiblesse de tous les charmes de la poésie, des grâces de sa diction, de la douceur de son éloquence sage, et de toutes les ressources de son art.

Dans les beautés frappantes de notre théâtre, il y avait un autre défaut caché, dont on ne s'était pas aperçu, parce que le public ne pouvait pas avoir par lui-même des idées plus fortes que celles de ces grands maîtres. Ce défaut ne fut relevé que par Saint-Évremond : il dit « que nos pièces ne font pas une impression assez forte; que ce qui doit former la pitié fait tout au plus de la tendresse; que l'émotion tient lieu de saisissement, l'étonnement de l'horreur; qu'il manque à nos sentiments quelque chose d'assez profond. »

Il faut avouer que Saint-Évremond a mis le doigt dans la plaie secrète du théâtre français; on dira tant qu'on voudra que Saint-Évremond est l'auteur de la pitoyable comédie de *Sirpolitik*, et de celle des *Opéras ;* que ses petits vers de société sont ce que nous avons de plus plat en ce genre; que c'était un petit faiseur de phrases; mais on peut être totalement dépourvu de génie, et avoir beaucoup d'esprit et de goût. Certainement son goût était très-fin, quand il trouvait ainsi la raison de la langueur de la plupart de nos pièces.

Il nous a presque toujours manqué un degré de chaleur; nous avions tout le reste. L'origine de cette langueur, de cette faiblesse monotone, venait probablement de la construction de nos théâtres, de la mesquinerie du spectacle, et des acteurs qui achetaient les pièces des auteurs.

---

1. Dans *OEdipe*. (ÉD.) — 2. Dans *Horace*. (ÉD.)

Tout fut bas et servile : des comédiens avaient un privilége ; ils achetaient un jeu de paume, un tripot ; ils formaient une troupe comme
des marchands forment une société. Ce n'était pas là le théâtre de Périclès. Que pouvait-on faire sur une vingtaine de planches chargées de
spectateurs? Quelle pompe, quel appareil pouvait parler aux yeux?
quelle liberté pouvait avoir l'imagination du poëte ? Les pièces devaient
être composées de longs récits ; c'étaient de belles conversations plutôt
qu'une action. Chaque comédien voulait briller par un long monologue ; ils rebutaient une pièce qui n'en avait point ; il fallut que Corneille, dans *Cinna*, débutât par l'inutile monologue d'Émilie, qu'on
retranche aujourd'hui.

Cette forme, qui excluait toute action théâtrale, excluait aussi ces
grandes expressions des passions, ces tableaux frappants des infortunes
humaines, ces traits terribles et perçants qui arrachent le cœur ; on le
touchait, et il fallait le déchirer. La déclamation, qui fut, jusqu'à
Mlle Lecouvreur, un récitatif mesuré, un chant presque noté, mettait encore un obstacle à ces emportements de la nature, qui se peignent par un mot, par une attitude, par un silence, par un cri qui
échappe à la douleur.

Nous ne commençâmes à connaître ces traits que par Mlle Dumesnil, lorsque, dans *Mérope* [1], les yeux égarés, la voix entrecoupée,
levant une main tremblante, elle allait immoler son propre fils ;
quand Narbas l'arrêta, quand, laissant tomber son poignard, on la vit
s'évanouir entre les bras de ses femmes, et qu'elle sortit de cet état de
mort avec les transports d'une mère ; lorsque ensuite s'élançant aux
yeux de Polyphonte, traversant en un clin d'œil tout le théâtre, les
larmes dans les yeux, la pâleur sur le front, les sanglots à la bouche,
les bras étendus, elle s'écria : « Barbare, il est mon fils [2]! » Nous
avons vu Baron ; il était noble et décent, mais c'était tout. Mlle Lecouvreur avait les grâces, la justesse, la simplicité, la vérité, la bienséance ; mais pour le grand pathétique de l'action, nous le vîmes
la première fois dans Mlle Dumesnil.

Quelque chose de supérieur encore, s'il est possible, a été l'action
de Mlle Clairon, et de l'acteur qui joue Tancrède [3], au troisième
acte de la pièce de ce nom, et à la fin du cinquième ; jamais les âmes
n'ont été transportées par des secousses si vives, jamais les larmes
n'ont plus coulé La perfection de l'art des acteurs s'est déployée en
ces deux occasions dans une force dont jusque-là nous n'avions point
d'idée, et Mlle Clairon est devenue sans contredit le plus grand
peintre de la nation.

Si, dans le quatrième acte de *Mahomet*, on avait de jeunes acteurs
qui prissent ces grands traits pour modèle, un Séide qui sût être à la
fois enthousiaste et tendre, féroce par fanatisme, humain par nature,
qui sût frémir et pleurer ; une Palmire animée, attendrie, effrayée,
tremblante du crime qu'on va commettre, sentant déjà l'horreur, le
repentir, le désespoir, à l'instant que le crime est commis ; un père

1. Jouée en 1743. (ÉD.) — 2. Acte IV, scène II. (ÉD.) — 3. C'était Lekain. (ÉD.)

vraiment père, qui en eût les entrailles, la voix, le maintien : un père qui reconnaît ses deux enfants dans ses deux meurtriers, qui les embrasse en versant ses larmes avec son sang, qui mêle ses pleurs avec ceux de ses enfants, qui se soulève pour les serrer entre ses bras, retombe, se penche sur eux ; enfin, ce que la nature et la mort peuvent fournir à un tableau, cette situation serait encore au-dessus de celles dont nous venons de parler.

Ce n'est que depuis quelques années que les acteurs ont enfin hasardé d'être ce qu'ils doivent être, des peintures vivantes : auparavant ils déclamaient. Nous savons, et le public le sait mieux que nous, qu'il ne faut pas prodiguer ces actions terribles et déchirantes : que plus elles font d'impression, bien amenées, bien ménagées, plus elles sont impertinentes quand elles sont hors de propos. Une pièce mal écrite, mal débrouillée, obscure, chargée d'incidents incroyables, qui n'a de mérite que celui d'un pantomime et d'un décorateur, n'est qu'un monstre dégoûtant.

Placez un tombeau dans *Sémiramis*, osez faire paraître l'ombre de Ninus, que Nisias sorte de ce tombeau les bras teints du sang de sa mère, cela vous sera permis. Le respect pour l'antiquité, la mythologie, la majesté du sujet, la grandeur du crime, je ne sais quoi de sombre et de terrible répandu dans les premiers vers sur toute cette tragédie, transportent le spectateur hors de son siècle et de son pays : mais ne répétez pas ces hardiesses ; qu'elles soient rares, qu'elles soient nécessaires ; si elles sont inutilement prodiguées, elles feront rire.

L'abus de l'action théâtrale peut faire rentrer la tragédie dans la barbarie. Que faut-il donc faire ? Craindre tous les écueils : mais comme il est plus aisé de faire une belle décoration qu'une belle scène, plus aisé d'indiquer des attitudes que de bien écrire, il est vraisemblable qu'on gâtera la tragédie en croyant la perfectionner.

PARALLÈLE

D'HORACE, DE BOILEAU ET DE POPE.

Le même *Journal encyclopédique*, l'un des plus curieux et des plus instructifs de l'Europe, nous instruit d'un parallèle entre Horace, Boileau et Pope, fait en Angleterre. Il nous rappelle des vers de M. de Voltaire au roi de Prusse, dans lesquels Pope a la préférence sur le Français et sur le Romain :

> Quelques traits échappés d'une utile morale,
> Dans leurs piquants écrits brillent par intervalle;
> Mais Pope approfondit ce qu'ils ont effleuré :
> D'un esprit plus hardi, d'un pas plus assuré,

Il porta le flambeau dans l'abîme de l'Être;
Et l'homme, avec lui seul, apprit à se connaître.

Ces vers se trouvent à la tête du poëme de M. de Voltaire sur la *Loi naturelle*, ouvrage philosophique et moral, dans lequel la poésie reprend son premier droit, celui d'enseigner la vertu, l'amour du prochain, l'indulgence, et où l'auteur développe les principes de la loi universelle que Dieu a mis dans tous les cœurs. Nous convenons, avec M. de Voltaire, que l'*Essai sur l'homme* de l'illustre Pope est un très-bon ouvrage, et que ni Horace, ni Boileau, ni aucun poëte, n'ont rien fait dans ce genre. Rousseau est le seul qui ait tenté quelque chose d'approchant, dans une pièce de vers intitulée, on ne sait pourquoi, *Allégorie* [1] : il fait ses efforts pour expliquer le système de Platon ; mais que cet ouvrage est faible, languissant ! Ce n'est ni de la poésie, ni de la philosophie ; il ne prouve ni ne peint.

> L'homme et les dieux de ton souffle animés,
> Du même esprit diversement formés,
> Furent doués, par ta bonté fertile,
> D'une chaleur plus vive ou moins subtile,
> Selon les corps ou plus vifs, ou plus lents,
> Qui de leur feu retardent les élans;
> Par ces degrés de lumière inégale,
> Tu sus remplir le vide et l'intervalle
> Qui se trouvait, ô magnifique roi !
> De l'homme aux dieux, et des dieux jusqu'à toi,
> Et dans cette œuvre éclatante, immortelle,
> Ayant comblé ton idée éternelle,
> Tu fis du ciel la demeure des dieux,
> Et tu mis l'homme en ces terrestres lieux,
> Comme le terme et l'équateur sensible
> De l'univers invisible et visible.

Il n'est pas étonnant que cette pièce soit demeurée dans l'oubli; c'est, comme on voit, un galimatias de termes impropres, un tissu d'épithètes oiseuses, un vrai chaos.

Il n'en est pas ainsi de l'*Essai* de Pope; jamais vers ne formèrent tant de grandes idées en si peu de paroles. C'est le plan des lords Shaftesbury et Bolingbroke exécuté par le plus habile ouvrier; aussi est-il traduit dans presque toutes les langues de l'Europe. Nous n'examinerons pas si cet ouvrage, si fort et si plein, est orthodoxe ; si même sa hardiesse n'a pas contribué à son prodigieux débit ; s'il ne sape pas les fondements de la religion chrétienne, en tâchant de prouver que les choses sont dans l'état où elles devaient être originairement, et si ce système ne renverse pas le dogme de la chute de l'homme et les divines écritures : nous ne sommes pas théologiens; nous leur laissons le soin de confondre Pope, Shaftesbury, Bolingbroke, et Leibnitz ; nous

---

1. C'est la première *Allégorie* du livre second, intitulée : *Sophronyme*. (ÉD.)

nous en tenons uniquement à la philosophie et à la poésie; nous osons, en cherchant à nous éclairer, demander comment il faut expliquer c vers qui est le précis de tout l'ouvrage :

All partial evil a general good.

Tout mal particulier est le bien général.

Voilà un étrange bien général que celui qui serait composé des souffrances de chaque individu! Entendra cela qui pourra. Bolingbroke s'entendait-il bien lui-même, quand il digérait ce système? Que veut dire : *Tout est bien?* Est-ce pour nous? non, sans doute. Est-ce pour Dieu? il est clair que Dieu ne souffre pas de nos maux. Quelle est donc au fond cette idée platonicienne? un chaos, comme tous les autres systèmes; mais on l'a orné de diamants.

Quant aux autres *Épîtres* de Pope qui pourraient être comparées à celles d'Horace et de Boileau, je demanderai si ces deux auteurs, dans leurs *Satires*, se sont jamais servis des armes dont Pope se sert? Les gentillesses dont il régale milord Harvey, l'un des plus aimables hommes d'Angleterre, sont un peu singulières; les voici mot pour mot :

Que Harvey tremble! Qui, cette chose de soie!
Harvey, ce fromage mou fait de lait d'ânesse!
Hélas! il ne peut sentir ni satire ni raison.
Qui voudrait faire mourir un papillon sur la roue?
Pourtant je veux frapper cette punaise volante à ailes dorées,
Cet enfant de la boue qui se peint et qui pue,
Dont le bourdonnement fatigue les beaux esprits et les belles,
Qui ne peut tâter ni de l'esprit ni de la beauté :
Ainsi l'épagneul bien élevé se plaît civilement
A mordiller le gibier qu'il n'ose entamer.
Son sourire éternel trahit son vide.....
Comme les petits ruisseaux se rident dans leurs cours
Soit qu'il parle avec son impuissance fleurie,
Soit que cette marionnette barbouille les mots que le compère lui souffle,
Soit que, crapaud familier à l'oreille d'Ève,
Moitié écume, moitié venin, il se crache lui-même en compagnie,
En quolibets, en politique, en contes, en mensonges;
Son esprit roule sur des ouï-dire, entre ceci et cela;
Tantôt haut, tantôt bas, petit-maître ou petite-maîtresse;
Et lui-même n'est qu'une vile antithèse,
Être amphibie, qui, en jouant les deux rôles,
La tête frivole, et le cœur gâté,
Fat à la toilette, flatteur chez le roi,
Tantôt trotte en lady, tantôt marche en milord.
Ainsi les rabbins ont peint le tentateur
Avec face de chérubin, et queue de serpent :
Sa beauté vous choque, vous vous défiez de son esprit,
Son esprit rampe, et sa vanité lèche la poussière.

Il est vrai que Pope a la discrétion de ne pas nommer le lord qu'il désigne; il l'appelle honnêtement *Sporus*, du nom d'un infâme prostitué à Néron.

Les lecteurs pourront demander si c'est Pope ou un de ses porteurs de chaise qui a fait ces vers. Ce n'est pas absolument le style de Despréaux. Ne conclura-t-on pas de ce petit écrit que la politesse d'une nation n'est pas la politesse d'une autre?

Pour mieux faire sentir encore, s'il se peut, cette différence que la nature et l'art mettent souvent entre des nations voisines, jetons les yeux sur une traduction fidèle d'un des plus délicats passages de la *Dunciade* de Pope; c'est au chant second. La Bêtise a proposé des prix pour celui de ses favoris qui sera vainqueur à la course. Deux libraires de Londres disputent le prix : l'un est Lintot, personnage un peu pesant; l'autre est Curl, homme plus délié : ils courent, et voici ce qui arrive :

Au milieu du chemin on trouve un bourbier
Que madame Curl avait produit le matin :
C'était sa coutume de se défaire, au lever de l'aurore,
Du marc de son souper, devant la porte de sa voisine.
Le malheureux Curl glisse; la troupe pousse un grand cri,
Le nom de Lintot résonne dans toute la rue;
Le mécréant Curl est couché dans la vilainie,
Couvert de l'ordure qu'il a lui-même fournie, etc.

Le portrait de la Mollesse, dans le *Lutrin*, est d'un autre genre; mais chaque nation a son goût.

Une autre conclusion que nous oserons tirer encore de la comparaison des petits poëmes détachés avec les grands poëmes, tels que l'épopée et la tragédie, c'est qu'il faut les mettre à leur place. Je ne vois pas comment on peut égaler une épître, une ode, à une bonne pièce de théâtre. Qu'une épître, ou ce qui est plus aisé à faire, une satire, ou ce qui est souvent assez insipide, une ode, soit aussi bien écrite qu'une tragédie, il y a cent fois plus de mérite à faire celle-ci, et plus de plaisir à la voir, que non pas à faire et à lire des lieux communs de morale : je dis lieux communs, car tout a été dit. Une bonne épître morale ne nous apprend rien; une bonne ode encore moins : elle peut au plus amuser un quart d'heure les gens du métier; mais créer un sujet, inventer un nœud et un dénoûment, donner à chaque personnage son caractère, le soutenir, le rendre intéressant, et augmenter cet intérêt de scène en scène; faire en sorte qu'aucun d'eux ne paraisse et ne sorte sans une raison sentie de tous les spectateurs; ne laisser jamais le théâtre vide; faire dire à chacun ce qu'il doit dire, avec noblesse et sans enflure, avec simplicité, sans bassesse; faire de beaux vers qui ne sentent point le poëte, et tels que le personnage aurait dû en faire s'il parlait en vers : c'est là une partie des devoirs que tout auteur d'une tragédie doit remplir, sous peine de ne point réussir parmi nous; et quand il s'est acquitté de tous ces devoirs, il n'a encore rien fait. *Esther* est une pièce qui remplit toutes ces conditions; mais quand on l'a voulu jouer en public, on n'a pu en soutenir la représentation. Il faut tenir le cœur des hommes dans sa main; il faut arracher des larmes aux spectateurs les plus insensibles, il faut déchirer les âmes les plus dures. Sans la terreur et sans la pitié, point de tragédie, et quand vous auriez excité cette pitié et cette terreur, si avec ces avantages vous avez manqué aux autres lois, si vos vers ne sont pas excellents, vous n'êtes qu'un médiocre écrivain, qui avez traité selon les règles un sujet heureux.

Qu'une tragédie est difficile! et qu'une épître, une satire, sont aisées! Comment donc oser mettre dans le même rang un Racine et un Despréaux? Quoi! on estimerait autant un peintre de portrait qu'un Raphael? Quoi! une tête de Rembrandt sera égale au tableau de la transfiguration, ou à celui des noces de Cana?

Nous savons que les *Épîtres* de Despréaux sont belles, qu'elles posent sur le fondement de la vérité, sans laquelle rien n'est supportable: mais pour les *Épîtres* de Rousseau, quel faux dans les sujets et quelles contorsions dans le style! Qu'elles excitent souvent le dégoût et l'indignation! Que veut dire une *Épître à Marot*, dans laquelle il veut prouver qu'il n'y a que les sots qui soient méchants? Que ce paradoxe est ridicule!

Sylla, Catilina, César, Tibère, Néron même, étaient-ils des sots? Le fameux duc de Borgia était-il un sot? Et avons-nous besoin d'aller chercher des exemples dans l'histoire ancienne? Peut-on, d'ailleurs, souffrir la manière dure et contrainte dont cette idée fausse est exprimée?

> Et si parfois on vous dit qu'un vaurien
> A de l'esprit: examinez-le bien,
> Vous trouverez qu'il n'en a que le casque,
> Et qu'en effet c'est un sot sous le masque.

Le casque de l'esprit. Bon dieu! est-ce ainsi que Despréaux écrivait? Comment souffrir le langage de l'épître à M. le duc de Noailles, qu'il baptisa dans ses dernières éditions, d'*Épître à M. le comte de *** ?*

> Jaçoit qu'en vous gloire et haute naissance
> Soit alliée à titres et puissance,
> Que de splendeurs et d'honneurs mérités
> Votre maison luise de tous côtés,
> Si toutefois ne sont-ce ces bluettes
> Qui vous ont mis en l'estime où vous êtes.

Ce malheureux burlesque, ce mélange impertinent du jargon du XVIᵉ siècle et de notre langue, si frondé par un auteur assez connu, ne peut donner de prix à un sujet qui par lui-même n'apprend rien, ne dit rien, n'est ni utile, ni agréable.

Un des grands défauts de tous les ouvrages de cet auteur, c'est qu'on ne se retrouve jamais dans ses peintures; on ne voit rien *qui rende l'homme cher à lui-même*, comme dit Horace : point d'aménité, point de douceur. Jamais cet écrivain mélancolique n'a parlé au cœur. Presque toutes ses épitres roulent sur lui-même, sur ses querelles avec ses ennemis : le public ne prend aucune part à ces pauvretés; on ne se soucie pas plus de ses vers contre La Motte que de ses roches de Salisbury : qu'importe

> ....Qu'entre ces roches nues,
> Qui par magie en ces lieux sont venues,
> S'en trouve sept, trois de chacune part,
> Une au-dessus, le tout fait par tel art,
> Qu'il représente une porte effective,
> Porte vraiment bien faite et bien naïve,
> Mais c'est le tout; car qui voudrait y voir
> Tours ou châtel, doit ailleurs se pourvoir[1].

Ces détestables vers et ce malheureux sujet peuvent-ils être comparés à la plus mauvaise tragédie que nous ayons? Nous sommes rassasiés de vers : une denrée trop commune est avilie. Voilà le cas du *ne quid nimis*[2]. Le théâtre où la nation se rassemble est presque le seul genre de poésie qui nous intéresse aujourd'hui; encore ne faudrait-il pas avoir des poëmes dramatiques tous les jours :

Namque voluptates commendat rarior usus[3].

AVERTISSEMENT

AUX ÉDITEURS DE LA TRADUCTION ANGLAISE.

(1761.)

M. de Voltaire a l'honneur d'avertir messieurs les éditeurs de la traduction anglaise de ses ouvrages, qu'on fait actuellement à Genève une édition nouvelle, augmentée et très-corrigée. Que l'édition de l'*Essai sur l'histoire générale*[4] est imparfaite et fautive.

Que l'évaluation sur les monnaies est absurde, les copistes ayant mis des sous pour des livres, et ayant altéré les chiffres. Qu'il y manque un chapitre sur le *Védam* et l'*Ézour-Védam* des brachmanes; que l'auteur ayant eu, par la voie de Pondichéri, une traduction fidèle de l'*Ézour-Védam*, il en a fait un extrait, lequel est imprimé dans cette *histoire générale*; qu'il déposera dans la bibliothèque de S. M. T. C. le manuscrit de l'*Ézour-Védam* tout entier; manuscrit unique dans le monde.

Qu'il manque aussi à l'édition précédente les chapitres sur l'Alcoran, sur les Albigeois, sur le concile de Trente, sur la noblesse, les duels, les tournois, la chevalerie, les parlements, l'établissement des quakers et des jésuites en Amérique, les Colonies, etc.; que tout est resti-

1. Ces vers sont de la *Grotte de Merlin*, allégorie IV du livre Ier. (ÉD.)
2. Térence, *Andrienne*, I, I. (ÉD.) — 3. Juvénal, XI, 208. (ÉD.)
4. Intitulé depuis *Essai sur les mœurs et l'esprit des nations*. (ÉD.)

tué dans l'édition présente, commencée à Genève; que tous ses chapitres sont très-augmentés; que cette histoire est poussée jusqu'au temps présent.

Qu'il est d'ailleurs prêt à faire à messieurs les éditeurs de Londres tous les plaisirs qui dependront de lui. Qu'il n'a eu d'autre but, en travaillant à cet ouvrage immense, que de s'instruire, et qu'il ne se flatte pas d'instruire les autres.

Au château de Ferney, en Bourgogne, 3 mars 1761.

RESCRIT

DE L'EMPEREUR DE LA CHINE,

A L'OCCASION DU PROJET DE PAIX PERPÉTUELLE.

(1761.)

Nous, l'empereur de la Chine, nous sommes fait représenter, dans notre conseil d'État, les mille et une brochures qu'on débite journellement dans le renommé village de Paris, pour l'instruction de l'univers. Nous avons remarqué, avec une satisfaction impériale, qu'on imprime plus de pensées, ou façons de penser, ou expressions sans pensées, dans ledit village situé sur le petit ruisseau de la Seine, contenant environ cinq cent mille plaisants, ou gens voulant l'être, que l'on ne fabrique de porcelaines dans notre bourg de Kingtzin sur le fleuve Jaune. lequel bourg possède le double d'habitants, lesquels ne sont pas la moitié si plaisants que ceux de Paris.

Nous avons lu attentivement la brochure de notre amé Jean-Jacques, citoyen de Genève, lequel Jean-Jacques a extrait un *Projet de paix perpétuelle* du bonze Saint-Pierre, lequel bonze Saint-Pierre l'avait extrait d'un clerc du mandarin marquis de Rosni, duc de Sully, excellent économe, lequel l'avait extrait du creux de son cerveau.

Nous avons été sensiblement affligé de voir que dans ledit extrait rédigé par notre amé Jean-Jacques, où l'on expose les moyens faciles de donner à l'Europe une paix perpétuelle, on avait oublié le reste de l'univers, qu'il faut toujours avoir en vue dans toutes ses brochures. Nous avons connu que la monarchie de France, qui est la première des monarchies; l'anarchie d'Allemagne, qui est la première des anarchies; l'Espagne, l'Angleterre, la Pologne, la Suède, qui sont, suivant leurs historiens, chacune en son genre, la première puissance de l'*univers*, sont toutes requises d'accéder au traité de Jean-Jacques Nous avons été édifié de voir que notre chère cousine l'impératrice de toute Russie était pareillement requise de fournir son contingent. Mais grande a été notre surprise impériale, quand nous avons en vain cherché notre nom dans la liste. Nous avons jugé qu'étant si proche voisin de notre chère cousine. nous devions être nommé avec elle: que le

Grand-Turc voisin de la Hongrie et de Naples, le roi de Perse voisin du Grand-Turc, le Grand-Mogol voisin du roi de Perse, ont pareillement les mêmes droits, et que ce serait faire au Japon une injustice criante de l'oublier dans la confédération générale.

Nous avons pensé de nous-même, après l'avis de notre conseil, que si le Grand-Turc attaquait la Hongrie, si la diète europaine, ou européenne, ou européane, ne se trouvait pas alors en argent comptant; si, tandis que la reine de Hongrie s'opposerait au Turc vers Belgrade, le roi de Prusse marchait à Vienne; si les Russes pendant ce temps-là attaquaient la Silésie; si les Français se jetaient alors sur les Pays-Bas, l'Angleterre sur la France, le roi de Sardaigne sur l'Italie, l'Espagne sur les Maures, ou les Maures sur l'Espagne, ces petites combinaisons pourraient déranger la paix perpétuelle.

Notre accession étant donc d'une nécessité absolue, nous avons résolu de coopérer de toutes nos forces au bien général, qui est évidemment le but de tout empereur, comme de tout faiseur de brochures.

A cet effet, ayant remarqué qu'on avait oublié de nommer la ville dans laquelle les plénipotentiaires de l'univers doivent s'assembler, nous avons résolu d'en bâtir une sans délai. Nous nous sommes fait représenter le plan d'un ingénieur de Sa Majesté le roi de Narsingue [1], lequel proposa, il y a quelques années, de creuser un trou jusqu'au centre de la terre pour y faire des expériences de physique : notre intention étant de perfectionner cette idée, nous ferons percer le globe de part en part. Et comme les philosophes les plus éminents du village de Paris sur le ruisseau dit la Seine croient que le noyau du globe est de verre, qu'ils l'ont écrit [2], et qu'ils ne l'auraient jamais écrit s'ils n'en avaient été sûrs, notre ville de la diète de l'univers sera toute de cristal, et recevra continuellement le jour par un bout ou par un autre; de sorte que la conduite des plénipotentiaires sera toujours éclairée.

Pour mieux affermir l'ouvrage de la paix perpétuelle, nous aboucherons ensemble, dans notre ville transparente, notre saint-père le grand lama, notre saint-père le grand daïri, notre saint-père le muphti, et notre saint-père le pape, qui seront tous aisément d'accord moyennant les exhortations de quelques jésuites portugais. Nous terminerons tout d'un temps les anciens procès de la justice ecclésiastique et de la séculière, du fisc et du peuple, des nobles et des roturiers, de l'épée et de la robe, des maîtres et des valets, des maris et des femmes, des auteurs et des lecteurs.

Nos plénipotentiaires enjoindront à tous les souverains de n'avoir jamais aucune querelle, sous peine d'une brochure de Jean-Jacques pour la première fois, et du ban de l'univers pour la seconde.

Nous prions la république de Genève et celle de Saint-Marin de nommer, conjointement avec nous, le sieur Jean-Jacques pour pre-

---

1. Le royaume de Narsingue est en Asie, dans la presqu'île en deçà du Gange; mais le prétendu ingénieur de Narsingue n'est autre que Maupertuis, mort depuis deux ans. (Note de M. Beuchot.)
2. Buffon. (ED.)

mier prés.dent de la diète, attendu que ledit sieur ayant déjà jugé les rois et les républiques sans en être prié, il les jugera tout aussi bien quand il sera à la tête de la chambre; et notre avis est qu'il soit payé régulièrement de ses honoraires sur le produit net des actions des fermes, des billets de loterie, et de ceux de la Compagnie des Indes de Paris, qui sont les meilleurs effets de l'*univers*. Priant le Tien qu'il ait en sa sainte garde ledit Jean-Jacques, comme aussi le sieur Volmar, la demoiselle Julie et son faux germe.

Donné à Pékin, le 1er du mois de Hi-han, l'an 1898436500 de la fondation de notre monarchie.

LETTRE

DE M. CLOCPICRE A M. ERATOU[1],

SUR LA QUESTION : SI LES JUIFS ONT MANGÉ DE LA CHAIR HUMAINE, ET COMMENT ILS L'APPRÊTAIENT.

Monsieur et cher ami, quoiqu'il y ait beaucoup de livres, croyez-moi, peu de gens lisent, et parmi ceux qui lisent il y en a beaucoup qui ne se servent que de leurs yeux. J'étais hier en conférence avec M. Pfaff, l'illustre professeur de Tubinge, si connu dans tout l'univers, et M. Crokius Dubius, l'un des plus savants hommes de notre temps. Ils ne savaient point que les Juifs eussent mangé souvent de la chair humaine. Dom Calmet lui-même, qui a copié tant d'anciens auteurs dans ses Commentaires, n'a jamais parlé de cette coutume des Juifs. Je dis à M. Pfaff et à M. Crokius qu'il y avait des passages qui prouvaient que les Juifs avaient autrefois beaucoup aimé la chair de cheval et la chair d'homme : Crokius me dit qu'il en doutait; et Pfaff m'assura crûment que je me trompais.

Je cherchai sur-le-champ un Ézéchiel, et je leur montrai au chapitre xxxix[2] ces paroles :

« Je vous ferai boire le sang des princes et des animaux gras; vous mangerez de la chair grasse jusqu'à satiété; vous vous remplirez, à table, de la chair des chevaux et des cavaliers. »

M. Pfaff dit que cette invitation n'était faite qu'aux oiseaux : Crokius Dubius, après un long examen, crut qu'elle s'adressait aussi aux Juifs, attendu qu'il y est parlé de table; mais il prétendit que c'était une figure. Je les priai humblement de considérer qu'Ézéchiel vivait du temps de Cambyse; que Cambyse avait dans son armée beaucoup de Scythes et de Tartares qui mangeaient des chevaux et des hommes assez communément; que, si cette habitude répugne un peu à nos mœurs efféminées, elle était très-conforme à la vertu mâle et héroïque de l'illustre peuple juif. Je les fis souvenir que les lois de Moïse, parmi les menaces de tous les maux ordinaires dont il effraye les Juifs trans-

---

1. Anagramme d'Arouet. (ÉD.) — 2. Versets 18-20. (ÉD.)

gresseurs, après leur avoir dit qu'ils seront réduits à ne point prêter, mais à emprunter à usure[1], et qu'ils auront des ulcères aux jambes[2], ajoutent qu'ils mangeront leurs enfants[3]. « Eh bien! leur dis-je, ne voyez-vous pas qu'il était aussi ordinaire aux Juifs de faire cuire leurs enfants et de les manger, que d'avoir la rogne, puisque le législateur les menace de ces deux punitions? »

Plusieurs réflexions dont j'appuyai mes citations ébranlèrent MM. Pfaff et Crokius. « Les nations les plus polies, leur dis-je, ont toujours mangé des hommes, et surtout des petits garçons. Juvénal[4] vit les Égyptiens manger un homme tout cru. Il dit que les Gascons faisaient souvent de ces repas[5]. Les deux voyageurs arabes, dont l'abbé Renaudot a traduit la relation, disent qu'ils ont vu manger des hommes sur les côtes de la Chine et des Indes.

« Homère, parlant des repas des Cyclopes[6], n'a fait que peindre les mœurs de son temps. On sait que Candide fut sur le point d'être mangé par les Oreillons, parce qu'ils le prirent pour un jésuite; et que, malgré la mauvaise plaisanterie que les jésuites ne sont bons ni à rôtir ni à bouillir, les Oreillons aiment la chair des jésuites passionnément.

« Vous sentez bien, messieurs, leur dis-je, que nous ne devons pas juger des mœurs de l'antiquité par celles de l'université de Tubinge; vous savez que les Juifs immolaient des hommes; or on a toujours mangé des victimes immolées; et, à votre avis, quand Samuel coupa en petits morceaux le roi Agag, qui s'était rendu prisonnier, n'était-ce pas visiblement pour en faire un ragoût? A quoi bon sans cela couper un roi en morceaux?

— Les Juifs ne mangeaient point de ragoûts, dit Crokius. — Je conviens, répliquai-je, que leurs cuisiniers n'étaient pas si bons que ceux de France, et je crois qu'il est impossible de faire bonne chère sans lard; mais enfin ils avaient quelques ragoûts. Il est dit[7] que Rébecca prépara des chevreaux à Isaac, de la manière dont ce bonhomme aimait à les manger. » Pfaff ne fut pas content de ma réponse; il prétendit que probablement Isaac aimait les chevreaux à la broche, et que Rébecca les lui fit rôtir. Je lui soutins que ces chevreaux étaient en ragoût, et que c'était l'opinion de dom Calmet; il me répondit que ce bénédictin ne savait pas seulement ce que c'était qu'une broche; que les bénédictins n'en connaissaient point, et que le sentiment de dom Calmet est erroné. La dispute s'échauffa; nous perdîmes longtemps de vue le principal objet de la question; mais on y revient toujours avec ceux qui ont l'esprit juste.

Pfaff était encore tout étonné des chevaux et des cavaliers que les Juifs mangeaient; et enfin, la dispute roula sur la supériorité que doit avoir la chair humaine sur toute autre chair.

« L'homme, dit M. Crokius, est le plus parfait de tous les animaux; par conséquent il doit être le meilleur à manger. Je ne conviens pas de

---

1. *Deutéronome*, xxviii, 44. (ÉD.) — 2. *Id.*, xxviii, 35. (ÉD.)
3. *Id., ibid.*, 53. (ÉD.) — 4. *Sat.* XV, vers 83. (ÉD.)
5. Juvénal, sat. XV, vers 93. (ÉD.) — 6. *Odyssée*, liv. IX. (ÉD.)
7. *Genèse*, chap. XXVII, verset 9. (ÉD.)

cette conclusion, dit M. Pfaff : de graves docteurs prétendent qu'il n'y a nulle analogie entre la pensée qui distingue l'homme, et une bonne pièce tremblante cuite à propos ; je suis de plus très-bien fondé à croire que nous n'avons point la chair courte, et que nos fibres n'ont point la délicatesse de celles des perdrix et des grianneaux. — C'est de quoi je ne conviens pas, dit Crokius ; vous n'avez mangé ni de grianneaux, ni de petits garçons ; par conséquent vous ne devez pas juger. »

Nous étions très-embarrassés sur cette question, lorsqu'il arriva un housard qui nous certifia qu'il avait mangé d'un Cosaque pendant le siége de Colberg [1], et qu'il l'avait trouvé très-coriace. Pfaff triomphait ; mais Crokius soutint qu'on ne devait jamais conclure du particulier au général ; qu'il y avait Cosaque et Cosaque, et qu'on en trouverait peut-être de très-tendres.

Cependant nous sentîmes quelque horreur au récit de ce housard, et nous le trouvâmes un peu barbare. « Vraiment, messieurs, nous dit-il, vous êtes bien délicats : on tue deux ou trois cent mille hommes, tout le monde le trouve bien ; on mange un Cosaque, et tout le monde crie. »

CONVERSATION

DE M. L'INTENDANT DES MENUS EN EXERCICE
AVEC M. L'ABBÉ GRIZEL.

(1761.)

Il y a quelque temps qu'un jurisconsulte de l'*ordre* des avocats ayant été consulté par une personne de l'*ordre* des comédiens, pour savoir à quel point on doit flétrir ceux qui ont une belle voix, des gestes nobles, du sentiment, du goût et tous les talents nécessaires pour parler en public, l'avocat examina l'affaire dans l'*ordre* des lois [2]. L'*ordre* des convulsionnaires ayant déféré cet ouvrage à l'*ordre* de la grande chambre siégeante à Paris, icelle a décerné un *ordre* à son bourreau de brûler la consultation, comme un mandement d'évêque ou comme un livre de jésuite. Je me flatte qu'elle fera le même honneur à la petite *Conversation de M. l'intendant des menus en exercice et de M. l'abbé Grizel*. Je fus présent à cette conversation : je l'ai fidèlement recueillie, et en voici un petit précis que chaque lecteur de l'*ordre* de ceux qui ont le sens commun peut étendre à son gré.

« Je suppose, disait l'intendant des menus à l'abbé Grizel, que nous n'eussions jamais entendu parler de comédie avant Louis XIV ; je suppose que ce prince eût été le premier qui eût donné des spectacles, qu'il eût fait composer *Cinna*, *Athalie* et le *Misanthrope*, qu'il les eût

---

1. Colberg fut assiégé en 1758 et en 1761 par les Russes. (ÉD.)
2. L'ouvrage de cet avocat, entrepris en faveur du théâtre, et où il était beaucoup question d'*ordre*, fut déféré par maître Ledain, et incendié au bas de l'escalier

fait représenter par des seigneurs et des dames devant tous les ambassadeurs de l'Europe; je demande s'il serait tombé dans l'esprit du curé La Chétardie, ou du curé Fantin, connus tous deux par les mêmes aventures, ou d'un seul curé, ou d'un seul habitué, ou d'un seul moine, d'excommunier ces seigneurs et ces dames, et Louis XIV lui-même; de leur refuser le sacrement de mariage et la sépulture? — Non, sans doute, dit l'abbé Grizel; une si absurde impertinence n'aurait passé par la tête de personne.

— Je vais plus loin, dit l'intendant *des Menus*. Quand Louis XIV et toute sa cour dansèrent sur le théâtre, quand Louis XV dansa avec tant de jeunes seigneurs de son âge dans la salle des Tuileries, pensez-vous qu'ils aient été excommuniés? — Vous vous moquez de moi, dit l'abbé Grizel : nous sommes bien bêtes, je l'avoue, mais nous ne le sommes pas assez pour imaginer une telle sottise.

— Mais, dit l'intendant, vous avez du moins excommunié le pieux abbé d'Aubignac, le P. Le Bossu, supérieur de Sainte-Geneviève, le P. Rapin, l'abbé Gravina, le P. Brumoy, le P. Porée, Mme Dacier, tous ceux qui ont, d'après Aristote, enseigné l'art de la tragédie et de l'épopée? — On n'est pas encore tombé dans cet excès de barbarie, repartit Grizel; il est vrai que l'abbé de La Coste, M. de La Solle, et l'auteur des *Nouvelles ecclésiastiques*, prétendent que la déclamation, la musique et la danse sont un péché mortel; qu'il n'a été permis à David de danser que devant l'arche, et que de plus David, Louis XIV et Louis XV n'ont point dansé pour de l'argent; que l'impératrice des Romains [1] n'a jamais chanté qu'en présence de quelques personnes de sa cour, et qu'on ne se donne le plaisir d'excommunier que ceux qui gagnent quelque chose à parler, ou à chanter, ou à danser en public.

— Il est donc clair, dit l'intendant, que s'il y avait eu un impôt sous le nom de *menus plaisirs du roi*, et que cet impôt eût servi à payer les frais des spectacles de Sa Majesté, le roi encourrait l'excommunication, selon le bon plaisir de tout prêtre qui voudrait lancer cette belle foudre sur la tête de Sa Majesté très-chrétienne.

— Vous nous embarrassez beaucoup, dit Grizel.

— Je veux vous pousser, dit *le Menu*. Non-seulement Louis XIV, mais le cardinal Mazarin, le cardinal de Richelieu, l'archevêque Trissino, le pape Léon X, dépensèrent beaucoup à faire jouer des tragédies, des comédies et des opéras. Les peuples contribuèrent à ces dépenses; je ne trouve pourtant pas, dans l'histoire de l'Église, qu'aucun vicaire de Saint-Sulpice ait excommunié pour cela le pape Léon X et ses cardinaux.

« Pourquoi donc Mlle Lecouvreur a-t-elle été portée dans un fiacre au coin de la rue de Bourgogne? pourquoi le sieur Romagnesi, acteur de notre troupe italienne, a-t-il été inhumé dans un grand chemin, comme un ancien Romain? pourquoi une actrice des chœurs discor-

---

1. Marie-Therese, nee le 13 mai 1717, morte en 1780. Son père, Charles VI, lui fit chanter, à l'âge de cinq ans, une ariette au théâtre de la cour, à Vienne. A l'âge de vingt-deux ans, elle chanta à Florence un duo avec François Bernardi, surnommé Senesino. (*Note de M. Beuchot.*)

dants de l'Académie royale de musique a-t-elle été trois jours dans sa cave? pourquoi toutes ces personnes sont-elles brûlées à petit feu, sans avoir de corps, jusqu'au jour du jugement dernier, et seront-elles brûlées à tout jamais après ce jugement, quand elles auront retrouvé leurs corps? C'est uniquement, dites-vous, parce qu'on paye vingt sous au parterre.

« Cependant ces vingt sous ne changent point l'espèce : les choses ne sont ni meilleures ni pires, soit qu'on les paye, soit qu'on les ait gratis. Un *de profundis* tire également une âme du purgatoire, soit qu'on le chante pour dix écus en musique, soit qu'on vous le donne en faux-bourdon pour douze francs, soit qu'on vous le psalmodie par charité : donc *Cinna* et *Athalie* ne sont pas plus diaboliques quand ils sont représentés pour vingt sous, que quand le roi veut bien en gratifier sa cour : or, si on n'a pas excommunié Louis XIV quand il dansa pour son plaisir, ni l'impératrice quand elle a joué un opéra, il ne paraît pas juste qu'on excommunie ceux qui donnent ce plaisir pour quelque argent avec la permission du roi de France ou de l'impératrice. »

L'abbé Grizel sentit la force de cet argument; il répondit ainsi : « Il y a des tempéraments; tout dépend sagement de la volonté arbitraire d'un curé ou d'un vicaire. Nous sommes assez heureux et assez sages pour n'avoir en France aucune règle certaine. On n'osa pas enterrer l'illustre et inimitable Molière dans la paroisse de Saint-Eustache; mais il eut le bonheur d'être porté dans la chapelle de Saint-Joseph, selon notre belle et saine coutume de faire des charniers de nos temples. Il est vrai que saint Eustache est un si grand saint qu'il n'y avait pas moyen de faire porter chez lui, par quatre habitués, le corps de l'infâme auteur du *Misanthrope* : mais enfin Saint-Joseph est une consolation; c'est toujours de la terre sainte. Il y a une prodigieuse différence entre la terre sainte et la profane; la première est incomparablement plus légère; et puis, tant vaut l'homme, tant vaut sa terre : celle où est Molière y a gagné de la réputation. Or cet homme, ayant été inhumé dans une chapelle, ne peut être damné comme Mlle Lecouvreur et Romagnesi, qui sont sur les chemins : peut-être est-il en purgatoire pour avoir fait le *Tartufe;* je n'en voudrais pas jurer : mais je suis sûr du salut de Jean-Baptiste Lulli, violon de Mademoiselle, musicien du roi, surintendant de la musique du roi, secrétaire du roi, qui joua dans *Cariselli* [1] et dans *Pourceaugnac*, et qui de plus était Florentin; celui-là est monté au ciel comme j'y monterai; cela est clair, car il a un beau tombeau de marbre aux Petits-Pères. Il n'a pas tâté de la voirie : il n'y a qu'heur et malheur en ce monde. » C'est ainsi que raisonna M. l'abbé Grizel, et c'est puissamment raisonner.

L'intendant *des Menus*, qui sait l'histoire, lui répliqua : « Vous avez entendu parler du R. P. Girard; il était sorcier, cela est de fait. Il est avéré qu'il ensorcela sa pénitente, en lui donnant le fouet tout doucement; de plus, il souffla sur elle comme font tous les sorciers : seize [2]

1. Titre d'un divertissement qui fait partie des *Fragments de Lulli*. (Éd.)
2. Sur vingt-cinq juges qui siégeaient, en 1731, au parlement de Provence,

juges déclarèrent Girard magicien ; cependant il fut enterré en terre sainte. Dites-moi pourquoi un homme qui est à la fois jésuite et sorcier a pourtant, malgré ces deux titres, les honneurs de la sépulture, et que Mlle Clairon ne les aurait pas, si elle avait le malheur de mourir immédiatement après avoir joué Pauline, laquelle Pauline [1] ne sort du théâtre que pour s'aller faire baptiser ?

— Je vous ai déjà dit, répondit l'abbé Grizel, que cela est arbitraire. J'enterrerais de tout mon cœur Mlle Clairon, s'il y avait un gros honoraire à gagner ; mais il se peut qu'il se trouve un curé qui fasse le difficile : alors on ne s'avisera pas de faire du fracas en sa faveur, et d'appeler comme d'abus au parlement. Les acteurs de Sa Majesté sont d'ordinaire des citoyens nés de familles pauvres ; leurs parents n'ont ni assez d'argent ni assez de crédit pour gagner un procès ; le public ne s'en soucie guère : il jouit des talents de Mlle Lecouvreur pendant sa vie, il la laissa traiter comme un chien après sa mort, et ne fit qu'en rire.

« L'exemple des sorciers est beaucoup plus sérieux. Il était certain autrefois qu'il y avait des sorciers ; il est certain aujourd'hui qu'il n'y en a point, en dépit des seize Provençaux qui crurent Girard si habile ; cependant l'excommunication subsiste toujours. Tant pis pour vous si manquez de sorciers, nous n'irons pas changer nos rituels parce que le monde a changé : nous sommes comme le médecin de *Pourceaugnac ;* il nous faut un malade, et nous le prenons où nous pouvons.

« On excommunie aussi les sauterelles ; il y en a, et j'avoue qu'il est triste qu'on continue à les flétrir, car elles s'en moquent. J'en ai vu des nuées en Picardie ; il est très-dangereux d'offenser de grandes compagnies, et d'exposer les foudres de l'Église au mépris des personnes puissantes : mais pour trois ou quatre cents pauvres comédiens répandus dans la France, il n'y a rien à craindre en les traitant comme les sauterelles et comme ceux qui nouent l'aiguillette.

« Je vais vous dire quelque chose de plus fort, monsieur l'intendant. N'êtes-vous pas fils d'un fermier général ? — Non, monsieur, dit l'intendant ; mon oncle avait cette place, mon père était receveur général des finances, et tous deux étaient secrétaires du roi, ainsi que mon grand-père. — Eh bien ! répliqua Grizel, votre oncle, votre père, et votre grand-père, sont excommuniés, anathématisés, damnés à tout jamais ; et quiconque en doute est un impie, un monstre, en un mot, un philosophe. »

Le Menu, à ce discours, ne sut s'il devait rire ou battre l'abbé Grizel. Il prit le parti de rire. « Je voudrais bien, monsieur, dit-il au Grizel, que vous me montrassiez la bulle ou le concile qui damne les receveurs des finances du roi, et les adjudicataires des cinq grosses fermes du roi. — Je vous montrerai vingt conciles, dit le Grizel ; je vous ferai voir plus, je vous ferai lire dans l'*Évangile* que tout receveur des

dans le procès du jésuite Girard, il y en eut treize pour l'absolution ; il n'y en eut que douze pour la condamnation à être brûlé vif. (ÉD.)
1. Nom d'un personnage de *Polyeucte*, tragédie de P. Corneille. (ÉD.)

deniers royaux est mis au rang des païens, et vous apprendrez par les anciennes constitutions qu'il ne leur était pas permis d'entrer dans l'église aux premiers siècles. *Sicut ethnicus et publicanus*[1] est un passage assez connu : la loi de l'Église a été invariable sur cet article : l'anathème porté contre les fermiers, contre les receveurs des douanes, n'a jamais été révoqué ; et vous voulez qu'on révoque celui qui a été lancé contre les acteurs qui jouaient encore dans les premiers siècles l'*OEdipe* de Sophocle, anathème qui subsiste contre ceux qui ne représentent plus l'*OEdipe* de Corneille[2] ! Commencez par tirer de l'enfer votre père, votre grand-père, et votre oncle, et puis nous composerons avec la troupe de Sa Majesté.

—Vous extravaguez, monsieur Grizel, dit l'intendant ; mon père était seigneur de paroisse, il est enterré dans sa chapelle : mon oncle lui fit faire un mausolée de marbre aussi beau que celui de Lulli : et si son curé lui avait jamais parlé de l'*ethnicus* et du *publicanus*, il l'aurait fait mettre dans un cul de basse-fosse. Je veux bien croire que saint Matthieu a damné les employés des fermes après l'avoir été ; et qu'ils se tenaient à la porte de l'église dans les premiers temps ; mais vous m'avouerez que personne aujourd'hui n'ose nous le dire en face ; et si nous sommes excommuniés, c'est *incognito*.

—Justement, dit Grizel, vous y êtes ; on laisse l'*ethnicus* et le *publicanus* dans l'*Évangile ;* on n'ouvre point les anciens rituels, et l'on vit paisiblement avec les fermiers généraux, pourvu qu'ils donnent beaucoup d'argent quand ils rendent le pain bénit. »

Monsieur l'intendant s'apaisa un peu ; mais il ne pouvait digérer l'*ethnicus* et le *publicanus*. « Je vous prie, mon cher Grizel, de m'apprendre pourquoi on a inséré cette satire dans vos livres, et pourquoi on nous traitait si mal dans les premiers temps.

— Cela est tout simple, dit Grizel : ceux qui prononçaient cette excommunication étaient de pauvres gens dont les trois quarts étaient Juifs, parmi lesquels il se mêla un quart de pauvres Grecs. Les Romains étaient leurs maîtres ; les receveurs des tributs étaient ou Romains ou choisis par les Romains ; c'était un secret infaillible d'attirer à soi le petit peuple, que d'anathématiser les commis de la douane. On hait toujours des vainqueurs, des maîtres et des commis. La populace courait après des gens qui prêchaient l'égalité, et qui damnaient messieurs des fermes. Criez au nom de Dieu contre les puissances et contre les impôts, vous aurez infailliblement la canaille pour vous, si on vous laisse faire ; et quand vous aurez un assez grand nombre de canailles à vos ordres, alors il se trouvera des gens d'esprit qui lui mettront une selle sur le dos, et qui mettront une selle sur le dos, un mors à la bouche, et qui monteront dessus pour renverser les États et les trônes. Alors on bâtira un nouvel édifice ; mais on conservera les premières pierres, quoique brutes et informes, parce qu'elles ont servi autrefois, et qu'elles sont chères aux

---

1. Saint Matthieu, chap. XVIII, v. 17. (ÉD.)
2. Depuis l'*OEdipe* de Voltaire, joué en 1718, on ne représente plus .'*OEdipe* de Corneille. (ÉD.)

peuples; on les encastrera proprement avec les nouveaux marbres, avec les pierreries et l'or qui seront prodigués, et il y aura même toujours de vieux antiquaires qui préféreront les anciens cailloux aux marbres nouveaux.

— C'est là, monsieur, l'histoire succincte de ce qui est arrivé parmi nous. La France a été longtemps barbare ; et aujourd'hui qu'elle commence à se civiliser, il y a encore des gens attachés à l'ancienne barbarie. Nous avons, par exemple, un petit nombre de gens de bien qui voudraient priver les fermiers généraux de toutes leurs richesses, condamnées dans l'*Évangile*, et priver le public d'un art aussi noble qu'innocent, que l'*Évangile* n'a jamais proscrit, et dont aucun apôtre n'a jamais parlé. Mais la saine partie du clergé laisse les financiers se damner en paix, et permet seulement qu'on excommunie les comédiens pour la forme. — J'entends, dit l'intendant *des Menus;* vous ménagez les financiers, parce qu'ils vous donnent à dîner; vous tombez sur les comédiens qui ne vous en donnent pas. Monsieur, oubliez-vous que les comédiens sont gagés par le roi, et que vous ne pouvez pas excommunier un officier du roi faisant sa charge? donc il ne vous est pas permis d'excommunier un comédien du roi jouant *Cinna* et *Polyeucte* par ordre du roi.

— Et où avez-vous pris, dit Grizel, que nous ne pouvons damner un officier du roi? c'est apparemment dans vos libertés de l'Église gallicane? Mais ne savez-vous pas que nous excommunions les rois eux-mêmes? Nous avons proscrit le grand Henri IV et Henri III, et Louis XII, le père du peuple, tandis qu'il convoquait un concile à Pise, et Philippe le Bel, et Philippe Auguste, et Louis VIII, et Philippe Ier, et le saint roi Robert, quoiqu'il brûlât des hérétiques. Sachez que nous sommes les maîtres d'anathématiser tous les princes, et de les faire mourir de mort subite; et après cela vous irez vous lamenter de ce que nous tombons sur quelques princes de théâtre. »

L'intendant *des Menus*, un peu fâché, lui coupa la parole, et lui dit : « Monsieur, excommuniez mes maîtres tant qu'il vous plaira, ils sauront bien vous punir; mais songez que c'est moi qui porte aux acteurs de Sa Majesté l'ordre de venir se damner devant elle. S'ils sont hors du giron, je suis aussi hors du giron ; s'ils pèchent mortellement en faisant verser des larmes à des hommes vertueux dans des pièces vertueuses, c'est moi qui les fais pécher ; s'ils vont à tous les diables, c'est moi qui les y mène. Je reçois l'ordre des premiers gentilshommes de la chambre, ils sont plus coupables que moi; le roi et la reine, qui ordonnent qu'on les amuse et qu'on les instruise, sont cent fois plus coupables encore. Si vous retranchez du corps de l'Église les soldats, il est sûr que vous retranchez aussi les officiers et les généraux; vous ne vous tirerez jamais de là. Voyez, s'il vous plaît, à quel point vous êtes absurde ; vous souffrez que des citoyens au service de Sa Majesté soient jetés aux chiens, pendant qu'à Rome et dans tous les autres pays on les traite honnêtement pendant leur vie et après leur mort. »

Grizel répondit : « Ne voyez-vous pas que c'est parce que nous sommes un peuple grave, sérieux, conséquent, supérieur en tout aux autres peuples? La moitié de Paris est convulsionnaire; il faut que ces gens-là en imposent à ces libertins qui se contentent d'obéir au roi, qui ne contrôlent point ses actions, qui aiment sa personne, qui lui payent avec allégresse de quoi soutenir la gloire de son trône, qui, après avoir satisfait à leur devoir, passent doucement leur vie à cultiver les arts, qui respectent Sophocle et Euripide, et qui se damnent à vivre en honnêtes gens.

« Ce monde-ci (il faut que j'en convienne) est un composé de fripons, de fanatiques et d'imbéciles, parmi lesquels il y a un petit troupeau séparé, qu'on appelle *la bonne compagnie;* ce petit troupeau étant riche, bien élevé, instruit, poli, est comme la fleur du genre humain; c'est pour lui que les plaisirs honnêtes sont faits; c'est pour lui plaire que les plus grands hommes ont travaillé; c'est lui qui donne la réputation; et, pour vous dire tout, c'est lui qui nous méprise, en nous faisant politesse quand il nous rencontre. Nous tâchons tous de trouver accès auprès de ce petit nombre d'hommes choisis; et depuis les jésuites jusqu'aux capucins, depuis le P. Quesnel jusqu'au maraud qui fait la *Gazette ecclésiastique,* nous nous plions en mille manières pour avoir quelque crédit sur ce petit nombre, dont nous ne pouvons jamais être. Si nous trouvons quelque dame qui nous écoute, nous lui persuadons qu'il est essentiel, pour aller au ciel, d'avoir les joues pâles, et que la couleur rouge déplaît mortellement aux saints du paradis. La dame quitte le rouge, et nous tirons de l'argent d'elle.

« Nous aimons à prêcher, parce qu'on loue les chaises; mais comment voulez-vous que les honnêtes gens écoutent un ennuyeux discours, divisé en trois points, quand ils ont l'esprit occupé des beaux morceaux de *Cinna,* de *Polyeucte,* des *Horaces,* de *Pompée,* de *Phèdre* et d'*Athalie?* C'est là ce qui nous désespère.

« Nous entrons chez une dame de qualité; nous demandons ce qu'on pense du dernier sermon du prédicateur de Saint-Roch; le fils de la maison nous répond par une tirade de Racine. Avez-vous lu l'*OEuvre des six jours*[1]? disons-nous. On nous réplique qu'il y a une tragédie nouvelle. Enfin le temps approche où nous ne gouvernerons plus que les disgraciés et la halle. Cela donne de l'humeur, et alors on excommunie qui l'on peut.

« Il n'en est pas ainsi à Rome et dans les autres États de l'Europe. Quand on a chanté à Saint-Jean de Latran, ou à Saint-Pierre, une belle messe à grands chœurs à quatre parties, et que vingt châtrés ont fredonné un motet, tout est dit; on va prendre le soir du chocolat à l'Opéra de Saint-Ambroise, et personne ne s'avise d'y trouver à redire. On se garde bien d'excommunier la signora Cazzoni[2], la signora Faustina[3], la signora Barbarini, encore moins le signor Farinelli, chevalier de Calatrava, et acteur de l'Opéra, qui a des diamants gros comme mon pouce.

1. Voltaire appelait alors l'*OEuvre de six jours* sa tragédie d'*Olympie*, qu'il avait faite en six jours. (ÉD.)
2. Françoise Cazzoni, née à Parme vers 1700. (ÉD.)
3. Faustine Bordoni, née à Venise en 1700. (ÉD.)

« Les gens qui sont les maîtres chez eux ne sont jamais persécuteurs : voilà pourquoi un roi qui n'est point contredit est toujours un bon roi, pour peu qu'il ait le sens commun. Il n'y a de méchants que les petits qui cherchent à être les maîtres. Il n'y a que ceux-là qui persécutent pour se donner de la considération. Le pape est assez puissant en Italie pour n'avoir pas besoin d'excommunier d'honnêtes gens qui ont des talents estimables; mais il est des animaux dans Paris, aux cheveux plats, et à l'esprit de même, qui sont dans la nécessité de se faire valoir. S'ils ne cabalent pas, s'ils ne prêchent pas le rigorisme, s'ils ne crient pas contre les beaux-arts, ils se trouvent anéantis dans la foule. Les passants ne regardent les chiens que quand ils aboient, et on veut être regardé. Tout est jalousie de métier dans ce monde. Je vous dis notre secret; ne me décelez pas; et faites-moi le plaisir de me donner une loge grillée à la première tragédie de M. Colardeau.

— Je vous le promets, dit l'intendant *des Menus;* mais achevez de me révéler vos mystères. Pourquoi, de tous ceux à qui j'ai parlé de cette affaire, n'y en a-t-il pas un qui ne convienne que l'excommunication contre une société gagée par le roi est le comble de l'insolence et du ridicule? et pourquoi en même temps personne ne travaille-t-il à lever ce scandale?

— Je crois vous avoir déjà répondu, dit Grizel, en vous avouant que tout est contradiction chez nous. La France, à parler sérieusement, est le royaume de l'esprit et de la sottise, de l'industrie et de la paresse, de la philosophie et du fanatisme, de la gaieté et du pédantisme, des lois et des abus, du bon goût et de l'impertinence. La contradiction ridicule de la gloire de *Cinna*, et de l'infamie de ceux qui représentent *Cinna;* le droit qu'ont les évêques d'avoir un banc particulier aux représentations de *Cinna*, et le droit d'anathématiser les acteurs, l'auteur et les spectateurs, sont assurément une incompatibilité digne de la folie de ce peuple : mais trouvez-moi dans le monde un établissement qui ne soit pas contradictoire.

« Dites-moi pourquoi les apôtres ayant tous été circoncis, les quinze premiers évêques de Jérusalem ayant été circoncis, vous n'êtes pas circoncis? pourquoi la défense de manger du boudin n'ayant jamais été levée, vous mangez impunément du boudin? pourquoi les apôtres ayant gagné leur pain à travailler de leurs mains, leurs successeurs regorgent de richesses et d'honneurs? pourquoi saint Joseph ayant été charpentier, et son divin fils ayant daigné être élevé dans ce métier, son vicaire a chassé les empereurs, et s'est mis sans façon à leur place? Pourquoi a-t-on excommunié, anathématisé pendant des siècles, ceux qui disaient que le Saint-Esprit procède du Père et du Fils? et pourquoi damne-t-on aujourd'hui ceux qui pensent le contraire?

« Pourquoi est-il expressément défendu dans l'*Évangile* de se remarier, quand on a fait casser son mariage [1], et que nous permettons qu'on se remarie? Dites-moi comment le même mariage est annulé à Paris et subsiste dans Avignon?

1. Saint Marc, chap. x, versets 11 et 12. (ÉD.)

« Et pour vous parler du théâtre que vous aimez, expliquez-nous comment vous applaudissez à la brutale et factieuse insolence de Joad, qui fait couper la tête à Athalie, parce qu'elle voulait élever son petit-fils Joas chez elle; tandis que si un prêtre osait, parmi nous, attenter quelque chose de semblable contre les personnes du sang royal, il n'y a pas un citoyen parmi nous, excepté peut-être quelques jésuites, qui ne le condamnât au dernier supplice.

« Tout dépend de l'usage. La danse, par exemple, a été chez presqu tous les peuples une fonction religieuse; les Juifs mêmes dansèrent pa dévotion. Si l'archevêque de Paris s'avisait, à la grand'messe, de dan ser pieusement une loure ou une chaconne, on en rirait comme de ses billets de confession. On représente encore des actes sacramentaux à Madrid, les jours de fête : un comédien fait Jésus-Christ; un autre fait le diable; une actrice est la Sainte-Vierge; une autre Magdeleine à sa toilette; Arlequin dit *Ave Maria;* Judas dit son *Pater.*

« Pendant ce temps-là même on brûle quelquefois en cérémonie des descendants de notre bon père Abraham; et tandis qu'ils cuisent, ou leur chante gravement les chansons pieuses d'un de leurs rois, traduites en mauvais latin. Malgré tout cela il y a à la cour de Madrid autant de sens commun, de politesse et d'esprit, qu'en aucune cour de l'Europe.

« On bénit à Rome des chevaux; si nous faisions bénir nos attelages à Sainte-Geneviève, la moitié de Paris crierait au scandale.

« Je ne veux point faire un tableau de toutes les contradictions de ce monde; il faudrait que je passasse ma vie à peindre. Non-seulement nous nous contredisons perpétuellement dans nos principes et dans nos ac-tions, mais toutes les professions sont contraires les unes aux autres; c'est une guerre secrète qui ne finira jamais. L'homme d'Église est l'ennemi-né de l'homme de robe; celui-ci, du courtisan; le chanoine, du moine; certains comédiens, d'autres comédiens; et chacun donne à son voisin loyalement tous les dégoûts dont il peut s'aviser. La pire espèce de toutes, je l'avoue, est celle des prétendus réformateurs. Ce sont des malades qui sont fâchés que les autres se portent bien; ils défendent les ragoûts dont ils ne mangent pas.

— J'aime votre franchise, dit *le Menu.* Laissons paisiblement subsister de vieilles sottises; peut-être tomberont-elles d'elles-mêmes, et nos pe-tits-enfants nous traiteront de bonnes gens, comme nous traitons nos pères d'imbéciles. Laissons les tartufes crier encore quelque temps; et dès demain je vous mène à la comédie du *Tartufe.* »

Après cette conversation, arrivèrent deux petits pédants à l'air em-pesé, à la marche grave et à la tête large et creuse, tout bouffis d'or-gueil et de formalités, fous sérieux qui font des sottises de sang-froid, gens qui n'ont jamais lu ni Cicéron, ni Démosthène, ni Sophocle, ni Euripide, ni Térence, mais qui se croient fort supérieurs à eux. Nous dînâmes : on parla de la gloire de la France et de sa prééminence sur les autres nations; nous cherchâmes en quoi consistait cette supério-rité. J'osai prendre alors la parole, et je dis : « Cette supériorité ne con-siste pas dans nos lois; car à proprement parler, nous n'avons pu en-core en avoir de fixes depuis 1400 : nous n'avons que des coutumes très-contestées; ces coutumes changent de ville en ville, ainsi que les poids et mesures; et une nation chez laquelle ce qui est juste vers la la Seine est injuste vers le Rhône, ne peut guère se glorifier de ses lois. Est-ce par nos découvertes que nous l'emportons sur les autres peuples? Hélas! c'est un pilote gênois qui a découvert le Nouveau-Monde, c'est un Allemand qui a inventé l'imprimerie, c'est à un Italien à qui nous devons les lunettes; un Hollandais a inventé les pendules. un Italien a trouvé la pesanteur de l'air, un Anglais a découvert les lois de la nature [1]; et nous n'avons inventé que les convulsions. Brillons-nous par la marine, par le commerce, par l'agriculture? Plût à Dieu! Il faut espérer que nous profiterons quelque jour de l'exemple de nos voisins. Trouvez-moi un seul art, une seule science dans laquelle nous n'ayons pas des maîtres chez les nations étrangères. Avons-nous pu seulement traduire en vers les poëtes grecs et latins, que les Anglais et les Italiens ont si heureusement traduits? » Les convives se regardèrent; ils conclurent que nous sommes médiocres presque en tous genres, et que ce n'est que dans l'art dramatique que nous l'emportons sur toutes les nations du monde, de l'aveu de ces nations mêmes. « Eh bien! dis-je alors aux deux pédants, le seul art qui vous distingue, c'est donc le seul art que vous voulez avilir? » Ils rougirent: ce qui leur arrive rarement.

Ils n'étaient pas encore partis quand l'auteur de la tragédie de *Varon* [2] arriva chez l'intendant *des Menus*. C'est un homme d'une ancienne noblesse, un brave officier couvert de blessures : la famille royale avait redemandé sa pièce, les premiers gentilshommes de la chambre avaient ordonné qu'on la jouât, et il venait pour prendre quelque arrangement. Il trouva sur la cheminée le discours de maître Étienne Ledain, prononcé du côté du greffe; il tomba sur ces mots : *Si l'auteur et l'acteur sont infâmes dans l'ordre des lois*, etc... « Comment! mort de...., dit-il, l'auteur d'une tragédie est un homme infâme! Moi, infâme! le cardinal de Richelieu, infâme! Corneille, né gentilhomme, infâme! Où est le fat qui a dit cette sottise? Je veux le voir l'épée à la main. -- Monsieur, lui dis-je, c'est un vieil avocat, nommé maître Ledain, auquel il faut pardonner. — Maître Ledain! où est-il? que je lui coupe le nez et les deux oreilles! Quel est donc ce M. Ledain? Il appartient bien à un vil praticien, à un suppôt de la chicane, à un roturier que je paye, d'oser traiter d'infâmes des gens de qualité qui cultivent un art respectable! Où a-t-il pris que je suis déclaré infâme, infâme dans l'ordre des lois? Qu'il sache qu'il n'y a rien de si infâme dans un État que des gens qui originairement étaient nos esclaves, et qui veulent être aujourd'hui nos maîtres, pour avoir très-mal étudié les différentes coutumes établies par nos ancêtres dans nos domaines. —Ne vous emportez pas, monsieur, lui dis-je; vous parlez comme du

1. Le pilote gênois est Christophe Colomb; l'Allemand est Guttemberg; l'Italien, inventeur des lunettes, est Alexandre Spina; le Hollandais est Huygens; c'est Torricelli qui a trouvé la pesanteur de l'air: c'est Newton qui a découvert les lois de la nature. (ED.)

2. *Varon*, tragédie du vicomte de Grave. (ED.)

temps du gouvernement féodal. Ce pauvre homme, d'ailleurs, est un imbécile; c'est M. Abraham Chaumeix et M. Gauchat qui ont fait son discours *prononcé du côté du greffe*. Il est bâtonnier; il n'a pas rempli le vœu de l'*Ordre des avocats*, comme il le dit; la plus saine partie de l'ordre des avocats s'est moquée de lui. — Bâtonnier! dit l'officier; ah! je le traiterai suivant toute l'étendue de sa charge; voilà un plaisant animal avec le vœu de son ordre! » Il s'emporta longtemps; nous lui dîmes, pour l'apaiser, que, quand un corps pousse le fanatisme aussi loin, il perd bientôt tout son crédit; que ceux qui abusent du malheur des temps pour faire un parti finissent par être écrasés, et que l'on perd toutes les prérogatives de son état pour avoir voulu s'élever au-dessus de son état. « Je me moque, reprit ce gentilhomme, de toutes leurs sottises: j'assommerai le premier qui m'appellera infâme : je n'entends point raillerie. Maître Ledain et consorts auront affaire à moi. » Un des deux graves personnages qui avaient dîné avec nous lui dit : « Monsieur, les voies de fait sont défendues; pourvoyez-vous devant la cour. »

N. B. Je rendrai compte incessamment de la suite de cette aventure. En attendant, je supplie instamment maître Ledain et consorts de vouloir bien me faire l'amitié de déférer cette conversation, comme manifestement contraire aux sentiments du feu curé de Saint-Médard et de celui de Saint-Leu, comme tendante insidieusement à renouveler les anciennes opinions de Cicéron qui aima tant Roscius, de César et d'Auguste qui faisaient des tragédies, de Scipion qui travaillait aux pièces de Térence, de Périclès qui fit bâtir ce beau théâtre d'Athènes, et d'autres impies et bélîtres de l'antiquité, morts sans sacrements, comme le dit le R. P. Garasse.

Je me flatte que maître Ledain, maître Braillard, maître Griffonnier, maître Phrasier, assistés de maître Abraham Chaumeix, feront brûler incessamment les ouvrages de Corneille par la main du bourreau, au bas de l'escalier du May, s'il fait beau temps, et sur le perron d'en haut, si nous avons de la pluie.

N. B. Si maître l'exécuteur des hautes œuvres avait pour ses honoraires un exemplaire de chaque livre qu'il a brûlé, il aurait vraiment une jolie bibliothèque.

Fait à Paris, par moi Georges Avenger Dardelle, 20 mai 1761.

LETTRE

DE CHARLES GOUJU A SES FRÈRES.

(1761.)

Je conjure non-seulement mes chers compatriotes, mais aussi tous mes chers frères les Allemands, les Anglais, et même les Italiens, de vouloir bien considérer avec moi, pour leur édification, ce qui se passe aujourd'hui au sujet des révérends pères jésuites.

Je suis cousin de M. Cazotte, et allié de M. Lyonci, que le R. P. La Valette, préfet apostolique du commerce, a ruinés de fond en comble. Dieu fasse miséricorde à son préfet! mais je demande à tout homme, qui fait usage de sa raison, s'il est possible que le R. P. La Valette, ayant fait deux années de théologie, ait cru à la religion chrétienne, quand, après avoir fait vœu de pauvreté, et après avoir lu l'Évangile, il a fait un commerce de plus de six millions? Est-il dans la nature humaine qu'un théologien, qui croit la religion, se damne de gaieté de cœur en faisant ce que sa religion et ses vœux réprouvent à si haute voix?

Qu'un fidèle, entraîné par une passion violente, commette un crime passager, et qu'il s'en repente; c'est le propre de notre nature : mais quand les maîtres en Israël nous volent en nous prêchant et en nous confessant; quand ils persistent dans cette manœuvre des années entières, je vous demande, mes chers frères, s'il est possible qu'ils soient toujours persuadés, et toujours trompeurs; qu'ils pensent réellement tenir Dieu dans leurs mains à la messe, lorsqu'ils nous pillent au sortir de la sainte table.

Il est avéré, par les dépositions ues conjurés de Lisbonne, que les jésuites leurs confesseurs les assurèrent qu'ils pouvaient en sûreté de conscience assassiner le roi. Je n'examine point quelle vengeance animait les conjurés; je demande simplement s'il est possible que ceux qui se servaient d'un sacrement pour inspirer le parricide crussent à ce sacrement.

Je passe de ces grands crimes à des iniquités d'un autre genre. Pensez-vous que le jésuite Le Tellier crût en Jésus-Christ? pensez-vous qu'il crût un Dieu juste, rémunérateur et vengeur, quand il abusait de l'ignorance de Louis XIV en matières théologiques, pour persécuter le vertueux cardinal de Noailles; et quand, faisant le métier de faussaire, il montrait à son pénitent des lettres de plusieurs évêques, que ces évêques n'avaient point écrites? Cette conduite, soutenue plusieurs années, ne démontre-t-elle pas que le confesseur ne croyait rien de ce qu'il faisait croire à son pénitent?

Les adversaires des jésuites, qui ont imaginé les convulsions, et tant d'autres miracles, et qui ont été convaincus de tant de fourberies, ont-ils été de meilleurs croyants que le jésuite Le Tellier?

Je vous le répète, un homme peut croire en Dieu, et tuer son père; mais il est impossible qu'il croie en Dieu, et qu'il passe sa vie dans des crimes réfléchis, et dans une suite non interrompue de fraudes et d'impostures : il s'en repent du moins à la mort; mais je vous défie de trouver dans l'histoire un seul théologien qui ait avoué ses crimes en mourant.

Nous voyons tous les jours, parmi les séculiers, des meurtriers et des incestueux faire des pénitences publiques : je me soumets à donner dix mille écus qui me restent de toute ma fortune, que le R. P. La Valette m'a enlevée, si vous me montrez un seul théologien pénitent.

Voulez-vous de plus grands exemples? prenez-les chez les premiers

pontifes : Jules II, le casque en tête et la cuirasse sur le dos; le volup-
tueux Léon X; Alexandre VI, souillé d'incestes et d'assassinats; tant
de papes entourés de maîtresses et de bâtards, se jouant, dans le sein
de la débauche, de la crédulité humaine, ont-ils levé à Dieu leurs
mains pleines d'or et teintes de sang? un seul a-t-il fait pénitence dans
la retraite? tandis que nous voyons Charles-Quint chanter à Saint-Just
son *De profundis.*

Les véritables incrédules ont donc été de tout temps les théologiens,
grands ou petits, tondus ou mitrés.

Si je ne me trompe, voici comme chacun d'eux a raisonné : « La
religion chrétienne que j'enseigne n'est certainement pas celle des
premiers siècles. Il est clair que la synaxe des premiers chrétiens
n'était pas une messe privée; il est constant que les images que nous
invoquons furent défendues pendant plus de deux cents années; que
la confession auriculaire a été longtemps inconnue; que toutes les pratiques ont changé, sans en excepter une seule. Tous les dogmes ont
visiblement changé de même : nous savons l'époque de l'addition au
symbole des apôtres, touchant la procession du Saint-Esprit. De toutes
les opinions qui ont excité tant de guerres, il n'y en a pas une qui
soit nettement dans nos Évangiles. Tout est donc notre ouvrage, tout
est donc arbitraire; nous ne pouvons donc croire ce que nous enseignons; nous devons donc profiter de la sottise des hommes; nous
pouvons donc, sans rien craindre, les dépouiller et les confesser, les
assassiner, et leur donner l'extrême-onction. »

Non-seulement ils ont fait ce raisonnement, mais il est impossible
qu'ils ne l'aient pas fait; car, encore une fois, il n'est pas dans la nature qu'un homme dise : « Je crois fermement tout ce que j'enseigne,
et vais faire le contraire pendant toute ma vie et à ma mort. »

Beaucoup de séculiers, et surtout parmi les grands, ont imité les
théologiens dans toutes les religions. Mustapha a dit : « Mon muphti
ne croit point à Mahomet; je ne dois donc pas y croire; je peux donc
faire étrangler mes frères sans le moindre scrupule. »

Ce syllogisme abominable : « Ma religion est fausse, donc il n'y a
point de Dieu, » est le plus commun que je connaisse, et la source la
plus féconde de tous les crimes.

Quoi! mes frères, parce que Malagrida est un assassin, Le Tellier
un faussaire, La Valette un banqueroutier, et le muphti un fripon,
s'ensuit-il qu'il n'y ait pas un Être suprême, un créateur, un conservateur, un juge équitable, qui punit et qui récompense? J'ai connu
un jacobin, docteur de Sorbonne, qui était devenu athée, parce que
son prieur l'obligeait de soutenir dans son cloître la conception de la
Vierge dans le péché, et qu'en Sorbonne il était obligé de soutenir le
contraire. Il disait froidement : « Ma religion est fausse : or, puisque
ma religion, qui est sans contredit la meilleure de toutes, n'a que des
caractères de fausseté, il n'y a donc point de religion, il n'y a donc
point de Dieu; j'ai donc fait une énorme sottise de me faire jacobin
à l'âge de quinze ans. »

J'eus pitié de ce pauvre homme; je lui dis : « Il est vrai qu'en vous faisant jacobin, vous avez été un grand fou; mais, mon ami, que Marie soit née maculée ou immaculée, Dieu en existe-t-il moins? Dieu en est-il moins le père et le juge de tous les hommes? n'ordonne-t-il pas également au premier colao de la Chine, et au dernier des jacobins, d'être juste, sincère, modéré, et de faire à autrui ce que tout jacobin voudrait qu'on lui fît à lui-même? Les dogmes changent, mon ami; mais Dieu ne change pas. Le cordelier saint Bonaventure et le jacobin saint Thomas ne sont presque jamais du même avis : eh bien! ne pensez ni comme Thomas ni comme Bonaventure. On a falsifié de certains livres, on en a supposé d'autres; cela vous fait de la peine : consolez-vous; on ne peut falsifier le grand livre de la nature, dans lequel il est écrit : « Adore un Dieu, et sois juste. » Je vis avec plaisir que mon sermon fit une grande impression sur mon jacobin.

Il faut, mes frères, épurer la religion; l'Europe entière le crie; et, pour l'épurer, ce n'est point par épurer la théologie qu'il faut commencer; il faut l'abolir entièrement. Il est trop honteux d'avoir fait une science de cette grave folie qui n'a servi qu'à renverser des milliers de cervelles, et qui a bouleversé tous les États les uns après les autres. Elle seule fait les athées. Le grand nombre des petits théologiens, qui est assez sensé pour voir tout le ridicule de cette science chimérique, n'en sait pas assez pour lui substituer une saine philosophie. Il conclut, comme le jeune jacobin, que la Divinité est une chimère, parce que la théologie est chimérique. C'est précisément dire qu'il ne faut prendre ni quinquina pour la fièvre, ni être saigné dans l'apoplexie, ni faire diète dans la pléthore, parce qu'il y a de mauvais médecins : c'est nier les effets évidents de la chimie, parce que des chimistes charlatans ont prétendu faire de l'or. Les gens du monde, encore plus ignorants que ces petits théologiens, disent : « Voilà des « bacheliers et des licenciés qui ne croient pas en Dieu ; pourquoi y « croirions-nous ? »

« Mes frères, une fausse science fait les athées; une vraie science prosterne l'homme devant la Divinité; elle rend juste et sage celui que la théologie a rendu inique et insensé.

Voilà, mes chers frères, ma profession de foi; ce doit être la vôtre; car c'est celle de tous les honnêtes gens. *Amen*. »

LES CAR.

A M. LE FRANC DE POMPIGNAN.

(1761.)

Vous ne cessez point de calomnier la nation; *car* jusque dans l'*Éloge de feu monseigneur le duc de Bourgogne*, lorsqu'il ne s'agit que d'essuyer nos larmes, vous ne parlez à l'héritier du trône, au père affligé, au prince sensible et juste, que de la fausse et aveugle philosophie qui règne en France, de la raison égarée, des mœurs corrompues, des ... suspectes, d'esprits gâtés par des opinions dangereuses; vous dites que dans ce siècle on ne regarde la mort que comme le retour au néant, etc.

Vous avez fait : car il est cruel de dire à la maison royale que la France est pleine d'esprits qui ont peu de respect pour la religion catholique, et d'insinuer qu'ils en auront peu pour le trône; Il est barbare de peindre comme dangereux des gens de lettres qui sont presque tous sans appui; il est affreux de faire le métier de délateur, quand on écrit en consolateur, et de vouloir irriter des cours dont vous prétendez adoucir les regrets par vos plaintes.

On voit assez que vous cherchez à écarter les gens de lettres de l'éducation des enfants de France; car vous aspirez à en être chargé vous-même, vous et M. votre frère; car, pour paraître à la cour en maître, vous prôniez M. Dupré de Saint-Maur, qui vous recevait à l'Académie, de vous comparer à Moïse, dans son beau discours, et M. votre frère à Aaron; ce qu'il fit, et ce qu'il ne fera plus.

Ah, Motte de Montauban! vous n'avez pas pris dans les Tables de la loi votre *Prière du déiste*, car elle n'y est pas. Cessez donc d'imputer des sentiments d'impiété à la nation, car vous avez ouvertement professé l'impiété.

Ce n'était pas ce que professait le professeur en droit votre grand-père, professant à Cahors; c'était un homme sage que ce professeur; s'il vivait encore, il vous dirait : « Mon fils, soyez modeste, corrigez les vers de votre *Didon*, qui sont lâches, faibles, durs, avec ... de déclamation. »

Rendez les pseaumes pénitentiaux, et ne les translatez point en vers plus durs et plus chargés d'épithètes que votre *Didon*. Ne soyez point hypocrite après avoir été impie, car c'est là le mal. Demandez pardon à l'Académie de l'avoir insultée, et surtout ennuyée, la seule fois que vous avez osé paraître devant elle. Ne donnez point de *Mémoires au roi*, car il ne les lira pas; et n'imaginez point de les faire imprimer par ordre du roi, car le roi n'en donnera pas l'ordre; ne soyez point délateur, car c'est un vilain métier; ne flattez point le grand seigneur, car vous êtes d'une bonne bourgeoisie; ne cabalez plus pour être intrus dans l'éducation de son prince, car, comme vous dites dans votre *Épître à monseigneur le dauphin*, elle ne sera pas confiée aux esprits gâtés, aux auteurs de la *Prière du déiste*, ni aux têtes chaudes qui ont l'esprit froid; n'insultez point les gens de lettres, car ils vous diront des vérités.

Si vous présidez à la cour des aides de Cahors, ou à l'élection, ou au grenier à sel, n'imitez point ce juge de village dont parle Boileau, qui portait la latclave, et faisait parade de sa chaine consulaire; car on en rit.

Ne dites plus au roi, dans un libelle de supplique, qu'il *traite ses sujets comme des esclaves*; car alors ce n'est plus une supplique, et il ne reste que le libelle; et lorsqu'on est coupable d'un libelle si insensé, on a beau faire sa cour au P. Desmarets jésuite [1], le P. Desmarets jésuite ne vous fera jamais entrer dans le conseil; *car* il n'y entrera pas lui-même.

LES AH! AH!

A MOISE LE FRANC DE POMPIGNAN.

(1761.)

Ah! ah! Moïse Le Franc de Pompignan, vous êtes donc un plagiaire, et vous nous faisiez accroire que vous étiez un génie!

Ah! ah! vous avez donc pillé le P. Villermet dans votre *Histoire de Mgr le duc de Bourgogne*, et vous vous portiez pour historiographe des enfants de France, écrivant de votre chef. Vous avez cru que les biens des jésuites étaient déjà confisqués, vous vous êtes pressé de vous emparer de leur style. Vous êtes traducteur de Villermet après avoir été traducteur de Métastase, et vous n'en disiez mot!

Ah! ah! vous vous donniez pour un *favori* que la famille royale a prié de vouloir bien écrire l'histoire des enfants de France. Vous nous induisiez en erreur, en disant dans votre *Épître dédicatoire à Mgr le dauphin et à Mme la dauphine* : « J'obéis à vos ordres: » et il se trouve que vous avez seulement usé de la permission qu'ils eut daigné vous donner de leur dédier votre petite translation, permission qu'on accorde à qui la demande.

Il semble, par votre Épître dédicatoire, que le roi et Mgr le dauphin vous aient dit : « Monsieur Le Franc de Pompignan, ayez la bonté d'apprendre à l'univers que nous ne confierons jamais nos enfants à des mains suspectes, à des cœurs corrompus, à des esprits gâtés. »

Mais, Moïse Le Franc, qui jamais a voulu faire élever ses enfants par des esprits gâtés, et des cœurs corrompus, qui ont des mains suspectes? Vos mains ont sans doute un bon cœur; mais ce n'est pas assez pour élever nos princes.

Ah! ah! Moïse Le Franc de Pompignan, vous vouliez donc faire trembler toute la littérature? Il y avait un jour un fanfaron qui donnait des coups de pied dans le cul à un pauvre diable, et celui-ci les recevait par respect; vint un brave qui donna des coups de pied au cul du fanfaron; le pauvre diable se retourne, et dit à son batteur : *Ah! ah!* monsieur, vous ne m'aviez pas dit que vous étiez un poltron; et il rossa le fanfaron à son tour, de quoi le prochain fut merveilleusement content : *Ah! ah!*

[1] Confesseur du roi. (ÉD.)

ENTRETIENS

D'UN SAUVAGE ET D'UN BACHELIER.

Un gouverneur de la Cayenne amena un jour un sauvage de la Guiane qui était né avec beaucoup de bon sens, et qui parlait assez bien le français. Un bachelier de Paris eut l'honneur d'avoir avec lui cette conversation.

LE BACHELIER. — Monsieur le sauvage, vous avez vu sans doute beaucoup de vos camarades qui passent leur vie tout seuls? car on dit que c'est là la véritable vie de l'homme, et que la société n'est qu'une dépravation artificielle.

LE SAUVAGE. — Jamais je n'ai vu de ces gens-là : l'homme me paraît né pour là société, comme plusieurs espèces d'animaux : chaque espèce suit son instinct : nous vivons tous en société chez nous.

LE BACHELIER. — Comment! en société! vous avez donc de belles villes murées, des rois qui tiennent une cour, des spectacles, des couvents, des universités, des bibliothèques, et des cabarets?

LE SAUVAGE. — Non : est-ce que je n'ai pas ouï dire que dans votre continent vous avez des Arabes, des Scythes, qui n'ont jamais rien eu de tout cela, et qui forment cependant des nations considérables? nous vivons comme ces gens-là. Les familles voisines se prêtent du secours. Nous habitons un pays chaud, où nous avons peu de besoins; nous nous procurons aisément la nourriture; nous nous marions, nous faisons des enfants, nous les élevons, nous mourons. C'est tout comme chez vous, à quelques cérémonies près.

LE BACHELIER. — Mais, monsieur, vous n'êtes donc pas sauvage?

LE SAUVAGE. — Je ne sais pas ce que vous entendez par ce mot.

LE BACHELIER. — En vérité, ni moi non plus; il faut que j'y rêve : nous appelons sauvage un homme de mauvaise humeur, qui fuit la compagnie.

LE SAUVAGE. — Je vous ai déjà dit que nous vivons ensemble dans nos familles.

LE BACHELIER. — Nous appelons encore sauvages les bêtes qui ne sont pas apprivoisées, et qui s'enfoncent dans les forêts; et de là nous avons donné le nom de *sauvage* à l'homme qui vit dans les bois.

LE SAUVAGE. — Je vais dans les bois, comme vous autres, quand vous chassez.

LE BACHELIER. — Pensez-vous quelquefois?

LE SAUVAGE. — On ne laisse pas d'avoir quelques idées.

LE BACHELIER. — Je serais curieux de savoir quelles sont vos idées : que pensez-vous de l'homme?

LE SAUVAGE. — Je pense que c'est un animal à deux pieds, qui a la faculté de raisonner, de parler et de rire, et qui se sert de ses mains beaucoup plus adroitement que le singe. J'en ai vu de plusieurs espèces, des blancs comme vous, des rouges comme moi, des noirs comme ceux qui sont chez M. le gouverneur de la Cayenne. Vous avez de la barbe, nous n'en avons point : les nègres ont de la laine, et vous et moi portons des cheveux. On dit que dans votre Nord tous les cheveux sont blonds; ils sont tous noirs dans notre Amérique; je n'en sais guère davantage.

LE BACHELIER. — Mais votre âme, monsieur? votre âme? quelle notion en avez-vous? D'où vous vient-elle? qu'est-elle? que fait-elle? comment agit-elle? où va-t-elle?

LE SAUVAGE. — Je n'en sais rien; je ne l'ai jamais vue.

LE BACHELIER. — A propos, croyez-vous que les bêtes soient des machines?

LE SAUVAGE. — Elles me paraissent des machines organisées qui ont du sentiment et de la mémoire.

LE BACHELIER. — Et vous, et vous, monsieur le sauvage, qu'imaginez-vous avoir par-dessus les bêtes?

LE SAUVAGE. — Une mémoire infiniment supérieure, beaucoup plus d'idées, et, comme je vous l'ai déjà dit, une langue qui forme incomparablement plus de sons que la langue des bêtes, et des mains plus adroites, avec la faculté de rire qu'un grand raisonneur me fait exercer.

LE BACHELIER. — Et, s'il vous plaît, comment avez-vous tout cela? et de quelle nature est votre esprit? comment votre âme anime-t-elle votre corps? pensez-vous toujours? votre volonté est-elle libre?

LE SAUVAGE. — Voilà bien des questions. Vous me demandez comment je possède ce que Dieu a daigné donner à l'homme : c'est comme si vous me demandiez comment je suis né. Il faut bien, puisque je suis né homme, que j'aie les choses qui constituent l'homme, comme un arbre a de l'écorce, des racines et des feuilles. Vous voulez que je sache de quelle nature est mon esprit; je ne me le suis pas donné, je ne peux le savoir : comment mon âme anime mon corps; je n'en suis pas mieux instruit. Il me semble qu'il faut avoir vu le premier ressort de votre montre pour juger comment elle marque l'heure. Vous me demandez si je pense toujours : non; j'ai quelquefois des demi-idées, comme quand je vois des objets de loin confusément; quelquefois j'ai des idées plus fortes, comme lorsque je vois un objet de plus près je le distingue mieux; quelquefois je n'ai point d'idées du tout, comme lorsque je ferme les yeux je ne vois rien. Vous me demandez après cela si ma volonté est libre. Je ne vous entends point : ce sont des choses que vous savez, sans doute; vous me ferez plaisir de me les expliquer.

LE BACHELIER. — Oh! vraiment oui, j'ai étudié toutes ces matières; je pourrais vous en parler un mois de suite sans discontinuer, que vous n'y entendriez rien. Dites-moi un peu, connaissez-vous le bon et le mauvais, le juste et l'injuste? savez-vous quel est le meilleur des gouvernements, le meilleur culte, le droit des gens, le droit public,

e droit civil, le droit canon? comment se nommaient le premier
homme et la première femme qui ont peuplé l'Amérique? Savez-vous
à quel dessein il pleut dans la mer, et pourquoi vous n'avez point de
barbe?

LE SAUVAGE. — En vérité, monsieur, vous abusez un peu de l'aveu
que j'ai fait d'avoir plus de mémoire que les animaux : j'ai peine à retrouver les questions que vous me faites. Vous parlez du bon et du
mauvais, du juste et de l'injuste : il me paraît que tout ce qui nous
fait plaisir sans faire tort à personne est très-bon et très-juste; que ce
qui fait tort aux hommes sans nous faire de plaisir est abominable; et
que ce qui nous fait plaisir en faisant du tort aux autres est bon pour
nous dans le moment, très-dangereux pour nous-mêmes, et très-mauvais pour autrui.

LE BACHELIER. — Et avec ces maximes-là vous vivez en société?

LE SAUVAGE. — Oui, avec nos parents et nos voisins. Sans beaucoup
de peines et de chagrins, nous attrapons doucement notre centaine
d'années; plusieurs même vont à cent vingt; après quoi notre corps
fertilise la terre dont il a été nourri.

LE BACHELIER. — Vous me paraissez avoir une bonne tête; je veux
vous la renverser. Dînons ensemble : après quoi nous continuerons à
philosopher avec méthode.

SECOND ENTRETIEN.

LE SAUVAGE. — J'ai avalé des aliments qui ne me paraissent pas faits
pour moi, quoique j'aie un très-bon estomac : vous m'avez fait manger
quand je n'avais plus faim, et boire quand je n'avais plus soif; mes
jambes ne sont plus si fermes qu'elles l'étaient avant le dîner, ma tête
est plus pesante, mes idées ne sont plus si nettes. Je n'ai jamais
éprouvé cette diminution de moi-même dans mon pays. Plus on met
ici dans son corps, et plus on perd de son être. Dites-moi, je vous prie,
quelle est la cause de ce dommage.

LE BACHELIER. — Je vais vous le dire. Premièrement, à l'égard de ce
qui se passe dans vos jambes, je n'en sais rien; mais les médecins le
savent, et vous pouvez vous adresser à eux. A l'égard de ce qui se
passe dans votre tête, je le sais très-bien; écoutez. L'âme, ne tenant
aucune place, est placée dans la glande pinéale, ou dans le corps cal-
leux, au milieu de la tête. Les esprits animaux qui s'élèvent de l'estomac montent à l'âme, qu'ils ne peuvent toucher, parce qu'ils sont matière et qu'elle ne l'est pas. Or, comme ils ne peuvent agir l'un sur
l'autre, cela fait que l'âme reçoit leur impression; et comme elle est
simple, et que par conséquent elle ne peut éprouver aucun changement, cela fait qu'elle change, qu'elle devient pesante, engourdie,
quand on a trop mangé; de là vient que plusieurs grands hommes dor-
ment après dîner.

LE SAUVAGE. — Ce que vous me dites me paraît bien ingénieux et
bien profond; faites-moi la grâce de m'en donner quelque explication
qui soit à ma portée.

LE BACHELIER. — Je vous ai dit tout ce qui peut se dire sur cette grande affaire, mais en votre faveur je vais un peu m'étendre : allons par degrés; savez-vous que ce monde-ci est le meilleur des mondes possibles ?

LE SAUVAGE. — Comment ! il est impossible à l'Être infini de faire quelque chose de mieux que ce que nous voyons ?

LE BACHELIER. — Assurément, et ce que nous voyons est ce qu'il y a de mieux. Il est bien vrai que les hommes se pillent et s'égorgent; mais c'est toujours en faisant l'éloge de l'équité et de la douceur. On massacra autrefois une douzaine de millions de vous autres Américains; mais c'était pour rendre les autres raisonnables. Un calculateur a vérifié que depuis une certaine guerre de Troie, que vous ne connaissez pas, jusqu'à celle de l'Acadie, que vous connaissez, on a tué au moins, en batailles rangées, cinq cent cinquante-cinq millions six cent cinquante mille hommes, sans compter les petits enfants et les femmes écrasées dans des villes mises en cendres; mais c'est pour le bien public : quatre ou cinq mille maladies cruelles, auxquelles les hommes sont sujets, font connaître le prix de la santé; et les crimes dont la terre est couverte relèvent merveilleusement le mérite des hommes pieux; du nombre desquels je suis. Vous voyez que tout cela va le mieux du monde, du moins pour moi.

Or les choses ne pourraient être dans cette perfection, si l'âme n'était pas dans la glande pinéale. Car..... Mais allons pied à pied : quelle idée avez-vous des lois, et du juste et de l'injuste, et du beau, et du τὸ καλόν, comme dit Platon ?

LE SAUVAGE. — Mais, monsieur, en allant pied à pied, vous me parlez de cent choses à la fois.

LE BACHELIER. — On ne parle pas autrement en conversation. Çà, dites-moi, qui a fait les lois dans votre pays?

LE SAUVAGE. — L'intérêt public.

LE BACHELIER. — Ce mot dit beaucoup; nous n'en connaissons pas de plus énergique : comment l'entendez-vous, s'il vous plaît?

LE SAUVAGE. — J'entends que ceux qui avaient des cocotiers et du maïs ont défendu aux autres d'y toucher, et que ceux qui n'en avaient point ont été obligés de travailler pour avoir le droit d'en manger une partie. Tout ce que j'ai vu dans notre pays et dans le vôtre m'apprend qu'il n'y a pas d'autre *esprit des lois*.

LE BACHELIER. — Mais les femmes, monsieur le sauvage, les femmes ?

LE SAUVAGE. — Eh•bien ! les femmes? elles me plaisent beaucoup quand elles sont belles et douces : elles sont fort supérieures à nos cocotiers; c'est un fruit où nous ne voulons pas que les autres touchent : on n'a pas plus le droit de me prendre ma femme que de me prendre mon enfant. Il y a, dit-on, des peuples qui le trouvent bon; ils sont bien les maîtres; chacun fait de son bien ce qu'il veut.

LE BACHELIER. — Mais les successions, les partages, les hoirs, les collatéraux ?

LE SAUVAGE. — Il faut bien succéder : je ne peux plus posséder mon

champ quand on m'y a enterré : je le laisse à mon fils : si j'en **ai**
deux, ils le partagent. J'apprends que parmi vous autres, en beaucoup
d'endroits, vos lois laissent tout à l'aîné, et rien aux cadets; c'est l'intérêt qui a dicté cette loi bizarre : apparemment les aînés l'ont faite,
ou les pères ont voulu que les aînés dominassent.

LE BACHELIER. — Quelles sont, à votre avis, les meilleures lois?

LE SAUVAGE. — Celles où l'on a le plus consulté l'intérêt de tous les
hommes mes semblables.

LE BACHELIER. — Et où trouve-t-on de pareilles lois?

LE SAUVAGE. — Nulle part, à ce que j'ai ouï dire.

LE BACHELIER. — Il faut que vous me disiez d'où sont venus chez
vous les hommes. Qui croit-on qui ait peuplé l'Amérique?

LE SAUVAGE. — Mais nous croyons que c'est Dieu qui l'a peuplée.

LE BACHELIER. — Ce n'est pas répondre. Je vous demande de quel
pays sont venus vos premiers hommes?

LE SAUVAGE. — Du pays d'où sont venus nos premiers arbres. Vous
me paraissez plaisants, vous autres messieurs les habitants de l'Europe, de prétendre que nous ne pouvons rien avoir sans vous : nous
sommes tout autant en droit de croire que nous sommes vos pères, que
vous de vous imaginer que vous êtes les nôtres.

LE BACHELIER. — Voilà un sauvage bien têtu!

LE SAUVAGE. — Voilà un bachelier bien bavard!

LE BACHELIER. — Holà, hé! monsieur le sauvage, encore un petit
mot; croyez-vous dans la Guiane qu'il faille tuer les gens qui ne sont
pas de votre avis?

LE SAUVAGE. — Oui, pourvu qu'on les mange.

LE BACHELIER. — Vous faites le plaisant. Et la *Constitution* [1], qu'en
pensez-vous?

LE SAUVAGE. — Adieu.

ENTRETIEN

D'ARISTE ET D'ACROTAL.

(1761.)

ACROTAL. — O le bon temps que c'était quand les écoliers de l'Université, qui avaient tous barbe au menton, assommèrent le vilain mathématicien Ramus, et traînèrent son corps nu et sanglant à la porte
de tous les collèges pour faire amende honorable!

ARISTE. — Ce Ramus était donc un homme bien abominable? il avait
fait des crimes bien énormes?

ACROTAL. — Assurément : il avait écrit contre Aristote, et on le soupçonnait de pis. C'est dommage qu'on n'ait pas assommé aussi ce Charron

---

1. La bulle *Unigenitus*. (ÉD.)

qui s'avisa d'écrire de la sagesse, et ce Montaigne qui osait raisonner et plaisanter. Tous les gens qui raisonnent sont la peste d'un État.

ARISTE.— Les gens qui raisonnent mal peuvent être insupportables ; je ne vois pourtant pas qu'on doive pendre un pauvre homme pour quelques faux syllogismes ; mais il me semble que les hommes dont vous me parlez raisonnaient assez bien.

ACROTAL. — Tant pis, c'est ce qui les rend plus dangereux.

ARISTE. — En quoi donc, s'il vous plaît? Avez-vous jamais vu des philosophes apporter dans un pays la guerre, la famine ou la peste? Bayle, par exemple, contre qui vous déclamez avec tant d'emportement, a-t-il jamais voulu crever les digues de la Hollande pour noyer les habitants, comme le voulait, dit-on, un grand ministre [1] qui n'était pas philosophe?

ACROTAL. — Plût à Dieu que ce Bayle se fût noyé, ainsi que ses Hollandais hérétiques! A-t-on jamais vu un plus abominable homme? Il expose les choses avec une fidélité si odieuse; il met sous les yeux le pour et le contre avec une impartialité si lâche; il est d'une clarté si intolérable, qu'il met les gens qui n'ont que le sens commun en état de juger et même de douter : on n'y peut pas tenir; et pour moi j'avoue que j'entre dans une sainte fureur quand on parle de cet homme-là et de ses semblables.

ARISTE. — Je ne crois pas qu'ils aient jamais prétendu vous mettre en colère.... Mais où courez-vous donc si vite?

ACROTAL. — Chez monsignor Bardo-Bardi. Il y a deux jours que je demande audience; mais il est tantôt avec son page, tantôt avec la signora Buona Roba; je n'ai pu encore avoir l'honneur de lui parler.

ARISTE. — Il est actuellement à l'Opéra. Qu'avez-vous donc de si pressé à lui dire?

ACROTAL.—Je voulais le prier d'interposer son crédit pour faire brûler un petit abbé qui insinue parmi nous les sentiments de Locke, d'un philosophe anglais! Figurez-vous quelle horreur!

ARISTE. — Hé! quels sont donc, s'il vous plaît, les sentiments horribles de cet Anglais?

ACROTAL. — Que sais-je! c'est, par exemple, que nous ne nous donnons point nos idées; que Dieu, qui est le maître de tout, peut accorder des sensations et des idées à tel être qu'il daignera choisir; que nous ne connaissons ni l'essence ni les éléments de la matière; que les hommes ne pensent pas toujours; qu'un homme bien ivre qui s'endort n'a pas des idées nettes dans son sommeil; et cent autres impertinences de cette force.

ARISTE. — Eh bien! si votre petit abbé, disciple de Locke, est assez malavisé pour ne pas croire qu'un ivrogne endormi pense beaucoup, faut-il pour cela le persécuter? quel mal a-t-il fait? a-t-il conspiré contre l'État? a-t-il prêché en chaire le vol, la calomnie, l'homicide? Entre nous, dites-moi si jamais un philosophe a causé le moindre trouble dans la société?

1. Louvois. (Éd.)

ACROTAL. — Jamais, je l'avoue.

ARISTE. — Ne sont-ils pas pour la plupart des solitaires? ne sont-ils pas pauvres, sans protection, sans appui? et n'est-ce pas en partie pour ces raisons que vous les persécutez, parce que vous croyez pouvoir les opprimer facilement?

ACROTAL. — Il est vrai qu'autrefois il n'y avait guère dans cette secte que des citoyens sans crédit, des Socrate, des Pomponace, des Érasme, des Bayle, des Descartes; mais à présent la philosophie est montée sur les tribunaux et sur les trônes même; on se pique partout de raison, excepté dans certains pays où nous y avons mis bon ordre. C'est là ce qui est vraiment funeste; et c'est pourquoi nous tâchons d'exterminer au moins les philosophes qui n'ont ni fortune, ni puissance, ni honneurs dans ce monde, ne pouvant nous venger de ceux qui en ont.

ARISTE. — Vous venger! et de quoi, s'il vous plaît? ces pauvres gens-là vous ont-ils jamais disputé vos emplois, vos prérogatives, vos trésors?

ACROTAL. — Non; mais ils nous méprisent, puisqu'il faut tout dire; ils se moquent quelquefois de nous, et nous ne pardonnons jamais.

ARISTE. — S'ils se moquent de vous, cela n'est pas bien; il ne faut se moquer de personne; mais dites-moi, je vous prie, pourquoi n'a-t-on jamais raillé les lois et la magistrature dans aucun pays, tandis qu'on vous raille vous autres si impitoyablement, à ce que vous dites?

ACROTAL. — Vraiment c'est ce qui échauffe notre bile; car nous sommes bien au-dessus des lois.

ARISTE. — Et c'est justement ce qui fait que tant d'honnêtes gens vous ont tournés en ridicule. Vous vouliez que les lois fondées sur la raison universelle, et nommées par les Grecs les *Filles du ciel*, cédassent à je ne sais quelles opinions que le caprice enfante, et qu'il détruit de même. Ne sentez-vous pas que ce qui est juste, clair, évident, est éternellement respecté de tout le monde, et que des chimères ne peuvent pas toujours s'attirer la même vénération?

ACROTAL. — Laissons là les lois et les juges: ne songeons qu'aux philosophes: il est certain qu'ils ont dit autrefois autant de sottises que nous: ainsi nous devons nous élever contre eux, quand ce ne serait que par jalousie de métier.

ARISTE. — Plusieurs ont dit des sottises, sans doute, puisqu'ils sont hommes; mais leurs chimères n'ont jamais allumé de guerres civiles, et les vôtres en ont causé plus d'une.

ACROTAL. — Et c'est en quoi nous sommes admirables. Y a-t-il rien de plus beau que d'avoir troublé l'univers avec quelques arguments? Ne ressemblons-nous pas à ces anciens enchanteurs qui excitaient des tempêtes avec des paroles? Nous serions les maîtres du monde, sans ces coquins de gens d'esprit.

ARISTE. — Eh bien! dites-leur, si vous voulez, qu'ils n'en ont point; prouvez-leur qu'ils raisonnent mal: ils vous ont donné des ridicules, que ne leur en donnez-vous? Mais je vous demande grâce pour ce pauvre disciple de Locke que vous vouliez faire brûler; monsieur le docteur, ne voyez-vous pas que cela n'est plus à la mode?

ACROTAL. — Vous avez raison; il faut trouver quelque autre manière nouvelle d'imposer silence aux petits philosophes.

ARISTE. — Croyez - moi, gardez le silence vous-mêmes ; ne vous mêlez plus de raisonner; soyez honnêtes gens, soyez compatissants; ne cherchez point à trouver le mal où il n'est pas, et il cessera d'être où il est.

SERMON DU RABBIN AKIB,

PRONONCÉ A SMYRNE LE 20 NOVEMBRE 1761.

TRADUIT DE L'HÉBREU.

[On le croit de la même main que la *Défense de milord Bolingbroke*.]

(1761.)

MES CHERS FRÈRES,

Nous avons appris le sacrifice de quarante-deux victimes humaines, que les sauvages de Lisbonne ont fait publiquement au mois d'*etanim*[1], l'an 1691 depuis la ruine de Jérusalem. Ces sauvages appellent de telles exécutions des *actes de foi*. Mes frères, ce ne sont pas des actes de charité. Élevons nos cœurs à l'Éternel[2]!

Il y a eu, dans cette épouvantable cérémonie, trois hommes brûlés, de ceux que les Européans appellent *moines*, et que nous nommons *kalenders*, deux musulmans, et trente-sept de nos frères condamnés.

Nous n'avons encore d'autres relations authentiques que l'*Accordao dos inquisidores contra o Padre Gabriel Malagrida jesuita*. Le reste ne nous est connu que par les lettres lamentables de nos frères d'Espagne.

Hélas! voyez d'abord par cet Accordao à quelle dépravation Dieu abandonne tant de peuples de l'Europe. On accusait Malagrida jésuita d'avoir été le complice de l'assassinat du roi de Portugal. Le conseil de justice suprême, établi par le roi, avait déclaré ce kalende atteint et convaincu d'avoir exhorté au nom de Dieu les assassins à se venger, par le meurtre de ce prince, d'une entreprise contre leur honneur; d'avoir encouragé les coupables par le moyen de la confession, selon l'usage trop ordinaire d'une partie de l'Europe, et de leur avoir dit expressément qu'il n'y avait pas même un péché véniel à tuer leur souverain.

Dans quel pays de la terre un homme accusé d'un tel crime n'eût-il pas été solennellement jugé par la justice ordinaire du prince, confronté avec ses complices, et exécuté à mort selon les lois?

Qui le croirait, mes frères? le roi de Portugal n'a pas le droit de faire condamner par ses juges un kalender accusé de parricide! il faut qu'il en demande la permission à un rabbin latin établi dans la ville de

---

1. C'est le mois d'auguste des Hébreux, nommé août chez les Francs.
2. C'est un refrain usité dans les sermons des rabbins.

Rome; et ce rabbin latin [1] la lui a refusée! Ce roi a été obligé de remettre l'accusé à des kalenders portugais, qui ne jugent, disent-ils,
que les crimes contre Dieu; comme si Dieu leur avait donné des patentes pour connaître souverainement de ce qui l'offense, et comme s'il
y avait un plus grand crime contre Dieu même que d'assassiner un souverain, que nous regardons comme son image!

Sachez, mes frères, que les kalenders n'ont pas seulement interrogé
Malagrida sur la complicité du parricide. C'est une petite faute mon-
daine, disent-ils, laquelle est absorbée dans l'immensité des crimes
contre la majesté divine.

Malagrida a donc été convaincu d'avoir dit « qu'une femme, nommée
Annah, avait été autrefois sanctifiée dans le ventre de sa mère, que
sa fille lui parla avant de venir au monde, que Marie reçut plusieurs
visions de l'ange-messager Gabriel, qu'il y aura trois antechrists, dont
le dernier naîtra à Milan d'un kalender et d'une kalendresse, et que
pour lui Malagrida est un Jean-B[2]..... »

Voilà pourquoi ce pauvre jésuite, âgé de soixante-quinze ans, a été
brûlé publiquement à Lisbonne. Élevons nos cœurs à l'Éternel!

S'il n'y avait eu que Malagrida jesuita de condamné aux flammes,
nous ne vous en parlerions pas dans cette sainte synagogue : peu nous
importe que des kalenders aient ars un kalender jésuite. Nous savons
assez que ces thérapeutes d'Europe ont souvent mérité ce supplice;
c'est un des malheurs attachés aux sectes de ces barbares : leurs histoires sont remplies des crimes de leurs derviches; et nous savons
assez combien leurs disputes fanatiques ont ensanglanté de trônes.
Toutes les fois qu'on a vu des princes assassinés en Europe, la superstition de ces peuples a toujours aiguisé le poignard. Le savant aumônier de M. le consul de France à Smyrne compte quatre-vingt-quatorze
rois, ou empereurs, ou princes mis à mort par les querelles de ces
malheureux, ou par les propres mains des faquirs, ou par celles de
leurs pénitents. Pour le nombre des seigneurs et des citoyens que ces
superstitions ont fait massacrer, il est immense; et de tant d'assassinats
horribles, il n'en est aucun qui n'ait été médité, encouragé, sanctifié
dans le sacrement qu'ils appellent de confession.

Vous savez, mes frères, que les premiers chrétiens imitèrent d'a-
bord notre louable coutume de nous accuser devant Dieu de nos fautes,
de nous confesser pécheurs dans notre temple. Six siècles après la destruction de ce saint temple, les archimandrites d'Europe imaginèrent
d'obliger leurs faquirs à se confesser à eux secrètement deux fois l'année. Quelques siècles après, on obligea des gens du monde à en faire
autant. Figurez-vous quelle autorité dangereuse cette coutume donna
à ceux qui voulurent en abuser. Les secrets des familles furent entre
leurs mains, les femmes furent soustraites au pouvoir de leurs maris,
les enfants à celui de leurs pères; le feu de la discorde fut allumé dans

---

1. Le pape Clément XIII. (ÉD.)
2. Malagrida s'est dit Jean-Baptiste, comme plusieurs convulsionnaires à
Paris et plusieurs prophètes à Londres se sont dits Élie.

les guerres civiles par les confesseurs qui étaient d'un parti, et qui
refusaient ce qu'ils appellent l'absolution à ceux du parti contraire.

Enfin, ils persuadèrent à leurs pénitents que Dieu leur commandait
d'aller tuer les princes qui mécontentaient leurs archimandrites. Hier,
mes frères, l'aumônier de M. le consul nous montra dans l'histoire de
la petite nation des Francs, qui vit dans un coin du monde, au bout
de l'Occident, et qui n'est pas sans mérite; il nous montra, dis-je, un
faquir, nommé Clément, qui reçut de son prieur, nommé Bourgoin,
l'ordre exprès en confession d'aller assassiner son roi légitime, qui
s'appelait, je crois, Henri. En vérité, dans le peu que j'ai lu moi-
même des nations voisines, j'ai cru lire celle des anthropophages. Élevons nos cœurs à l'Éternel!

Mes frères, outre le moine Malagrida que les sauvages ont brûlé, il
y a encore eu deux autres moines de brûlés, dont j'ignore le nom et
les péchés. Dieu veuille avoir leur âme!

Puis on a brûlé deux musulmans. La charité nous ordonne de lever
les épaules, d'être saisis d'horreur, et de prier pour eux. Vous savez
que quand les musulmans eurent conquis toute l'Espagne par leur ci-
meterre, ils ne molestèrent personne, ne contraignirent personne à
changer de religion, et qu'ils traitèrent les vaincus avec humanité
aussi bien que nous autres israélites. Vos yeux sont témoins avec quelle
bonté les Turcs en usent avec les chrétiens grecs, les chrétiens nestoriens, les chrétiens papistes, les disciples de Jean, les anciens parsis
ignicoles, et nous humbles serviteurs de Moïse. Cet exemple d'humanité n'a pu attendrir les cœurs des sauvages qui habitent cette petite
langue de terre du Portugal. Deux musulmans ont été livrés aux tourments les plus cruels, parce que leurs pères et leurs grands-pères
avaient un peu moins de prépuce que les Portugais, qu'ils se lavaient
trois fois par jour, tandis que les Portugais ne se lavent qu'une fois par
semaine, qu'ils nomment *Allah* l'Être éternel, que les Portugais appellent
Dios, et qu'ils mettent le pouce auprès de leurs oreilles quand ils récitent
leurs prières! Ah! mes frères, quelle raison pour brûler des hommes!

L'aumônier de M. le consul m'a fait voir une pancarte d'un grand
rabbin du pays des Francs, dont le nom finit en *ic*, et qui réside en un
bourg ou ville appelé *Soissons* [1]. Ce bon rabbin dit dans sa pancarte,
intitulée *Mandement*, qu'on doit regarder tous les hommes comme
frères, et qu'un chrétien doit aimer un Turc. Vive ce bon rabbin!

Puissent tous les enfants d'Adam, blancs, rouges, noirs, gris, basanés, barbus ou sans barbe, entiers ou châtrés, penser à jamais comme
lui! et que les fanatiques, les superstitieux, les persécuteurs deviennent hommes! Élevons nos cœurs à l'Éternel!

Mes frères, il est temps de répandre des larmes sur nos trente-sept
israélites qu'on a brûlés dans l'acte de foi. Je ne dis pas qu'ils aient
tous été brûlés à petit feu; on nous mande qu'il y en a eu trois de
fouettés jusqu'à la mort, et deux de renvoyés en prison : reste à
trente-deux consumés par les flammes dans ce sacrifice des sauvages.

1. Berwick-Fitz-James, évêque de Soissons. (ÉD.)

Quel était leur crime? point d'autre que celui d'être nés. Leurs pères les engendrèrent dans la religion que leurs aïeux ont professée depuis 5000 ans. Ils sont nés israélites; ils ont célébré le phasé dans leurs caves; et voilà l'unique raison pour laquelle les Portugais les ont brûlés. Nous n'apprenons pas que tous nos frères aient été mangés après avoir été jetés dans le bûcher; mais nous devons le présumer de deux jeunes garçons de quatorze ans qui étaient fort gras, et d'une fille de douze qui avait beaucoup d'embonpoint et qui était très-appétissante.

Croiriez-vous que tandis que les flammes dévoraient ces innocentes victimes, les inquisiteurs et les autres sauvages chantaient nos propres prières? le grand inquisiteur entonna lui-même le makib de notre bon roi David, qui commence par ces mots : « Ayez pitié de moi, ô mon Dieu, selon votre grande miséricorde! »

C'est ainsi que ces monstres impitoyables invoquaient le Dieu de la clémence et de la bonté, le Dieu pardonneur, en commettant le crime le plus atroce et le plus barbare, exerçant une cruauté que les démons dans leur rage ne voudraient pas exercer contre les démons leurs confrères. C'est ainsi que, par une contradiction aussi absurde que leur fureur est abominable, ils offrent à Dieu nos makibs (nos psaumes), ils empruntent notre religion même, en nous punissant d'être élevés dans notre religion. Élevons nos cœurs à l'Éternel!

[Ce qui précède peut être regardé comme le premier point du sermon prononcé par le rabbin Akib; ce qui suit, comme le second.]

O tigres dévots! panthères fanatiques! qui avez un si grand mépris pour votre secte, que vous pensez ne la pouvoir soutenir que par des bourreaux, si vous étiez capables de raison, je vous interrogerais, je vous demanderais pourquoi vous nous immolez, nous qui sommes les pères de vos pères.

Que pourriez-vous répondre, si je vous disais : Votre Dieu était de notre religion? Il naquit Juif, il fut circoncis comme tous les autres Juifs; il reçut, de votre aveu, le baptême du Juif Jean, lequel était une antique cérémonie juive, une ablution en usage, une cérémonie à laquelle nous soumettons nos néophytes; il accomplit tous les devoirs de notre antique loi; il vécut Juif, mourut Juif, et vous nous brûlez parce que nous sommes Juifs.

J'en atteste vos livres mêmes : Jésus a-t-il dit dans un seul endroit que la loi de Moïse était ou mauvaise ou fausse? l'a-t-il abrogée? Ses premiers disciples ne furent-ils pas circoncis? Pierre ne s'abstenait-il pas des viandes défendues par notre loi, lorsqu'il mangeait avec les Israélites? Paul, étant apôtre, ne circoncit-il pas lui-même quelques-uns de ses disciples? ce Paul n'alla-t-il pas sacrifier dans notre temple, selon vos propres écrits? Qu'étiez-vous autre chose dans le commencement qu'une partie de nous-mêmes, qui s'en est séparée avec le temps?

Enfants dénaturés, nous sommes vos pères, nous sommes les pères des musulmans. Une mère respectable et malheureuse a eu deux filles, et ces deux filles l'ont chassée de la maison; et vous nous reprochez de ne plus habiter cette maison détruite! vous nous faites un crime de nôtre infortune, vous nous en punissez ! Mais ces parsis, ces mages, plus anciens que nous, ces premiers Persans, qui furent autrefois nos vainqueurs et nos maîtres, et qui nous apprirent à lire et à écrire, ne sont-ils pas dispersés comme nous sur la terre ? Les banians, plus anciens que les parsis, ne sont-ils pas épars sur les frontières des Indes, de la Perse, de la Tartarie, sans jamais se confondre avec aucune nation, sans épouser jamais de femmes étrangères ? Que dis-je ? vos chrétiens. gens vivant paisiblement sous le joug du grand padicha des terres, épousent-ils jamais des musulmanes ou des filles du rite latin ? Quels avantages prétendez-vous donc tirer de ce que nous vivons parmi les nations sans nous incorporer à elles ?

Votre démence va jusqu'à dire que nous ne sommes dispersés que parce que nos pères condamnèrent au supplice celui que vous adorez. Ignorants que vous êtes ! pouviez-vous ne pas voir qu'il ne fut condamné que par les Romains ? nous n'avions point alors le droit de glaive ; nous étions gouvernés alors par Quirinus, par Varus, par Pilatus ; car, Dieu merci, nous avons presque toujours été esclaves. Le supplice de la croix était inusité chez nous. Vous ne trouverez pas dans nos histoires un seul exemple d'un homme crucifié, ni la moindre trace de ce châtiment. Cessez donc de persécuter une nation entière pour un événement dont elle ne peut être responsable.

Je ne veux que vos propres livres pour vous confondre. Vous avouez que Jésus appelait publiquement nos Pharisiens et nos prêtres, *races de vipères* [1], *sépulcres blanchis* [2]. Si quelqu'un parmi vous allait continuellement par les rues de Rome appeler le pape et les cardinaux vipères et sépulcres, le souffrirait-on ? Les Pharisiens, il est vrai, dénoncèrent Jésus au gouverneur romain, qui le fit périr du supplice usité chez les Romains. Est-ce une raison pour brûler des négociants juifs et leurs filles dans Lisbonne ?

Je sais que les barbares, pour colorer leur cruauté, nous accusent d'avoir pu connaître la divinité de Jésus-Christ, et de ne l'avoir pas connue. J'en appelle aux savants de l'Europe, car il y en a quelques-uns : Jésus, dans leur Évangile, s'appelle quelquefois fils de Dieu, fils de l'homme, mais jamais Dieu : jamais Paul ne lui a donné ce titre.

Fils de l'homme est une expression très-ordinaire dans notre langue. Fils de Dieu signifie homme juste, comme bélial signifie méchant. Pendant trois cents ans, Jésus fut bien reçu par les chrétiens comme médiateur envoyé de Dieu, comme la plus parfaite des créatures. Ce ne fut qu'au concile de Nicée que la majorité des évêques constata sa divinité, malgré les oppositions des trois quarts de l'empire. Si donc les chrétiens eux-mêmes ont nié si longtemps sa divinité, s'il y a même encore des sociétés chrétiennes qui la nient, par quel étrange renversement d'esprit peut-on nous punir de la méconnaître ? Élevons nos cœurs à l'Éternel !

Nous ne récriminons point ici contre plusieurs sectes de chrétiens : nous laissons les reproches qu'elles se font les unes aux autres d'avoir

---

1. Matthieu. III, 7. (ÉD.) — 2. *Id.*, XXIII, 27. (ÉD.)

falsifié tant de livres et de passages, d'avoir supposé des oracles de sibylles, d'avoir forgé tant de miracles : leurs sectes se font sur toutes
ces prévarications plus de reproches que nous ne pourrions leur en faire.

Je me borne à une seule question que je leur ferai. Si quelqu'un,
sortant d'un *auto-da-fé*, me dit qu'il est chrétien, je lui demanderai
en quoi il peut l'être. Jésus n'a jamais pratiqué ni fait pratiquer la confession auriculaire ; la Pâque n'est certainement point celle d'un Portugais. Trouve-t-on l'extrême-onction, l'ordre, etc., dans l'Évangile?
Il n'institua ni cardinaux, ni pape, ni dominicains, ni curés, ni inquisiteurs ; il ne fit brûler personne ; il ne recommanda que l'observation de la loi, l'amour de Dieu et du prochain, à l'exemple de nos
prophètes. S'il reparaissait aujourd'hui au monde, se reconnaîtrait-il
dans un seul de ceux qui se nomment chrétiens?

Nos ennemis nous font aujourd'hui un crime d'avoir volé les Égyptiens, d'avoir égorgé plusieurs petites nations dans les bourgs dont
nous nous emparâmes, d'avoir été d'infâmes usuriers, d'avoir aussi
immolé des hommes, d'en avoir même mangé, comme dit Ézéchiel.
Nous avons été un peuple barbare, superstitieux, ignorant, absurde,
je l'avoue : mais serait-il juste d'aller aujourd'hui brûler le pape et tous
les monsignori de Rome, parce que les premiers Romains enlevèrent
les Sabines, et dépouillèrent les Samnites?

Que les prévaricateurs, qui dans leur propre loi ont besoin de tant
d'indulgence, cessent donc de persécuter, d'exterminer ceux qui comme
hommes sont leurs frères, et qui comme juifs sont leurs pères.

Que chacun serve Dieu dans la religion où il est né, sans vouloir
arracher le cœur à son voisin par des disputes où personne ne s'entend.

Que chacun serve son prince et sa patrie, sans jamais employer le
prétexte d'obéir à Dieu pour dé-obéir aux lois. *O Adonaï*, qui nous as
créé tous, qui ne veux pas le malheur de tes créatures! Dieu, père
commun, Dieu de miséricorde, fais qu'il n'y ait plus sur ce petit globe,
sur ce moindre de tes mondes, ni fanatiques, ni persécuteurs! Élevons nos cœurs à l'Éternel! *Amen.*

L'ÉDUCATION DES FILLES.

(1761.)

MÉLINDE. — Éraste sort d'ici, et je vous vois plongée dans une rêverie profonde. Il est jeune, bien fait, spirituel, riche, aimable, et je
vous pardonne de rêver.

SOPHRONIE. — Il est tout ce que vous dites, je l'avoue.

MÉLINDE. — Et de plus, il vous aime.

SOPHRONIE. — Je l'avoue encore.

MÉLINDE. — Je crois que vous n'êtes pas insensible pour lui.

SOPHRONIE. — C'est un troisième aveu que mon amitié ne craint point
de vous faire.

MÉLINDE. — Ajoutez-y un quatrième; je vois que vous épouserez bientôt Éraste. ,

SOPHRONIE. — Je vous dirai, avec la même confiance, que je ne l'épouserai jamais.

MÉLINDE. — Quoi! votre mère s'oppose à un parti si sortable?

SOPHRONIE. — Non, elle me laisse la liberté du choix; j'aime Éraste, et je ne l'épouserai pas.

MÉLINDE. — Et quelle raison pouvez-vous avoir de vous tyranniser ainsi vous-même?

SOPHRONIE. — La crainte d'être tyrannisée. Éraste a de l'esprit, mais il l'a impérieux et mordant; il a des grâces, mais il en ferait bientôt usage pour d'autres que pour moi : je ne veux pas être la rivale d'une de ces personnes qui vendent leurs charmes, qui donnent malheureusement de l'éclat à celui qui les achète, qui révoltent la moitié d'une ville par leur faste, qui ruinent l'autre par l'exemple, et qui triomphent en public du malheur d'une honnête femme réduite à pleurer dans la solitude. J'ai une forte inclination pour Éraste, mais j'ai étudié son caractère; il a trop contredit mon inclination : je veux être heureuse; je ne le serais pas avec lui; j'épouserai Ariste que j'estime et que j'espère aimer.

MÉLINDE. — Vous êtes bien raisonnable pour votre âge. Il n'y a guère de filles que la crainte d'un avenir fâcheux empêche de jouir d'un présent agréable. Comment pouvez-vous avoir un tel empire sur vous-même?

SOPHRONIE. — Ce peu que j'ai de raison, je le dois à l'éducation que m'a donnée ma mère. Elle ne m'a point élevée dans un couvent, parce que ce n'était pas dans un couvent que j'étais destinée à vivre. Je plains les filles dont les mères ont confié la première jeunesse à des religieuses, comme elles ont laissé le soin de leur première enfance à des nourrices étrangères. J'entends dire que dans ces couvents, comme dans la plupart des colléges où les jeunes gens sont élevés, on n'apprend guère que ce qu'il faut oublier pour toute sa vie; on ensevelit dans la stupidité les premiers de vos beaux jours. Vous ne sortez guère de votre prison que pour être promise à un inconnu qui vient vous épier à la grille; quel qu'il soit, vous le regardez comme un libérateur; et, fût-il un singe, vous vous croyez trop heureuse : vous vous donnez à lui sans le connaître; vous vivez avec lui sans l'aimer : c'est un marché qu'on a fait sans vous; et bientôt après les deux parties se repentent.

Ma mère m'a crue digne de penser de moi-même, et de choisir un jour un époux moi-même. Si j'étais née pour gagner ma vie, elle m'aurait appris à réussir dans les ouvrages convenables à mon sexe; mais née pour vivre dans la société, elle m'a fait instruire de bonne heure dans tout ce qui regarde la société; elle a formé mon esprit, en me faisant craindre les écueils du bel esprit; elle m'a menée à tous les spectacles choisis qui peuvent inspirer le goût sans corrompre les mœurs, où l'on étale encore plus les dangers des passions que leurs charmes, où la bienséance règne, où l'on apprend à penser et à s'exprimer. La tragédie m'a paru souvent l'école de la grandeur d'âme; la comédie, l'école des bienséances ; et j'ose dire que ces instructions, qu'on ne regarde que comme des amusements, m'ont été plus utiles que les livres Enfin, ma mère m'a toujours regardée comme un être pensant dont il fallait cultiver l'âme, et non comme une poupée qu'on ajuste, qu'on montre, et qu'on renferme le moment d'après.

AVERTISSEMENT DE M. DE VOLTAIRE.

(1762.)

Plusieurs personnes s'étant plaintes de n'avoir pas reçu de réponse à des paquets envoyés soit à Ferney, soit à Tournay, soit aux Délices, on est obligé d'avertir qu'attendu la multiplicité immense de ces paquets on a été obligé de renvoyer tous ceux qui n'étaient pas adressés par des personnes avec qui l'on a l'honneur d'être en relation.

EXTRAIT

DE LA GAZETTE DE LONDRES,

DU 20 FÉVRIER 1762.

Nous apprenons que nos voisins les Français sont animés autant que nous au moins de l'esprit patriotique. Plusieurs corps de ce royaume signalent leur zèle pour le roi et pour la patrie. Ils donnent leur nécessaire pour fournir des vaisseaux ; et on nous apprend que les moines, qui doivent aussi aimer le roi et la patrie, donneront de leur superflu.

On assure que les bénédictins, qui possèdent environ neuf millions de livres tournois de rente dans le royaume de France, fourniront au moins neuf vaisseaux de haut bord.

Que l'abbé de Cîteaux, homme très-important dans l'État, puisqu'il possède, sans contredit, les meilleures vignes de Bourgogne et la plus grosse tonne, augmentera la marine d'une partie de ses futailles. Il fait bâtir actuellement un palais dont le devis est d'un million sept cent mille livres tournois, et il a déjà dépensé quatre cent mille francs à cette maison pour la gloire de Dieu : il va faire construire des vaisseaux pour la gloire du roi.

On assure que Clairvaux suivra cet exemple, quoique les vignes de Clairvaux soient très-peu de chose ; mais, possédant quarante mille arpents de bois, il est très en état de faire construire de bons navires.

Il sera imité par les chartreux, qui voulaient même le prévenir, attendu qu'ils mangent la meilleure marée, et qu'il est de leur intérêt que la mer soit libre. Ils ont trois millions de rente en France pour faire venir des turbots et des soles. On dit qu'ils donneront trois beaux vaisseaux de ligne.

Les prémontrés et les carmes, qui sont aussi nécessaires dans un État que les chartreux, et qui sont aussi riches qu'eux, se proposent de fournir le même contingent. Les autres moines donneront à proportion. On est si assuré de cette oblation volontaire de tous les moines, qu'il est évident qu'il faudrait les regarder comme ennemis de la patrie s'ils ne s'acquittaient pas de ce devoir.

Les juifs de Bordeaux se sont cotisés : des moines, qui valent bien des juifs, seront jaloux, sans doute, de maintenir la supériorité de la nouvelle loi sur l'ancienne.

Pour les frères jésuites, on n'estime pas qu'ils doivent se saigner en cette occasion, attendu que la France va être incessamment purgée desdits frères.

Post-scriptum. — Comme la France manque un peu de gens de mer, le prieur des célestins a proposé aux abbés réguliers, prieurs, sous-prieurs, recteurs, supérieurs, qui fourniront les vaisseaux, d'envoyer leurs novices servir de mousses, et leurs profès servir de matelots. Ledit célestin a démontré, dans un beau discours, combien il est contraire à l'esprit de charité de ne songer qu'à faire son salut, quand on doit s'occuper de celui de l'État : ce discours a fait un grand effet, et tous les chapitres délibéraient encore au départ de la poste.

EXTRAIT

DES SENTIMENTS DE JEAN MESLIER,

ADRESSÉS A SES PAROISSIENS, SUR UNE PARTIE DES ABUS ET DES ERREURS EN GÉNÉRAL ET EN PARTICULIER.

(1762.)

ABRÉGÉ DE LA VIE DE JEAN MESLIER.

Jean Meslier, curé d'Étrepigni et de But en Champagne, natif du village de Mazerni, dépendant du duché de Mazarin, était le fils d'un ouvrier en serge; élevé à la campagne, il a néanmoins fait ses études, et est parvenu à la prêtrise.

Étant au séminaire, où il vécut avec beaucoup de régularité, il s'attacha au système de Descartes. Ses mœurs ont paru irréprochables, faisant souvent l'aumône, d'ailleurs très-sobre, tant sur sa bouche que sur les femmes.

MM. Voiri et Delavaux, l'un curé de Va, et l'autre curé de Boulzicourt, étaient ses confesseurs, et les seuls qu'il fréquentait.

Il était seulement rigide partisan de la justice. et poussait quelquefois ce zèle un peu trop loin. Le seigneur de son village, nommé le sieur de Touilli, ayant maltraité quelques paysans, il ne voulut pas le recommander nommément au prône : M. de Mailli, archevêque de Reims, devant qui la contestation fut portée, l'y condamna. Mais le dimanche qui suivit cette décision, ce curé monta en chaire, et se plaignit de la sentence du cardinal. « Voici, dit-il, le sort ordinaire des pauvres curés de campagne : les archevêques, qui sont de grands seigneurs, les méprisent, et ne les écoutent pas. Recommandons donc le seigneur de ce lieu. Nous prierons Dieu pour Antoine de Touilli, qu'il le convertisse, et lui fasse la grâce de ne point maltraiter le pauvre et dépouiller l'orphelin. »

Ce seigneur, présent à cette mortifiante recommandation, en porta de nouvelles plaintes au même archevêque, qui fit venir le sieur Meslier à Doncheri, où il le maltraita de paroles.

Il n'a guère eu depuis d'autres événements dans sa vie, ni d'autre bénéfice que celui d'Étrepigni.

Les principaux de ses livres étaient la *Bible*, un Moréri, un Montaigne, et quelques Pères; et ce n'est que dans la lecture de la *Bible* et des Pères qu'il puisa ses sentiments. Il en fit trois copies de sa main, l'une desquelles fut portée au garde des sceaux de France, sur laquelle on a tiré l'extrait suivant. Son MS. est adressé à M. Leroux, procureur et avocat en parlement, à Mézières.

Il est écrit à l'autre côté d'un gros papier gris qui sert d'enveloppe : « J'ai vu et reconnu les erreurs, les abus, les vanités, les folies, et les méchancetés des hommes; je les ai haïs et détestés : je ne l'ai osé dire pendant ma vie, mais je le dirai au moins en mourant et après ma mort; et c'est afin qu'on le sache, que je fais et écris le présent Mémoire, afin qu'il puisse servir de témoignage de vérité à tous ceux qui le verront et qui le liront, si bon leur semble. »

On a aussi trouvé parmi les livres de ce curé un imprimé des Traités de M. de Fénelon, archevêque de Cambrai (Édit de 1718), sur l'existence de Dieu et sur ses attributs, et les *Réflexions* du P. Tournemine, jésuite, *sur l'athéisme*, auxquels Traités il a mis ses notes en marge, signées de sa main.

Il avait écrit deux lettres aux curés de son voisinage, pour leur faire part de ses sentiments, etc. Il leur dit qu'il a consigné au greffe [1] de la justice de la paroisse une copie de son écrit, en 366 feuillets in-8°; mais qu'il craint qu'on ne la supprime, suivant le mauvais usage établi d'empêcher que les simples ne soient instruits, et ne connaissent la vérité [2].

Il mourut en 1733, âgé de cinquante-cinq ans. On a cru que, dégoûté de la vie, il s'était exprès refusé les aliments nécessaires, parce qu'il ne voulut rien prendre, pas même un verre de vin

---

1. De Sainte-Menehould.
2. On dit que M. Lebègue, grand vicaire de Reims, s'est emparé de la troisième copie.

Par son testament il a donné tout ce qu'il possédait, qui n'était pas considérable, à ses paroissiens et il a prié qu'on l'enterrât dans son jardin.

AVANT-PROPOS.

« Vous connaissez, mes frères, mon désintéressement : je ne sacrifie point ma croyance à un vil intérêt. Si j'ai embrassé une profession si directement opposée à mes sentiments, ce n'est point par cupidité : j'ai obéi à mes parents. Je vous aurais plus tôt éclairés, si j'avais pu le faire impunément Vous êtes témo ns de ce que j'avance. Je n'ai point avili mon ministère en exigeant des rétributions qui y sont attachées.

« J'atteste le ciel que j'ai aussi souverainement méprisé ceux qui se riaient de la simplicité des peuples aveuglés, lesquels fournissaient pieusement des sommes considérables pour acheter des prières. Combien n'est pas horrible ce monopole ! Je ne blâme pas le mépris que ceux qui s'engraissent de vos sueurs et de vos peines témoignent pour leurs mystères et leurs superstitions : mais je déteste leur insatiable cupidité et l'indigne plaisir que leurs pareils prennent à se railler de l'ignorance de ceux qu'ils ont soin d'entretenir dans cet état d'aveuglement.

« Qu'ils se contentent de rire de leur propre aisance, mais qu'ils ne multiplient pas du moins les erreurs, en abusant de l'aveugle piété de ceux qui par leur simplicité leur procurent une vie si commode. Vous me rendez, sans doute, mes frères, la justice qui m'est due. La sensibilité que j'ai témoignée pour vos peines me garantit du moindre de vos soupçons. Combien de fois ne me suis-je point acquitté gratuitement des fonctions de mon ministère ! Combien de fois aus-i ma tendresse n'a-t-elle pas été affligée de ne pouvoir vous secourir aussi souvent et aussi abondamment que je l'aurais souhaité ! Ne vous ai-je pas toujours prouvé que je prenais plus de plaisir à donner qu'à recevoir ? J'ai évité avec soin de vous exhorter à la bigoterie ; et je ne vous ai parlé qu'aussi rarement qu'il m'a été possible de nos malheureux dogmes. Il fallait bien que je m'acquittasse, comme curé, de mon ministère. Mais aussi combien n'ai-je pas souffert en moi-même, lorsque j'ai été forcé de vous prêcher ces pieux mensonges que je détestais dans le cœur ? Quel mépris n'avais-je pas pour mon ministère, et particulièrement pour cette superstitieuse messe, et ces ridicules administrations de sacrements, surtout lorsqu'il fallait les faire avec cette solennité qui attirait votre piété et toute votre bonne foi ! Que de remords ne m'a point excités votre crédulité ! Mille fois sur le point d'éclater publiquement, j'allais dessiller vos yeux ; mais une crainte supérieure à mes forces me contenait soudain, et m'a forcé au **silence** jusqu'à ma mort. »

CHAP. I. — *Première preuve, tirée des motifs qui ont porté les hommes à établir une religion.*

Comme il n'y a aucune secte particulière de religion qui ne prétende être véritablement fondée sur l'autorité de Dieu, et entièrement exempte de toutes les erreurs et impostures qui se trouvent dans les autres, c'est à ceux qui prétendent établir la vérité de leur secte, à faire voir qu'elle est d'institution divine, par des preuves et des témoignages clairs et convaincants, faute de quoi il faudra tenir pour certain qu'elle n'est que d'invention humaine, pleine d'erreurs et de tromperies; car il n'est pas croyable qu'un Dieu tout-puissant, infiniment bon, aurait voulu donner des lois et des ordonnances aux hommes, et qu'il n'aurait pas voulu qu'elles portassent des marques plus sûres et plus authentiques de vérité, que celles des imposteurs qui sont en si grand nombre. Or, il n'y a aucun de nos christicoles, de quelque secte qu'il soit, qui puisse faire voir, par des preuves claires, que sa religion soit véritablement d'institution divine; et pour preuve de cela, c'est que depuis tant de siècles qu'ils sont en contestation sur ce sujet les uns contre les autres, même jusqu'à se persécuter à feu et à sang pour le maintien de leurs opinions, il n'y a eu cependant encore aucun parti d'entre eux qui ait pu convaincre et persuader les autres par de tels témoignages de vérité, ce qui ne serait certainement point, s'il y avait de part ou d'autre des raisons ou des preuves claires et sûres d'une institution divine; car comme personne d'aucune secte de religion, éclairé et de bonne foi, ne prétend tenir et favoriser l'erreur et le mensonge, et qu'au contraire chacun de son côté prétend soutenir la vérité, le véritable moyen de bannir toutes erreurs, et de réunir tous les hommes en paix dans les mêmes sentiments et dans une même forme de religion, serait de produire ces preuves et ces témoignages convaincants de la vérité, et de faire voir par là que telle religion est véritablement d'institution divine, et non pas aucune des autres. Alors chacun se rendrait à cette vérité, et personne n'oserait entreprendre de combattre ces témoignages, ni soutenir le parti de l'erreur et de l'imposture, qu'il ne fût en même temps confondu par des preuves contraires; mais comme ces preuves ne se trouvent dans aucune religion, cela donne lieu aux imposteurs d'inventer et de soutenir hardiment toutes sortes de mensonges.

Voici encore d'autres preuves qui ne feront pas moins clairement voir la fausseté des religions humaines, et surtout la fausseté de la nôtre.

Deuxième preuve, tirée des erreurs de la foi.

Toute religion qui pose pour fondement de ses mystères, et qui prend pour règle de sa doctrine et de sa morale un principe d'erreurs, et qui est même une source funeste de troubles et de divisions éternelles parmi les hommes, ne peut être une véritable religion, ni être d'institution divine. Or, les religions humaines, et principalement la catholique, pose pour fondement de sa doctrine et de sa morale un

principe d'erreurs. Donc, etc. Je ne vois pas qu'on puisse nier la première proposition de cet argument ; elle est trop claire et trop évidente
pour pouvoir en douter. Je passe à la preuve de la seconde proposition,
qui est que la religion chrétienne prend pour règle de sa doctrine et
de sa morale ce qu'ils appellent foi, c'est-à-dire une créance aveugle,
mais cependant ferme et assurée, de quelques lois, ou de quelques révélations divines, et de quelque divinité. Il faut nécessairement qu'elle
e suppose ainsi ; car c'est cette créance de quelque divinité et de quelques révélations divines qui donne tout le crédit et toute l'autorité
qu'elle a dans le monde, sans quoi on ne ferait aucun état de ce qu'elle
prescrirait. C'est pourquoi il n'y a point de religion qui ne recommande
expressément à ses sectateurs d'être fermes dans leur foi [1]. De là vient
que tous les christicoles tiennent pour maximes que la foi est le commencement et le fondement du salut, et qu'elle est la racine de toute
justice et de toute sanctification, comme il est marqué dans le concile
de Trente, sess. 6, chap. VIII.

Or, il est évident qu'une créance aveugle de tout ce qui se propose
sous le nom et l'autorité de Dieu, est un principe d'erreurs et de mensonges. Pour preuve, c'est que l'on voit qu'il n'y a aucun imposteur,
en matière de religion, qui ne prétende se couvrir du nom de l'autorité de Dieu, et ne se dise particulièrement inspiré et envoyé de Dieu.
Non-seulement cette foi et cette créance aveugle, qu'ils posent pour
fondement de leur doctrine, est un principe d'erreurs, etc., mais elle
est aussi une source funeste de troubles et de divisions parmi les hommes, pour le maintien de leur religion. Il n'y a point de méchancetés
qu'ils n'exercent les uns contre les autres sous ce spécieux prétexte.

Or, il n'est pas croyable qu'un Dieu tout-puissant, infiniment bon et
sage, voulût se servir d'un tel moyen ni d'une voie si trompeuse pour
faire connaître ses volontés aux hommes ; car ce serait manifestement
vouloir les induire en erreur et leur tendre des piéges pour leur faire
embrasser le parti du mensonge. Il n'est pareillement pas croyable
qu'un Dieu qui aimerait l'union et la paix, le bien et le salut des hommes, eût jamais établi, pour fondement de sa religion, une source si
fatale de troubles et de divisions éternelles parmi les hommes. Donc
des religions pareilles ne peuvent être véritables, ni avoir été instituées
de Dieu.

Mais je vois bien que nos christicoles ne manqueront pas de recourir
à leurs prétendus motifs de crédibilité, et qu'ils diront que, quoique
leur foi et leur créance soient aveugles en un sens, elles ne laissent
pas néanmoins d'être appuyées par de si clairs et de si convaincants
témoignages de vérité, que ce serait non-seulement une imprudence,
mais une témérité et une grande folie, de ne pas vouloir s'y rendre. Ils
réduisent ordinairement tous ces prétendus motifs à trois ou quatre
chefs.

Le premier, ils le tirent de la prétendue sainteté de leur religion,
qui condamne le vice, et qui recommande la pratique de la vertu. Sa

---

1. *Estote fortes in fide.* Saint-Paul, I *Cor.*, XVI, 13. (ÉD.)

doctrine est si pure, si simple, à ce qu'ils disent, qu'il est visible qu'elle ne peut venir que de la pureté et de la sainteté d'un Dieu infiniment bon et sage.

Le second motif de crédibilité, ils le tirent de l'innocence et de la sainteté de la vie de ceux qui l'ont embrassée avec amour, et défendue jusqu'à souffrir la mort, et les plus cruels tourments, plutôt que de l'abandonner, n'étant pas croyable que de si grands personnages se soient laissé tromper dans leur créance, qu'ils aient renoncé à tous les avantages de la vie, et se soient exposés à de si cruelles persécutions, pour ne maintenir que des erreurs et des impostures.

Ils tirent leur troisième motif de crédibilité des oracles et des prophéties qui ont été depuis si longtemps rendus en leur faveur, et qu'ils prétendent accomplis d'une façon à n'en point douter.

Enfin, leur quatrième motif de crédibilité, qui est comme le principal de tous, se tire de la grandeur et de la multitude des miracles faits en tout temps et en tous lieux en faveur de leur religion.

Mais il est facile de réfuter tous ces vains raisonnements, et de faire connaître la fausseté de tous ces témoignages. Car 1° les arguments que nos christicoles tirent de leurs prétendus motifs de crédibilité, peuvent également servir à établir et confirmer le mensonge comme la vérité : car l'on voit effectivement qu'il n'y a point de religion, si fausse qu'elle puisse être, qui ne prétende s'appuyer sur de semblables motifs de crédibilité ; il n'y en a point qui ne prétende avoir une doctrine saine et véritable, et, au moins en sa manière, qui ne condamne tous les vices, et ne recommande la pratique de toutes les vertus. Il n'y en a point qui n'ait eu de doctes et de zélés défenseurs, qui ont souffert de rudes persécutions pour le maintien et la défense de leur religion ; et enfin il n'y en a point qui ne prétende avoir des prodiges et des miracles qui ont été faits en sa faveur.

Les mahométans, les Indiens, les païens, en allèguent en faveur de leurs religions, aussi bien que les chrétiens. Si nos christicoles font état de leurs miracles et de leurs prophéties, il ne s'en trouve pas moins dans les religions païennes que dans la leur. Ainsi l'avantage que l'on pourrait tirer de tous ces prétendus motifs de crédibilité, se trouve à peu près également dans toutes sortes de religions.

Cela étant, comme toutes les histoires et la pratique de toutes les religions le démontrent, il s'ensuit évidemment que tous ces prétendus motifs de crédibilité dont nos christicoles veulent tant se prévaloir, se trouvent également dans toutes les religions, et par conséquent ne peuvent servir de preuves et de témoignages assurés de la vérité de leur religion, non plus que de la vérité d'aucune ; la conséquence est claire.

2° Pour donner une idée du rapport des miracles du paganisme avec ceux du christianisme, ne pourrait-on pas dire, par exemple, qu'il y aurait plus de raison de croire Philostrate, en ce qu'il récite de la vie d'Apollonius, que de croire tous les évangélistes ensemble, dans ce qu'ils disent des miracles de Jésus-Christ, parce que l'on sait au moins que Philostrate était un homme d'esprit, éloquent et disert, qu'il était secrétaire de l'impératrice Julie, femme de l'empereur Sévère, et que ç'a été à la sollicitation de cette impératrice qu'. écrivit la vie et les actions merveilleuses d'Apollonius? marque certaine que cet Apollonius s'était rendu fameux par de grandes et extraordinaires actions, puisqu'une impératrice était si curieuse d'avoir sa vie par écrit, ce que l'on ne peut nullement dire de Jésus-Christ, ni de ceux qui ont écrit sa vie; car ils n'étaient que des ignorants, gens de la lie du peuple; de pauvres mercenaires, des pêcheurs qui n'avaient pas seulement l'esprit de raconter de suite et par ordre les faits dont ils parlent, et qu se contredisent même très-souvent et très-grossièrement.

A l'égard de celui dont ils décrivent la vie et les actions, s'il avait véritablement fait les miracles qu'ils lui attribuent, il se serait infailliblement rendu très recommandable par ses belles actions; chacun l'aurait admiré, et on lui aurait érigé des statues, comme on a fait en faveur des dieux : mais au lieu de cela on l'a regardé comme un homme de néant, un fanatique, etc.

Josèphe l'historien, après avoir parlé des plus-grands miracles rapportés en faveur de sa nation et de sa religion, en diminue aussitôt la créance et la rend suspecte, en disant qu'il laisse à chacun la liberté d'en croire ce qu'il voudra : marque bien certaine qu'il n'y ajoutait pas beaucoup de foi. C'est aussi ce qui donne lieu aux plus judicieux de regarder les histoires qui parlent de ces sortes de choses, comme des narrations fabuleuses. Voyez Montaigne et l'auteur de l'*Apologie des grands hommes* [1]. On peut aussi vo r la relation des missionnaires de l'île de Santorini : il y a trois chapitres de suite sur cette belle matière.

Tout ce que l'on peut dire à ce sujet nous fait clairement voir que les prétendus miracles se peuvent également imaginer en faveur du vice et du mensonge, comme en faveur de la justice et de la vérité.

Je le prouve par le témoignage de ce que nos christicoles mêmes appellent la parole de Dieu, et par le témoignage de celui qu'ils adorent; car leurs livres, qu'ils disent contenir la parole de Dieu, et le Christ lui-même qu'ils adorent comme un Dieu fait homme, nous marquent expressément qu'il y a non-seulement de faux prophètes, c'est-à dire des imposteurs qui se disent envoyés de Dieu et qui parlent en son nom, mais nous marquent expressément encore qu'ils font et qu'ils feront de si grands et si prodigieux miracles, que peu s'en faudra que les justes n'en soient séduits. (Voyez Mathieu, XXIV, 5, 11, 24, et ailleurs.)

De plus, ces prétendus faiseurs de miracles veulent qu'on y ajoute foi, et non à ceux que font les autres d'un parti contraire au leur, se détruisant les uns les autres.

Un jour un de ces prétendus prophètes, nommé Sédécias, se voyant contredit par un autre appelé Michée, celui-là donna un soufflet à celui-ci, et lui dit plaisamment [2] : « Par quelle voie l'esprit de Dieu a-t-il passé de moi pour aller à toi? » (Voyez encore III *Reg.*, XVIII, 40 et autres.)

Mais comment ces prétendus miracles seraient-ils des témoignages de

1. Gabriel Naudé. (ÉD.) — 2. II *Paral.*, XVIII, 23.

vérité, puisqu'il est clair qu'ils n'ont pas été faits? Car il faudrait savoir
1° si ceux que l'on dit être les premiers auteurs de ces narrations le
sont véritablement; 2° s'ils étaient gens de probité, dignes de foi, sages
et éclairés, et s'ils n'étaient point prévenus en faveur de ceux dont ils
parlent si avantageusement; 3° s'ils ont bien examiné toutes les circonstances des faits qu'ils rapportent, s'ils les ont bien connues, et s'ils les
rapportent bien fidèlement; 4° si les livres ou les histoires anciennes
qui rapportent tous ces grands miracles n'ont pas été falsifiés et corrompus dans la suite du temps, comme quantité d'autres l'ont été.

Que l'on consulte Tacite et quantité d'autres célèbres historiens au
sujet de Moïse et de sa nation, on verra qu'ils sont regardés comme
une troupe de voleurs et de bandits. La magie et l'astrologie étaient
pour lors les seules sciences à la mode; et comme Moïse était, dit-on,
instruit dans la sagesse des Égyptiens, il ne lui fut pas difficile d'inspirer de la vénération et de l'attachement pour sa personne aux enfants
de Jacob, rustiques et ignorants, et de leur faire embrasser, dans la
misère où ils étaient, la discipline qu'il voulut leur donner. Voilà qui
est bien différent de ce que les Juifs et nos christicoles nous en veulent
faire accroire. Par quelle règle certaine connaîtra-t-on qu'il faut ajouter
foi à ceux-ci plutôt qu'aux autres? Il n'y en a certainement aucune
raison vraisemblable.

Il y a aussi peu de certitude, et même de vraisemblance, sur les
miracles du *Nouveau Testament* que sur ceux de l'*Ancien*, pour pouvoir
remplir les conditions précédentes.

Il ne servirait de rien de dire que les histoires qui rapportent les
faits contenus dans les *Évangiles* ont été regardées comme saintes et
sacrées, qu'elles ont toujours été fidèlement conservées sans aucune
altération des vérités qu'elles renferment, puisque c'est peut-être par
là même qu'elles doivent être plus suspectes, et d'autant plus corrompues par ceux qui prétendent en tirer avantage, ou qui craignent
qu'elles ne soient pas assez favorables; l'ordinaire des auteurs qui transcrivent ces sortes d'histoires étant d'y ajouter, d'y changer, ou d'en
retrancher tout ce que bon leur semble pour servir à leur dessein.

C'est ce que nos christicoles mêmes ne sauraient nier, puisque, sans
parler de plusieurs autres graves personnages qui ont reconnu les additions, les retranchements et les falsifications qui ont été faites en
différents temps à ce qu'ils appellent leur Écriture sainte, leur saint
Jérôme, fameux docteur parmi eux, dit formellement en plusieurs endroits de ses prologues, qu'elles ont été corrompues et falsifiées, étant
déjà de son temps entre les mains de toutes sortes de personnes, qui
y ajoutaient et en retranchaient tout ce que bon leur semblait; en sorte
qu'il y avait, dit-il, autant d'exemplaires différents, qu'il y avait de
différentes copies.

Voyez ses prologues à Paulin, sa préface sur Josué, son Épître à
Galéate[1], sa préface sur Job, celle sur les *Évangiles* au pape Damase,
celle sur les psaumes à Paul et à Eustachium, etc.

_____

1. Saint Jérôme n'a point fait d'épître à Galéate, mais il a mis en tête de sa

Touchant les livres de l'*Ancien Testament* en particulier, Esdras, prêtre de la loi, enseigne lui-même avoir corrigé et remis dans leur entier les prétendus livres sacrés de sa loi, qui avaient été en partie perdus et en partie corrompus. Il les distribua en xxii livres, selon le nombre des lettres hébraïques, et composa plusieurs autres livres dont la doctrine ne devait se communiquer qu'aux seuls sages. Si ces livres ont été partie perdus, partie corrompus, comme le témoignent Esdras et le docteur saint Jérôme en tant d'endroits, il n'y a donc aucune certitude sur ce qu'ils contiennent; et quant à ce qu'Esdras dit les avoir corrigés et remis en leur entier par l'inspiration de Dieu même, il n'y a aucune certitude de cela, et il n'y a point d'imposteur qui n'en puisse dire autant.

Tous les livres de la loi de Moïse et des prophètes qu'on put trouver, furent brûlés du temps d'Antiochus. Le *Talmud*, regardé par les Juifs comme un livre saint et sacré, et qui contient toutes les lois divines, avec les sentences et dits notables des rabbins; leur exposition, tant sur les lois divines qu'humaines, et une quantité prodigieuse d'autres secrets et mystères de la langue hébraïque, est regardée par les chrétiens comme un livre farci de rêveries, de fables, d'impostures et d'impiétés. En l'année 1559, ils firent brûler à Rome, par le commandement des inquisiteurs de la foi, douze cents de ces *Talmuds* trouvés dans une bibliothèque de la ville de Crémone.

Les pharisiens, qui faisaient parmi les Juifs une fameuse secte, ne recevaient que les cinq livres de Moïse, et rejetaient tous les prophètes. Parmi les chrétiens, Marcion et ses sectateurs rejetaient les livres de Moïse et les prophètes, et introduisaient d'autres écritures à la mode; Carpocrate et ses sectateurs en faisaient de même, et rejetaient tout l'*Ancien Testament*, et maintenaient que Jésus-Christ n'était qu'un homme comme les autres. Les marcionites et les souverains réprouvaient aussi tout l'*Ancien Testament* comme mauvais, et rejetaient aussi la plus grande partie des quatre *Évangiles*, et les *Épîtres* de saint Paul.

Les ébionites n'admettaient que le seul *Évangile* de saint Matthieu, rejetant les trois autres, et les *Épîtres* de saint Paul. Les marcionites publiaient un *Évangile* sous le nom de saint Mathias pour confirmer leur doctrine. Les apostoliques introduisaient d'autres écritures pour maintenir leurs erreurs, et pour cet effet se servaient de certains actes, qu'ils attribuaient à saint André et à saint Thomas.

Les manichéens (Chron., page 287) écrivirent un *Évangile* à leur mode, et rejetaient les écrits des prophètes et des apôtres. Les etzaïtes débitaient un certain livre qu'ils disaient être venu du ciel; ils tronçonnaient les autres écritures à leur fantaisie. Origène même, avec tout son grand esprit, ne laissait pas que de corrompre les Écritures, et forgeait à tous coups des allégories hors de propos, et se détournait, par ce moyen, du sens des prophètes et des apôtres, et même avait

Bible un *Prologus Galeatus*; et c'est sans doute ce morceau qui, par une singulière inadvertance, est appelé ici *Epître à Galéate*. (Note de M. *Beuchot*.)

corrompu quelques-uns des principaux points de la doctrine. Ses livres
sont maintenant mutilés et falsifiés : ce ne sont plus que pièces cou-
sues et ramassées par d'autres qui sont venus depuis; aussi y rencon-
tre-t-on des erreurs et des fautes manifestes.

Les allogiens attribuaient à l'hérétique Cérinthus l'*Évangile* et l'*Apo-*
calypse de saint Jean; c'est pourquoi ils les rejetaient. Les hérétiques
de nos derniers siècles rejettent comme apocryphes plusieurs livres
que les catholiques romains regardent comme saints et sacrés, comme
les livres de *Tobie*, de *Judith*, d'*Esther*, de *Baruch*, le *Cantique des*
trois enfants dans la fournaise, l'histoire de *Suzanne*, et celle de l'*Idole*
de Bel, la *Sapience* de Salomon, l'*Ecclésiastique*, le premier et le second livre des *Machabées*, auxquels livres incertains et douteux on
pourrait encore en ajouter plusieurs que l'on attribuait aux autres
apôtres, comme sont, par exemple, les *Actes de saint Thomas*, ses
Circuits, son *Évangile*, et son *Apocalypse;* l'*Évangile* de saint Barthélemy, celui de saint Mathias, celui de saint Jacques, celui de saint
Pierre, et celui des apôtres; comme aussi les *Gestes de saint Pierre*,
son livre de la *Prédication*, et celui de son *Apocalypse;* celui du *Juge-*
ment, celui de l'*Enfance du Sauveur*, et plusieurs autres de semblable
farine, qui sont tous rejetés comme apocryphes par les catholiques
romains, même par le pape Gélase et par les SS. PP. de la communion
romaine.

Ce qui confirme d'autant plus qu'il n'y a aucun fondement de certitude touchant l'autorité que l'on prétend donner à ces livres, c'est que
ceux qui en maintiennent la divinité sont obligés d'avouer qu'ils n'auraient aucune certitude pour les fixer, si leur foi, disent-ils, ne les
en assurait, et ne les obligeait absolument de le croire ainsi. Or,
comme la foi n'est qu'un principe d'erreur et d'imposture, comment
la foi, c'est-à-dire une créance aveugle, peut-elle rendre certains les
livres qui sont eux-mêmes le fondement de cette créance aveugle ?
Quelle pitié et quelle démence!

Mais voyons si ces livres portent en eux-mêmes quelque caractère
particulier de vérité, comme par exemple, d'érudition, de sagesse et
de sainteté, ou de quelques autres perfections qui ne puissent convenir qu'à un Dieu, et si les miracles qui y sont cités s'accordent avec
ce que l'on devrait penser de la grandeur, de la bonté, de la justice et
de la sagesse infinie d'un Dieu tout-puissant.

Premièrement, on verra qu'il n'y a aucune érudition, aucune pensée sublime, ni aucune production qui passe les forces ordinaires de
l'esprit humain. Au contraire on n'y verra, d'un côté, que des narrations fabuleuses, comme sont celles de la formation de la femme tirée
d'une côte de l'homme, du prétendu paradis terrestre, d'un serpent
qui parlait, qui raisonnait, et qui était même plus rusé que l'homme;
d'une ânesse qui parlait, et qui reprenait son maître de ce qu'il la mal-
traitait mal à propos; d'un déluge universel, et d'une arche où des
animaux de toute espèce étaient renfermés; de la confusion des langues
et de la division des nations, sans parler de quantité d'autres vains
récits particuliers sur des sujets bas et frivoles, et que des auteurs

graves mépriseraient de rapporter. Toutes ces narrations n'ont pas moins l'air de fables que celles que l'on a inventées sur l'industrie de Prométhée, sur la boîte de Pandore, ou sur la guerre des géants contre les dieux, et autres semblables que les poëtes ont inventées pour amuser les hommes de leur temps.

D'un autre côté, on n'y verra qu'un mélange de quantité de lois et d'ordonnances, ou de pratiques superstitieuses touchant les sacrifices, les purifications de l'ancienne loi, le vain discernement des animaux, dont elle suppose les uns purs et les autres impurs. Ces lois ne sont pas plus respectables que celles des nations les plus idolâtres.

On n'y verra encore que de simples histoires, vraies ou fausses, de plusieurs rois, de plusieurs princes ou particuliers qui auront bien ou mal vécu, ou qui auront fait quelques belles ou mauvaises actions, parmi d'autres actions basses et frivoles qui y sont rapportées aussi.

Pour faire tout cela, il est visible qu'il ne fallait pas avoir un grand génie, ni avoir des révélations divines. Ce n'est pas faire honneur à un Dieu.

Enfin, on ne voit, dans ces livres, que les discours, la conduite et les actions de ces renommés prophètes qui se disaient être tout particulièrement inspirés de Dieu. On verra leur manière d'agir et de parler, leurs songes, leurs illusions, leurs rêveries; et il sera facile de juger qu'ils ressemblaient beaucoup plus à des visionnaires et à des fanatiques qu'à des personnes sages et éclairées.

Il y a cependant dans quelques-uns de ces livres plusieurs bons enseignements et de belles maximes de morale, comme dans les *Proverbes* attribués à Salomon, dans le livre de la *Sagesse* et de l'*Ecclésiastique;* mais ce même Salomon, le plus sage de leurs écrivains, est aussi le plus incrédule. Il doute même de l'immortalité de l'âme, et il conclut ses ouvrages par dire qu'il n'y a rien de bon que de jouir en paix de son labeur, et de vivre avec ce que l'on aime[1].

D'ailleurs, combien les auteurs qu'on nomme profanes, Xénophon, Platon, Cicéron, l'empereur Antonin, l'empereur Julien, Virgile, etc., sont-ils au-dessus de ces livres qu'on nous dit inspirés de Dieu! Je crois pouvoir dire que quand il n'y aurait, par exemple, que les fables d'Ésope, elles sont certainement beaucoup plus ingénieuses et plus instructives que ne le sont toutes ces grossières et basses paraboles qui sont rapportées dans les *Évangiles*.

Mais ce qui fait encore voir que ces sortes de livres ne peuvent venir d'aucune inspiration divine, c'est qu'outre la bassesse et la grossièreté du style, et le défaut d'ordre dans la narration des faits particuliers qui y sont très-mal circonstanciés, on ne voit point que les auteurs s'accordent; ils se contredisent en plusieurs choses; ils n'avaient pas même assez de lumières et de talents naturels pour bien rédiger une histoire.

Voici quelques exemples des contradictions qui se trouvent entre eux. L'évangéliste Matthieu[2] fait descendre Jésus-Christ du roi David

---

1. *Ecclésiaste*, III, 19-20; IX, 5-6; IX, 9. (ÉD.) — 2. Chap. I, v. 1. (ÉD.)

par son fils Salomon, jusqu'à Joseph, père au moins putatif de Jésus-Christ: et Luc[1] le fait descendre du même David par son fils Nathan jusqu'à Joseph.

Matthieu dit, parlant de Jésus[2], que le bruit s'étant répandu dans Jérusalem qu'il était né un nouveau roi des Juifs, et que les mages étant venus le chercher pour l'adorer, le roi Hérode, craignant que ce prétendu roi nouveau-né lui ôtât quelque jour la couronne, fit égorger tous les enfants nouvellement nés depuis deux ans, dans tous les environs de Bethléem, où on lui avait dit que ce nouveau roi devait naître, et que Joseph et la mère de Jésus ayant été avertis en songe, par un ange, de ce mauvais dessein, ils s'enfuirent incontinent en Égypte, où ils demeurèrent jusqu'à la mort d'Hérode, qui n'arriva que plusieurs années après.

Au contraire, Luc[3] marque que Joseph et la mère de Jésus demeurèrent paisiblement durant six semaines dans l'endroit où leur enfant Jésus fut né; qu'il y fut circoncis suivant la loi des Juifs, huit jours après sa naissance, et que lorsque le temps prescrit par cette loi pour la purification de sa mère fut arrivé, elle et Joseph son mari le portèrent à Jérusalem pour le présenter à Dieu dans son temple, et pour offrir en même temps un sacrifice, ce qui était ordonné par la loi de Dieu; après quoi ils s'en retournèrent en Galilée dans leur ville de Nazareth, où leur enfant Jésus croissait tous les jours en grâce et en sagesse; et que son père et sa mère allaient tous les ans à Jérusalem, aux jours solennels de leur fête de Pâques, si bien que Luc ne fait aucune mention de leur fuite en Égypte, ni de la cruauté d'Hérode envers les enfants de la province de Bethléem.

A l'égard de la cruauté d'Hérode, comme les historiens de ce temps-là n'en parlent point, non plus que Josèphe l'historien, qui a écrit la vie de cet Hérode, et que les autres évangélistes n'en font aucune mention, il est évident que le voyage de ces mages conduits par une étoile, ce massacre des petits enfants, et cette fuite en Égypte, ne sont qu'un mensonge absurde. Car il n'est pas croyable que Josèphe, qui a blâmé les vices de ce roi, eût passé sous silence une action si noire et si détestable, si ce que cet évangéliste dit eût été vrai.

Sur la durée du temps de la vie publique de Jésus-Christ, suivant ce que disent les trois premiers évangélistes, il ne pouvait y avoir eu guère plus de trois mois depuis son baptême jusqu'à sa mort, en supposant qu'il avait trente ans lorsqu'il fut baptisé par Jean, comme dit Luc, et qu'il fût né le 25 décembre. Car depuis ce baptême, qui fut l'an 15 de Tibère-César, et l'année qu'Anne et Caïphe étaient grands prêtres, jusqu'au premier Pâque suivant, qui était dans le mois de mars, il n'y avait qu'environ trois mois; suivant ce que disent les trois premiers évangélistes, il fut crucifié la veille du premier Pâque suivant après son baptême, et la première fois qu'il vint à Jérusalem avec ses disciples; car tout ce qu'ils disent de son baptême, de ses voyages,

---

1. III, 31. (ÉD.) — 2. II, 1-17. (ÉD.) — 3. II, 21-41. (ÉD.)

de ses miracles, de ses prédications, et de sa mort et passion, se doit rapporter nécessairement à la même année de son baptême, puisque ces évangélistes ne parlent d'aucune autre année suivante, et qu'i paraît même, par la narration qu'ils font de ses actions, qu'il les a toutes faites immédiatement après son baptême, consécutivement les unes après les autres, et en fort peu de temps, pendant lequel on ne voit qu'un seul intervalle de six jours avant sa transfiguration, pendant lesquels six jours on ne voit pas qu'il ait fait aucune chose.

On voit par là qu'il n'aurait vécu, après son baptême, qu'environ trois mois, desquels si l'on vient à ôter six semaines de quarante jours et quarante nuits qu'il passa dans le désert immédiatement après son baptême, il s'ensuivra que le temps de sa vie publique, depuis ses premières prédications jusqu'à sa mort, n'aura duré qu'environ six semaines: et suivant ce que Jean dit, il aurait au moins duré trois ans et trois mois, parce qu'il paraît, par l'Évangile de cet apôtre, qu'il aurait été, pendant le cours de sa vie publique, trois ou quatre fois à Jérusalem à la fête de Pâques, qui n'arrivait qu'une fois l'an.

Or, s'il est vrai qu'il y ait été trois ou quatre fois depuis son baptême, comme Jean le témoigne, il est faux qu'il n'ait vécu que trois mois après son baptême, et qu'il ait été crucifié la première fois qu'il alla à Jérusalem.

Si l'on dit que ces trois premiers évangélistes ne parlent effectivement que d'une seule année, mais qu'ils ne marquent pas distinctement les autres qui se sont écoulées depuis son baptême, ou que Jean n'entend parler que d'une seule Pâque, quoiqu'il semble qu'il parle de plusieurs, et que c'est par anticipation qu'il répète plusieurs fois que la fête de Pâque des Juifs était proche, et que Jésus alla à Jérusalem et par conséquent qu'il n'y a qu'une contrariété apparente sur ce sujet entre ces évangélistes, je le veux bien; mais il est constant que cette contrariété apparente ne viendrait que de ce qu'ils ne s'expliquent pas avec toutes les circonstances qui auraient été à remarquer dans le récit qu'ils font. Quoi qu'il en soit, il y a toujours lieu de tirer cette conséquence, qu'ils n'étaient donc pas inspirés de Dieu lorsqu'ils ont écrit leurs histoires.

Autre contradiction au sujet de la première chose que Jésus-Christ fit incontinent après son baptême; car les trois premiers évangélistes [1] disent qu'il fut aussitôt transporté par l'esprit dans un désert, où il jeûna quarante jours et quarante nuits, et où il fut plusieurs fois tenté par le diable; et, suivant ce que dit Jean [2], il partit deux jours après son baptême pour aller en Galilée, où il fit son premier miracle en y changeant l'eau en vin aux noces de Cana, où il se trouva trois jour après son arrivée en Galilée, à plus de trente lieues de l'endroit où i' était.

A l'égard du lieu de sa première retraite après sa sortie du désert, Matthieu dit, ch. IV, vers. 13, qu'il s'en vint en Galilée, et que lais-

---

1. Matth., IV, 1; Marc, I, 12; Luc, IX, 1. (ÉD.) — 2. II, 1. (ÉD.)

sant la ville de Nazareth, il vint demeurer à Capharnaüm, ville maritime; et Luc, ch. IV, vers. 16 et 31, dit qu'il vint d'abord à Nazareth, et qu'ensuite il vint à Capharnaüm.

Ils se contredisent sur le temps et la manière dont les apôtres se mirent à sa suite : car les trois premiers [1] disent que Jésus passant sur le bord de la mer de Galilée, il vit Simon et André son frère, et qu'un peu plus loin il vit Jacques et Jean son frère avec leur père Zébédée. Jean [2], au contraire, dit que ce fut André, frère de Simon Pierre, qui se joignit premièrement à Jésus, avec un autre disciple de Jean-Baptiste, l'ayant vu passer devant eux, lorsqu'ils étaient avec leur maître sur les bords du Jourdain.

Au sujet de la cène, les trois premiers évangélistes [3] marquent que Jésus-Christ fit l'institution du sacrement de son corps et de son sang, sous les espèces et apparences du pain et du vin, comme parlent nos christicoles romains ; et Jean ne fit aucune mention de ce mystérieux sacrement. Jean dit, ch. XIII, vers. 5, qu'après cette cène Jésus lava les pieds à ses apôtres, qu'il leur commanda expressément de se faire les uns aux autres la même chose, et rapporte un long discours qu'il leur fit dans ce même temps. Mais les autres évangélistes ne parlent aucunement de ce lavement de pieds, ni d'un long discours qu'il leur fit pour lors. Au contraire, ils témoignent qu'incontinent après cette cène, il s'en alla avec ses apôtres sur la montagne des Oliviers, où il abandonna son âme à la tristesse, et qu'enfin il tomba en agonie, pendant que ses apôtres dormirent un peu plus loin.

Ils se contredisent eux-mêmes sur le jour qu'ils disent qu'il fit cette cène ; car d'un côté ils marquent qu'il la fit le soir de la veille de Pâques, c'est-à-dire le soir du premier jour des azymes, ou de l'usage des pains sans levain, comme il est marqué dans l'*Exode*, XII, 18 ; *Lévit.*, XXIII, 5 ; dans les *Nomb.*, XXVIII, 16 ; et d'un autre côté, ils disent qu'il fut crucifié le lendemain du jour qu'il fit cette cène, vers l'heure de midi, après que les Juifs lui eurent fait son procès pendant toute la nuit et le matin. Or, suivant leur dire, le lendemain qu'il fit cette cène n'aurait pas dû être la veille de Pâques. Donc, s'il est mort la veille de Pâques vers le midi, ce n'était point le soir de la veille de cette fête qu'il fit cette cène. Donc il y a erreur manifeste.

Ils se contredisent aussi sur ce qu'ils rapportent des femmes qui avaient suivi Jésus depuis la Galilée ; car les trois premiers évangélistes [4] disent que ces femmes, et tous ceux de sa connaissance, entre lesquelles étaient Marie-Magdeleine ; et Marie, mère de Jacques et de Josès, et la mère des enfants de Zébédée, regardaient de loin ce qui se passait, lorsqu'il était pendu et attaché à la croix. Jean dit au contraire, XIX, 25, que la mère de Jésus, et la sœur de sa mère, et Marie-Magdeleine, étaient debout auprès de la croix, avec Jean son apôtre. La contrariété est manifeste ; car si ces femmes et ce disciple étaient

---

1. Matth., IV, 18, 21; Marc, I, 16, 19; Luc, V, 3, 10. (ÉD.) — 2, I. 40. (ÉD.)
3. Matth., XXVI, 28; Marc, XIX, 22; Luc, XXVI, 19. (ÉD.)
4. Matth., XXVII, 55; Marc, XV, 40; Luc, XXIII, 49. (ÉD.)

près de lui, elles n'étaient donc pas éloignées, comme disent les autres.

Ils se contredisent sur les prétendues apparitions qu'ils rapportent que Jésus-Christ fit après sa prétendue résurrection ; car Matthieu, ch. xxxviii, v. 9 et 16, ne parle que de deux apparitions : l'une, lorsqu'il apparut à Marie-Magdeleine, et à une autre femme nommée aussi Marie, et lorsqu'il apparut à ses onze disciples, qui s'étaient rendus en Galilée sur la montagne qu'il leur avait marquée pour le voir. Marc [1] parle de trois apparitions : la première lorsqu'il apparut à Marie-Magdeleine ; la seconde, lorsqu'il apparut à ses deux disciples, qui allaient à Emmaüs ; et la troisième, lorsqu'il apparut à ses onze disciples, à qui il fit reproche de leur incrédulité. Luc [2] ne parle que des deux premières apparitions comme Matthieu ; et Jean [3] l'évangéliste parle de quatre apparitions, et ajoute aux trois de Marc celle qu'il fit à sept ou huit de ses disciples, qui prêchaient sur la mer de Tibériade.

Ils se contredisent encore sur le lieu de ces apparitions : car Matthieu [4] dit que ce fut en Galilée, sur une montagne ; Marc [5] dit que ce fut lorsqu'ils étaient à table ; Luc [6] dit qu'il les mena hors de Jérusalem, et qu'il les mena jusqu'en Béthanie, où il les quitta en s'élevant au ciel ; et Jean [7] dit que ce fut dans la ville de Jérusalem, dans une maison dont ils avaient fermé les portes ; et une autre fois sur la mer de Tibériade.

Voilà bien de la contrariété dans le récit de ces prétendues apparitions. Ils se contredisent au sujet de sa prétendue ascension au ciel ; car Luc [8] et Marc [9] disent positivement qu'il monta au ciel en présence de ses onze apôtres ; mais ni Matthieu ni Jean ne font aucune mention de cette prétendue ascension. Bien plus, Matthieu témoigne assez clairement qu'il n'est point monté au ciel, puisqu'il dit positivement [10] que Jésus-Christ assura ses apôtres qu'il serait et qu'il demeurerait toujours avec eux jusqu'à la fin des siècles : « Allez donc, leur dit-il dans cette prétendue apparition, enseignez toutes les nations, et soyez assurés que je serai toujours avec vous jusqu'à la fin des siècles. »

Luc se contredit lui-même sur ce sujet ; car, dans son *Évangile*, ch. xxiv, v. 50, il dit que ce fut en Béthanie qu'il monta au ciel en présence de ses apôtres ; et dans ses *Actes des Apôtres*, supposé qu'il en soit l'auteur, il dit [11] que ce fut sur la montagne des Oliviers. Il se contredit encore lui-même dans une autre circonstance de cette ascension ; car il marque dans son *Évangile* [12] que ce fut le jour même de sa résurrection, ou la première nuit suivante, qu'il monta au ciel ; et dans ses *Actes des Apôtres* [13], il dit que ce fut quarante jours après sa résurrection ; ce qui ne s'accorde certainement pas.

Si tous les apôtres avaient véritablement vu leur maître monter glorieusement au ciel, comment Matthieu et Jean, qui l'auraient vu

1. xvi, 9, 12, 14. (Éd.) — 2. xxiv, 4, 15. (Éd.) — 3. xx, 12, 19, 26 ; xxi, 1. (Éd.)
4. xxviii, 16. (Éd.) — 5. xvi, 14. Éd.) — 6. xxiv, 50. (Éd.)
7. xx, 26 ; xxi, 1. (Éd.) — 8. xxiv, 5. (Éd.) — 9. xvi, 16. (Éd.)
10. xxviii, 20. (Éd.) — 11. i, 12. (Éd.) — 12. xxiv, 51. (Éd.) — 13. i, 3. (Éd.)

comme les autres, auraient-ils passé sous silence un si glorieux mystère, et si avantageux à leur maître, vu qu'ils rapportent quantité d'autres circonstances de sa vie et de ses actions, qui sont beaucoup moins considérables que celle-ci ? Comment Matthieu ne fait-il pas mention expresse de cette ascension, et n'explique-t-il pas clairement de quelle manière il demeurerait toujours avec eux, quoiqu'il les quittât visiblement pour monter au ciel ? Il n'est pas facile de comprendre par quel secret il pouvait demeurer avec ceux qu'il quittait.

Je passe sous silence quantité d'autres contradictions ; ce que je viens de dire suffit pour faire voir que ces livres ne viennent d'aucune inspiration divine, ni même d'aucune sagesse humaine, et par conséquent qu'ils ne méritent pas qu'on y ajoute aucune foi.

Chap. II.

. Mais par quel privilége ces quatre *Évangiles*, et quelques autres semblables livres, passent-ils pour saints et divins, plutôt que plusieurs autres qui ne portent pas moins le titre d'Évangile, et qui ont autrefois été, comme les premiers, publiés sous le nom de quelques autres apôtres ? Si l'on dit que les *Évangiles* réfutés sont supposés et faussement attribués aux apôtres, on en peut dire autant des premiers ; si l'on suppose les uns falsifiés et corrompus, on en peut supposer autant pour les autres. Ainsi il n'y a point de preuve assurée pour discerner les uns d'avec les autres, en dépit de l'Église qui veut en décider ; elle n'est pas plus croyable.

Pour ce qui est des prétendus miracles rapportés dans le *Vieux Testament*, ils n'auraient été faits que pour marquer, de la part de Dieu, une injuste et odieuse acception de peuples et de personnes, et pour accabler de maux, de propos délibéré, les uns, pour favoriser tout particulièrement les autres. La vocation et le choix que Dieu fit des patriarches Abraham, Isaac et Jacob, pour, de leur postérité, se faire un peuple qu'il sanctifierait et bénirait par-dessus tous les autres peuples de la terre, en est une preuve.

Mais, dira-t-on, Dieu est le maître absolu de ses grâces et de ses bienfaits, il peut les accorder à qui bon lui semble, sans qu'on ait droit de s'en plaindre ni de l'accuser d'injustice. Cette raison est vaine ; car Dieu, l'auteur de la nature, le père de tous les hommes, doit également les aimer tous, comme ses propres ouvrages, et par conséquent il doit également être leur protecteur et leur bienfaiteur ; car celui qui donne l'être doit donner les suites et les conséquences nécessaires pour le bien-être ; si ce n'est que nos christicoles veuillent dire que leur Dieu voudrait faire exprès des créatures pour les rendre misérables, ce qu'il serait certainement indigne de penser d'un Être infiniment bon.

De plus, si tous les prétendus miracles tant du *Vieux* que du *Nouveau Testament* étaient véritables, on pourrait dire que Dieu aurait eu plus de soin de pourvoir au moindre bien des hommes qu'à leur plus grand et principal bien ; qu'il aurait voulu plus sévèrement punir dans de certaines personnes des fautes légères, qu'il n'aurait puni dans d'autres de très-grands crimes; et enfin qu'il n'aurait pas voulu se montrer si bienfaisant dans les plus pressants besoins que dans les moindres. C'est ce qu'il est facile de faire voir, tant par les miracles qu'on prétend qu'il a faits, que par ceux qu'il n'a pas faits, et qu'il aurait néanmoins plutôt faits qu'aucun autre, s'il était vrai qu'il en eût fait. Par exemple, dire que Dieu aurait eu la complaisance d'envoyer un ange pour consoler et secourir une simple servante, pendant qu'il aurait laissé et qu'il laisse encore tous les jours languir et mourir de misère une infinité d'innocents; qu'il aurait conservé miraculeusement, pendant quarante ans, les habillements et les chaussures d'un misérable peuple, pendant qu'il ne veut pas veiller à la conservation naturelle de tant de biens si utiles et nécessaires pour la subsistance des peuples, et qui se sont néanmoins perdus et se perdent encore tous les jours par différents accidents. Quoi! il aurait envoyé aux premiers chefs du genre humain, Adam et Ève, un démon, un diable, ou un simple serpent, pour les séduire, et pour perdre par ce moyen tous les hommes? cela n'est pas croyable. Quoi! il aurait voulu, par une grâce spéciale de sa Providence, empêcher que le roi de Géraris (Gérare), païen, ne tombât dans une faute légère avec une femme étrangère, faute cependant qui n'aurait eu aucune mauvaise suite; et il n'aurait pas voulu empêcher qu'Adam et Ève ne l'offensassent, et ne tombassent dans le péché de désobéissance, péché qui, selon nos christicoles, devait être fatal, et causer la perte de tout le genre humain? Cela n'est pas croyable.

Venons aux prétendus miracles du *Nouveau Testament.* Ils consistent, comme on le prétend, en ce que Jésus-Christ et ses apôtres guérissaient divinement toutes sortes de maladies et d'infirmités; en ce qu'ils rendaient, quand ils voulaient, la vue aux aveugles, l'ouïe aux sourds, la parole aux muets, qu'ils faisaient marcher droit les boiteux, qu'ils guérissaient les paralytiques, qu'ils chassaient les démons des corps des possédés, et qu'ils ressuscitaient les morts.

On voit plusieurs de ces miracles dans les *Évangiles;* mais on en voit beaucoup plus dans les livres que nos christicoles ont faits des vies admirables de leurs saints; car on y lit presque partout que ces prétendus bienheureux guérissaient les maladies et les infirmités, chassaient les démons presque en toute rencontre, et ce, au seul nom de Jésus, ou par le seul signe de la croix; qu'ils commandaient, pour ainsi dire, aux éléments; que Dieu les favorisait si fort, qu'il leur conservait, même après leur mort, son divin pouvoir, et que ce divin pouvoir se serait communiqué jusqu'au moindre de leurs habillements, et même jusqu'à l'ombre de leurs corps, et jusqu'aux instruments honteux de leur mort. Il est dit que la chaussette de saint Honoré ressuscita un mort au 6 de janvier; que les bâtons de saint Pierre, de saint Jacques et de saint Bernard, opéraient des miracles. On dit de même de la corde de saint François, du bâton de saint Jean de Dieu, et de la ceinture de sainte Mélanie. Il est dit de saint Gracilien qu'il fut divinement instruit de ce qu'il devait croire et enseigner, et qu'il fit, par le mérite de son oraison, reculer une montagne qui l'empêchait de bâtir une église. Que du

sépulcre de saint André il en coulait sans cesse une liqueur qui guérissait toutes sortes de maladies. Que l'âme de saint Benoît fut vue monter
au ciel, revêtue d'un précieux manteau et environnée de lampes ardentes. Saint Dominique disait que Dieu ne l'avait jamais éconduit de
choses qu'il lui eût demandées. Que saint François commandait aux
hirondelles, aux cygnes et autres oiseaux, qu'ils lui obéissaient; et que
souvent les poissons, les lapins et les lièvres, venaient se mettre entre
ses mains et dans son giron. Que saint Paul et saint Pantaléon ayant
eu la tête tranchée, il en sortit du lait au lieu de sang. Que le bienheureux Pierre de Luxembourg, dans les deux premières années d'a-
près sa mort, 1388 et 1389, fit deux mille quatre cents miracles, entre
lesquels il y eut quarante-deux morts ressuscités, non compris plus de
trois mille autres miracles qu'il a faits depuis, sans ceux qu'il fait encore tous les jours. Que les cinquante philosophes que sainte Catherine
convertit ayant tous été jetés dans un grand feu, leurs corps furent
après trouvés entiers, et pas un seul de leurs cheveux brûlé. Que le
corps de sainte Catherine fut enlevé par les anges après sa mort, et enterré par eux sur le mont Sinaï. Que le jour de la canonisation de saint
Antoine de Padoue toutes les cloches de la ville de Lisbonne sonnèrent
d'elles-mêmes sans que l'on sût d'où cela vînt. Que ce saint étant un
jour sur le bord de la mer, et ayant appelé les poissons pour les prêcher, ils vinrent devant lui en foule, et, mettant la tête hors de l'eau,
ils l'écoutaient attentivement. On ne finirait point s'il fallait rapporter
toutes ces balivernes; il n'y a sujet si vain et si frivole, et même si ridicule, où les auteurs de ces Vies de saints ne prennent plaisir d'entasser miracles sur miracles, tant ils sont habiles à forger de beaux
mensonges. Voyez aussi le sentiment de Naudé sur cette matière, dans
son *Apologie des grands hommes*, chap. 1er, page 13 [1].

Ce n'est pas sans raison, en effet, que l'on regarde ces choses comme
de vains mensonges; car il est facile de voir que tous ces prétendus
miracles n'ont été inventés qu'à l'imitation des fables des poëtes païens;
c'est ce qui paraît assez visiblement par la conformité qu'il y a des uns
aux autres.

CHAP. III. — *Conformité des anciens et nouveaux miracles.*

Si nos christicoles disent que Dieu donnait véritablement pouvoir à
ses saints de faire tous les miracles rapportés dans leurs Vies, de même
aussi les païens disent que les filles d'Anius, grand prêtre d'Apollon,
avaient véritablement reçu du dieu Bacchus la faveur et le pouvoir de
changer tout ce qu'elles voudraient en blé, en vin, en huile, etc.; que
Jupiter donna aux nymphes qui eurent soin de son éducation une corne
de la chèvre qui l'avait allaité dans son enfance, avec cette propriété
qu'elle leur fournissait abondamment tout ce qui leur venait à sou-
hait.

Si nos christicoles disent que leurs saints avaient le pouvoir de res-

1. De l'édition de 1679. (ÉD.)

susciter les morts, et qu'ils avaient des révélations divines; les païens avaient dit avant eux qu'Athalide, fils de Mercure, avait obtenu de son père le don de pouvoir vivre, mourir et ressusciter quand il voudrait; qu'il avait aussi la connaissance de tout ce qui se faisait au monde, et en l'autre vie; et qu'Esculape, fils d'Apollon, avait ressuscité des morts, et entre autres qu'il ressuscita Hippolyte. fils de Thésée, à la prière de Diane, et qu'Hercule ressuscita aussi Alceste, femme d'Admète, roi de Thessalie, pour la rendre à son mari.

Si nos christicoles disent que leur Christ est né miraculeusement d'une vierge, sans connaissance d'homme, les païens avaient déjà dit avant eux que Rémus et Romulus, fondateurs de Rome, étaient miraculeusement nés d'une vierge vestale nommée Ilia, ou Silvia, ou Rhéa Silvia; ils avaient déjà dit que Mars, Argé, Vulcain, et autres, avaient été engendrés de la déesse Junon, sans connaissance d'homme, et avaient déjà dit aussi que Minerve, déesse des sciences, avait été engendrée dans le cerveau de Jupiter, et qu'elle en sortit tout armée, par la force d'un coup de poing, dont ce dieu se frappa la tête.

Si nos christicoles disent que leurs saints faisaient sortir des fontaines d'eau des rochers: les païens disent de même que Minerve fit jaillir une fontaine d'huile en récompense d'un temple qu'on lui avait dédié.

Si nos christicoles se vantent d'avoir reçu miraculeusement des images du ciel, comme, par exemple, celles de Notre-Dame de Lorette et de Liesse, et plusieurs autres présents du ciel, comme la prétendue sainte ampoule de Reims, comme la chasuble blanche que saint Ildefonse reçut de la vierge Marie, et autres choses semblables; les païens se vantaient avant eux d'avoir reçu un bouclier sacré, pour marque de la conservation de leur ville de Rome: et les Troyens se vantaient avant eux d'avoir reçu miraculeusement du ciel leur Palladium, ou leur simulacre de Pallas, qui vint. disaient-ils, prendre sa place dans le temple qu'on avait édifié à l'honneur de cette déesse.

Si nos christicoles disent que leur Jésus-Christ fut vu par ses apôtres monter glorieusement au ciel, et que plusieurs âmes de leurs prétendus saints furent vues transférées glorieusement au ciel par les anges, les païens romains avaient déjà dit avant eux que Romulus, leur fondateur, fut vu tout glorieux après sa mort; que Ganymède, fils de Tros, roi de Troie, fut par Jupiter transporté au ciel pour lui servir d'échanson; que la chevelure de Bérénice, ayant été consacrée au temple de Vénus, fut après transportée au ciel : ils disent la même chose de Cassiopée et d'Andromède, et même de l'âne de Silène.

Si nos christicoles disent que plusieurs corps de leurs saints ont été miraculeusement préservés de corruption après leur mort, et qu'ils ont été retrouvés par des révélations divines, après avoir été un fort long temps perdus sans savoir où ils pouvaient être; les païens en disent de même du corps d'Oreste, qu'ils prétendent avoir été trouvé par l'avertissement de l'oracle, etc.

Si nos christicoles disent que les sept frères dormants dormirent miraculeusement pendant 177 ans qu'ils furent enfermés dans une caverne; les païens disent qu'Épiménide le philosophe dormit pendant 57 ans dans une caverne où il s'était endormi.

Si nos christicoles disent que plusieurs de leurs saints parlaient encore miraculeusement après avoir eu la tête ou la langue coupée; les païens disent que la tête de Gabienus chanta un long poëme après avoir été séparée de son corps.

Si nos christicoles se glorifient de ce que leurs temples et églises sont ornés de plusieurs tableaux et riches présents, qui montrent les guérisons miraculeuses qui ont été faites par l'intercession de leurs saints; on voit aussi, ou du moins on voyait autrefois, dans le temple d'Esculape, en Épidaure, quantité de tableaux des cures et guérisons miraculeuses qu'il avait faites.

Si nos christicoles disent que plusieurs de leurs saints ont été miraculeusement conservés dans les flammes ardentes, sans y recevoir aucun dommage dans leurs corps ni dans leurs habits; les païens disaient que les religieuses du temple de Diane marchaient sur les charbons ardents pieds nus, sans se brûler et sans se blesser les pieds, et que les prêtres de la déesse Féronie et de Hirpicus marchaient de même sur des charbons ardents, dans les feux de joie que l'on faisait à l'honneur d'Apollon.

Si les anges bâtirent une chapelle à saint Clément au fond de la mer; la petite maison de Baucis et de Philémon fut miraculeusement changée en un superbe temple. en récompense de leur piété.

Si plusieurs de leurs saints, comme saint Jacques, saint Maurice, etc., ont plusieurs fois paru dans leurs armées, montés et équipés à l'avantage, combattre en leur faveur; Castor et Pollux ont paru plusieurs fois en bataille combattre pour les Romains contre leurs ennemis.

Si un bélier se trouva miraculeusement pour être offert en sacrifice à la place d'Isaac, lorsque son père Abraham le voulait sacrifier; la déesse Vesta envoya aussi une génisse pour lui être sacrifiée à la place de Métella, fille de Métellus; la déesse Diane envoya de même une biche à la place d'Iphigénie, lorsqu'elle était sur le bûcher pour lui être immolée, et par ce moyen Iphigénie fut délivrée.

Si saint Joseph fuit en Égypte sur l'avertissement de l'ange; Simonides, le poëte, évita plusieurs dangers mortels, sur un avertissement miraculeux qui lui en fut fait.

Si Moïse fit sortir une source d'eau vive d'un rocher en le frappant de son bâton; le cheval Pégase en fit autant, en frappant de son pied un rocher: il en sortit une fontaine.

Si saint Vincent Ferrier ressuscita un mort haché en pièces, et dont le corps était déjà moitié cuit et moitié rôti; Pélops, fils de Tantale roi de Phrygie, ayant été mis en pièces par son père, pour le faire manger aux dieux, ils en ramassèrent tous les membres, les réunirent, et lui rendirent la vie.

Si plusieurs crucifix et autres images ont miraculeusement parlé et rendu des réponses; les païens disent que leurs oracles ont divinement parlé et rendu des réponses à ceux qui les consultaient, et que la tête d'Orphée et celle de Polycrate rendaient des oracles après leur mort.

Si Dieu fit connaître par une voix du ciel que Jésus-Christ était son fils, comme le citent les évangélistes; Vulcain fit voir, par l'apparition d'une flamme miraculeuse, que Céculus était véritablement son fils.

Si Dieu a miraculeusement nourri quelques-uns de ses saints; les poëtes païens disent que Triptolème fut miraculeusement nourri d'un lait divin par Cérès, qui lui donna aussi un char attelé de deux dragons; et que Phénée, fils de Mars, étant sorti du ventre de sa mère déjà morte, fut néanmoins miraculeusement nourri de son lait

Si plusieurs saints ont miraculeusement adouci la cruauté et la férocité des bêtes les plus cruelles; il est dit qu'Orphée attirait à lui, par la douceur de son chant et l'harmonie de ses instruments, les lions, les ours et les tigres, et adoucissait la férocité de leur nature; qu'il attirait à lui les rochers, les arbres; et même que les rivières arrêtaient leur cours pour l'entendre chanter.

Enfin, pour abréger, car on en pourrait rapporter bien d'autres, si nos christicoles disent que les murailles de la ville de Jéricho tombèrent par le son des trompettes; les païens disent que les murailles de la ville de Thèbes furent bâties par le son des instruments de musique d'Amphion, les pierres, disent les poëtes, s'étant agencées d'elles-mêmes par la douceur de son harmonie; ce qui serait encore bien plus miraculeux et plus admirable que de voir tomber des murailles par terre.

Voilà certainement une grande conformité de miracles de part et d'autre. Comme ce serait une grande sottise d'ajouter foi à ces prétendus miracles du paganisme, ce n'en est pas moins une d'en ajouter à ceux du christianisme, puisqu'ils ne viennent tous que d'un même principe d'erreur. C'était pour cela aussi que les manichéens et les ariens, qui étaient vers le commencement du christianisme, se moquaient de ces prétendus miracles, faits par l'invocation des saints et blâmaient ceux qui les invoquaient après leur mort, et qui honoraient leurs reliques.

Revenons à présent à la principale fin que Dieu se serait proposée en envoyant son Fils au monde, qui se serait fait homme; ç'aurait été, comme il est dit, d'ôter les péchés du monde, et de détruire entièrement les œuvres du prétendu démon, etc.; c'est ce que nos christicoles soutiennent, comme aussi que Jésus-Christ aurait bien voulu mourir pour l'amour d'eux, suivant l'intention de Dieu son père, ce qui est clairement marqué dans tous les prétendus saints livres.

Quoi! un Dieu-tout puissant, et qui aurait voulu se faire homme mortel pour l'amour d'eux, et répandre jusqu'à la dernière goutte de son sang pour les sauver tous, aurait voulu borner sa puissance à guérir seulement quelques maladies et quelques infirmités du corps, dans quelques infirmes qu'on lui aurait présentés, et il n'aurait pas voulu employer sa bonté divine à guérir toutes les infirmités de nos âmes, c'est à-dire à guérir tous les hommes de leurs vices et de leurs déréglements, qui sont pires que les maladies du corps! Cela n'est pas croyable. Quoi! un Dieu si bon aurait voulu miraculeusement préserver des corps morts de pourriture et de corruption, et il n'aurait pas voulu de même préserver de la contagion et de la corruption du vice et du péché les âmes d'une infinité de personnes qu'il serait venu racheter au prix de son sang, et qu'il devait sanctifier par sa grâce! Quelle pitoyable contradiction !

CHAP. IV. — *Troisième preuve de la fausseté de la religion, tirée des prétendues visions et révélations divines.*

Venons aux prétendues visions et révélations divines, sur lesquelles nos christicoles fondent et établissent la vérité et la certitude de leur religion.

Pour en donner une juste idée, je ne crois pas qu'on puisse mieux faire que de dire en général qu'elles sont telles, que si quelqu'un osait maintenant se vanter d'en avoir de semblables, et qu'il voulût s'en prévaloir, on le regarderait infailliblement comme un fou, un fanatique.

Voici quelles furent ces prétendues visions et révélations divines.

Dieu, disent les prétendus saints livres, s'étant pour la première fois apparu à Abraham, lui dit[1] : « Sortez de votre pays (il était alors en Chaldée), quittez la maison de votre père, et allez-vous-en au pays que je vous montrerai. » Cet Abraham y étant allé, Dieu, dit l'histoire, *Gen.*, XII, 7, s'apparut une seconde fois à lui, et lui dit : « Je donnerai tout ce pays-ci où vous êtes, à votre postérité. » En reconnaissance de cette gracieuse promesse, Abraham lui dressa un autel.

Après la mort d'Isaac, son fils Jacob, allant un jour en Mésopotamie, pour chercher une femme qui lui fût convenable, ayant marché tout le jour, se sentant fatigué du chemin, il voulut se reposer sur le soir; couché par terre, sa tête appuyée sur quelques pierres pour s'y reposer, il s'endormit, et pendant son sommeil, il vit en songe une échelle dressée de la terre à l'extrémité du ciel, et il lui semblait voir les anges monter et descendre par cette échelle, et qu'il voyait Dieu lui-même s'appuyer sur le plus haut bout, lui disant[2] : « Je suis le Seigneur, le Dieu d'Abraham et le Dieu d'Isaac votre père, je vous donnerai, à vous et à votre postérité, tout le pays où vous dormez; elle sera aussi nombreuse que la poussière de la terre; elle s'étendra depuis l'orient jusqu'à l'occident, et depuis le midi jusqu'au septentrion; je serai votre protecteur partout où vous irez; je vous ramènerai sain et sauf de cette terre, et je ne vous abandonnerai point que je n'aie accompli tout ce que je vous ai promis. » Jacob[3], s'étant éveillé dans ce songe, fut saisi de crainte et dit : « Quoi! Dieu est vraiment ici, et je n'en savais rien! Ah! que ce lieu-ci est terrible, puisque ce n'est autre chose que la maison de Dieu et la porte du ciel! » Puis s'étant levé, il dressa une pierre, sur laquelle il répandit de l'huile en mémoire de ce qui venait de lui arriver, et fit en même temps vœu à Dieu que s'il revenait sain et sauf, il lui offrirait la dîme de tout ce qu'il aurait.

Voici encore une autre vision. Gardant les troupeaux de son beau-

---

1. *Genèse*, XII, 1. (ÉD.) — 2. *Id.*, XXVIII, 13, 14, 15. (ÉD.) — 3. *Id.*, *ibid.*, 16. (ÉD.

père Laban, qui lui avait promis[1] que tous les agneaux de diverses couleurs que les brebis produiraient, seraient sa récompense, il songea[2] une nuit qu'il voyait les mâles sauter sur les femelles, et qu'elles lui produisaient toutes des agneaux de diverses couleurs. Dans ce beau songe Dieu lui apparut, et lui dit[3] : « Regardez et voyez comme les mâles montent sur les femelles, et comme ils sont de diverses couleurs; car j'ai vu la tromperie et l'injustice que vous fait Laban votre beau-père : levez-vous donc maintenant; sortez de ce pays-ci, et retournez dans le vôtre. » Comme il s'en retournait avec toute sa famille, et avec ce qu'il avait gagné chez son beau-père, il eut, dit l'histoire, en rencontre, pendant la nuit, un homme inconnu, contre lequel il lui fallut combattre toute la nuit jusqu'au point du jour : et cet homme ne l'ayant pu vaincre, il lui demanda qui il était; Jacob lui dit son nom. « Vous ne serez plus appelé Jacob, mais Israël; car puisque vous avez été fort en combattant contre Dieu, à plus forte raison serez-vous fort en combattant contre les hommes. » *Gen.*, xxxii, 25, 28.

Voilà quelles furent en partie les premières de ces prétendues visions et révélations divines. Il ne faut pas juger autrement des autres que de celles-ci. Or, quelle apparence de divinité y a-t-il dans des songes si grossiers et dans des illusions si vaines? Si quelques personnes venaient maintenant nous conter de pareilles sornettes, et les crussent pour de véritables révélations divines; comme, par exemple, si quelques étrangers, quelques Allemands venus dans notre France, et qui auraient vu toutes les belles provinces du royaume, venaient à dire que Dieu leur serait apparu dans leur pays, qu'il leur aurait dit de venir en France, et qu'il leur donnerait à eux et à leurs descendants toutes les belles terres, seigneuries et provinces de ce royaume, qui sont depuis les fleuves du Rhin et du Rhône jusqu'à la mer Océane; qu'il ferait une éternelle alliance avec eux, qu'il multiplierait leur race, qu'il rendrait leur postérité aussi nombreuse que les étoiles du ciel et que les grains de sable de la mer, etc.; qui ne rirait de telles sottises, et qui ne regarderait ces étrangers comme des fous? Il n'y a certainement personne qui ne les regardât comme tels, et qui ne se moquât de toutes ces belles visions et révélations divines.

Or, il n'y a aucune raison de juger ni penser autrement de tout ce qu'on fait dire à ces grands prétendus saints patriarches, Abraham, Isaac et Jacob, sur les prétendues révélations divines qu'ils disaient avoir eues.

A l'égard de l'institution des sacrifices sanglants, les livres sacrés l'attribuent manifestement à Dieu. Comme il serait trop ennuyeux de faire les détails dégoûtants de ces sortes de sacrifices, je renvoie le lecteur à l'*Exode*, chap. xxv, 1; xxvii, 1 et 21; xxviii, 3; xxix, 1: *ibid.* v, 2, 4, 5, 6, 7, 8, 9, 10, 11.

Mais les hommes n'étaient-ils pas bien fous et bien aveuglés de croire faire honneur à Dieu de déchirer, tuer et brûler ses propres créatures, sous prétexte de lui en faire des sacrifices? Et maintenant

---

1. *Genèse*, xxx, 32-34. (ÉD.) — 2. *Id.*, xxxi, 10. (ÉD.)
3. *Id.*, *ibid.*, xxxi, 12.

encore comment est-ce que nos christicoles sont si extravagants que de croire faire un plaisir extrême à leur Dieu le Père, de lui offrir éternellement en sacrifice son divin Fils, en mémoire de ce qu'il aurait été honteusement et misérablement pendu à une croix où il serait expiré? Certainement cela ne peut venir que d'un opiniâtre aveuglement d'esprit.

A l'égard du détail des sacrifices d'animaux, il ne consiste qu'en des vêtements de couleurs, en sang, fressures, foies, jabots, rognons, ongles, peaux, fiente, fumée, gâteaux, certaines mesures d'huile et de vin; le tout offert et infecté de cérémonies sales et aussi pitoyables que des opérations de magie les plus extravagantes.

Ce qu'il y a de plus horrible, c'est que la loi de ce détestable peuple juif ordonnait aussi que l'on sacrifiât des hommes. Les barbares (tels qu'ils soient) qui avaient rédigé cette loi affreuse, ordonnaient (*Lévit.*, chap. xxvii [1]) que l'on fit mourir, sans miséricorde, tout homme qui avait été voué au Dieu des Juifs, qu'ils nommaient Adonaï; et c'est selon ce précepte exécrable que Jephté immola sa fille, que Saül voulut immoler son fils.

Mais voici encore une preuve de la fausseté de ces révélations dont nous avons parlé. C'est le défaut d'accomplissement des grandes et magnifiques promesses qui les accompagnaient; car il est constant que ces promesses n'ont jamais été accomplies.

La preuve de cela consiste en trois choses principales : 1° à rendre leur postérité plus nombreuse que tous les autres peuples de la terre, etc.; 2° à rendre le peuple qui viendrait de leur race le plus heureux, le plus saint et le plus triomphant de tous les peuples de la terre, etc.; 3° et aussi à rendre son alliance éternelle, et qu'ils posséderaient à jamais le pays qu'il leur donnerait. Or, il est constant que ces promesses n'ont jamais été accomplies.

Premièrement, il est certain que le peuple juif, ou le peuple d'Israël, qui est le seul qu'on puisse regarder comme descendant des patriarches Abraham, Isaac et Jacob, et le seul dans lequel ces promesses auraient dû s'accomplir, n'a jamais été si nombreux pour qu'il puisse être comparable en nombre aux autres peuples de la terre, beaucoup moins, par conséquent, aux grains de sable, etc.; car l'on voit que dans le temps même qu'il a été le plus nombreux et le plus florissant, il n'a jamais occupé que les petites provinces stériles de la Palestine et des environs, qui ne sont presque rien en comparaison de la vaste étendue d'une multitude de royaumes florissants qui sont de tous côtés sur la terre.

Secondement, elles n'ont jamais été accomplies touchant les grandes bénédictions dont ils auraient dû être favorisés; car quoiqu'ils aient remporté quelques petites victoires sur de pauvres peuples qu'ils ont pillés, cela n'a pas empêché qu'ils n'aient été le plus souvent vaincus et réduits en servitude, leur royaume détruit, aussi bien que leur nation, par l'armée des Romains; et maintenant encore nous voyons que

---

1. Versets 28-29. (ED.)

le reste de cette malheureuse nation n'est regardé que comme le peuple le plus vil et le plus méprisable de toute la terre, n'ayant en aucun endroit ni domination ni supériorité.

Troisièmement, enfin ces promesses n'ont point été non plus accomplies à l'égard de cette alliance éternelle que Dieu aurait dû faire avec eux, puisque l'on ne voit maintenant, et que l'on n'a même jamais vu aucune marque de cette alliance; et qu'au contraire ils sont, depuis plusieurs siècles, exclus de la possession du petit pays qu'ils prétendent leur avoir été promis de la part de Dieu pour en jouir à tout jamais. Ainsi toutes ces prétendues promesses n'ayant point eu leur effet, c'est une marque assurée de leur fausseté. Ce qui prouve manifestement encore que ces prétendus saints et sacrés livres qui les contiennent, n'ont pas été faits par l'inspiration de Dieu. Donc c'est en vain que nos christicoles prétendent s'en servir comme d'un témoignage infaillible pour prouver la vérité de leur religion.

Chap. V. § I. *De l'Ancien Testament.*

Nos christicoles mettent encore au rang des motifs de crédibilité et des preuves certaines de la vérité de leur religion, les prophéties, qui sont, prétendent-ils, des témoignages assurés de la vérité des révélations ou inspirations de Dieu, n'y ayant que Dieu seul qui puisse certainement prédire les choses futures si longtemps avant qu'elles soient arrivées, comme sont celles qui ont été prédites par les prophètes.

Voyons donc ce que c'est que ces prétendus prophètes, et si l'on en doit faire tant d'état que nos christicoles le prétendent.

Ces hommes n'étaient que des visionnaires et des fanatiques, qui agissaient et parlaient suivant les impulsions ou les transports de leurs passions dominantes, et qui s'imaginaient cependant que c'était par l'esprit de Dieu qu'ils agissaient et qu'ils parlaient; ou bien c'était des imposteurs qui contrefaisaient les prophètes, et qui, pour tromper plus facilement les ignorants et les simples, se vantaient d'agir et de parler par l'esprit de Dieu.

Je voudrais bien savoir comment serait reçu un Ézéchiel qui dit (chap. iii et iv) que Dieu lui a fait manger à son déjeuner un livre de parchemin[1]; lui a ordonné de se faire lier comme un fou[2]; lui a prescrit de se coucher trois cent quatre-vingt-dix jours[3] sur le côté droit et quarante sur le gauche; lui a commandé de manger de la merde sur son pain[4], et ensuite, par accommodement, de la fiente de bœuf[5]? Je demande comment un pareil extravagant serait reçu chez les plus imbéciles même de tous nos provinciaux?

Quelle plus grande preuve encore de la fausseté de ces prétendues prédictions, que les reproches violents que ces prophètes se faisaient les uns aux autres, de ce qu'ils parlaient faussement au nom de Dieu;

1. Chap. iii, v. 3. (Éd.) — 2. iii, 25. (Éd.) — 3. iv, 5, 6, 9. (Éd.)
4. iv, 12. (Éd.) — 5. iv, 15. (Éd.)

reproches même qu'ils se faisaient, disaient-ils, de la part de Dieu?
(Voyez Ézéch., XIII, 3 ; Sophon., III, 4; et Jérém., II, 8).

Ils disent tous : *Gardez-vous des faux prophètes*, comme les vendeurs de mithridate disent . *Gardez-vous des pilules contrefaites*.

Ces malheureux font parler Dieu d'une manière dont un crocheteur
n'oserait parler. Dieu dit, au XXIII° chap. d'Ézéchiel, que la jeune
Oolla n'aime que ceux qui ont membre d'âne et sperme de cheval.
Comment ces fourbes insensés auraient-ils connu l'avenir? Nulle prédiction en faveur de leur nation juive n'a été accomplie.

Le nombre des prophéties qui prédisent la félicité et la grandeur de
Jérusalem est presque innombrable; aussi, dira-t-on, il est très-
naturel qu'un peuple vaincu et captif se console dans ses maux réels
par des espérances imaginaires ; comme il ne s'est pas passé une année depuis la destitution du roi Jacques, que les Irlandais de son parti
n'aient forgé plusieurs prophéties en sa faveur.

Mais si ces promesses faites aux Juifs se fussent effectivement trouvées véritables, il y aurait déjà longtemps que la nation juive aurait
été et serait encore le peuple le plus nombreux, le plus puissant, le
plus heureux, et le plus triomphant.

§ II. *Du Nouveau Testament.*

Il faut maintenant examiner les prétendues prophéties contenues
dans les Évangiles.

Premièrement. Un ange s'étant apparu en songe à un nommé Joseph, père au moins putatif de Jésus fils de Marie, lui dit : « Joseph,
fils de David, ne craignez point de prendre chez vous Marie votre
épouse ; car ce qui est dans elle est l'ouvrage du Saint-Esprit [1]. Elle vous
enfantera un fils que vous appellerez Jésus, parce que ce sera lui qui
délivrera son peuple de ses péchés. »

Cet ange dit aussi à Marie : « Ne craignez point, parce que vous
avez trouvé grâce devant Dieu. Je vous déclare que vous concevrez
dans votre sein et que vous enfanterez un fils que vous nommerez
Jésus. Il sera grand, sera appelé le fils du Très-Haut. Le Seigneur
Dieu lui donnera le trône de David son père ; il régnera à jamais dans
la maison de Jacob, et son règne n'aura point de fin. » *Matth.*, I, 20;
et *Luc.*, I, 30.

Jésus commença à prêcher et à dire : « Faites pénitence, car le
royaume du ciel approche (*Matth.*, IV, 17). Ne vous mettez pas en
peine, et ne dites pas : « Que mangerons-nous ou boirons-nous? ou de
« quoi serons-nous vêtus ? » car votre père céleste sait que toutes ces choses
vous sont nécessaires. Cherchez donc premièrement le royaume de
Dieu et sa justice, et toutes ces choses vous seront données pour sur-
croît. » (*Matth.*, VI, 31, 32, 33.)

Or, maintenant, que tout homme qui n'a pas perdu le sens commun

---

1. Combien, dit Montaigne, y a-t-il d'histoires de semblables **cocuages pro-
curés** par les dieux contre les pauvres humains, etc.!

examine un peu si ce Jésus a été jamais roi, si ses disciples ont eu toutes choses en abondance.

Ce Jésus promet souvent qu'il délivrera le monde du péché. Y a-t-il une prophétie plus fausse? et notre siècle n'en est-il pas une preuve parlante?

Il est dit que Jésus est venu sauver son peuple. Quelle façon de le sauver! C'est la plus grande partie qui donne la dénomination à une chose : une douzaine ou deux, par exemple, d'Espagnols ou de Français, ne sont pas le peuple français ou le peuple espagnol; et si une armée de cent vingt mille hommes était faite prisonnière de guerre par une plus forte armée d'ennemis, et si le chef de cette armée rachetait seulement quelques hommes, comme dix à douze soldats ou officiers en payant leur rançon, on ne dirait pas pour cela qu'il aurait délivré ou racheté son armée. Qu'est-ce donc qu'un dieu qui vient se faire crucifier et mourir pour sauver tout le monde, et qui laisse tant de nations damnées? Quelle pitié et quelle horreur!

Jésus-Christ dit [1] qu'il n'y a qu'à demander et qu'on recevra, qu'à chercher et qu'on trouvera. Il assure que tout ce qu'on demandera à Dieu en son nom [2], on l'obtiendra; et que si l'on avait seulement la grosseur d'un grain de moutarde de foi [3], l'on ferait, par une seule parole, transporter des montagnes d'un endroit à un autre. Si cette promesse est véritable, rien ne paraîtrait impossible à nos christicoles qui ont la foi à leur Christ. Cependant tout le contraire arrive.

Si Mahomet eût fait de semblables promesses à ses sectateurs que le Christ en a fait aux siens sans aucun succès, que ne dirait-on pas? On crierait : « Ah, le fourbe! ah, l'imposteur! ah, les fous de croire un tel imposteur! » Les voilà, ces christicoles, eux-mêmes dans le cas; il y a longtemps qu'ils y sont sans revenir de leur aveuglement; au contraire, ils sont si ingénieux à se tromper, qu'ils prétendent que ces promesses ont eu leur accomplissement dès le commencement du christianisme; étant pour lors, disent-ils, nécessaire qu'il y eût des miracles, afin de convaincre les incrédules de la vérité de la religion; mais que cette religion étant suffisamment établie, les miracles n'ont plus été nécessaires : où est donc la certitude de cette proposition?

D'ailleurs celui qui a fait ces promesses ne les a pas restreintes seulement pour un temps, ni pour certains lieux, ni pour certaines personnes en particulier, mais il les a faites généralement à tout le monde. « La foi de ceux qui croiront, dit-il [4], sera suivie de ces miracles-ci : ils chasseront les démons en mon nom; ils parleront diverses langues; ils toucheront les serpents, etc. »

A l'égard du transport des montagnes, il dit positivement que quiconque dira à une montagne [5] : « Ote-toi de là, et te jette dans la mer, » pourvu qu'il n'hésite pas en son cœur, mais qu'il croie, tout ce qu'il commandera sera fait. Ne sont-ce pas des promesses qui sont tout à fait générales, sans restriction de temps, de lieu, ni de personnes?

1. Matth., VII, 7, 8. (ÉD.) — 2. Jean, XVI, 23. (ÉD.) — 3. Matth., XVII, 19. (ÉD.)
4. Marc, XVI, 17-18. (ÉD.) — 5. Matth., XXI, 21. (ÉD.)

Il est dit que toutes les sectes d'erreurs et d'impostures prendront honteusement fin. Mais si Jésus-Christ entend seulement dire qu'il a fondé et établi une société de sectateurs qui ne tomberaient point dans le vice ni dans l'erreur, ces paroles sont absolument fausses, puisqu'il n'y a dans le christianisme aucune secte, ni société et Église qui ne soit pleine d'erreurs et de vices, principalement la secte ou société de l'Église romaine, quoiqu'elle se dise la plus pure et la plus sainte de toutes. Il y a longtemps qu'elle est tombée dans l'erreur; elle y est née; pour mieux dire, elle y a été engendrée et formée; et maintenant elle est même dans des erreurs qui sont contre l'intention, les sentiments et la doctrine de son fondateur, puisqu'elle a, contre son dessein, aboli les lois des Juifs qu'il approuvait, et qu'il était venu lui-même, disait-il, pour les accomplir et non pour les détruire, et qu'elle est tombée dans les erreurs et l'idolâtrie du paganisme, comme il se voit par le culte idolâtrique qu'elle rend à son Dieu de pâte, à ses saints, à leurs images, et à leurs reliques.

Je sais bien que nos christicoles regardent comme une grossièreté d'esprit, de vouloir prendre au pied de la lettre les promesses et prophéties comme elles sont exprimées : ils abandonnent le sens littéral et naturel des paroles, pour leur donner un sens qu'ils appellent mystique et spirituel, et qu'ils nomment allégorique et tropologique, disant, par exemple, que par le peuple d'Israël et de Juda, à qui ces promesses ont été faites, il faut entendre, non les Israélites selon la chair, mais les Israélites selon l'esprit, c'est-à-dire les chrétiens, qui sont l'Israël de Dieu, le vrai peuple choisi.

Que par la promesse faite à ce peuple esclave de le délivrer de la captivité, il faut entendre non une délivrance corporelle d'un seul peuple captif, mais la délivrance spirituelle de tous les hommes de la servitude du démon, qui se devait faire par leur divin Sauveur.

Que par l'abondance des richesses et toutes les félicités temporelles promises à ce peuple, il faut entendre l'abondance des grâces spirituelles; et qu'enfin, par la ville de Jérusalem, il faut entendre non la Jérusalem terrestre, mais la Jérusalem spirituelle, qui est l'Église chrétienne.

Mais il est facile de voir que ces sens spirituels et allégoriques n'étant qu'un sens étranger, imaginaire, un subterfuge des interprètes, il ne peut nullement servir à faire voir la vérité ni la fausseté d'une proposition, ni d'une promesse quelconque. Il est ridicule de forger ainsi des sens allégoriques, puisque ce n'est que par rapport au sens naturel et véritable que l'on peut juger de la vérité ou de la fausseté. Une proposition par exemple, une promesse qui se trouve véritable dans le sens propre et naturel des termes dans lesquels elle est conçue, ne deviendra pas fausse en elle-même, sous prétexte qu'on voudrait lui donner un sens étranger qu'elle n'aurait pas; de même que celles qui se trouvent manifestement fausses dans leur sens propre et naturel, ne deviendront pas véritables en elles-mêmes, sous prétexte qu'on voudrait leur donner un sens étranger qu'elles n'auraient pas.

On peut dire que les prophéties de l'*Ancien Testament*, ajoutées au

Nouveau, sont des choses bien absurdes et bien puériles. Par exemple, Abraham avait deux femmes, dont l'une, qui n'était que servante, figurait la synagogue, et l'autre, qui était épouse, figurait l'Église chrétienne ; et sous prétexte encore que cet Abraham avait eu deux fils, dont l'un, qui était de la servante, figurait le *Vieux Testament*, et l'autre, qui était de son épouse, figurait le *Nouveau Testament*. Qui ne rirait d'une si ridicule doctrine [1] ?

N'est-il pas encore plaisant qu'un morceau de drap rouge exposé par une putain [2] pour servir de signal à des espions, dans l'*Ancien Testament*, soit la figure du sang de Jésus-Christ répandu dans le *Nouveau* ?

Si, suivant cette manière d'interpréter allégoriquement tout ce qui s'est dit, fait et pratiqué dans cette ancienne loi des Juifs, on voulait interpréter de même allégoriquement tous les discours, toutes les actions, et toutes les aventures du fameux don Quichotte de la Manche, on y trouverait certainement autant de mystères et de figures.

C'est néanmoins sur ce ridicule fondement que toute la religion chrétienne subsiste. C'est pourquoi il n'est presque rien dans cette ancienne loi, que les docteurs christicoles ne tâchent d'expliquer mystiquement.

La prophétie la plus fausse et la plus ridicule qu'on ait jamais faite est celle de Jésus dans Luc, chap. XXI [3]. Il est prédit qu'il y aura des signes dans le soleil et dans la lune, et que le Fils de l'homme viendra dans une nuée juger les hommes ; et il prédit cela pour la génération présente. Cela est-il arrivé ? Le Fils de l'homme est-il venu dans une nuée ?

CHAP. VI. — *Quatrième preuve, tirée des erreurs de la doctrine et de la morale.*

La religion chrétienne, apostolique et romaine, enseigne et oblige de croire qu'il n'y a qu'un seul Dieu, et en même temps qu'il y a trois personnes divines, chacune desquelles est véritablement Dieu. Ce qui est manifestement absurde ; car s'il y en a trois qui soient véritablement Dieu, ce sont véritablement trois Dieux. Il est faux de dire qu'il n'y ait qu'un seul Dieu, ou s'il est vrai de le dire, il est faux de dire qu'il y en ait véritablement trois qui soient Dieu, puisqu'un et trois ne se peut véritablement dire d'une seule et même chose.

Il est aussi dit que la première de ces prétendues personnes divines, qu'on appelle le Père, a engendré la seconde personne qu'on appelle le Fils, et que ces deux premières personnes ensemble ont produit la troisième que l'on appelle Saint-Esprit, et néanmoins que ces trois prétendues divines personnes ne dépendent point l'une de l'autre, et ne sont pas même plus anciennes l'une que l'autre. Cela est encore manifestement absurde, puisqu'une chose ne peut recevoir son être d'une

---

1. « Spectatum admissi risum teneatis amici. »
Hor., *de Art poet.*, v. 5.

2. **Rahab** : voy. *Josué*, chap. II, 1, 18. (ÉD.) — 3. Versets 25, 27. (ÉD.)

autre sans quelque dépendance de cette autre, et qu'il faut nécessairement qu'une chose soit, pour qu'elle puisse donner l'être à une autre.
Si donc la seconde et la troisième personne divine ont reçu leur être de
la première, il faut nécessairement qu'elles dépendent, dans leur être,
de cette première personne, qui leur aurait donné l'être, ou qui les
aurait engendrées; et il faut nécessairement aussi que cette première,
qui aurait donné l'être aux deux autres, ait été avant, puisque ce qui
n'est point ne peut donner l'être à rien. D'ailleurs, il répugne et est
absurde de dire qu'une chose qui aurait été engendrée ou produite
n'aurait point eu de commencement. Or, selon nos christicoles, la seconde et la troisième personne ont été engendrées ou produites; donc
elles ont eu un commencement; et si elles ont eu un commencement,
et que la première personne n'en ait point eu, comme n'ayant point
été engendrée, ni produite d'aucune autre, il s'ensuit de nécessité que
l'une ait été avant l'autre.

Nos christicoles qui sentent ces absurdités, et qui ne peuvent s'en
parer par aucune bonne raison, n'ont point d'autre ressource que de
dire qu'il faut pieusement fermer les yeux de la raison humaine, et
humblement adorer de si hauts mystères sans vouloir les comprendre;
mais comme ce qu'ils appellent *foi* est ci-devant solidement réfuté,
lorsqu'ils nous disent qu'il faut se soumettre, c'est comme s'ils disaient
qu'il faut aveuglément croire ce qu'on ne croit pas.

Nos déichristicoles condamnent ouvertement l'aveuglement des anciens païens qui adoraient plusieurs dieux. Ils se raillent de la généalogie de leurs dieux, de leur naissance, de leurs mariages, et de la génération de leurs enfants, et ils ne prennent pas garde qu'ils disent des
choses beaucoup plus ridicules et plus absurdes.

Si les païens ont cru qu'il y avait des déesses aussi bien que des
dieux, que ces dieux et ces déesses se mariaient, et qu'ils engen-
draient des enfants, ils ne pensaient en cela rien que de naturel; car
ils ne s'imaginaient pas encore que les dieux fussent sans corps ni sentiments; ils croyaient qu'ils en avaient aussi bien que les hommes.
Pourquoi n'y en aurait-il point eu de mâle et de femelle? On ne voit
point qu'il y ait plus de raison de nier ou de reconnaître plutôt l'un
que l'autre; et, en supposant des dieux et des déesses, pourquoi n'en-
gendreraient-ils pas en la manière ordinaire? Il n'y aurait certainement rien de ridicule ni d'absurde dans cette doctrine, s'il était vrai
que leurs dieux existassent.

Mais, dans la doctrine de nos christicoles, il y a quelque chose de
bien plus ridicule et de plus absurde: car, outre ce qu'ils disent d'un
Dieu qui en fait trois, et de trois qui n'en font qu'un, ils disent que ce
dieu triple et unique n'a ni corps, ni forme, ni figure; que la première
personne de ce dieu triple et unique, qu'ils appellent le Père, a engendré toute seule une seconde personne qu'ils appellent le Fils, et qui
est tout semblable à son père, étant comme lui sans corps, sans forme,
et sans figure. Si cela est, qu'est-ce qui fait que la première s'appelle
le père plutôt que la mère, et que la seconde se nomme plutôt le fils
que la fille? Car si la première est véritablement plutôt père que mère,

et si la seconde est plutôt fils que fille, il faut nécessairement qu'il y ait quelque chose dans l'une et dans l'autre de ces deux personnes qui fasse que l'un soit père plutôt que mère, et l'autre plutôt fils que fille. Or qui pourrait faire cela, si ce n'est qu'ils seraient tous deux mâles et non femelles? Mais comment seront-elles plutôt mâles que femelles, puisqu'elles n'ont ni corps, ni forme, ni figure? Cela n'est pas imaginable, et se détruit de soi-même. N'importe, ils disent toujours que ces deux personnes sans corps, forme, ni figure, et par conséquent sans différence de sexe, sont néanmoins père et fils, et qu'ils ont produit par leur mutuel amour une troisième personne qu'ils appellent le Saint-Esprit, laquelle personne n'a, non plus que les deux autres, ni corps, ni forme, ni figure. Quel abominable galimatias !

Puisque nos christicoles bornent la puissance de Dieu le père à n'engendrer qu'un fils, pourquoi ne veulent-ils pas que cette seconde personne, aussi bien que la troisième, aient, comme la première, la puissance d'engendrer un fils qui soit semblable à elle? Si cette puissance d'engendrer un fils est une perfection dans la première personne, c'est donc une perfection et une puissance qui n'est point dans la seconde ni dans la troisième personne. Ainsi ces deux personnes manquant d'une perfection et d'une puissance qui se trouvent dans la première, elles ne seraient certainement pas égales entre elles; si au contraire ils disent que cette puissance d'engendrer un fils n'est pas une perfection, ils ne devraient donc pas l'attribuer à la première personne non plus qu'aux deux autres, parce qu'il ne faut attribuer que des perfections à un Être qui serait souverainement parfait.

D'ailleurs ils n'oseraient dire que la puissance d'engendrer une divine personne ne soit pas une perfection ; et s'ils disent que cette première personne aurait bien pu engendrer plusieurs fils et plusieurs filles, mais qu'elle n'aurait voulu engendrer que ce seul fils, et que les deux autres personnes pareillement n'en auraient point voulu engendrer d'autres, on pourrait 1° leur demander d'où ils savent que cela est ainsi; car on ne voit point, dans leurs prétendues Écritures saintes, qu'aucune de ces divines personnes se soit positivement déclarée là-dessus. Comment donc nos christicoles peuvent-ils savoir ce qui en est? Ils n'en parlent donc que suivant leurs idées et leurs imaginations creuses.

2° On pourrait dire que, si ces prétendues divines personnes avaient la puissance d'engendrer plusieurs enfants, et qu'elles n'en voulussent cependant rien faire, il s'ensuivrait que cette divine puissance demeurerait en elles sans effet. Elle serait tout à fait sans effet dans la troisième personne, qui n'en engendrerait et n'en produirait aucune, et elle serait presque sans effet dans les deux autres, puisqu'elles voudraient la borner à si peu. Ainsi cette puissance qu'elles auraient d'engendrer et de produire quantité d'enfants, demeurerait en elles comme oisive et inutile, ce qu'il ne serait nullement convenable de dire de divines personnes.

Nos christicoles blâment et condamnent les païens de ce qu'ils attribuaient la divinité à des hommes mortels, et de ce qu'ils les adoraient comme des dieux après leur mort : ils ont raison en cela ; mais ces païens ne faisaient que ce que font encore nos christicoles, qui attribuent la divinité à leur Christ, en sorte qu'ils devraient eux-mêmes se condamner aussi, puisqu'ils sont dans la même erreur que ces païens, et qu'ils adorent un homme qui était mortel, et si bien mortel, qu'il mourut honteusement sur une croix.

Il ne servirait de rien à nos christicoles de dire qu'il y aurait une grande différence entre leur Jésus-Christ et les dieux des païens, sous prétexte que leur Christ serait, comme ils disent, vrai dieu et vrai homme tout ensemble, attendu que la Divinité se serait irrévocablement incarnée en lui ; au moyen de quoi la nature divine se trouvant jointe et unie hypostatiquement, comme ils disent, avec la nature humaine, ces deux natures auraient fait dans Jésus-Christ un vrai Dieu et un vrai homme ; ce qui ne s'était jamais fait, à ce qu'ils prétendent, dans les dieux des païens.

Mais il est facile de faire voir la faiblesse de cette réponse ; car d'un côté, n'aurait-il pas été aussi facile aux païens qu'aux chrétiens de dire que la Divinité se serait incarnée dans les hommes qu'ils adoraient comme dieux ? D'un autre côté, si la Divinité avait voulu s'incarner et s'unir hypostatiquement à la nature humaine dans leur Jésus-Christ, que savent-ils si cette même Divinité n'aurait pas bien voulu aussi s'incarner et s'unir hypostatiquement à la nature humaine dans ces grands hommes, et dans ces admirables femmes qui, par leur vertu, par leurs belles qualités, ou par leurs belles actions, ont excellé sur le commun des hommes, et se sont fait adorer comme dieux et déesses ? Et si nos christicoles ne veulent pas croire que la Divinité se soit jamais incarnée dans ces grands personnages, pourquoi veulent-ils nous persuader qu'elle se soit incarnée dans leur Jésus ? Où en est la preuve ? leur foi et leur créance, qui étaient dans les païens comme dans eux. Ce qui fait voir qu'ils sont également dans l'erreur les uns comme les autres.

Mais ce qu'il y a en cela de plus ridicule dans le christianisme que dans le paganisme, c'est que les païens n'ont ordinairement attribué la divinité qu'à de grands hommes, auteurs des arts et des sciences, et qui avaient excellé dans des vertus utiles à leur patrie ; mais nos déichristicoles, à qui attribuent-ils la divinité ? A un homme de néant, vil et méprisable, qui n'avait ni talent, ni science, ni adresse, né de pauvres parents, et qui, depuis qu'il a voulu paraître dans le monde et faire parler de lui, n'a passé que pour un insensé et pour un séducteur, qui a été méprisé, moqué, persécuté, fouetté, et enfin qui a été pendu comme la plupart de ceux qui ont voulu jouer le même rôle, quand ils ont été sans courage et sans habileté.

De son temps il y eut encore plusieurs autres semblables imposteurs qui se disaient être le vrai messie promis par la loi ; entre autres un certain Judas Galiléen, un Théodore, un Barchon, et autres, qui, sous un vain prétexte, abusaient les peuples, et tâchaient de les faire soulever pour les attirer à eux, mais qui sont tous péris.

Passons à ses discours et à quelques-unes de ses actions, qui sont des plus remarquables et des plus singulières dans leur espèce. « Faites pénitence, disait-il aux peuples [1], car le royaume du ciel est proche; croyez cette bonne nouvelle. » Et il allait courir toute la Galilée, prêchant ainsi la prétendue venue prochaine du royaume du ciel. Comme personne n'a encore vu aucune apparence de la venue de ce royaume, c'est une preuve parlante qu'il n'était qu'imaginaire.

Mais voyons dans ses autres prédications l'éloge et la description de ce beau royaume.

Voici comme il parlait aux peuples [2] : « Le royaume des cieux est semblable à un homme qui a semé du bon grain dans son champ; mais pendant que les hommes dormaient, son ennemi est venu qui a semé la zizanie parmi le bon grain. Il est semblable [3] à un trésor caché dans un champ : un homme ayant trouvé le trésor, le cache de nouveau, et il a eu tant de joie de l'avoir trouvé, qu'il a vendu tout son bien, et il a acheté ce champ. Il est semblable à un marchand qui cherche de belles perles, et qui, en ayant trouvé une d'un grand prix, va vendre tout ce qu'il a, et achète cette perle. Il est semblable à un filet qui a été jeté dans la mer [4], et qui renferme toutes sortes de poissons : étant plein, les pêcheurs l'ont retiré, et ont mis les bons poissons ensemble dans des vaisseaux, et jeté dehors les mauvais. Il est semblable à un grain de moutarde qu'un homme a semé dans son champ : il n'y a point de grain si petit que celui-là; néanmoins quand il est crû, il est plus grand que tous les légumes, etc. » Ne voilà-t-il pas des discours dignes d'un Dieu?

On fera encore le même jugement de lui, si l'on examine de près ses actions. Car 1° courir toute une province, prêchant la venue prochaine d'un prétendu royaume; 2° avoir été transporté par le diable sur une haute montagne, d'où il aurait cru voir tous les royaumes du monde, cela ne peut convenir qu'à un visionnaire; car il est certain qu'il n'y a point de montagne sur la terre d'où l'on puisse voir seulement un royaume entier, si ce n'est le petit royaume d'Yvetot, qui est en France : ce ne fut donc que par imagination qu'il vit tous ces royaumes, et qu'il fut transporté sur cette montagne, aussi bien que sur le pinacle du Temple; 3° lorsqu'il guérit le sourd et le muet, dont il est parlé dans saint Marc [5], il est dit qu'il le tira en particulier, qu'il lui mit ses doigts dans les oreilles, et qu'ayant craché, il lui tira la langue; puis jetant les yeux au ciel, il poussa un grand soupir et lui dit : *Epheta*. Enfin qu'on lise tout ce qu'on rapporte de lui, et qu'on juge s'il y a rien au monde de si ridicule.

Ayant mis sous les yeux une partie des pauvretés attribuées à Dieu par les christicoles, continuons à dire quelques mots de leurs mystères. Ils adorent un Dieu en trois personnes, ou trois personnes en un seul Dieu, et ils s'attribuent la puissance de faire des dieux de pâte et de farine, et même d'en faire tant qu'ils veulent. Car, suivant leurs principes, ils n'ont qu'à dire seulement quatre paroles sur telle quantité de verres de vin, ou de ces petites images de pâte, ils en feront autant

1. Marc, I, 15. (ÉD.) — 2. Matth., XIII, 24-25. (ÉD.) — 3. *Id.*, *ibid.*, 44-48. (ÉD. 4. *Id.*, *ibid.*, 31-32. (ÉD.) — 5. VII, 32-34. (ÉD.)

de dieux, y en eût-il des millions. Quelle folie ! avec toute la prétendue puissance de leur Christ, ils ne sauraient faire la moindre mouche, et ils croient pouvoir faire des dieux à milliers. Il faut être frappé d'un étrange aveuglement pour soutenir des choses si pitoyables, et cela sur un si vain fondement que celui des paroles équivoques d'un fanatique.

Ne voient-ils pas, ces docteurs aveuglés, que c'est ouvrir une porte spacieuse à toutes sortes d'idolâtries, que de vouloir faire adorer ainsi des images de pâte, sous prétexte que des prêtres auraient le pouvoir de les consacrer et de les faire changer en dieux ? Tous les prêtres des idoles n'auraient-ils pu et ne pourraient-ils pas maintenant se vanter d'avoir un pareil caractère?

Ne voient-ils pas aussi que les mêmes raisons qui démontrent la vanité des dieux ou des idoles de bois, de pierre, etc., que les païens adoraient, démontrent pareillement la vanité des dieux et des idoles de pâte et de farine que nos déichristicoles adorent? Par quel endroit se moquent-ils de la fausseté des dieux des païens? n'est-ce point parce que ce ne sont que des ouvrages de la main des hommes, des images muettes et insensibles? Et que sont donc nos dieux que nous tenons enfermés dans des boîtes, de peur des souris?

Quelles seront donc les vaines ressources des christicoles? Leur morale? elle est la même au fond que dans toutes les religions; mais des dogmes cruels en sont nés, et ont enseigné la persécution et le trouble. Leurs miracles? mais quel peuple n'a pas les siens, et quels sages ne méprisent pas ces fables? Leurs prophéties? n'en a-t-on pas démontré la fausseté? Leurs mœurs? ne sont-elles pas souvent infâmes? L'établissement de leur religion? mais le fanatisme n'a-t-il pas commencé, l'intrigue n'a-t-elle pas élevé, la force n'a-t-elle pas soutenu visiblement cet édifice? La doctrine? mais n'est-elle pas le comble de l'absurdité?

Je crois, mes chers amis, vous avoir donné un préservatif suffisant contre tant de folies. Votre raison fera plus encore que mes discours : et plût à Dieu que nous n'eussions à nous plaindre que d'être trompés! mais le sang humain coule depuis le temps de Constantin pour l'établissement de ces horribles impostures. L'Église romaine, la grecque, la protestante, tant de disputes vaines, et tant d'ambitieux hypocrites, ont ravagé l'Europe, l'Afrique, et l'Asie. Joignez, mes amis, aux hommes que ces querelles ont fait égorger, ces multitudes de moines et de nonnes devenus stériles par leur état. Voyez combien de créatures sont perdues, et vous verrez que la religion chrétienne a fait périr la moitié du genre humain.

Je finirai par supplier Dieu, si outragé par cette secte, de daigner nous rappeler à la religion naturelle, dont le christianisme est l'ennemi déclaré; à cette religion sainte que Dieu a mise dans le cœur de tous les hommes, qui nous apprend à ne rien faire à autrui que ce que nous voudrions être fait à nous-mêmes. Alors l'univers serait composé de bons citoyens, de pères justes, d'enfants soumis, d'amis tendres. Dieu nous a donné cette religion en nous donnant la raison. Puisse le fanatisme ne la plus pervertir! Je vais mourir plus rempli de ces désirs que d'espérances.

Voilà le précis exact du *Testament* in-fol. *de Jean Meslier.* Qu'on juge de quel poids est le témoignage d'un prêtre mourant qui demande pardon à Dieu. *Ce* 15 *mars* 1742.

BALANCE ÉGALE.

(1762.)

On veut empêcher les frères nommés *jésuites* d'enseigner la jeunesse, et de remplir les vues de nos rois qui les ont admis à cette fonction. Les raisons qu'on apporte pour les exclure sont :

1° Que quelques-uns d'entre eux ont abusé de quelques beaux garçons.

2° Que plusieurs ont été d'ennuyeux écrivains.

3° Que les frères jésuites, depuis leur fondation, ont excité des troubles en Europe, en Asie, et en Amérique; et que s'ils n'ont pas fait de mal en Afrique, c'est qu'ils n'y ont pas été.

4° Que le recteur frère Varade, retiré chez les ennemis de l'État, fut condamné à être roué en effigie, pour avoir persuadé en confession le nommé Barrière d'assassiner le grand Henri IV.

5° Que frère Guignard fut pendu et brûlé pour avoir inspiré à Jean Chastel les sentiments exécrables qui lui mirent à la main le couteau dont il frappa Henri IV à la bouche.

6° Que frère Oldcorn et frère Garnet furent mis en quartiers à Londres pour la fameuse conspiration des poudres.

7° Que cinquante-deux de leurs auteurs ont enseigné le parricide.

8° Que frère Le Tellier trompa Louis XIV, en faisant signer à des évêques des mandements qu'ils n'avaient pas faits; que le confesseur de Louis XIV n'était en effet qu'un faussaire de Vire.

9° Que ledit Le Tellier, faussaire, rédigea, avec frère Doucin et frère Lallemand, cette malheureuse bulle, composée de cent trois propositions, dont la sacrée consulte ne retrancha que deux, et laquelle a troublé l'État, parce qu'on n'a pas eu encore en France assez de raison pour mépriser ces disputes ridicules, autant qu'elles sont méprisables.

10° Qu'en dernier lieu ils se sont déclarés eux-mêmes banqueroutiers, et qu'ils ont ruiné plusieurs familles.

11° Que leur institut est visiblement contraire aux lois de l'État, et que c'est trahir l'État que de souffrir dans son sein des gens qui font vœu d'obéir en certains cas à leur général plutôt qu'à leur prince.

12° Que l'exemple du Portugal doit inviter toutes les nations à l'imiter, et qu'une société convaincue d'avoir fait révolter une province du Paraguay, et d'avoir trempé dans l'assassinat de son souverain, doit être exterminée de la terre.

On conclut de ces raisons que les flammes qui ont fait justice des frères Guignard et Malagrida doivent mettre en cendres les collèges où des frères jésuites ont enseigné ces parricides, lesquels d'autres frères jésuites ont commis dans les palais des rois. Nous ne dissimulons ni n'affaiblissons aucun de ces reproches, nous avouons même qu'ils sont tous fondés.

Toutes ces raisons dûment pesées, nous concluons à garder les jésuites :

1° Parce qu'il ne leur est pas enjoint, par leur règle, d'exercer le péché dont est question, et qu'ils chassent d'ordinaire ceux d'entre eux qui font un grand scandale, quand ils leur sont inutiles.

2° Parce qu'ils élèvent la jeunesse en concurrence avec les universités, et que l'émulation est une belle chose.

3° Parce qu'on peut les contenir quand on peut les soutenir, comme a dit un sage.

4° Parce que, s'ils ont été parricides en France, ils ne le sont plus, e¹ qu'il n'y a pas aujourd'hui un seul jésuite qui ait proposé d'assassiner famille royale.

5° Parce que, s'ils ont des constitutions impertinentes et dangereuses, on peut aisément les soustraire à un institut réprouvé par les lois, les rendre dépendants de supérieurs résidants en France et non à Rome, et faire des citoyens de gens qui n'étaient que jésuites.

6° Parce qu'on peut défendre à frère Lavalette de faire le commerce, et ordonner aux autres d'enseigner le latin, le grec, la géographie et les mathématiques, en cas qu'ils les sachent.

7° Parce que, s'ils contreviennent aux lois, on peut aisément les mettre au carcan, les envoyer aux galères, ou les pendre, selon l'exigence des cas.

Ayant humblement proposé ces conditions, je passe à la raison de la balance. On veut la tenir entre les nations; il faut la tenir entre les molinistes et les jansénistes.

Toute société veut s'étendre. Le conseil a été longtemps partagé entre les tailleurs et les boutonniers. Le procès des savetiers et des cordonniers a été sur le bureau plusieurs années. Il faut encourager et réprimer toutes les compagnies. L'Université est aussi modeste que fourrée, sans doute; mais elle s'éleva contre François Ier, et ordonna qu'on n'obéît point à l'édit qui établissait le concordat; mais elle déclara Henri III déchu de la couronne; mais elle empêcha qu'on ne priât Dieu pour Henri IV : c'est lui faire un très-grand bien que de lui opposer des ennemis qui la contiennent, comme c'est faire un très-grand bien aux frères jésuites de protéger l'Université, qui aura l'œil ouvert sur toutes les sottises qu'ils pourront faire.

Si vous donnez trop de pouvoir à un corps, soyez sûr qu'il en abusera. Que les moines de la Trappe soient répandus dans le monde, qu'ils confessent des princesses, qu'ils élèvent la jeunesse, qu'ils prêchent, qu'ils écrivent, ils seront, au bout de dix ans, semblables aux jésuites, et on sera obligé de les réprimer.

Lisez l'histoire, et nommez-moi la compagnie, la société, qui ne se soit pas écartée de son devoir dans les temps difficiles.

L'esprit convulsionnaire est-il aussi dangereux que l'esprit jésuitique? c'est un grand problème.

Celui-ci a toujours cherché à tromper l'autorité royale pour en abuser; celui-là s'élève contre l'autorité royale : l'un veut tyranniser avec souplesse; l'autre fouler aux pieds les petits et les grands avec dureté. Les jésuites sont armés de filets, d'hameçons, de pièges de toute espèce; ils s'ouvrent toutes les portes en minant sous terre : les convulsionnaires veulent renverser les portes à force ouverte. Les jésuites flattent les passions des hommes pour les gouverner par ces passions mêmes : les Saint-Médardiens s'élèvent contre les goûts les plus innocents, pour imposer le joug affreux du fanatisme.

Les jésuites cherchent à se rendre indépendants de la hiérarchie; les Saint-Médardiens à la détruire : les uns sont des serpents, et les autres des ours; mais tous peuvent devenir utiles : on fait de bon bouillon de vipère, et les ours fournissent des manchons.

La sagesse du gouvernement empêchera que nous ne soyons piqués par les uns, ni déchirés par les autres.

Mes frères, soyons de bons citoyens, de bon sujets du roi; fuyons les sots et les fripons, et, pour Dieu, ne soyons ni jansénistes ni molinistes.

PETIT AVIS A UN JÉSUITE[1].

(1762.)

Il vient de paraître une petite brochure édifiante d'un frère de la troupe de Jésus, intitulée : *Acceptation du défi hasardé par l'auteur des Répliques aux Apologies des jésuites.* A Avignon, aux dépens des libraires.

Il traite le respectable et savant auteur de ces Répliques de faiseur de libelles. Le prétendu libelle que le frère de la troupe de Jésus attaque est un ouvrage très-solide et très-lumineux d'un conseiller au parlement de Paris, et ce prétendu libelle ne contient rien dont la substance ne se retrouve dans les arrêts des parlements qui ont condamné les jésuites. On cherche d'ordinaire à fléchir ses juges; mais notre frère leur parle comme s'il étaient sur la sellette, et lui sur le grand banc.

Notre frère (page 5) appelle le conseiller *Médée, Don Quichotte, Goliath, Miphiboseth, Ésope.* Il est difficile qu'un conseiller au parlement soit tout cela ensemble; notre frère prodigue un peu les épithètes.

Il dit (page 6) : « Loin de moi ces grossièretés indécentes, ces injures audacieuses! » Notre frère n'a pas de mémoire.

1. Les jésuites, après s'être laissé chasser comme des capucins, écrivirent contre les parlements de gros volumes d'injures que personne ne put lire; ensuite ils se mirent à prêcher contre les philosophes, à écrire contre eux des mandements, des dictionnaires, des brochures, ce qui leur valut un peu d'argent, et l'honneur de dîner à la table des valets de chambre de l'archevêque de Paris, Beaumont, qui, se souvenant qu'il était gentilhomme avant d'être prêtre, ne mangeait point avec des prêtres roturiers. (*Éd. de Kehl.*)

Il prend (page 8) le parti de Suarez, de Vasquez. de Lessius, etc., etc. Notre frère n'est pas adroit.

Il prétend (page 15) que ceux qui condamnent les jésuites détestent le ciel : « Oui, le ciel, dit-il, qui a signalé par des miracles la sainteté de quelques jésuites. » Je voudrais bien, mon cher frère, que tu nous disses quels sont ces miracles. Jésus a nourri une fois cinq mille hommes avec cinq pains, etc., comme il est rapporté; et frère Lavalette a ôté le pain à près de cinq mille personnes par sa banqueroute : sont-ce là les miracles dont tu veux parler?

Frère Bouhours, dans la première édition de la *Vie du bonhomme Ignace*, écrit que ce *grand homme*, après s'être fait fesser au collége de Sainte-Barbe, alla se confesser à un habitué de paroisse. Le confesseur, émerveillé de la sainteté du personnage, s'écria : « O mon Dieu, que ne puis-je écrire la vie de ce saint! » Ignace, qui entendit ces paroles, et qui était fort malade, craignit qu'en effet son confesseur ne trahît sa modestie après sa mort; il pria le bon Dieu de faire mourir l'habitué le plus tôt que faire se pourrait, et le pauvre diable mourut d'apoplexie.

Le même frère Bouhours assure, dans la *Vie de frère François Xavier*, qu'un jour son crucifix étant tombé dans la mer, un cancre vint le lui rapporter.

Le même Bouhours assure que frère Xavier était dans deux endroits à la fois : et comme cela n'appartient qu'à l'Eucharistie, le trait m'a paru gaillard

De quoi t'avises-tu, frère, de parler (page 57) de frère Malagrida, et de dire que la marquise de Tavora lui apparut plusieurs fois après son exécution? Est-ce encore là un de tes miracles?

Tu conviens (page 71) que plusieurs jésuites ont enseigné la doctrine du parricide, et, pour les disculper, tu prouves qu'ils ont pris cette doctrine dans saint Thomas d'Aquin, quoique grands ennemis de Thomas, et que plus de vingt jacobins ont précédé les jésuites dans cette charitable doctrine : que veux-tu inférer de là? que la *Somme* de Thomas est un fort mauvais livre, et qu'il faut chasser les jacobins comme les jésuites? On pourra te répondre : *Très-vo ontiers;* lis attentivement l'excellent discours de M. le procureur général de Rennes[1], tu verras à quoi sont bons la plupart des moines dans un État policé.

Tu ne passes pas Jacques Clément et Bourgoin aux jacobins; mais songe que les jacobins ne te passeront pas frère Guignard, frère Varade, frère Garnet, frère Oldcorn, frère Girard, frère Malagrida, etc., etc. On disait que les jésuites étaient de grands politiques; mais tu ne me parais pas trop habile en attaquant à la fois les moines tes confrères et les parlements tes juges.

Quand nous aurons le bonheur de voir en France quelque nouveau Le Tellier qui fera une constitution, qui l'enverra signer à Rome, qui trompera son pénitent, qui recevra les évêques dans son anticham-

1. Louis-René de Caradeuc de La Chalotais, mort le 12 juillet 1785. (ÉD.)

bre, qui prodiguera les lettres de cachet, tu pourras alors ecrire hardiment, et te livrer à ton beau génie : mais à présent les temps sont changés; ce n'est pas le tout d'être chassé, mon frère, il faut encore être modeste.

AVIS

CONCERNANT L'ÉDITION DES OEUVRES DE PIERRE CORNEILLE,
PAR M. DE VOLTAIRE.

1762.)

On imprime avec la plus grande diligence le commentaire historique et critique sur la plupart des tragédies et des comédies de Pierre Corneille, avec quelques réflexions sur ses pièces qui ne sont plus représentées.

On joint à cet ouvrage la traduction de l'*Héraclius espagnol* avec des notes au bas des pages ; la traduction littérale en vers du *Jules César* de Shakespeare; un commentaire sur la *Bérénice* de Racine, comparée à celle de Corneille: un commentaire sur les tragédies d'*Ariane* et du *Comte d'Essex* de Thomas Corneille, qui sont restées au théâtre. On joint à cette édition plusieurs écrits concernant les pièces de théâtre de Pierre Corneille, lesquelles (*sic*) n'ont été imprimées dans aucun recueil. Le tout est orné de très-belles estampes dont la plupart sont dessinées par M. Gravelot. Les souscripteurs pourront s'adresser à Paris chez la veuve Brunet, libraire, rue Saint-Jacques; Duchesne, rue Saint-Jacques; Brocas et Humblot, rue Saint-Jacques; et Pissot, quai de Conti.

ÉLOGE DE M. DE CRÉBILLON

(1762.)

M. de Crébillon avait plus de génie que de littérature; il s'appliqua cependant assez tard à la poésie dramatique. Il fut, dans sa jeunesse, homme de plaisir et de bonne compagnie ; et ce ne fut qu'à l'âge d trente ans qu'il composa sa première tragédie. Il était né, en 1674, à Dijon, ville qui a produit plus d'un homme d'esprit et de génie. Il donna, en 1705, son *Idoménée*.

IDOMÉNÉE. — Cette tragédie eut treize représentations. On jouait alors les pièces nouvelles plus longtemps qu'aujourd'hui, parce qu'alors le public n'était point partagé entre plusieurs spectacles, tels que la comédie italienne et la foire : il fallait environ vingt représentations pour constater le succès passager d'une nouveauté. Aujourd'hui **on**

regarde une douzaine de représentations comme un succès assez rare;
soit que l'on commence à être rassasié de tragédies, dans lesquelles
on a vu si souvent des déclarations d'amour, des jalousies et des meurtres; soit parce que nous n'avons plus de ces acteurs dont la voix
noble comme celle de Baron, terrible comme celle de Baubourg, tou-
chante comme celle de Dufresne, subjugue l'attention du public; soit
qu'enfin la multitude des spectacles fasse tort au théâtre le plus estimé
de l'Europe.

On trouva quelques beautés dans l'*Idoménée*, mais elle n'est point
restée au théâtre; l'intrigue en était faible et commune, la diction
lâche, et toute l'économie de la pièce trop moulée sur ce grand nombre
de tragédies languissantes qui ont paru sur la scène, et qui ont disparu.

ATRÉE. — En 1707 il donna *Atrée*, qui eut beaucoup plus de succès.
On la joua dix-huit fois. Elle avait un caractère plus fier et plus original. Le cinquième acte parut trop horrible. Il ne l'est cependant pas
plus que le cinquième de *Rodogune;* car certainement Cléopatre, en
assassinant un de ses fils, et en présentant du poison à l'autre, n'ayant
à se plaindre d'aucun des deux, commet une action bien plus atroce
que celle d'Atrée, à qui son frère a enlevé sa femme. Ce n'est donc
point parce que la coupe pleine de sang est une chose horrible qu'on
ne joue plus cette pièce; au contraire, cet excès de terreur frapperait
beaucoup de spectateurs, et les remplirait de cette sombre et douloureuse attention qui fait le charme de la vraie tragédie; mais le grand
défaut d'*Atrée*, c'est que la pièce n'est pas intéressante. On ne prend
aucune part à une vengeance affreuse, méditée de sang-froid, sans
aucune nécessité. Un outrage fait à Atrée, il y a vingt ans, ne touche
personne : il faut qu'un grand crime soit nécessaire, et il faut qu'il
soit commis dans la chaleur du ressentiment. Les anciens connurent
bien mieux le cœur humain que ce moderne, quand ils représentèrent
la vengeance d'Atrée suivant de près l'injure.

L'auteur tombe encore dans le défaut tant reproché aux modernes,
celui d'un amour insipide. Ce qui a achevé de dégoûter à la longue
de cette pièce, c'est l'incorrection du style. Il y a beaucoup de solé-
cismes et de barbarismes, et encore plus d'expressions impropres.
Dès les deux premiers vers il pèche contre la langue et contre la
raison.

> Avec l'éclat du jour je vois enfin paraître
> L'espoir et la douceur de me venger d'un traître.

Comment voit-on paraître un espoir avec l'éclat du jour? comment
voit-on paraître la douceur? Le plus grand défaut de son style consiste
dans des vers boursouflés, dans des sentences qui sont toujours hors
de la nature :

> Je voudrais me venger, fût-ce même des dieux :
> Du plus puissant de tous j'ai reçu la naissance;
> Je le sens au plaisir que me fait la vengeance. (I, III.)

La Fontaine a dit aussi heureusement que plaisamment:

..................Je sais que la vengeance
Est un morceau de roi; car vous vivez en dieux.

Mais une telle idée peut-elle entrer dans une tragédie?

Thyeste y raconte un songe qui n'est au fond qu'un amas d'images incohérentes, une déclamation absolument inutile au nœud de la pièce: à quoi sert

Une ombre qui *perce la terre?* (II, II.)
Un songe
Qui finit par un coup de tonnerre?.

Ce sont de grands mots qui étourdissent les oreilles. « Les songes de la nuit qui ne se dissipent que par le jour qui les suit, sont d'infortunés présages qui asservissent son âme à de tristes images. » Tout cela n'est ni bien écrit ni bien pensé.

On y voit une foule d'expressions vagues, rebattues, et sans objet déterminé, comme:

Athène éprouvera le sort le plus funeste. (I, III.)
Au milieu des horreurs du sort le plus funeste. (*Id.*)
........Pour venger l'affront le plus funeste. (*Id.*)
Allez, que votre bras à l'Attique funeste. (I, IV.)
Ne comptez-vous pour rien un amour si funeste? (I, VII.)
Quoi! tu peux t'arrêter dans ce séjour funeste! (II, II.)
.... Tes soupçons et ta haine funeste. (II, V.)
Puis-je encor m'étonner d'une ardeur si funeste? (III, I.)
Ce billet seul contient un regret si funeste. (IV, V.)
..........Dans un jour si funeste. (*Id.*)

Cette rime oiseuse tant de fois répétée n'est pas la seule qui fatigue les oreilles délicates. Il y a trop de rimes en épithètes. En général, la pièce est écrite avec dureté. Les vers sont sans harmonie, la versification négligée comme la langue. La plupart de nos auteurs tragiques n'ont pas su toujours bien écrire, et faire dire aux personnages ce qu'ils devaient dire. Il est vrai que tous ces devoirs sont très-difficiles à remplir. Pour faire une tragédie en vers, il faut savoir faire des vers, il faut posséder parfaitement sa langue, ne se servir jamais que du mot propre, n'être ni ampoulé, ni faible, ni commun, ni trop singulier. Je ne parle ici que du style. Les autres conditions sont encore plus nécessaires et plus difficiles. Nous n'avons aucune tragédie parfaite, et peut-être n'est-il pas possible que l'esprit humain en produise jamais. L'art est trop vaste, les bornes du génie trop étroites, les règles trop gênantes, la langue trop stérile, et les rimes en trop petit nombre. C'est bien assez qu'il y ait dans une tragédie des beautés qui fassent pardonner les défauts

ÉLECTRE. — *Électre*, jouée en 1708, eut autant de représentations qu'*Atrée;* mais elle eut l'avantage de rester plus longtemps au théâtre. Le rôle de Palamède, qui fut le mieux joué, était aussi celui qui impo-

sait le plus. On s'aperçut depuis que ce rôle de Palamède est étranger
à la pièce, et qu'un inconnu obscur, qui fait le personnage principal
dans la famille d'Agamemnon, gâte absolument ce grand sujet, en avi-
lissant Oreste et Électre. Ce roman, qui fait d'Oreste un homme fabuleux, sous le nom de Tydée, et qui le donne pour fils de Palamède, a
paru trop peu vraisemblable. On ne peut concevoir comment Oreste,
sous le nom de Tydée, ayant fait tant de belles actions à la cour d'É-
gisthe, ayant vaincu les deux rois de Corinthe et d'Athènes, comment
ce héros, connu par ses victoires, est ignoré de Palamède.

On a surtout condamné la partie carrée d'Électre avec Itys, fils de
Thyeste, et d'Iphianasse avec Tydée, qui est enfin reconnu pour
Oreste. Ces amours sont d'autant plus condamnables, qu'ils ne servent
en rien à la catastrophe. On ne parle d'amour dans cette pièce que
pour en parler. C'est une grande faute, il faut l'avouer, d'avoir rendu
amoureuse cette Électre, âgée de quarante ans, dont le nom même
signifie *sans faiblesse*, et qui est représentée dans toute l'antiquité
comme n'ayant jamais eu d'autre sentiment que celui de la vengeance
de son père.

C'est le peu de connaissance des bons ouvrages anciens, ou plutôt
l'impuissance de fournir cinq actes dans un sujet si noble et si simple,
qui fait recourir un auteur à cette malheureuse ressource d'un amour
trivial.

Il y a de belles tirades dans l'*Électre* de M. de Crébillon. On souhai-
terait en général que la diction fût moins vicieuse, le dialogue mieux
fait, les pensées plus vraies.

Électre commence à s'adresser à la Nuit comme dans un couplet d'o-
péra : elle l'appelle « insensible témoin de ses vives douleurs: elle ne
vient plus lui confier ses pleurs, » et elle lui confie qu'elle aime Itys :
elle lui dit qu'elle veut tuer Itys, parce qu'elle l'aime : « Immolons
l'amant qui nous outrage; » et le moment d'après elle avoue à la Nuit
que le vertueux « Itys n'en a pas moins trouvé le chemin de son cœur;
mais Arcas ne vient pas, » dit-elle. Quel rapport cet Arcas a-t-il avec
cet Itys et avec cette Nuit? Il n'y a là nulle suite d'idées, nul art,
nulle connaissance de la manière dont on doit sentir et s'exprimer.
Arcas lui dit (1, II) :

> Loin de faire éclater le trouble de votre âme,
> Flattez plutôt d'Itys l'audacieuse flamme;
> Faites que votre hymen se diffère d'un jour :
> Peut-être nous verrons Oreste de retour.

Ces vers et presque tous ceux de la pièce sont trop dépourvus
d'élégance, d'harmonie, de liaison. Itys se présente à Électre, et lui
dit (I, III) :

> Ah! ne m'enviez pas mon amour, inhumaine;
> Ma tendresse ne sert que trop bien votre haine.
> Si l'amour cependant peut désarmer un cœur,
> Quel amour fût jamais moins digne de rigueur?

. . . .

Au prix de tout mon sang je voudrais être à vous,
Si c'était votre aveu qui me fît votre époux :
Ah! par pitié pour vous, princesse infortunée,
Payez mon tendre amour par un tendre hyménée :

. . . .

Régnez donc avec moi, c'est trop vous en défendre.

Ce ne sont pas là les vers de Sophocle. L'auteur écrit mieux quand il imite les beaux morceaux du grec, quand Électre dit à sa mère (I, vi) :

Moi, l'esclave d'Égisthe! ah, fille infortunée!
Qui m'a fait son esclave? et de qui suis-je née?
Était-ce donc à vous de me le reprocher, etc.

C'était là le véritable sujet de la pièce; c'était là l'unique intérêt qu'il fallait faire paraître.

On ne peut souffrir, après ces mouvements de terreur et de pitié, qu'Oreste vienne faire une déclaration d'amour à Iphianasse, et qu'il dise (II, ii) :

Peut-être à ce bonheur aurais-je pu prétendre
Avec quelque valeur et le cœur le plus tendre.
Quels efforts, quels travaux, quels illustres projets
N'a point tentés ce cœur charmé de vos attraits;
Qui, trop plein d'un amour qu'Iphianasse inspire,
En dit moins qu'il n'en sent et plus qu'il n'en doit dire!

Et l'autre lui répond :

Un amant comme vous, quelque feu qui l'inspire,
Doit soupirer du moins sans oser me le dire.

Ces discours de roman, mis en vers si lâches et si faibles, dépareraient trop une pièce qui serait d'ailleurs bien faite et bien écrite; mais quand on voit des vers tels que ceux-ci :

Ah! que les malheureux éprouvent de tourments! (III, ii.)
D'Électre en ce moment, faible cœur, cours l'apprendre. (III, i.)
. . . .
Est-ce ainsi que des dieux la suprême sagesse
Doit braver des mortels la crédule faiblesse! (III, v.)
J'ai fait peu pour Égisthe, et de quelque succès
Sa bonté chaque jour s'acquitte avec excès. (III, iv.)
. . . .
Ne m'arrêtez donc plus sur l'espoir des bienfaits. (Id.)
Connaissez-vous enfin ce guerrier redoutable
Pour le tyran d'Argos, rempart impénétrable? (III, v.)
. . . .
Dans le sein d'un barbare éteindre mes transports. (Id.)

Quand on voit, dis-je, tant de vers, ou durs, ou dénués de sens, ou

languissants par des épithètes inutiles, ou défigurés par des termes
impropres, on prononce avec Boileau :

> Sans la langue, en un mot, l'auteur le plus divin
> Est toujours, quoi qu'il fasse, un méchant écrivain,

Que doit-on donc prononcer, quand une versification si vicieuse
dans tous les points n'a guère d'autre mérite que de soutenir, par
quelques descriptions ampoulées, un drame plus vicieux encore par la
conduite ?

Malgré ces défauts, dont il faut convenir, il y avait assez de beautés
pour faire réussir la pièce. Les rôles d'Électre et de Palamède ont des
tirades très-imposantes. La reconnaissance d'Électre et d'Oreste faisait
un grand effet, et si le style en général n'était pas châtié, il y avait
des vers d'un grand tragique, qui méritaient des applaudissements.

*Digression sur ce qui se passa entre les représentations d'*Électre *et
de* Rhadamiste. — Tandis qu'après le succès d'*Atrée* et d'*Électre*, il
semblait que M. de Crébillon pût prétendre à l'Académie française, il
en fut exclu par les deux brigues de La Motte et de Rousseau. Il fit
contre La Motte et contre les amis de cet auteur, qui s'assemblaient
souvent au café de la veuve Laurent, une satire dans laquelle chacun
d'eux était désigné sous le nom de quelque animal. La Motte était la
taupe, parce qu'il était déjà menacé de perdre la vue; l'abbé de Pons,
disgracié de la nature par l'irrégularité de sa taille, était le singe;
Danchet, d'une assez haute stature, était le chameau; Fontenelle, par
allusion à sa conduite adroite, était le renard. Cette satire manquait de
grâce et de sel. Il la récitait volontiers chez Oghières [1]; mais je ne
crois pas qu'elle ait jamais été imprimée.

Il fit aussi cette épigramme contre Rousseau, qui sollicitait la place
de l'Académie :

> Quand poil de Roux, faisant la quarantaine,
> De ses poisons le Louvre infectera,
> En tel mépris cettui corps tombera
> Que Pellegrin y entrera sans peine.

Ce Pellegrin avait fait plusieurs pièces de théâtre avec quelques succès passagers. Deux prix remportés à l'Académie semblaient le mettre à
portée de prétendre à cette place.

Pour Rousseau, il n'était encore connu que par quelques odes approuvées par des connaisseurs, et par quelques épigrammes. La carrière du théâtre est infiniment plus difficile à remplir. Sa comédie du
Café et celle du *Capricieux* avaient été très-mal reçues; celle du *Flatteur* était froide, et n'eut qu'un succès très-médiocre. Ses opéras étaient
encore plus mauvais. D'ailleurs son caractère lui ayant fait beaucoup

---

1. Banquier. (ÉD.)

d'ennemis, La Motte eut la place[1], et Rousseau n'eut que deux voix pour lui.

Tout cela excita la bile de Rousseau, qui fit une satire intitulée *Épître à Marot*, dans laquelle on trouve de très jolis vers parmi beaucoup d'autres qui ne sont que bizarres, et qui sont remplis d'injures grossières et de termes hasardés et impropres. Il traite tous ceux qui allaient au café, de maroufles, et il parle ainsi de Crébillon :

> Comment nommer ce froid énergumène,
> Qui d'Hélicon chassé par Melpomène,
> Me défigure en ses vers ostrogots,
> Comme il a fait rois et princes d'Argos?

Après cette satire, Rousseau n'osa plus remettre les pieds au café de la Laurent, où tous les gens de lettres qu'il avait outragés s'assemblaient. Chacun d'eux l'accabla d'épigrammes et de chansons. Toute cette guerre divertissait le public aux dépens des parties belligérantes, et c'était le seul fruit qu'on en pût retirer.

La chose devint sérieuse quand Rousseau eut fait cinq couplets atroces, sur un air d'opéra, contre la plupart de ses ennemis. Ces couplets, qu'il récita imprudemment, devinrent publics. Malheureusement pour lui, un nommé Debrie, qui était devenu son ami et son confident, lui conseilla de faire de nouveaux couplets, et de les envoyer par des inconnus aux intéressés mêmes. On ne pouvait donner un conseil plus détestable : il semblait même qu'il fût dicté par la haine; car Rousseau avait fait contre ce Debrie les épigrammes les plus violentes, dans lesquelles il l'avait traité de *fesse-Matthieu.* Cependant il est vrai que Debrie haïssant encore plus tous ceux qui lui avaient témoigné du mépris au café de la Laurent, et s'étant réconcilié avec Rousseau, auquel même je sais qu'il prêta quelque argent, non-seulement il lui conseilla de faire les couplets qui commencent ainsi :

> Que de mille sots réunis
> Pour jamais le café s'épure;
> Que l'insipide Dionis
> Porte ailleurs sa plate figure ;

mais il en porta lui-même une copie chez Oghières, qui eut la discrétion de la jeter au feu. C'est ce qui m'a été confirmé par un parent de Debrie, qui fut témoin de tout ce scandale, et qui conjura le sieur Oghières de n'en parler jamais.

Enfin les derniers couplets parurent. M. de Crébillon y fut attaqué dans ses mœurs d'une manière affreuse, qui lui fit même assez de tort, et qui ne contribua pas peu à lui fermer encore longtemps les portes de l'Académie : tant les hommes sont injustes ! Il faut remarquer que Rousseau ayant su par Debrie que le Suisse Oghières, en jetant au feu

---

1. La place vacante était celle de Th. Corneille, mort le 8 décembre 1709. La Motte fut reçu à l'Académie française le 10 février 1710. (ED.)

les premiers couplets, avait dit que l'auteur, quel qu'il fût, **méritait** le carcan et les galères, plaça Oghières lui-même dans les derniers qui firent tant de bruit. Tout cela est si vrai, que dans le procès criminel que Rousseau osa intenter au sieur Saurin, géomètre de l'Académie des sciences, au sujet de ces couplets infâmes, Debrie fut le seul qui accompagna Rousseau devant les juges. Ils poursuivirent ensemble l'affaire entamée pour perdre les sieurs Saurin et La Motte; et lorsque Rousseau fut condamné unanimement par le Châtelet et par le parlement, ce Debrie lui prêta de l'argent pour sortir du royaume.

Ce sont là des faits de la vérité la plus incontestable. Je n'ai jamais pu concevoir comment il s'est pu trouver quelques personnes assez dépourvues de raison et d'équité pour soutenir que La Motte, Saurin et un joaillier nommé Malafer, avaient fait ensemble tous ces infâmes couplets pour les imputer à Rousseau.

M. de Crébillon savait, à n'en pouvoir douter, que Rousseau était l'auteur de tout; Oghières lui avait enfin avoué que Debrie lui avait apporté les premiers.

Il est indubitable que non-seulement Rousseau fut coupable de cette infamie, mais encore du crime affreux d'en accuser un innocent. La haine l'aveuglait; c'était sa passion dominante. Il y joignit l'hypocrisie; car dans le cours du procès même il fit une retraite au noviciat des jésuites, sous le P. Sanadon; et retiré à Bruxelles, il fit un pèlerinage à pied à Notre-Dame de Hall, dans le temps qu'il trahissait et livrait à ses créanciers le sieur Médine, qui l'avait secouru dans ses plus pressants besoins. Ce sont encore des faits dont on a la preuve. Il ne cessa de faire à Bruxelles des épigrammes bonnes ou mauvaises contre les mêmes personnes qu'il avait outragées à Paris; il en fit contre Fontenelle, La Motte, La Faye, Saurin, et contre Crébillon, qu'il désigne sous le nom de *Lycophron*.

Il en fit contre l'abbé d'Olivet, qui n'avait pas approuvé ses *Adieux chimériques*, et contre l'abbé Dubos, secrétaire perpétuel de l'Académie. Tout cela est imprimé.

Il reste à savoir si de telles horreurs peuvent être pardonnées en faveur de deux ou trois odes qui ne sont que des déclamations de rhétorique, de quelques psaumes au-dessous des cantiques d'*Esther* et d'*Athalie*, et de quelques épigrammes dont le fond n'est jamais de lui, et dont presque tout le mérite consiste dans des turpitudes. Je voudrais seulement qu'on lui eût donné le rôle de Palamède et de Rhadamiste à traiter; il aurait été infiniment au-dessous de M. de Crébillon. Qu'on en juge par toutes ses pièces de théâtre, et en dernier lieu par *les Aïeux chimériques* et par *l'Hypocondre*: on voit un homme absolument sans invention et sans génie, qui n'avait guère d'autres talents que celui de la rime et du choix des mots. Il n'y a pas un vers dans tous ses ouvrages qui aille au cœur; et on peut conclure, par le froid qui règne dans tous ses drames, qu'il était incapable de faire une scène tragique.

Si M. de Crébillon avait plus châtié son style, je ne balancerais pas à le placer, malgré ses défauts, infiniment au-dessus de Rousseau;

car si on duit proportionner son estime aux difficultés vaincues, il est certainement plus difficile de faire une tragédie qu'une ode. Les cantiques d'*Athalie* et d'*Esther* sont ce que nous avons de meilleur en ce genre : mais approchent-ils d'une seule scène bien faite ?

RHADAMISTE. — *Rhadamiste* est la meilleure pièce de M. de Crébillon. L'intrigue est tirée tout entière du second tome d'un roman assez ignoré, intitulé *Bérénice*[1]. Cette pièce fut jouée, pour la première fois, en 1711, et eut trente représentations. Elle est pleine de grands traits de force et de pathétique. On trouva, il est vrai, l'exposition trop obscure, et l'amour d'Arsame trop faible ; Pharasmane ressemblait trop à Mithridate amoureux d'une jeune personne dont ses deux fils sont amoureux aussi. C'était imiter un défaut de Racine ; mais le rôle de Pharasmane est plus fier et plus tragique que celui de Mithridate, s'il n'est pas si bien écrit.

Ce que les esprits sages condamnèrent le plus dans cette pièce, ce fut une idée puérile de Rhadamiste, qui attribue aux Romains un ridicule dont ils étaient fort éloignés. Il suppose qu'il est choisi par eux pour aller, sous un nom étranger, en ambassade auprès de son propre père, pour semer la discorde dans sa famille. Comment la cour de l'empereur romain aurait-elle été assez imbécile pour imaginer que ce fils serait toujours inconnu à la cour de Pharasmane, et qu'étant une fois reconnu il ne se raccommoderait point avec lui ?

Une telle extravagance n'est jamais entrée dans la tête de personne, excepté dans celle de l'auteur du roman de *Bérénice*, pour lequel M. de Crébillon a poussé trop loin la complaisance. Il pallie autant qu'il le peut le vice de cette supposition, en disant :

> Des Romains si vantés telle est la politique.

Mais cela même devint comique, parce que tout le monde sent assez l'absurdité d'une politique pareille.

C'est en partie ce vice capital, joint à l'obscurité de l'exposition et à la versification incorrecte de l'auteur, qui fit dire à Boileau dans sa dernière maladie, quand on lui apporta cette pièce : « Qu'on m'ôte ce galimatias ; les Pradons étaient des aigles en comparaison de ces gens-ci ; je crois que c'est la lecture de *Rhadamiste* qui a augmenté mon mal. »

La mauvaise humeur de Boileau était injuste. *Rhadamiste* valait mieux que les pièces des rivaux de Racine, et même que l'*Alexandre* de Racine, auquel Boileau avait prodigué autrefois des éloges bien peu mérités ; ce qui aurait pu excuser la bilieuse critique de Boileau, c'était le commencement même de la pièce.

ZÉNOBIE.

> Laisse-moi ; ta pitié, tes conseils et la vie
> Sont le comble des maux pour la triste Isménie.
> Dieu juste ! ciel vengeur, effroi des malheureux, etc.

1. Par Segrais, 1651, 4 vol. in-8°. (ÉD.)

PHÉNICE.

Vous verrai-je *toujours* les yeux baignés de larmes,
Par d'éternels transports remplir mon cœur d'alarmes ?
Le sommeil en ces lieux verse en vain ses pavots ;
La nuit n'a plus pour vous ni douceur ni repos.
Cruelle, si l'amour vous éprouve inflexible, etc.

C'est ainsi que la pièce débute. Les connaisseurs devinent aisément combien un homme tel que Boileau devait être choqué de voir que « la pitié de Phénice est le comble des maux pour Zénobie. » Cela n'a pas de sens. Comment la pitié et les conseils d'une confidente, d'une amie, peuvent-ils être le comble des maux ? comment les conseils et la vie sont-ils ensemble ? pourquoi « le ciel est-il l'effroi des malheureux ? » Il l'est des coupables, et ce sont les malheureux dont il est le consolateur.

Pourquoi Phénice appelle-t-elle sa maîtresse *cruelle ?* Cela est bon dans Œnone, à qui Phèdre cache son secret ; mais cette imitation est ridicule dans Phénice. Un amant de comédie peut appeler sa maîtresse qui le refuse, *cruelle ;* mais une confidente tragique ne doit point lui reprocher en mauvais français que *l'amour l'éprouve inflexible.*

Boileau pouvait-il ne pas condamner une Zénobie « remplissant toujours d'alarmes, par d'éternels transports, » le cœur de sa suivante ? Qu'est-ce « qu'une nuit qui n'a point de douceur ? » Quel langage faible et barbare ! Boileau pouvait-il supporter une femme qui s'écrie (I, v) :

Puisque l'amour a fait le malheur de ma vie,
Quel autre que l'amour doit venger Zénobie ?

De telles pointes sont-elles tolérables ? Un homme de goût approuvera-t-il que Rhadamiste dise qu'il est

Criminel sans penchant, vertueux sans dessein ?

Cela forme-t-il un sens ? On voit bien que Rhadamiste veut dire qu'il est criminel malgré lui, qu'il aime la vertu sans la suivre ; mais il faut savoir exprimer sa pensée. Tant d'expressions louches, obscures, impropres, vicieuses, peuvent rebuter un lecteur instruit et difficile.

Rhadamiste, prétendu ambassadeur de Rome auprès de son père, veut enlever une inconnue que le jeune Arsame lui recommande, et il dit (III, iv) :

D'ailleurs, pour l'enlever, ne me suffit-il pas
Que mon père cruel brûle pour ses appas ?

Quoi ! il enlève une femme, uniquement parce que le roi son père en est amoureux ! De plus, comment ne voit-il pas qu'on la reprendra aisément de ses mains ? Quel ambassadeur a jamais fait une telle folie ? Rhadamiste peut-il heurter ainsi les premiers principes de la raison, après avoir dit (II, I) : « D'un ambassadeur empruntons la prudence » ? Ce vers, tout comique qu'il est, n'est-il pas la condamnation de sa conduite? quelle prudence de violer le droit des gens pour s'exposer aux plus grands affronts!

Un grand défaut de conduite encore, c'est qu'à la fin de la pièce, Arsame voyant son frère Rhadamiste en péril, et pouvant le sauver d'un mot, ne révèle point à Pharasmane que Rhadamiste est son fils. Il n'a qu'à parler pour prévenir un parricide, nulle raison ne le retient; cependant il se tait. L'auteur le fait persister une scène entière dans un silence condamnable, uniquement pour ménager à la fin une surprise qui devient puérile, parce qu'elle n'est nullement vraisemblable.

C'est là une partie des défauts que tous les connaisseurs remarquent dans *Rhadamiste*. Cependant il y a dans cette pièce du tragique, de l'intérêt, des situations, des vers frappants. La reconnaissance de Rhadamiste et de Zénobie plaît beaucoup : le rôle de Zénobie est noble; elle est vertueuse et attendrissante. En un mot, c'est la seule de toutes les pièces de cet auteur qu'on croie devoir rester au théâtre.

XERXÈS. — La tragédie de *Xerxès*, donnée en 1715, ne fut jouée que deux fois. Il arriva à la première représentation une chose assez singulière : tout le monde se mit à rire à ces vers d'un scélérat nommé Artaban, qui va assassiner son maître :

> Amour d'un vain renom, faiblesse scrupuleuse,
> Cessez de tourmenter une âme généreuse,
> Digne de s'affranchir de vos soins odieux.
> Chacun a ses vertus, ainsi qu'il a ses dieux.
> Dès que le sort nous garde un succès favorable,
> Le sceptre absout toujours la main la plus coupable ;
> Il fait du parricide un homme généreux :
> Le crime n'est forfait que pour les malheureux.

Ce n'était pas seulement ce galimatias qui faisait rire, c'était l'atrocité insensée de ces détestables maximes trop ordinaires alors au théâtre, et que Cartouche n'aurait osé prononcer. Cette horreur était si outrée dans la tragédie de *Xerxès*, que le public prit le parti d'en rire au lieu de faire entendre des huées d'indignation. *Xerxès* est écrit et conduit comme les pièces de Cyrano de Bergerac. Cependant on l'a fait imprimer en 1750 au Louvre, aux dépens du roi : c'est un honneur que n'ont eu ni *Cinna* ni *Athalie*.

SÉMIRAMIS. — En 1717, M. de Crébillon fit représenter *Sémiramis*; elle n'eut aucun succès, et ne sera jamais reprise. Le défaut le plus intolérable de cette pièce est que Sémiramis, après avoir reconnu Ninias pour son fils, en est encore amoureuse; et ce qu'il y a d'étrange, c'est que cet amour est sans terreur et sans intérêt. Les vers de cette pièce sont très-mal faits, la conduite insensée, et nulle beauté n'en rachète les défauts. Les maximes n'en sont pas moins abominables que celles de *Xerxès*. La diction et la conduite sont également mauvaises; cependant l'auteur eut la faiblesse de la faire imprimer.

Le sieur Danchet, examinateur des livres, fut chargé de rendre
compte de la pièce; il donna son approbation en ces termes :

« J'ai lu *Sémiramis*, et j'ai cru que la mort de cette reine, au défaut de ses remords, pouvait faire tolérer l'impression de cette tragédie. »

Cette singulière approbation brouilla vivement Crébillon et Danchet.
Celui-ci adoucit un peu les termes de son approbation; mais *la mort
au défaut des remords* subsista, et Crébillon fut au désespoir. Il a fait
retrancher les approbations dans l'édition qu'il a obtenu qu'on fît au
Louvre.

PYRRHUS. — *Pyrrhus* eut quelque succès en 1729; mais ce succès
baissa toujours depuis; et aujourd'hui cette tragédie est entièrement
abandonnée. Elle vaut mieux que *Sémiramis;* mais le style en est si
mauvais, il y a tant de longueurs et si peu de naturel et d'intérêt,
qu'il n'est point à croire que jamais elle soit tirée de la foule des
pièces qu'on ne représente plus.

CATILINA. — M. de Crébillon, ayant commencé la tragédie de *Cromwell*, abandonna ce projet, et refondit des endroits des deux premiers
actes dans le sujet de *Catilina*. Ensuite, se livrant au dégoût que lui
donnait le malheur attaché si souvent à la littérature, il renonça à toute
société et à tout travail, jusqu'à ce qu'en 1747 une personne respectable, dont le nom doit être cher à tous les gens de lettres [1], l'engagea,
par des bienfaits, à finir cet ouvrage, dont on parlait dans Paris avec
les plus grands éloges

M. de Crébillon, reçu enfin à l'Académie française, y avait récité
plusieurs fois ses premiers actes de *Catilina*, qu'on avait applaudis
avec transport. Il continua la pièce à l'âge de soixante et dix ans passés.
La faveur du public ne se signala jamais avec plus d'indulgence. En
vain ce petit nombre d'hommes qui va toujours aux représentations
armé d'une critique sévère réprouva l'ouvrage; rien ne prévalut contre
l'heureuse disposition du public, qui voulait ranimer un vieillard dont
il plaignait la longue retraite, dont les talents avaient trouvé des partisans que le public aimait.

Il est vrai qu'on riait en voyant Catilina parler au sénat de Rome du
ton dont on ne parlerait pas aux derniers des hommes; mais après avoir
ri, on retournait à *Catilina*. On la joua dix-sept fois. Rien ne caracté-
rise peut-être plus la nation que cet empressement singulier. Il y avait,
dans cette faveur passagère, une autre raison qui contribua beaucoup
à cet étrange succès, et qui ne venait pas d'un esprit de faveur [2].

Mais après que le torrent fut passé, on mit la pièce à sa véritable
place; et quelque protection qu'elle eût obtenue, on ne put la faire repa-
raître sur la scène. Les yeux s'ouvrent tantôt plus tôt, tantôt plus tard.
Catilina était trop barbarement écrit; la conduite de la pièce était trop

---

1. Mme de Pompadour. (*Éd. de Kehl.*)
2. La haine de quelques personnes puissantes contre M. de Voltaire, et l'envie
des gens de lettres. (*Éd. de Kehl.*)

opposée au caractère des Romains, trop bizarre, trop peu raisonnable, et trop peu intéressante, pour que tous les lecteurs ne fussent pas mé contents. On fut surtout indigné de la manière dont Cicéron est avili Ce grand homme, conseillant à sa fille de faire l'amour à Catilina[1], était couvert de ridicule d'un bout à l'autre de la pièce.

Lorsque l'auteur récita cet endroit à l'Académie dans une séance ordinaire et non publique, il s'aperçut que ses auditeurs, qui connais-saient Cicéron et l'histoire romaine, secouaient la tête. Il s'adressa à M. l'abbé d'Olivet : « Je vois bien, lui dit-il, que cela vous déplaît. — Point du tout, répondit ce savant et judicieux académicien ; cet endroit est digne du reste, et j'ai beaucoup de plaisir à voir Cicéron le Mercure de sa fille ».

Une courtisane nommée Fulvie, déguisée en homme, était encore une étrange indécence. Les derniers actes froids et obscurs achèvent enfin de dégoûter les lecteurs.

Quant à la versification et au style, on sera peut-être étonné que l'Académie, à qui l'auteur avait lu l'ouvrage, y ait laissé subsister tant de défauts énormes ; mais il faut savoir que l'Académie ne donne jamais de conseils que quand on les lui demande, et l'auteur était trop vieux pour en demander et en profiter. Ses vers ne furent applaudis dans les séances publiques que par des jeunes gens sur qui une déclamation ampoulée fait toujours quelque impression. Il arrive souvent la même chose au parterre, et ce n'est qu'avec le temps qu'on se détrompe d'une illusion, en quelque genre que ce puisse être.

S'il est de quelque utilité de faire voir les défauts de détail, en voici quelques-uns que nous tirerons des premières scènes :

> Dis-moi (si jusque-là ta fierté peut descendre),
> Pourquoi faire égorger *Nonnius cette nuit?* (I, i.)

La fierté de Catilina descend jusqu'à répondre à Lentulus qu'il a assas-siné ce sénateur, l'un de ses partisans, pour se concilier les autres :

> Et l'art de les soumettre exige un art suprême,
> Plus difficile encor que la victoire même. (I, i.)

Un chef de parti, dit-il,

> ..... Doit tout rapporter à cet unique objet. (*Id.*)
> Vertueux ou méchant au gré de son projet ; (*Id.*)
> Qu'il soit cru fourbe, ingrat, parjure, impitoyable,
> Il sera toujours grand s'il est impénétrable. (*Id.*)
> Tel on déteste avant, que l'on adore après....
> L'imprudence n'est pas dans la témérité. (III, v.)

Ensuite il dit qu'il aime la fille de Cicéron par tempérament.

> C'est l'ouvrage des sens, non le faible de l'âme. (I, i.)

---

1. Cicéron, dans le monologue qui termine le second acte, dit :
> Employons sur son cœur le pouvoir de Tullie. (Éd.)

Deux vers après, il dit que cette passion

> Est moins amour en lui qu'excès d'ambition.

Il avoue *qu'il a conquis ce bien.*

Il dit après :

> . . . . Cette flamme où tout mon cœur s'applique
> Est le fruit de ma haine et de ma politique.

Ainsi il aime Tullie par les sens, par ambition, et par haine

Il faut avouer qu'il est plaisant de voir après cela Tullie venir **parler** à Catilina dans un temple; d'entendre Catilina qui lui dit :

> Qu'il est doux cependant de revoir vos beaux yeux,
> Et de pouvoir ici rassembler tous ses dieux! (I, III.)

A quoi Tullie répond que, « si ses yeux sont des dieux, la foudre deviendra le moindre de leurs coups. »

Et Catilina réplique :

> Songez. . . . .
> . . . .
> Que l'amour *est* déchu de son autorité,
> Dès qu'il veut de l'honneur blesser la dignité.

C'est ainsi que presque toute la pièce est écrite.

Les étrangers nous ont reproché amèrement d'avoir applaudi cet ouvrage; mais ils devaient savoir que nous n'avons fait en cela que respecter la vieillesse et la mauvaise fortune, et que cette condescendance est peut-être une des choses qui fait le plus d'honneur à notre public.

LE TRIUMVIRAT. — Il est difficile qu'un auteur ne croie pas qu'on lui a rendu justice, quand on a applaudi son ouvrage. M. de Crébillon, encouragé par ce succès, fit *le Triumvirat* à l'âge de quatre-vingt-un ans; mais le temps de la compassion était passé. Ce temps est toujours très-court, et on ne peut obtenir grâce qu'une fois. *Le Triumvirat* se sentait trop de l'âge de l'auteur; on ne le siffla point; il n'y eut ni tumulte ni mauvaise volonté; on l'écouta avec patience, mais bientôt la salle fut déserte. M. de Crébillon eut encore la faiblesse de faire imprimer cette malheureuse pièce avec une épître chagrine, dans laquelle il se plaint de la plus horrible cabale. Il y a quelquefois des cabales en effet: mais quelle cabale peut empêcher le public de revenir entendre un ouvrage s'il en est content?

C'est une chose assez plaisante que les préfaces des auteurs de pièces de théâtre; tantôt il y a eu une conspiration générale contre leur pièce, tantôt ils remercient le public d'avoir bien voulu avoir du plaisir; et lorsque cette préface, si remplie de remercîments, est imprimée, le public a déjà oublié la pièce et l'auteur.

Comme, de toutes les productions de l'esprit, les dramatiques **sont** les plus exposées au grand jour, ce sont celles qui donnent le plus de gloire ou le plus de ridicule. Il n'en est pas d'une tragédie comme d'une épître, d'une ode. On ne récita point en public l'ode de Boileau sur *la Prise de Namur*, ni ses satires sur *l'Équivoque*, et sur *l'Amour de Dieu*, devant deux mille personnes assemblées pour approuver ou pour condamner.

Un ouvrage en vers, quel qu'il soit, n'est guère connu que d'un petit nombre d'amateurs; il est d'ordinaire mis au rang des choses frivoles dont la nation est inondée : mais les spectacles sont une partie de l'administration publique; ils se donnent par l'ordre du roi, sous l'inspection des officiers de la couronne et des magistrats; ils exigent des frais immenses. C'est à la fois un objet de commerce, de police, d'étude, de plaisir, d'instruction, et de gloire. Il rassemble les citoyens, il attire les étrangers, et par là il devient une chose importante. Tout cela fait que le succès est plus brillant en ce genre que dans tout autre; mais aussi la chute est plus ignominieuse, étant plus éclairée. C'est un triomphe ou une espèce d'esclavage. Il s'agit encore d'une rétribution assez honnête pour tirer un homme de la pauvreté; ainsi, un auteur dramatique flotte pour l'ordinaire entre la fortune et l'indigence, entre le mépris et la gloire.

Ce sont ces deux puissants motifs qui ont toujours produit des haines si vives entre tous ceux qui ont travaillé pour le théâtre, depuis Aristophane jusqu'à nous. Ce fut l'unique source de ces abominables couplets dans lesquels M. de Crébillon fut désigné si scandaleusement par Rousseau, qui ne pouvait digérer le succès d'*Idoménée*, d'*Atrée*, et d'*Électre*, tandis qu'il voyait tomber toutes ses comédies : *figulus figulo invidet*, est un proverbe de tous les temps et de toutes les nations.

Il est vrai que ce proverbe n'a pas eu lieu entre M. de Voltaire et M. de Crébillon; c'est même une chose assez singulière que M. de Voltaire ayant traité *Sémiramis*, *Électre*, et *Catilina*, et s'étant ainsi trouvé trois fois en concurrence avec lui [1], l'ait loué toujours publiquement, et lui ait même donné plusieurs marques d'amitié. Ils n'ont jamais eu aucun démêlé ensemble. Cela est rare entre des gens de lettres qui courent la même carrière.

---

1. Depuis la mort de Crébillon, Voltaire s'est mis une quatrième fois en concurrence avec lui : voy. *Les Pélopides*. (ED.)

PIÈCES ORIGINALES

CONCERNANT LA MORT DES SIEURS CALAS, ET LE JUGEMENT
RENDU A TOULOUSE.

(1762.)

Extrait d'une lettre de la dame veuve Calas.

Du 15 juin 1762.

Non, monsieur, il n'y a rien que je ne fasse pour prouver notre
innocence, préférant de mourir justifiée, à vivre et à être crue coupable. On continue d'opprimer l'innocence, et d'exercer sur nous et
notre déplorable famille une cruelle persécution. On vient encore de
me faire enlever, comme vous le savez, mes chères filles, seuls restes
de ma consolation, pour les conduire dans deux différents couvents de
Toulouse : on les mène dans le lieu qui a servi de théâtre à tous nos
affreux malheurs : on les a même séparées. Mais si le roi daigne ordonner qu'on ait soin d'elles, je n'ai qu'à le bénir. Voici exactement le
détail de notre malheureuse affaire, tout comme elle s'est passée
au vrai.

Le 13 octobre 1761, jour infortuné pour nous, M. Gobert Lavaisse,
arrivé de Bordeaux (où il avait resté quelque temps) pour voir ses
parents, qui étaient pour lors à leur campagne, et cherchant un cheval de louage pour les y aller rejoindre sur les quatre à cinq heures
du soir, vient à la maison; et mon mari lui dit que, puisqu'il ne par-
tait pas, s'il voulait souper avec nous, il nous ferait plaisir; à quoi le
jeune homme consentit; et il monta me voir dans ma chambre, d'où,
contre mon ordinaire, je n'étais pas sortie. Le premier compliment
fait, il me dit : « Je soupe avec vous, votre mari m'en a prié; » je lui
en témoignai ma satisfaction, et le quittai quelques moments pour
aller donner des ordres à ma servante. En conséquence je fus aussi
trouver mon fils aîné, Marc-Antoine, que je trouvai assis tout seul
dans la boutique, et fort rêveur, pour le prier d'aller acheter du fromage de Roquefort. Il était ordinairement le pourvoyeur pour cela,
parce qu'il s'y connaissait mieux que les autres ; je lui dis donc :
« Tiens, va acheter du fromage de Roquefort, voilà de l'argent pour
cela, et tu rendras le reste à ton père; » et je retourne dans ma
chambre joindre le jeune homme Lavaisse, que j'y avais laissé. Mais
peu d'instants après il me quitta, disant qu'il voulait retourner chez
les fenassiers[1] voir s'il y avait quelque cheval d'arrivé, voulant absolument partir le lendemain pour la campagne de son père; et il
sortit.

Lorsque mon fils aîné eut fait l'emplette du fromage, l'heure du

---

1. Ce sont les loueurs de chevaux.

souper arrivée[1], tout le monde se rendit pour se mettre à table, et nous nous y plaçâmes. Durant le souper, qui ne fut pas fort long, on s'entretint de choses indifférentes, et entre autres des antiquités de l'hôtel de ville; et mon cadet, Pierre, voulut en citer quelques-unes, et son frère le reprit, parce qu'il ne les racontait pas bien ni juste.

Lorsque nous fûmes au dessert, ce malheureux enfant, je veux dire mon fils aîné, Marc-Antoine, se leva de table, comme c'était sa coutume, et passa à la cuisine[2]. La servante lui dit : « Avez-vous froid, monsieur l'aîné? chauffez-vous. » Il lui répondit : « Bien au contraire, ie brûle, » et sortit. Nous restâmes encore quelques moments à table; après quoi nous passâmes dans cette chambre que vous connaissez, et où vous avez couché, M. Lavaisse, mon mari, mon fils, et moi; les deux premiers se mirent sur le sofa, mon cadet sur un fauteuil, et moi sur une chaise, et là nous fîmes la conversation tous ensemble. Mon fils cadet s'endormit; et environ sur les neuf heures trois quarts à dix heures, M. Lavaisse prit congé de nous, et nous réveillâmes mon cadet pour aller accompagner ledit Lavaisse, lui remettant le flambeau à la main pour lui faire lumière, et ils descendirent ensemble.

Mais lorsqu'ils furent en bas, l'instant d'après nous entendîmes de grands cris d'alarme, sans distinguer ce que l'on disait, auxquels mon mari accourut, et moi je demeurai tremblante sur la galerie, n'osant descendre, et ne sachant pas ce que ce pouvait être.

Cependant, ne voyant personne venir, je me déterminai de descendre; ce que je fis : mais je trouvai au bas de l'escalier M. Lavaisse à qui je demandai avec précipitation qu'est-ce qu'il y avait. Il me répondit qu'il me suppliait de remonter, que je le saurais; et il me fit tant d'instances que je remontai avec lui dans ma chambre. Sans doute que c'était pour m'épargner la douleur de voir mon fils dans cet état, et il redescendit; mais l'incertitude où j'étais était un état trop violent pour pouvoir y rester longtemps; j'appelle donc ma servante, et lui dis : « Jeannette, allez voir ce qu'il y a là-bas; je ne sais pas ce que c'est, je suis toute tremblante. » Et je lui mis la chandelle à la main, et elle descendit; mais ne la voyant pas remonter pour me rendre compte, je descendis moi-même. Mais, grand Dieu! quelle fut ma douleur et ma surprise, lorsque je vis ce cher fils étendu à terre! Cependant je ne le crus pas mort, et je courus chercher de l'eau de la reine d'Hongrie, croyant qu'il se trouvait mal; et comme l'espérance est ce qui nous quitte le dernier, je lui donnai tous les secours qu'il m'était possible pour le rappeler à la vie, ne pouvant me persuader qu'il fût mort. Nous nous en flattions tous, puisque l'on avait été chercher le chirurgien, et qu'il était auprès de moi, sans que je l'eusse vu ni aperçu, que lorsqu'il me dit qu'il était inutile de lui faire rien de plus, qu'il était mort. Je lui soutins alors que cela ne se pouvait pas, et je le priai de redoubler ses attentions et de l'examiner plus exactement, ce qu'il fit inutilement. Cela n'était que trop vrai; et pendant tout ce

1. Sur les sept heures.
2. La cuisine est auprès de la salle à manger, au premier étage.

temps-là mon mari était appuyé sur un comptoir à se désespérer; de sorte que mon cœur était déchiré entre le déplorable spectacle de mon fils mort, et la crainte de perdre ce cher mari, de la douleur à laquelle il se livrait tout entier sans entendre aucune consolation; et ce fut dans cet état que la justice nous trouva, lorsqu'elle nous arrêta dans notre chambre où l'on nous avait fait remonter.

Voilà l'affaire tout comme elle s'est passée, mot à mot; et je prie Dieu, qui connaît notre innocence, de me punir éternellement, si j'ai augmenté ni diminué d'un iota, et si je n'ai dit la pure vérité en toutes ses circonstances. Je suis prête à sceller de mon sang cette vérité, etc.

Lettre de Donat Calas fils à la dame veuve Calas, sa mère.

De Châtelaine, 22 juin 1762.

Ma chère, infortunée et respectable mère, j'ai vu votre lettre du 15 juin entre les mains d'un ami qui pleurait en la lisant; je l'ai mouillée de mes larmes. Je suis tombé à genoux; j'ai prié Dieu de m'exterminer, si aucun de ma famille était coupable de l'abominable parricide imputé à mon père, à mon frère, et dans lequel vous, la meilleure et la plus vertueuse des mères, avez été impliquée vous-même.

Obligé d'aller en Suisse depuis quelques mois pour mon petit commerce, c'est là que j'appris le désastre inconcevable de ma famille entière. Je sus d'abord que vous ma mère. mon père, mon frère Pierre Calas, M. Lavaisse, jeune homme connu pour sa probité et pour la douceur de ses mœurs, vous étiez tous aux fers à Toulouse; que mon frère aîné, Marc-Antoine Calas, était mort d'une mort affreuse, et que la haine, qui naît si souvent de la diversité des religions, vous accusait tous de ce meurtre. Je tombai malade dans l'excès de ma douleur, et j'aurais voulu être mort.

On m'apprit bientôt qu'une partie de la populace de Toulouse avait crié à notre porte, en voyant mon frère expiré : « C'est son père, c'est sa famille protestante qui l'a assassiné; il voulait se faire catholique[1], il devait abjurer le lendemain; son père l'a étranglé de ses mains, croyant faire une œuvre agréable à Dieu; il a été assisté dans ce sacrifice par son fils Pierre, par sa femme, par le jeune Lavaisse. »

On ajoutait que Lavaisse, âgé de vingt ans, arrivé de Bordeaux le jour même, avait été choisi, dans une assemblée de protestants, pour être le bourreau de la secte, et pour étrangler quiconque changerait de religion. On criait dans Toulouse que c'était la jurisprudence ordinaire des réformés.

L'extravagance absurde de ces calomnies me rassurait; plus elles manifestaient de démence, plus j'espérais de la sagesse de vos juges.

---

1. On a dit qu'on l'avait vu dans une église. Est-ce une preuve qu'il devait abjurer? Ne voit-on pas tous les jours des catholiques venir entendre les prédicateurs célèbres en Suisse, dans Amsterdam, à Genève, etc.? Enfin il est prouvé que Marc-Antoine Calas n'avait pris aucunes mesures pour changer de religion; ainsi nul motif de la colère prétendue de ses parents.

Je tremblai, il est vrai, quand toutes les nouvelles m'apprirent qu'on avait commencé par faire ensevelir mon frère Marc-Antoine dans une église catholique, sur cette seule supposition imaginaire qu'il devait changer de religion. On nous apprit que la confrérie des pénitents blancs lui avait fait un service solennel comme à un martyr, qu'on lui avait dressé un mausolée, et qu'on avait placé sur ce mausolée sa figure, tenant dans les mains une palme.

Je ne pressentis que trop les effets de cette précipitation et de ce fatal enthousiasme. Je connus que, puisqu'on regardait mon frère Marc-Antoine comme un martyr, on ne voyait dans mon père, dans vous, dans mon frère Pierre, dans le jeune Lavaisse, que des bourreaux. Je restai dans une horreur stupide un mois entier. J'avais beau me dire à moi-même : « Je connais mon malheureux frère, je sais qu'il n'avait point le dessein d'abjurer; je sais que, s'il avait voulu changer de religion, mon père et ma mère n'auraient jamais gêné sa conscience; ils ont trouvé bon que mon autre frère Louis se fît catholique; ils lui font une pension; rien n'est plus commun, dans les familles de ces provinces, que de voir des frères de religion différente; l'amitié fraternelle n'en est point refroidie; la tolérance heureuse, cette sainte et divine maxime dont nous faisons profession, ne nous laisse condamner personne; nous ne savons point prévenir les jugements de Dieu; nous suivons les mouvements de notre conscience sans inquiéter celle des autres.

« Il est incompréhensible, disais-je, que mon père et ma mère, qui n'ont jamais maltraité aucun de leurs enfants, en qui je n'ai jamais vu ni colère ni humeur, qui jamais en leur vie n'ont commis la plus légère violence, aient passé tout d'un coup d'une douceur habituelle de trente années à la fureur inouïe d'étrangler de leurs mains leur fils aîné, dans la crainte chimérique qu'il ne quittât une religion qu'il ne voulait point quitter. »

Voilà, ma mère, les idées qui me rassuraient; mais à chaque poste c'étaient de nouvelles alarmes. Je voulais venir me jeter à vos pieds et baiser vos chaînes. Vos amis, mes protecteurs, me retinrent par des considérations aussi puissantes que ma douleur.

Ayant passé près de deux mois dans cette incertitude effrayante, sans pouvoir ni recevoir de vos lettres, ni vous faire parvenir les miennes, je vis enfin les mémoires produits pour la justification de l'innocence. Je vis dans deux de ces factums précisément la même chose que vous dites aujourd'hui dans votre lettre du 15 juin, que mon malheureux frère Marc-Antoine avait soupé avec vous avant sa mort, et qu'aucun de ceux qui assistèrent à ce dernier repas de mon frère ne se sépara de la compagnie qu'au moment fatal où l'on s'aperçut de sa fin tragique [1].

---

1. Il est de la plus grande vraisemblance que Marc-Antoine Calas se défit lui-même : il était mécontent de sa situation; il était sombre, atrabilaire, et lisait souvent des ouvrages sur le suicide. Lavaisse, avant le souper, l'avait trouvé dans une profonde rêverie. Sa mère s'en était aussi aperçue. Ces mots : *Je brûle*, répondus à la servante, qui lui proposait d'approcher du feu, sont d'un grand

Pardonnez-moi si je vous rappelle toutes ces images horribles; il le faut bien. Nos malheurs nouveaux vous retracent continuellement les anciens, et vous ne me pardonneriez pas de ne point rouvrir vos blessures. Vous ne sauriez croire, ma mère, quel effet favorable fit sur tout le monde cette preuve que mon père et vous, et mon frère Pierre, et le sieur Lavaisse, vous ne vous étiez pas quittés un moment dans le temps qui s'écoula entre ce triste souper et votre emprisonnement.

Voici comme on a raisonné dans tous les endroits de l'Europe où notre calamité est parvenue; j'en suis bien informé, et il faut que vous le sachiez. On disait :

« Si Marc-Antoine Calas a été étranglé par quelqu'un de sa famille, il l'a été certainement par sa famille entière et par Lavaisse, et par la servante même; car il est prouvé que cette famille, et Lavaisse, et la servante [1], furent toujours tous ensemble: les juges en conviennent; rien n'est plus avéré. Ou tous les prisonniers sont coupables, ou aucun d'eux ne l'est; il n'y a pas de milieu. Or il n'est pas dans la nature qu'une famille jusque-là irréprochable, un père tendre, la meilleure des mères, un frère qui aimait son frère, un ami qui arrivait dans la ville, et qui par hasard avait soupé avec eux, aient pu prendre tous à la fois, et en un moment, sans aucune raison, sans le moindre motif, la résolution inouïe de commettre un parricide. Un tel complot dans de telles circonstances est impossible [2]; l'exécution en est plus impossible encore. Il est donc infiniment probable que les juges répareront l'affront fait à l'innocence. »

Ces discours me soutenaient un peu dans mon accablement.

Toutes ces idées de consolation ont été bien vaines. La nouvelle arriva, au mois de mars, du supplice de mon père. Une lettre qu'on voulait me cacher, et que j'arrachai, m'apprit ce que je n'ai pas la force d'exprimer, et ce qu'il vous a fallu si souvent entendre.

Soutenez-moi, ma mère, dans ce moment où je vous écris en tremblant, et donnez-moi votre courage : il est égal à votre horrible situation. Vos enfants dispersés, votre fils aîné mort à vos yeux, votre mari, mon père, expirant du plus cruel des supplices, votre dot perdue, l'indigence et l'opprobre succédant à la considération et à la fortune : voilà donc votre état! mais Dieu vous reste, il ne vous a pas abandonnée; l'honneur de mon père vous est cher; vous bravez les

---

poids. Il descend seul en bas après souper. Il exécute sa résolution funeste. Son frère, au bout de deux heures, en reconduisant Lavaisse, est témoin de ce spectacle. Tous deux s'écrient; le père vient : on dépend le cadavre : voilà la première cause du jugement porté contre cet infortuné père. Il ne veut pas d'abord dire aux voisins, aux chirurgiens : « Mon fils s'est pendu; il faut qu'on le traîne sur la claie, et qu'on déshonore ma famille. » Il n'avoue la vérité que lorsqu'on ne peut plus la celer. C'est sa piété paternelle qui l'a perdu : on a cru qu'il était coupable de la mort de son fils, parce qu'il n'avait pas voulu d'abord accuser son fils.

1. Cette servante est catholique et pieuse; elle était dans la maison depuis trente ans; elle avait beaucoup servi à la conversion d'un des enfants du sieur Calas. Son témoignage est du plus grand poids. Comment n'a-t-il pas prévalu sur les présomptions les plus trompeuses?

2. Dans quel temps le père aurait-il pu pendre son fils? Ce n'est pas avant le

horreurs de la pauvreté, de la maladie, de la honte même, pour venir de deux cents lieues implorer au pied du trône la justice du roi ; si vous parvenez à vous faire entendre, vous l'obtiendrez sans doute.

Que pourrait-on opposer aux cris et aux larmes d'une mère et d'une veuve, et aux démonstrations de la raison ? Il est prouvé que mon père ne vous a pas quittée, qu'il a été constamment avec vous et avec tous les accusés dans l'appartement d'en haut, tandis que mon malheureux frère était mort au bas de la maison. Cela suffit. On a condamné mon père au dernier et au plus affreux des supplices; mon frère est banni par un second jugement; et, malgré son bannissement, on le met dans un couvent de jacobins de la même ville. Vous êtes hors de cour, Lavaisse hors de cour. Personne n'a conçu ces jugements extraordinaires et contradictoires. Pourquoi mon frère n'est-il que banni, s'il est coupable du meurtre de son frère ? Pourquoi, s'il est banni du Languedoc, est-il enfermé dans un couvent de Toulouse ? On n'y comprend rien. Chacun cherche la raison de ces arrêts et de cette conduite, et personne ne la trouve.

Tout ce que je sais, c'est que les juges, sur des indices trompeurs, voulaient condamner tous les accusés au supplice, et qu'ils se contentèrent de faire périr mon père, dans l'idée où ils étaient que cet infortuné avouerait, en expirant, le crime de toute la famille. Ils furent étonnés, m'a-t-on dit, quand mon père, au milieu des tourments, prit Dieu à témoin de son innocence et de la vôtre, et mourut en priant ce Dieu de miséricorde de faire grâce à ces juges de rigueur que la calomnie avait trompés.

Ce fut alors qu'ils prononcèrent l'arrêt qui vous a rendu la liberté, mais qui ne vous a rendu ni vos biens dissipés, ni votre honneur indignement flétri, si pourtant l'honneur dépend de l'injustice des hommes.

Ce ne sont pas les juges que j'accuse : ils n'ont pas voulu sans doute assassiner juridiquement l'innocence; j'impute tout aux calomnies, aux indices faux, mal exposés, aux rapports de l'ignorance ¹, aux méprises extravagantes de quelques déposants, aux cris d'une multitude insensée, et à ce zèle furieux qui veut que ceux qui ne pensent pas comme nous soient capables des plus grands crimes.

Il vous sera aisé sans doute de dissiper les illusions ² qui ont surpris

---

souper, puisqu'ils soupèrent ensemble ; ce n'est pas pendant le souper; ce n'est pas après le souper, puisque le père et la famille étaient en haut quand le fils était descendu. Comment le père, assisté même de main-forte, aurait-il pu pendre son fils aux deux battants d'une porte au rez-de-chaussée, san un violent combat, sans un tumulte horrible ? Enfin, pourquoi ce père aurait-il pendu son fils ? Pour le dépendre ? Quelle absurdité dans ces accusations !

1. Quand le père et la mère en larmes étaient, vers les dix heures du soir, auprès de leur fils Marc-Antoine, déjà mort et froid, ils s'écriaient, ils poussaient des cris pitoyables, ils éclataient en sanglots; ce sont ces sanglots, ces cris paternels, qu'on a imaginé être les cris mêmes de Marc-Antoine Calas, mort deux heures auparavant : et c'est sur cette méprise qu'on a cru qu'un père et une mère qui pleuraient leur fils mort assassinaient ce fils; et c'est sur cela qu'on a jugé.

2. Un témoin a prétendu qu'on avait entendu Calas père menacer son fils

des juges, d'ailleurs intègres et éclairés; car enfin, puisque mon père a été le seul condamné, il faut que mon père ait commis seul le parricide. Mais comment se peut-il faire qu'un vieillard de soixante et huit ans, que j'ai vu pendant deux ans attaqué d'un rhumatisme sur les jambes, ait seul pendu un jeune homme de vingt-huit ans, dont la force prodigieuse et l'adresse singulière étaient connues?

Si le mot de *ridicule* pouvait trouver place au milieu de tant d'horreurs, le ridicule excessif de cette supposition suffirait seul, sans autre examen, pour nous obtenir la réparation qui nous est due. Quels misérables indices, quels discours vagues, quels rapports populaires pourront tenir contre l'impossibilité physique démontrée?

Voilà où je m'en tiens. Il est impossible que mon père, que même deux personnes aient pu étrangler mon frère; il est impossible, encore une fois, que mon père soit seul coupable, quand tous les accusés ne l'ont pas quitté d'un moment. Il faut donc absolument, ou que les juges aient condamné un innocent, ou qu'ils aient prévariqué, en ne purgeant pas la terre de quatre monstres coupables du plus horrible crime.

Plus je vous aime et vous respecte, ma mère, moins j'épargne les termes. L'excès de l'horreur dont on vous a chargée ne sert qu'à mettre au jour l'excès de votre malheur et de votre vertu. Vous demandez à présent ou la mort, ou la justification de mon père; je me joins à vous, et je demande la mort avec vous, si mon père est coupable.

Obtenez seulement que les juges produisent le procès criminel; c'est tout ce que je veux, c'est ce que tout le monde désire, et ce qu'on ne peut refuser. Toutes les nations, toutes les religions y sont intéressées. La justice est peinte un bandeau sur les yeux, mais doit-elle être muette? Pourquoi, lorsque l'Europe demande compte d'un arrêt si étrange, ne s'empresse-t-on pas à le donner?

C'est pour le public que la punition des scélérats est décernée: les accusations sur lesquelles on les punit doivent donc être publiques. On ne peut retenir plus longtemps dans l'obscurité ce qui doit paraître au grand jour. Quand on veut donner quelque idée des tyrans de l'antiquité, on dit qu'ils décidaient arbitrairement de la vie des hommes. Les juges de Toulouse ne sont point des tyrans, ils sont les ministres des lois, ils jugent au nom d'un roi juste; s'ils ont été trompés, c'est qu'ils sont hommes: ils peuvent le reconnaître, et devenir eux-mêmes vos avocats auprès du trône.

Adressez-vous donc à monsieur le chancelier[1], à messieurs les mi-

---

quelques semaines auparavant. Quel rapport des menaces paternelles peuvent-elles avoir avec un parricide? Marc-Antoine Calas passait sa vie à la paume, au billard, dans les salles d'armes; le père le menaçait s'il ne changeait pas. Cette juste correction de l'amour paternel, et peut-être quelque vivacité, prouveront-elles le crime le plus atroce et le plus dénaturé?

1. Monsieur le chancelier se souviendra sans doute de ces paroles de M. d'Aguesseau, son prédécesseur, dans sa dix-septième mercuriale : « Qui croirait qu'une première impression pût décider quelquefois de la vie et de la mort? Un amas fatal de circonstances, qu'on dirait que la fortune a assemblées pou-

nistres, avec confiance. Vous êtes timide, vous craignez de parler, mais votre cause parlera. Ne croyez point qu'à la cour on soit aussi insensible, aussi dur, aussi injuste que l'écrivent d'impudents raisonneurs, à qui les hommes de tous les états sont également inconnus. Le roi veut la justice : c'est la base de son gouvernement ; son conseil n'a certainement nul intérêt que cette justice ne soit pas rendue. Croyez-moi, il y a dans les cœurs de la compassion et de l'équité : les passions turbulentes et les préjugés étouffent souvent en nous ces sentiments ; et le conseil du roi n'a certainement ni passion dans cette affaire, ni préjugé qui puisse éteindre ses lumières.

Qu'arrivera-t-il enfin ? Le procès criminel sera-t-il mis sous les yeux du public ? Alors on verra si le rapport contradictoire[1] d'un chirurgien, et quelques méprises frivoles, doivent l'emporter sur les démonstrations les plus évidentes que l'innocence ait jamais produites. Alors on plaindra les juges de n'avoir point vu par leurs yeux dans une affaire si importante, et de s'en être rapportés à l'ignorance ; alors les juges eux-mêmes[2] joindront leurs voix aux nôtres. Refuseront-ils de

faire périr un malheureux, une foule de témoins muets, et par là plus redoutables, semblent déposer contre l'innocence ; le juge se prévient, son indignation s'allume, et son zèle même le séduit. Moins juge qu'accusateur, il ne voit plus que ce qui sert à condamner, et il sacrifie aux raisonnements de l'homme celui qu'il aurait sauvé s'il n'avait admis que les preuves de la loi. Un événement imprévu fait quelquefois éclater dans la suite l'innocence accablée sous le poids des conjectures, et dément ces indices trompeurs dont la fausse lumière avait ébloui l'esprit du magistrat. La vérité sort du nuage de la vraisemblance : mais elle en sort trop tard : le sang de l'innocent demande vengeance contre la prévention de son juge ; et le magistrat est réduit à pleurer toute sa vie un malheur que son repentir ne peut plus réparer. »

1. De très-mauvais physiciens ont prétendu qu'il n'était pas possible que Marc-Antoine se fût pendu. Rien n'est pourtant si possible : ce qui ne l'est pas, c'est qu'un vieillard ait pendu, au bas de la maison, un jeune homme robuste, tandis que ce vieillard était en haut.

N. B. Le père, en arrivant sur le lieu où son fils était suspendu, avait voulu couper la corde ; elle avait cédé d'elle-même ; il crut l'avoir coupée : il se trompa sur ce fait inutile devant les juges, qui le crurent coupable.

On dit encore que ce père, accablé et hors de lui-même, avait dit dans son interrogatoire : « Tous les conviés passèrent, au sortir de table, dans la même chambre. » Pierre lui répliqua : « Eh, mon père, oubliez-vous que mon frère Marc-Antoine sortit avant nous, et descendit en bas ? — Oui, vous avez raison, répondit le père. — Vous vous coupez, vous êtes coupable, » dirent les juges. Si cette anecdote est vraie, de quoi dépend la vie des hommes ?

2. Qu'on oppose indices à indices, dépositions à dépositions, conjectures à conjectures ; et les avocats qui ont défendu la cause des accusés sont prêts à faire voir l'innocence de celui qui a été sacrifié. S'il ne s'agit que de conviction, on s'en rapporte à l'Europe entière. S'il s'agit d'un examen juridique, on s'en rapporte à tous les magistrats, à ceux de Toulouse même, qui, avec le temps, se feront un honneur et un devoir de réparer, s'il est possible, un malheur dont plusieurs d'entre eux sont effrayés aujourd'hui. Qu'ils descendent dans eux-mêmes, qu'ils voient par quel raisonnement ils se sont dirigés. Ne se sont-ils pas dit : « Marc-Antoine Calas n'a pu se pendre lui-même ; donc d'autres l'ont pendu : il a soupé avec sa famille et avec Lavaisse ; donc il a été étranglé par sa famille et par Lavaisse : on l'a vu une ou deux fois, dit-on, dans une église ; donc sa famille protestante l'a étranglé par principe de religion. » Voilà les présomptions qui les excusent.

Mais à présent les juges se disent : « Sans doute Marc-Antoine Calas a pu renoncer à la vie ; il est physiquement impossible que son père seul l'ait étran-

tirer la vérité de leur greffe? cette vérité s'élèvera alors avec plus de force.

Persistez donc, ma mère, dans votre entreprise ; laissons là notre fortune; nous sommes cinq enfants sans pain, mais nous avons tous de l'honneur, et nous le préférons comme vous à la vie. Je me jette à vos pieds, je les baigne de mes pleurs; je vous demande votre bénédiction avec un respect que vos malheurs augmentent.

DONAT CALAS.

A MONSEIGNEUR LE CHANCELIER[1].

De Châtelaine, 7 juillet 1762.

MONSEIGNEUR,

S'il est permis à un sujet d'implorer son roi, s'il est permis à un fils, à un frère de parler pour son père, pour sa mère et pour son frère, je me jette à vos pieds avec confiance.

Toute ma famille et le fils d'un avocat célèbre, nommé Lavaisse, ont tous été accusés d'avoir étranglé et pendu un de mes frères, pour cause de religion, dans la ville de Toulouse. Le parlement a fait périr mon père par le supplice de la roue. C'était un vieillard de soixante-huit ans, que j'ai vu incommodé des jambes. Vous sentez, monseigneur, qu'il est impossible qu'il ait pendu seul un jeune homme de vingt-huit ans, dix fois plus fort que lui. Il a protesté devant Dieu de son innocence en expirant. Il est prouvé par le procès-verbal que mon père n'avait pas quitté un instant le reste de sa famille, ni le sieur Lavaisse, pendant qu'on suppose qu'il commettait ce parricide.

Mon frère Pierre Calas, accusé comme mon père, a été banni; ce qui est trop, s'il est innocent, et trop peu, s'il est coupable. Malgré son bannissement on le retient dans un couvent, à Toulouse.

Ma mère, sans autre appui que son innocence, ayant perdu tout son bien dans cette cruelle affaire, ne trouve encore personne qui la présente devant vous. J'ose, monseigneur, parler en son nom et au mien ; on m'assure que les pièces ci-jointes feront impression sur votre esprit et sur votre cœur, si vous daignez les lire.

---

glé ; donc son père seul ne devait pas périr; il nous est prouvé que la mère, et son fils Pierre, et Lavaisse, et la servante, qui seuls pouvaient être coupables avec le père, sont tous innocents, puisque nous les avons tous élargis; donc il nous est prouvé que Calas le père, qui ne les a point quittés un instant, est innocent comme eux.

« Il est reconnu que Marc-Antoine Calas ne devait pas abjurer; donc il est impossible que son père l'ait immolé à la fureur du fanatisme. Nous n'avons aucun témoin oculaire, et il ne peut en être. Il n'y a eu que des rapports d'après des ouï-dire : or, ces vains rapports ne peuvent balancer la déclaration de Calas sur la roue, et l'innocence avérée des autres accusés; donc Calas le père, que nous avons roué, était innocent; donc nous devons pleurer sur le jugement que nous avons rendu; et ce n'est pas là le premier exemple d'un si juste et si noble repentir. »

1. Lamoignon, père de Malesherbes. (ÉD.)

Réduit à l'état le plus déplorable, je ne demande autre chose, sinon que la vérité s'éclaire. Tous ceux qui, dans l'Europe entière, ont entendu parler de cette horrible aventure, joignent leurs voix à la mienne. Tant que le parlement de Toulouse, qui m'a ravi mon père et mon bien, ne manifestera pas les causes d'un tel malheur, on sera en droit de croire qu'il s'est trompé, et que l'esprit de parti seul a prévalu par les calomnies auprès des juges les plus intègres. Je serai surtout en droit de redemander le sang innocent de mon malheureux père.

Pour mon bien, qui est entièrement perdu, ce n'est pas un objet dont je me plaigne; je ne demande autre chose de votre justice, et de celle du conseil du roi, sinon que la procédure qui m'a ravi mon père, ma mère, mon frère, ma patrie, vous soit au moins communiquée.

Je suis, avec le plus profond respect, etc.

DONAT CALAS.

REQUÊTE AU ROI

EN SON CONSEIL.

Châtelaine, 7 juillet 1762.

Donat Calas, fils de Jean Calas, négociant de Toulouse, et d'Anne-Rose Cabibel, représente humblement :

Que, le 13 octobre 1761, son frère aîné Marc-Antoine Calas se trouva mort dans la maison de son père, vers les dix heures du soir, après souper;

Que la populace, animée par quelques ennemis de la famille, cria que le mort avait été étranglé par sa famille même, en haine de la religion catholique;

Que le père, la mère, et un des frères de l'exposant, le fils d'un avocat nommé Gobert Lavaisse, âgé de vingt ans, furent mis aux fers;

Qu'il fut prouvé que tous les accusés ne s'étaient pas quittés un seul instant pendant que l'on supposait qu'ils avaient commis ce meurtre;

Que Jean Calas, père du plaignant, a été condamné à expirer sur la roue, et qu'il a protesté, en mourant, de son innocence;

Que tous les autres accusés ont été élargis;

Qu'il est physiquement impossible que Jean Calas le père, âgé de soixante-huit ans, ait pu seul pendre Marc-Antoine Calas, son fils, âgé de vingt-huit ans, qui était l'homme le plus robuste de la province;

Qu'aucun des indices trompeurs sur lesquels il a été jugé ne peut balancer cette impossibilité physique;

Que Pierre Calas, frère de l'exposant, accusé de cet assassinat, aussi bien que son père, a été condamné au bannissement; ce qui est évidemment trop, s'il est innocent, et trop peu, s'il est coupable;

Qu'on l'a fait sortir de la ville par une porte, et rentrer par une autre;

Qu'on l'a mis dans un couvent de jacobins;

Que tous les biens de la famille ont été dissipés;

Que l'exposant, qui pour lors était absent, est réduit à la dernière misère;

Que cette horrible aventure est, de part ou d'autre, l'effet du plus horrible fanatisme;

Qu'il importe à Sa Majesté de s'en faire rendre compte;

Que ledit exposant ne demande autre chose, sinon que Sa Majesté se fasse représenter la procédure sur laquelle tous les accusés étant ou également innocents, ou également coupables, on a roué le père, banni et rappelé le fils, ruiné la mère, mis Lavaisse hors de cour; et comment on a pu rendre des jugements si contradictoires.

Donat Calas se borne à demander que la vérité soit connue; et quand elle le sera, il ne demande que justice.

MÉMOIRE DE DONAT CALAS,

POUR

SON PÈRE, SA MÈRE ET SON FRÈRE.

(1762.)

Je commence par avouer que toute notre famille est née dans le sein d'une religion qui n'est pas la dominante. On sait assez combien il en coûte à la probité de changer. Mon père et ma mère ont persévéré dans la religion de leurs pères. On nous a trompés peut-être mes parents et moi, quand on nous a dit que cette religion est celle que professaient autrefois la France, la Germanie et l'Angleterre, lorsque le concile de Francfort, assemblé par Charlemagne, condamnait le culte des images; lorsque Ratram, sous Charles le Chauve, écrivait en cent endroits de son livre, en faisant parler Jésus-Christ même : « Ne croyez pas que ce soit corporellement que vous mangiez ma chair et buviez mon sang; » lorsqu'on chantait dans la plupart des Églises cette homélie conservée dans plusieurs bibliothèques : « Nous recevons le corps et le sang de Jésus-Christ, non corporellement, mais spirituellement. »

Quand on se fut fait, m'a-t-on dit, des notions plus relevées de ce mystère; quand on crut devoir changer l'économie de l'Église, plusieurs évêques ne changèrent point : surtout Claude, évêque de Turin, retint les dogmes et le culte que le concile de Francfort avait adoptés, et qu'il crut être ceux de l'Église primitive; il y eut toujours un troupeau attaché à ce culte. Le grand nombre prévalut, et prodigua à nos pères les noms de *manichéens*, de *bulgares*, de *patarins*, de *lollards*, de *vaudois*, d'*albigeois*, de *huguenots*, de *calvinistes*.

Telles sont les idées acquises par l'examen que ma jeunesse a pu me permettre : je ne les rapporte pas pour étaler une vaine érudition, mais pour tâcher d'adoucir dans l'esprit de nos frères catholiques la haine qui peut les armer contre leurs frères; mes notions peuvent être erronées, mais ma bonne foi n'est point criminelle.

Nous avons fait de grandes fautes, comme tous les autres hommes : nous avons imité les fureurs des Guises; mais nous avons combattu pour Henri IV, si cher à Louis XV. Les horreurs des Cévennes, commises par des paysans insensés, et que la licence des dragons avait fait naître, ont été mises en oubli, comme les horreurs de la Fronde. Nous sommes les enfants de Louis XV, ainsi que ses autres sujets; nous le vénérons; nous chérissons en lui notre père commun : nous obéissons à toutes ses lois; nous payons avec allégresse des impôts nécessaires pour le soutien de sa juste guerre[1]; nous respectons le clergé de France, qui fait gloire d'être soumis comme nous à son autorité royale et paternelle; nous révérons les parlements; nous les regardons comme les défenseurs du trône et de l'État contre les entreprises ultramontaines. C'est dans ces sentiments que j'ai été élevé, et c'est ainsi que pense parmi nous quiconque sait lire et écrire. Si nous avons quelques grâces à demander, nous les espérons en silence de la bonté du meilleur des rois.

Il n'appartient pas à un jeune homme, à un infortuné de décider laquelle des deux religions est la plus agréable à l'Être suprême; tout ce que je sais, c'est que le fond de la religion est entièrement semblable pour tous les cœurs bien nés : que tous aiment également Dieu, leur patrie, et leur roi.

L'horrible aventure dont je vais rendre compte pourra émouvoir la justice de ce roi bienfaisant et de son conseil, la charité du clergé, qui nous plaint en nous croyant dans l'erreur, et la compassion généreuse du parlement même qui nous a plongés dans la plus affreuse calamité où une famille honnête puisse être réduite.

Nous sommes actuellement cinq enfants orphelins; car notre père a péri par le plus grand des supplices, et notre mère poursuit loin de nous, sans secours et sans appui, la justice due à la mémoire de mon père. Notre cause est celle de toutes les familles; c'est celle de la nature : elle intéresse l'État, la religion, et les nations voisines.

Mon père, Jean Calas, était un négociant établi à Toulouse depuis quarante ans. Ma mère est Anglaise : mais elle est, par son aïeule, de la maison de La Garde-Montesquieu, et tient à la principale noblesse du Languedoc. Tous deux ont élevé leurs enfants avec tendresse; jamais aucun de nous n'a essuyé d'eux ni coups ni mauvaise humeur : il n'a peut-être jamais été de meilleurs parents.

---

1. La guerre de Sept ans, qui dura de 1756 à 1763. (ÉD.)

S'il fallait ajouter à mon témoignage des témoignages étrangers, j'en produirais plusieurs[1].

Tous ceux qui ont vécu avec nous savent que mon père ne nous a jamais gênés sur le choix d'une religion : il s'en est toujours rapporté à Dieu et à notre conscience. Il était si éloigné de ce zèle amer qui indispose les esprits, qu'il a toujours eu dans sa maison une servant catholique.

Cette servante très-pieuse contribua à la conversion d'un de mes frères, nommé Louis : elle resta auprès de nous après cette action; on ne lui fit aucuns reproches; il n'y a point de plus forte preuve de la bonté du cœur de mes parents.

Mon père déclara en présence de son fils Louis, devant M. de Lamotte, conseiller au parlement, que « pourvu que la conversion de son fils fût sincère, il ne pouvait la désapprouver, parce que de gêner les consciences ne sert qu'à faire des hypocrites. » Ce furent ses propres paroles, que mon frère Louis a consignées dans une déclaration publique, au temps de notre catastrophe.

Mon père lui fit une pension de quatre cents livres, et jamais aucun de nous ne lui a fait le moindre reproche de son changement. Tel était l'esprit de douceur et d'union que mon père et ma mère avaient établi dans notre famille. Dieu la bénissait; nous jouissions d'un bien honnête; nous avions des amis; et pendant quarante ans notre famille n'eut dans Toulouse ni procès ni querelle avec personne. Peut-être quelques marchands, jaloux de la prospérité d'une maison de commerce qui était d'une autre religion qu'eux, excitaient la populace contre nous; mais notre modération constante semblait devoir adoucir leur haine.

Voici comment nous sommes tombés de cet état heureux dans le plus épouvantable désastre. Notre frère aîné, Marc-Antoine Calas, la source de tous nos malheurs, était d'une humeur sombre et mélancolique; il avait quelques talents; mais n'ayant pu réussir ni à se faire recevoir licencié en droit, parce qu'il eût fallu faire des actes de catholique, ou acheter des certificats; ne pouvant être négociant, parce qu'il n'y était pas propre; se voyant repoussé dans tous les chemins de la fortune, il se livrait à une douleur profonde. Je le voyais souvent lire des morceaux de divers auteurs sur le suicide, tantôt de Plutarque ou de Sénèque, tantôt de Montaigne : il savait par cœur la traduction en vers du fameux monologue de *Hamlet*, si célèbre en Angleterre, et des passages d'une tragi-comédie française intitulée *Sidney*[2]. Je

1. J'atteste devant Dieu que j'ai demeuré pendant quatre ans à Toulouse, chez les sieur et dame Calas; que je n'ai jamais vu une famille plus unie, ni un père plus tendre, et que, dans l'espace de quatre années, il ne s'est pas mis une fois en colère; que si j'ai quelques sentiments d'honneur, de droiture et de modération, je les dois à l'éducation que j'ai reçue chez lui.

Genève, 5 juillet 1762.

Signé J. CALVET, *caissier des postes de Suisse, d'Allemagne et d'Italie.*

2. Par Gresset; la scène VI du second acte, et la 1re du troisième, contiennent des vers sur le suicide. (ÉD.)

ne croyais pas qu'il dût mettre un jour en pratique des leçons si funestes.

Enfin un jour, c'était le 13 octobre 1761 (je n'y étais pas : mais on peut bien croire que je ne suis que trop instruit) : ce jour, dis-je, un fils de M. Lavaisse, fameux avocat de Toulouse, arrivé de Bordeaux, veut aller voir son père qui était à la campagne ; il cherche partout des chevaux, il n'en trouve point : le hasard fait que mon père et mon frère Marc-Antoine, son ami, le rencontrent et le prient à souper ; on se met à table à sept heures, selon l'usage simple de nos familles réglées et occupées, qui finissent leur journée de bonne heure pour se lever avant le soleil. Le père, la mère, les enfants, leur ami, font un repas frugal au premier étage. La cuisine était auprès de la salle à manger ; la même servante catholique apportait les plats, entendait et voyait tout. Je ne peux que répéter ici ce qu'a dit ma malheureuse et respectable mère. Mon frère Marc-Antoine se lève de table un peu avant les autres ; il passe dans la cuisine ; la servante lui dit : « Approchez-vous du feu. — Ah ! répondit-il. *je brûle.* » Après avoir proféré ces paroles, qui n'en disent que trop, il descend en bas, vers le magasin, d'un air sombre et profondément pensif. Ma famille, avec le jeune Lavaisse, continue une conversation paisible jusqu'à neuf heures trois quarts, sans se quitter un moment. M. Lavaisse se retire : ma mère dit à son second fils, Pierre, de prendre un flambeau, et de l'éclairer. Ils descendent ; mais quel spectacle s'offre à eux ! ils voient la porte du magasin ouverte, les deux battants rapprochés, un bâton, fait pour serrer et assujettir les ballots, passé au haut des deux battants, une corde à nœuds coulants, et mon malheureux frère suspendu en chemise, les cheveux arrangés, son habit plié sur le comptoir.

A cet objet ils poussent des cris : « Ah, mon Dieu ! ah, mon Dieu ! » Ils remontent l'escalier ; ils appellent le père ; la mère suit toute tremblante ; ils l'arrêtent ; ils la conjurent de rester ; ils volent chez les chirurgiens, chez les magistrats. La mère effrayée descend avec la servante : les pleurs et les cris redoublent : que faire ? laissera-t-on le corps de son fils sans secours ? le père embrasse son fils mort, la corde cède au premier effort, parce qu'un des bouts du bâton glissait aisément sur les battants, et que le corps soulevé par le père n'assujettissait plus ce billot. La mère veut faire avaler à son fils des liqueurs spiritueuses ; la servante multiplie en vain ses secours : mon frère était mort. Aux cris et aux sanglots de mes parents, la populace environnait déjà la maison : j'ignore quel fanatique imagina le premier que mon frère était un martyr, que sa famille l'avait étranglé pour prévenir son abjuration. Un autre ajoute que cette abjuration devait se faire le lendemain. Un troisième dit que la religion protestante ordonne aux pères et mères d'égorger ou d'étrangler leurs enfants, quand ils veulent se faire catholiques. Un quatrième dit que rien n'est plus vrai, que les protestants ont, dans leur dernière assemblée, nommé un bourreau de la secte ; que le jeune Lavaisse, âgé de dix-neuf à vingt ans, est le bourreau ; que ce jeune homme, la candeur et la douceur même, est venu de Bordeaux à Toulouse exprès pour pendre son ami. Voilà bien le peuple! voilà un tableau trop fidèle de ses excès!

Ces rumeurs volaient de bouche en bouche; ceux qui avaient entendu les cris de mon frère Pierre et du sieur Lavaisse, et les gémissements de mon père et de ma mère, à neuf heures trois quarts, ne manquaient pas d'affirmer qu'ils avaient entendu les cris de mon frère étranglé, et qui était mort deux heures auparavant.

Pour comble de malheur, le capitoul, prévenu par ces clameurs, arrive sur le lieu avec ses assesseurs, et fait transporter le cadavre à l'hôtel de ville. Le procès-verbal se fait à cet hôtel, au lieu d'être dressé dans l'endroit même où l'on a trouvé le mort, comme on m'a dit que la loi l'ordonne [1]. Quelques témoins ont dit que ce procès-verbal, fait à l'hôtel de ville, était daté de la maison du mort; ce serait une grande preuve de l'animosité qui a perdu ma famille. Mais qu'importe que le juge en premier ressort ait commis cette faute? nous ne prétendons accuser personne; ce n'est pas cette irrégularité seule qui nous a été fatale.

Ces premiers juges ne balançaient pas entre un suicide, qui est rare en ce pays, et un parricide, qui est encore mille fois plus rare. Ils croyaient le parricide; ils le supposaient sur le changement prétendu de religion que le mort devait faire; et on va visiter ses papiers, ses livres, pour voir s'il n'y avait pas quelque preuve de ce changement; on n'en trouve aucune.

Enfin un chirurgien, nommé Lamarque, est nommé pour ouvrir l'estomac de mon frère, et pour faire rapport s'il y a trouvé des restes d'aliments. Son rapport dit que les aliments ont été pris quatre heures avant sa mort. Il se trompait évidemment de plus de deux. Il est clair qu'il voulait se faire valoir en prononçant quel temps il faut pour la digestion, que la diversité des tempéraments rend plus ou moins lente. Cette petite erreur d'un chirurgien devait-elle préparer le supplice de mon père? La vie des hommes dépend donc d'un mauvais raisonnement!

Il n'y avait point de preuve contre mes parents, et il ne pouvait y en avoir aucune : on eut incontinent recours à un monitoire. Je n'examine pas si ce monitoire était dans les règles; on y supposait le crime, et on demandait la révélation des preuves. On supposait Lavaisse mandé de Bordeaux pour être bourreau, et on supposait l'assemblée tenue pour élire ce bourreau le jour même de l'arrivée de Lavaisse, 13 octobre. On imaginait que quand on étrangle quelqu'un pour cause de religion on le fait mettre à genoux; et on demandait si l'on n'avait pas vu le malheureux Marc-Antoine Calas à genoux devant son père qui l'étranglait, pendant la nuit, dans un endroit où il n'y avait point de lumière.

On était sûr que mon frère était mort catholique, et l'on demandait des preuves de sa catholicité, quoiqu'il soit bien prouvé que mon frère n'avait point changé de religion, et n'en voulait point changer. On

---

1. Ordonnance de 1670, art. 1er, titre IV.

était surtout persuadé que la maxime de tous les protestants est d'é-
trangler leur fils, dès qu'ils ont le moindre soupçon que leur fils veut
être catholique; et ce fanatisme fut porté au point que toute l'Église de
Genève se crut obligée d'envoyer une attestation de son horreur pour
des idées si abominables et si insensées, et de l'étonnement où elle
était qu'un tel soupçon eût jamais pu entrer dans la tête des juges.

Avant que ce monitoire parût, il s'éleva une voix du peuple qui dit
que mon frère Marc-Antoine devait entrer le lendemain dans la confrérie des pénitents blancs : aussitôt les capitouls ordonnèrent qu'on enterrât mon frère pompeusement au milieu de l'église de Saint-Étienne.
Quarante prêtres et tous les pénitents blancs assistèrent au convoi [1].

Quatre jours après, les pénitents blancs lui firent un service solennel dans leur chapelle; l'église était tendue de blanc; on avait élevé au
milieu un catafalque, au haut duquel on voyait un squelette humain
qu'un chirurgien avait prêté : ce squelette tenait dans une main un
papier où on lisait ces mots : *Abjuration contre l'hérésie ;* et de l'autre,
une palme, l'emblème de son martyre.

Le lendemain, les cordeliers lui firent un pareil service. On peut
juger si un tel éclat acheva d'enflammer tous les esprits; les pénitents blancs et les cordeliers dictaient, sans le savoir, la mort de mon
père.

Le parlement saisit bientôt cette affaire. Il cassa d'abord la procédure des capitouls, qui, étant vicieuse dans toutes ses formes, ne pouvait pas subsister; mais le préjugé subsista avec violence. Tous les zélés voulaient déposer; l'un avait vu dans l'obscurité, à travers le trou
de la serrure de la porte, des hommes qui couraient; l'autre avait
entendu, du fond d'une maison éloignée à l'autre bout de la rue, la
voix de Calas, qui se plaignait d'avoir été étranglé.

Un peintre, nommé Matei, dit que sa femme lui avait *dit* qu'une
nommée Maudrille lui avait *dit* qu'une inconnue lui avait *dit* avoir
entendu les cris de Marc-Antoine Calas à une autre extrémité de la
ville.

Mais pour tous les accusés, mon père, ma mère, mon frère Pierre,
le jeune Lavaisse, et la servante, ils furent unanimement d'accord sur
tous les points essentiels; tous aux fers, tous séparément interrogés,
ils soutinrent la vérité, sans jamais varier ni au récolement, ni à la
confrontation.

Leur trouble mortel put, à la vérité, faire chanceler leur mémoire
sur quelques petites circonstances qu'ils n'avaient aperçues qu'avec des
yeux égarés et offusqués par les larmes; mais aucun d'eux n'hésita un
moment sur tout ce qui pouvait constater leur innocence. Les cris de
la multitude, l'ignorante déposition du chirurgien Lamarque, les témoins auriculaires qui, ayant une fois débité des accusations absurdes,
ne voulaient pas s'en dédire, l'emportèrent sur la vérité la plus évidente.

1. Il y a dans Toulouse quatre confréries de pénitents, blancs, bleus, gris,
noirs : ils portent une longue capote, avec un masque de la même couleur,
percé de deux trous pour les yeux.

Les juges avaient, d'un côté, ces accusations frivoles sous leurs yeux; de l'autre, l'impossibilité démontrée que mon père, âgé de soixante-huit ans, eût pu seul pendre un jeune homme de vingt-huit ans beaucoup plus robuste que lui, comme on l'a déjà dit ailleurs; ils convenaient bien que ce crime était difficile à commettre, mais ils prétendaient qu'il était encore plus difficile que mon frère Marc-Antoine Calas eût terminé lui-même sa vie.

Vainement Lavaisse et la servante prouvaient l'innocence de mon père, de ma mère et de mon frère Pierre; Lavaisse et la servante étaient eux-mêmes accusés; le secours de ces témoins nécessaires nous fut ravi, contre l'esprit de toutes les lois.

Il est clair, et tout le monde en convient, que si Marc-Antoine Calas avait été assassiné, il l'avait été par toute la famille, et par Lavaisse et la servante; qu'ils étaient ou tous innocents ou tous coupables, puisqu'il était prouvé qu'ils ne s'étaient pas quittés un moment, ni pendant le souper, ni après le souper.

J'ignore par quelle fatalité les juges crurent mon père criminel, et comment la forme l'emporta sur le fond. On m'a assuré que plusieurs d'entre eux soutinrent longtemps l'innocence de mon père, mais qu'ils cédèrent enfin à la pluralité. Cette pluralité croyait toute ma famille et le jeune Lavaisse également coupables. Il est certain qu'ils condamnèrent mon malheureux père au supplice de la roue, dans l'idée où ils étaient qu'il ne résisterait pas aux tourments, et qu'il avouerait les prétendus compagnons de son crime dans l'horreur du supplice.

Je l'ai déjà dit, et je ne peux trop le répéter, ils furent surpris de le voir mourir en prenant à témoin de son innocence le Dieu devant lequel il allait comparaître. Si la voix publique ne m'a pas trompé, les deux dominicains, nommés Bourges et Caldaguès, qu'on lui donna pour l'assister dans ces moments cruels, ont rendu témoignage de sa résignation; ils le virent pardonner à ses juges, et les plaindre; ils souhaitèrent enfin de mourir un jour avec des sentiments de piété aussi touchants.

Les juges furent obligés bientôt après d'élargir ma mère, le jeune Lavaisse et la servante; ils bannirent mon frère Pierre; et j'ai toujours dit avec le public : « Pourquoi le bannir, s'il est innocent? et pourquoi se borner au bannissement, s'il est coupable? »

J'ai toujours demandé pourquoi, ayant été conduit hors de la ville par une porte, on le laissa ou on le fit rentrer sur-le-champ par une autre; pourquoi il fut enfermé trois mois dans un couvent de dominicains. Voulait-on le convertir au lieu de le bannir? mettait-on son rappel au prix de son changement? punissait-on, faisait-on grâce arbitrairement? et le supplice affreux de son père était-il un moyen de persuasion?

Ma mère, après cette horrible catastrophe, a eu le courage d'abandonner sa dot et son bien; elle est allée à Paris, sans autre secours que sa vertu, implorer la justice du roi : elle ose espérer que le conseil de Sa Majesté se fera représenter la procédure faite à Toulouse. Qui sait même si les juges, touchés de la conduite généreuse de ma mère, n'en verront pas plus évidemment l'innocence, déjà entrevue, de celui qu'ils ont condamné? N'apercevront-ils pas qu'une femme sans appui n'oserait assurément demander la révision du procès si son mari était criminel? Aurait-elle fait deux cents lieues pour aller chercher la mort qu'elle mériterait? cela n'est pas plus dans la nature humaine que le crime dont mon père a été accusé. Car, je le dis encore avec horreur, si mon père a été coupable de ce parricide, ma mère et mon frère Pierre Calas le sont aussi; Lavaisse et la servante ont eu, sans doute, part au crime. Ma mère aurait-elle entrepris ce voyage pour les exposer tous au supplice, et s'y exposer elle-même?

Je déclare que je pense comme elle, que je me soumets à la mort comme elle, si mon père a commis, contre Dieu, la nature, l'État, et la religion, le crime qu'on lui a imputé.

Je me joins donc à cette vertueuse mère par cet acte légal ou non, mais public et signé de moi. Les avocats qui prendront sa défense pourront mettre au jour les nullités de la procédure : c'est à eux qu'il appartient de montrer que Lavaisse et la servante, quoique accusés, étaient des témoins nécessaires, qui déposaient invinciblement en faveur de mon père. Ils exposeront la nécessité où les juges ont été réduits de supposer qu'un vieillard de soixante-huit ans, que j'ai vu incommodé des jambes, avait seul pendu son propre fils, le plus robuste des hommes, et l'impossibilité absolue d'une telle exécution.

Ils mettront dans la balance, d'un côté cette impossibilité physique, et de l'autre des rumeurs populaires. Ils pèseront les probabilités; ils discuteront les témoignages auriculaires.

Que ne diront-ils pas sur tous les soins que nous avons pris depuis trois mois pour nous faire communiquer la procédure, et sur les refus qu'on nous en a faits! Le public et le conseil ne seront-ils pas saisis d'indignation et de pitié, quand ils apprendront qu'un procureur nous a demandé deux cents louis d'or, à nous, à une famille devenue indigente, pour nous faire avoir cette procédure d'une manière illégale?

Je ne demande point pardon aux juges d'élever ma voix contre leur arrêt; ils le pardonnent sans doute à la piété filiale; ils me mépriseraient trop si j'avais une autre conduite; et peut-être quelques-uns d'eux mouilleront mon mémoire de leurs larmes.

Cette aventure épouvantable intéresse toutes les religions et toutes les nations; il importe à l'État de savoir de quel côté est le fanatisme le plus dangereux. Je frémis en y pensant, et plus d'un lecteur sensible frémira comme moi-même.

Seul dans un désert, dénué de conseil, d'appui, de consolation, je dis à Mgr le chancelier et à tout le conseil d'État : « Cette requête que je mets à vos pieds est extrajudiciaire; mais rendez-la judiciaire par votre autorité et par votre justice. N'ayez point pitié de ma famille, mais faites paraître la vérité. Que le parlement de Toulouse ait le courage de publier les procédures; l'Europe les demande, et s'il ne les produit pas, il voit ce que l'Europe décide. »

A Châtelaine, 22 juillet 1762.

Signé : DONAT CALAS

DÉCLARATION DE PIERRE CALAS.

En arrivant chez mon frère Donat Calas pour pleurer avec lui, j'ai
trouvé entre ses mains ce mémoire qu'il venait d'achever pour la justification de notre malheureuse famille. Je me joins à ma mère et à lui :
je suis prêt d'attester la vérité de tout ce qu'il vient d'écrire ; je ratifie
tout ce qu'a dit ma mère ; et, devenu plus courageux par son exemple,
je demande avec elle à mourir si mon père a été criminel.

Je dépose et je promets de déposer juridiquement ce qui suit :

Le jeune Gobert Lavaisse, âgé de dix-neuf à vingt ans, jeune homme
des mœurs les plus douces, élevé dans la vertu par son père, célèbre
avocat, était l'ami de Marc-Antoine, mon frère ; et ce frère était un
homme de lettres, qui avait étudié aussi pour être avocat. Lavaisse
soupa avec nous, le 13 octobre 1761, comme on l'a dit. Je m'étais un
peu endormi après le souper, au temps que le sieur Lavaisse voulut
prendre congé. Ma mère me réveilla, et me dit d'éclairer notre ami
avec un flambeau.

On peut juger de mon horrible surprise, quand je vis mon frère
suspendu, en chemise, aux deux battants de la porte de la boutique
qui donne dans le magasin. Je poussai des cris affreux ; j'appelai mon
père ; il descend éperdu : il prend à bras-le-corps son malheureux fils,
en faisant glisser le bâton et la corde qui le soutenaient ; il ôte la corde
du cou, en élargissant le nœud ; il tremblait, il pleurait, il s'écriait
dans cette opération funeste : « Va, me dit-il, au nom de Dieu, chez le
chirurgien Camoire, notre voisin ; peut-être mon pauvre fils n'est pas
tout à fait mort. »

Je vole chez le chirurgien ; je ne trouve que le sieur Gorse, son garçon, et je l'amène avec moi. Mon père était entre ma mère et un de
nos voisins nommé Delpech, fils d'un négociant catholique, qui pleurait avec eux. Ma mère tâchait en vain de faire avaler à mon frère des
eaux spiritueuses, et lui frottait les tempes. Le chirurgien Gorse lui
tâte le pouls et le cœur ; il le trouve mort et déjà froid ; il lui ôte son
tour de cou qui était de taffetas noir ; il voit l'impression d'une corde,
et prononce qu'il est étranglé.

Sa chemise n'était pas seulement froissée, ses cheveux arrangés
comme à l'ordinaire, et je vis son habit proprement plié sur le comptoir. Je sors pour aller partout demander conseil. Mon père, dans
l'excès de sa douleur, me dit : « Ne va pas répandre le bruit que ton
frère s'est défait lui-même ; sauve au moins l'honneur de ta misérable
famille. » Je cours, tout hors de moi, chez le sieur Caseing, ami de la
maison, négociant qui demeurait à la Bourse ; je l'amène au logis ; il
nous conseille d'avertir au plus vite la justice : je vole chez le sieur
Clausade, homme de loi ; Lavaisse court chez le greffier des capitouls,
chez l'assesseur maître Monier. Je retourne en hâte me rendre auprès
de mon père, tandis que Lavaisse et Clausade faisaient relever l'assesseur, qui était déjà couché, et qu'ils vont avertir le capitoul lui-même.

Le capitoul était déjà parti, sur la rumeur publique, pour se rendre

chez nous. Il entre avec quarante soldats; j'étais en bas pour le recevoir; il ordonne qu'on me garde.

Dans ce moment même, l'assesseur arrivait avec les sieurs Clausade
et Lavaisse. Les gardes ne voulurent point laisser entrer Lavaisse, et
le repoussèrent : ce ne fut qu'en faisant beaucoup de bruit, en insis-
tant, et en disant qu'il avait soupé avec la famille, qu'il obtint du capitoul qu'on le laissât entrer.

Quiconque aura la moindre connaissance du cœur humain verra
bien par toutes ces démarches quelle était notre innocence : comment
pouvait-on la soupçonner? A-t-on quelque exemple, dans les annales
du monde et des crimes, d'un pareil parricide, commis sans aucun
dessein, sans aucun intérêt, sans aucune cause?

Le capitoul avait mandé le sieur Latour, médecin, et les sieurs Lamarque et Perronet, chirurgiens; ils visitèrent le cadavre en ma présence, cherchèrent des meurtrissures sur le corps, et n'en trouvèrent
point. Ils ne visitèrent point la corde : ils firent un rapport secret,
seulement de bouche, au capitoul; après quoi on nous mena tous à
l'hôtel de ville, c'est-à-dire mon père, ma mère, le sieur Lavaisse, le
sieur Caseing notre ami, la servante, et moi : on prit le cadavre et les
habits, qui furent portés aussi à l'hôtel de ville.

Je voulus laisser un flambeau allumé dans le passage au bas de la
maison, pour retrouver de la lumière à notre retour. Telle était ma
sécurité et celle de mon père, que nous pensions être menés seulement à l'hôtel de ville pour rendre témoignage à la vérité, et que
nous nous flattions de revenir coucher chez nous; mais le capitoul,
souriant de ma simplicité, fit éteindre le flambeau, en disant que nous
ne reviendrions pas si tôt. Mon père et moi nous fûmes mis dans un
cachot noir; ma mère, dans un cachot éclairé, ainsi que Lavaisse,
Caseing et la servante. Le procès-verbal du capitoul et celui des médecins et chirurgiens furent faits le lendemain à l'hôtel.

Caseing, qui n'avait point soupé avec nous, fut bientôt élargi; nous
fûmes, tous les autres, condamnés à la question, et mis aux fers, le
18 novembre. Nous en appelâmes au parlement, qui cassa la sentence
du capitoul, irrégulière en plusieurs points, et qui continua les procédures.

On m'interrogea plus de cinquante fois: on me demanda si mon
frère Marc-Antoine devait se faire catholique. Je répondis que j'étais
sûr du contraire; mais qu'étant homme de lettres et amateur de la
musique, il allait quelquefois entendre les prédicateurs qu'il croyait
éloquents, et la musique quand elle était bonne: et que m'eût im-
porté, bon Dieu! que mon frère Marc-Antoine eût été catholique ou
réformé? en ai-je moins vécu en intelligence avec mon frère Louis,
parce qu'il allait à la messe? n'ai-je pas dîné avec lui? n'ai-je pas toujours fréquenté les catholiques dans Toulouse? aucun s'est-il jamais
plaint de mon père et de moi? n'ai-je pas appris dans le célèbre mandement de M. l'évêque de Soissons[1] qu'il faut traiter les Turcs mêmes

1. Fitz-James. (ÉD.)

comme nos frères? pourquoi aurais-je traité mon frère comme une bête féroce? quelle idée! quelle démence!

Je fus confronté souvent avec mon père, qui en me voyant éclatait en sanglots, et fondait en larmes. L'excès de ses malheurs dérangeait quelquefois sa mémoire. « Aide-moi, » me disait-il; et je le remettais sur la voie concernant des points tout à fait indifférents; par exemple, il lui échappa de dire que nous sortîmes de table tous ensemble. « Eh! mon père, m'écriai-je, oubliez-vous que mon frère sortit quelque temps avant nous? — Tu as raison, me dit-il; pardonne, je suis troublé. »

Je fus confronté avec plus de cinquante témoins. Les cœurs se soulèveront de pitié quand ils verront quels étaient ces témoins et ces témoignages. C'était un nommé Popis, garçon passementier, qui, entendant d'une maison voisine les cris que je poussais à la vue de mon frère mort, s'était imaginé entendre les cris de mon frère même; c'était une bonne servante qui, lorsque je m'écriais: *Ah, mon Dieu!* crut que je criais *au voleur;* c'étaient des ouï-dire d'après des ouï-dire extravagants. Il ne s'agissait guère que de méprises pareilles.

La demoiselle Peyronet déposa qu'elle m'avait vu dans la rue, le 13 octobre, à dix heures du soir, « courant avec un mouchoir, essuyant mes larmes, disant que mon frère était mort d'un coup d'épée. » Non, je ne le dis pas, et si je l'avais dit, j'aurais bien fait de sauver l'honneur de mon cher frère. Les juges auraient-ils fait plus d'attention à la partie fausse de cette déposition qu'à la partie pleine de vérité qui parlait de mon trouble et de mes pleurs? et ces pleurs ne s'expliquaient-ils pas d'une manière invincible contre toutes les accusations frivoles sous lesquelles l'innocence la plus pure a succombé? Il se peut qu'un jour mon père, mécontent de mon frère aîné qui perdait son temps et son argent au billard, lui ait dit: « Si tu ne changes, je te punirai, ou je te chasserai, ou tu te perdras, tu périras; » mais fallait-il qu'un témoin, fanatique impétueux, donnât une interprétation dénaturée à ces paroles paternelles, et qu'il substituât méchamment aux mots: *Si tu ne changes de conduite,* ces mots cruels: *Si tu changes de religion?* Fallait-il que les juges, entre un témoin inique et un père accusé, décidassent en faveur de la calomnie contre la nature?

Il n'y eut contre nous aucun témoin valable; et on s'en apercevra bien à la lecture du procès-verbal, si on peut parvenir à tirer ce procès du greffier, qui a eu défense d'en donner communication.

Tout le reste est exactement conforme à ce que ma mère et mon frère Donat Calas ont écrit. Jamais innocence ne fut plus avérée. Deux jacobins qui assistèrent au supplice de mon père, l'un, qui était venu de Castres, dit publiquement: *Il est mort un juste.* Sur quoi donc, me dira-t-on, votre père a-t-il été condamné? Je vais le dire, et on va être étonné.

Le capitoul, l'asssesseur M. Monier, le procureur du roi, l'avocat du roi, étaient venus, quelques jours après notre détention, avec un expert, dans la maison où mon frère Marc-Antoine était mort: quel était cet expert? pourra-t-on le croire? c'était le bourreau. On lui demanda si un homme pouvait se pendre aux deux battants de la porte du magasin où j'avais trouvé mon frère. Ce misérable, qui ne connaissait que ses opérations, répondit que la chose n'était pas praticable. C'était donc une affaire de physique? Hélas! l'homme le moins instruit aurait vu que la chose n'était que trop aisée : et Lavaisse, qu'on peut interroger avec moi, en avait vu de ses yeux la preuve bien évidente.

Le chirurgien Lamarque, appelé pour visiter le cadavre, pouvait être indisposé contre moi, parce qu'un jour, dans un de ses rapports juridiques, ayant pris l'œil droit pour l'œil gauche, j'avais relevé sa méprise. Ainsi mon père fut sacrifié à l'ignorance autant qu'aux préjugés. Il s'en fallut bien que les juges fussent unanimes; mais la pluralité l'emporta.

Après cette horrible exécution, les juges me firent comparaître; l'un d'eux me dit ces mots : « Nous avons condamné votre père; si vous n'avouez pas, prenez garde à vous. » Grand Dieu! que pouvais-je avouer, sinon que des hommes trompés avaient répandu le sang innocent?

Quelques jours après, le P. Bourges, l'un des deux jacobins qu'on avait donnés à mon père, pour être les témoins de son supplice et de ses sentiments, vint me trouver dans mon cachot, et me menaça du même genre de mort si je n'abjurais pas. Peut-être qu'autrefois, dans les persécutions exagérées dont on nous parle, un proconsul romain, revêtu d'un pouvoir arbitraire, se serait expliqué ainsi. J'avoue que j'eus la faiblesse de céder à la crainte d'un supplice épouvantable.

Enfin on vint m'annoncer mon arrêt de bannissement; il était resté quatre jours sur le bureau sans être signé. Que d'irrégularités! que d'incertitudes! La main des juges devait trembler de signer quelque arrêt que ce fût, après avoir signé la mort de mon père. Le greffier de la geôle me lut seulement deux lignes du mien.

Quant à l'arrêt qui livra mon vertueux père au plus affreux supplice, je ne le vis jamais; il ne fut jamais connu; c'est un mystère impénétrable. Ces jugements sont faits pour le public; ils étaient autrefois envoyés au roi, et n'étaient point exécutés sans son approbation : c'est ainsi qu'on en use encore dans une grande partie de l'Europe. Mais pour le jugement qui a condamné mon père, on a pris, si j'ose m'exprimer ainsi, autant de soin de le dérober à la connaissance des hommes, que les criminels en prennent ordinairement de cacher leurs crimes.

Mon jugement me surprit, comme il a surpris tout le monde; car si mon malheureux frère avait pu être assassiné, il ne pouvait l'avoir été que par moi et par Lavaisse, et non par un vieillard faible. C'est à moi que le plus horrible supplice aurait été dû. On voit assez qu'il n'y avait point de milieu entre le parricide et l'innocence.

Je fus conduit incontinent à une porte de la ville; un abbé m'y accompagna, et me fit rentrer le moment d'après au couvent des jacobins : le P. Bourges m'attendait à la porte; il me dit qu'on ne ferait aucune attention à mon bannissement, si je professais la foi catholique romaine; il me fit demeurer quatre mois dans ce monastère, où je fus gardé à vue

Je suis échappé enfin de cette prison, prêt à me remettre dans celle que le roi jugera à propos d'ordonner, et disposé à verser mon sang pour l'honneur de mon père et de ma mère.

Le préjugé aveugle nous a perdus; la raison éclairée nous plaint aujourd'hui; le public, juge de l'honneur et de la honte, réhabilite la mémoire de mon père; le conseil confirmera l'arrêt du public, s'il daigne seulement voir les pièces. Ce n'est point ici un de ces procès qu'on laisse dans la poudre d'un greffe, parce qu'il est inutile de les publier; je sens qu'il importe au genre humain qu'on soit instruit jusque dans les derniers détails de tout ce qu'a pu produire le fanatisme, cette peste exécrable du genre humain.

A Châtelaine, 23 juillet 1762.

Signé PIERRE CALAS.

HISTOIRE

D'ÉLISABETH CANNING ET DES CALAS.

(1762.)

D'ÉLISABETH CANNING.

J'étais à Londres, en 1753, quand l'aventure de la jeune Élisabeth Canning fit tant de bruit. Élisabeth avait disparu pendant un mois de la maison de ses parents; elle revint maigre, défaite, et n'ayant que des habits délabrés. « Hé, mon Dieu! dans quel état vous revenez! où avez-vous été? d'où venez-vous? que vous est-il arrivé? — Hélas! ma tante, je passais par Moorfields pour retourner à la maison, lorsque deux bandits vigoureux me jetèrent par terre, me volèrent, et m'emmenèrent dans une maison à dix milles de Londres. »

La tante et les voisines pleurèrent à ce récit. « Ah! ma chère enfant, n'est-ce pas chez cette infâme Mme Web que ces brigands vous ont menée? car c'est juste à dix milles d'ici qu'elle demeure. — *Oui, ma tante, chez madame Web.* — Dans cette grande maison à droite? — *Justement, ma tante.* » Les voisines dépeignirent alors Mme Web; et la jeune Canning convint que cette femme était faite précisément comme elles le disaient. L'une d'elles apprend à miss Canning qu'on joue toute la nuit chez cette femme, et que c'est un coupe-gorge où tous les jeunes gens vont perdre leur argent. « *Ah! un vrai coupe-gorge,* répondit Élisabeth Canning. — On y fait bien pis, dit une autre voisine: ces deux brigands, qui sont cousins de Mme Web, vont sur les grands chemins prendre toutes les petites filles qu'ils rencontrent, et les font jeûner au pain et à l'eau jusqu'à ce qu'elles soient obligées de se donner aux joueurs qui se tiennent dans la maison. — Hélas! ne pas mise au pain et à l'eau, ma chère nièce? — *Oui, ma tante.* » On lui demande si ces deux brigands n'ont point abusé d'elle, et si on ne l'a pas prostituée. Elle répond qu'elle s'est défendue, qu'on l'a accablée de coups et que sa vie a été en péril. Alors la tante et les voisines recommencèrent à crier et à pleurer.

On mena aussitôt la petite Canning chez un M. Adamson, protecteur de la famille depuis longtemps : c'était un homme de bien qui avait un grand crédit dans sa paroisse. Il monte à cheval avec un de ses amis aussi zélé que lui ; ils vont reconnaître la maison de Mme Web ; ils ne doutent pas, en la voyant, que la petite n'y ait été renfermée ; ils jugent même, en apercevant une petite grange où il y a du foin, que c'est dans cette grange qu'on a tenu Élisabeth en prison. La pitié du bon Adamson en augmente : il fait convenir Élisabeth, à son retour, qne c'est là qu'elle a été retenue ; il anime tout le quartier : on fait une souscription pour la jeune demoiselle si cruellement traitée.

A mesure que la jeune Canning reprend son embonpoint et sa beauté, tous les esprits s'échauffent pour elle. M. Adamson fait présenter au shérif une plainte au nom de l'innocence outragée. Mme Web et tous ceux de sa maison, qui étaient tranquilles dans leur campagne, sont arrêtés et mis tous au cachot.

M. le shérif, pour mieux s'instruire de la vérité du fait, commence par faire venir chez lui amicalement une jeune servante de Mme Web, et l'engage par de douces paroles à dire tout ce qu'elle sait. La servante, qui n'avait jamais vu en sa vie miss Canning, ni entendu parler d'elle, répondit d'abord ingénument qu'elle ne savait rien de ce qu'on lui demandait ; mais quand le shérif lui eut dit qu'il faudrait répondre devant la justice, et qu'elle serait infailliblement pendue, si elle n'avouait pas, elle dit tout ce qu'on voulut : enfin les jurés s'assemblèrent, et neuf personnes furent condamnées à la corde.

Heureusement en Angleterre aucun procès n'est secret, parce que le châtiment des crimes est destiné à être une instruction publique aux hommes, et non pas une vengeance particulière. Tous les interrogatoires se font à portes ouvertes, et tous les procès intéressants sont imprimés dans les journaux.

Il y a plus : on a conservé en Angleterre une ancienne loi de France, qui ne permet pas qu'aucun criminel soit exécuté à mort, sans que le procès ait été présenté au roi, et qu'il en ait signé l'arrêt. Cette loi si sage, si humaine, si nécessaire, a été enfin mise en oubli en France, comme beaucoup d'autres ; mais elle est observée dans presque toute l'Europe ; elle l'est aujourd'hui en Russie, elle l'est à la Chine, cette ancienne patrie de la morale, qui a publié des lois divines avant que l'Europe eût des coutumes.

Le temps de l'exécution des neuf accusés approchait, lorsque le papier qu'on appelle *des sessions* tomba entre les mains d'un philosophe nommé M. Ramsay : il lut le procès, et le trouva absurde d'un bout à l'autre. Cette lecture l'indigna ; il se mit à écrire une feuille, dans laquelle il pose pour principe que le premier devoir des jurés est d'avoir le sens commun. Il fit voir que Mme Web, ses deux cousins, et tout le reste de la maison, étaient formés d'une autre pâte que les autres hommes, s'ils faisaient jeûner au pain et à l'eau des petites filles dans le dessein de les prostituer: qu'au contraire ils devaient les bien nourrir et les parer pour les rendre agréables; que des marchands ne salissent ni ne déchirent la marchandise qu'ils veulent vendre. Il fit voir que jamais miss Canning n'avait été dans cette maison; qu'elle n'avait fait que répéter ce que la bêtise de sa tante lui avait suggéré; que le bonhomme Adamson avait, par excès de zèle, produit cet extravagant procès criminel; qu'enfin il en allait coûter la vie à neuf citoyens, parce que miss Canning était jolie, et qu'elle avait menti.

La servante, qui avait avoué amicalement au shérif tout ce qui n'était pas vrai, n'avait pu se dédire juridiquement. Quiconque a rendu un faux témoignage par enthousiasme ou par crainte, le soutient d'ordinaire, et ment de peur de passer pour un menteur.

« C'est en vain, dit M. Ramsay, que la loi veut que deux témoins fassent pendre un accusé. Si M. le chancelier et M. l'archevêque de Cantorbéry déposaient qu'ils m'ont vu assassiner mon père et ma mère, et les manger tout entiers à mon déjeuner en un demi-quart d'heure, il faudrait mettre à Bedlam M. le chancelier et M. l'archevêque, plutôt que de me brûler sur leur beau témoignage. Mettez d'un côté une chose absurde et impossible, et de l'autre mille témoins et mille raisonneurs, l'impossibilité doit démentir les témoignages et les raisonnements. »

Cette petite feuille fit tomber les écailles des yeux de M. le shérif et des jurés. Ils furent obligés de revoir le procès: il fut avéré que miss Canning était une petite fripponne qui était allée accoucher, pendant qu'elle prétendait avoir été en prison chez Mme Web; et toute la ville de Londres, qui avait pris parti pour elle, fut aussi honteuse qu'elle l'avait été lorsqu'un charlatan proposa de se mettre dans une bouteille de deux pintes, et que deux mille personnes étant venues à ce spectacle, il emporta leur argent, et leur laissa sa bouteille.

Il se peut qu'on se soit trompé sur quelques circonstances de cet événement; mais les principales sont d'une vérité reconnue de toute l'Angleterre.

HISTOIRE DES CALAS.

Cette aventure ridicule serait devenue bien tragique, s'il ne s'était pas trouvé un philosophe qui lut par hasard les papiers publics. Plût à Dieu que dans un procès non moins absurde et mille fois plus horrible, il y eût eu dans Toulouse un philosophe au milieu de tant de pénitents blancs! on ne gémirait pas aujourd'hui sur le sang de l'innocence que le préjugé a fait répandre.

Il y eut pourtant à Toulouse un sage qui éleva sa voix contre les cris de la populace effrénée, et contre les préjugés des magistrats prévenus. Ce sage, qu'on ne peut trop bénir, était M. de Lasalle, conseiller au parlement, qui devait être un des juges.

Il s'expliqua d'abord sur l'irrégularité du monitoire : il condamna hautement la précipitation avec laquelle on avait fait trois services solennels à un homme qu'on devait probablement traîner sur la claie : il déclara qu'on ne devait pas ensevelir en catholique et canoniser en martyr un mort qui, selon toutes les apparences, s'était défait lui-même, et qui certainement n'était point catholique. On savait que maître Chalier, avocat au parlement, avait déposé que Marc-Antoine Calas (qu'on supposait devoir faire abjuration le lendemain) avait au contraire le dessein d'aller à Genève se proposer pour être reçu pasteur des Églises protestantes.

Le sieur Caseing avait entre les mains une lettre de ce même Marc-Antoine, dans laquelle il traitait de *déserteur* son frère Louis, devenu catholique : *Notre déserteur*, disait-il dans cette lettre, *nous tracasse.* Le curé de Saint-Étienne avait déclaré authentiquement que Marc-Antoine Calas était venu lui demander un certificat de catholicité, et qu'il n'avait pas voulu se charger de la prévarication de donner un certificat de catholicité à un protestant.

M. le conseiller de Lasalle pesait toutes ces raisons ; il ajoutait surtout que, selon la disposition des ordonnances et celle du droit romain, suivi dans le Languedoc, « il n'y a ni indice ni présomption, fût-elle de droit, qui puisse faire regarder un père comme coupable de la mort de son fils, et balancer la présomption naturelle et sacrée qui met les pères à l'abri de tout soupçon du meurtre de leurs enfants. »

Enfin, ce digne magistrat trouvait que le jeune Lavaisse, étranger à toute cette horrible aventure, et la servante catholique, ne pouvant être accusés du meurtre prétendu de Marc-Antoine Calas, devaient être regardés comme témoins, et que leur témoignage nécessaire ne devait pas être ravi aux accusés.

Fondé sur tant de raisons invincibles, et pénétré d'une juste pitié, M. de Lasalle en parla avec le zèle que donnent la persuasion de l'esprit et la bonté du cœur. Un des juges lui dit : « Ah ! monsieur, vous êtes tout Calas. — Ah ! monsieur, vous êtes tout peuple, » répondit M. de Lasalle.

Il est bien triste que cette noble chaleur qu'il faisait paraître ait servi au malheur de la famille dont son équité prenait la défense ; car, s'étant déclaré avec tant de hauteur et en public, il eut la délicatesse de se récuser, et les Calas perdirent un juge éclairé, qui probablement aurait éclairé les autres.

M. Laborde, au contraire, qui s'était déclaré pour les préjugés populaires, et qui ayant marqué un zèle que lui-même croyait outré ; M. Laborde, qui avait renoncé aussi à juger cette affaire, qui s'était retiré à la campagne près d'Albi, en revint pourtant pour condamner un père de famille à la roue.

Il n'y avait, comme on l'a déjà dit, et comme on le dire toujours, aucune preuve contre cette famille infortunée : on ne s'appuyait que sur des indices ; et quels indices encore ! la raison humaine en rougit. Le sieur David, capitoul de Toulouse, avait consulté le bourreau sur la manière dont Marc-Antoine Calas avait pu être pendu ; et ce fut l'avis du bourreau qui prépara l'arrêt, tandis qu'on négligeait les avis de tous les avocats.

Quand on alla aux opinions, le rapporteur ne délibéra que sur Calas père, et opina que ce père innocent « fût condamné à être d'abord appliqué à la question ordinaire et extraordinaire, pour avoir révélation de ses complices, être ensuite rompu vif, expirer sur la roue, après y avoir demeuré deux heures, et être ensuite brûlé. »

Cet avis fut suivi par six juges; trois autres opinèrent à la question seulement; deux autres furent d'avis qu'on vérifiât sur les lieux s'il était possible que Marc-Antoine Calas eût pu se pendre lui-même; un seul opina à mettre Jean Calas hors de cour.

Enfin, après de très-longs débats, la pluralité se trouva pour la question ordinaire et extraordinaire, et pour la roue.

Ce malheureux père de famille, qui n'avait jamais eu de querelle avec personne, qui n'avait jamais battu un seul de ses enfants, ce faible vieillard de soixante-huit ans, fut donc condamné au plus horrible des supplices, pour avoir étranglé et pendu de ses débiles mains, en haine de la religion catholique, un fils robuste et vigoureux, qui n'avait pas plus d'inclination pour cette religion catholique que le père lui-même.

Interrogé sur ses complices au milieu des horreurs de la question, il répondit ces propres mots : « Hélas! où il n'y a point de crime, peut-il y avoir des complices? »

Conduit de la chambre de la question au lieu du supplice, la même tranquillité d'âme l'y accompagna. Tous ses concitoyens, qui le virent passer sur le chariot fatal, en furent attendris; le peuple même, qui depuis quelque temps était revenu de son fanatisme, versait sur son malheur des larmes sincères. Le commissaire qui présidait à l'exécution prit de lui le dernier interrogatoire; il n'eut de lui que les mêmes réponses. Le P. Bourges, religieux jacobin, et professeur en théologie, qui, avec le P. Caldaguès, religieux du même ordre, avait été chargé de l'assister dans ses derniers moments, et surtout de l'engager à ne rien celer de la vérité, le trouva tout disposé à offrir à Dieu le sacrifice de sa vie pour l'expiation de ses péchés; mais, autant qu'il marquait de résignation aux décrets de la Providence, autant il fut ferme à défendre son innocence et celle des autres prévenus.

Un seul cri fort modéré lui échappa au premier coup qu'il reçut, les autres ne lui arrachèrent aucune plainte. Placé ensuite sur la roue pour y attendre le moment qui devait finir son supplice et sa vie, il ne tint que des discours remplis de sentiments de christianisme; il ne s'emporta point contre ses juges; sa charité lui fit dire qu'il ne leur imputait pas sa mort, et qu'il fallait qu'ils eussent été trompés par de faux témoins. Enfin, lorsqu'il vit le moment où l'exécuteur se disposait à le délivrer de ses peines, ses dernières paroles au P. Bourges furent celles-ci : « Je meurs innocent; Jésus-Christ, qui était l'innocence même, a bien voulu mourir par un supplice plus cruel encore. Je n'ai point de regret à une vie dont la fin va, je l'espère, me conduire à un bonheur éternel. Je plains mon épouse et mon fils; mais ce pauvre étranger à qui je croyais faire politesse en le priant à souper, ce fils de M. Lavaisse, augmente encore mes regrets. »

Il parlait ainsi, lorsque le capitoul, premier auteur de cette catastrophe, qui avait voulu être témoin de son supplice et de sa mort, quoiqu'il ne fût pas nommé commissaire, s'approcha de lui, et lui cria : « Malheureux ! voici le bûcher qui va réduire ton corps en cendres, dis la vérité. » Le sieur Calas ne fit pour toute réponse que détourner un peu la tête, et au même instant l'exécuteur fit son office, et lui ôta la vie.

Quoique Jean Calas soit mort protestant, le P. Bourges et le P. Caldaguès, son collègue, ont donné à sa mémoire les plus grands éloges : « C'est ainsi, ont-ils dit à quiconque a voulu les entendre, c'est ainsi que moururent autrefois nos martyrs; » et même, sur un bruit qui courut que le sieur Calas s'était démenti, et avait avoué son prétendu crime, le P. Bourges crut devoir aller lui-même rendre compte aux juges des derniers sentiments de Jean Calas, et les assurer qu'il avait toujours protesté de son innocence et de celle des autres accusés.

Après cette étrange exécution, on commença par juger Pierre Calas le fils; il était regardé comme le plus coupable de ceux qui restaient en vie; voici sur quel fondement.

Un jeune homme du peuple, nommé Cazères, avait été appelé à Montpellier pour déposer dans la continuation d'information; il avait déposé qu'étant en qualité de garçon chez un tailleur nommé Bou, qui occupait une boutique dépendante de la maison du sieur Calas, le sieur Pierre Calas étant entré un jour dans cette boutique, la demoiselle Bou, entendant sonner la bénédiction, ordonna à ses garçons de l'aller recevoir; sur quoi Pierre Calas lui dit : « Vous ne pensez qu'à vos bénédictions; on peut se sauver dans les deux religions; deux de mes frères pensent comme moi : si je savais qu'ils voulussent changer, je serais en état de les poignarder; et si j'avais été à la place de mon père, quand Louis Calas, mon autre frère, se fit catholique, je ne l'aurais pas épargné. »

Pourquoi affecta-t-on de faire venir ce témoin de Montpellier pour déposer d'un fait que ce témoin prétendait s'être passé devant la demoiselle Bou et deux de ses garçons, qui étaient tous à Toulouse? pourquoi ne voulut-on pas faire ouïr la demoiselle Bou et ces deux garçons, surtout après qu'il eut été avancé dans les Mémoires des Calas que la demoiselle Bou et ces deux garçons soutenaient fortement que tout ce que Cazères avait osé dire n'était qu'un mensonge dicté par des ennemis de l'accusé et par la haine des partis? Quoi ! le nommé Cazères a entendu publiquement ce qu'on disait à ses maîtres, et ses maîtres et ses compagnons ne l'ont pas entendu ! et les juges l'écoutent, et ils n'écoutent pas ces compagnons et ces maîtres !

Ne voit-on pas que la déposition de ce misérable était une contradiction dans les termes ? « On peut se sauver dans les deux religions; » c'est-à-dire Dieu a pitié de l'ignorance et de la faiblesse humaine, et moi je n'aurai pas pitié de mon frère ! Dieu accepte les vœux sincères de quiconque s'adresse à lui, et moi je tuerai quiconque s'adressera à

Dieu d'une manière qui ne me plaira pas ! Peut-on supposer un discours rempli d'une démence si atroce?

Un autre témoin, mais bien moins important, qui déposa que Pierre Calas parlait mal de la religion romaine, commença par dire : « J'ai une aversion invincible pour tous les protestants. » Voilà certes un témoignage bien recevable !

C'était là tout ce qu'on avait pu rassembler contre Pierre Calas : le rapporteur crut y trouver une preuve assez forte pour fonder une condamnation aux galères perpétuelles; il fut seul de son avis. Plusieurs opinèrent à mettre Pierre hors de cour, d'autres à le condamner au bannissement perpétuel; le rapporteur se réduisit à cet avis, qui prévalut.

On vint ensuite à la veuve Calas, à cette mère vertueuse. Il n'y avait contre elle aucune sorte de preuve, ni de présomption, ni d'indice; le rapporteur opina néanmoins contre elle au bannissement; tous les autres juges furent d'avis de la mettre hors de cour et de procès.

Ce fut après cela le tour du jeune Lavaisse. Les soupçons contre lui étaient absurdes. Comment ce jeune homme de dix-neuf ans, étant à Bordeaux, aurait-il été élu à Toulouse bourreau des protestants? La mère lui aurait-elle dit : « Vous venez à propos, nous avons un fils aîné à exécuter; vous êtes son ami, vous souperez avec lui pour le pendre; un de nos amis devait être du souper, il nous aurait aidés, mais nous nous passerons bien de lui? »

Cet excès de démence ne pouvait se soutenir plus longtemps; cependant le rapporteur fut d'avis de condamner Lavaisse au bannissement; tous les autres juges, à l'exception du sieur Darbou, s'élevèrent contre cet avis.

Enfin, quand il fut question de la servante des Calas, le rapporteur opina à son élargissement, en faveur de son ancienne catholicité; et cet avis passa tout d'une voix.

Serait-il possible qu'il y eût à présent dans Toulouse des juges qui ne pleurassent pas l'innocence d'une famille ainsi traitée? Ils pleurent sans doute, et ils rougissent : et une preuve qu'ils se repentent de cet arrêt cruel, c'est qu'ils ont pendant quatre mois refusé la communication du procès, et même de l'arrêt, à quiconque l'a demandée.

Chacun d'eux se dit aujourd'hui dans le fond de son cœur : « Je vois avec horreur tous ces préjugés, toutes ces suppositions qui font frémir la nature et le sens commun. Je vois que par un arrêt j'ai fait expirer sur la roue un vieillard qui ne pouvait être coupable, et que par un autre arrêt j'ai mis hors de cour tous ceux qui auraient été nécessairement criminels comme lui, si le crime eût été possible. Je sens qu'il est évident qu'un de ces arrêts dément l'autre; j'avoue que si j'ai fait mourir le père sur la roue, j'ai eu tort de me borner à bannir le fils, et j'avoue qu'en effet j'ai à me reprocher le bannissement du fils, la mort effroyable du père, et les fers dont j'ai chargé une mère respectable et le jeune Lavaisse pendant six mois.

« Si nous n'avons pas voulu montrer la procédure à ceux qui nous l'ont demandée, c'est qu'elle était effacée par nos larmes; ajoutons à des larmes la réparation qui est due à une honnête famille que nous avons précipitée dans la désolation et dans l'indigence; je ne dirai pas dans l'opprobre, car l'opprobre n'est pas le partage des innocents; rendons à la mère le bien que ce procès abominable lui a ravi. J'ajouterais, demandons-lui pardon : mais qui de nous oserait soutenir sa présence?

« Recevons du moins des remontrances publiques, fruit lamentable d'une publique injustice ; nous en faisons au roi, quand il demande à son peuple des secours absolument indispensables pour défendre ce même peuple du fer de ses ennemis ; ne soyons pas étonnés que la terre entière nous en fasse, quand nous avons fait mourir le plus innocent des hommes ; ne voyons-nous pas que ces remontrances sont écrites de son sang? »

Il est à croire que les juges ont fait plusieurs fois en secret ces réflexions. Qu'il serait beau de s'y livrer! et qu'ils sont à plaindre, si une fausse honte les a étouffées dans leur cœur!

DÉCLARATION JURIDIQUE

de la servante de Mme Calas, au sujet de la nouvelle calomnie qui persécute encore cette vertueuse famille[1].

L'an 1767, le dimanche 29 mars, trois heures de relevée, nous Jean-François Hugues, conseiller du roi, commissaire enquêteur, examinateur au Châtelet de Paris, sur la réquisition qui nous a été faite de la part de Jeanne Viguière, ci-devant domestique des sieur et dame Calas, de nous transporter au lieu de son domicile, pour y recevoir sa déclaration sur certains faits, nous nous sommes en effet transporté, rue Neuve et paroisse Saint-Eustache, en une maison appartenante à M. Langlois, conseiller au grand conseil, dont le troisième étage est occupé par la dame veuve du sieur Jean Calas, marchand à Toulouse ; et étant monté chez ladite dame Calas, elle nous a fait conduire dans

---

1. En 1767, la servante catholique de l'infortuné Calas s'étant cassé la jambe, les zélés imaginèrent de répandre le bruit qu'elle était morte des suites de sa chute, et qu'elle avait déclaré en mourant que son maître était coupable du meurtre de son fils. Ce bruit fut adopté avidement par les pénitents et le reste de la populace de Toulouse. Fréron, dont la plume était vendue à toutes les calomnies que l'esprit de fanatisme avait intérêt d'accréditer, inséra cette nouvelle dans ses feuilles périodiques. Il importait de la détruire ; non-seulement pour l'honneur de la famille des Calas, mais pour sauver celle de Sirven, qui demandait alors justice contre un jugement également ridicule et inique, que le fanatisme avait inspiré à un juge imbécile.

Cette anecdote est une preuve de ce que le faux zèle ose se permettre, de l bassesse avec laquelle les insectes de la littérature se prêtent à ces infâmes manœuvres, de ce qu'enfin on aurait à craindre, même dans notre siècle, si le zèle éclairé qui anime les amis de l'humanité pouvait cesser un moment d'avoir les yeux ouverts sur les crimes du fanatisme et les manœuvres de l'hypocrisie.

Nous avons cru devoir joindre ici cette déclaration aux autres pièces relatives à l'affaire des Calas : elle est également nécessaire, et pour compléter cette funeste histoire, et pour montrer que c'est moins à l'erreur personnelle des juges qu'à l'atrocité de l'esprit persécuteur qu'il faut attribuer le meurtre de ce père infortuné. (*Ed. de Kehl.*)

une chambre au quatrième étage, ayant vue sur la rue, où étant parvenu, nous avons trouvé ladite Jeanne Viguière dans son lit, par l'effet de la chute dont va être parlé, ayant une garde à côté d'elle, que nous avons fait retirer; laquelle Jeanne Viguière, après serment par elle fait et prêté en nos mains de dire la vérité. nous a dit et déclaré que, le lundi 16 février dernier, sur les quatre heures après midi, étant sortie pour aller rue Montmartre, elle eut le malheur de tomber dans ladite rue, et de se casser la jambe droite; que plusieurs personnes étant accourues à son secours, elle fut transportée sur-le-champ chez ladite dame Calas, son ancienne maîtresse, où elle a toujours conservé sa demeure depuis qu'elle est à Paris, laquelle envoya chercher le sieur Botentuit oncle, maître en chirurgie, qui lui remit la jambe; que ladite dame Calas lui a donné une garde. qui est celle qui vient de se retirer, laquelle ne l'a point quittée depuis cet accident; que le sieur Botentuit a continué de venir lui donner les soins dépendants de son état, lesquels ont été si heureux, qu'elle n'a eu aucun accès de fièvre, qu'elle est actuellement à son quarante-unième jour sans qu'il lui soit survenu aucun autre accident; qu'elle a reçu de ladite dame Calas tous les secours qu'elle pouvait espérer d'une ancienne maîtresse dont elle a éprouvé dans tous les temps mille marques de bonté; qu'elle a appris avec la plus grande surprise qu'on avait débité dans le monde qu'elle, Jeanne Viguière, était morte, et que dans ses derniers moments elle avait déclaré devant notaires, qu'étant chez le feu sieur Jean Calas, son maître, elle avait embrassé la religion protestante, et que, par un prétendu zèle pour cette religion, elle avait, conjointement avec ledit sieur Calas, sa famille, et le sieur Lavaisse, donné la mort à Marc-Antoine Calas; qu'ensuite, ayant été constituée prisonnière, elle avait feint d'être toujours catholique, afin de n'être point soupçonnée de sauver sa vie, et, par son témoignage, celle de tous les autres accusés; mais que, se trouvant au moment de mourir, elle était rentrée dans les sentiments de la foi catholique, et qu'elle s'était crue obligée de déclarer la vérité qu'elle avait cachée, dont elle était, dit-on, fort repentante.

Que, pour arrêter les suites que pourrait avoir cette imposture, ladite Jeanne Viguière a cru devoir recourir à notre ministère, et requérir notre transport, pour nous déclarer, comme elle le fait présentement, en son âme et conscience, que rien n'est plus faux que le bruit dont elle vient de nous rendre compte; que son accident ne l'a jamais mise dans aucun danger de mort, mais que, quand cela aurait été, elle n'aurait jamais fait la déclaration qu'on ose lui attribuer, puisqu'il est vrai, ainsi qu'elle l'a toujours soutenu et qu'elle le soutiendra jusqu'au dernier instant de sa vie, que ledit feu sieur Jean Calas, la dame son épouse, le sieur Jean-Pierre Calas, et le sieur Lavaisse, n'ont contribué en aucune manière à la mort de Marc-Antoine Calas; qu'elle se croit même obligée de nous déclarer que le feu sieur Jean Calas était moins capable que personne d'un pareil crime, l'ayant toujours connu d'un caractère très-doux. et rempli de tendresse pour ses enfants; que d'ailleurs le motif qu'on a donné à la mort de Marc-Antoine

Calas, et à la prétendue haine de son père, est faux, puisque ladite Jeanne Viguière a connaissance que ce jeune homme n'avait pas changé de religion, et qu'il avait continué jusqu'à la veille de sa mort les exercices de la religion protestante. Que, pour ce qui concerne elle Jeanne Viguière, elle n'a pas, grâces à Dieu, cessé un seul instant de faire profession de la religion catholique, apostolique et romaine, dans laquelle elle entend vivre et mourir; qu'elle a pour confesseur le R. P. Irénée, augustin de la place des Victoires; que ledit R. P. Irénée, ayant été instruit de son accident, est venu la voir le dimanche 8 du présent mois de mars, qu'il peut rendre compte de ses sentiments et de sa créance. De laquelle déclaration ladite Jeanne Viguière nous a requis et demandé acte; et lecture lui en ayant été faite par nous conseiller-commissaire, elle a déclaré contenir vérité, et a déclaré ne savoir écrire ni signer, de ce interpellée suivant l'ordonnance, ainsi qu'il est dit dans la minute.

Et à l'instant est survenu et comparu par devers nous, en la chambre où nous sommes, sieur Pierre-Louis Botentuit-Langlois, maître en chirurgie et ancien chirurgien-major des armées du roi, demeurant rue Montmartre, paroisse Saint-Eustache, lequel nous a attesté et déclaré que, le 16 février dernier, entre sept et huit heures du soir, il a été requis et s'est transporté chez ladite dame Calas, au sujet de l'accident qui venait d'arriver à ladite Jeanne Viguière; qu'ayant visité sa jambe droite, il a remarqué fracture complète des deux os de la jambe; qu'il a continué de la voir et de la panser depuis ce temps, et lui administrer tous les secours relatifs à son état; qu'elle n'a jamais été en danger de perdre la vie par l'effet de ladite chute; qu'il n'y a eu qu'une excoriation sur la crête du tibia, et que la malade a toujours été de mieux en mieux; qu'il est à sa connaissance que ledit P. Irénée a confessé ladite Viguière depuis ledit accident, laquelle déclaration il fait pour rendre hommage à la vérité, et a signé en la minute des présentes.

Est aussi survenu et comparu par-devant nous, en la chambre où nous sommes, Pierre-Guillaume Garilland, religieux, prêtre de l'ordre des Augustins de la province de France, établis à Paris près la place des Victoires, nommé en religion Irénée de Sainte-Thérèse, définiteur de la susdite province, demeurant audit couvent, lequel nous a dit, déclaré et certifié que ladite Jeanne Viguière vient à lui se confesser depuis trois ans ou environ: que chaque année elle s'est acquittée du devoir pascal, et que diverses fois dans le courant desdites années, pour satisfaire à sa piété, vu sa conduite régulière, il lui a permis la sainte communion; qu'enfin, depuis le fâcheux accident qui est arrivé à ladite Viguière, il est venu la confesser, et a continué de remarquer en elle les mêmes sentiments de religion et de piété comme par le passé; laquelle déclaration ledit R. P. Irénée nous a faite pour rendre hommage à la vérité, et a signé en la minute.

Sur quoi nous, conseiller du roi, commissaire au Châtelet, susdit et soussigné, avons donné acte à ladite Viguière, audit sieur Botentuit et audit R. P. Irénée, de leur déclaration ci-dessus, pour servir et valoir ce que de raison ; et avons signé en la minute restée en nos mains. Signé, *Hugues*, commissaire.

N. B. Cette calomnie avait été publiée dans tout le Languedoc, et elle était répandue dans Paris par le nommé Fréron, pour empêcher M. de Voltaire de poursuivre la justification des Sirven, accusés du même crime que les Calas. Tous ceux qui auront lu cette feuille authentique sont priés de la conserver comme un monument de la rage absurde du fanatisme.

IDÉES RÉPUBLICAINES,

PAR UN CITOYEN DE GENÈVE.

(1762.)

I. Le pur despotisme est le châtiment de la mauvaise conduite des hommes. Si une communauté d'hommes est maîtrisée par un seul ou par quelques-uns, c'est visiblement parce qu'elle n'a eu ni le courage ni l'habileté de se gouverner elle-même.

II. Une société d'hommes gouvernée arbitrairement ressemble parfaitement à une troupe de bœufs mis au joug pour le service du maître. Il ne les nourrit qu'afin qu'ils soient en état de le servir ; il ne les panse dans leurs maladies qu'afin qu'ils lui soient utiles en santé ; il les engraisse pour se nourrir de leur substance ; et il se sert de la peau des uns pour atteler les autres à la charrue.

III. Un peuple est ainsi subjugué ou par un compatriote habile, qui a profité de son imbécillité et de ses divisions, ou par un voleur appelé conquérant, qui est venu avec d'autres voleurs s'emparer de ses terres, qui a tué ceux qui ont résisté, et qui a fait ses esclaves des lâches auxquels il a laissé la vie.

IV. Ce voleur, qui méritait la roue, s'est fait quelquefois dresser des autels. Le peuple asservi a vu dans les enfants du voleur une race de dieux ; ils ont regardé l'examen de leur autorité comme un blasphème, et le moindre effort pour la liberté comme un sacrilége.

V. Le plus absurde des despotismes, le plus humiliant pour la nature humaine, le plus contradictoire, le plus funeste, est celui des prêtres ; et de tous les empires sacerdotaux, le plus criminel est sans contredit celui des prêtres de la religion chrétienne. C'est un outrage fait à notre Évangile, puisque Jésus dit en vingt endroits : « Il n'y aura parmi vous ni premier ni dernier [1] ; mon royaume n'est pas de ce monde [2] ; le fils de l'homme n'est pas venu pour être servi, mais pour servir, etc. [3] »

VI. Lorsque notre évêque, fait pour servir, et non pour être servi ; fait pour soulager les pauvres, et non pour dévorer leur substance ;

---

1. Marc, X, 31. (ÉD.) — 2. Jean, XVIII, 36. (ÉD.) — 3. Matth., XX, 28. (ÉD.)

fait pour catéchiser, et non pour dominer, osa, dans des temps d'a-
narchie, s'intituler prince de la ville dont il n'était que le pasteur, il
fut manifestement coupable de rébellion et de tyrannie.

VII. Ainsi les évêques de Rome, qui avaient donné les premiers cet
exemple fatal, rendirent à la fois et leur domination et leur secte
odieuses dans la moitié de l'Europe; ainsi plusieurs évêques en Allemagne devinrent quelquefois les oppresseurs des peuples dont ils devaient être les pères.

VIII. Pourquoi est-il dans la nature de l'homme d'avoir plus d'horreur pour ceux qui nous ont subjugués par la fourberie que pour ceux
qui nous ont asservis par les armes? C'est que du moins il y a eu du
courage dans les tyrans qui ont dompté les hommes; et il n'y a eu que
de la lâcheté dans ceux qui les ont trompés. On hait la valeur des
conquérants, mais on l'estime; on hait la fourberie, et on la méprise.
La haine jointe au mépris fait secouer tous les jougs possibles.

IX. Quand nous avons détruit dans notre ville une partie des superstitions papistes, comme l'adoration des cadavres, la taxe des péchés,
l'outrage fait à Dieu de remettre pour de l'argent des peines dont Dieu
menace les crimes, et tant d'autres inventions qui abrutissaient la nature humaine; lorsqu'en brisant le joug de ces erreurs monstrueuses,
nous avons renvoyé l'évêque papiste[1] qui osait se dire notre souverain,
nous n'avons fait que rentrer dans les droits de la raison et de la liberté dont on nous avait dépouillés.

X. Nous avons repris le gouvernement municipal, tel à peu près
qu'il était sous les Romains, et il a été illustré et affermi par cette liberté achetée de notre sang. Nous n'avons point connu cette distinction odieuse et humiliante de nobles et de roturiers, qui dans son origine ne signifie que seigneurs et esclaves. Nés tous égaux, nous
sommes demeurés tels; et nous avons donné les dignités, c'est-à-dire
les fardeaux publics, à ceux qui nous ont paru les plus propres à les
soutenir.

XI. Nous avons institué des prêtres afin qu'ils fussent uniquement
ce qu'ils doivent être, des précepteurs de morale pour nos enfants.
Ces précepteurs doivent être payés et considérés : mais ils ne doivent
prétendre ni juridiction, ni inspection, ni honneurs; ils ne doivent
en aucun cas s'égaler à la magistrature. Une assemblée ecclésiastique
qui présumerait de faire mettre à genoux un citoyen devant elle joue-
rait le rôle d'un pédant qui corrige des enfants, ou d'un tyran qui punit des esclaves.

XII. C'est insulter la raison et les lois de prononcer ces mots, *gouvernement civil et ecclésiastique*. Il faut dire *gouvernement civil*, et
règlements ecclésiastiques; et aucun de ces règlements ne doit être
fait que par la puissance civile.

XIII. Le gouvernement civil est la volonté de tous exécutée par un
seul ou par plusieurs, en vertu des lois que tous ont portées.

XIV. Les lois qui constituent les gouvernements sont toutes faites

1. Pierre de La Baume, évêque de Genève, en fut expulsé en 1534. (ÉD.)

contre l'ambition : on a songé partout à élever une digue contre ce torrent qui inonderait la terre. Ainsi, dans les républiques, les premières lois règlent les droits de chaque corps; ainsi les rois jurent à leur couronnement de conserver les priviléges de leurs sujets. Il n'y a que le roi de Danemark dans l'Europe qui, par la loi même, soit au-dessus des lois. Les États assemblés, en 1660, le déclarèrent arbitre absolu. Il semble qu'ils prévirent que le Danemark aurait des rois sages et justes pendant plus d'un siècle [1]. Peut-être dans la suite des siècles faudra-t-il changer cette loi.

XV. Des théologiens ont prétendu que les papes avaient, de droit divin, le même pouvoir sur toute la terre que les monarques danois ont sur un petit coin de la terre. Mais ce sont des théologiens;... l'univers les a sifflés hautement, et le Capitole a murmuré tout bas de voir le moine Hildebrand [1] parler en maître dans le sanctuaire des lois, où les Caton, les Scipion, les Cicéron parlaient en citoyens.

XVI. Les lois qui concernent la justice distributive, la jurisprudence proprement dite, ont été partout insuffisantes, équivoques, incertaines, parce que les hommes qui ont été à la tête des États se sont toujours plus occupés de leur intérêt particulier que de l'intérêt public. Dans les douze grands tribunaux de France, il y a douze jurisprudences différentes. Ce qui est vrai en Aragon devient faux en Castille; ce qui est juste sur les rives du Danube est injuste sur les bords de l'Elbe. Les lois romaines elles-mêmes, qu'on réclame aujourd'hui dans tous les tribunaux, ont été quelquefois contradictoires.

XVII. Lorsqu'une loi est obscure, il faut que tous l'interprètent, parce que tous l'ont promulguée; à moins qu'ils n'aient chargé *plusieurs* expressément d'interpréter les lois.

XVIII. Quand les temps ont sensiblement changé, il y a des lois qu'il faut changer. Ainsi, lorsque Triptolème apporta l'usage de la charrue dans Athènes, il fallut abolir la police du gland. Dans les temps où les académies n'étaient composées que de prêtres, et qu'eux seuls possédaient le jargon de la science, il était convenable qu'eux seuls nommassent tous les professeurs; c'était la police du gland : mais aujourd'hui que les laïques sont éclairés, la puissance civile doit reprendre son droit de nommer à toutes les chaires.

XIX. La loi qui permettrait d'emprisonner un citoyen sans information préalable et sans formalité juridique serait tolérable dans un temps de trouble et de guerre; elle serait tortionnaire et tyrannique en temps de paix.

XX. Une loi somptuaire, qui est bonne dans une république pauvre et destituée des arts, devient absurde quand la ville est devenue industrieuse et opulente. C'est priver les artistes du gain légitime qu'ils feraient avec les riches ; c'est priver ceux qui ont fait des fortunes du

1. Frédéric III monta sur le trône en 1648; Christiern V, en 1670; Frédéric IV, en 1699; Christian ou Christiern VI, en 1730; Frédéric V, en 1746, et il régnait lorsque Voltaire publia les *Idées républicaines* (*Note de M. Beuchot.*)
2. Pape sous le nom de Grégoire VII. (ÉD.)

droit naturel d'en jouir; c'est étouffer toute industrie, c'est vexer à la fois les riches et les pauvres.

XXI. On ne doit pas plus régler les habits du riche que les haillons du pauvre. Tous deux, également citoyens, doivent être également libres. Chacun s'habille, se nourrit, se loge, comme il peut. Si vous défendez au riche de manger des gélinotes, vous volez le pauvre, qui entretiendrait sa famille du prix du gibier qu'il vendrait au riche. Si vous ne voulez pas que le riche orne sa maison, vous ruinez cent artistes. Le citoyen qui par son faste humilie le pauvre, enrichit le pauvre par ce même faste beaucoup plus qu'il ne l'humilie. L'indigence doit travailler pour l'opulence, afin de s'égaler un jour à elle.

XXII. Une loi romaine qui eût dit à Lucullus : « ne dépensez rien, » aurait dit en effet à Lucullus : « Devenez encore plus riche, afin que votre petit-fils puisse acheter la république. »

XXIII. Les lois somptuaires ne peuvent plaire qu'à l'indigent oisif, orgueilleux et jaloux, qui ne veut ni travailler, ni souffrir que ceux qui ont travaillé jouissent.

XXIV. Si une république s'est formée dans des guerres de religion ; si dans ces troubles elle a écarté de son territoire les sectes ennemies de la sienne, elle s'est sagement conduite, parce qu'alors elle se regardait comme un pays environné de pestiférés, et qu'elle craignait qu'on ne lui apportât la peste. Mais lorsque ces temps de vertige sont passés, lorsque la tolérance est devenue le dogme dominant de tous les honnêtes gens de l'Europe, n'est-ce pas une barbarie ridicule de demander à un homme qui vient s'établir et apporter ses richesses dans notre pays : « Monsieur, de quelle religion êtes-vous ? » L'or et l'argent, l'industrie, les talents, ne sont d'aucune religion.

XXV. Dans une république digne de ce nom, la liberté de publier ses pensées est le droit naturel du citoyen. Il peut se servir de sa plume comme de sa voix ; il ne doit pas être plus défendu d'écrire que de parler ; et les délits faits avec la plume doivent être punis comme les délits faits avec la parole : telle est la loi d'Angleterre, pays monarchique, mais où les hommes sont plus libres qu'ailleurs, parce qu'ils sont plus éclairés.

XXVI. De toutes les républiques, la plus petite semblerait devoir être la plus heureuse, quand sa liberté est assurée par sa situation, et que l'intérêt de ses voisins est de la conserver. Le mouvement semble devoir être plus facile et plus uniforme dans une petite machine que dans une grande, dont les ressorts sont plus compliqués, et où les frottements plus violents interrompent le jeu de la machine. Mais, comme l'orgueil entre dans toutes les têtes, comme la fureur de commander à ses égaux est la passion dominante de l'esprit humain, comme, en se voyant de plus près, on se peut haïr davantage, il arrive quelquefois qu'un petit État est plus troublé qu'un grand.

XXVII. Quel est le remède à ce mal? la raison, qui se fait entendre à la fin, quand les passions sont lasses de crier. Alors les deux partis relâchent un peu de leurs prétentions dans la crainte de pis : mais il faut du temps.

XXVIII. Dans une petite république le peuple semble devoir être plus écouté que dans une grande, parce qu'il est plus aisé de faire entendre raison à mille personnes assemblées qu'à quarante mille. Ainsi il y aurait eu beaucoup de danger à vouloir gouverner Venise, qui a si longtemps soutenu la guerre contre l'empire ottoman, comme Saint-Marin, qui n'a jamais pu conquérir qu'un moulin, qu'elle a été forcée de rendre.

XXIX. Il paraît bien étrange que l'auteur du *Contrat social* s'avise de dire que tout le peuple anglais devrait siéger en parlement, et qu'il cesse d'être libre quand son droit consiste à se faire représenter au parlement par députés. Voudrait-il que trois millions de citoyens vinssent donner leur voix à Westminster? Les paysans en Suède comparaissent-ils autrement que par députés?

XXX. On dit, dans ce même *Contrat social*, que « la monarchie ne convient qu'aux nations opulentes; l'aristocratie, aux États médiocres en richesse ainsi qu'en grandeur; la démocratie, aux États petits et pauvres. »

Mais au XIVe siècle, au XVe et au commencement du XVIe, les Vénitiens étaient le seul peuple riche; ils ont encore beaucoup d'opulence; cependant Venise n'a jamais été et ne sera jamais une monarchie. La république romaine fut très-riche depuis les Scipions jusqu'à César. Lucques est petite et peu riche, et est une aristocratie; l'opulente et ingénieuse Athènes était un État démocratique.

Nous avons des citoyens très-riches, et nous composons un gouvernement mêlé de démocratie et d'aristocratie : ainsi il faut se défier de toutes ces règles générales qui n'existent que sous la plume des auteurs.

XXXI. Le même écrivain, en parlant des différents systèmes de gouvernement, s'exprime ainsi : « L'un trouve beau qu'on soit craint des voisins; l'autre aime mieux qu'on en soit ignoré. L'un est content quand l'argent circule; l'autre exige que le peuple ait du pain. »

Tout cet article semble puéril et contradictoire. Comment peut-on être ignoré de ses voisins? comment est-on en sûreté si vos voisins ignorent qu'il y a du danger à vous attaquer? et comment le même État qui pourrait se faire craindre pourrait-il être ignoré? et comment le peuple peut-il avoir du pain sans que l'argent circule? La contradiction est manifeste.

XXXII. « A l'instant que le peuple est légitimement assemblé en corps souverain, toute juridiction du gouvernement cesse, la puissance exécutive est suspendue, etc. » Cette proposition du *Contrat social* serait pernicieuse, si elle n'était d'une fausseté et d'une absurdité évidente. Lorsqu'en Angleterre le parlement est assemblé, nulle juridiction n'est suspendue; et dans le plus petit État, si pendant l'assemblée il se commet un meurtre, un vol, le criminel est et doit être livré aux officiers de la justice. Autrement une assemblée du peuple serait une invitation solennelle au crime.

XXXIII. « Dans un État vraiment libre, les citoyens font tout avec leurs bras, et rien avec de l'argent. » Cette thèse du *Contrat social*!

n'est qu'extravagante. Il y a un pont à construire, une rue à paver; faudra-t-il que les magistrats, les négociants et les prêtres pavent la rue et construisent le pont? L'auteur ne voudrait pas assurément passer sur un pont bâti par leurs mains : cette idée est digne d'un précepteur qui, ayant un jeune gentilhomme à élever, lui fit apprendre le métier de menuisier : mais tous les hommes ne doivent pas être manœuvres.

XXXIV. « Les dépositaires de la puissance exécutive ne sont point les maîtres du peuple, mais ses officiers...; il peut les établir et les destituer quand il lui plaît...; il n'est point question pour eux de contracter, mais d'obéir. »

Il est vrai que les magistrats ne sont pas les maîtres du peuple ; ce sont les lois qui sont maîtresses : mais le reste est absolument faux ; il l'est dans tous les États, il l'est chez nous. Nous avons le droit, quand nous sommes convoqués, de rejeter ou d'approuver les magistrats et les lois qu'on nous propose ; nous n'avons pas le droit de destituer les officiers de l'État *quand il nous plaît ;* ce droit serait le code de l'anarchie. Le roi de France lui-même, quand il a donné des provisions à un magistrat, ne peut le destituer qu'en lui faisant son procès. Le roi d'Angleterre ne peut ôter une pairie qu'il a donnée. L'empereur ne peut destituer *quand il lui plaît* un prince qu'il a créé. On ne destitue les magistrats amovibles qu'après le temps de leur exercice. Il n'est pas plus permis de casser un magistrat par caprice que d'emprisonner un citoyen par fantaisie.

XXXV. « C'est une erreur de prendre le gouvernement de Venise pour une véritable aristocratie. Si le peuple n'y a nulle part au gouvernement, la noblesse y est peuple elle-même. Une multitude de pauvres barnabotes n'approcha jamais d'aucune magistrature. »

Tout cela est d'une fausseté révoltante. Voilà la première fois qu'on a dit que le gouvernement de Venise n'était pas entièrement aristocratique ; c'est une extravagance à la vérité, mais elle serait sévèrement punie dans l'État vénitien. Il est faux que les sénateurs, que l'auteur ose appeler du terme méprisant de barnabotes, n'aient jamais été magistrats ; je lui en citerais plus de cinquante qui ont eu les emplois les plus importants.

Ce qu'il dit ensuite, que « nos paysans représentent les sujets de terre ferme de la république de Venise, » n'est pas plus vrai. Parmi ces sujets de terre ferme, il se trouve à Vérone, à Vicence, à Brescia et dans beaucoup d'autres villes, des seigneurs titrés, de la plus ancienne noblesse, dont plusieurs ont commandé les armées.

Tant d'ignorance, jointe avec tant de présomption, indigne tout homme instruit. Lorsque cette ignorance présomptueuse traite avec tant d'outrages des nobles vénitiens, on demande quel est le potentat qui s'est oublié ainsi. Quand on sait enfin quel est l'auteur de ces inepties, on se contente de rire.

XXXVI. « Ceux qui parviennent dans les monarchies ne sont le plus souvent que de petits brouillons, de petits fripons, de petits intrigants, qui les petits talents, qui font dans les cours parvenir aux grandes places, ne servent qu'à montrer au public leur ineptie aussitôt qu'ils y sont parvenus. »

Cet amas indécent de petites antithèses cyniques ne convient nullement à un livre sur le gouvernement, qui doit être écrit avec la dignité de la sagesse. Quand un homme, quel qu'il soit, présume assez de lui-même pour donner des leçons sur l'administration publique, il doit paraître prudent et impartial, comme les lois mêmes qu'il fait parler.

Nous avouons avec douleur que, dans les républiques, comme dans les monarchies, l'intrigue fait parvenir aux charges. Il y a eu des Verrès, des Milon, des Clodius, des Lépide à Rome; mais nous sommes forcés de convenir qu'aucune république moderne ne peut se vanter d'avoir produit des ministres tels que les Oxenstiern, les Sully, les Colbert, et les grands hommes qui ont été choisis par Élisabeth d'Angleterre. N'insultons ni les monarchies ni les républiques.

XXXVII. « Le czar Pierre n'avait pas le vrai génie, celui qui crée et fait tout de rien. Quelques-unes des choses qu'il fit étaient bien; la plupart étaient déplacées... Les Tartares ses sujets ou ses voisins deviendront ses maîtres et les nôtres; cette révolution me paraît infaillible. »

Il lui paraît infaillible que de misérables hordes de Tartares, qui sont dans le dernier abaissement, subjugueront incessamment un empire défendu par deux cent mille soldats qui sont au rang des meilleures troupes de l'Europe. L'almanach du *Courrier boiteux* a-t-il jamais fait de telles prédictions? La cour de Pétersbourg nous regardera comme de grands astrologues, si elle apprend qu'un de nos garçons horlogers a réglé l'heure à laquelle l'empire russe doit être détruit.

XXXVIII. Si on se donnait la peine de lire attentivement ce livre du *Contrat social*, il n'y a pas une page où l'on ne trouvât des erreurs ou des contradictions. Par exemple, dans le chapitre de la religion civile : « Deux peuples étrangers l'un à l'autre et presque toujours ennemis ne purent reconnaître un même Dieu; deux armées se livrant bataille ne sauraient obéir au même chef. Ainsi des divisions nationales résulta le polythéisme, et de là l'intolérance théologique et civile, qui naturellement est la même. »

Autant de mots, autant d'erreurs; les Grecs, les Romains, les peuples de la Grande-Grèce, reconnaissaient les mêmes dieux en se faisant la guerre; ils adoraient également les dieux *majorum gentium*, Jupiter, Junon, Mars, Minerve, Mercure, etc. Les chrétiens, en se faisant la guerre, adorent le même Dieu. Le polythéisme des Grecs et des Romains ne résulta point de leurs guerres; ils étaient tous polythéistes avant qu'ils eussent rien à démêler ensemble : enfin il n'y eut jamais chez eux ni intolérance civile ni intolérance théologique.

XXXIX. « Une société de vrais chrétiens ne serait plus une société d'hommes, etc. » Une telle assertion est bien bizarre. L'auteur veut-il dire que ce serait une société de bêtes ou une société d'anges? Bayle a traité fort au long la question si les chrétiens de la primitive Église pouvaient être des philosophes, des politiques et des guerriers. Cette question est assez oiseuse. Mais on veut enchérir sur Bayle, on répète ce qu'il a dit; et, dans la crainte de n'être qu'un plagiaire, on se sert de termes hasardés qui, au fond, ne signifient rien : car, quels que soient les dogmes des nations, elles feront toujours la guerre.

On a brûlé ce livre chez nous [1]. L'opération de le brûler a été aussi odieuse peut-être que celle de le composer. Il y a des choses qu'il faut qu'une administration sage ignore. Si ce livre était dangereux, il fallait le réfuter. Brûler un livre de raisonnement. c'est dire : « Nous n'avons pas assez d'esprit pour lui répondre. » Ce sont es livres d'injures qu'il faut brûler, et dont il faut punir sévèrement les auteurs, parce qu'une injure est un délit. Un mauvais raisonnement n'est un délit que quand il est évidemment séditieux.

XL. Un tribunal doit avoir des lois fixes pour le criminel comme pour le civil; rien ne doit être arbitraire, et encore moins quand il s'agit de l'honneur et de la vie que lorsqu'on ne plaide que pour de l'argent.

XLI. Un code criminel est absolument nécessaire pour les citoyens et pour les magistrats. Les citoyens alors n'auront jamais à se plaindre des jugements, et les magistrats n'auront point à craindre d'encourir la haine; car ce ne sera pas leur volonté qui condamnera, ce sera la loi. Il faut une puissance pour juger par cette loi seule, et une autre puissance pour faire grâce.

XLII. A l'égard des finances, on sait assez que c'est aux citoyens à régler ce qu'ils croient devoir fournir pour les dépenses de l'État; on sait assez que les contributions doivent être ménagées avec économie par ceux qui les administrent, et accordées avec noblesse dans les grandes occasions. Il n'y a sur cet article nul reproche à faire à notre république.

XLIII. Il n'y a jamais eu de gouvernement parfait, parce que les hommes ont des passions; et s'ils n'avaient point de passions, on n'aurait pas besoin de gouvernement. Le plus tolérable de tous est sans doute le républicain, parce que c'est celui qui rapproche le plus les hommes de l'égalité naturelle. Tout père de famille doit être le maître dans sa maison, et non pas dans celle de son voisin. Une société étant composée de plusieurs maisons et de plusieurs terrains qui leur sont attachés, il est contradictoire qu'un seul homme soit le maître de ces maisons et de ces terrains; et il est dans la nature que chaque maître ait sa voix pour le bien de la société.

XLIV. Ceux qui n'ont ni terrain ni maison dans cette société doivent-ils y avoir leur voix? ils n'en ont pas plus le droit qu'un commis payé par des marchands n'en aurait à régler leur commerce; mais ils peuvent être associés, soit pour avoir rendu des services, soit pour avoir payé leur association.

XLV. Ce pays, gouverné en commun, doit être plus riche et plus peuplé que s'il était gouverné par un maître; car chacun, dans une vraie république, étant sûr de la propriété de ses biens et de sa per-

[1]. C'est-à-dire à Genève. (ÉD.)

sonne, travaille pour soi-même avec confiance et, en améliorant sa condition, il améliore celle du public. Il peut arriver le contraire sous un maître. Un homme est quelquefois tout étonné d'entendre dire que ni sa personne ni ses biens ne lui appartiennent.

XLVI. Une république protestante doit être d'un douzième plus riche, plus industrieuse, plus peuplée qu'une papiste, en supposant le terrain égal, et également bon, par la raison qu'il y a trente fêtes dans un pays papiste, qui composent trente jours d'oisiveté et de débauches; et trente jours sont la douzième partie de l'année. Si dans ce pays papiste il y a un douzième de prêtres, d'apprentis prêtres, de moines, et de religieuses, comme à Cologne, il est clair qu'un pays protestant, de même étendue, doit être plus peuplé encore d'un douzième.

XLVII. Les registres de la chambre des comptes des Pays-Bas, qui sont actuellement à Lille, déposent que Philippe II ne tirait pas quatre-vingt mille écus des sept Provinces-Unies; et par un relevé des revenus de la seule province de Hollande, fait en 1700, ses revenus montaient à vingt-deux millions deux cent quarante et un mille trois cent trente-neuf florins, qui font en argent de France quarante-six millions sept cent six mille huit cent onze livres dix-huit sous. C'est à peu près ce que possédait le roi d'Espagne au commencement du siècle.

XLVIII. Que l'on compare ce que nous étions du temps de notre évêque à ce que nous sommes aujourd'hui. Nous couchions dans des galetas, nous mangions sur des assiettes de bois dans nos cuisines; notre évêque avait seul de la vaisselle d'argent, et marchait avec quarante chevaux dans son diocèse, qu'il appelait ses États. Aujourd'hui nous avons des citoyens qui ont trois fois son revenu, et nous possédons, à la ville et à la campagne, des maisons beaucoup plus belles que celle qu'il appelait son palais, dont nous avons fait les prisons.

XLIX. La moitié du terrain de la Suisse est composée de rochers et de précipices, l'autre est peu fertile; mais quand des mains libres, conduites enfin par des esprits éclairés, ont cultivé cette terre, elle est devenue florissante. Le pays du pape, au contraire, depuis Orviette jusqu'à Terracine, dans l'espace de plus de cent vingt milles de chemin, est inculte, inhabité, et devenu malsain par la disette; on peut y voyager une journée entière sans y trouver ni hommes ni animaux; il y a plus de prêtres que de cultivateurs; on n'y mange guère d'autre pain que du pain azyme. C'est là ce pays qui était couvert, du temps des anciens Romains, de villes opulentes, de maisons superbes, de moissons, de jardins et d'amphithéâtres. Ajoutons encore à ce contraste que six régiments suisses s'empareraient en quinze jours de tout l'État du pape. Qui aurait fait cette prédiction à César, lorsqu'en passant il vint battre les Suisses au nombre de près de quatre cent mille, l'aurait bien étonné.

L. Il est peut-être utile qu'il y ait deux partis dans une république, parce que l'un veille sur l'autre, et que les hommes ont besoin de surveillants. Il n'est peut-être pas si honteux qu'on le croit qu'une république ait besoin de médiateurs: cela prouve, à la vérité, qu'il y a de l'opiniâtreté des deux côtés; mais cela prouve aussi qu'il y a de part et d'autre beaucoup d'esprit, beaucoup de lumières, une grande sagacité à interpréter les lois dans les sens différents; et c'est alors qu'il faut nécessairement des arbitres qui éclaircissent les lois contestées, qui les changent s'il est nécessaire, et qui préviennent des changements nouveaux autant qu'il est possible. On a dit mille fois que l'autorité veut toujours croître, et le peuple toujours se plaindre; qu'il ne faut ni céder à toutes ses représentations, ni les rejeter toutes; qu'il faut un frein à l'autorité et à la liberté; qu'on doit tenir la balance égale . mais où est le point d'appui? qui le fixera? ce sera le chef-d'œuvre de la raison et de l'impartialité.

LI. Les exemples sont trompeurs, les inductions qu'on en tire sont souvent mal appliquées; les citations pour faire valoir ces inductions sont souvent fausses. « La nature de l'honneur, dit Montesquieu, est de demander des préférences, des distinctions. L'honneur est donc, par la chose même, placé dans le gouvernement monarchique [1]. » L'auteur oublie que dans la république romaine on demandait le consulat, le triomphe, des ovations, des couronnes, des statues. Il n'y a si petite république où l'on ne recherche les honneurs.

LII. Cet homme supérieur dans ses pensées ingénieuses et profondes, brillant d'une lumière qui l'éblouit, n'a pu asservir son génie à l'ordre et à la méthode nécessaires. Son grand feu empêche que les objets ne soient nets et distincts; et quand il cite, il prend presque toujours son imagination pour sa mémoire. Il prétend que dans le testament attribué au cardinal de Richelieu, il est dit [2] « que si dans le peuple il se trouve quelque malheureux honnête homme, il ne faut point s'en servir, tant il est vrai que la vertu n'est pas le ressort du gouvernement monarchique. »

Le testament faussement attribué au cardinal de Richelieu dit précisément tout le contraire. Voici ses paroles au chapitre IV : « On peut dire hardiment que de deux personnes dont le mérite est égal, celle qui est la plus aisée en ses affaires est préférable à l'autre, étant certain qu'il faut qu'un pauvre magistrat ait l'âme d'une trempe bien forte, si elle ne se laisse quelquefois amollir par la considération de ses intérêts. Aussi l'expérience nous apprend que les riches sont moins sujets à concussion que les autres, et que la pauvreté contraint un pauvre officier à être fort soigneux du revenu du sac. »

LIII. Montesquieu, il faut l'avouer, ne cite pas mieux les auteurs grecs que les français. Il leur fait souvent dire à tous le contraire de ce qu'ils ont dit.

Il avance, en parlant de la condition des femmes dans les divers gouvernements, ou plutôt en promettant d'en parler, que chez les Grecs [3], *l'amour n'avait qu'une forme que l'on n'ose dire.* Il n'hésite pas à prendre Plutarque même pour son garant. Il fait dire à Plutarque *que les femmes n'ont aucune part au véritable amour.* Il ne fait pas réflexion que Plutarque fait parler plusieurs interlocuteurs; il y a un

1. Liv. III, chap. VII. — 2. Id., chap. VI. — 3. Liv. VII, chap. X

Protogène qui déclame contre les femmes, mais Daphneus prend leur parti; Plutarque décide pour Daphneus; il fait un très-bel éloge de l'amour céleste et de l'amour conjugal; il finit par rapporter plusieurs exemples de la fidélité et du courage des femmes. C'est même dans ce dialogue qu'on trouve l'histoire de Camma et celle d'Éponine, femme de Sabinus, dont les vertus ont servi de sujet à des pièces de théâtre.

Enfin, il est clair que Montesquieu, dans l'*Esprit des lois*, a calomnié l'esprit de la Grèce en prenant une objection que Plutarque réfute pour une loi que Plutarque recommande.

LIV. « [1] Les cadis ont soutenu que le Grand-Seigneur n'est point obligé de tenir sa parole et son serment lorsqu'il borne par là son autorité. »

Ricaut, cité en cet endroit, dit seulement, page 18 de l'édition d'Amsterdam, 1671 : « Il y a même de ces gens-là qui soutiennent que le Grand-Seigneur peut se dispenser des promesses qu'il a faites avec serment, quand, pour les accomplir, il faut donner des bornes à son autorité. »

Ce discours est bien vague. Le sultan des Turcs ne peut promettre qu'à ses sujets ou aux puissances voisines. Si ce sont des promesses à ses sujets, il n'y a point de serment; si ce sont des traités de paix, il faut qu'il les tienne comme les autres princes, ou qu'il fasse la guerre. L'*Alcoran* ne dit en aucun endroit qu'on peut violer son serment, et il dit en cent endroits qu'il faut le garder. Il se peut que pour entreprendre une guerre injuste, comme elles le sont presque toutes, le Grand-Turc assemble un conseil de conscience, comme ont fait plusieurs princes chrétiens, afin de faire le mal en conscience. Il se peut que quelques docteurs musulmans aient imité les docteurs catholiques qui ont dit qu'il ne faut garder la foi ni aux infidèles, ni aux hérétiques. Mais il reste à savoir si cette jurisprudence est celle des Turcs.

L'auteur de l'*Esprit des lois* donne cette prétendue décision des cadis, comme une preuve du despotisme du sultan. Il semble que ce serait au contraire une preuve qu'il est soumis aux lois, puisqu'il serait obligé de consulter des docteurs pour se mettre au-dessus des lois. Nous sommes voisins des Turcs, nous commerçons avec eux, et nous ne les connaissons pas. Le comte de Marsigli, qui a vécu vingt-cinq ans au milieu d'eux, dit qu'aucun n'a donné une véritable connaissance ni de leur empire, ni de leurs lois. Nous n'avons eu même aucune traduction tolérable de l'*Alcoran* avant celle que nous a donnée M. Sale en 1734. Presque tout ce qu'on a dit de leur religion et de leur jurisprudence est faux; et les conclusions qu'on en tire tous les jours contre eux sont trop peu fondées. On ne doit dans l'examen des lois citer que des lois reconnues.

LV. « [2] Tout le bas commerce était infâme chez les Grecs. » Je ne sais pas ce que l'auteur entend par bas commerce; mais je sais que dans Athènes tous les citoyens commerçaient, que Platon vendit de l'huile, et que le père du démagogue Démosthène était marchand de

---

1. Liv. III, chap. IX. — 2. Liv. IV, chap. VIII

fer. La plupart des ouvriers étaient des étrangers ou des esclaves. Il nous est important de remarquer que le négoce n'était point incompatible avec les dignités dans les républiques de la Grèce, excepté chez les Spartiates, qui n'avaient aucun commerce.

LVI. « J'ai ouï souvent déplorer, dit-il [1], l'aveuglement du conseil de François Ier, qui rebuta Christophe Colomb qui lui proposait les Indes. » Vous remarquerez que François Ier n'était pas né lorsque Colomb découvrit les îles de l'Amérique.

LVII. Puisqu'il s'agit ici de commerce, observons que l'auteur condamne une ordonnance du conseil d'Espagne, qui défend d'employer l'or et l'argent en dorure : « Un décret pareil, dit-il [2], serait semblable à celui que feraient les États de Hollande s'ils défendaient la consommation de la cannelle. » Il ne songe pas que les Espagnols n'ayant point de manufactures auraient acheté les galons et les étoffes de l'étranger, et que les Hollandais ne pouvaient acheter la cannelle. Ce qui était très-raisonnable en Espagne eût été très-ridicule en Hollande.

LVIII. C'est, ce me semble, encore un grand abus de citer les lois de Bantam, du Pégu, de Cochin, de Borneo, pour nous prouver des vérités qui n'ont pas besoin de tels exemples. L'illustre auteur de l'*Esprit des lois* tombe souvent dans cette affectation : il nous dit que « à Bantam le roi prend toute la succession d'un père de famille, la maison, la femme et les enfants; » cela se trouve, dit-il, dans un recueil de voyages. Mais la chose est impossible : car en deux générations le roi aurait toutes les maisons et toutes les femmes en propriété. Un voyageur dit souvent des choses qu'un homme qui écrit en législateur ne doit jamais répéter.

LIX. Le même auteur prétend [3] qu'au Tonquin tous les magistrats et les principaux officiers militaires sont eunuques, et que, chez les Lamas [4], la loi permet aux femmes d'avoir plusieurs maris. Quand ces fables seraient vraies, qu'en résulterait-il? nos magistrats voudraient-ils être eunuques, et n'être qu'en quatrième ou en cinquième auprès de mesdames les conseillères?

LX. Il ne faut, dans un ouvrage de législation, ni conjectures hasardées, ni exemples tirés de peuples inconnus, ni saillies d'esprit, ni digressions étrangères au sujet. Qu'importe à nos lois, à notre administration, « qu'il n'y ait de fleuve navigable en Perse que le Cyrus? » L'auteur ne devait pas sans doute omettre le Tigre, l'Euphrate, l'Araxe, le Phase, l'Oxus. Mais à quoi bon étaler une géographie si erronée, quand on ne doit nous parler que de nos intérêts?

LXI. Pourquoi perdre son temps à se tromper sur les prétendues flottes de Salomon envoyées d'Ésiongaber en Afrique, et sur les chimériques voyages depuis la mer Rouge jusqu'à celle de Bayonne, et sur les richesses encore plus chimériques de Sofala? Quel rapport avaient toutes ces digressions erronées avec l'*Esprit des lois?*

Je m'attendais à voir comment les décrétales changèrent toute la

1. Liv. IV, chap. XIX. — 2. *Id., ibid.* — 3. Liv. XV, chap. XVIII. 4. Liv. XVI, chap. V.

jurisprudence de l'ancien code romain; par quelles lois Charlemagne gouverna son empire; et par quelle anarchie le gouvernement féodal le bouleversa; par quel art et par quelle audace Grégoire VII et ses successeurs écrasèrent les lois des royaumes et des grands fiefs sous l'anneau du pêcheur, et par quelles secousses on est parvenu à détruire la législation papale; j'espérais voir l'origine des bailliages qui rendirent la justice presque partout depuis les Othons, et celle des tribunaux appelés parlements, ou audiences, ou bancs du roi, ou échiquier; je désirais de connaître l'histoire des lois sous lesquelles nos pères et leurs enfants ont vécu, les motifs qui les ont établies, négligées, détruites, renouvelées; je cherchais un fil dans ce labyrinthe; le fil est cassé presque à chaque article. J'ai été trompé, j'ai trouvé l'esprit de l'auteur, qui en a beaucoup, et rarement l'esprit des lois. Il sautille plus qu'il ne marche; il amuse plus qu'il n'éclaire; il satirise quelquefois plus qu'il ne juge; et il faut souhaiter qu'un si beau génie eût toujours plus cherché à instruire qu'à étonner.

Ce livre défectueux est plein de choses admirables, dont on a fait de détestables copies. Les fanatiques l'ont insulté par les endroits mêmes qui méritent les remercîments du genre humain.

LXII. Malgré ses défauts, cet ouvrage doit être toujours cher aux hommes, parce que l'auteur a dit sincèrement ce qu'il pense, au lieu que la plupart des écrivains de son pays, à commencer par le grand Bossuet, ont dit souvent ce qu'ils ne pensaient pas. Il a partout fait souvenir les hommes qu'ils sont libres; il présente à la nature humaine ses titres qu'elle a perdus dans la plus grande partie de la terre; il combat la superstition; il inspire la morale.

LXIII. Sera-ce par des livres qui détruisent la superstition, et qui rendent la vertu aimable, qu'on parviendra à rendre les hommes meilleurs? oui: si les jeunes gens lisent ces livres avec attention, ils seront préservés de toute espèce de fanatisme; ils sentiront que la paix est le fruit de la tolérance, et le véritable but de toute société.

LXIV. La tolérance est aussi nécessaire en politique qu'en religion; c'est l'orgueil seul qui est intolérant. C'est lui qui révolte les esprits, en voulant les forcer à penser comme nous; c'est la source secrète de toutes les divisions.

LXV. La politesse, la circonspection, l'indulgence, affermissent l'union entre les amis et dans les familles; elles feront le même effet dans un petit État, qui est une grande famille.

LETTRE DE M. FORMEY,

QUI PEUT SERVIR DE MODÈLE AUX LETTRES A INSÉRER DANS LES JOURNAUX [1].

1762.)

Tout le monde est instruit à Paris, à Londres, en Italie, en Allemagne, de ma querelle avec l'illustre M. Boullier; on ne s'entretient dans toute l'Europe que de cette dispute. Je croirais manquer au public, à la vérité, à ma profession, et à moi-même (comme on dit), si je restais muet *vis-à-vis* M. Boullier. J'ai pris des engagements *vis-à-vis* le public, il faut les remplir. L'univers a lu mes *Pensées raisonnables*, que je donnai en 1749, au mois de juin. Je ne sais si je dois les préférer à la lettre que je lâchai sous le nom de M. Gervaise Holmes, en 1750. Tout Paris, *vis-à-vis* les *Pensées raisonnables*, est pour la lettre de M. Gervaise Holmes, et tout Londres est pour les *Pensées*. Je peux dire *vis-à-vis* de Londres et de Paris, qu'il y a quelque chose de plus profond dans les *Pensées*, et je ne sais quoi de plus brillant dans la lettre.

Le *Journal de Trévoux*, du mois de juin 1751, et *l'Avant-Coureur*, du 5 juillet sont de mon avis. Il est vrai que le *Journal chrétien* se déclare absolument contre les *Pensées raisonnables*. Je vais reprendre cette matière, puisque je l'ai discutée au long dans *le Mercure* de février 1753, page 55 et suivantes [2], comme *tout le monde le sait*.

Quelques personnes de considération, pour qui j'aurai toute ma vie une déférence entière, m'ont conseillé de ne point répondre à M. Boullier directement, attendu qu'il est mort il y a deux ans; mais, avec tout le respect que je dois à ces messieurs, je leur dirai que je ne puis être de leur avis, par des raisons tirées du fond des choses que j'ai expliquées ailleurs; et, pour le prouver, je rappellerai en peu de mots ce que j'ai dit dans le ccxc[e] tome de ma *Bibliothèque impartiale* [3], page 75, rapporté très-infidèlement dans le *Journal littéraire*, année 1759. Il s'agit, comme on sait, des compossibles et des idées contraires qui ne répugnent point l'une à l'autre. J'avoue que le R. P. Hayer [4] a traité cette matière, dans son xviiie tome, avec sa sagacité ordinaire; mais tous ceux qui ont lu les ci[e], cii[e] et ciii[e] tomes de ma *Bibliothèque germanique* [5], ont de quoi confondre le P. Hayer; ils verront aisément la différence entre les compossibles, les possibles simples, les non-possibles et les impossibles. Il serait aisé

---

1. Le style de M. Formey est si bien imité dans cette lettre, que lui-même, en la lisant quelque temps après, crut l'avoir réellement écrite. (*Note de Wagnière*.)

2. Cette citation ou indication est une plaisanterie de Voltaire. (ÉD.)

3. La *Bibliothèque impartiale* n'a que dix-huit volumes. (ED.)

4. Le P. Hayer, récollet, a place dans *le Russe à Paris*. (ED.)

5. La *Bibliothèque germanique*, journal auquel Beausobre associa **Formey**, n'a que vingt-cinq volumes. (ED.)

de s'y méprendre, si on n'avait pas étudié à fond cette matière dans les articles 7, 9 et 11 de ma *Dissertation* de 1760, qui a eu un si prodigieux succès[1].

Feu M. de Cahusac me manda, quelque temps avant qu'il fût attaqué dans la pie-mère, qu'il avait entendu dire à l'abbé Trublet, que lui abbé tenait de M. de La Motte, que non-seulement Mme de Lambert avait un mardi, mais qu'elle avait aussi un mercredi; et que c'était dans une des assemblées du mercredi qu'on avait agité la question si M. Needham fait des anguilles avec de la farine, comme l'assure positivement M. de Maupertuis. Ce fait est lié nécessairement au système des compossibles.

Je ne répondrai pas ici aux injures grossières qu'on a vomies publiquement contre moi à Paris, dans la dernière assemblée du clergé. Le député de la province de Champagne dit à l'oreille du député de la province de Languedoc, que l'ennui et mes ouvrages étaient au rang des compossibles. Cette horreur a été répétée dans vingt-sept journaux. J'ai déjà répondu à cette calomnie abominable, dans ma *Bibliothèque germanique*, d'une manière victorieuse.

Je distingue trois sortes d'ennuis: 1° L'ennui qui est fondé dans le caractère du lecteur, qu'on ne peut ni amuser ni persuader; 2° l'ennui qui vient du caractère de l'auteur, et cela se subdivise en quarante-huit sortes; 3° l'ennui provenant de l'ouvrage: cet ennui vient de la matière ou de la forme; c'est pourquoi je reviens à M. Boullier, mon adversaire, que j'estimai toujours pour la conformité qu'il avait avec moi. Il fit, en 1730, son *Ame des bêtes*. Un mauvais plaisant dit à ce sujet que M. Boullier était un excellent citoyen, mais qu'il n'était pas assez instruit de l'histoire de son pays: cette plaisanterie est déplacée, comme il est prouvé dans le *Journal helvétique*, octobre 1739. Ensuite il donna ses admirables *Pensées*, sur les pensées qu'un homme avait données à propos des pensées d'un autre.

On sait quel bruit cet ouvrage fit dans le monde. Ce fut à cette occasion que je conçus le premier dessein de mes *Pensées raisonnables*. J'apprends qu'un savant de Vittemberg a écrit contre mon titre, et qu'il y trouve une double erreur. J'en ai écrit à M. Pitt, en Angleterre, et à milord Holderness; je suis étonné qu'ils ne m'aient point fait de réponse. Je persiste dans le dessein de faire l'*Encyclopédie* tout seul; si M. Cahusac n'était pas mort, nous aurions été deux.

J'oubliais un article assez important, c'est la fameuse réponse de M. Pfaff, recteur de l'université de Vittemberg, au R. P. Croust, recteur des révérends pères jésuites de Colmar. On en a fait coup sur coup trois éditions, et tous les savants ont été partagés. J'ai pleinement éclairci cette matière, et j'ai même quatre volumes sous presse, dans lesquels j'examine ce qui m'avait échappé. Ils coûteront trois livres le tome; c'est marché donné.

Il y a longtemps que je n'ai eu de nouvelles du célèbre professeur

---

1. Formey n'avait point publié de dissertation en 1760. (ÉD.)

Vernet, connu dans tout l'univers par son zèle pour les manuscrits. Son *Catéchisme chrétien*, ainsi que mon *Philosophe chrétien*, et le *Journal chrétien*, sont les trois meilleurs ouvrages dont l'Europe puisse se vanter, depuis les *Bigarrures* du sieur Des Accords[1].

Mais, jusqu'à présent, personne n'a assez approfondi le sens du fameux passage qu'on trouve dans la *Vie de Pythagore*, par le P. Gretser, dans son vingt-unième volume in-folio. Il s'est totalement trompé sur ce chapitre, comme je le prouve.

Je reçois en ce moment, par le chariot de poste, les dix-huit tomes de la *Théologie* de notre illustre ami M. Onekre. J'en rendrai compte dans mon prochain journal. Il y a des souscripteurs qui me doivent plus de six mois; je les prie de me lire et de me payer.

SERMON DES CINQUANTE[2].

Cinquante personnes instruites, pieuses et raisonnables, s'assemblent depuis un an tous les dimanches dans une ville peuplée et commerçante : elles font des prières, après lesquelles un membre de la société prononce un discours; ensuite on dîne, et après le repas on fait une collecte pour les pauvres. Chacun préside à son tour; c'est au président à faire la prière et à prononcer le sermon. Voici une de ces prières et un de ces sermons.

Si les semences de ces paroles tombent dans une bonne terre, on ne doute pas qu'elles ne fructifient.

Prière. — Dieu de tous les globes et de tous les êtres, la seule prière qui puisse vous convenir est la soumission; car que demander à celui qui a tout ordonné, tout prévu, tout enchaîné, depuis l'origine des choses? Si pourtant il est permis de représenter ses besoins à un père, conservez dans nos cœurs cette soumission même, conservez-y votre religion pure; écartez de nous toute superstition: si l'on peut vous insulter par des sacrifices indignes, abolissez ces infâmes mystères; si l'on peut déshonorer la Divinité par des fables absurdes, périssent ces fables à jamais; si les jours du prince et du magistrat ne sont point comptés de toute éternité, prolongez la durée de leurs jours; conservez

---

1. Pseudonyme de Tabourot. (ÉD.)

2. *Avertissement des Éditeurs de Kehl.* — Nous donnons ici le *Sermon des cinquante* tel qu'il a paru séparément, et ensuite dans plusieurs recueils. M. de Voltaire ne l'a point inséré dans les éditions de ses *Œuvres* faites sous ses yeux. On en retrouve le fond dans les *Homélies*, qui sont ici imprimées à la suite.

Cet ouvrage est précieux : c'est le premier où M. de Voltaire, qui n'avait jusqu'alors porté à la religion chrétienne que des attaques indirectes, osa l'attaquer de front. Il parut peu de temps après la *Profession de foi du vicaire savoyard.* M. de Voltaire fut un peu jaloux du courage de Rousseau; et c'est peut-être le seul sentiment de jalousie qu'il ait jamais eu : mais il surpassa bientôt Rousseau en hardiesse, comme il le surpassait en génie.

la pureté de nos mœurs, l'amitié que nos frères se portent, la bienveillance qu'ils ont pour tous les hommes, leur obéissance pour les
lois, et leur sagesse dans la conduite privée; qu'ils vivent et qu'ils meurent en n'adorant qu'un seul Dieu, rémunérateur du bien, vengeur du
mal, un Dieu qui n'a pu naître ni mourir, ni avoir des associés, mais
qui a dans ce monde trop d'enfants rebelles.

Sermon. — Mes frères, la religion est la voix secrète de Dieu, qui
parle à tous les hommes; elle doit tous les réunir, et non les diviser;
donc toute religion qui n'appartient qu'à un peuple est fausse. La nôtre
est dans son principe celle de l'univers entier; car nous adorons un
Être suprême comme toutes les nations l'adorent, nous pratiquons la
justice que toutes les nations enseignent, et nous rejetons tous ces
mensonges que les peuples se reprochent les uns aux autres: ainsi,
d'accord avec eux dans le principe qui les concilie, nous différons
d'eux dans les choses où ils se combattent.

Il est impossible que le point dans lequel tous les hommes de tous
les temps se réunissent, ne soit l'unique centre de la vérité, et que les
points dans lesquels ils diffèrent tous ne soient les étendards du mensonge. La religion doit être conforme à la morale, et universelle
comme elle; ainsi toute religion dont les dogmes offensent la morale
est certainement fausse. C'est sous ce double aspect de perversité et de
fausseté que nous examinerons dans ce discours les livres des Hébreux
et de ceux qui leur ont succédé[1]. Voyons d'abord si ces livres sont con-
formes à la morale, ensuite nous verrons s'ils peuvent avoir quelque
ombre de vraisemblance. Les deux premiers points seront pour l'*Ancien Testament*, et le troisième pour le *Nouveau*.

Premier point. — Vous savez, mes frères, quelle horreur nous a saisis lorsque nous avons lu ensemble les écrits des Hébreux, en portant
seulement notre attention sur tous les traits contre la pureté, la charité, la bonne foi, la justice et la raison universelle, que non-seulement on trouve dans chaque chapitre, mais que, pour comble de
malheur, on y trouve consacrés.

Premièrement, sans parler de l'injustice extravagante dont on ose
charger l'Être suprême, d'avoir donné la parole à un serpent pour séduire une femme[2], et perdre l'innocente postérité de cette femme,
suivons pied à pied toutes les horreurs historiques qui révoltent la nature et le bon sens. Un des premiers patriarches, Loth, neveu d'Abraham, reçoit chez lui deux anges[3] déguisés en pèlerins; les habitants
de Sodome conçoivent des désirs impudiques pour les deux anges;
Loth, qui avait deux jeunes filles promises en mariage, offre de les prostituer au peuple à la place de ces deux étrangers. Il fallait que ces filles
fussent étrangement accoutumées à être prostituées, puisque la première chose qu'elles font après que leur ville a été consumée par une
pluie de feu, et que leur mère a été changée en une statue de sel, c'est

1. Les chrétiens. (ÉD.) — 2. *Genèse*, III, 3. (ÉD.) — 3. *Id.*, XIX, 1 et suiv. (ÉD.)

d'enivrer leur père¹ deux nuits de suite pour coucher avec lui l'une
après l'autre : cela est imité de l'ancienne fable arabique de Cyniras et
de Myrrha ; mais, dans cette fable bien plus honnête, Myrrha est punie de son crime, au lieu que les filles de Loth sont récompensées par
la plus grande et la plus chère des bénédictions selon l'esprit juif :
elles sont mères d'une nombreuse postérité.

Nous n'insisterons point sur le mensonge d'Isaac père des justes,
qui dit que sa femme est sa sœur² ; soit qu'il ait renouvelé ce mensonge d'Abraham³, soit qu'Abraham fût coupable en effet d'avoir fait
de sa sœur sa propre femme ; mais arrêtons-nous un moment au patriarche Jacob, qu'on nous donne comme le modèle des hommes. Il
force son frère, qui meurt de faim, de lui céder son droit d'aînesse
pour une assiette de lentilles⁴ ; ensuite il trompe son vieux père au lit
de la mort⁵ ; après avoir trompé son père, il trompe et vole son beau-
père Laban⁶. c'est peu d'épouser deux sœurs, il couche avec toutes ses
servantes⁷ ; et Dieu bénit cette incontinence et ces fourberies. Quelles
sont les actions des enfants d'un tel père? Dina sa fille plaît à un
prince de Sichem, et il est vraisemblable qu'elle aime ce prince, puisqu'elle couche avec lui ; le prince la demande en mariage, on la lui
accorde, à condition qu'il se fera circoncire lui et son peuple. Ce prince
accepte la proposition ; mais, sitôt que lui et les siens se sont fait cette
opération douloureuse, qui pourtant leur devait laisser assez de forces
pour se défendre, la famille de Jacob égorge tous les hommes de Sichem, et fait esclaves les femmes et les enfants.

Nous avons, dans notre enfance, entendu l'histoire de Thyeste et de
Pélopée ; cette incestueuse abomination est renouvelée dans Juda, le
patriarche et le père de la première tribu ; il couche avec sa belle-
fille, ensuite il veut la faire mourir. Ce livre, après cela, suppose que
Joseph, un enfant de cette famille errante, est vendu en Égypte, et
que cet étranger y est établi premier ministre pour avoir expliqué un
songe. Mais quel premier ministre qu'un homme qui, dans un temps
de famine, oblige toute une nation de se faire esclave pour avoir du
pain! Quel magistrat parmi nous, dans un temps de famine, oserait
proposer un marché si abominable? et quelle nation accepterait cet
infâme marché? N'examinons point ici comment soixante et dix personnes de la famille de Joseph, qui s'établirent en Égypte, purent, en
deux cent quinze ans, se multiplier jusqu'à six cent mille combattants, sans compter les femmes, les vieillards et les enfants ; ce qui
devait composer une multitude de près de deux millions d'âmes. Ne
discutons point comment le texte porte quatre cent trente ans, lorsque
le même texte en a porté deux cent quinze. Le nombre infini de contradictions, qui sont le sceau de l'imposture, n'est pas ici l'objet qui
doit nous arrêter. Écartons pareillement les prodiges ridicules de
Moïse, et des enchanteurs de Pharaon, et tous ces miracles faits pour

---

1. Genèse, XIX, 32 et suiv. (ÉD.) — 2. Id., XXVI, 7. (ÉD.) — 3. Id., XX, 2. (ÉD.)
4. Id., XXV, 34. (ÉD.) — 5. Id., XXVII, 24. (ÉD.) — 6. Id., XXXI. (ÉD.)
7. Id., XXX. (ÉD.)

donner au peuple juif un malheureux coin de mauvaise terre, qu'ils
achètent ensuite par le sang et par le crime, au lieu de leur donner
la fertile terre d'Égypte où ils étaient. Tenons-nous-en à cette voie
affreuse d'iniquité par laquelle on le fait marcher. Leur Dieu avait
fait de Jacob un voleur, et il fait des voleurs de tout un peuple; il ordonne à son peuple de dérober et d'emporter tous les vases d'or et
d'argent, et tous les ustensiles des Égyptiens. Voilà donc ces misérables, au nombre de six cent mille combattants, qui, au lieu de
prendre les armes en gens de cœur, s'enfuient en brigands conduits
par leur Dieu. Si ce Dieu leur avait voulu donner une bonne terre, il
pouvait leur donner l'Égypte; mais non : il les conduit dans un désert.
Ils pouvaient se sauver par le chemin le plus court, et ils se détournent de plus de trente milles pour passer la mer Rouge à pied sec.
Après ce beau miracle, le propre frère de Moïse leur fait un autre
dieu, et ce dieu est un veau. Pour punir son frère, le même Moïse ordonne à des prêtres de tuer leurs fils, leurs frères, leurs pères; et ces
prêtres tuent vingt-trois mille Juifs, qui se laissent égorger comme
des bêtes.

Après cette boucherie, il n'est pas étonnant que ce peuple abominable sacrifie des victimes humaines à son dieu, qu'il appelle *Adonaï*,
du nom d'*Adonis*, qu'il emprunte des Phéniciens. Le vingt-neuvième
verset du chapitre XXVII du *Lévitique* défend expressément de racheter les hommes dévoués à l'anathème du sacrifice, et c'est sur cette loi
de cannibales que Jephté, quelque temps après, immole sa propre fille.

Ce n'était pas assez de vingt-trois mille hommes égorgés pour un
veau, on nous en compte encore vingt-quatre mille autres immolés
pour avoir eu commerce avec des filles idolâtres : digne prélude, digne
exemple, mes frères, des persécutions en matière de religion.

Ce peuple avance dans les déserts et dans les rochers de la Palestine. « Voilà votre beau pays, leur dit Dieu : égorgez tous les habitants,
tuez tous les enfants mâles, faites mourir les femmes mariées, réservez
pour vous toutes les petites filles. » Tout cela est exécuté à la lettre,
selon les livres hébreux; et nous frémirions d'horreur à ce récit, si le
texte n'ajoutait pas que les Juifs trouvèrent dans le camp des Madianites 675 000 brebis, 72 000 bœufs, 61 000 ânes, et 32 000 pucelles.
L'absurdité dément heureusement ici la barbarie; mais, encore une
fois, ce n'est pas ici que j'examine le ridicule et l'impossible; je m'arrête a ce qui est exécrable.

Après avoir passé le Jourdain à pied sec, comme la mer, voilà ce
peuple dans la terre promise. La première personne qui introduit par
une trahison ce peuple saint, est une prostituée nommée Rahab. Dieu
se joint à cette prostituée; il fait tomber les murs de Jéricho au bruit
de la trompette; le saint peuple entre dans cette ville, sur laquelle il
n'avait, de son aveu, aucun droit, et il massacre les hommes, les
femmes et les enfants. Passons sous silence les autres carnages, les
rois crucifiés, les prétendues guerres contre les géants de Gaza et
d'Ascalon, et le meurtre de ceux qui ne pouvaient prononcer le mot
Shiboleth.

Écoutons cette belle aventure :

Un lévite arrive sur son âne, avec sa femme, à Gabaa, dans la tribu de Benjamin : quelques Benjamites voulant absolument commettre le péché de Sodome avec le lévite, ils assouvissent leur brutalité sur la femme qui meurt de cet excès; il fallait punir les coupables : point du tout. Les onze tribus massacrent toute la tribu de Benjamin; il n'en échappe que six cents hommes; mais les onze tribus sont enfin fâchées de voir périr une des douze, et pour y remédier, ils exterminent les habitants d'une de leurs propres villes pour y prendre six cents filles qu'ils donnent aux six cents Benjamites survivants pour perpétuer cette belle race.

Que de crimes commis au nom du Seigneur! ne rapportons que celui de l'homme de Dieu, Aod. Les Juifs, venus de si loin pour conquérir, sont soumis aux Philistins; malgré le Seigneur, ils ont juré obéissance au roi Églon : un saint juif, c'est Aod, demande à parler tête à tête avec le roi de la part de Dieu. Le roi ne manque pas d'accorder l'audience; Aod l'assassine, et c'est de cet exemple qu'on s'est servi tant de fois chez les chrétiens pour trahir, pour perdre, pour massacrer tant de souverains.

Enfin, la nation chérie, qui avait été ainsi gouvernée par Dieu même, veut avoir un roi, de quoi le prêtre Samuel est bien fâché. Le premier roi juif renouvelle la coutume d'immoler des hommes : Saül ordonna prudemment que personne ne mangeât de tout le jour pour mieux combattre les Philistins, et pour que ses soldats eussent plus de force et de vigueur; il jura au Seigneur de lui immoler celui qui aurait mangé : heureusement le peuple fut plus sage que lui; il ne permit pas que le fils du roi fût sacrifié pour avoir mangé un peu de miel. Mais voici, mes frères, l'action la plus détestable et la plus consacrée : il est dit que Saül prend prisonnier un roi du pays, nommé Agag; il ne tua point son prisonnier; il en agit comme chez les nations humaines et polies. Qu'arriva-t-il? le Seigneur en est irrité; et voici Samuel, prêtre du Seigneur, qui lui dit : « Vous êtes réprouvé pour avoir épargné un roi qui s'est rendu à vous; » et aussitôt ce prêtre boucher coupe Agag par morceaux. Que dirait-on, mes frères, si, lorsque l'empereur Charles-Quint eut un roi de France en ses mains, son chapelain fût venu lui dire : « Vous êtes damné pour n'avoir pas tué François Ier, » et que ce chapelain eût égorgé ce roi de France aux yeux de l'empereur, et en eût fait un hachis? Mais que dirons-nous du saint roi David, de celui qui est agréable devant le dieu des Juifs, et qui mérite que le Messie vienne de ses reins? Ce bon roi David fait d'abord le métier de brigand : il rançonne, il pille tout ce qu'il trouve; il pille entre autres un homme riche nommé Nabal, et il épouse sa femme. Il se réfugie chez le roi Achis, et va, pendant la nuit, mettre à feu et à sang les villages de ce roi Achis son bienfaiteur : il égorge, dit le texte sacré, hommes, femmes, enfants, de peur qu'il ne reste quelqu'un pour en porter la nouvelle. Devenu roi, il ravit la femme d'Urie, fait tuer le mari; et c'est de cet adultère homicide que vient le Messie, le fils de Dieu, Dieu lui-même : ô blasphème! Ce David, devenu ainsi l'aïeul de Dieu pour récompense de son horrible crime, est puni pour la seule bonne et sage action qu'il ait faite. Il n'y a pas de prince bon et prudent qui ne doive savoir le nombre de son peuple, comme tout pasteur doit savoir le nombre de son troupeau. David fait le dénombrement, sans qu'on nous dise pourtant combien il avait de sujets, et c'est pour avoir fait ce sage et utile dénombrement, qu'un prophète vient de la part de Dieu lui donner à choisir, de la guerre, de la peste ou de la famine.

Ne nous appesantissons pas, mes chers frères, sur les barbaries sans nombre des rois de Juda et d'Israël, sur ces meurtres, sur ces attentats, toujours mêlés de contes ridicules; ce ridicule pourtant est toujours sanguinaire, et il n'y a pas jusqu'au prophète Élisée qui ne soit barbare. Ce digne dévot fait dévorer quarante enfants par des ours, parce que ces petits innocents l'avaient appelé *tête chauve*. Laissons là cette nation atroce dans sa captivité de Babylone, et dans son esclavage sous les Romains, avec toutes les belles promesses de leur dieu Adonis ou Adonaï, qui avait si souvent assuré aux Juifs la domination de toute la terre. Enfin, sous le gouvernement sage des Romains, il naît un roi aux Hébreux, et ce roi, mes frères, ce silo, ce messie, vous savez qui il est : c'est celui qui, ayant d'abord été mis dans le grand nombre de ces prophètes sans mission, qui, n'ayant pas le sacerdoce, se faisaient un métier d'être inspirés, a été, au bout de quelques centuries, regardé comme un Dieu. N'allons pas plus loin; voyons sur quels prétextes, sur quels faits, sur quels miracles, sur quelles prédictions, enfin sur quel fondement est bâtie cette dégoûtante et abominable histoire.

Second point. — O mon Dieu ! si tu descendais toi-même sur la terre, si tu me commandais de croire ce tissu de meurtres, de vols, d'assassinats, d'incestes, commis par ton ordre et en ton nom, je te dirais : « Non, ta sainteté ne veut pas que j'acquiesce à ces choses horribles qui t'outragent; tu veux m'éprouver sans doute. »

Comment donc, vertueux et sages auditeurs, pourrions-nous croire cette affreuse histoire sur les témoignages misérables qui nous en restent?

Parcourons d'une manière sommaire ces livres si faussement imputés à Moïse : je dis faussement; car il n'est pas possible que Moïse ait parlé de choses arrivées longtemps après lui, et nul de nous ne croirait que les Mémoires de Guillaume, prince d'Orange, fussent de sa main, si dans ces Mémoires il était parlé de faits arrivés après sa mort. Parcourons, dis-je, ce qu'on nous raconte sous le nom de Moïse. D'abord Dieu fait la lumière qu'il nomme *jour*, puis les ténèbres qu'il nomme *nuit*, et ce fut le premier jour. Ainsi il y eut des jours avant que le soleil fût fait.

Puis le sixième jour, Dieu fait l'homme et la femme; mais l'auteur, oubliant que la femme était déjà faite, la tire ensuite d'une côte d'Adam. Adam et Ève sont mis dans un jardin d'où il sort quatre fleuves; et parmi ces quatre fleuves il y en a deux, l'Euphrate et le

Nil, qui ont leur source à mille lieues l'un de l'autre. Le serpent parlait alors comme l'homme ; il était le plus fin des animaux des champs ; il persuade a la femme de manger une pomme, et la fait ainsi chasser du paradis. Le genre humain se multiplie, et les enfants de Dieu deviennent amoureux des filles des hommes. Il y avait des géants sur la terre, et Dieu se repentit d'avoir fait l'homme ; il voulut donc l'exterminer par le déluge ; mais il voulut sauver Noé, et lui commanda de faire un vaisseau de trois cents coudées de bois de peuplier : dans ce seul vaisseau doivent entrer sept paires de tous les animaux mondes, et deux des immondes ; il fallait donc les nourrir pendant dix mois que l'eau fut sur la terre. Or, vous voyez ce qu'il eût fallu pour nourrir quatorze éléphants, quatorze chameaux, quatorze buffles, autant de chevaux, d'ânes, d'élans, de cerfs, de daims, de serpents, d'autruches, enfin, plus de deux mille espèces. Vous me demanderez où l'on avait pris l'eau pour l'élever sur toute la terre, quinze coudées au-dessus des plus hautes montagnes. Le texte répond que cela fut pris dans les cataractes du ciel. Dieu sait où sont ces cataractes. Dieu fait, après le déluge, une alliance avec Noé, et avec tous les animaux ; et, pour confirmer cette alliance, il institue l'arc-en-ciel.

Ceux qui écrivaient cela n'étaient pas, comme vous voyez, grands physiciens. Voilà donc Noé qui a une religion donnée de Dieu, et cette religion n'est ni la juive ni la chrétienne. La postérité de Noé veut bâtir une tour qui aille jusqu'au ciel ; belle entreprise ! Dieu la craint ; il fait parler plusieurs langues différentes en un moment aux ouvriers qui se dispersent. Tout est dans cet ancien goût oriental.

C'est une pluie de feu qui change les villes en lac ; c'est la femme de Loth changée en une statue de sel ; c'est Jacob qui se bat toute une nuit contre un ange, et qui est blessé à la cuisse ; c'est Joseph vendu esclave en Égypte, qui devient premier ministre pour avoir expliqué un rêve. Soixante et dix personnes de sa famille s'établissent en Égypte, et en deux cent quinze ans se multiplient, comme nous l'avons vu, jusqu'à deux millions. Ce sont ces deux millions d'Hébreux qui s'enfuient d'Égypte, et qui prennent le plus long pour avoir le plaisir de passer la mer à sec.

Mais ce miracle n'a rien d'étonnant ; les magiciens de Pharaon en faisaient de fort beaux, et ils en savaient presque autant que Moïse : ils changeaient comme lui une verge en serpent ; ce qui est une chose toute simple.

Si Moïse changeait les eaux en sang, ainsi faisaient les sages de Pharaon. Il faisait naître des grenouilles, et eux aussi. Mais ils furent vaincus sur l'article des poux ; les Juifs, en cette partie, en savaient plus que les autres nations.

Enfin Adonaï fait mourir chaque premier-né d'Égypte pour laisser partir son peuple à son aise. La mer se sépare pour ce peuple, c'était bien le moins qu'on pût faire en cette occasion ; tout le reste est de la même force. Ces peuples errent dans le désert. Quelques maris se plaignent de leurs femmes ; aussitôt il se trouve une eau qui fait enfler et crever toute femme qui a forfait à son honneur. Ils n'ont ni pain ni pâte; on leur fait pleuvoir des cailles et de la manne. Leurs habits se conservent quarante ans, et croissent avec les enfants; il descend apparemment des habits du ciel pour les enfants nouveau-nés.

Un prophète du voisinage veut maudire ce peuple; mais son ânesse s'y oppose avec un ange, et l'ânesse parle très-raisonnablement et assez longtemps au prophète.

Ce peuple attaque-t-il une ville, les murailles tombent au son des trompettes, comme Amphion en bâtissait au son de sa flûte. Mais voici le plus beau : cinq rois amorrhéens, c'est-à-dire cinq chefs de village, tâchent de s'opposer aux ravages de Josué; ce n'est pas assez qu'ils soient vaincus et qu'on en fasse un grand carnage, le seigneur Adonaï fait pleuvoir sur les fuyards une grosse pluie de pierres. Ce n'est pas encore assez; il échappe quelques fugitifs, et pour donner à Israël tout le temps de les poursuivre, la nature suspend ses lois éternelles; le soleil s'arrête à Gabaon, et la lune sur Aïalon. Nous ne comprenons pas trop comment la lune était de la partie, mais enfin le livre de Josué ne permet pas d'en douter, et il cite, pour son garant, le livre du *Droiturier*. Vous remarquerez, en passant, que ce livre du *Droiturier* est cité dans les *Paralipomènes;* c'est comme si l'on vous donnait pour authentique un livre du temps de Charles-Quint, dans lequel on citerait Puffendorf. Mais passons. De miracles en miracles nous arrivons jusqu'à Samson, représenté comme un fameux paillard, favori de Dieu; celui-là, parce qu'il n'était pas rasé, défait mille Philistins avec une mâchoire d'âne, et attache par la queue trois cents renards qu'il trouve à point nommé.

Il n'y a presque pas une page qui ne présente de pareils contes : ici, c'est l'ombre de Samuel qui paraît à la voix d'une sorcière; là, c'est l'ombre d'un cadran (supposé que ces misérables eussent des cadrans) qui recule de dix degrés à la prière d'Ézéchias qui demande judicieusement ce signe. Dieu lui donne le choix de faire avancer ou reculer l'heure, et le docte Ézéchias trouve qu'il n'est pas difficile de faire avancer l'ombre, mais bien de la reculer.

C'est Élie qui monte au ciel dans un char de feu; ce sont des enfants qui chantent dans une fournaise ardente. Je n'aurais jamais fait si je voulais entrer dans le détail de toutes les extravagances inouïes dont ce livre fourmille; jamais le sens commun ne fut attaqué avec tant d'indécence et de fureur.

Tel est, d'un bout à l'autre, cet *Ancien Testament*, le père du *Nouveau*, père qui désavoue son fils, et qui le tient pour un enfant bâtard et rebelle; car les Juifs, fidèles à la loi de Moïse, regardent avec exécration le christianisme élevé sur les ruines de cette loi. Mais les chrétiens, à force de subtilités, ont voulu justifier le *Nouveau Testament* par l'*Ancien* même. Ainsi, ces deux religions se combattent avec les mêmes armes; elles appellent en témoignage les mêmes prophètes; elles attestent les mêmes prédictions.

Les siècles à venir, qui auront vu passer ces cultes insensés, et qui peut-être, hélas! en reverront d'autres non moins indignes de Dieu et des hommes, pourront-ils croire que le judaïsme et le christianisme e soient appuyés sur de tels fondements, sur ces prophéties? et quelles prophéties? Écoutez : Le prophète Isaïe est appelé par le roi Achaz, roi de Juda, pour lui faire quelques prédictions, selon la coutume vaine et superstitieuse de tout l'Orient; car ces prophètes étaient, comme vous le savez, des gens qui se mêlaient de deviner pour gagner quelque chose, ainsi qu'il y en avait encore beaucoup en Europe dans le siècle passé, et surtout parmi le petit peuple. Le roi Achaz, assiégé dans Jérusalem par Salmanazar, qui avait pris Samarie, demanda donc au devin une prophétie et un signe. Isaïe lui dit : « Voici le signe. »

« Une fille sera engrossée, elle enfantera un fils qui aura nom *Emmanuel;* il mangera du beurre et du miel jusqu'à ce qu'il sache rejeter le mal et choisir le bien: et avant que cet enfant soit en cet état, la terre que tu as en détestation sera abandonnée par ses deux rois; et l'Éternel sifflera aux mouches qui sont sur les bords des ruisseaux d'Égypte et d'Assur : et le Seigneur prendra un rasoir de louage, et fera la barbe au roi d'Assur; il lui rasera la tête et le poil des pieds. »

Après cette belle prédiction, rapportée dans Isaïe, et dont il n'est pas dit un mot dans le livre des *Rois*, le prophète est chargé lui-même de l'exécution. Le Seigneur lui commande d'abord d'écrire, dans un grand rouleau, qu'on se hâte de *butiner* : il hâte le pillage, puis, en présence de témoins, il couche avec une fille, et lui fait un enfant; mais au lieu de l'appeler *Emmanuel*, il lui donne le nom de *Maher Salal-has-bas*. Voilà, mes frères, ce que les chrétiens ont détourné en faveur de leur Christ : voilà la prophétie qui établit le christianisme. La fille à qui le prophète fait un enfant, c'est incontestablement la *Vierge Marie; Maher Salal-has-bas*, c'est *Jésus-Christ;* pour le beurre et le miel, je ne sais pas ce que c'est. Chaque devin prédit aux Juifs leur délivrance, quand ils sont captifs; et cette délivrance, c'est, selon les chrétiens, la Jérusalem céleste, et l'Église de nos jours. Tout est prédiction chez les Juifs; mais chez les chrétiens, tout est miracle, et toutes ces prédictions sont des figures de Jésus-Christ.

Voici, mes frères, une de ces belles et éclatantes prédictions : le grand prophète Ezéchiel voit un vent d'aquilon, et quatre animaux, et des roues de chrysolithe toutes pleines d'yeux, et l'Éternel lui dit : *Lève-toi, mange un livre, et puis va-t'en.*

L'Éternel lui commande de dormir trois cent quatre-vingt-dix jours sur le côté gauche, et ensuite quarante sur le côté droit. L'Éternel le lie avec des cordes; ce prophète était assurément un homme à lier : nous ne sommes pas au bout. Puis-je répéter sans vomir ce que Dieu ordonne à Ézéchiel? Il le faut. Dieu lui ordonne de manger du pain d'orge cuit avec de la merde. Croirait-on que le plus sale faquin de nos jours pût imaginer de pareilles ordures? Oui, mes frères, le prophète mange son pain d'orge avec ses excréments : il se plaint que ce déjeuner lui répugne un peu, et Dieu, par accommodement, lui permet de ne plus mêler à son pain que de la fiente de vache. C'est donc là un type, une figure de l'Église d Jésus-Christ.

Après cet exemple, il est inutile d'en rapporter d'autres, et de perdre notre temps à combattre toutes les rêveries dégoûtantes et abominables qui font le sujet des disputes entre les juifs et les chrétiens : contentons-nous de déplorer l'aveuglement le plus à plaindre qui ait jamais offusqué la raison humaine ; espérons que cet aveuglement finira comme tant d'autres ; et venons au *Nouveau Testament*, digne suite de ce que nous venons de dire.

Troisième point. — C'est en vain que les Juifs furent un peu plus éclairés du temps d'Auguste que dans les siècles barbares dont nous venons de parler : c'est en vain que les Juifs commencèrent à connaître l'immortalité de l'âme, dogme inconnu à Moïse, et les récompenses de Dieu après la mort des justes, comme les punitions (quelles qu'elles soient) pour les méchants, dogme non moins ignoré de Moïse. La raison n'en perça pas davantage chez le misérable peuple dont est sortie cette religion chrétienne, qui a été la source de tant de divisions, de guerres civiles et de crimes, qui a fait couler tant de sang, et qui est partagée en tant de sectes ennemies dans les coins de la terre où elle règne.

Il y eut toujours chez les Juifs des gens de la lie du peuple qui firent les prophètes pour se distinguer de la populace : voici celui qui a fait le plus de bruit, et dont on a fait un dieu : voici le précis de son histoire en peu de mots, telle qu'elle est rapportée dans les livres qu'on nomme *Évangiles*. Ne cherchons point dans quel temps ces livres ont été écrits, quoiqu'il soit évident qu'ils l'ont été après la ruine de Jérusalem [1]. Vous savez avec quelle absurdité les quatre auteurs se contredisent ; c'est une preuve démonstrative de mensonge. Hélas ! nous n'avons pas besoin de tant de preuves pour ruiner ce malheureux édifice ; contentons-nous d'un récit court et fidèle.

D'abord on fait Jésus descendant d'Abraham et de David, et l'écrivain Matthieu compte quarante-deux générations en deux mille ans ; mais, dans son compte, il ne s'en trouve que quarante et une, et dans cet arbre généalogique qu'il tire des livres des *Rois*, il se trompe encore lourdement en donnant Josias pour père à Jéchonias.

Luc donne aussi une généalogie ; mais il y met cinquante-six générations depuis Abraham, et ce sont des générations toutes différentes. Enfin, pour comble, ces généalogies sont celles de Joseph, et les évangélistes assurent que Jésus n'est pas fils de Joseph. En vérité, serait-on reçu dans un chapitre d'Allemagne sur de telles preuves de

1. Voici ce qu'on lit dans l'édition portant le millésime 1749 :
« Si on veut savoir en quel temps ces quatre évangiles ont été écrits, il est évident qu'ils l'ont été après la prise de Jérusalem. Car, au chapitre XXIII du livre attribué à Matthieu, Jésus dit aux prêtres : « Serpents, race de vipères, etc., tombe sur vous tout le sang innocent répandu depuis le sang d'Abel le juste, jusqu'au sang de Zacharie, fils de Baruch, tué entre le temple et l'autel ! » Il n'est parlé, mes frères, d'un Zacharie, fils de Baruch, tué entre le temple et l'autel, que dans l'histoire du siège de Jérusalem, par Flavius Josèphe. Donc il est démontré que cet évangile ne fut écrit qu'après le livre de Josèphe. Vous savez.... »

noblesse? et c'est du fils de Dieu dont il s'agit! et c'est Dieu lui-même qui est l'auteur de ce livre!

Matthieu dit que, quand ce Jésus, roi des Juifs, fut né dans une étable dans la ville de Bethléem, trois mages ou trois rois virent son étoile en Orient, qu'ils suivirent cette étoile, laquelle s'arrêta sur Bethléem, et que le roi Hérode, ayant entendu ces choses, fit massacrer tous les petits enfants au-dessous de deux ans : y a-t-il une horreur plus ridicule? Matthieu ajoute que le père et la mère emmenèrent le petit enfant en Égypte, et y restèrent jusqu'à la mort d'Hérode. Luc dit formellement le contraire : il marque que Joseph et Marie restèrent paisiblement durant six semaines à Bethléem, qu'ils allèrent à Jérusalem, de là à Nazareth, et que tous les ans ils allaient à Jérusalem.

Les évangélistes se contredisent sur le temps de la vie de Jésus, sur les miracles, sur le jour de la cène, sur celui de sa mort, sur les apparitions après sa mort, en un mot, sur presque tous les faits. Il y avait quarante-neuf évangiles faits par les chrétiens des premiers siècles, qui se contredisaient tous encore davantage : enfin, l'on choisit les quatre qui nous restent; mais quand même ils seraient tous d'accord, que d'inepties, grand dieu! que de misères! que de choses puériles et odieuses!

La première aventure de Jésus, c'est-à-dire du fils de Dieu, c'est d'être enlevé par le diable; car le diable, qui n'a point paru dans le livre de Moïse, joue un grand rôle dans l'*Évangile*. Le diable donc emporte Dieu sur une montagne dans le désert; il lui montre de là tous les royaumes de la terre. Quelle est cette montagne d'où l'on découvre tant de pays? nous n'en savons rien.

Jean rapporte que Jésus va à une noce, et qu'il y change l'eau en vin; qu'il chasse du parvis du temple ceux qui vendaient des animaux pour les sacrifices ordonnés par la loi.

Toutes les maladies étaient alors des possessions du diable; et en effet Jésus donne pour mission à ses apôtres de chasser les diables. Il délivre donc en passant un possédé qui avait une légion de démons, et il fait entrer ces démons dans un troupeau de cochons, qui se précipitent dans la mer de Tibériade : on peut croire que les maîtres des cochons, qui apparemment n'étaient pas juifs, ne furent pas contents de cette farce. Il guérit un aveugle, et cet aveugle voit des hommes comme si c'étaient des arbres. Il veut manger des figues en hiver, il en cherche sur un figuier, et n'en trouvant point, il maudit l'arbre et le fait sécher; et le texte ne manque pas d'ajouter prudemment : *Car ce n'était pas le temps des figues.*

Il se transforme pendant la nuit, et il fait venir Moïse et Élie.... En vérité, les contes des sorciers approchent-ils de ces impertinences? Cet homme qui disait continuellement des injures atroces aux pharisiens, qui les appelait *races de vipères, sépulcres blanchis*, est enfin traduit par eux à la justice, et supplicié avec deux voleurs; et ses historiens ont le front de nous dire qu'à sa mort la terre a été couverte d'épaisses ténèbres en plein midi, et en pleine lune; comme si tous les écrivains de ce temps-là n'auraient pas parlé d'un si étrange miracle.

Après cela il ne coûte rien de se dire ressuscité, et de prédire la fin du monde, qui n'est pourtant pas arrivée.

La secte de ce Jésus subsiste cachée, le fanatisme l'augmente; on n'ose pas d'abord faire de cet homme un Dieu, mais bientôt on s'encourage.

Je ne sais quelle métaphysique de Platon s'amalgame avec la secte nazaréenne; on fait de Jésus le *logos*, le Verbe-Dieu, puis consubstantiel à Dieu son père.

On imagine la Trinité; et pour la faire croire, on falsifie les premiers évangiles.

On ajoute un passage touchant cette Trinité, de même qu'on falsifie l'historien Josèphe, pour lui faire dire un mot de Jésus, quoique Josèphe soit un historien trop grave pour avoir fait mention d'un tel homme.

On va jusqu'à supposer des vers des sibylles : on suppose des Canons des apôtres, des Constitutions des apôtres, un Symbole des apôtres, un voyage de Simon Pierre à Rome, un assaut de miracles entre ce Simon et un autre Simon prétendu magicien. En un mot, point d'artifices, de fraudes, d'impostures, que les nazaréens ne mettent en œuvre : et après cela on vient nous dire tranquillement que les apôtres prétendus n'ont pu être ni trompés ni trompeurs, et qu'il faut croire à des témoins qui se sont fait égorger pour soutenir leurs dépositions.

O malheureux trompeurs et trompés qui parlez ainsi ! quelle preuve avez-vous que ces apôtres ont écrit ce qu'on met sous leur nom? Si on a pu supposer des canons, n'a-t-on pas pu supposer des évangiles? N'en reconnaissez-vous pas vous-mêmes de supposés? Qui vous a dit que les apôtres sont morts pour soutenir leur témoignage? Il n'y a pas un seul historien contemporain qui ait seulement parlé de Jésus et de ses apôtres.

Avouez que vous soutenez des mensonges par des mensonges; avouez que la fureur de dominer sur les esprits, le fanatisme et le temps ont élevé cet édifice qui croule aujourd'hui de tous côtés, mesure que la raison déteste et que l'erreur veut soutenir.

Au bout de trois cents ans, ils viennent à bout de faire reconnaître ce Jésus pour un dieu; et, non contents de ce blasphème, ils poussent ensuite l'extravagance jusqu'à mettre ce dieu dans un morceau de pâte ; et tandis que leur dieu est mangé des souris, qu'on le digère, qu'on le rend avec les excréments, ils soutiennent qu'il n'y a pas de pain dans leur hostie, que c'est Dieu seul qui s'est mis à la place du pain, à la voix d'un homme. Toutes les superstitions viennent en foule inonder l'Église; la rapine y préside; on vend la rémission des péchés, on vend les indulgences ainsi que les bénéfices, et tout est à l'enchère.

Cette secte se partage en une multitude de sectes : dans tous les temps on se bat, on s'égorge, on s'assassine. A chaque dispute, les rois, les princes sont massacrés.

Tel est le fruit, mes très-chers frères, de l'arbre de la croix, de la potence qu'on a divinisée.

Voilà pourquoi on ose faire venir Dieu sur la terre! pour livrer l'Europe pendant des siècles au meurtre et au brigandage. Il est vrai que nos pères ont secoué une partie de ce joug affreux; qu'ils se sont défaits de quelques erreurs, de quelques superstitions; mais, bon Dieu, qu'ils ont laissé l'ouvrage imparfait! tout nous dit qu'il est temps d'achever et de détruire de fond en comble l'idole dont nous avons à peine brisé quelques doigts.

Déjà une foule de théologiens embrasse le socinianisme, qui approche beaucoup de l'adoration d'un seul Dieu, dégagée de superstition. L'Angleterre, l'Allemagne, nos provinces, sont pleines de docteurs sages qui ne demandent qu'à éclater; il y en a aussi un grand nombre dans d'autres pays: pourquoi donc attendre plus longtemps? pourquoi ne pas adorer Dieu en esprit et en vérité? pourquoi s'obstiner à enseigner ce qu'on ne croit pas, et se rendre coupable envers Dieu de ce péché énorme?

On nous dit qu'il faut des mystères au peuple, qu'il faut le tromper. Eh! mes frères! peut-on faire cet outrage au genre humain? nos pères n'ont-ils pas déjà ôté au peuple la transsubstantiation, l'adoration des créatures et des os des morts, la confession auriculaire, les indulgences, les exorcismes, les faux miracles, et les images ridicules? Le peuple ne s'est-il pas accoutumé à la privation de ces aliments de la superstition?

Il faut avoir le courage de faire encore quelques pas: le peuple n'est pas si imbécile qu'on le pense; il recevra sans peine un culte sage et simple d'un Dieu unique, tel qu'on nous dit qu'Abraham et Noé le professaient, tel que tous les sages de l'antiquité l'ont professé, tel qu'il est reçu en Chine par tous les lettrés.

Nous ne prétendons pas dépouiller les prêtres de ce que la libéralité des peuples leur a donné; mais nous voudrions que ces prêtres, qui se raillent presque tous secrètement des mensonges qu'ils débitent, se joignissent à nous pour prêcher la vérité.

Qu'ils y prennent garde, ils offensent, ils déshonorent la Divinité, et alors ils la glorifieraient.

Que de biens inestimables seraient produits par un si heureux changement! les princes et les magistrats en seraient mieux obéis; les peuples plus tranquilles, l'esprit de division et de haine, dissipé.

On offrirait à Dieu, en paix, les prémices de ses travaux; il y aurait certainement plus de probité sur la terre; car un grand nombre d'esprits faibles qui entendent tous les jours parler avec mépris de cette superstition chrétienne, qui savent qu'elle est tournée en ridicule par tant de prêtres même, s'imaginent, sans réfléchir, qu'il n'y a en effet aucune religion: et sur ce principe ils s'abandonnent

à des excès. Mais lorsqu'ils connaîtront que la secte chrétienne
n'est en effet que le pervertissement de la religion naturelle ; lorsque
la raison, libre de ses fers, apprendra au peuple qu'il n'y a qu'un
Dieu ; que ce Dieu est le père commun de tous les hommes, qui
sont frères ; que ces frères doivent être, les uns envers les autres,
bons et justes ; qu'ils doivent exercer toutes les vertus ; que Dieu, étant
bon et juste, doit récompenser ces vertus et punir les crimes ; certes
alors, mes frères, les hommes seront plus gens de bien, en étant
moins superstitieux.

Nous commençons par donner cet exemple en secret, et nous osons
espérer qu'il sera suivi en public.

Puisse ce grand Dieu qui m'écoute, ce Dieu qui assurément ne peut
ni être né d'une fille, ni être mort à une potence, ni être mangé dans
un morceau de pâte, ni avoir inspiré ces livres pleins de contradictions, de démence et d'horreur ; puisse ce Dieu créateur de tous les
mondes avoir pitié de cette secte de chrétiens qui le blasphèment !
Puisse-t-il les ramener à la religion sainte et naturelle, et répandre
ses bénédictions sur les efforts que nous faisons pour le faire adorer !
Amen [1].

---

1. On a douté longtemps que le *Sermon des cinquante* fût de Voltaire. Il
est question de ce *Sermon* dans une lettre de Voltaire à Mme de Fontaine,
du 11 juin 1761 ; mais plusieurs lettres ayant été refondues en une seule, on
ne peut pas toujours les admettre comme autorité. On ne peut rien avoir de
positif d'après les éditions du *Sermon des cinquante*, qu'on trouve dans les
diverses éditions de l'*Evangile de la raison* et du *Recueil nécessaire*. L'édition
du *Sermon*, que je regarde comme la première, est un in-8° de 27 pages,
portant le millésime de 1749, et au-dessous cette note : *On l'attribue à M. du
Martaine ou du Marsay, d'autres à La Métrie ; mais il est d'un grand prince
très-instruit.* C'est *un prince respectable* que Voltaire en dit l'auteur dans ses
Instructions à Antoine-Jacques Rustau. Les mots *grand prince très-instruit*,
et *prince respectable*, désignent le roi de Prusse Frédéric II. L'édition du
Sermon des cinquante, en 27 pages in-8°, me paraît être sortie des mêmes
presses que les premières éditions de l'*Extrait des sentiments de Jean Meslier*, et peut-être du même temps. J'ai donc cru pouvoir placer le *Sermon*
en 1762. C'est à cette date que les éditeurs de Kehl l'ont mis dans leur table
chronologique ; et une lettre de Voltaire à Damilaville, du 10 octobre 1762,
doit avoir été écrite vers le temps où parut l'édition en 27 pages. (*Note de
M. Beuchot*)

LETTRE DE PARIS,

DU 20 FÉVRIER 1763.

Voici ce qui vient d'arriver au sujet du marquisat de Pompignan. On a porté à M. le garde des sceaux les lettres patentes à sceller; il les a lues, et il a trouvé,

Que le roi désirant reconnaître les services importants que la maison de Le Franc avait rendus à l'État, depuis la fondation de la monarchie, soit dans la robe, soit dans l'épée, désirant récompenser personnellement les services que M. Le Franc avait rendus à sa patrie et à la religion, soit en qualité de magistrat, et à la tête d'une cour souveraine, soit en qualité d'homme de lettres, et nommément le soin qu'il a pris d'immortaliser la mémoire de M. le duc de Bourgogne par le bel éloge qu'il en a fait[1]; Sa Majesté, en attendant mieux, avait jugé à propos d'ériger en marquisat sa terre de Pompignan, n'entendant néanmoins Sa Majesté que ce fût là une récompense, mais une faible marque de satisfaction, etc.

M. le garde des sceaux a cru que la tête avait tourné au secrétaire du roi qui avait rédigé ces patentes; il l'a envoyé chercher (ce secrétaire du roi est M. Carpot). M. de Brou lui a demandé s'il avait perdu l'esprit, disant que quand ce seraient les Montmorency, les Châtillon, les La Trimouille, il n'en eût pas mis davantage.

« Il est vrai, monseigneur, lui a dit M. Carpot, que c'est moi qui ai dressé les lettres; mais la formule m'a été envoyée.

— Et par qui?

— Par M. Le Franc; il y en avait bien davantage, mais j'en ai retranché les trois quarts.

— Eh bien! lui a dit M. de Brou, retranchez l'autre quart, et nous verrons. »

> Et vive le roi et Simon Le Franc,
>> Son favori,
>> Son favori[3],

Cette date peut fort bien ne pas être celle de la composition de cette *Lettre*; mais, dès le 2 mars Voltaire. dans ses lettres à Thieriot et à Damilaville, parle de l'aventure du garde des sceaux, du *secrétaire Carpot*, et des lettres patentes. (*Beuchot.*)

2. Le Franc de Pompignan est auteur d'un *Éloge historique de monseigneur le duc de Bourgogne* (mort le 22 mars 1761). (ED.)

3. Ces derniers mots sont le refrain de l'*Hymne chantée au village de Pompignan.*

LETTRE DE M. DE L'ÉCLUSE,

CHIRURGIEN-DENTISTE, SEIGNEUR DU TILLOY, PRÈS MONTARGIS,

A M. SON CURÉ[1].

(1763.)

MONSIEUR MON CURÉ,

Vous savez que j'ai recrépi à mes dépens l'église du Tilloy, et que j'ai raccommodé les deux tiers de la tribune, qui était pourrie : à peine m'en avez-vous remercié; je ne m'en suis pas seulement remercié moi-même; cela n'a fait aucun bruit, tandis que M. Le Franc de Pompignan de Montauban jouit d'une gloire immortelle.

Vous me direz que cette gloire, il se l'est donnée à lui-même; qu'il a tout arrangé, tout fait, jusqu'au sermon qu'on a prononcé à son honneur dans l'église de son village; qu'il a fait imprimer ce sermon et la relation de cette belle fête, à Paris, chez Barbou, rue Saint-Jacques, aux Grues[2]; que quand on veut passer à la postérité, il faut se donner beaucoup de peine, et que je ne m'en suis donné aucune. Vous avez craint, dites-vous, le sort des prédicateurs modernes que M. Le Franc de Pompignan traite dans sa Préface d'écrivains impertinents, comme il a traité les académiciens de Paris de libertins, dans son *Discours à l'Académie*. Mais, mon cher pasteur, on n'exige pas d'un curé de campagne l'éloquence d'un évêque du Puy.

Ne pouviez-vous pas vaincre ma modestie, et me forcer doucement à recevoir l'immortalité? Qui vous empêchait de comparer l'église du Tilloy (page 3) à la sainte cité de Jérusalem descendant du ciel? Ne vous était-il pas aisé de me louer, moi présent? c'est ainsi qu'on en a usé à Pompignan : on adressa la parole à M. de Pompignan, immédiatement avant d'implorer les lumières du Saint-Esprit et de la vierge Marie. On a eu soin de mettre en marge : « M. le marquis de Pompignan présent. »

Quand je vous ai fait de doux reproches sur votre négligence dans une affaire si grave, vous m'avez répondu que c'est ma faute de n'avoir point pris le titre de marquis; que mon grand-père n'était que docteur en médecine de la Faculté de Bourges; que celui de M. de Pompignan était professeur en droit canon à Cahors : vous ajoutez que votre paroisse est trop près de Paris, et que ce qui est grand et admirable à

---

1. L'Écluse, tour à tour acteur de la Foire, dentiste, entrepreneur de spectacles et comédien pour la seconde fois, mourut en 1792. (ED.)

2. *Discours prononcé* (le 24 octobre 1762) *dans l'église de Pompignan, le jour de sa bénédiction, par M. de Reyrac*; à Villefranche de Rouergue, chez Pierre Vedeilhié; à Paris, chez J. Barbou, rue Saint-Jacques, aux Cigognes; 1762, in-8°. C'était l'ouvrage de l'abbé Fr.-Ch. de Saint-Laurent de Reyrac, né en 1734, mort à Orléans le 22 décembre 1782, connu par son *Hymne au Soleil*. Les mots entre guillemets sont dans l'imprimé, auquel se rapportent aussi les indications entre parenthèses. (*Note de M. Beuchot.*)

deux cents lieues de la capitale n'a peut-être pas tant d'éclat dans son voisinage.

Cependant, monsieur, il m'est bien dur de n'avoir travaillé que pour Dieu, tandis que M. de Pompignan reçoit sa récompense dans ce monde.

M. le marquis de Pompignan fait la description de sa procession. Il y avait, dit-il, à la tête un jeune jésuite (page 32), derrière lequel marchait immédiatement M. de Pompignan avec son procureur fiscal.

Mais, monsieur, n'avons-nous pas eu aussi une procession, un procureur fiscal et un greffier? et s'il m'a manqué le derrière d'un jeune jésuite, cela ne peut-il pas se réparer?

M. Le Franc rapporte que M. l'abbé Lacoste officia d'une manière imposante : n'avez-vous pas officié d'une manière édifiante? Nous avons entendu parler d'un abbé Lacoste qui en imposait en effet; c'était un associé du sieur Fréron, et on fit même un passe-droit à ce dernier pour avancer l'abbé Lacoste dans la marine : je ne crois pas que ce soit le même dont M. de Pompignan nous parle [1].

Au reste, monsieur, l'église du Tilloy avait un très-grand avantage sur celle de Pompignan : vous avez une sacristie, et M. de Pompignan avoue lui-même qu'il n'en a point, et que le prêtre, le diacre, et le sous-diacre, furent obligés de s'habiller dans sa bibliothèque : cela est un peu irrégulier; mais aussi il a parlé de sa bibliothèque au roi; il est dit en marge (page 31) qu'un ministre d'État a trouvé sa bibliothèque fort belle; on y trouve une collection immense de tous les exemplaires qu'on a jamais tirés des cantiques hébraïques de M. de Pompignan, et de son discours à l'Académie française; tandis que les petits écrits badins où l'on se moque un peu de M. de Pompignan sont condamnés à être dispersés en feuilles volantes abandonnées à leur mauvais sort sur toutes les cheminées de Paris, où il peut avoir la satisfaction de les voir pour les immoler à sa gloire.

Il est dit même dans le sermon prononcé à Pompignan « que Dieu donne à ce marquis la jeunesse et les ailes de l'aigle, qu'il est assis près des astres (page 14), que l'impie rampe à ses pieds dans la boue, qu'il est admiré de l'univers, et que son génie brille d'un éclat immortel. »

Voilà, monsieur, la justice que se rend à lui-même le marquis, tandis que je reste inconnu au Tilloy.

On ajoute que M. le marquis eut ce jour-là une table de vingt-six couverts (page 38); je vois que la Renommée est aussi injuste que la Fortune; nous étions trente-deux le jour de la dédicace de votre église, et cela n'a pas seulement été remarqué dans Montargis.

Enfin il est parlé de Mme la marquise de Pompignan, et on n'a pas dit un mot de Mme de L'Écluse; on se prévaut même du jugement du sieur Fréron, qui appelle cette partie du sermon une églogue en prose (page 36), éloge qu'il donne aussi aux vers de M. de Pompignan.

---

1. L'abbé Lacoste, qui bénit l'église de Pompignan, était grand chantre du chapitre de l'église cathédrale de Cahors. Voltaire fait semblant de le confondre avec un autre abbé Lacoste, condamné aux galères en 1760, et mort avant d'y être arrivé. (*Note de M. Beuchot.*)

Enfin M. de Pompignan jouit de tous les honneurs possibles, depuis son beau discours à l'Académie française ; la France ne parle que de lui, et je suis oublié ; je demande à messieurs de l'Académie si cela est juste.

J'ai l'honneur d'être, etc.

RELATION DU VOYAGE

DE M. LE MARQUIS LE FRANC DE POMPIGNAN,

DEPUIS POMPIGNAN JUSQU'A FONTAINEBLEAU,

ADRESSÉ AU PROCUREUR FISCAL DU VILLAGE DE POMPIGNAN.

(1763.)

Vous fûtes témoin de ma gloire, mon cher ami ; vous étiez à côté de moi dans cette superbe procession, lorsque j'étais derrière un jeune jésuite. Tous les bourdons du pays se faisaient entendre, tous les paysans étaient mes gardes. Vous entendîtes ce sermon, dans lequel il est dit que j'ai la *jeunesse de l'aigle*, et que *je suis assis près des astres, tandis que l'envie gémit sous mes pieds*. Vous savez combien ce sermon me coûta de soins ; je le refis jusqu'à trois fois, à l'aide de celui qui le prononça : car on ne parvient à la postérité qu'en corrigeant ses ouvrages dans le temps présent.

Vous assistâtes à ce splendide repas de vingt-six couverts, dont il sera parlé à jamais. Vous savez que je me dérobai quelques jours après aux acclamations de la province ; je pris la poste pour la cour ; ma réputation me précédait partout. Je trouvai à Cahors mon portrait en taille-douce dans le cabaret : il y avait au bas cinq petits vers qui faisaient une belle allusion aux astres, auprès desquels je suis assis :

> Le Franc plane sur l'horizon :
> Le ciel en rit, l'enfer en pleure.
> L'Empyrée [1] était le beau nom
> Que lui donna l'ami Piron ;
> Et c'est à présent sa demeure.

Dès que j'arrivai à Limoges, je rencontrai le petit-fils de M. de Pourceaugnac ; il était instruit de ma fête ; il me dit qu'elle ressemblait parfaitement au repas bien troussé que M. son grand-père avait donné. Nous nous séparâmes à regret l'un de l'autre.

Quand j'arrivai à Orléans, je trouvai que la plupart des chanoines savaient déjà par cœur les endroits les plus remarquables de mon discours. Je me hâtai d'arriver à Fontainebleau, et j'allai le lendemain au

---

[1] M de l'Empyrée est le nom que Piron a donné au principal personnage de la *Métromanie*. (ÉD.)

lever du roi, accompagné de M. Fréron, que j'avais mandé exprès. Dès que le roi nous vit, il nous adresse gracieusement la parole à l'un et à l'autre. « Monsieur le marquis, me dit Sa Majesté, je sais que vous avez à Pompignan autant de réputation qu'en avait à Cahors votre grand-père le professeur. N'auriez-vous point sur vous ce beau sermon de votre façon qui a fait tant de bruit? » J'en présentai alors des exemplaires au roi, à la reine, à M. le dauphin. Le roi se fit lire à haute voix, par son lecteur ordinaire, les endroits les plus remarquables. On voyait la joie répandue sur tous les visages; tout le monde me regardait en rétrécissant les yeux, en retirant doucement vers les joues, les deux coins de la bouche, et en mettant les mains sur les côtés, ce qui est le signe pathologique de la joie. « En vérité, dit M. le dauphin, nous n'avons en France que M. le marquis de Pompignan qui écrive de ce style. »

« Allez-vous souvent à l'Académie? me dit le roi. — Non, sire, lui répondis-je. — L'Académie va donc chez vous? » reprit le roi (c'était précisément le même discours que Louis XIV avait tenu à Despréaux). Je répondis « que l'Académie n'est composée que de libertins et de gens de mauvais goût, qui rendent rarement justice au mérite. — Et vous, dit le roi à M. Fréron, n'êtes-vous pas de l'Académie? — Pas encore, » répondit M. Fréron. Il eut alors l'honneur de présenter ses feuilles à la famille royale, et je restai à causer avec le roi. « Sire, lui dis-je, vous connaissez ma bibliothèque? — Oh tant! dit le roi, vous m'en avez tant parlé dans un de vos beaux mémoires... »

Comme nous en étions là, le roi et moi, la reine s'approcha, et me demanda si je n'avais pas fait quelque nouveau psaume judaïque. J'eus l'honneur de lui réciter sur-le-champ le dernier que j'ai composé, dont voici la plus belle strophe :

> Quand les fiers Israélites,
> Des rochers de Beth-Phégor,
> Dans les plaines moabites,
> S'avancèrent vers Achor;
> Galgala saisi de crainte
> Abandonna son enceinte,
> Fuyant vers Samaraïm;
> Et dans leurs rocs se cachèrent
> Les peuples qui trébuchèrent
> De Béthel à Séboïm [1].

Ce ne fut qu'un cri autour de moi, et je fus reconduit avec des acclamations universelles, qui ressemblaient à celles de Nicole dans le *Bourgeois gentilhomme*.

Le temps et la gloire me pressent; vous aurez le reste par la première poste.

---

1. Je n'ai trouvé ces vers dans aucune des éditions que j'ai vues des Œuvres de *Le Franc de Pompignan*. (*Note de M. Beuchot.*)

COMPLIMENT

QUI DEVAIT ÊTRE PRONONCÉ A L'OUVERTURE DU THÉATRE FRANÇAIS, LE 11 AVRIL 1763.

MESSIEURS,

Jusqu'à ce jour l'usage n'a pas été que les actrices eussent l'honneur de vous adresser la parole. J'ai réclamé cet avantage.

Les juges les plus sévères n'ont point coutume d'interdire à mon sexe le privilége de les solliciter. La balance de Thémis n'altère pas en eux le caractère français; ils nous reçoivent avec plus d'égards, nous écoutent avec plus d'attention, et (sans en être moins intègres) ils sont souvent plus favorables. Je me flatte, messieurs, que vous daignerez les imiter. Nous ne pouvons vous annoncer avec trop de ménagements les choses affligeantes, et c'est au sexe le plus sensible que semble appartenir le droit de vous y préparer.

Vous pressentez, sans doute, messieurs, que je vais parler de Mlle Gaussin et de Mlle Dangeville. L'éloge de ces deux femmes vous paraîtra peut-être, messieurs, moins suspect, plus touchant, et plus rare dans la bouche d'une autre femme.

On a l'obligation à Mlle Gaussin d'un genre nouveau de comédie : sa figure charmante, les grâces ingénues de son jeu, le son intéressant de sa voix, ont fait imaginer de mettre en action des tableaux anacréontiques [1]. Ses yeux parlaient à l'âme, et l'amour semblait l'avoir fait naître pour prouver que la volupté n'a pas de parure plus piquante que la naïveté.

Cette perte était assez grande : celle de Mlle Dangeville achève de nous accabler. Cette actrice si pleine de finesse et de vérité, qui renferme en elle seule de quoi faire la réputation de cinq ou six actrices, cette favorite des Grâces à laquelle personne ne peut ressembler, puisque dans tous les rôles elle ne se ressemblait pas elle-même; Mlle Dangeville se dérobe à sa propre gloire, et fait succéder vos regrets à vos acclamations.

Vous n'avez rien épargné, messieurs, pour la retenir. Vos applaudissements réitérés exprimaient ce que vous paraissiez en droit d'en exiger, et semblaient lui dire : « Vous faites nos plaisirs; Thalie vous a ouvert tous ses trésors, elle vous a dispensé les richesses de tous les âges; vos perfections toujours nouvelles triompheront du temps : pourquoi nous quittez-vous? »

Les auteurs lui répétaient sans cesse : « Nous trouvons si rarement un acteur pour chaque caractère, vous les saisissez tous; nous avons tant de peine à vaincre les cabales, votre présence les enchaîne; notre art est si difficile, vous aplanissez nos obstacles; vous n'en rencontrez point pour atteindre l'excellence du vôtre, et vous savez si bien le mé-

---

1. *L'Oracle* et les *Grâces*, comédies de Saint-Foix. (ÉD.)

nager, qu'il semble que ce soit la nature même qui vous en épargne les frais : pourquoi nous quittez-vous ? »

Enfin, messieurs, vous regrettez une actrice qui vous enchantait, et nous ne nous consolerons pas de nous voir privés d'une camarade qui nous était aussi chère que précieuse.

Au lieu d'avoir le faste trop ordinaire au grand talent, elle ignorait sa supériorité, et doutait d'elle-même quand nous la prenions pour modèle. Elle savait, par le liant de son caractère, se concilier tous les esprits ; et sans se donner aucun souci pour se faire un parti, elle n'en avait que plus de partisans. Nous l'admirions et nous l'aimions. Quoique parmi nous, messieurs, il y ait plusieurs sujets assez heureux pour animer votre gaieté, pour exciter vos ris, cependant la retraite de Mlle Dangeville aurait dû naturellement servir d'époque à la naissance du comique larmoyant : ce n'est qu'en la perdant qu'on aurait dû l'imaginer.

Que mon sort serait digne d'envie, si, par mon zèle, mes efforts et mon application, je parvenais, messieurs, à pouvoir vous étourdir pendant quelques moments sur des regrets si légitimes, et si ce théâtre daignait me compter parmi les ressources qui lui restent !

OMER DE FLEURY

ÉTANT ENTRÉ, ONT DIT [1] :

MESSIEURS,

Comme je suis chargé, *par état* (page 3), de vous proposer des thèses de médecine, et qu'il s'agit de dissiper des nuages qui affaiblissent la sécurité, et de souhaiter une solution à des craintes, votre sagesse qui préside à vos démarches assurera un nouveau poids à ce que votre autorité pourra régler sur le fait de l'inoculation, qui se présente naturellement sous deux aspects.

Et comme dans la petite vérole ordinaire (page 4) on s'en remet ordinairement à la prudence des malades et des médecins, vous sentez bien que dans l'inoculation, où la tête est beaucoup plus libre, il ne faut s'en remettre à la prudence de personne.

Mais, comme ce qui peut intéresser la religion ne regarde en aucune manière le bien public (page 3), et que le bien public ne regarde pas la religion, il faut consulter la Sorbonne qui, *par état*, est chargée de décider quand un chrétien doit être saigné et purgé ; et la Faculté de médecine chargée, *par état*, de savoir si l'inoculation est permise par le droit **canon.**

---

1. C'était la formule des arrêts. Le 8 juin 1763, sur le réquisitoire d'Omer de Fleury, le parlement de Paris avait rendu un arrêt qui ordonne que les facultés de théologie et de médecine donneront leur avis sur la pratique de l'inoculation de la petite vérole ; et, par provision, fait défense de pratiquer l'inoculation dans les villes et faubourgs du ressort de la cour, et aux personnes qui ont été inoculées de communiquer avec le public depuis le jour de leur inoculation et six semaines après leur guérison. (ÉD.)

Ainsi, messieurs, vous qui êtes les meilleurs médecins et les meilleurs théologiens de l'Europe, vous devez rendre un arrêt sur la petite vérole, ainsi que vous en avez rendu sur les catégories d'Aristote, sur la circulation du sang, sur l'émétique, et sur le quinquina.

On sait que vous vous entendez, *par état*, à toutes ces choses comme en finances.

Puisque l'inoculation, messieurs, réussit dans toutes les nations voisines qui l'ont essayée; puisqu'elle a sauvé la vie à des étrangers qui raisonnent, il est juste que vous proscriviez cette pratique, attendu qu'elle n'est pas enregistrée; et pour y parvenir, vous emploierez les décisions de la Sorbonne, qui vous dira que saint Augustin n'a pas connu l'inoculation, et la Faculté de Paris qui est toujours de l'avis des médecins étrangers.

Surtout, messieurs, ne donnez point un temps fixe aux salutaires et sacrées Facultés pour décider, parce que l'insertion utile de la petite vérole sera toujours proscrite en attendant.

A l'égard de la grosse, sœur de la petite, messieurs des enquêtes sont exhortés à examiner scrupuleusement les pilules de Keyser, tant pour le bien public que pour le bien particulier des jeunes messieurs qui en ont besoin, *par état;* la Sorbonne ayant préalablement donné son décret sur cette matière théologique.

Nous espérons que vous ordonnerez peine de mort (que les Facultés de médecine ont ordonnée quelquefois dans de moindres cas) contre les enfants de nos princes inoculés sans votre permission, et contre quiconque révoquera en doute votre sagesse et votre impartialité reconnues.

D'UN FAIT SINGULIER

CONCERNANT LA LITTÉRATURE.

(1763.)

Comme le but principal de cet Essai sur l'histoire est de suivre l'esprit humain dans ses progrès et dans les obstacles qu'il rencontre, je dois, après avoir parlé de la disgrâce des jésuites, ne pas oublier une espèce de persécution qu'essuyèrent les gens de lettres. Ils commencent à mériter beaucoup plus d'attention que ces ordres religieux dont nous avons rapporté les querelles. Le corps des gens de lettres est très-nombreux, et ses membres sont répandus dans tous les royaumes. Ceux qui se distinguent par leur science et par la supériorité de leur raison gouvernent insensiblement les autres, sans presque s'en apercevoir, et sans jouir des prérogatives de cet empire acquis sur les esprits; prérogatives si chères aux autres sociétés établies dans l'État. Cette domination secrète, que les bons écrivains obtiennent, a toujours révolté ceux qui ont voulu en vain l'usurper.

Des hommes pleins de génie, et remplis d'une véritable science, qui ne peut subsister sans la véritable philosophie, entreprirent, vers l'an

1752, le Dictionnaire immense des connaissances humaines; connaissances dont quelques-uns d'entre eux ont encore reculé les bornes. L'Europe applaudit à l'entreprise, et l'encouragea; ce travail même devint un objet important de commerce.

Plusieurs volumes avaient déjà paru à la satisfaction du public. Les articles surtout composés par ceux qui présidaient à l'ouvrage avaient l'approbation universelle. Le livre était muni de toutes les formalités qui en assuraient le débit. Les souscripteurs de tous les pays de l'Europe, qui avaient avancé leur argent, le croyaient en sûreté sous la sauvegarde du sceau du roi, et se flattaient de recevoir sans difficulté le prix de leurs avances; car si, de la part des auteurs, cet ouvrage était un service gratuit rendu à l'esprit humain, ce service était entre les souscripteurs et les libraires une convention d'intérêt à laquelle on ne pouvait manquer.

L'envie se déchaîna, et arma bientôt le fanatisme. Ces deux ennemis de la raison et des talents dénoncèrent au parlement de Paris un dictionnaire qui ne semblait pas devoir être l'objet d'un procès, et qui, d'ailleurs, étant revêtu du sceau de l'approbation royale, paraissait devoir être hors de toute atteinte.

Les jésuites furent les premiers à poursuivre, autant qu'ils le purent, ce grand ouvrage, parce qu'ayant demandé à faire les articles de théologie, ils avaient été refusés. Les jésuites ne se doutaient pas alors qu'ils seraient bientôt après proscrits par ces mêmes parlements qu'ils voulaient engager sous main à s'armer contre l'*Encyclopédie*.

Les jansénistes firent ce que les jésuites avaient voulu faire : ils s'aperçurent que tous ceux qui voulaient bien consacrer leurs travaux à ce dictionnaire, regardant l'impartialité comme leur première loi, n'étaient ni pour les jésuites ni pour les jansénistes; et que, s'étant dévoués uniquement à la recherche de la vérité, ils excitaient l'horreur contre le fanatisme.

Ainsi deux partis acharnés l'un contre l'autre se réunirent à peu près, si on peut le dire, comme des voleurs suspendent leurs querelles pour ravir des dépouilles. Ils prirent le masque ordinaire de la piété; ils dénoncèrent plusieurs articles; et, par un raffinement de méchanceté dont il n'y avait point eu d'exemple dans les controverses les plus furieuses, n'osant reprendre dans le Dictionnaire de l'*Encyclopédie* des articles qui les effarouchaient, ils accusèrent les auteurs, non pas de ce qu'ils avaient dit, mais de ce qu'ils diraient un jour; ils prétendirent que les renvois d'une matière à une autre étaient mis à dessein de répandre dans les derniers tomes le poison qu'on ne pouvait trouver dans les premiers. Ils s'élevèrent ainsi contre d'autres articles de la théologie la plus orthodoxe, les croyant composés par ceux qu'ils voulaient perdre.

Comment le parlement pouvait-il juger sept volumes in-folio déjà imprimés, et préjuger ceux qui ne l'étaient pas? Les accusateurs remirent leur Mémoire entre les mains d'un avocat-général[1], qui avait en-

---

1. **Omer Joly de Fleury**, avril 1760. (Éd.)

core moins le temps d'examiner ce prodigieux détail d'arts et de sciences que nul homme ne peut embrasser.

Ce magistrat eut le malheur d'en croire les Mémoires calomnieux
qu'il avait reçus, et de former sur eux son réquisitoire. Ces Mémoires
attaquaient surtout l'article de l'*Ame*, que l'on croyait composé par
des philosophes qu'on voulait rendre suspects. L'article fut dénoncé
comme établissant le matérialisme : il se trouva qu'il était d'un licencié de Sorbonne [1], reconnu pour très-orthodoxe, et que, loin de favoriser le matérialisme, il le combattait jusqu'à s'élever même contre le
sentiment de Locke, avec plus de piété que de philosophie. Cette méprise singulière fut bientôt reconnue du public; mais ce ne fut qu'après
l'arrêt du parlement qui établit des commissaires pour rectifier l'ouvrage, et qui cependant en défendit le débit. Le public n'en espéra pas
moins qu'il jouirait enfin d'un ouvrage d'autant plus attendu, qu'il était
persécuté.

Cette aventure, assez remarquable dans l'histoire de l'esprit humain,
et qui semble renouveler les arrêts rendus sur les catégories d'Aristote,
peut servir à faire voir qu'il faut se tenir dans ses bornes, et que la
jurisprudence doit laisser en paix la philosophie.

L'État eût été heureux s'il n'avait eu que de pareilles querelles. Ce
ne sont pas là des malheurs, ce sont des inconvénients. Ces petits embarras mêmes, qui ont leur source dans la culture des sciences, et
qui ne peuvent naître dans une nation grossière, font encore l'éloge
du siècle; il serait mieux qu'il pût se passer de cet éloge.

CONCLUSION ET EXAMEN

DE CE TABLEAU HISTORIQUE [2].

(1763.)

Pendant que ces événements domestiques [3] occupaient la France, la
guerre continuait en Europe; l'alliance de la France et de l'Espagne
semblait devoir procurer de grands avantages à ces deux États contre
les Anglais; et la maison d'Autriche, fortifiée de cette alliance même,
devait espérer de triompher du roi de Prusse. On n'avait pas autrefois
imaginé que les maisons de France et d'Autriche pussent être unies;
et quand elles le furent, on crut que l'Europe ne pourrait leur résister.
Cependant trois provinces d'Allemagne, le Brandebourg, Hanovre et
la Hesse, ont, à l'étonnement de l'Europe, balancé les forces autri-
chiennes et françaises.

1. L'abbé Yvon. (ÉD.)
2. Tel est le titre qu'avait ce morceau en 1763. Il formait alors le LXIIe et
dernier chapitre de la *Suite de l'Essai sur l'Histoire générale*. Il était précédé
de ce qui forme aujourd'hui une partie du *Précis du Siècle de Louis XV*. (ÉD.)
3. La saisie de l'*Encyclopédie*. (ÉD.)

L'Angleterre, par sa seule marine, a rendu l'union de la France et de l'Espagne inutile ; le Portugal, qui devait succomber sous l'Espagne, a été sauvé : ce qui n'était pas vraisemblable est arrivé; et c'est ce qu'on a vu cent fois dans cette vaste histoire, où les grands événements ont presque toujours trompé l'attente des hommes.

D'un côté cent mille Français n'ont pu seulement conserver Cassel ; de l'autre, une armée entière d'Autrichiens n'a pu empêcher que le roi de Prusse ne prît Schweidnitz en Silésie; et dès que l'Espagne a déclaré la guerre aux Anglais, ils lui ont enlevé aussitôt la grande île de Cuba, avec un trésor de plus de cent millions qui était dans la Havane.

La France était épuisée; l'Angleterre l'était aussi par ses conquêtes mêmes : deux sages[1] proposèrent la paix, et la firent. On avait commencé par disputer quelques terrains aux Anglais dans l'Acadie, et ils sont demeurés les maîtres du pays immense du Canada et de la partie du continent qui borde la rive gauche du Mississipi.

Ils ont ajouté la Floride à ces vastes possessions. Ainsi le continent entier de l'Amérique s'est trouvé à la fin partagé entre l'Espagne et l'Angleterre.

C'est là l'événement le plus mémorable de cette guerre, la millième que les princes chrétiens se sont faite depuis le déchirement de l'empire romain.

Il appartient aux historiens des États qui ont été en guerre de transmettre à la postérité tous les maux qu'on a soufferts, toutes les rapines, toutes les fautes et toutes les pertes, les mesures mal prises, les ressources insuffisantes.

Comme je ne considère que les mœurs et l'esprit des nations dans ces bouleversements du monde, je remarquerai qu'au milieu des cruautés inséparables des armes, on a vu en plus d'une occasion un esprit d'humanité et de politesse adoucir les horreurs de la guerre. Les Français, prisonniers chez le roi de Prusse, ont éprouvé les traitements les plus doux de la part de ce monarque, et de celle du prince Henri son frère. Les deux princes de Brunswick se sont signalés par leur générosité comme par leurs victoires. Les princes, les généraux, les officiers français, ont signalé la générosité qui fait leur caractère.

Les Anglais ont fait une collecte en faveur des matelots qu'ils avaient pris; et cette générosité n'a eu d'autre principe que cette philosophie humaine qui commence à pénétrer dans plusieurs États, et qui probablement écartera du moins les guerres de religion, si elle ne peut empêcher celles d'une malheureuse politique.

C'est elle qui a multiplié les Académies dans tant de royaumes et de républiques, qui a étendu l'esprit humain en étendant les connaissances; c'est par ce même esprit, qui se communique de proche en proche, que l'on s'est appliqué plus que jamais à l'agriculture, et que les sages ont pensé à rendre la terre plus fertile, tandis que les ambitieux l'ensanglantaient. Enfin il est à croire que la raison et l'industrie feront toujours de nouveaux progrès; que les arts utiles prendront des

1. Les ducs de Choiseul et de Praslin. (ÉD.)

accroissements; que parmi les maux qui ont affligé les hommes, les préjugés, qui ne sont pas leur moindre fléau, disparaîtront peu à peu chez tous ceux qui sont à la tête des nations, et que la philosophie, partout répandue, consolera un peu la nature humaine des calamités qu'elle éprouvera dans tous les temps.

C'est dans cette vue et dans cette espérance qu'on a donné au public l'*Essai sur l'histoire générale*[1]. L'humanité l'a dicté, et la vérité a tenu la plume. Des hommes, qu'on ne peut regarder que comme les ennemis de la société, ont accusé le peintre de cet immense tableau d'avoir peint les crimes, et surtout les crimes de religion, avec des couleurs trop sombres; d'avoir rendu le fanatisme exécrable, et la superstition ridicule.

L'auteur n'a peut-être à se reprocher que de n'en avoir pas assez dit; et les plaintes mêmes de ces fanatiques prouvent combien cette histoire était nécessaire. On voit qu'il y a encore de ces malheureux attaqués de cette maladie de l'âme, et qui craignent de guérir.

I. *Critiques qui révoltent un siècle aussi éclairé que le nôtre.* — Il y a toujours des barbares dans les nations les plus polies, et dans les temps les plus éclairés; il s'en est trouvé un qui a fait un livre assez considérable, muni d'approbation et de privilége, pour soutenir la vérité de la possession des religieuses de Loudun[2]. Un autre insensé[3] vient d'écrire que la Saint-Barthélemy n'avait point été préméditée; il en excuse les fureurs; il célèbre les cruautés exercées contre les Albigeois. Le supplice de Jean Hus et de Jérôme de Prague lui paraît juste. Mais cet excès de démence sert même à prouver ce qu'on dit dans cette histoire, que la raison humaine s'est perfectionnée de nos jours chez les hommes qui réfléchissent; car il y a cent ans que de tels auteurs auraient pu être regardés comme pieux et zélés: aujourd'hui ils inspirent le mépris et l'horreur.

II. *Examen de quelques faits rapportés dans cette histoire.* — Il est impossible que, dans une histoire si étendue, il n'y ait des fautes, qu'on ne se soit trompé sur quelques dates, qu'on n'ait altéré quelques noms et même quelques circonstances; mais on ose répondre que tous les faits principaux sont vrais: on ne s'est attaché qu'aux grands événements; et quand il y en a de petits, c'est qu'ils caractérisent les mœurs qu'on a voulu peindre.

Il y a plusieurs points d'histoire contestés, surtout dans le moyen âge: qu'a-t-on pu faire de mieux que de prendre le parti le plus raisonnable?

Examen de la domination de Pépin. — Par exemple, Éginhard, secrétaire de Charlemagne, rapporte que *Pépin offrit l'exarchat à sain*

---

1. L'*Essai sur les mœurs*. (ÉD.)
2. *Examen et discussion de l'histoire des diables de Loudun*, par La Menardaye. (ÉD.)
3. *Apologie de Louis XIV et de son conseil sur la révocation de l'édit de Nantes*, etc., avec une *dissertation sur la journée de la Saint-Barthélemy*, par l'abbé de Caveyrac. (ÉD.)

Pierre; mais Charlemagne, dans son testament, fait des présents à **ses** villes de Rome et Ravenne; donc, puisque Rome et Ravenne **étaient** *ses villes*, le pape n'en était pas souverain; donc il ne faut entendre par ces mots, *il offrit à saint Pierre*, qu'une cérémonie de religion, une oblation pieuse, qui d'ailleurs ne pouvait conférer aucun droit, puisque Pépin n'en avait aucun sur l'exarchat.

Devant quel tribunal de justice pourrait-on dire : « Cela est à moi, car je le tiens de celui à qui il n'appartenait pas? » Ce n'est certainement ni devant le tribunal des hommes, ni devant celui de Dieu. Après tout, c'est une dispute bien vaine; car ce n'est pas sur cette donation, dont le titre original n'a jamais paru, que la souveraineté de Rome et de Ravenne est fondée : la concession de Rodolphe de Habsbourg est la seule qu'on montre à Rome; et c'est la plus avantageuse.

III. *Des rois bigames.* — Un libelliste [1], aussi mal instruit que mal intentionné, prétend que les rois Clotaire, Gontran, Chérebert, Sigebert, Chilpéric, n'avaient pas plus d'une femme à la fois. Peut-il ignorer que Clothaire Ier épousa les deux sœurs Rugonde et Aregonde, et encore Gondiuke sa belle-sœur, et encore trois autres femmes; qu'il en eut presque toujours trois, et que c'était alors l'usage des rois francs? Quel homme un peu versé dans l'histoire ne sait pas que, quand Chilpéric son fils épousa une sœur de Brunehaut, on fit jurer à ses ambassadeurs que ce roi n'en épouserait pas d'autre du vivant de sa femme? ce qui prouvait assez que Chilpéric n'avait pas renoncé d'abord à la polygamie. Caribert donna trois indignes rivales à sa femme Ingoberge; et toutes trois eurent le nom d'épouses. Gontran eut dans le même temps Marcatrude et Austregile : apparemment il s'en repentit, car il a été mis au nombre des saints. Il n'y a point d'annaliste français qui ne convienne que Dagobert Ier épousa presque la même année Nantilde, Wlfegonde et Berthilde. Cela est plus sûr que le trône d'or massif qu'on prétend que lui fit saint Éloi.

IV. *Des possessions et sortiléges.* — L'histoire moderne est plus sûre que l'histoire ancienne; et le tableau de nos faiblesses, de nos erreurs, de nos superstitions, est aussi bien plus intéressant. C'est dans l'histoire de nos propres folies qu'on apprend à être sage, et non dans les discussions ténébreuses d'une vaine antiquité.

On a dit, dans l'*Essai sur les mœurs, etc.*, que dans tous les pays où l'on cessa d'exorciser, on ne vit presque plus de possessions ni de sortiléges. Il est vrai qu'il y en eut infiniment moins qu'ailleurs; mais on ferait trop d'honneur à la nature humaine de croire que les possessions du diable et les sortiléges cessèrent entièrement chez les peuples séparés de l'Église romaine.

Telle est la faiblesse de l'esprit humain, telle est la contradiction de ses pensées, que longtemps encore après qu'on eut aboli les exorcismes chez les réformés, ils admirent quelquefois des possessions du

---

[1]. Nonotte, dans ses *Erreurs de Voltaire.* (ÉD.)

diable et des sortiléges. Il y eut de prétendus magiciens brûlés en
Danemark, en Suède, en Poméranie, en Hollande, et ailleurs. Vous en
trouverez dans le *Monde enchanté* de Bekker des relations très-authen-
tiques; vous verrez même que plus d'un ministre de l'Évangile a cru
ou feint de croire à ces possessions et à ces sortiléges, de peur qu'en
les rejetant, ils ne semblassent détruire une partie du christianisme
fondé sur cette base; car, disaient-ils, puisque nous convenons tous
que le diable nous inspire des pensées, et que les pensées agissent sur
les corps, pourqui le diable n'aurait-il pas le même pouvoir sur nos
corps que sur nos âmes? Cette manière de raisonner pourrait être ap-
pliquée aux possessions, mais elle ne prouverait pas qu'il y a des sorciers. Ce n'est pas ici le lieu d'approfondir ces questions; il nous suffit
de connaître que la raison humaine, en se délivrant d'une erreur,
en conserve plusieurs autres, et s'en forme encore de nouvelles, et
que le nombre des sages est bien petit dans les temps même les plus
éclairés.

V. *De l'évêque Opas.* — La vérité de l'histoire a obligé de dire que
l'évêque de Séville Opas fut, avec le comte Julien, le premier instrument dont se servirent les Maures pour subjuguer l'Espagne: c'est un
fait si connu, qu'il eût été aussi honteux de n'en point parler, qu'il
l'est de le contredire. L'*Abrégé chronologique de l'histoire d'Espagne*[1]
appelle l'évêque Opas *le plus mauvais prêtre et le plus mauvais citoyen du royaume.*

Les reproches faits à l'auteur d'avoir quelquefois loué des mahométans ne sont que ridicules; et cette critique ne mérite pas de réponse.

VI. *De Mahomet.* — A l'égard de Mahomet, il est assez inutile de
savoir s'il était fils du dixième ou du douzième enfant d'Abdalla-Moutaleb, et combien de temps il fut facteur de la veuve Cadige, qu'il
épousa depuis. Quelques-uns pensent qu'il ne savait ni lire ni écrire;
et cela même augmentait le prodige de ses succès: ils se fondent sur
des passages de l'Alcoran, où Mahomet s'appelle *prophète ignorant,*
où il insinue qu'il ne sait pas écrire. Le sens de ces passages est probablement que par lui-même il était ignorant, incapable de bien lire
et de bien écrire, et que l'ange Gabriel l'élevait au-dessus de lui-
même. Il n'est guère possible qu'un marchand, devenu législateur,
qui était poëte et médecin, et qui, avant de mourir, demanda qu'on
lui apportât de quoi écrire, ne sût pas ce que savaient les enfants de
la Mecque.

VII. *De Calvin.* — Ce qui regarde le christianisme est un point plus
délicat; l'auteur n'en a jamais parlé en théologien; il s'en est tenu à
la fidélité de l'histoire: il a dit les faits; c'est aux lecteurs sages à porter leur jugement. Si Calvin a eu la barbarie de faire expirer Servet

---

1. Il s'agit de l'ouvrage de Desormaux et Dutertre, et non de celui de Mac-
quer et Lacombe, qui porte le même titre. (*Note de M. Beuchot.*)

dans les flammes, après avoir écrit qu'il ne faut persécuter personne pour l'opinion de Servet, il a bien fallu rapporter cette horreur, sans crainte de déplaire à un fanatique ou à un fripon ; il a bien fallu de même avouer l'ambition, les débauches et les cruautés de plusieurs pontifes ; ils étaient hommes, et on a écrit l'histoire des hommes : leurs vices relèvent les vertus des pontifes de nos jours.

VIII. *De la reine Christine.* — En examinant l'*Essai sur les mœurs*, etc., on a vu quelques lettres attribuées à la reine Christine : il y en a une au cardinal Mazarin au sujet de l'assassinat de Monaldeschi : elle s'exprime ainsi : « Apprenez tous.... valets et maîtres.... qu'il m'a plu d'agir ainsi.... Je veux que vous sachiez.... que Christine se soucie peu de votre cour, et encore moins de vous.... Ma volonté est une loi que vous devez respecter : vous taire est votre devoir. Sachez.... que Christine est reine partout où elle est. »

Cette lettre n'est point datée. Si Christine l'écrivit, c'était une homicide tombée en démence. Elle avait beaucoup d'esprit ; elle avait eu la gloire de mépriser un trône ; mais elle souilla cette gloire par sa conduite. Si cette lettre est supposée, elle ne peut l'être que par un de ces esclaves abrutis qui ont imaginé qu'une Suédoise, parce qu'elle avait régné à Stockholm, avait le droit de faire assassiner un Italien à Fontainebleau. Non-seulement le devoir du cardinal Mazarin, premier ministre, n'était pas de se taire, mais il était de faire sentir l'indignation du roi à Christine. Le devoir du procureur général était de faire informer contre les assassins à gages qui avaient tué un étranger dans une maison royale ; et il fallait peut-être ne renvoyer Christine qu'après l'avoir forcée au moins d'assister au supplice des meurtriers payés par elle. Plusieurs hommes justes auraient été d'un avis plus rigoureux.

IX. *Du clergé.* — L'auteur de l'*Essai sur les mœurs*, etc. n'a pu avoir ni prédilection, ni haine, ni intérêt ; ce n'est point assurément par un esprit de flatterie qu'il a réfuté, dans le *Siècle de Louis XIV*, l'erreur qui publiait que le clergé de France possédait la troisième partie des revenus de la nation. Que pourrait attendre un séculier solitaire de la faveur du clergé ? Il a rendu seulement gloire à la vérité qu'il aime. Le clergé n'a pas quatre-vingts millions de revenu, et il a rempli son devoir en secourant l'État à proportion de ses richesses. Les évêques de France ont été pour la plupart respectables par leur conduite, et leurs aumônes ont dû les rendre chers à leurs peuples. En général, le corps des évêques et des curés a fait autant de bien en Angleterre et en France, que les querelles de religion avaient autrefois causé de maux.

X. *De la tolérance.* — Il paraît que tous les hommes sages et modérés désirent aujourd'hui que la tolérance soit établie en France comme en Angleterre : ils disent que cette tolérance peuple un État et l'enrichit, et qu'un bon gouvernement prévient les troubles attachés aux diverses opinions des hommes ; surtout lorsque ces opinions, souvent absurdes, sont tenues en bride par la raison supérieure des principaux citoyens.

XI. *Du molinisme et du jansénisme.* — En parlant du jansénisme et du molinisme, on leur a laissé tout le ridicule qui fait le fond de leurs querelles, et on a fait voir que ce qui est méprisable est souvent dangereux quand il n'est pas assez méprisé. Plus les esprits seront convaincus de la futilité et de l'extravagance de ces disputes, plus l'État sera tranquille.

On a représenté la France heureuse et malheureuse; la discipline militaire en vigueur dans un temps, trop relâchée dans un autre; les finances tantôt en bon état, tantôt dissipées; la marine établie et détruite; le commerce florissant et dépéri. Telles sont les vicissitudes des choses humaines; mais on n'a pas prétendu donner des règlements de discipline militaire, de finance, de marine et de commerce: on a fait une histoire, et non des systèmes.

XII. *De l'homme au masque de fer.* — Quelques anecdotes du *Siècle de Louis XIV*, dont l'auteur était certain, ont été vainement contestées. Celle de l'homme au masque de fer, qui donne lieu à d'étranges conjectures, est aussi vraie qu'étonnante. L'auteur a reçu en dernier lieu une lettre du seigneur de Palteau, château près de Villeneuve-le-Roi, dans laquelle il lui confirme que ce prisonnier logea dans ce château; que plusieurs personnes le virent descendre d'une litière; qu'il portait un masque noir, et qu'on s'en souvient encore dans les environs. Cette nouvelle preuve n'était pas nécessaire: mais il ne faut rien négliger sur un fait si éloigné de l'ordre commun.

XIII. *Sur Fénelon et Huet.* — Une autre singularité qui regarde la philosophie, et qui est peut-être plus remarquable dans l'histoire de l'esprit humain, est la manière dont pensaient les deux savants prélats Fénelon et Huet sur la fin de leur vie. Le livre de la *Faiblesse de l'esprit humain*, par lequel l'évêque d'Avranches finit sa carrière, ne laisse aucun lieu de douter de ses derniers sentiments. On a contesté les vers de l'archevêque de Cambrai:

> Jeune, j'étais trop sage,
> Et voulais trop savoir, etc.

Il est si certain qu'ils sont de lui, que son neveu, ambassadeur à la Haye, les fit imprimer à la suite du *Télémaque*, avec d'autres pièces, dans l'édition *in-folio*. Les exemplaires où se trouvent ces vers sont très-rares; mais on les trouve dans quelques bibliothèques.

En un mot, pour faire l'histoire du *Siècle de Louis XIV*, l'auteur a cherché quarante ans la vérité, et il l'a dite.

ÉCLAIRCISSEMENTS HISTORIQUES,

A L'OCCASION D'UN LIBELLE CALOMNIEUX

CONTRE L'ESSAI SUR LES MOEURS ET L'ESPRIT DES NATIONS

PAR M. DAMILAVILLE.

(1763.)

S'il s'agit de goût, on ne doit répondre à personne, par la raison qu'il ne faut pas disputer des goûts : mais est-il question d'histoire, s'agit-il de discuter des faits intéressants, on peut répondre au dernier des barbouilleurs, parce que l'intérêt de la vérité doit l'emporter sur le mépris des libelles. Ceci sera donc un procès par-devant le petit nombre de ceux qui étudient l'histoire et qui doivent juger.

Un ex-jésuite, nommé Nonotte, savant comme un prédicateur, et poli comme un homme de collége, s'avisa d'imprimer un gros livre intitulé : *Les Erreurs de l'auteur de l'Essai sur les mœurs et l'esprit des nations;* cette entreprise était d'autant plus admirable, que ce Nonotte n'avait jamais étudié l'histoire. Pour mieux vendre son livre, il le farcit de sottises, les unes dévotes, les autres calomnieuses; car il avait ouï dire que ces deux choses réussissent.

PREMIÈRE SOTTISE DE NONOTTE. — Le libelliste accuse l'auteur de *l'Essai sur les mœurs et l'esprit des nations*, d'avoir dit : « L'ignorance chrétienne se représente Dioclétien comme un ennemi armé sans cesse contre les fidèles. »

Il n'y a point dans le texte, *l'ignorance chrétienne;* il y a dans toutes les éditions, *l'ignorance se représente d'ordinaire Dioclétien*, etc. On voit assez comment un mot de plus ou de moins change la vérité en mensonge odieux. Ce premier trait peut faire juger de Nonotte.

IIe SOTTISE DE NONOTTE. — *Sur un édit de l'empereur.* — Il s'agit d'un chrétien qui déchira et mit en pièces publiquement un édit impérial. L'auteur de *l'Essai sur les mœurs*, etc., appelle ce chrétien *indiscret*[1]. Le libelliste le justifie et dit : « Un semblable édit n'était-il pas évidemment injuste, etc. ? »

Je dois observer que c'est trop soutenir des maximes tant condamnées par tous nos parlements. Quelque injuste que puisse paraître à un particulier un édit de son souverain, il est criminel de lèse-majesté quand il le déchire et le foule aux pieds publiquement. L'auteur du libelle devrait savoir qu'il faut respecter les rois et les lois.

Si Nonotte avait à faire à quelque savant en *us*, ce savant lui dirait : « Monsieur, vous êtes un ignorant ou un fripon : vous dites dans votre

---

1. *Essai sur les mœurs* chap. VIII. (ÉD.)

pieux libelle, page 20, que ce n'est pas le premier édit de Dioclétien, mais le second, qu'un chrétien d'une qualité distinguée déchira publiquement.

« Premièrement, il importe fort peu que ce chrétien ait été de la plus haute qualité. Secondement, s'il était de la plus haute qualité, il n'en était que plus coupable.

« Troisièmement, l'*Histoire ecclésiastique* de Fleuri dit expressément, page 428, tome II, que ce fut le premier édit, portant seulement privation des honneurs et des dignités, que ce chrétien de la plus haute qualité déchira publiquement, en se moquant des victoires des Romains sur les Goths et sur les Sarmates, dont l'édit faisait mention.

« Si vous avez lu Eusèbe, dont Fleuri a tiré ce fait, vous avez tort de falsifier ce passage. Si vous ne l'avez pas lu, vous avez plus de tort encore. Donc vous êtes un ignorant ou un fripon. »

Voilà ce qu'on vous dirait; mais, dans un siècle comme le nôtre, on se gardera bien de se servir d'un pareil style.

IIIe SOTTISE DE NONOTTE. — *Sur Marcel.* — Un centurion, nommé Marcel, dans une revue auprès de Tanger en Mauritanie, jeta sa ceinture militaire et ses armes, et cria : « Je ne veux plus servir ni les empereurs ni leurs dieux. »

L'auteur du libelle trouve cette action fort raisonnable; et il fait un crime à l'auteur de l'*Essai sur les mœurs, etc.*, de dire que le zèle de ce centurion n'était pas sage; mais il n'en est pas dit un mot dans l'*Essai sur les mœurs, etc.;* c'est dans un autre ouvrage qu'il en est parlé. Au reste, je demande si un capitaine calviniste serait bien reçu dans une revue à jeter ses armes, et à dire qu'il ne veut plus combattre pour le roi et pour la sainte Vierge? ne ferait-il pas mieux de se retirer paisiblement?

IVe SOTTISE DE NONOTTE. — *Sur saint Romain.* — Notre libelliste trouve beaucoup d'impiété à nier l'aventure du jeune saint Romain. Voici le passage de M. de Voltaire :

« Il est bien vraisemblable que la juste douleur des chrétiens se répandit en plaintes exagérées. Les *Actes sincères* nous racontent que l'empereur étant dans Antioche, le préteur condamna un enfant chrétien, nommé Romain, à être brûlé; que des Juifs présents à ce supplice se mirent méchamment à rire, en disant : « *Nous avons eu autrefois « trois petits garçons, Sidrach, Misach, et Abdénago, qui ne brûlè- « rent point dans la fournaise; et celui-ci brûle.* » Dans l'instant, pour confondre les Juifs, une grande pluie éteignit le bûcher, et le petit garçon en sortit sain et sauf en demandant : « Où est donc le feu? » Les *Actes sincères* ajoutent que l'empereur le fit délivrer, mais que le juge ordonna qu'on lui coupât la langue. Il n'est guère possible qu'un juge ait fait couper la langue à un petit garçon à qui l'empereur avait pardonné.

« Ce qui suit est plus singulier. On prétend qu'un vieux **médecin** chrétien, nommé Ariston, qui avait un bistouri tout prêt, **coupa la** langue de cet enfant pour faire sa cour au préteur. Le petit Romain fut aussitôt renvoyé en prison. Le geôlier lui demanda de ses nouvelles ; l'enfant raconta fort au long comment un vieux médecin lui avait coupé la langue. Il faut noter que le petit enfant, avant cette opération, était extrêmement bègue, mais qu'alors il parlait avec une volubilité merveilleuse. Le geôlier ne manqua pas d'aller raconter ce miracle à l'empereur. On fit venir le vieux médecin ; il jura que l'opération avait été faite dans toutes les règles de l'art, et montra la langue de l'enfant qu'il avait conservée proprement dans une boîte. « *Qu'on fasse ve-* « *nir*, dit-il, *le premier venu, je m'en vais lui couper la langue en pré-* « *sence de Votre Majesté, et vous verrez s'il pourra parler.* » On prit un pauvre homme à qui le médecin coupa juste autant de langue qu'il en avait coupé au petit enfant ; l'homme mourut sur-le-champ. »

Je veux croire que les *Actes* qui rapportent ce fait sont aussi *sin-cères* qu'ils en portent le titre ; mais ils sont encore plus singuliers que sincères.

C'est maintenant au lecteur judicieux à voir s'il n'est pas permis de douter un peu de ce miracle. L'auteur du libelle peut aussi croire, s'il veut, l'apparition du *Labarum ;* mais il ne doit point injurier ceux qui ne sont point de cet avis.

Vᵉ SOTTISE DE NONOTTE. — *Sur l'empereur Julien.* — On peut s'é-puiser en invectives contre l'empereur Julien ; on n'empêchera pas que cet empereur n'ait eu des mœurs très-pures : on doit le plaindre de n'avoir pas été chrétien, mais il ne faut pas le calomnier. Voyez ce que Julien écrit aux Alexandrins sur le meurtre de l'évêque Georges, ce grand persécuteur des athanasiens.... « Au lieu de me réserver la connaissance de vos injures, vous vous êtes livrés à la colère, et vous n'avez pas eu honte de commettre les mêmes excès qui vous rendaient vos adversaires si odieux. » Julien les reprend en empereur et en père. Qu'on lise toutes ses lettres, et qu'on voie s'il y a jamais eu un homme plus sage et plus modéré. Quoi donc ! parce qu'il a eu le malheur de n'être pas chrétien, n'aurait-il eu aucune vertu ? Cicéron, Virgile, les Caton, les Antonin, Pythagore, Zaleucus, Socrate, Platon, Épic-tète, Lycurgue, Solon, Aristide, les plus sages des hommes, auront-ils été des monstres, parce qu'ils auront eu le malheur de n'être pas de notre religion ?

VIᵉ SOTTISE DE NONOTTE. — *Sur la légion thébaine.* — L'auteur du belle fait des efforts assez plaisants, page 28, pour accréditer la fable de la légion thébaine, toute composée de chrétiens, tout entière environnée dans une gorge de montagnes, où l'on ne peut pas mettre deux cents hommes en bataille, au pied du grand Saint-Bernard, où cent hommes bien retranchés arrêteraient une armée. Voici les preuves que notre critique judicieux donne de l'authenticité de cette aventure : il les a copiées du *Pédagogue chrétien.*

« Eucher, dit-il, qui rapporte cette histoire deux cents ans après l'événement, *était riche*, donc il disait vrai. Eucher *l'avait entendu raconter à Isac, évêque de Genève*, qui sans doute était riche aussi. Isac disait tenir le tout d'un évêque nommé Théodore, qui vivait cent ans après ce massacre. » Voilà en vérité des preuves mathématiques. Je prie le libelliste de venir faire un tour au grand Saint-Bernard; il verra de ses yeux s'il est aisé d'y entourer et d'y massacrer une légion tout entière. Ajoutons qu'il est dit que cette légion venait d'Orient, et que le mont Saint-Bernard n'est pas assurément le chemin en droiture. Ajoutons encore qu'il est dit que c'était pour la guerre contre les Bagaudes, et que cette guerre alors était finie. Ajoutons surtout que cette fable tant chantée par tous les légendaires fut écrite par Grégoire de Tours, qui l'attribua à Eucher, mort en 454; et remarquons que dans cette légende, supposée écrite en 454, il est beaucoup parlé de la mort d'un Sigismond, roi de Bourgogne, tué en 523.

Il est de quelque utilité d'apprendre aux ignorants imposteurs de nos jours que leur temps est passé, et qu'on ne croit plus ces misérables sur leur parole.

On proposa à Nonotte de marier les six mille soldats de la légion thébaine avec les onze mille vierges; mais ce pauvre ex-jésuite n'avait pas les pouvoirs.

VIIe SOTTISE DE NONOTTE. — *Sur Ammien Marcellin, et sur un passage important.* — Le libelliste s'exprime ainsi, page 48 : « Ammien Marcellin ne dit nulle part qu'il avait vu les chrétiens se déchirer comme des bêtes féroces. L'auteur de l'*Essai sur les mœurs, etc.*, calomnie en même temps Ammien Marcellin et les chrétiens. »

Qui est le calomniateur, ou de vous, ou de l'auteur de l'*Essai sur les mœurs?* Premièrement vous citez faux; il n'y a point dans le texte qu'Ammien Marcellin *ait vu;* il y a que de son temps les chrétiens se déchiraient. Secondement voici les paroles d'Ammien Marcellin, page 223, édition de Henri de Valois : *His efferatis hominum mentibus... iram in Georgium episcopum verterunt, vipereis morsibus ab eo sæpius appetiti.* On demande au libelliste quel est le caractère des vipères? Sont-elles douces? sont-elles féroces? d'ailleurs a-t-on [1] besoin du témoignage d'Ammien Marcellin pour savoir que les eusébiens et les athanasiens exercèrent les uns contre les autres la plus détestable fureur? Jusqu'à quand arborera-t-on l'intolérance et le mensonge?

VIIIe SOTTISE DE NONOTTE. — *Sur Charlemagne.* — Il accuse l'auteur de l'*Essai sur les mœurs, etc.*, d'avoir dit que Charlemagne n'était qu'un heureux brigand. Notre libelliste calomnie souvent. L'historien appelle Charlemagne « le plus ambitieux, le plus politique, le plus grand guerrier de son siècle. » Il est vrai que Charlemagne fit massa-

---

1 *N. B. M.* Dami.aville pouvait citer un autre passage d'Ammien Marcellin beaucoup plus fort; c'est à la fin du chap. v, liv. XXII. Je me sers de la traduction très-estimée faite à Berlin, imprimée cette année 1775, n'ayant pas sous mes yeux le texte original. Voici les paroles du traducteur : *Julien avait observé qu'il n'est pas d'animaux plus ennemis de l'homme, que le sont entre eux les chrétiens quand la religion les divise.* (Cette note est de 1775.)

crer un jour quatre mille cinq cents prisonniers : on demande au libelliste s'il aurait voulu être le prisonnier de saint Charlemagne.

IX° SOTTISE DE NONOTTE. — *Sur les rois de France bigames.* — Notre nomme assure, à l'occasion de Charlemagne, que les rois Gontran, Sigebert, Chilpéric, n'avaient pas plus d'une femme à la fois.

Notre libelliste ne sait pas que Gontran eut pour femmes, dans le même temps, Vénérande, Mercatrude et Ostrégile; il ne sait pas que Sigebert épousa Brunehaut du temps de sa première femme; que Cherebert eut à la fois Méroflède, Marcovèse et Théodegilde. Il faut encore lui apprendre que Dagobert eut trois femmes, et qu'il passa d'ailleurs pour un prince très-pieux, car il donna beaucoup aux monastères. Il faut lui apprendre que son confrère Daniel, quelque partial qu'il puisse être, est plus honnête et plus véridique que lui. Il avoue franchement, p. 110 du tome Ier, in-4°, que le grand Théodebert épousa la belle Deuterie, quoique le grand Théodebert eût une autre femme nommée Visigalde, et que la belle Deuterie eût un mari; et qu'en cela il imitait son oncle Clotaire, lequel épousa la veuve de Clodimir son frère, quoiqu'il eut déjà trois femmes.

Il résulte que Nonotte est excessivement ignorant et un peu téméraire.

Ex-jésuite de province, pauvre Nonotte, tu parles de femmes! de quoi t'avises-tu? lis seulement l'Abrégé du président Hénault, in-4°; tu verras, à l'article *Philippe Auguste,* que Pierre, roi d'Aragon, promet par son contrat de mariage « de n'en point répudier sa femme Marie, comtesse de Montpellier, » et même de n'en épouser point d'autre du vivant de Marie. Te voilà bien étonné, Nonotte.

X° SOTTISE DE NONOTTE. — *Sur des choses plus sérieuses.* — Non, ex-jésuite Nonotte, non, la persécution n'était pas dans le génie des Romains. Toutes les religions étaient tolérées à Rome, quoique le sénat n'adoptât pas tous les dieux étrangers. Les Juifs avaient des synagogues à Rome. Les superstitieux Égyptiens, nation presque aussi méprisable que la juive, y avaient élevé un temple qui n'aurait pas été démoli sans l'aventure de Mundus et de Pauline. Les Romains, ce peuple-roi, n'agitèrent jamais la controverse; ils ne songeaient qu'à vaincre et à policer les nations. Il est inouï qu'ils aient jamais puni personne seulement pour la religion. Ils étaient justes. J'en prends à témoin les *Actes des Apôtres* [1] : lorsque saint Paul, suivant le conseil de saint Jacques, alla se purifier pendant sept jours de suite dans le temple de Jérusalem, pour persuader aux Juifs qu'il gardait la loi de Moïse, les Juifs demandèrent sa mort au proconsul Festus; ce Festus leur répondit : « Ce n'est point la coutume des Romains de condamner un homme avant que l'accusé ait son accusateur devant lui, et qu'on lui ait donné la liberté de se justifier. »

Ce fut par le fanatisme d'un saducéen, et non d'un Romain, que

1. Chap. xxv, verset 16. (ÉD.)

saint Jacques, frère de Jésus, fut lapidé. Il est donc très-vraisemblable que la haine implacable qu'on porte toujours à ses frères séparés de communion fut la cause du martyre des premiers chrétiens. J'en parlerai ailleurs : mais à présent, ô libelliste ! je ne vous en dirai mot. Je vous avertis seulement d'étudier l'histoire en philosophe, si vous pouvez.

XIe SOTTISE DE NONOTTE. — *Sur la messe.* — Notre Nonotte assure que la messe était, au temps de Charlemagne, ce qu'elle est aujourd'hui ; il veut nous tromper ; il n'y avait point de messe basse, et c'est de quoi il est question. La messe fut d'abord la cène. Les fidèles s'assemblaient au troisième étage, comme on le voit par plusieurs passages, surtout au chapitre xx, verset 9, des *Actes des Apôtres.* Ils rompaient le pain ensemble, selon ces paroles : « Toutes les fois que vous ferez ceci, vous le ferez en mémoire de moi [1]. » Ensuite l'heure changea, l'assemblée se fit le matin, et fut nommée la *synaxe ;* puis les Latins la nommèrent *messe.* Il n'y avait qu'une assemblée, qu'une messe dans une église ; et ce terme de *mes frères,* si souvent répété, prouve bien qu'il n'y avait point de messes privées : elles sont du xe siècle. L'ex-jésuite Nonotte ne connaît pas même la messe. Dis-tu la messe, Nonotte ? eh bien, je ne te la servirai pas.

XIIe SOTTISE DE NONOTTE. — *Sur la confession.* — Le libelliste dit que la confession auriculaire était établie dès les premiers temps du christianisme. Il prend la confession auriculaire pour la confession publique. Voici l'histoire fidèle de la confession ; l'ignorance et la mauvaise foi des critiques servent quelquefois à éclaircir des vérités.

La confession de ses crimes, en tant qu'expiation, et considérée comme une chose sacrée, fut admise de temps immémorial dans tous les mystères d'Isis, d'Orphée, de Mithras, de Cérès : les Juifs connurent ces sortes d'expiations, quoique dans leur loi tout fût temporel. Les peines et les punitions après la mort n'étaient annoncées ni dans le *Décalogue,* ni dans le *Lévitique,* ni dans le *Deutéronome ;* et aucune de ces trois lois ne parle de l'immortalité de l'âme : mais les Esséniens embrassèrent dans les derniers temps la coutume d'avouer leurs fautes dans leurs assemblées publiques, et les autres Juifs se contentaient de demander pardon à Dieu dans le temple. Le grand prêtre, le jour de l'expiation annuelle, entrait seul dans le sanctuaire, demandait pardon pour le peuple, et chargeait des iniquités de la nation un bouc nommé Hazazel, d'un nom égyptien. Cette cérémonie était entièrement égyptienne.

On offrait, pour les péchés reconnus, des victimes dans toutes les religions, et on se lavait d'eau pure. De là viennent ces fameux vers :

> *Ah nimium faciles, qui tristia crimina cædis*
> *Fluminea tolli posse putetis aqua !*
> Ovid., Fast., II, 45.

2. I *aux Corinthiens,* XI, 24-25. (ÉD.)

Saint Jacques ayant dit dans son épître[1] : « Confessez, avouez vos fautes les uns aux autres, » les premiers chrétiens établirent cette coutume comme la gardienne des mœurs. Les abus se glissent dans les plus saintes.

Sozomène nous apprend, liv. VII, chap. xvi, que les évêques ayant reconnu les inconvénients de ces confessions publiques, *faites comme sur un théâtre*, établirent dans chaque église un seul prêtre, sage et discret, nommé le *pénitencier*, devant lequel les pécheurs avouaient leurs fautes, soit seul à seul, soit en présence des autres fidèles. Cette coutume fut établie vers l'an 250 de notre ère.

On connaît le scandale arrivé à Constantinople du temps de l'empereur Théodose Ier. Une femme de qualité s'accusa au pénitencier d'avoir couché avec le diacre de la cathédrale. Il faut bien que cette femme se fût confessée publiquement, puisque le diacre fut déposé, et qu'il y eut un grand tumulte. Alors Nectaire le patriarche abolit la charge de pénitencier, et permit qu'on participât aux mystères sans se confesser : « Il fut permis à chacun, disent Socrate et Sozomène, de se présenter à la communion selon ce que sa conscience lui dicterait. »

Saint Jean Chrysostome, successeur de Nectaire, recommanda fortement de ne se confesser qu'à Dieu; il dit dans sa cinquième homélie : « Je vous exhorte à ne cesser de confesser vos péchés à Dieu; je ne vous produis point sur un théâtre; je ne vous contrains point de découvrir vos péchés aux hommes : déployez votre conscience devant Dieu, montrez-lui vos blessures, demandez-lui les remèdes; avouez vos fautes à celui qui ne vous les reproche point, à celui qui les connaît toutes, à qui vous ne pouvez les cacher. »

Dans son homélie sur le psaume 50 : « Quoi! vous dis-je que vous vous confessiez à un homme, à un compagnon de service, votre égal, qui peut vous reprocher vos fautes? non; je vous dis · « Confessez-vous « à Dieu. »

On pourrait alléguer plus de cinquante passages authentiques qui établissent cette doctrine, à laquelle l'usage saint et utile de la confession auriculaire a succédé. Nonotte ne sait rien de tout cela. Il demeure pourtant chez une fille qu'il confesse. On dit qu'elle n'est pas belle.

XIII° SOTTISE DE NONOTTE. — *Sur Bérenger.* — « L'article de Bérenger est très-curieux : Il paraît que l'auteur de l'*Essai sur les mœurs* ne sait point le catéchisme des catholiques, mais qu'il est bien instruit de celui des calvinistes. »

On peut lui répondre que l'auteur de l'*Essai* est très-bien instruit des deux catéchismes; et il sait que tous deux condamnent les ignorants qui disent des injures sans esprit.

On passe tout ce que cet honnête homme dit sur l'eucharistie, parce qu'on respecte ce mystère autant qu'on méprise la calomnie. Il y a des choses si sacrées, si délicates, qu'il ne faut ni en disputer avec .es fripons, ni en parler devant les fanatiques.

1. Chap. v, verset 16. (ÉD.)

XIV° SOTTISE DE NONOTTE. — *Sur le second concile de Nicée, et des images.* — Nous ne réfuterons pas ce que dit le libelle au sujet du second concile de Nicée, du concile de Francfort, et des livres carolins : on sait assez que les livres carolins envoyés à Rome, et non condamnés, traitent le second concile de Nicée de *synode arrogant et impertinent :* ce sont des faits attestés par des monuments authentiques. Ce concile de Francfort rejeta non-seulement l'adoration des images, mais encore le service le plus léger, *servitium*; c'est le mot dont il se sert. Ce ne sont pas ici des anecdotes, ce sont des faits authentiques.

Il est plaisant que le libelliste accuse l'historien d'être calviniste, parce que cet historien rapporte fidèlement les faits. Lui calviniste, bon Dieu! il n'est pas plus pour Calvin que pour Ignace.

Le culte des images est purement de discipline ecclésiastique; il est bien certain que Jésus-Christ n'eut jamais d'images, et que les apôtres n'en avaient point. Il se peut que saint Luc ait été peintre, et qu'il ait fait le portrait de la vierge Marie; mais il n'est point dit que ce portrait ait été adoré. Les images et les statues sont de très-beaux ornements quand elles sont bien faites; et pourvu qu'on ne leur attribue pas des vertus occultes, et une puissance ridicule, les âmes pieuses les révèrent et les gens de goût les estiment : on peut s'en tenir là sans être calviniste : on peut même se moquer du tableau de saint Ignace qu'on a vu longtemps chez les jésuites, à Paris; ce grand saint y est représenté montant au ciel dans un carrosse à quatre chevaux blancs : les jésuites auront de la peine à faire servir dorénavant cette peinture de tableau d'autel dans les églises de Paris.

XV° SOTTISE DE NONOTTE. — *Sur les croisades.* — Le bon sens de l'auteur du libelle se remarque dans les éloges qu'il fait de l'entreprise des croisades, et de la manière dont elles furent conduites; mais il permettra qu'on doute que des mahométans aient voulu choisir pour leur soudan un prince chrétien, leur ennemi mortel et leur prisonnier, qui ne connaissait ni les mœurs ni leur langue.

L'auteur de l'*Essai sur les mœurs et l'esprit des nations* dit que Constantinople fut prise pour la première fois par les Francs, en 1204, et qu'avant ce temps aucune nation étrangère n'avait pu s'emparer de cette ville. L'auteur du libelle appelle cette vérité une erreur grossière, sous prétexte que quelques empereurs étaient rentrés en victorieux dans Constantinople après des séditions. Quel rapport, je vous prie, ces séditions peuvent-elles avoir avec la translation de l'empire grec aux Latins?

XVI° SOTTISE DE NONOTTE. — *Sur les Albigeois.* — L'article des *Albigeois* est un de ceux où l'auteur du libelle montre le plus d'ignorance et déploie le plus de fureur. Il est certain qu'on imputa aux Albigeois les crimes qui ne sont pas même dans la nature humaine : on ne manqua pas de les accuser de tenir des assemblées secrètes, dans lesquelles les hommes et les femmes se mêlaient indifféremment, après avoir éteint la lumière. On sait que de pareilles horreurs ont été imputées aux premiers chrétiens, et à tous ceux qui ont voulu être réformateurs. On les accusa encore d'être manichéens, quoiqu'ils n'eussent jamais entendu parler de Manès.

L'infortuné comte de Toulouse, Raimond VI, contre lequel on fit une croisade pour le dépouiller de son État, était très-éloigné des erreurs de ces pauvres Albigeois : on a encore sa lettre à l'abbé et au chapitre de Cîteaux, dans laquelle il se plaint des hérétiques, et demande main-forte. C'est un grand exemple du pouvoir abusif que les moines avaient alors en France. Un souverain se croyait obligé de demander la protection d'un abbé de Cîteaux : il n'obtint que trop ce qu'il avait imprudemment demandé. Un abbé de Clairvaux, devenu cardinal et légat du pape, marcha avec une armée pour secourir le comte de Toulouse, et le premier secours qu'il lui donna fut de ravager Béziers et Cahors, en 1187. Le pays fut en proie aux excommunications et au glaive à plus d'une reprise, jusqu'à l'année 1207, que le comte de Toulouse commença à se repentir d'avoir appelé dans sa province des légats qui égorgeaient et pillaient les peuples au lieu de les convertir.

Un moine de Cîteaux, nommé Pierre Castelnau, l'un des légats du pape, fut tué dans une querelle par un inconnu; on en accusa le comte de Toulouse, sans en avoir la moindre preuve. Le siége de Rome en usa alors comme il en avait usé tant de fois avec presque tous les princes de l'Europe : il donna au premier occupant les États du comte de Toulouse, sur lesquels il n'avait pas plus de droit que sur la Chine ou sur le Japon. On prépara dès lors une croisade contre ce descendant de Charlemagne, pour venger la mort d'un moine.

Le pape ordonna à tous ceux qui étaient en péché mortel de se croiser, leur offrant le pardon de leurs péchés à cette seule condition, et les déclarant excommuniés si, après s'être croisés, ils n'allaient pas mettre le Languedoc à feu et à sang.

Alors le duc de Bourgogne, les comtes de Nevers, de Saint-Pol, d'Auxerre, de Genève, de Poitiers, de Forez, plus de mille seigneurs châtelains, les archevêques de Sens, de Rouen, les évêques de Clermont, de Nevers, de Bayeux, de Lisieux, de Chartres, assemblèrent, dit-on, près de deux cent mille hommes pour gagner des pardons et des dépouilles. Ces deux cent mille dévots étaient sans doute en péché mortel.

Tout cela présente l'idée du gouvernement le plus insensé, ou plutôt de la plus exécrable anarchie.

Le comte de Toulouse fut obligé de conjurer l'orage. Ce malheureux prince fut assez faible pour céder d'abord au pape sept châteaux qu'il avait en Provence. Il alla à Valence, et fut mené nu en chemise devant la porte de l'église : et là il fut battu de verges comme un vil scélérat qu'on fouette par la main du bourreau : il ajouta à cette infamie celle de se joindre lui-même aux croisés contre ses propres sujets. On sait la suite de cette déplorable résolution; on sait combien de villes furent mises en cendres, combien de familles expirèrent par le fer et par les flammes

L'*Histoire des Albigeois* rapporte, au chapitre vi, que le clergé chantait *Veni, sancte Spiritus*, aux portes de Carcassonne, tandis qu'on égorgeait tous les habitants du faubourg, sans distinction de sexe ni d'âge; et il se trouve aujourd'hui un Nonotte qui ose canoniser ces abominations, et qui imprime dans Avignon que c'est ainsi qu'il fallait traiter, au nom de Dieu, les princes et les peuples. Nonotte veut qu'on mette à feu et à sang tous les Languedociens qui ne vont pas à la messe. Il est *mitis corde* [1].

Après avoir frémi de tant d'horreurs, il est peut-être assez inutile d'examiner si les comtes de Foix, de Cominges, et de Béarn, qui combattirent avec le roi d'Aragon pour le comte Raimond de Toulouse contre le sanguinaire Montfort, étaient des hérétiques; le libelliste l'assure, mais apparemment qu'il en a eu quelque révélation. Est-on donc hérétique pour prendre les armes en faveur d'un prince opprimé? Il est vrai qu'ils furent excommuniés, selon l'usage aussi absurde qu'horrible de ce temps-là; mais qui a dit à ce Nonotte que ces seigneurs étaient des hérétiques?

Qu'il dise tant qu'il voudra que Dieu fit un miracle en faveur du comte de Montfort; ce n'est pas dans ce siècle-ci qu'on croira que Dieu change le cours de la nature, et fait des miracles pour verser le sang humain.

XVIIe SOTTISE DE NONOTTE.—*Sur les changements faits dans l'Église.* — Le libelliste s'imagine qu'on a manqué de respect à l'Église catholique en rapportant les diverses formes qu'elle a prises.

Peut-on ignorer que tous les usages de l'Église chrétienne ont changé depuis Jésus-Christ? La nécessité des temps, l'augmentation du troupeau, la prudence des pasteurs, ont introduit ou aboli des lois et des coutumes. Presque tous les usages des églises grecque et latine diffèrent. D'abord il n'y eut point de temples, et Origène dit que les chrétiens n'admettent ni temples ni autels; plusieurs premiers chrétiens se firent circoncire; le plus grand nombre s'abstint de la chair de porc. La *consubstantialité* de Dieu et de son fils ne fut établie publiquement et ce mot *consubstantiel* ne fut connu qu'au premier concile de Nicée. Marie ne fut déclarée mère de Dieu qu'au concile d'Éphèse, en 431; et Jésus ne fut reconnu clairement pour avoir deux natures qu'au concile de Chalcédoine, en 451; deux volontés ne furent constatées qu'à un concile de Constantinople, en 680. L'Église entière fut sans images pendant près de trois siècles; on donna pendant six cents ans l'eucharistie aux petits enfants: presque tous les pères des premiers siècles attendirent le règne de mille ans. Ce fut très-longtemps une croyance générale que tous les enfants morts sans baptême étaient condamnés aux flammes éternelles; saint Augustin le déclare expressément : *parvulos non regeneratos ad æternam mortem* (livre de la *Persévérance*, chap. XIII). Aujourd'hui l'opinion des limbes a prévalu. L'Église romaine n'a reconnu la procession du Saint-Esprit par le Père et le Fils que depuis Charlemagne.

1. Matthieu, xi, 29. (ÉD.)

Tous les Pères, tous les conciles crurent jusqu'au xii° siècle que la vierge Marie fut conçue dans le péché originel; et à présent cette opinion n'est permise qu'aux seuls dominicains.

Il n'y a pas la plus légère trace de l'invocation publique des saints avant l'an 375. Il est donc clair que la sagesse de l'Église a proportionné la croyance, les rites, les usages, aux temps et aux lieux. Il n'y a point de sage gouvernement qui ne se soit conduit de la sorte.

L'auteur de l'*Essai sur les mœurs*, etc., a rapporté d'une manière impartiale les établissements introduits ou remis en vigueur par la prudence des pasteurs. Si ces pasteurs ont essuyé des schismes, si le sang a coulé pour des opinions, si le genre humain a été troublé, rendons grâces à Dieu de n'être pas nés dans ces temps horribles. Nous sommes assez heureux pour qu'il n'y ait aujourd'hui que des libelles.

XVIII° SOTTISE DE NONOTTE. — *Sur Jeanne d'Arc.* — Que cet homme charitable insulte encore aux cendres de Jean Hus et de Jérôme de Prague, cela est digne de lui; qu'il veuille nous persuader que Jeanne d'Arc était inspirée, et que Dieu envoyait une petite fille au secours de Charles VII contre Henri VI, on pourra rire : mais il faut au moins relever la mauvaise foi avec laquelle il falsifie le procès-verbal de Jeanne d'Arc, que nous avons dans les actes de Rymer.

Interrogée en 1431, elle dit qu'elle est âgée de vingt-neuf ans; donc, quand elle alla trouver le roi en 1429, elle avait vingt-sept ans; donc le libelliste est un assez mauvais calculateur, quand il assure qu'elle n'en avait que dix-neuf. Il fallait douter.

Il convient de mettre le lecteur au fait de la véritable histoire de Jeanne d'Arc, surnommée *la Pucelle*. Les particularités de son aventure sont très-peu connues, et pourront faire plaisir au lecteur. Pauove dit que le courage des Français fut animé par cette fille, et se garde bien de la croire inspirée. Ni Robert Gaguin, ni Paul Émile, ni Polydore Virgile, ni Genebrard, ni Philippe de Bergame, ni Papire Masson, ni même Mariana, ne disent qu'elle était envoyée de Dieu; et quand Mariana le jésuite l'aurait dit, en vérité cela ne m'en importerait pas.

Mézerai conte *que le prince de la milice céleste lui apparut;* j'en suis fâché pour Mézerai, et j'en demande pardon au prince de la milice céleste.

La plupart de nos historiens, qui se copient tous les uns les autres, supposent que la Pucelle fit des prédictions, et qu'elles s'accomplirent. On lui fait dire qu'elle chassera les Anglais hors du royaume, et ils y étaient encore cinq ans après sa mort. On lui fait écrire une longue lettre au roi d'Angleterre, et assurément elle ne savait ni lire ni écrire; on ne donnait pas cette éducation à une servante d'hôtellerie dans le Barois, et son procès porte qu'elle ne savait pas signer son nom.

Mais, dit-on, elle a trouvé une épée rouillée dont la lame portait cinq fleurs de lis d'or gravées, et cette épée était cachée dans l'église de Sainte-Catherine de Fierbois à Tours. Voilà certes un grand miracle !

La pauvre Jeanne d'Arc, ayant été prise par les Anglais, en dépit de ses prédictions et de ses miracles, soutint d'abord dans son interrogatoire que sainte Catherine et sainte Marguerite l'avaient honorée de beaucoup de révélations. Je m'étonne qu'elle n'ait rien dit de ses conversations avec le prince de la milice céleste. Apparemment que ces deux saintes aimaient plus à parler que saint Michel. Ses juges la crurent sorcière, et elle se crut inspirée. Ce serait là le cas de dire :

Ma foi, juge et plaideurs, il faudrait tout lier [1],

si l'on pouvait se permettre la plaisanterie sur de telles horreurs.

Une grande preuve que les capitaines de Charles VII employaient le merveilleux pour encourager les soldats dans l'état déplorable où la France était réduite, c'est que Saintrailles avait son berger, comme le comte de Dunois avait sa bergère. Ce berger faisait des prédictions d'un côté, tandis que la bergère les faisait de l'autre.

Mais malheureusement la prophétesse du comte de Dunois fut prise au siége de Compiègne par un bâtard de Vendôme, et le prophète de Saintrailles fut pris par Talbot. Le brave Talbot n'eut garde de faire brûler le berger. Ce Talbot était un de ces vrais Anglais qui dédaignent les superstitions, et qui n'ont pas le fanatisme de punir les fanatiques.

Voilà, ce me semble, ce que les historiens auraient dû observer, et ce qu'ils ont négligé.

La Pucelle fut amenée à Jean de Luxembourg, comte de Ligny. On l'enferma dans la forteresse de Beaulieu, ensuite dans celle de Beaurevoir, et de là dans celle du Crotoi en Picardie.

D'abord Pierre Cauchon, évêque de Beauvais, qui était du parti du roi d'Angleterre contre son roi légitime, revendique la Pucelle comme une sorcière arrêtée sur les limites de sa métropole. Il veut la juger en qualité de sorcière. Il appuyait son prétendu droit d'un insigne mensonge. Jeanne avait été prise sur le territoire de l'évêché de Noyon ; et ni l'évêque de Beauvais, ni l'évêque de Noyon, n'avaient assurément le droit de condamner personne, et encore moins de livrer à la mort une sujette du duc de Lorraine, et une guerrière à la solde du roi de France.

Il y avait alors (qui le croirait?) un vicaire général de l'inquisition en France, nommé frère Martin. C'était bien là un des plus horribles effets de la subversion totale de ce malheureux pays. Frère Martin réclama la prisonnière comme « sentant l'hérésie, » *odorantem hæresim.* Il somma le duc de Bourgogne et le comte de Ligny, « par le droit de son office, et de l'autorité à lui commise par le saint-siége, de livrer Jeanne à la sainte inquisition. »

La Sorbonne se hâta de seconder frère Martin ; elle écrivit au duc de Bourgogne et à Jean de Luxembourg : « Vous avez employé votre noble puissance à appréhender icelle femme qui se dit *la Pucelle,* au moyen de laquelle l'honneur de Dieu a été sans mesure offensé, la foi

---

1. Racine, *Plaideurs*, acte I, scène VIII. (ÉD.)

excessivement blessée, et l'Église trop fortement déshonorée ; car, par
son occasion, idolâtrie, erreurs, mauvaise doctrine, et autres maux
inestimables, se sont ensuivis en ce royaume.... ; mais peu de chose
serait avoir fait telle prinse, si ne s'ensuivait ce qu'il appartient pour
satisfaire l'offense par elle perpétrée contre notre doux Créateur et sa
foi, et sa sainte Église, avec ses autres méfaits innumérables.... ; et si,
serait intolérable offense contre la majesté divine s'il arrivait qu'icelle
femme fût délivrée [1]. »

Enfin *la Pucelle* fut adjugée à Pierre Cauchon, qu'on appelait l'indigne évêque, l'indigne Français et l'indigne homme. Jean de Luxembourg vendit *la Pucelle* à Cauchon et aux Anglais pour dix mille livres, et le duc de Bedford les paya. La Sorbonne, l'évêque, et frère
Martin, présentèrent alors une nouvelle requête à ce duc de Bedford,
régent de France, « en l'honneur de notre Seigneur et Sauveur Jésus-
Christ, pour qu'icelle Jeanne fût brièvement mise ès mains de la justice de l'Église. » Jeanne fut conduite à Rouen. L'archevêché était
alors vacant, et le chapitre permit à l'évêque de Beauvais de *besogner*
dans la ville (c'est le terme dont on se servit). Il choisit pour ses
assesseurs neuf docteurs de Sorbonne, avec trente-cinq autres assistants abbés ou moines. Le vicaire de l'inquisition, Martin, présidait
avec Cauchon ; et, comme il n'était que vicaire, il n'eut que la seconde
place.

Il y eut quatorze interrogatoires ; ils sont singuliers. Elle dit qu'elle
a vu sainte Catherine et sainte Marguerite à Poitiers. Le docteur Beau-
père lui demanda à quoi elle a reconnu les deux saintes : elle répond
que c'est à leur manière de faire la révérence. Beaupère lui demanda
si elles sont bien jaseuses : « Allez, dit-elle, le voir sur le registre. »
Beaupère lui demanda si, quand elle a vu saint Michel, il était tout
nu ; elle répond : « Pensez-vous que notre Seigneur n'eût de quoi le
vêtir ? »

Les curieux observeront ici soigneusement que Jeanne avait été
longtemps dirigée, avec quelques autres dévotes de la populace, par
un fripon nommé Richard, qui faisait des miracles, et qui apprenait à
ces filles à en faire. Il donna un jour la communion trois fois de suite
à Jeanne, à l'honneur de la Trinité. C'était alors l'usage dans les grandes affaires et dans les grands périls. Les chevaliers faisaient dire trois
messes, et communiaient trois fois quand ils allaient en bonne fortune,
ou quand ils s'allaient battre en duel. C'est ce qu'on a remarqué du
bon chevalier Bayard.

Les faiseuses de miracles, compagnes de Jeanne [2], et soumises à
frère Richard, se nommaient Pierrone et Catherine. Pierrone affir-
mait qu'elle avait vu que Dieu apparaissait à elle en humanité comme
ami fait à ami ; Dieu était « long vêtu de robe blanche avec huque ver-
meil dessous, etc. »

Voilà le ridicule, voici l'horrible.

---

1. C'est une traduction du latin de la Sorbonne, faite longtemps après
2. *Mémoires pour servir à l'histoire de France et de Bourgogne*, t. I.

Un de ses juges, docteur en théologie et prêtre, nommé Nicolas L'Oiseleur, vient la confesser dans la prison. Il abuse du sacrement jusqu'au point de cacher derrière un morceau de serge deux prêtres qui transcrivent la confession de Jeanne d'Arc. Ainsi les juges employèrent le sacrilége pour être homicides. Et une malheureuse idiote, qui avait eu assez de courage pour rendre de très-grands services au roi et à la patrie, fut condamnée à être brûlée par quarante-quatre prêtres français qui l'immolaient à la faction de l'Angleterre.

On sait assez comment on eut la bassesse artificieuse de mettre auprès d'elle un habit d'homme pour la tenter de reprendre cet habit, et avec quelle absurde barbarie on prétexta cette prétendue transgression pour la condamner aux flammes, comme si c'était dans une fille guerrière un crime digne du feu de mettre une culotte au lieu d'une jupe. Tout cela déchire le cœur, et fait frémir le sens commun. On ne conçoit pas comment nous osons, après les horreurs sans nombre dont nous avons été coupables, appeler aucun peuple du nom de barbare.

La plupart de nos historiens, plus amateurs des prétendus embellissements de l'histoire que de la vérité, disent que Jeanne alla au supplice avec intrépidité; mais, comme le portent les chroniques du temps, et comme l'avoue M. de Villaret, elle reçut son arrêt avec des cris et avec des larmes: faiblesse pardonnable à son sexe, peut-être au nôtre, et très-compatible avec le courage que cette fille avait déployé dans les dangers de la guerre; car on peut être hardi dans les combats, et sensible sur l'échafaud.

Je dois ajouter ici que plusieurs personnes ont cru, sans aucun examen, que la pucelle d'Orléans n'avait point été brûlée à Rouen, quoique nous ayons le procès-verbal de son exécution. Elles ont été trompées par la relation que nous avons encore d'une aventurière qui prit le nom de la Pucelle, trompa les frères de Jeanne d'Arc, et, à la faveur de cette imposture, épousa en Lorraine un gentilhomme de la maison des Armoises. Il y eut deux autres friponnes qui se firent aussi passer pour la pucelle d'Orléans. Toutes les trois prétendirent qu'on n'avait point brûlé Jeanne, et qu'on lui avait substitué une autre femme; de tels contes ne peuvent être admis que par ceux qui veulent être trompés.

Apprends, Nonotte, comme il faut étudier l'histoire quand on ose en parler.

XIXᵉ SOTTISE DE NONOTTE. — *Sur Rapin-Thoyras.* — Il attaque, page 185, l'exact et judicieux Rapin-Thoyras; il dit qu'il n'était ni de son goût, ni sûr pour lui, de se déclarer pour la pucelle d'Orléans. Ne voilà-t-il pas un homme bien instruit des mœurs de l'Angleterre! Un auteur y écrit assurément tout ce qu'il veut, et avec la plus entière liberté : et d'ailleurs le gentilhomme que ce libelliste insulte ne composa point son histoire en Angleterre, mais à Vesel, où il a fini sa vie.

Il faut ajouter ici un mot sur l'aventure miraculeuse de Jeanne d'Arc. Ce serait un plaisant miracle que celui d'envoyer exprès une petite fille au secours des Français contre les Anglais, pour la faire brûler ensuite.

XX⁰ SOTTISE DE NONOTTE. — *Sur Mahomet II, et la prise de Constantinople.* — L'auteur du libelle renouvelle le beau conte de Mahomet II, qui coupa la tête à sa maîtresse Irène pour faire plaisir à ses janissaires. Ce conte est assez réfuté par les annales turques, et par les mœurs du sérail, qui n'ont jamais permis que le secret de l'empereur fût exposé aux raisonnements de la milice.

Il nie que la moitié de la ville de Constantinople ait été prise par composition; mais les annales turques, rédigées par le prince Cantemir, et les églises grecques qui subsistèrent, sont d'assez bonnes preuves que le libelliste ne connaît pas plus l'histoire des Turcs que la nôtre.

XXI⁰ SOTTISE DE NONOTTE. — *Sur la taxe des péchés.* — L'auteur du libelle demande « où est cette licence déshonorante, cette taxe honteuse, ces prix faits, etc., qui avaient passé en coutume, en droit et en loi. » Qu'il lise donc la taxe de la chancellerie romaine, imprimée à Rome, en 1514, chez Marcel Silbert, au champ de Flore, et, l'année d'après, à Cologne, chez Gosvinus Colinius; enfin à Paris, en 1520, chez Toussaint Denys, rue Saint-Jacques. Le premier titre est, *De causis matrimonialibus.*

« In causis matrimonialibus, pro contractu quarti gradus, taxa est turonenses septem, ducatus unus, carlini sex. »

Faut-il que ce pauvre homme nous oblige ici de dire que, dans le titre 18, on donne l'absolution pour cinq carlins à celui qui a connu sa mère? que pour un père et une mère qui auront tué leur fils il n'en coûte que six tournois et deux ducats? et si on demande l'absolution du péché de sodomie et de bestialité, avec la clause inhibitoire, il n'en coûte que trente-six tournois et neuf ducats. Après de telles preuves, que ce libelliste se taise ou qu'il paye pour ses péchés.

XXII⁰ SOTTISE DE NONOTTE. — *Sur le droit des séculiers de confesser.* — Il demande où l'historien a pris que les séculiers, et les femmes mêmes, avaient droit de confesser. Où, mon pauvre ignorant? dans saint Thomas, page 255 de la III⁰ partie, édition de Lyon, 1738. « Confessio ex defectu sacerdotis laïco facta sacramentalis est quodammodo. » Ignorez-vous combien d'abbesses confessèrent leurs religieuses? On ne peut mieux faire que de rapporter ici une partie d'une lettre d'un très-savant homme, datée de Valence, du 1ᵉʳ février 1769, concernant cet usage, que Nonotte ignore.

L'auteur demande si on pourrait lui citer quelque abbesse qui ait confessé ses religieuses.

On lui répondra, avec M. l'abbé Fleury, liv. LXXVI, tome XVI, page 246 de l'*Histoire ecclésiastique*, « qu'il y avait en Espagne des abbesses qui donnaient la bénédiction à leurs religieuses, entendaient leurs confessions, et prêchaient publiquement lisant l'Évan-

gile; que ce fait paraît par une lettre du pape, du 10 décembre 1210.
C'est Innocent III, etc. »

J'ajoute à la remarque de ce vrai savant l'autorité de saint Basile,
dans ses *Règles abrégées*, tome II, page 453. Il est permis à l'abbesse
d'entendre, avec le prêtre, les confessions de ses religieuses. J'ajoute
encore que le P. Martène, dans ses *Rites de l'Église*, tome II, page 39;
affirme que les abbesses confessaient d'abord leurs nonnes, et
qu'elles étaient si curieuses, qu'on leur ôta ce droit. Nous parlerons
encore de l'ignorance du confesseur Nonotte sur la confession, dans
un autre article.

XXIII⁰ SOTTISE DUDIT NONOTTE. — L'auteur du libelle, en parlant du
calvinisme, prétend que l'historien ménage toujours beaucoup Calvin
et Luther. Il doit savoir assez que l'historien ne respecte que la vérité;
qu'il a condamné hautement le meurtre de Servet, toutes les fureurs
dans la guerre, et tous les emportements dans la paix; qu'il déteste
la persécution et le fanatisme partout où il les trouve. La devise de
cette histoire est:

Iliacos intra muros peccatur et extra.

Hor., lib. I, ep. ii, vers 16.

Il ne fait pas plus de cas de Luther et de Calvin que du jésuite Le
Tellier; mais il croit que Luther, Calvin et les autres auteurs de la réforme, rendirent un grand service aux souverains, en leur enseignant
qu'aucun de leurs droits ne pouvait dépendre d'un évêque.

XXIV⁰ SOTTISE DE NONOTTE. — *Sur François I⁰ʳ.* — L'auteur du libelle
porte l'esprit de persécution jusqu'à rapporter ce qui est imputé au roi
François 1ᵉʳ par Florimond de Raimond, cité avec tant de complaisance dans le jésuite Daniel : « Si je savais un de mes enfants entaché
d'opinions contre l'Église romaine, je le voudrais moi-même sacrifier.»
Voilà ce que l'auteur du libelle appelle *une tendre piété*, page 255.
Quoi! François 1ᵉʳ, qui accordait à Barberousse une mosquée en France
aurait eu une *piété assez tendre* pour égorger le dauphin, s'il avait
voulu prier en français, et communier avec du pain levé et du vin!
François 1ᵉʳ, par une politique malheureuse, aurait-il prononcé ces
paroles barbares? De Thou, Duhaillan, les rapportent-ils? et quand ils
les auraient rapportées, quand elles seraient vraies, que faudrait-il répondre? que François 1ᵉʳ aurait été un père dénaturé, ou qu'il ne
pensait pas ce qu'il disait. Mais il n'y a de père dénaturé que père
Nonotte.

XXV⁰ SOTTISE DE NONOTTE. — *Sur la Saint-Barthélemy.* — Malheureux! avez-vous été aidé dans votre libelle par l'auteur de l'*Apologie*
de la Saint-Barthélemy? Il paraît que vous excusez ces massacres.
Vous dites qu'ils ne furent jamais prémédités: lisez donc Mézerai,
qui avoue que « dès la fin de l'année 1570, on continuait dans le
grand dessein d'attirer les huguenots dans le piége, » page 156,
tome V, édition d'Amsterdam. Votre Daniel ne dit-il pas que Char-

es IX joua bien son rôlet? et n'avait-il pas copié ces paroles de l'his-
oriographe Matthieu? Quel rôlet, grand Dieu! et dans combien de
Mémoires ne trouve-t-on pas cette funeste vérité!

Un critique qui se trompe n'est que méprisable; mais un homme
qui excuserait la Saint-Barthélemy serait un coquin punissable. Vous
jouez, Nonotte, un indigne rôlet.

XXVI° SOTTISE DE NONOTTE.—*Sur le duc de Guise et les barricades.*—
Voici les propres paroles de Nonotte :

« Quant à la défense que Henri III fit au duc de Guise de venir à
Paris, l'auteur de l'*Essai sur les mœurs* dit que le roi fut obligé de
lui écrire par la poste, parce qu'il n'avait point d'argent pour payer un
courrier. »

Pauvre libelliste! citez mieux. Il y a dans le texte : « Il écrit deux
lettres, ordonne qu'on dépêche deux courriers; il ne se trouve point
d'argent dans l'épargne pour cette dépense nécessaire : on met les
lettres à la poste, et le duc de Guise vient à Paris, ayant pour excuse
apparente qu'il n'a point reçu l'ordre. »

Voulez-vous savoir maintenant d'où est tirée cette anecdote? des *Mémoires de Nevers*, et d'un journal de L'Estoile. Vous traitez cet auteur
de petit bourgeois; L'Estoile était d'une ancienne noblesse; mais,
qu'il ait été bourgeois ou fils d'un crocheteur de Besançon, voici ses
paroles, page 95, tome II:

« Il y avait cependant une négociation entamée à Soissons entre le
duc de Guise et Bellièvre, qui devait dans trois jours lui apporter des
sûretés de la part du roi. Des affaires plus pressées empêchèrent Bellièvre d'aller finir la commission : il écrivit néanmoins au duc de
Guise pour l'avertir de son retard; mais le commis de l'épargne, c'est-
à-dire du trésor royal, refusa de donner vingt-cinq écus pour faire
partir les deux courriers qu'on envoyait à Soissons : l'on mit les deux
paquets à la poste, et ils arrivèrent trop tard, parce que le duc de
Guise, pressé par les ligueurs de se rendre à Paris, partit de Soissons
au bout de trois jours. »

XXVII° SOTTISE DE NONOTTE. — *Sur le prétendu supplice de Mari
d'Aragon.* — Il est utile de détruire tous les contes ridicules dont les
romanciers, soit moines, soit séculiers, ont inondé le moyen âge. Un
Geoffroi de Viterbe s'avisa d'écrire, à la fin du XII° siècle, une chronique telle qu'on les faisait alors: il conte que, deux cents ans auparavant, Othon III ayant épousé Marie d'Aragon, cette impératrice
devint amoureuse d'un comte du pays de Modène; que ce jeune homme
ne voulut point d'elle; que Marie irritée l'accusa d'avoir voulu attenter
à son honneur; que l'empereur fit décapiter le comte; que la veuve
du comte vint, la tête de son mari à la main, demander justice;
qu'elle offrit l'épreuve des fers ardents; qu'elle passa sur ces fers sans
les sentir; que l'impératrice au contraire se brûla la plante des pieds,
et qu'alors l'empereur la fit mourir.

Ce conte ressemble à toutes les légendes de ces siècles de barbarie.

Il n'y avait, du temps de l'empereur Othon III, ni de Marie d'Aragon, ni de comte de Modène. C'est assez qu'un ignorant ait écrit de telles faussetés, pour que cent auteurs les copient : les Maimbourg les adoptent ; les Lenglet les répètent dans leur *Chronologie universelle*, avec la bataille des serpents, et l'aventure d'un archevêque de Mayence mangé par les rats. Toutes ces fables sont faites pour être crues par notre libelliste, mais non par les honnêtes gens.

XXVIII° SOTTISE DE NONOTTE. — *Sur la donation de Pépin.* — Oui, l'on persiste à croire que jamais ni Pépin ni Charlemagne ne donnèrent ni la souveraineté de l'exarchat de Ravenne, ni Rome : 1° parce que, si cette donation avait été faite, les papes en auraient montré l'instrument authentique ; 2° parce que Charlemagne, dans son testament, met Rome et Ravenne au nombre des villes qui lui appartiennent, ce qui paraît décisif ; 3° parce que les Othons, qui allèrent en Italie, ne reconnurent point cette donation, qu'elle ne fut pas même débattue, et que, sous Othon Ier, les papes n'avaient aucune souveraineté ; 4° parce que Pépin n'avait pu donner des villes sur lesquelles il n'avait ni droit, ni prétention ; 5° parce que jamais les empereurs grecs ne se plaignirent de cette prétendue donation, ni dans leurs ambassades, ni dans leurs traités. On objecte un passage d'Éginhard, qui dit que Pépin offrit la Pentapole à saint Pierre ; cela veut dire seulement qu'il la mit sous la protection de saint Pierre, comme Louis XI donna depuis le comté de Boulogne à la sainte Vierge. Les papes eurent des domaines utiles dans la Pentapole comme ailleurs ; mais ils ne furent souverains ni sous Pépin, ni sous Charlemagne, qui eurent la juridiction suprême.

Il est faux que les papes aient jamais été maîtres de l'exarchat depuis Pépin jusqu'à Othon III. Cet empereur assigna aux papes le revenu de la Marche d'Ancône, et non pas la souveraineté. Voilà la véritable origine de la puissance temporelle du siége de Rome : elle commence à la fin du Xe siècle, et elle n'est bien affermie que par Alexandre VI.

XXIX° SOTTISE DE NONOTTE. — *Sur un fait concernant le roi de France Henri III.* — Auteur du libelle, vous dites « que vous n'avez jamais pu trouver dans quel livre il est dit que Henri III assiégea Livron en Dauphiné ; » vous prétendez qu'il n'a jamais été assiégé, parce que ce n'est aujourd'hui qu'un bourg sans défense : mais combien de villes ont été changées en villages par le malheur des temps ! Voyez l'*Abrégé chronologique* de Mézerai, page 218 de l'édition déjà citée ; voyez de Serres, et le livre LVIII du véridique de Thou : vous apprendrez que la ville de Livron fut assiégée par Bellegarde, sous les ordres du dauphin d'Auvergne ; que le roi alla lui-même au camp ; que les assiégés lui reprochèrent la Saint-Barthélemy du haut de leurs murs. Vous trouverez toute cette aventure décrite dans le *Recueil des choses mémorables*, page 537 ; vous la trouverez dans les *Mémoires de L'Estoile*, **page 117**, tome I. Vous apprendrez que ce n'était pas Montbrun, chef du parti, qui commandait dans Livron, mais Roesses, qui fut tué dans un assaut. Vous apprendrez qu'à l'approche des assiégeants, les habitants crièrent du haut des murs, le 13 janvier : « Assassins, que venez-vous chercher ? croyez-vous nous égorger dans nos lits comme l'amiral ? » Vous saurez que les femmes combattirent sur la brèche et que ce siége fut très-mémorable. Vous saurez qu'il n'appartient pas à un pédant de collége de parler de l'histoire de France, qu'il ignore.

XXX° SOTTISE DE NONOTTE. — *Sur la conversion de Henri IV.* — C'est mauvaise foi dans le jésuite Daniel, c'est bêtise dans le libelliste, de prétendre que Henri IV changea de religion par conviction. En vérité, l'amant de Gabrielle d'Estrées qui lui parlait du *saut périlleux*, l'homme que les papes avaient appelé *bâtard détestable*, le prince qu'ils avaient déclaré indigne de porter la couronne, le politique qui mandait à la reine Élisabeth les raisons politiques de son changement, le héros qui avait vu cent assassins catholiques armés contre sa vie, le protestant qui avait écrit à Corisande d'Andouin : « Et vous êtes de cette religion ! j'aimerais mieux me faire turc ; » le monarque à qui Rosny conseilla de changer, et auquel il dit : « Il faut que vous deveniez catholique, et que je reste huguenot; » ce même homme, dis-je, aurait-il cru sincèrement que la religion romaine, dont il était opprimé, était la seule bonne religion ? Elle l'est sans doute; mais était-ce à lui de le croire, tandis qu'alors même on prêchait contre lui avec fureur, tandis qu'on avait établi contre lui cette prière publique : « Délivrez-nous du Béarnais et du diable, » tandis qu'on le peignait lui-même en diable avec une queue et des cornes ?

Ce grand homme, si lâchement persécuté, obligé de plier son courage sous les lois de ses ennemis, ne daigna pas seulement signer la confession de foi, rédigée, après bien des contestations, par David Duperron, telle qu'on la trouve dans les Mémoires du duc de Sully, qui en fit supprimer bien des minutes. Henri IV la fit seulement signer par Loménie.

On peut, dans un vain panégyrique, représenter ce héros comme un converti : mais l'histoire doit dire la vérité. Daniel ne l'a point dite ; cet historien parle plus avantageusement du frère Coton que du plus grand roi de France.

On passe à Daniel d'avoir été assez ignorant pour appeler Lognac, ce chef des quarante-cinq, ce Gascon assassin du duc de Guise, « premier gentilhomme de la chambre. » On lui passe de n'avoir jamais rien su des fameux États de 1355. On lève les épaules quand il dit que les médecins ordonnèrent à Louis VIII de prendre une fille pour guérir de sa dernière maladie, et qu'il aima mieux mourir que de guérir par ce remède, lui qui d'ailleurs en avait un tout prêt dans son épouse la plus belle princesse de l'Europe. On est révolté de son peu de connaissance des lois, et ennuyé de ses récits confus de batailles. Mais quand il peint Henri IV dévot, et faisant le métier de délateur contre les protestants auprès de la république de Venise, on joint à bien peu d'estime beaucoup d'indignation.

Remarquons que l'auteur de *la Henriade* et de *l'Essai sur les mœurs et l'esprit des nations*, ayant lu autrefois dans Daniel l'histoire de la première race, écrite d'après Cordemoi, la trouva meilleure que celle de Mézerai ; il lui rendit justice. Mais lorsque ensuite il lut la troisième race, il la trouva fort infidèle, et lui rendit plus de justice encore.

XXXIᵉ SOTTISE DE NONOTTE. — *Sur le cardinal Duperron, et les États de 1614.* — Le libelliste donne lieu d'examiner une question importante. Tous les Mémoires du temps portent que le cardinal Duperron s'opposa à la publication de la loi fondamentale de l'indépendance de la couronne ; qu'il fit supprimer l'arrêt du parlement qui confirmait cette loi naturelle et positive ; qu'il cabala, qu'il menaça ; qu'il dit publiquement que si un roi était arien ou mahométan, il faudrait bien le déposer.

Non, il faudrait lui obéir, s'il avait le malheur d'être mahométan, aussi bien que s'il était un saint chrétien. Les premiers chrétiens ne se révoltaient pas contre les empereurs païens ; quel droit aurions-nous de nous révolter contre notre souverain musulman ? Les Grecs, qui ont fait serment au padisha, ne seraient-ils pas criminels de violer ce serment ? Ce qui serait un crime à Constantinople ne serait pas assurément une vertu dans Paris. Et supposons, ce qui est impossible, que le roi à qui Duperron avait juré fidélité fût devenu musulman ; supposons que Duperron eût voulu le détrôner, Duperron eût mérité le dernier supplice.

On ne dira pas ici ce que le libelliste mérite ; mais cette opinion, que l'Église peut déposer les rois, est de toutes les opinions la plus absurde et la plus punissable : et ceux qui les premiers ont osé la mettre au jour, ont été des monstres ennemis du genre humain.

Le libelliste demande où l'on trouve les paroles de Duperron : où ? dans tous les mémoires du temps recueillis par Le Vassor, dans l'*Histoire chronologique* du jésuite d'Avrigni ; dans le procès-verbal imprimé de ces états ; partout. D'Avrigni surtout prend le parti du prêtre Duperron contre le parlement.

XXXIIᵉ SOTTISE DE NONOTTE. — *Sur la population de l'Angleterre.* — Le chevalier Petty a prouvé qu'il faut les circonstances les plus favorables pour qu'une nation s'accroisse d'un vingtième en cent années, et ce calcul fait voir le ridicule de ceux qui peuplent la terre à coups de plume, et qui couvrent le globe d'habitants en un siècle ou deux. Le libelliste demande *comment l'Angleterre a eu un tiers de plus de citoyens depuis la reine Élisabeth.* On répondra à cet homme que c'est précisément parce que l'Angleterre s'est trouvée dans les circonstances les plus favorables ; parce que des Allemands, des Flamands, des Français, sont venus en foule s'établir dans ce pays ; parce que soixante mille moines, dix mille religieuses, dix mille prêtres séculiers, de compte fait, ont été rendus à l'État et à la propagation, et parce que la population a été encouragée par l'aisance. Il est arrivé à ce royaume le contraire de ce que nous voyons dans l'État du pape et en Portugal. Gouvernez mal votre basse-cour, vous manquerez de volaille; gouvernez-la bien, vous en aurez une quantité prodigieuse Oisons, qui écrivez contre ces vérités utiles, puisse la basse-cour où vous êtes engraissés aux dépens de l'État n'être plus remplie que de volatiles nécessaires!

XXXIIIᵉ SOTTISE DE NONOTTE. — *Sur l'amiral Drake.* — Vous faites le savant, Nonotte : vous dites, à propos de théologie, que l'amiral Drake a découvert la terre d'Yesso. Apprenez que Drake n'alla jamais au Japon, encore moins à la terre d'Yesso; apprenez qu'il mourut en 1596, en allant à Porto-Bello. Apprenez-que ce fut quarante-huit ans après la mort de Drake que les Hollandais découvrirent les premiers cette terre d'Yesso, en 1644. Apprenez jusqu'au nom du capitaine Martin Jéritson, et de son vaisseau qui s'appelait *le Castrécom*. Croyez-vous donner quelque crédit à votre théologie en faisant le marin? vous êtes également ignorant sur terre et sur mer, et vous vous applaudissez de votre livre, parce que vos bévues sont en deux volumes.

XXXIVᵉ SOTTISE DE NONOTTE. — *Sur les confessions auriculaires.* — En vérité vous n'entendez pas mieux la théologie que l'histoire de la marine. L'auteur de l'*Essai sur les mœurs* a dit que, selon saint Thomas d'Aquin, il était permis aux séculiers de confesser dans les cas urgents, que ce n'est pas tout à fait *un sacrement*, mais que c'est *comme un sacrement*. Il a cité l'édition et la page de la *Somme* de saint Thomas; et là-dessus vous dites que tous les critiques conviennent que cette partie de la *Somme* de saint Thomas n'est pas de lui, et moi je vous dis qu'aucun vrai critique n'a pu vous fournir cette défaite. Je vous défie de montrer une seule *Somme* de Thomas d'Aquin où ce monument ne se trouve pas. La *Somme* était en telle vénération, qu'on n'eût pas osé y coudre l'ouvrage d'un autre. Elle fut un des premiers livres qui sortirent des presses de Rome dès l'an 1474 ; elle fut imprimée à Venise en 1484. Ce n'est que dans des éditions de Lyon qu'on commença à douter que la troisième partie de la *Somme* fût de lui; mais il est aisé de reconnaître sa méthode et son style, qui sont absolument les mêmes.

Au reste, Thomas ne fit que recueillir les opinions de son temps, et nous avons bien d'autres preuves que les laïques avaient le droit de s'entendre en confession les uns les autres; témoin le fameux passage de Joinville, dans lequel il rapporte qu'il confessa le connétable de Chypre. Un jésuite du moins devrait savoir que le jésuite Tolet a dit dans son livre de l'*Instruction sacerdotale*, livre I, chap. XVI : « Ni femme ni laïque ne peut absoudre sans privilége. » *Nec femina nec laicus absolvere possunt sine privilegio.* Le pape peut donc permettre aux filles de confesser les hommes?

Il faut instruire ici Nonotte de cette ancienne coutume de se confesser mutuellement. Il sera bien étonné quand il apprendra qu'elle vient de la Syrie; il saura que les juifs mêmes se confessaient les uns aux autres dans les grandes occasions, et se donnaient mutuellement trente-neuf coups de fouet sur le derrière en récitant un verset du psaume LXXVII.

Il serait bon que Nonotte se confessât ainsi de toutes les petites calomnies dont il est coupable.

On pourrait faire plus de cent remarques pareilles; mais il faut se borner.

Si tu n'avais été qu'un ignorant, nous aurions eu de la charité pour toi; mais tu as été un satirique insolent; nous t'avons puni.

ADDITIONS AUX OBSERVATIONS SUR LE LIBELLE INTITULÉ : LES ERREURS DE M. DE V..., PAR DAMILAVILLE [1].

L'auteur de l'*Essai sur les mœurs* a daigné réfuter les bévues du libelle concernant l'*Essai sur les mœurs*, et a négligé ce qui lui est personnel. L'amitié et l'équité m'engagent à suppléer à ce que M. de Voltaire a dédaigné de dire.

L'auteur de ce libelle, pages 20, 21 et 22, de son discours préliminaire, dénonce quatre contradictions dans lesquelles, dit-il, *M. de Voltaire a donné*, sans compter une infinité d'autres qu'il ne désigne point.

Sans doute que celles qu'il a citées sont les mieux constatées; sans doute que l'illustre folliculaire qui a tant applaudi à cette critique s'est assuré qu'elle était judicieuse; qu'il a vérifié les passages dans le texte, et qu'il a reconnu qu'en effet ils contenaient les contradictions indiquées par l'auteur, dont il est l'apologiste. C'est ce que nous allons voir.

La première de ces contradictions a rapport à l'établissement du christianisme; la seconde aux différentes espèces d'hommes qui se trouvent sur la terre; la troisième à Michel Servet; et enfin la quatrième à Cromwell.

Tâchons de faire connaître la bonne foi, la sagacité et l'honnêteté de ces messieurs.

DE L'ÉTABLISSEMENT DU CHRISTIANISME. — *Première fausseté du libelliste : absurdité des raisonnements.* — « Il est véritablement étonnant, dit-il page 19 de son discours préliminaire, que M. de Voltaire, avec l'étendue de son génie, sa prodigieuse mémoire, sa vaste érudition, ait donné dans des contradictions si visibles. Dans son *Essai sur les mœurs*, il nous dit, chap. v [2], que ce ne fut jamais l'esprit du sénat romain ni des empereurs de persécuter personne pour cause de religion; que l'Église chrétienne fut assez libre dès les commencements,

----

1. Damilaville, à qui Voltaire avait communiqué ses *Éclaircissements histo- riques* en manuscrit, y fit des *Additions* que Voltaire, comme il le promettait (lettre du 13 décembre 1762), fit imprimer, dès 1763, à la suite des *Éclaircissements*. (*Note de M. Beuchot.*)

2. Aujourd'hui chap. VIII. (ÉD.)

qu'elle eut la facilité de s'étendre, et qu'elle fut protégée ouvertement par plusieurs empereurs.

« Et dans son *Siècle de Louis XIV*, continue le libelliste, chapitre du *Calvinisme*, il dit que cette même Église, dès les commencements, bravait l'autorité des empereurs, tenant, malgré les défenses, des assemblées secrètes dans des grottes et dans des caves souterraines, jusqu'à ce que Constantin la tira de dessous terre pour la mettre à côté du trône. »

Il serait aussi étonnant que M. de Voltaire se fût exprimé ainsi, qu'il l'est de voir tant d'ignorance jointe à tant de mauvaise foi.

Est-ce pour offenser davantage M. de Voltaire que l'auteur lui prête son style? Heureusement personne ne s'y méprendra, et l'on reconnaîtra la fausseté de ses citations à la seule inspection.

M. de Voltaire n'a jamais dit *que l'Église chrétienne fut assez libre dès les commencements;* on sait que ce n'est pas ainsi qu'il écrit. Voici le premier passage défiguré par le libelliste, tel qu'il est dans le texte :

« Jamais il ne vint dans l'idée d'aucun césar, ni d'aucun proconsul, ni du sénat romain, d'empêcher les Juifs de croire à leur loi. Cette seule raison sert à faire connaître quelle liberté eut le christianisme de s'étendre en secret. »

Indépendamment des changements que le libelliste a jugé à propos de faire dans ce passage, on voit qu'il en a supprimé le mot *en secret*, qui ne favorisait point le sens contraire et forcé qu'il a tâché de lui donner par les expressions fausses et plates qu'il a substituées aux véritables. Première preuve de la fidélité de cet honnête compilateur.

Il en est de même par rapport au second passage. Ce n'est qu'à lui qu'il est permis de dire *dans des caves souterraines*. M. de Voltaire sait bien qu'il n'a pas besoin d'apprendre à ses lecteurs que les caves sont *souterraines*.

Mais, en supposant même ces deux passages tels qu'il les a cités, où cet homme admirable a-t-il pris les contradictions qu'il y trouve, et que son apologiste applaudit?

N'est-il pas certain, monsieur l'ex-jésuite, qu'avant Domitien le christianisme ne fut point persécuté? Ne conviendrez-vous point que malgré cela une religion naissante, qui contrarie toutes les autres, n'en renverse pas tout à coup les autels, et ne se professe pas d'abord publiquement?

La crainte, la prudence même, obligèrent donc les premiers chrétiens à s'assembler secrètement; ils n'étaient point persécutés, ni même rigoureusement recherchés; mais il existait des lois qui défendaient ces assemblées : donc ils bravaient l'autorité de ces lois.

Les calvinistes en France, où la sagesse du gouvernement commence enfin à les tolérer, ne s'exposent-ils pas à la sévérité des lois qui proscrivent leurs assemblées?

M. de Voltaire, en recherchant comment une religion de paix et de charité avait seule produit la fureur des guerres de religion qu'aucune autre n'avait occasionnées, a donc eu raison de dire dans son *Siècle de Louis XIV*, chap. xxxvi : « Ne pou.rait-on pas trouver l'origine de cette peste qui a ravagé la terre dans l'esprit républicain qui anima les premières Églises, les assemblées secrètes qui bravaient d'abord dans des grottes et dans des caves l'autorité des empereurs romains? »

Et cela ne contrarie point ce qu'il dit ailleurs, chap. v de son *Essai sur les mœurs*, que le christianisme eut la liberté de s'étendre *en secret* sous les empereurs qui ont précédé Domitien : l'expression seule *en secret* établit un juste rapport entre les deux passages, et en éloigne toute apparence de contradiction; parce qu'en effet, quoique les chrétiens fussent tolérés, et qu'ils eussent la liberté de pratiquer en secret leur culte et de l'étendre, ils n'en contrevenaient pas moins aux lois qui leur défendaient de s'assembler; par conséquent ils les bravaient même sous les empereurs qui les protégeaient, et jusqu'à ce que l'entière abolition de ces lois par Constantin fit du christianisme, que cet empereur plaça à côté du trône, la religion dominante.

Après cet éclaircissement, que monsieur l'observateur des erreurs dogmatiques et son apologiste nous permettent une question. N'est-ce que dans les temps où il a été défendu aux chrétiens de s'assembler qu'ils ont 'bravé l'autorité du souverain? Sans parler d'une infinité d'autres, à votre avis, monsieur le théologien libelliste, les chrétiens de la ligue qui portaient par ordre, et à l'exemple des ministres de l'Église, les armes et le crucifix contre Henri III et contre Henri IV; celui qui, sortant du pied des autels, et son Dieu encore sur les lèvres, courut assassiner son maître; les monstres qui portèrent des mains sacriléges sur le plus grand et le meilleur des rois du monde, et qui, pour plaire à Dieu, finirent par lui arracher la vie au milieu d'un peuple dont il était le père; que firent-ils? étaient-ils des sujets soumis? Trouverez-vous de la contradiction à dire qu'ils jouissaient, sous ces princes, de la plus grande liberté, et qu'ils bravaient leur autorité?

Direz-vous de ces chrétiens furieux ce que vous dites, page 20 de votre premier volume, de celui qui osa déchirer l'édit de Dioclétien, « qu'à la vérité ces chrétiens furent imprudents, mais, après tout, généreux et zélés pour leur religion? »

Vous ne pouviez guère faire un plus bel éloge d'une action aussi criminelle, si cet éloge pouvait séduire. « Qui est-ce qui ne préférerait pas à la prudence, la générosité et le zèle pour sa religion? » On sait assez que ces maximes furent celles de la ligue; et vous pouviez vous dispenser de nous prouver que, s'il fut alors des théologiens assez malheureux pour les prêcher aux peuples dans la chaire qu'ils appellent de vérité, il en est encore qui ont bien de la peine à les oublier.

Mais comment osez-vous les reproduire parmi nous, ces maximes abominables? Espérez-vous trouver encore dans les ténèbres de l'esprit humain des dispositions qui leur soient favorables? Grâces aux soins de la philosophie, contre laquelle vous déclamez en vain, les hommes sont éclairés sur leurs devoirs, et vous ne trouverez plus de rebelles ni de parricides. Malgré vos efforts et vos persécutions, les philosophes, **ces hommes que vous calomniez parce que vous les craignez,** continueront de répandre la lumière, ils ne cesseront d'apprendre aux autres ce qu'ils se doivent, ce qu'ils doivent à leur souverain ; et le fanatisme, ce monstre cruel qui n'a que trop désolé la terre, restera dans vos mains un fantôme inutile.

DES DIFFÉRENTES ESPÈCES D'HOMMES. — *Seconde fausseté du libelliste, et témoignage de son ignorance.* — M. de Voltaire, dit-il, tome III de l'*Essai sur les mœurs*, page 193, dit que « la nature humaine, dont le fond est partout le même, a établi les mêmes ressemblances entre tous les hommes. »

Et, page 6 du même volume, il dit « qu'il y a des peuples, des hommes d'une espèce particulière, qui ne paraissent rien tenir de leurs voisins; qu'il est probable qu'il y a des espèces d'hommes différentes les unes des autres, comme il y a différentes espèces d'animaux. »

Théologien obscur, vous dites des mensonges. M. de Voltaire, en parlant de certaines différences qui se trouvent entre les peuples du Japon et nous, tome III de l'*Essai sur les mœurs*, page 193, dit : « La nature humaine, dont le fond est partout le même, a établi d'autres ressemblances entre ces peuples et nous. »

Et dans le second endroit, page 6 du même volume :

« Il est probable que les pygmées méridionaux ont péri, et que leurs voisins les ont détruits; plusieurs espèces d'hommes ont pu ainsi disparaître de la face de la terre, comme plusieurs espèces d'animaux. Les Lapons ne paraissent point tenir de leurs voisins, etc. »

On voit qu'il n'y a presque pas un mot dans ces deux passages qui soit dans ceux cités par le libelliste. Mais quand M. de Voltaire aurait avancé que le fond de la nature humaine est partout le même, et qu'il y a des espèces d'hommes différentes, il n'y a qu'un ignorant qui pût trouver de la contradiction dans cette proposition, et qui ne sache pas que le fond de la nature est le même pour tous les êtres. Si l'auteur doute qu'avec ce même fond il puisse y avoir des espèces différentes, on le renvoie à son propre témoignage; il peut juger s'il existe entre M. de Voltaire et lui d'autres rapports que ce fond de la nature humaine.

DE MICHEL SERVET. — *Troisième fausseté du libelliste.* — M. de Voltaire assure, à ce qu'il prétend, *Essai sur les mœurs*, tome III, qu « Michel Servet, qui fut brûlé vif à Genève par ordre de Calvin, niai la divinité éternelle de Jésus-Christ; » et dans la page suivante, il assure aussi que « Servet ne niait point ce dogme. »

C'est une chose merveilleuse que l'audace avec laquelle ces messieurs imaginent des absurdités pour dire des sottises.

Il y a dans le texte, *Essai sur les mœurs*, tome III, page 119, en parlant de Michel Servet : « Il adoptait en partie les anciens dogmes soutenus par Sabellus, par Eusèbe, par Arius, qui dominèrent dans l'Orient, et qui furent embrassés au XVIe siècle par Lelio Socini. »

Et dans la page suivante, après avoir rapporté le supplice que Calvin fit souffrir à Servet : « Ce qui augmente encore l'indignation et la pitié, c'est que Servet, dans ses ouvrages publiés, reconnaît nettement la divinité éternelle de Jésus-Christ. »

Si M. de Voltaire n'avait pas eu l'attention d'ajouter que c'était « dans ses ouvrages publiés que Servet reconnaissait la divinité de Jésus-Christ, » on pourrait pardonner à l'auteur d'avoir voulu mettre ces deux passages en contradiction; mais, après de telles infidélités, on ne peut que le livrer au mépris qu'il a mérité.

DE CROMWELL. — *Quatrième fausseté du libelliste.* — Je voudrais bien qu'il nous dise dans quel endroit du premier volume des *Mélanges de littérature*, etc., qu'il a l'audace de citer, il a pris que Cromwell, selon M. de Voltaire, « depuis qu'il eut usurpé l'autorité royale, ne couchait pas deux nuits dans une même chambre, parce qu'il craignait toujours d'être assassiné; qu'il mourut, avant le temps, d'une fièvre causée par ses inquiétudes. »

Quoi qu'il en soit, on peut se précautionner contre les assassinats, et mourir avec fermeté. Plût à Dieu, Nonotte, que le brave Henri IV se fût précautionné!

Lorsque Cromwell fut parvenu à la souveraine puissance, il eut avec elle tous les soucis et tous les embarras dont elle est inséparable : il eut de plus le trouble que donnent l'usurpation, la crainte de perdre une autorité illégitime, et les soins de la conserver. C'est ce qui fait dire à M. de Voltaire dans ses *Mélanges :*

« Il vécut pauvre et inquiet jusqu'à quarante-trois ans; il se baigna depuis dans le sang, passa sa vie dans le trouble, et mourut avant le temps. »

Cet usurpateur, digne en effet de régner par son génie et par ses talents, chercha, pour conserver son autorité, à la faire aimer des Anglais; il ne respecta point les lois, mais il les fit respecter; c'est ce qu'on trouve dans le passage suivant de la page 297 du *Siècle de Louis XIV*, tome Ier :

« Il affermit son pouvoir en sachant le réprimer à propos; il n'entreprit point sur les priviléges dont les peuples étaient jaloux. »

Ce pauvre libelliste ne sait pas qu'un homme habile sait respecter les lois favorables au peuple pour renverser celles sur lesquelles le trône se fonde.

La maxime de Cromwell était de verser le sang de tout ennemi puissant, ou dans un champ de bataille, ou par la main des bourreaux; c'est pourquoi M. de Voltaire a dit qu'il se baigna dans le sang; mais cela n'empêchait pas qu'il ne sût réprimer son pouvoir à propos, qu'il n'eût soin que la justice fût observée, et qu'il ne ménageât le peuple : il avait besoin de s'en faire un appui, tandis qu'il immolait ceux qui pouvaient lui nuire. Ainsi il fut en même temps équitable par rapport aux peuples, et cruel envers ses ennemis; il vécut dans le trouble; mais il y conserva une grande fermeté d'âme, et mourut avec elle.

Voilà ce qu'était Cromwell, et comment il convenait à M. de Voltaire de nous le montrer : voilà ce que tout le monde reconnaît dans cet homme extraordinaire, et ce que l'imbécillité et la mauvaise foi appellent des contradictions.

On peut juger du reste du libelle par les articles qu'on vient de réfuter; il ne méritait pas qu'on en prît la peine; mais il était bon de prouver que les erreurs attribuées, dans ce libelle, à M. de Voltaire, ne sont que les fourberies d'un calomniateur, et que les applaudissements que lui prodigue son illustre apologiste ne sont que l'éloge du crime, du mensonge et de l'ignorance, fait par un complice.

AVERTISSEMENT.

Je suis obligé d'avertir tous ceux qui ont souscrit pour les Œuvres du grand Corneille, que j'ai rempli toute la tâche que je m'étais imposée; que toutes ses tragédies, ainsi que l'*Ariane* et le *Comte d'Essex*, de Thomas, son frère, sont imprimées avec un commentaire; que ceux qui voudront ou souscrire, ou demander des éclaircissements, peuvent s'adresser au sieur Cramer, libraire à Genève.

Je saisis cette occasion pour faire savoir qu'on débite continuellement à Paris, sous mon nom, plusieurs ouvrages, dont non-seulement je ne suis point l'auteur, mais que même je n'ai jamais vus.

J'avertis aussi qu'une comédie intitulée le *Droit du Seigneur*, qu'on débite depuis quelques jours, n'est point telle que je l'ai faite; qu'elle est entièrement défigurée; que je n'ai fait présent de mes ouvrages qu'au sieur Cramer; et qu'on ne doit regarder comme mes ouvrages aucun de ceux qui ne sont pas de son imprimerie.

VOLTAIRE.

A Genève, 23 août 1763.

CATÉCHISME DE L'HONNÊTE HOMME,

OU

DIALOGUE ENTRE UN CALOYER ET UN HOMME DE BIEN;

TRADUIT DU GREC VULGAIRE,

PAR D. J. J. R. C. D. C D. G.[1]

(1763.)

LE CALOYER. — Puis-je vous demander, monsieur, de quelle religion vous êtes dans Alep, au milieu de cette foule de sectes qui sont ici reçues, et qui servent toutes à faire fleurir cette grande ville? Êtes-vous mahométan du rite d'Omar ou de celui d'Ali? suivez-vous les

---

1. Dom Jean-Jacques Rousseau ci-devant citoyen de Genève (Ed.)

dogmes des anciens parsis, ou de ces sabéens si antérieurs aux parsis, ou des brames qui se vantent d'une antiquité encore plus reculée? Sériez-vous juif? êtes-vous chrétien du rite grec, ou de celui des Arméniens, ou des Cophtes, ou des Latins?

L'HONNÊTE HOMME. — J'adore Dieu, je tâche d'être juste., et je cherche à m'instruire.

LE CALOYER. — Mais ne donnez-vous pas la préférence aux livres juifs sur le *Zend-Avesta*, sur le *Veidam*, sur l'*Alcoran?*

L'HONNÊTE HOMME. — Je crains de n'avoir pas assez de lumières pour bien juger des livres, et je sens que j'en ai assez pour voir, dans le grand livre de la nature, qu'il faut adorer et aimer son maître.

LE CALOYER. — Y a-t-il quelque chose qui vous embarrasse dans les livres juifs?

L'HONNÊTE HOMME. — Oui, j'avoue que j'ai de la peine à concevoir ce qu'ils rapportent. J'y vois quelques incompatibilités dont ma faible raison s'étonne.

1° Il me semble difficile que Moïse ait écrit dans un désert le *Pentateuque* qu'on lui attribue. Si son peuple venait d'Égypte où il avait demeuré, dit l'auteur, quatre cents ans (quoiqu'il se trompe de deux cents), ce livre eût été probablement écrit en égyptien; et on nous dit qu'il l'était en hébreu.

Il devait être gravé sur la pierre ou sur le bois; on n'avait, du temps de Moïse, d'autre manière d'écrire. C'était un art fort difficile, qui demandait de longs préparatifs; il fallait polir le bois ou la pierre. Il n'y a pas d'apparence que cet art pût être exercé dans un désert où, selon ce livre même [1], la horde juive n'avait pas de quoi se faire des habits et des souliers, et où Dieu fut obligé de faire un miracle continuel pendant quarante années pour leur conserver leurs vêtements et leurs chaussures sans dépérissement. Il est si vrai qu'on n'écrivait que sur la pierre, que l'auteur du livre de *Josué* [2] dit que le *Deutéronome* fut écrit sur un autel de pierres brutes enduites de mortier. Apparemment que Josué n'avait point intention que ce livre fût durable.

2° Les hommes les plus versés dans l'antiquité pensent que ces livres ont été écrits plus de sept cents ans après Moïse. Ils se fondent sur ce qu'il y est parlé des rois, et qu'il n'y eut de rois que longtemps après Moïse; sur la position des villes, qui est fausse si le livre fut écrit dans le désert, et vraie s'il fut écrit à Jérusalem; sur les noms de villes ou de bourgades dont il est parlé, et qui ne furent fondées ou appelées du nom qu'on leur donne qu'après plusieurs siècles, etc.

3° Ce qui peut un peu effaroucher dans les écrits attribués à Moïse, c'est que l'immortalité de l'âme, les récompenses et les peines après la mort, sont entièrement inconnues dans l'énoncé de ses lois. Il est étrange qu'il ordonne la manière dont on doit faire ses déjections, et ne parle en nul endroit de l'immortalité de l'âme. Serait-il possible que Moïse, inspiré de Dieu, eût préféré nos derrières à nos esprits;

---

1. *Deutéronome*, XXIX; 5. (Éd.) — **2.** VIII, 32. (Éd.)
3. *Deutéronome*, chap. XXIII, versets 12, 13 et 14.

qu'il eût prescrit la façon d'aller à la garde-robe dans le camp israélite, et qu'il n'eût pas dit un seul mot de la vie éternelle ? Zoroastre,
antérieur au législateur juif, dit [1] : *Honorez, aimez vos parents, si
vous voulez avoir la vie éternelle*; et le *Décalogue* dit [2] : *Honore père
et mère, si tu veux vivre longtemps sur la terre :* il me semble que Zoroastre parle en homme divin, et Moïse en homme terrestre.

4° Les événements racontés dans le *Pentateuque* étonnent ceux qui
ont le malheur de ne juger que par leur raison, et dans qui cette raison aveugle n'est pas éclairée par une grâce particulière. Le premier
chapitre de la *Genèse* est si au-dessus de nos conceptions, qu'il fut défendu chez les Juifs de le lire avant vingt-cinq ans.

On voit avec un peu de surprise que Dieu vienne se promener tous
les jours à midi dans le jardin d'Éden; que les sources de quatre fleuves, éloignées prodigieusement les unes des autres, forment une fontaine dans ce même jardin; que le serpent parle à Ève, attendu qu'il
est le plus subtil des animaux, et qu'une ânesse [3], qui ne passe pas
pour si subtile, parle aussi plusieurs siècles après; que Dieu ait séparé
la lumière des ténèbres, comme si les ténèbres étaient quelque chose
de réel; qu'il ait fait la lumière, qui émane du soleil, avant le soleil
lui-même; qu'après avoir fait l'homme et la femme, il ait ensuite tiré
la femme d'une côte de l'homme; qu'il ait mis de la chair à la place
de cette côte; qu'il ait condamné Adam à la mort, et toute sa postérité
à l'enfer pour une pomme; qu'il ait mis un signe de sauvegarde à
Caïn qui avait assassiné son frère, et que ce Caïn ait craint d'être tué
par les hommes qui peuplaient alors la terre, tandis que, selon le
texte, le genre humain était borné à la famille d'Adam; que de prétendues cataractes dans le ciel aient inondé la terre; que tous les animaux soient venus s'enfermer un an dans un coffre [4].

Après ce nombre prodigieux de fables qui semblent toutes plus
absurdes que les Métamorphoses d'Ovide, on n'est pas moins surpris
que Dieu délivre de la servitude en Égypte six cent mille combattants
de son peuple, sans compter les vieillards, les enfants et les femmes;
que ces six cent mille combattants, après les plus éclatants miracles,
égalés pourtant par les magiciens d'Égypte, s'enfuient au lieu de combattre leurs ennemis; qu'en fuyant ils ne prennent pas le chemin du
pays où Dieu les conduit; qu'ils se trouvent entre Memphis et la mer
Rouge; que Dieu leur ouvre cette mer, et la leur fasse passer à pied
sec pour les faire périr dans des déserts affreux, au lieu de les mener
dans la terre qu'il leur a promise; que ce peuple, sous la main et sous
les yeux de Dieu même, demande au frère de Moïse un veau d'or pour
l'adorer; que ce veau d'or soit jeté en fonte en un seul jour; que Moïse
réduise cet or en poudre impalpable, et la fasse avaler au peuple; que
vingt-trois mille hommes de ce peuple se laissent égorger par des lévites, en punition d'avoir érigé ce veau d'or, et qu'Aaron, qui l'a jeté
en fonte, soit déclaré grand prêtre [5] pour récompense; qu'or ait brûlé

1. Voy. le Sadder. — 2. *Exode*, XX, 12. (ÉD.) — 3. *Nombres*, XXII, 26. (ÉD.)
4. *Genèse*, VII, 8 et 9. (ÉD.) — 5. *Exode*, XXXII, 35; et *Lévitique*, VIII, 9. (ÉD.

deux cent cinquante hommes d'une part, et quatorze mille sept cents hommes de l'autre, qui avaient disputé l'encensoir à Aaron; et que, dans une autre occasion, Moïse ait encore fait tuer vingt-quatre mille hommes de son peuple.

5° Si l'on s'en tient aux plus simples connaissances de la physique, et qu'on ne s'élève pas jusqu'au pouvoir divin, il sera difficile de penser qu'il y ait eu une eau qui ait fait crever les femmes adultères, et qui ait respecté les femmes fidèles.

On voit encore avec plus d'étonnement un vrai prophète parmi les idolâtres, dans la personne de Balaam.

6° On est encore plus surpris que, dans un village du petit pays de Madian, le peuple juif trouve 675 000 brebis, 72 000 bœufs, 61 000 ânes, 32 000 pucelles; et on frissonne d'horreur quand on lit que les Juifs, par ordre du Seigneur, massacrèrent tous les mâles et toutes les veuves, les épouses et les mères, et ne gardèrent que les petites filles.

7° Le soleil qui s'arrête [1] en plein midi pour donner plus de temps aux Juifs de tuer les Amorrhéens déjà écrasés par une pluie de pierres tombées du ciel; le Jourdain qui ouvre son lit comme la mer Rouge pour laisser passer ces Juifs qui pouvaient passer si aisément à gué; les murailles de Jéricho qui tombent au son des trompettes; tant de prodiges de toute espèce exigent, pour être crus, le sacrifice de la raison et la foi la plus vive. Enfin à quoi aboutissent tant de miracles opérés par Dieu même pendant des siècles en faveur de son peuple? à le rendre presque toujours l'esclave des autres nations.

8° Toute l'histoire de Samson [2] et de ses amours, et de ses cheveux, et de son lion, et de ses trois cents renards, semble plus faite pour amuser l'imagination que pour édifier l'esprit. Celles de Josué et de Jephté semblent barbares.

9° L'histoire des Rois est un tissu de cruautés et d'assassinats qui fait saigner le cœur. Presque tous les faits sont incroyables. Le premier roi juif Saül ne trouve chez son peuple que deux épées, et son successeur David laisse plus de vingt milliards d'argent comptant. Vous dites que ces livres sont écrits par Dieu même; vous savez que Dieu ne peut mentir : donc si un seul fait est faux, tout le livre est une imposture.

10° Les prophètes ne sont pas moins révoltants pour un homme qui n'a pas le don de pénétrer le sens caché et allégorique des prophéties. Il voit avec peine Jérémie se charger d'un bât et d'un collier, et se faire lier avec des cordes [3]; Osée à qui Dieu commande, en termes formels [4], de faire des fils de putain à une putain publique, d'en faire ensuite à une femme adultère; Isaïe qui marche tout nu [5] dans la place publique; Ézéchiel [6] qui se couche trois cent quatre-vingt-dix jours sur le côté gauche, et quarante sur le côté droit, qui mange un livre de parchemin, qui couvre son pain d'excréments d'homme et ensuite de

1. Josué, x, 12. (ED.) — 2. Juges, chap. xiii à xvi. (ED.)
3. Jérémie, xxvii, 2. (ED.) — 4. Osée, i, 2; et iii, 1. (ED.)
5. Isaïe, xx, 2. (ED.) — 6. Ézéchiel iv, 4. (ED.)

bouse de vache; Oolla et Ooliba qui établissent un bordel[1], et à qui Dieu dit qu'elles n'aiment que les membres d'un âne et le sperme d'un cheval. Certainement si le lecteur n'est pas instruit des usages du pays et de la manière de prophétiser, il peut craindre d'être scandalisé; et quand il voit Élisée faire dévorer quarante[2] enfants par des ours, pour l'avoir appelé tête chauve, un châtiment si peu proportionné à l'offense peut lui inspirer plus d'horreur que de respect.

Pardonnez-moi donc si les livres juifs m'ont causé quelque embarras. Je ne veux pas avilir l'objet de votre vénération; j'avoue même que je peux me tromper sur les choses de bienséance et de justice, qui ne sont peut-être pas les mêmes dans tous les temps; je me dis que nos mœurs sont différentes de celles de ces siècles reculés; mais peut-être aussi la préférence que vous avez donnée au *Nouveau Testament* sur l'*Ancien* peut servir à justifier mes scrupules. Il faut bien que la loi des Juifs ne vous ait pas paru bonne, puisque vous l'avez abandonnée; car, si elle était réellement bonne, pourquoi ne l'auriez-vous pas toujours suivie? et, si elle était mauvaise, comment était-elle divine?

LE CALOYER. — L'*Ancien Testament* a ses difficultés. Mais vous m'avouez donc que le *Nouveau Testament* ne fait pas naître en vous les mêmes doutes et les mêmes scrupules que l'*Ancien?*

L'HONNÊTE HOMME. — Je les ai lus tous deux avec attention; mais souffrez que je vous expose les inquiétudes où me jette mon ignorance. Vous les plaindrez, et vous les calmerez.

Je me trouve ici avec des chrétiens arméniens qui disent qu'il n'est pas permis de manger du lièvre; avec des Grecs qui assurent que le Saint-Esprit ne procède point du Fils; avec des nestoriens qui nient que Marie soit mère de Dieu; avec quelques Latins qui se vantent qu'au bout de l'Occident les chrétiens d'Europe pensent tout autrement que ceux d'Asie et d'Afrique. Je sais que dix ou douze sectes en Europe s'anathématisent les unes les autres; les musulmans qui m'entourent regardent d'un œil de mépris tous ces chrétiens que cependant ils tolèrent. Les Juifs ont également en exécration les chrétiens et les musulmans; les guèbres les méprisent tous; et le peu qui reste de sabéens ne voudraient manger avec aucun de ceux que je vous ai nommés : le brame ne peut souffrir ni sabéens, ni guèbres, ni chrétiens, ni mahométans, ni juifs.

J'ai cent fois souhaité que Jésus-Christ, en venant s'incarner en Judée, eût réuni toutes ces sectes sous ses lois. Je me suis demandé pourquoi, étant Dieu, il n'a pas usé des droits de la divinité? pourquoi, en venant nous délivrer du péché, il nous a laissés dans le péché? pourquoi, en venant éclairer tous les hommes, il a laissé presque tous les hommes dans l'erreur?

Je sais que je ne suis rien; je sais que du fond de mon néant je re

---

1. C'est dans le chap. XXIII qu'Ézéchiel parle d'Oolla et d'Ooliba; c'est au chap. XVI, verset 20, qu'il avait parlé de *lupanar*. (ED.)
2. Le quatrième livre des *Rois*, II, 24, dit *quarante-deux*. (ED.)

dois pas interroger l'Être des êtres; mais il m'est permis, comme à Job, d'élever mes respectueuses plaintes du sein de ma misère.

Que voulez-vous que je pense quand je vois deux généalogies ' de Jésus directement contraires l'une à l'autre; et que ces généalogies, qui sont si différentes dans les noms et dans le nombre de ses ancêtres, ne sont pourtant pas la sienne, mais celle de son père Joseph, qui n'est pas son père?

Je donne la torture à mon esprit pour comprendre comment un Dieu est mort. Je lis les livres sacrés et les profanes de ces temps-là; un seul de ces livres sacrés [2] me dit qu'une étoile nouvelle parut en Orient, et conduisit des mages aux pieds de Dieu qui venait de naître. Aucun profane ne parle de cet événement à jamais mémorable, qui semble devoir avoir été aperçu par la terre entière, et marqué dans les fastes de tous les États. Un évangéliste [3] me dit qu'un roi nommé Hérode, à qui les Romains, maîtres du monde connu, avaient donné la Judée, entendit dire que l'enfant qui venait de naître dans une étable devait être roi des Juifs; mais comment, et à qui, et sur quel fondement entendit-il dire cette étrange nouvelle? Est-il possible que ce roi, qui n'avait pas perdu le sens, ait imaginé de faire égorger tous les petits enfants du pays, pour envelopper dans le massacre un enfant obscur? Y a-t-il un exemple sur la terre d'une fureur si abominable et si insensée?

Je vois que les Évangiles qui nous restent se contredisent presque à chaque page. J'ouvre l'histoire de Josèphe, auteur presque contemporain; Josèphe, parent de Mariamne, sacrifiée par Hérode; Josèphe, ennemi naturel de ce prince; il ne dit pas un mot de cette aventure; il est Juif, et il ne parle pas même de ce Jésus né chez les Juifs.

Que d'incertitudes m'accablent dans la recherche importante de ce que je dois adorer et de ce que je dois croire! Je lis les Écritures, et je n'y vois nulle part que Jésus, reconnu depuis pour Dieu, se soit jamais appelé Dieu; je vois même tout le contraire; il dit [4] que son père est plus grand que lui, que le père seul sait ce que le fils ignore [5]. Et comment encore ces mots de père et de fils se doivent-ils entendre chez un peuple où, par les fils de Bélial, on voulait dire les méchants, et par les fils de Dieu, on désignait les hommes justes? J'adopte quelques maximes de la morale de Jésus; mais quel législateur enseigna jamais une mauvaise morale? dans quelle religion l'adultère, le larcin, le meurtre, l'imposture ne sont-ils pas défendus, le respect pour les parents, l'obéissance aux lois, la pratique de toutes les vertus expressément ordonnés?

Plus je lis, plus mes peines redoublent. Je cherche des prodiges dignes d'un Dieu, attestés par l'univers. J'ose dire, avec cette naïveté douloureuse qui craint de blasphémer, que les diables envoyés dans le corps d'un troupeau de cochons [6], de l'eau changée en vin en faveur de gens qui étaient ivres [7], un figuier séché pour n'avoir pas porté des

---

1. Matthieu, chap. 1 et Luc, chap. III. — 2. Matthieu, II, 2. (ÉD.)
3. Matthieu, II, 3. (ÉD.) — 4. Jean, XIV, 28. (ÉD.)
5. Matthieu, XXIV 36; Marc, XIII, 32. (ÉD.)
6. Matthieu, VIII, 32; Marc, V, 13. (ÉD.) — 7. Jean, II, 9. (ÉD.)

figues avant le temps[1], etc., ne remplissent pas l'idée que je m'étais faite du maître de la nature, annonçant et prouvant la vérité par des miracles éclatants et utiles. Puis-je adorer ce maître de la nature dans un Juif qu'on dit transporté par le diable sur le haut d'une montagne dont on découvre tous les royaumes de la terre?

Je lis les paroles qu'on rapporte de lui: j'y vois une prochaine arrivée du royaume des cieux figuré par un grain de moutarde[2], par un filet à prendre des poissons[3], par l'argent mis à usure[4], par un souper auquel on fait entrer par force des borgnes et des boiteux[5]. Jésus dit qu'on ne met point de vin nouveau dans de vieux tonneaux[6], que l'on aime mieux le vin vieux que le vin nouveau[7]. Est-ce ainsi que Dieu parle?

Enfin, comment puis-je reconnaître Dieu dans un Juif de la populace, condamné au dernier supplice pour avoir mal parlé des magistrats à cette populace, et suant d'une sueur de sang[8] dans l'angoisse et dans la frayeur que lui inspirait la mort? Est-ce là Platon? est-ce là Socrate, ou Antonin, ou Épictète, ou Zaleucus, ou Solon, ou Confucius? Qui de tous ces sages n'a écrit, n'a parlé d'une manière plus conforme aux idées que nous avons de la sagesse? et comment pouvons-nous juger autrement que par nos idées?

Quand je vous ai dit que j'adoptais quelques maximes de Jésus, vous avez dû sentir que je ne puis les adopter toutes. J'ai été affligé en lisant[9]: « Je suis venu apporter le glaive et non la paix; je suis venu diviser le fils et le père, la fille, la mère, et les parents. » Je vous avoue que ces paroles m'ont saisi de douleur et d'effroi; et si je regardais ces paroles comme une prophétie, je croirais en voir l'accomplissement dans les querelles qui ont divisé les chrétiens dès les premiers temps, dans les guerres civiles qui leur ont mis les armes à la main pendant tant de siècles, dans les assassinats de tant de princes, dans les horribles malheurs de tant de familles.

J'avoue encore que des mouvements d'indignation et de pitié se sont élevés dans mon cœur, quand j'ai vu Pierre faire apporter à ses pieds l'argent de ses sectateurs. Ananie et Saphire[10] ont gardé quelque chose pour eux du prix de leur champ; ils ne l'ont pas dit; et Pierre les punit en faisant mourir subitement le mari et la femme. Hélas! ce n'était pas là le miracle que j'attendais de ceux qui disent qu'il ne veulent pas la mort du pécheur, mais sa conversion. J'ai osé penser que, si Dieu faisait des miracles, ce serait pour guérir les hommes, et non pour les tuer; ce serait pour les coriger, et non pour les perdre; qu'il est un Dieu de miséricorde, et non un tyran homicide. Ce qui m'a le plus révolté dans cette histoire, c'est que Pierre, ayant fait mourir Ananie, et voyant venir Saphire sa femme, ne l'avertit pas, ne lui dit pas: « Gardez-vous de réserver pour vous quelques oboles;

---

1. Matthieu, xi, 19; Marc, xi, 13. (ÉD.) — 2. Matthieu, xiii, 31. (ÉD.)
3. Id., 47. (ÉD.) — 4. Id., xxv, 27. (Ero.) — 5. Luc, xiv, 21. (ÉD.)
6. Matthieu, ix, 17; Marc, ii, 22; Luc, v, 37. (ÉD.) — 7. Luc, v, 39. (ÉD.)
8. Luc, xxii, 43, 44. (ÉD.) — 9. Matthieu, x, 34, 35. (ÉD.)
10. Act. v, 1-10. (ED.)

si vous en avez, avouez tout, donnez tout, craignez le sort de votre mari; » au contraire, il la fait tomber dans le piége; il semble qu'il se réjouisse de frapper une seconde victime. Je vous avoue que cette aventure m'a toujours fait dresser les cheveux, et que je ne me suis consolé que quand j'en ai vu l'impossibilité et le ridicule.

Puisque vous me permettez d'expliquer mes pensées, je continue et je dis que je n'ai trouvé aucune trace du christianisme dans l'histoire de Jésus. Les quatre Évangiles qui nous restent sont en opposition sur plusieurs faits; mais ils attestent uniformément que Jésus fut soumis à la loi de Moïse depuis le moment de sa naissance jusqu'à celui de sa mort. Tous ses disciples fréquentèrent la synagogue; ils prêchaient une réforme, mais ils n'annonçaient pas une religion différente : les chrétiens ne furent absolument séparés des Juifs que longtemps après. Dans quel temps précis Dieu voulut-il donc qu'on cessât d'être Juif et qu'on fût chrétien? Qui ne voit que le temps a tout fait, que tous les dogmes sont venus les uns après les autres?

Si Jésus avait voulu établir une Église chrétienne, n'en eût-il pas enseigné les lois? n'aurait-il pas lui-même établi tous les rites? n'aurait-il pas annoncé les sept sacrements dont il ne parle pas? n'aurait-il pas dit : « Je suis Dieu, engendré et non fait; le Saint-Esprit procède de mon père sans être engendré; j'ai deux volontés et une personne; ma mère est mère de Dieu? » Au contraire, il dit à sa mère[1] : « Femme, qu'y a-t-il entre vous et moi? » Il n'établit ni dogme, ni rite, ni hiérarchie; ce n'est donc pas lui qui a fait sa religion.

Quand les premiers dogmes commencent à s'établir, je vois les chrétiens soutenir ces dogmes par des livres supposés; ils imputent aux sibylles des vers acrostiches sur le christianisme; ils forgent des histoires, des prodiges, dont l'absurdité est palpable. Telle est, par exemple, l'histoire de la nouvelle ville de Jérusalem bâtie dans l'air, dont les murailles avaient cinq cents lieues de tour et de hauteur, qui se promenait sur l'horizon pendant toute la nuit, et qui disparaissait au point du jour; telle est la querelle de Pierre et de Simon le magicien devant Néron; tels sont cent contes non moins absurdes.

Que de miracles puérils on a forgés! que de faux martyres, que de légendes ridicules! *Portenta judaica rides.*

Comment celui qui a écrit la légende de Luc, sous le nom de *bonne nouvelle*, a-t-il eu le front de dire, au chap. xxi[2]. que la génération dans laquelle il vivait ne passerait pas sans que les vertus des cieux fussent ébranlées; sans qu'il y eût des signes dans le soleil, dans la lune et dans les étoiles; sans qu'enfin Jésus vînt dans les nuées avec une grande puissance et une grande majesté? Certainement il n'y eut ni signe dans le soleil, dans la lune et dans les étoiles, ni de vertu des cieux ébranlée, ni de Jésus venant majestueusement dans les nuées.

Comment un fanatique qui rédigea les Épîtres de Paul est-il assez té-

---

1. Jean, II, 4. (ÉD.) — 2. Versets 25, 26, 27, 32. (ÉD.)
3. *I aux Thess.*, IV, 14-16. (ED.)

méraire pour lui faire dire[1] : « J'ai appris de Jésus que nous qui vivons nous sommes réservés pour son avénement : sitôt que le signal aura été donné par la trompette, ceux qui sont morts en Jésus ressusciteront les premiers; puis nous autres qui sommes vivants nous serons emportés avec eux dans l'air pour aller au-devant de Jésus? »

Cette belle prédiction s'est-elle accomplie? Paul et les Juifs chrétiens allèrent-ils dans l'air au-devant de Jésus au son de la trompette? Et où, s'il vous plaît, Paul avait-il appris de Jésus ces merveilleuses choses, lui qui ne l'avait jamais vu, lui qui avait servi de satellite et de bourreau contre ses disciples, lui qui avait aidé à lapider Etienne? Avait-il parlé à Jésus quand il fut ravi au troisième ciel? Et qu'est-ce que ce troisième ciel? est-ce Mercure ou Mars? En vérité, si on lisait avec attention, on serait saisi d'horreur et de pitié à chaque page.

LE CALOYER. — Mais si ce livre fait un tel effet sur les lecteurs, comment a-t-on pu croire à ce livre? comment a-t-il converti tant de milliers d'hommes?

L'HONNÊTE HOMME. — C'est qu'on ne lisait pas. Est-ce par la lecture qu'on persuade à dix millions de paysans que trois font un, que Dieu est dans un morceau de pâte, que cette pâte disparaît, et que c'est Dieu lui-même qui est fait sur-le-champ par un homme? C'est par la conversation, par la prédication, par les cabales; c'est en séduisant des femmes et des enfants; c'est par des impostures, par des récits miraculeux, qu'on vient aisément à bout d'établir un petit troupeau. Les livres des premiers chrétiens étaient très-rares; il était défendu de les communiquer aux catéchumènes; on était initié secrètement aux mystères des chrétiens comme à ceux de Cérès. Le petit peuple courait avidement après des gens qui lui persuadaient que non-seulement tous les hommes étaient égaux, mais qu'un chrétien était bien supérieur à un empereur romain.

Toute la terre alors était divisée en petites associations, égyptiennes, grecques, syriennes, romaines, juives, etc. La secte des chrétiens eut tous les avantages possibles dans la populace. Il suffisait de trois ou quatre têtes échauffées comme celle de Paul, pour attirer la canaille. Bientôt après vinrent des hommes adroits qui se mirent à sa tête. Presque toutes les sectes se sont ainsi établies, excepté celle de Mahomet, la plus brillante de toutes, qui seule, entre tant d'établissements humains, sembla être en naissant sous la protection de Dieu, puisqu'elle ne dut son existence qu'à des victoires.

Encore la religion musulmane est-elle après douze cents ans ce qu'elle fut sous son fondateur; on n'y a rien changé. Les lois écrites par Mahomet lui-même subsistent dans toute leur intégrité. Son *Alcoran* est autant respecté en Perse qu'en Turquie, autant dans l'Afrique que dans les Indes; on l'observe partout à la lettre; on n'est divisé que sur le droit de succession entre Ali et Omar. Le christianisme, au contraire, est différent en tout de la religion de Jésus. Ce Jésus, fils d'un charpentier de village, n'écrivit jamais rien; et probablement il ne

1. *II aux Corinth.*, XII, 2. (ÉD.)

savait ni lire ni écrire. Il naquit, vécut, mourut Juif, dans l'observance de tous les rites juifs; circoncis, sacrifiant, suivant la loi mosaïque, mangeant l'agneau pascal avec des laitues, s'abstenant de manger du porc, de l'ixion et du griffon, comme aussi du lièvre, parce qu'il rumine et qu'il n'a pas le pied fendu, selon la loi mosaïque[1]. Vous autres, au contraire, vous osez croire que le lièvre a le pied fendu et qu'il ne rumine pas, vous en mangez hardiment; vous faites rôtir un ixion et un griffon quand vous en trouvez; vous n'êtes point circoncis; vous ne sacrifiez point; aucune de vos fêtes ne fut instituée par votre Jésus. Que pouvez-vous avoir de commun avec lui?

LE CALOYER. — J'avoue que je serais un imposteur bien effronté si j'osais vous soutenir que le christianisme d'aujourd'hui ressemble à celui des premiers siècles, et celui de ces premiers siècles à la religion de Jésus. Mais vous m'avouerez aussi que Dieu a pu ordonner toutes ces variations.

L'HONNÊTE HOMME. — Dieu varier! Dieu changer! cette idée me paraît un blasphème. Quoi! le soleil de Dieu est toujours le même, et sa religion serait une suite de vicissitudes! Quoi! vous le feriez ressembler à ces gouvernements misérables qui donnent tous les jours des édits nouveaux et contradictoires! Il aurait donné un édit à Adam, un autre à Seth, un troisième à Noé, un quatrième à Abraham, un cinquième à Moïse, un sixième à Jésus, et de nouveaux édits encore à chaque concile; et tout aurait changé, depuis la défense de manger du fruit de l'arbre de la science du bien et du mal, jusqu'à la bulle *Unigenitus* du jésuite Le Tellier! Croyez-moi, tremblez d'outrager Dieu en l'accusant de tant d'inconstance, de faiblesse, de contradiction, de ridicule, et même de méchanceté.

LE CALOYER. — Si toutes ces variations sont l'ouvrage des hommes, convenez que la morale au moins est de Dieu, puisqu'elle est toujours la même.

L'HONNÊTE HOMME. — Tenons-nous-en donc à cette morale; mais que les chrétiens l'ont corrompue! qu'ils ont cruellement violé la loi naturelle enseignée par tous les législateurs, et gravée au cœur de tous les hommes!

Si Jésus a parlé de cette loi aussi ancienne que le monde, de cette loi établie chez le Huron comme chez le Chinois : *Aime ton prochain comme toi-même*[2]; la loi des chrétiens a été : *Déteste ton prochain comme toi-même*[3]. Athanasiens, persécutez les eusébiens, et soyez persécutés; cyrilliens, écrasez les enfants des nestoriens contre les murs; guelfes et gibelins, faites une guerre civile de cinq cents années, pour savoir si Jésus a ordonné au prétendu successeur de Simon Barjone de détrôner les empereurs et les rois, et si Constantin a cédé l'empire au pape Sylvestre. Papistes, suspendez à des po-

---

1. Deuter., xiv, 7. (ÉD.)
2. Matthieu, xix, 19; xxii, 39; Marc, xii, 31; Luc, x, 27. (ÉD.)
3. Parodie des versets cités dans la note précédente, et sens des versets 21, 22, 35, 37 du chap. x de saint Matthieu. (ÉD.)

tences hautes de trente pieds, déchirez, brûlez des malheureux qui ne croient pas qu'un morceau de pâte soit changé en Dieu à la voix d'un capucin ou d'un récollet, pour être mangé sur l'autel par des souris, si on laisse le ciboire ouvert. Poltrot, Balthazar Gérard, Jacques Clément, Châtel, Guignard, Ravaillac, aiguisez vos sacrés poignards, chargez vos saints pistolets. Europe, nage dans le sang, tandis que le vicaire de Dieu, Alexandre VI, souillé de meurtres et d'empoisonnements, dort dans les bras de sa fille Lucrèce; que Léon X nage dans les plaisirs, que Paul III enrichit son bâtard des dépouilles des nations, que Jules III fait son porte-singe cardinal (dignité plus convenable encore au singe qu'au porteur); tandis que Pie IV fait étrangler le cardinal Caraffe, que Pie V fait gémir les Romains sous les rapines de son bâtard Buon-Compagno; que Clément VIII donne le fouet au grand Henri IV sur les fesses des cardinaux d'Ossat et Duperron. Mêlez partout le ridicule de vos farces italiennes à l'horreur de vos brigandages : et puis envoyez frère Trigaut et frère Bouvet prêcher *la bonne nouvelle* à la Chine.

LE CALOYER. — Je ne puis condamner votre zèle. La vérité, contre laquelle on se débat en vain, me force de convenir d'une partie de ce que vous dites; mais enfin convenez aussi que, parmi tant de crimes, il y a eu de grandes vertus. Faut-il que les abus vous aigrissent, et que les bonnes lois ne vous touchent pas? ajoutez à ces bonnes lois des miracles qui sont la preuve de la divinité de Jésus-Christ.

L'HONNÊTE HOMME. — Des miracles? juste ciel! et quelle religion n'a pas ses miracles? tout est prodige dans l'antiquité. Quoi? vous ne croyez pas aux miracles rapportés dans les Hérodote et les Tite Live, par cent auteurs respectés des nations; et vous croyez à des aventures de la Palestine racontées, dit-on, par Jean et par Marc, dans des livres ignorés pendant trois cents ans chez les Grecs et chez les Romains, dans des livres faits sans doute longtemps après la destruction de Jérusalem, comme il est prouvé par ces livres mêmes, qui fourmillent de contradictions à chaque page! Par exemple, il est dit dans l'*Évangile de saint Matthieu* que le sang de Zacharie, fils de Barac, massacré entre le temple et l'autel, retombera sur les Juifs[1]: or on voit dans l'histoire de Flavius Josèphe que ce Zacharie fut tué en effet entre le temple et l'autel pendant le siége de Jérusalem par Titus: donc cet Évangile ne fut écrit qu'après Titus. Et pourquoi Dieu aurait-il fait ces miracles? pour être condamné à la potence chez les Juifs! Quoi! il aurait ressuscité des morts, et il n'en eût recueilli d'autres fruits que de mourir lui-même, et de mourir du dernier supplice! S'il eût opéré ces prodiges, c'eût été pour faire connaître sa divinité. Songez-vous bien ce que c'est que d'accuser Dieu de s'être fait homme inutilement, et d'avoir ressuscité des morts pour être pendu? Quoi! des milliers de miracles en faveur des Juifs pour les rendre esclaves, et des miracles de Jésus pour faire mourir Jésus

---

1. Matthieu, chap. XXIII, 35; et Flav. Josèphe, *Guerre des Juifs*, liv. IV, chap. XIX. (ED.)

en croix ! Il y a de l'imbécillité à le croire, et une fureur bien criminelle à l'enseigner quand on ne le croit pas.

LE CALOYER. — Je ne nie pas que vos objections ne soient fondées, et je sens que vous raisonnez de bonne foi; mais enfin convenez qu'il faut une religion aux hommes.

L'HONNÊTE HOMME. — Sans doute, l'âme demande cette nourriture; mais pourquoi la changer en poison ? pourquoi étouffer la simple vérité dans un amas d'indignes mensonges? pourquoi soutenir ces mensonges par le fer et par les flammes ? Quelle horreur infernale ! Ah ! si votre religion était de Dieu, la soutiendriez-vous par des bourreaux? Le géomètre a-t-il besoin de dire : « Crois, ou je te tue? » La religion entre l'homme et Dieu est l'adoration et la vertu ; c'est entre le prince et ses sujets une affaire de police ; ce n'est que trop souvent d'homme à homme qu'un commerce de fourberie. Adorons Dieu sincèrement, simplement, et ne trompons personne. Oui, il faut une religion ; mais il la faut pure, raisonnable, universelle : elle doit être comme le soleil, qui est pour tous les hommes, et non pas pour quelque petite province privilégiée. Il est absurde, odieux, abominable, d'imaginer que Dieu éclaire tous les yeux, et qu'il plonge presque toutes les âmes dans les ténèbres. Il n'y a qu'une probité commune à tout l'univers; il n'y a donc qu'une religion. Et quelle est-elle ? vous le savez; c'est d'adorer Dieu et d'être juste.

LE CALOYER. — Mais comment croyez-vous donc que ma religion s'est établie?

L'HONNÊTE HOMME. — Comme toutes les autres. Un homme d'une imagination forte se fait suivre par quelques personnes d'une imagination faible. Le troupeau s'augmente; le fanatisme commence; la fourberie achève. Un homme puissant vient; il voit une foule qui s'est mis une selle sur le dos et un mors à la bouche; il monte sur elle et la conduit. Quand une fois la religion nouvelle est reçue dans l'État, le gouvernement n'est plus occupé qu'à proscrire tous les moyens par lesquels elle s'est établie. Elle a commencé par des assemblées secrètes; on les défend.

Les premiers apôtres ont été expressément envoyés pour chasser les diables; on défend les diables : les apôtres se faisaient apporter l'argent des prosélytes; celui qui est convaincu de prendre ainsi de l'argent est puni : ils disaient qu'il vaut mieux obéir à Dieu qu'aux hommes[1], et sur ce prétexte ils bravaient les lois : le gouvernement maintient que suivre les lois c'est obéir à Dieu. Enfin la politique tâche sans cesse de concilier l'erreur reçue et le bien public.

LE CALOYER. — Mais vous allez en Europe; vous serez obligé de vous conformer à quelqu'un des cultes reçus.

L'HONNÊTE HOMME. — Quoi donc! ne pourrai-je faire en Europe comme ici, adorer paisiblement le Créateur de tous les mondes, le Dieu de tous les hommes, celui qui a mis dans mon cœur l'amour de la vérité et de la justice

---

1. *Actes*, V, 29. (ÉD.)

LE CALOYER. — Non, vous risqueriez trop; l'Europe est divisée en factions, il faudra en choisir une.

L'HONNÊTE HOMME. — Des factions, quand il s'agit de la vérité universelle, quand il s'agit de Dieu!

LE CALOYER. — Tel est le malheur des hommes. On est obligé de faire comme eux, ou de les fuir; je vous demande la préférence pour l'Église grecque.

L'HONNÊTE HOMME. — Elle est esclave.

LE CALOYER. — Voulez-vous vous soumettre à l'Église romaine?

L'HONNÊTE HOMME. — Elle est tyrannique. Je ne veux ni d'un patriarche simoniaque qui achète sa honteuse dignité d'un grand vizir, ni d'un prêtre qui s'est cru pendant sept cents ans le maître des rois.

LE CALOYER. — Il n'appartient pas à un religieux tel que je le suis de vous proposer la religion protestante.

L'HONNÊTE HOMME. — C'est peut-être celle de toutes que j'adopterais le plus volontiers, si j'étais réduit au malheur d'entrer dans un parti.

LE CALOYER. — Pourquoi ne pas lui préférer une religion plus ancienne?

L'HONNÊTE HOMME. — Elle me paraît bien plus ancienne que la romaine.

LE CALOYER. — Comment pouvez-vous supposer que saint Pierre ne soit pas plus ancien que Luther, Zuingle, Œcolampade, Calvin, et les réformateurs d'Angleterre, de Danemark, de Suède, etc.?

L'HONNÊTE HOMME. — Il me semble que la religion protestante n'est inventée ni par Luther ni par Zuingle. Il me semble qu'elle se rapproche plus de sa source que la religion romaine, qu'elle n'adopte que ce qui se trouve expressément dans l'Évangile des chrétiens, tandis que les Romains ont chargé le culte de cérémonies et de dogmes nouveaux. Il n'y a qu'à ouvrir les yeux pour voir que le législateur des chrétiens n'institua point de fêtes, n'ordonna point qu'on adorât des images et des os de morts, ne vendit point d'indulgences, ne reçut point d'annates, ne conféra point de bénéfices, n'eut aucune dignité temporelle, n'établit point une inquisition pour soutenir ses lois, ne maintint point son autorité par le fer des bourreaux. Les protestants réprouvent toutes ces nouveautés scandaleuses et funestes; ils sont partout soumis aux magistrats, et l'Église romaine lutte depuis huit cents ans contre les magistrats. Si les protestants se trompent comme les autres dans le principe, ils ont moins d'erreurs dans les conséquences; et, puisqu'il faut traiter avec les hommes, j'aime à traiter avec ceux qui trompent le moins.

LE CALOYER. — Il semble que vous choisissiez une religion comme on achète des étoffes chez les marchands : vous allez chez celui qui vend moins cher.

L'HONNÊTE HOMME. — Je vous ai dit ce que je préférerais, s'il me fallait faire un choix selon les règles de la prudence humaine; mais ce n'est point aux hommes que je dois m'adresser, c'est à Dieu seul; il parle à tous les cœurs; nous avons tous un droit égal à l'entendre. La conscience qu'il a donnée à tous les hommes est leur loi universelle. Les hommes sentent d'un pôle à l'autre qu'on doit être juste, honorer son père et sa mère, aider ses semblables, tenir ses promesses; ces lois sont de Dieu, les simagrées sont des mortels. Toutes les religions diffèrent comme les gouvernements; Dieu permet les uns et les autres. J'ai cru que la manière extérieure dont on l'adore ne peut le flatter ni l'offenser, pourvu que cette adoration ne soit ni superstitieuse envers lui, ni barbare envers les hommes.

N'est-ce pas, en effet, offenser Dieu que de penser qu'il choisisse une petite nation chargée de crimes pour sa favorite, afin de damner toutes les autres; que l'assassin d'Urie[1] soit son bien-aimé, et que le pieux Antonin lui soit en horreur? N'est-ce pas la plus grande absurdité de penser que l'Être suprême punira à jamais un caloyer pour avoir mangé du lièvre, ou un Turc pour avoir mangé du porc? Il y a eu des peuples qui ont mis, dit-on, les oignons au rang des dieux; il y en a d'autres qui ont prétendu qu'un morceau de pâte était changé en autant de dieux que de miettes. Ces deux extrêmes de la démence humaine font également pitié, mais que ceux qui adoptent ces rêveries osent persécuter ceux qui ne les croient pas, c'est là ce qui est horrible. Les anciens Parsis, les Sabéens, les Égyptiens, les Grecs ont admis un enfer : cet enfer est sur la terre, et ce sont les persécuteurs qui en sont les démons.

LE CALOYER. — Je déteste la persécution, la contrainte, autant que vous; et, grâce au ciel, je vous ai déjà dit que les Turcs, sous qui je vis en paix, ne persécutent personne.

L'HONNÊTE HOMME. — Ah! puissent tous les peuples d'Europe suivre l'exemple des Turcs!

LE CALOYER. — Mais j'ajoute qu'étant caloyer, je ne puis vous proposer d'autre religion que celle que je professe au mont Athos.

L'HONNÊTE HOMME. — Et moi, j'ajoute qu'étant homme, je vous propose la religion qui convient à tous les hommes, celle de tous les patriarches, et de tous les sages de l'antiquité, l'adoration d'un Dieu, la justice, l'amour du prochain, l'indulgence pour toutes les erreurs, et la bienfaisance dans toutes les occasions de la vie. C'est cette religion, digne de Dieu, que Dieu a gravée dans tous les cœurs; mais certes il n'y a pas gravé que trois font un, qu'un morceau de pain est l'Éternel, et que l'ânesse de Balaam a parlé.

LE CALOYER. — Ne m'empêchez pas d'être caloyer.

L'HONNÊTE HOMME. — Ne m'empêchez pas d'être honnête homme.

LE CALOYER. — Je sers Dieu selon l'usage de mon couvent.

L'HONNÊTE HOMME. — Et moi, selon ma conscience. Elle me dit de le craindre, d'aimer les caloyers, les derviches, les bonzes et les talapoins, et de regarder tous les hommes comme mes frères.

LE CALOYER. — Allez, allez, tout caloyer que je suis, je pense comme vous.

L'HONNÊTE HOMME. — Mon Dieu, bénissez ce bon caloyer!

LE CALOYER. — Mon Dieu, bénissez cet honnête homme!

---

1. David; voy. IIe livre des *Rois*, chap. XI. (ÉD.)

REMARQUES

POUR SERVIR DE SUPPLÉMENT A L'ESSAI SUR LES MŒURS ET L'ESPRIT
DES NATIONS, ET SUR LES PRINCIPAUX FAITS DE L'HISTOIRE,

Depuis Charlemagne jusqu'à la mort de Louis XIII.

I. *Comment et pourquoi on entreprit cet Essai. Recherches sur
quelques nations.* — Plusieurs personnes savent que l'*Essai sur l'Histoire générale des mœurs, etc.*, fut entrepris vers l'an 1740, pour réconcilier avec la science de l'histoire une dame illustre[1] qui possédait
presque toutes les autres. Cette femme philosophe était rebutée de
deux choses dans la plupart de nos compilations historiques, les détails ennuyeux et les mensonges révoltants : elle ne pouvait surmonter
le dégoût que lui inspiraient les premiers temps de nos monarchies
modernes : avant et après Charlemagne tout lui paraissait petit et
sauvage.

Elle avait voulu lire l'Histoire de France, d'Allemagne, d'Espagne,
d'Italie, et s'en était dégoûtée; elle n'avait trouvé qu'un chaos, un
entassement de faits inutiles, la plupart faux et mal digérés; ce sont,
comme on l'a dit ailleurs, des actions barbares sous des noms barbares, des romans insipides rapportés par Grégoire de Tours; nulle
connaissance des mœurs, ni du gouvernement, ni des lois, ni des opinions; ce qui n'est pas bien extraordinaire dans un temps où il n'y
avait d'opinions que les légendes des moines, et de lois que celles
du brigandage : telle est l'histoire de Clovis et de ses successeurs.

Quelle connaissance certaine et utile peut-on tirer des aventures imputées à Caribert, à Chilpéric et à Clotaire? Il ne reste de ces temps
misérables que des couvents fondés par des superstitieux, qui croyaient
racheter leurs crimes en dotant l'oisiveté.

Rien ne la révoltait plus que la puérilité de quelques écrivains qui
pensent orner ces siècles de barbarie, et qui donnent le portrait d'A-
gilulphe et de Grifon, comme s'ils avaient Scipion et César à peindre.
Elle ne put souffrir, dans Daniel, ces récits continuels de batailles,
tandis qu'elle cherchait l'histoire des états généraux, des parlements,
des lois municipales, de la chevalerie. de tous nos usages, et surtout
de la société autrefois sauvage, et aujourd'hui civilisée. Elle cherchait
dans Daniel l'histoire du grand Henri IV, et elle y trouvait celle du jésuite Coton : elle voyait dans cet écrivain le père de saint Louis attaqué d'une maladie mortelle, ses courtisans lui proposant une jeune fille
comme une guérison infaillible, et ce prince mourant martyr de sa
chasteté. Ce conte, tant de fois répété, rapporté longtemps auparavant
de tant de princes, démenti par la médecine et par la raison, était
gravé, dans Daniel, au-devant de la vie de Louis VIII.

---

[1]. Mme la marquise du Châtelet.

Elle ne pouvait comprendre comment un historien qui a du sens pouvait dire, après tant d'autres mal instruits, que les mamelucs voulurent choisir en Égypte, pour leur roi, saint Louis, prince chrétien, leur ennemi, l'ennemi de leur religion, leur prisonnier, qui ne connaissait ni leur langue ni leurs mœurs. On lui disait que ce fait est dans Joinville; mais il n'y est rapporté que comme un bruit populaire, et elle ne pouvait savoir que nous n'avons pas la véritable histoire de Joinville [1].

La fable du vieux de La Montagne qui dépêchait deux dévots du mont Liban pour aller vite assassiner saint Louis dans Paris, et qui le lendemain, sur le bruit de ses vertus, en faisait partir deux autres pour arrêter la pieuse entreprise des deux premiers, lui paraissait fort au-dessous des *Mille et une Nuits*.

Enfin, quand elle voyait que Daniel, après tous les autres chroniqueurs, donnait pour raison de la défaite de Créci que les cordes de nos arbalètes avaient été mouillées par la pluie pendant la bataille, sans songer que les arbalètes anglaises devaient être mouillées aussi; quand elle lisait que le roi Édouard III accordait la paix parce qu'un orage l'avait épouvanté, et que la pluie décidait ainsi de la paix et de la guerre, elle jetait le livre.

Elle demandait si tout ce qu'on disait du prophète Mahomet et du conquérant Mahomet II était vrai: et lorsqu'on lui apprenait que nous imputions à Mahomet II d'avoir éventré quatorze de ses pages (comme si Mahomet II avait eu des pages), pour savoir qui d'eux avait mangé un de ses melons, elle concevait le plus profond et le plus juste mépris pour nos histoires.

On lui fit lire un précis des observances religieuses des musulmans; elle fut étonnée de l'austérité de cette religion, de ce carême presque intolérable, de cette circoncision quelquefois mortelle, de cette obligation rigoureuse de prier cinq fois par jour, du commandement absolu de l'aumône, de l'abstinence du vin et du jeu: et en même temps elle fut indignée de la lâcheté imbécile avec laquelle les Grecs vaincus, et nos historiens leurs imitateurs, ont accusé Mahomet d'avoir établi une religion toute sensuelle, par la seule raison qu'il a réduit à quatre femmes le nombre indéterminé, permis dans toute l'Asie, et surtout dans la loi judaïque.

Le peu qu'elle avait parcouru de l'histoire d'Espagne et d'Italie lui paraissait encore plus dégoûtant. Elle cherchait une histoire qui parlât à la raison; elle voulait la peinture des mœurs, les origines de tant de coutumes, de lois, de préjugés, qui se combattent; comment tant de peuples ont passé tour à tour de la politesse à la barbarie, quels arts se sont perdus, quels se sont conservés, quels autres sont nés dans les secousses de tant de révolutions. Ces objets étaient dignes de son esprit.

Elle lut enfin le *Discours* de l'illustre Bossuet *sur l'Histoire universelle*: son esprit fut frappé de l'éloquence avec laquelle cet écrivain

---

1. On en a retrouvé depuis, en 1748, un manuscrit qui, par le style et les caractères, paraît du siècle de Joinville; il a été imprimé à l'Imprimerie royale, en 1761, in-folio. (*Ed. de Kehl.*)

célèbre peint les Égyptiens, les Grecs et les Romains; elle voulut savoir s'il y avait autant de vérité que de génie dans cette peinture : elle fut bien surprise quand elle vit que les Égyptiens, tant vantés pour leurs lois, leurs connaissances, et leurs pyramides, n'avaient presque jamais été qu'un peuple esclave, superstitieux et ignorant, dont tout le mérite avait consisté à élever des rangs inutiles de pierres les unes sur les autres par l'ordre de leurs tyrans; qu'en bâtissant leurs palais superbes ils n'avaient jamais su seulement former une voûte; qu'ils ignoraient la coupe des pierres; que toute leur architecture consistait à poser de longues pierres plates sur des piliers sans proportion; que l'ancienne Égypte n'a jamais eu une statue tolérable que de la main des Grecs; que ni les Grecs ni les Romains n'ont jamais daigné traduire un seul livre des Égyptiens; que les éléments de géométrie composés dans Alexandrie le furent par un Grec, etc., etc. Cette dame philosophe n'aperçut dans les lois de l'Égypte que celles d'un peuple très-borné : elle sut que, depuis Alexandre, cette nation fut toujours subjuguée par quiconque voulut la soumettre; elle admira le pinceau de Bossuet, et trouva son tableau très-infidèle.

On a encore les remarques qu'elle mit aux marges de ce livre. On trouve à la page 341 ces propres mots : « Pourquoi l'auteur dit-il que Rome engloutit tous les empires de l'univers? La Russie seule est plus grande que l'empire romain. »

Elle se plaignait qu'un homme si éloquent oubliât en effet l'univers dans une histoire universelle, et ne parlât que de trois ou quatre nations qui sont aujourd'hui disparues de la terre.

Ce qui la choqua le plus, ce fut de voir que ces trois ou quatre nations puissantes sont sacrifiées dans ce livre au petit peuple juif, qui occupe les trois quarts de l'ouvrage. On voit en marge, à la fin du discours sur les Juifs, cette note de sa main : « On peut parler beaucoup de ce peuple en théologie, mais il mérite peu de place dans l'histoire. »

En effet, quelle attention peut s'attirer par elle-même une nation faible et barbare, qui ne posséda jamais un pays comparable à une de nos provinces, qui ne fut célèbre ni par le commerce ni par les arts, qui fut presque toujours séditieuse et esclave, jusqu'à ce qu'enfin les Romains la dispersèrent, comme depuis les vainqueurs mahométans dispersèrent les Parsis, peuple si supérieur aux Juifs, longtemps leur souverain, et d'une antiquité beaucoup plus grande?

Il semblait surtout fort étrange que les mahométans, qui ont changé la face de l'Asie, de l'Afrique, et de la plus belle partie de l'Europe, fussent oubliés dans l'histoire du monde. L'Inde, dont notre luxe a un si grand besoin, et où tant de nations puissantes de l'Europe se sont établies, ne devait pas être passée sous silence.

Enfin cette dame, d'un esprit si solide et si éclairé, ne pouvait pas souffrir qu'on s'étendît sur les habitants obscurs de la Palestine, et qu'on ne dît pas un mot du vaste empire de la Chine, le plus ancien du monde entier, et le mieux policé sans doute, puisqu'il a été le plus durable. Elle désirait un supplément à cet ouvrage, lequel finit à Charlemagne, et on entreprit cette étude pour s'instruire avec elle

II. *Grand objet de l'histoire depuis Charlemagne.* — L'objet **était** l'histoire de l'esprit humain, et non pas le détail des faits presque toujours défigurés; il ne s'agissait pas de rechercher, par exemple, **de** quelle famille était le seigneur du Puiset, ou le seigneur de Montlhéri, qui firent la guerre à des rois de France; mais de voir par quels degrés on est parvenu de la rusticité barbare de ces temps à la politesse du nôtre.

On remarqua d'abord que, depuis Charlemagne, dans la partie catholique de notre Europe chrétienne, la guerre de l'empire et du sacerdoce fut, jusqu'à nos derniers temps, le principe de toutes les révolutions; c'est là le fil qui conduit dans le labyrinthe de l'histoire moderne.

Les rois d'Allemagne, depuis Othon Ier, pensèrent avoir un droit incontestable sur tous les États possédés par les empereurs romains; et ils regardèrent tous les autres souverains comme les usurpateurs de leurs provinces : avec cette prétention et des armées, l'empereur pouvait à peine conserver une partie de la Lombardie. et un simple prêtre, qui à peine obtient dans Rome les droits régaliens, dépourvu de soldats et d'argent, n'ayant pour armes que l'opinion, s'élève au-dessus des empereurs, les force à lui baiser les pieds, les dépose, les établit. Enfin, du royaume de Minorque au royaume de France, il n'est aucune souveraineté dans l'Europe catholique dont les papes n'aient disposé, ou réellement par des séditions, ou en idée par de simples bulles. Tel est le système d'une très-grande partie de l'Europe jusqu'au règne de Henri IV, roi de France.

C'est donc l'histoire de l'opinion qu'il fallut écrire; et par là ce chaos d'événements, de factions, de révolutions et de crimes, devenait digne d'être présenté aux regards des sages.

C'est cette opinion qui enfanta les funestes croisades des chrétiens contre des mahométans et contre des chrétiens même. Il est clair que les pontifes de Rome ne suscitèrent ces croisades que pour leur intérêt. Si elles avaient réussi, l'Église grecque leur eût été asservie. Ils commencèrent par donner à un cardinal le royaume de Jérusalem, conquis par un héros. Ils auraient conféré toutes les principautés et tous les bénéfices de l'Asie mineure et de l'Afrique; et Rome eût plus fait par la religion qu'elle ne fit autrefois par les vertus des Scipion et des Paul-Émile.

III. *L'histoire de l'esprit humain manquait.* — On voit dans l'histoire ainsi conçue les erreurs et les préjugés se succéder tour à tour, et chasser la vérité et la raison. On voit les habiles et les heureux enchaîner les imbéciles et écraser les infortunés: et encore ces habiles et ces heureux sont eux-mêmes les jouets de la fortune ainsi que les esclaves qu'ils gouvernent. Enfin les hommes s'éclairent un peu par ce tableau de leurs malheurs et de leurs sottises. Les sociétés parviennent avec le temps à rectifier leurs idées; les hommes apprennent à penser.

On a donc bien moins songé à recueillir une multitude énorme de faits, qui s'effacent tous les uns par les autres, qu'à rassembler les principaux et les plus avérés, qui puissent servir à guider le lecteur, et à le faire juger par lui-même de l'extinction, de la renaissance, et des progrès de l'esprit humain, à lui faire reconnaître les peuples par les usages mêmes de ces peuples.

Cette méthode, la seule, ce me semble, qui puisse convenir à une histoire générale, a été aussitôt adoptée par le philosophe [1] qui écrit l'histoire particulière d'Angleterre. M. l'abbé Velli et son savant continuateur [2] en ont usé ainsi dans leur *Histoire de France;* en quoi ils sont, malgré leurs fautes, très-supérieurs à Mézerai et à Daniel.

IV. *Des usages méprisables ne supposent pas toujours une nation méprisable.* — Il y a des cas où il ne faut pas juger d'une nation par les usages et par les superstitions populaires. Je suppose que César, après avoir conquis l'Égypte, voulant faire fleurir le commerce dans l'empire romain, eût envoyé une ambassade à la Chine par le port d'Ar sinoé, par la mer Rouge, et par l'océan Indien. L'empereur "Iventi, premier du nom, régnait alors: les annales de la Ḻhine nous le représentent comme un prince très-sage et très-savant. Après avoir reçu les ambassadeurs de César avec toute la politesse chinoise, il s'informe secrètement, par ses interprètes, des usages, des sciences, et de la religion de ce peuple romain, aussi célèbre dans l'Occident que le peuple chinois l'est dans l'Orient. Il apprend d'abord que les pontifes de ce peuple ont réglé leurs années d'une manière si absurde, que le soleil est déjà entré dans les signes célestes du printemps, lorsque les Romains célèbrent les premières fêtes de l'hiver.

Il apprend que cette nation entretient à grands frais un collége de prêtres, qui savent au juste le temps où il faut s'embarquer, et où l'on doit donner bataille, par l'inspection du foie d'un bœuf, ou par la manière dont les poulets mangent de l'orge Cette science sacrée fut apportée autrefois aux Romains par un petit dieu nommé *Tagès,* qui qui sortit de terre en Toscane.

Ces peuples adorent un dieu suprême et unique, qu'ils appellent toujours *Dieu très-grand et très-bon ;* cependant ils ont bâti un temple à une courtisane nommée *Flora,* et les bonnes femmes de Rome ont presque toutes chez elles de petits dieux pénates hauts de quatre pouces. Une de ces petites divinités est la déesse des tétons, l'autre celle des fesses; il y a un pénate qu'on appelle le *dieu Pet.* L'empereur se met à rire : les tribunaux de Nankin pensent d'abord avec lui que les ambassadeurs romains sont des fous ou des imposteurs, qui ont pris le titre d'envoyés de la république romaine : mais, comme l'empereur est aussi juste que poli, il a des conversations particulières avec les ambassadeurs; il apprend que les pontifes romains ont été très-ignorants, mais que César réforme actuellement le calendrier. On lui avoue que le collége des augures a été établi dans les premiers temps de la barbarie, qu'on a laissé subsister une institution ridicule, devenue chère à un peuple longtemps grossier; que tous les honnêtes gens se moquent des augures; que César ne les a jamais consultés; qu'au rapport d'un

1. Hume. (ÉD.) — 2. Villaret. (ÉD.)

très-grand homme, nommé Caton, jamais un augure n'a pu parler à son camarade sans rire; et qu'enfin Cicéron, le plus grand orateur et le meilleur philosophe de Rome, vient de faire contre les augures un petit ouvrage, intitulé *de la Divination*, dans lequel il livre à un ridicule éternel tous les auspices, toutes les prédictions, et tous les sortiléges dont la terre est infatuée. L'empereur de la Chine a la curiosité de lire ce livre de Cicéron; ses interprètes le traduisent; il admire le livre et la république romaine.

V. *En quel cas les usages influent sur l'esprit des nations.* — Il y a d'autres cas où les superstitions, les préjugés populaires influent tellement sur toute une nation, que leur conduite est nécessairement absurde et leurs mœurs atroces, tant que ces opinions dominent.

Un brame philosophe arrive de l'Inde en Europe : il apprend qu'il y a un pontife en Italie qui a cinq à six cent mille hommes de troupes réglées, répandues chez quatre ou cinq peuples puissants. De ces troupes, les unes vont chaussées, les autres nu-jambes; celles-ci barbues, celles-là rasées; les unes en capuchon, les autres en bonnet; toutes dévouées à ses ordres, toutes armées d'arguments et de miracles: elles soutiennent toutes que cet Italien doit disposer de tous les royaumes. Son droit est fondé sur trois équivoques; par conséquent ce droit est reconnu par une foule qui ne raisonne point, et par quelques gens adroits qui raisonnent.

La première équivoque, c'est qu'on a dit autrefois en Asie à un pêcheur nommé *Pierre*[1] : « Tu es Pierre, et sur cette pierre je fonderai mon assemblée, et tu seras pêcheur d'hommes. » La seconde, c'est qu'on montre une lettre attribuée à ce Pierre, dans laquelle il dit qu'il est à Babylone; et on a conclu que Babylone signifiait Rome. La troisième, c'est qu'en Galilée on trouva autrefois deux couteaux pendus à un plancher : de là il a été démontré aux peuples que de ces deux couteaux il y en avait un qui appartenait à l'homme reconnu pour le successeur de Pierre, et que Pierre ayant pêché des hommes, son successeur devait avoir la terre entière dans ses filets.

Notre Indien n'aura pas de peine à s'imaginer que les princes auront cru être de trop gros poissons pour se prendre dans les filets de cet homme, quelque respectable qu'il soit; il jugera que ces prétentions doivent semer partout la discorde; et s'il apprend ensuite toutes les révoltes, les assassinats, les empoisonnements, les guerres, les saccagements que cette querelle a causés : « Voilà, dira-t-il, un arbre qui devait nécessairement produire de tels fruits. »

S'il apprend encore que, dans les derniers siècles, il s'est joint à ces querelles une animosité violente de prêtre contre prêtre et de peuple contre peuple, sur des matières de controverse absolument incompréhensibles; alors, quand il verra un duc de Guise, un prince d'Orange, deux rois de France assassinés, un roi d'Angleterre mourant sur l'échafaud, la France, l'Allemagne, l'Angleterre, l'Irlande, ruisse-

1. Saint Matthieu, XVI, 18. (Éd.)

lantes de sang, et quatre à cinq mille hommes égorgés en différents temps au nom de Dieu, il frémira, mais il ne sera pas étonné.

Lorsqu'il aura lu ainsi l'histoire des tigres, s'il vient à des temps plus doux et plus éclairés, où un écrit qui insulte au bon sens produit plus de brochures que la Grèce et Rome ne nous ont laissé de livres, et où je ne sais quels billets mettent tout en rumeur, il croira lire l'histoire des singes[1]. Et dans tous ces différents cas, il verra évidemment pourquoi l'opinion n'a causé aucun trouble chez les nations de l'antiquité, et pourquoi elle en a produit de si affreux et de si ridicules chez presque toutes les nations modernes de l'Europe, et surtout chez une nation qui habite entre les Alpes et les Pyrénées.

VI. *Du pouvoir de l'opinion. Examen de la persévérance des mœurs chinoises.* — L'opinion a donc changé une grande partie de la terre. Non-seulement des empires ont disparu sans laisser de trace, mais les religions ont été englouties dans ces vastes ruines. Le christianisme, qui est, comme on sait, la vérité même, mais que nous considérons ici comme une opinion quant à ses effets, détruisit les religions grecque, romaine, syrienne, égyptienne, dans le siècle de Théodose. Dieu permit ensuite que l'opinion du mahométisme écrasât la vérité chrétienne dans l'Orient, dans l'Afrique, dans la Grèce; qu'elle triomphât du judaïsme, de l'antique religion des mages, et du sabéisme plus antique encore; qu'elle allât dans l'Inde porter un coup mortel à Brama, et qu'elle s'arrêtât à peine au Gange. Dans notre Europe chrétienne, l'opinion a séparé de Rome l'empire de Russie, la Suède, la Norvége, le Danemark, l'Angleterre, les Provinces-Unies, la moitié de l'Allemagne, les trois quarts du pays helvétique.

Il y a sur la terre un exemple unique d'un vaste empire que la force a subjugué deux fois, mais que l'opinion n'a changé jamais : c'est la Chine.

Les Chinois avaient de temps immémorial la même religion, la même morale qu'aujourd'hui. tandis que les Goths, les Hérules, les Vandales, les Francs, n'avaient guère d'autre morale que celle des brigands, qui font quelques lois pour assurer leurs usurpations.

On a prétendu, dans quelque coin de notre Europe, que le gouvernement chinois était athée; et qui sont ceux qui ont intenté cette étrange accusation? ce sont ceux-là même qui ont tant condamné Bayle pour avoir dit qu'une société d'athées pourrait subsister, qui ont tant écrit contre lui, qui ont tant crié que sa supposition était chimérique; ils se sont donc contredits évidemment, ainsi que tous ceux qui écrivent avec un esprit de parti. Ils se trompaient en disant qu'une société d'athées ne pouvait pas subsister, puisque les épicuriens, qui subsistèrent si longtemps, étaient une véritable société d'athées; car ne point admettre de dieu, et n'admettre que des dieux inutiles qui

---

[1]. L'auteur entend sans doute la bulle *Unigenitus* et les billets de confession, que l'Europe a regardés comme les deux plus impertinentes productions de ce siècle.

ne punissent ni ne récompensent, c'est précisément la même chose pour les conséquences.

Ils ne se trompaient pas moins en reprochant l'athéisme au gouvernement chinois. L'auteur de l'*Essai sur les mœurs*, etc., dit : « Il faut être aussi inconsidérés que nous le sommes dans toutes nos disputes, pour avoir osé traiter d'athée un gouvernement dont presque tous les édits parlent d'un Etre suprême, père des peuples, récompensant et punissant avec justice, qui a mis entre lui et l'homme une correspondance de prières et de bienfaits, de fautes et de châtiments. »

Quelques journalistes ont affecté de douter de ces édits; mais ils n'ont qu'à lire le recueil des lettres des missionnaires, ils n'ont qu'à ouvrir le IIIe tome de l'*Histoire de la Chine*, ils n'ont qu'à lire, à la page 41, cette inscription : « Au vrai principe de toutes choses; il est sans commencement et sans fin, il a produit tout, il gouverne tout, il est infiniment bon et infiniment juste, etc. »

Mais, dit-on, les Chinois croient Dieu matériel; il serait bien plus pardonnable au peuple de la Chine de nous faire ce reproche, s'ils voyaient nos tableaux d'église, dans lesquels nous peignons Dieu avec une grande barbe, comme Jupiter Olympien. Nous insultons tous les jours les nations étrangères, sans songer combien nos usages peuvent leur paraître extravagants. Nous osons nous moquer d'un peuple qui professait la religion et la morale la plus pure, plus de deux mille ans avant que nous eussions commencé à sortir de notre état de sauvages, et dont les mœurs et les coutumes n'ont offert aucune altération, tandis que tout a changé parmi nous.

VII. *Opinion, sujet de guerre en Europe.* — L'opinion n'a guère causé de guerres civiles que chez les chrétiens; car le schisme des Osmanlis et des Persans n'a jamais été qu'une affaire de politique. Ces guerres intestines de religion, qui ont désolé une grande partie de l'Europe, sont plus exécrables que les autres, parce qu'elles sont nées du principe même qui devait prévenir toute guerre.

Il paraît que depuis environ cinquante ans la raison, s'introduisant parmi nous par degrés, commence à détruire ce germe pestilentiel qui avait si longtemps infecté la terre. On méprise les disputes théologiques; on laisse reposer le dogme, on n'annonce que la morale.

Il y a des opinions auxquelles on attache des signes publics, qui sont des étendards auxquels les nations se rallient : le dogme alors est la trompette qui sonne la charge. Je vénère des statues, et tu les brises; tu reçois deux espèces, et moi une; tu n'admets que deux sacrements, et moi sept; tu abats les signes de religion que j'élève : nous nous battrons infailliblement; et cette fureur durera jusqu'au temps où la raison viendra guérir nos esprits épuisés et lassés du fanatisme. Mais j'admets une grâce versatile, et toi une grâce concomitante : la tienne est efficace, à laquelle on peut résister; la mienne suffisante, qui ne suffit pas. Nous écrirons les uns contre les autres des livres ennuyeux et des lettres de cachet : nous troublerons quelques familles, nous fatiguerons le gouvernement, mais nous ne pourrons exciter de guerres; et on finira par se moquer de nous.

L'opinion née des factions change quand les factions sont apaisées : ainsi, quand le lecteur en sera au *Siècle de Louis XIV*, il verra qu'alors on ne pensa dans Paris rien de ce qu'on avait pensé du temps de la ligue et de la fronde. Mais il est nécessaire de transmettre le souvenir de ces égarements, comme les médecins décrivent la peste de Marseille, quoiqu'elle soit guérie. Ceux qui diraient à un historien : « Ne parlez pas de nos extravagances passées, » ressembleraient aux enfants des pestiférés, qui ne voudraient pas qu'on dît que leurs pères ont eu le charbon.

Les papiers publics, si multipliés dans l'Europe, produisent quelquefois un grand bien; ils effrayent le crime, ils arrêtent la main prête à le commettre. Plus d'un potentat a craint quelquefois de faire une mauvaise action qui serait enregistrée sur-le-champ dans toutes les archives de l'esprit humain.

On conte qu'un empereur chinois réprimanda un jour et menaça l'historien de l'empire. « Quoi, dit-il, vous avez le front d'écrire jour par jour mes fautes ! — Tel est mon devoir, répondit le scribe du tribunal de l'histoire, et ce devoir m'ordonne d'écrire sur-le-champ les plaintes et les menaces que vous me faites. » L'empereur rougit, se recueillit, et dit : « Eh bien ! allez, écrivez tout, et je tâcherai de ne rien faire que la postérité puisse me reprocher. » S'il est vrai qu'un prince qui commandait à cent millions d'hommes ait ainsi respecté les droits de la vérité, que devra faire la Sorbonne? L'ordre des frères prêcheurs aura-t-il droit de se plaindre? Le sénat de Rome lui-même aurait-il osé exiger qu'on trahît la vérité en sa faveur ?

VIII. *De la poudre à canon.* — Comme il y a des opinions qui ont absolument changé la conduite des hommes, il y a des arts qui ont aussi tout changé dans le monde : tel est celui de la poudre inflammable. Il est sûr que le bénédictin [1] Roger Bacon n'enseigna point ce secret tel que nous l'avons; mais c'est un autre bénédictin [2] qui l'invente vers le milieu du xive siècle, et c'est un jésuite qui apprit aux Chinois à fondre du canon au xviie. Ce mot de *canon*, qui ne veut dire que *tuyau*, nous a, je crois, jetés longtemps dans l'erreur. On se servait, dès l'année 1338, de longs tuyaux de fer qui lançaient de grosses flèches enflammées, garnies de bitume et de soufre, dans les places assiégées. Ces engins diversifiés en mille façons faisaient partie de l'artillerie; voilà pourquoi on a cru qu'au siége du château de Puyguillaume, en 1338, et à d'autres, on s'était servi de canons tels qu'on les fait aujourd'hui. Il faut des canons de vingt-quatre livres de balle pour battre de fortes murailles, et certainement on n'en avait point alors. C'est une erreur de croire que les Anglais firent jouer des pièces de canon à la bataille de Créci, en 1346 : il n'en est aucun vestige dans

1. Cordelier. (Éd.) — 2. Berthold Schwartz. (Éd.)

les actes de la tour de Londres; un tel fait n'eût pas été sans doute oublié.

On parle dans la nouvelle *Histoire de France* d'un canon fondu, en 1301, dans la ville d'Amberg, lequel existe encore, avec cette date gravée sur sa culasse. Cette singularité surprenante m'a paru digne d'être approfondie. M. le comte d'Holnstein de Bavière a été supplié de s'en informer : on a tout vérifié sur les lieux; ce prétendu canon n'existe pas : la ville d'Amberg n'eut de fortifications qu'en 1326. Ce qui a donné lieu à cette méprise, est le tombeau d'un nommé Mergue Martin, mathématicien assez fameux pour son temps, et qui fondait des canons dans le Haut-Palatinat; il a un canon sous ses pieds avec deux écussons, l'un représentant un griffon, et l'autre un petit canon monté sur un affût à deux roues. Son épitaphe porte qu'il mourut en 1501, le chiffre 1501 est très-bien fait, et je ne conçois pas comment on l'a pu prendre pour 1301. Si on approfondissait ainsi toutes les antiquités, ou plutôt tous les contes antiques dont on nous berce, on trouverait plus d'une vieille erreur à rectifier.

IX. *De Mahomet*. — Le plus grand changement que l'opinion ait produit sur notre globe fut l'établissement de la religion de Mahomet. Ses musulmans, en moins d'un siècle, conquirent un empire plus vaste que l'empire romain. Cette révolution, si grande pour nous, n'est, à la vérité, que comme un atome qui a changé de place dans l'immensité des choses, et dans le nombre innombrable de mondes qui remplissent l'espace; mais c'est au moins un événement qu'on doit regarder comme une des roues de la machine de l'univers, et comme un effet nécessaire des lois éternelles et immuables : car peut-il arriver quelque chose qui n'ait été déterminé par le maître de toutes choses? Rien n'est que ce qui doit être.

Comment peut-on imaginer qu'il y ait un ordre, et que tout ne soit pas la suite de cet ordre? Comment, l'éternel géomètre ayant fabriqué le monde, peut-il y avoir, dans son ouvrage, un seul point hors de la place assignée par cet artisan suprême? On peut dire des mots contraires à cette vérité; mais une opinion contraire, c'est ce que personne ne peut avoir quand il réfléchit.

Le comte de Boulainvilliers prétend que Dieu suscita Mahomet pour punir les chrétiens d'Orient qui souillaient la terre de leurs querelles de religion, qui poussaient le culte des images jusqu'à la plus honteuse idolâtrie, et qui adoraient réellement Marie, mère de Jésus, beaucoup plus qu'ils n'adoraient le Saint-Esprit, qui n'avait en effet aucun temple, quoiqu'il fût la troisième personne de la Trinité; mais si Dieu voulait punir les chrétiens, il voulait donc punir aussi les Parsis, les sectateurs de Zoroastre, à qui l'histoire ne reproche en aucun temps aucun trouble civil excité par leur théologie. Dieu voulait donc punir aussi les Sabéens; c'est lui supposer des vues partiales et particulières. Il paraît étrange d'imaginer que l'Être éternel et immuable change ses décrets généraux, qu'il s'abaisse à de petits desseins; qu'il établisse le christianisme en Orient et en Afrique pour le détruire; qu'il sacrifie par une providence particulière, la religion annoncée par son fils, à une religion fausse. Ou il a changé ses lois, ce qui serait une inconstance inconcevable dans l'Être suprême ; ou l'abolition du christianisme dans ces climats était une suite infaillible des lois générales.

Plusieurs autres savants hommes, et surtout M. Sale, auteur de la meilleure traduction [1] de l'*Alcoran*, et des meilleurs commentaires, penchent vers l'opinion que Mahomet travailla en effet à la gloire de Dieu en détruisant le culte du soleil en Perse, et celui des étoiles en Arabie : mais les mages n'adoraient point le soleil : ils le révéraient comme l'emblème de la Divinité ; cela est hors de doute. On n'admit réellement les deux principes en Perse que du temps de Manès. Les mages n'avaient jamais adoré ce que nous appelons le mauvais principe : ils le regardaient précisément comme nous regardons le diable ; c'est ce qui se voit expressément dans le *Sadder*, ancien commentaire du livre du *Zend*, le plus ancien de tous les livres ; et, à tout prendre, la religion de Zoroastre valait mieux que celle de Mahomet, qui lui-même adopta plusieurs dogmes des Perses.

A l'égard des Arabes, il est vrai qu'ils rendaient un culte aux étoiles ; mais c'était certainement un culte subordonné à celui d'un Dieu suprême, créateur, conservateur, vengeur et rémunérateur : on le voit par leur ancienne formule : « O Dieu ! je me voue à ton service ; je me voue à ton service, ô Dieu ! tu n'as de compagnons que ceux dont tu es le maître absolu, tu es le maître de tout ce qui existe. » L'unité de Dieu fut de temps immémorial reconnue chez les Arabes, quoiqu'ils admissent, ainsi que les Perses et les Chaldéens, un ennemi du genre humain, qu'ils nommaient Satan ; l'unité de Dieu, et l'existence de ce Satan subordonné à Dieu, sont le fondement du livre de *Job*, qui vivait certainement sur les confins de l'Arabie, et que plusieurs savants croient avec raison antérieur à Moïse d'environ sept générations.

Si les mahométans écrasèrent la religion des mages et des Arabes, on ne voit pas quelle gloire en revint à Dieu. Les hommes ont toujours été portés à croire Dieu glorieux, parce qu'ils le sont ; car, ainsi qu'on l'a déjà dit, ils ont fait Dieu à leur image. Tous, excepté les sages, se sont représenté Dieu comme un prince rempli de vanité, qui se sent blessé quand on ne l'appelle pas *Votre Altesse*, et qu'on ne lui donne que de l'*Excellence*, et qui se fâche quand on fait la révérence à d'autres qu'à lui en sa présence.

Le savant traducteur de l'*Alcoran* tombe un peu dans le faible que tout traducteur a pour son auteur ; il ne s'éloigne pas de croire que Mahomet fut un fanatique de bonne foi. « Il est aisé de convenir, dit-il, qu'il put regarder comme une œuvre méritoire d'arracher les hommes à l'idolâtrie et à la superstition, et que, par degrés, et avec le secours d'une imagination allumée, qui est le partage des Arabes, il se crut en effet destiné à réformer le monde. »

Bien des gens ne croiront pas qu'il y ait eu beaucoup de bonne foi dans un homme qui dit avoir reçu les feuilles de son livre par l'ange

---

1. En anglais. (Éᴅ.)

Gabriel, et qui prétend avoir été transporté de la Mecque à Jérusalem en une nuit sur la jument Borac; mais j'avoue qu'il est possible qu'un homme rempli d'enthousiasme et de grands desseins ait imaginé en songe qu'il était transporté de la Mecque à Jérusalem, et qu'il parlait aux anges : de telles fantaisies entrent dans la composition de la nature humaine. Le philosophe Gassendi rapporte qu'il rendit la raison à un pauvre homme qui se croyait sorcier; et voici comment il s'y prit : il lui persuada qu'il voulait être sorcier comme lui; il lui demanda de sa drogue, et feignit de s'en frotter; ils passèrent la nuit dans la même chambre : le sorcier endormi s'agita et parla toute la nuit : à son réveil il embrassa Gassendi, et le félicita d'avoir été au sabbat : il lui racontait tout ce que Gassendi et lui avaient fait avec le bouc. Gassendi, lui montrant alors la drogue à laquelle il n'avait pas touché, lui fit voir qu'il avait passé la nuit à lire et à écrire. Il parvint enfin à tirer le sorcier de son illusion.

Il est vraisemblable que Mahomet fut d'abord fanatique, ainsi que Cromwell le fut dans le commencement de la guerre civile : tous deux employèrent leur esprit et leur courage à faire réussir leur fanatisme; mais Mahomet fit des choses infiniment plus grandes, parce qu'il vivait dans un temps et chez un peuple où l'on pouvait les faire. Ce fut certainement un très-grand homme, et qui forma de grands hommes. Il fallait qu'il fût martyr ou conquérant, il n'y avait pas de milieu. Il vainquit toujours, et toutes ses victoires furent remportées par le petit nombre sur le grand. Conquérant, législateur, monarque et pontife, il joua le plus grand rôle qu'on puisse jouer sur la terre aux yeux du commun des hommes; mais les sages lui préféreront toujours Confutzée, précisément parce qu'il ne fut rien de tout cela, et qu'il se contenta d'enseigner la morale la plus pure à une nation plus ancienne, plus nombreuse et plus policée que la nation arabe.

X. *De la grandeur temporelle des califes et des papes.* — L'opinion et la guerre firent la grandeur des califes; l'opinion et l'habileté firent la grandeur des papes. Nous ne comparons point ici religion à religion, église à mosquée, évêque à muphti, mais politique à politique, événements à événements.

Dans l'ordre ordinaire des choses, la guerre peut donner de grands États; l'habileté n'en peut donner que de petits : ceux-ci durent plus longtemps; la guerre, qui a fondé les autres, les détruit tôt ou tard. Ainsi les papes ont eu peu à peu cent milles italiques de pays en long et en large, et les califes, qui en avaient eu plus de douze cents lieues, les perdirent par les armes. Les califes possédaient l'Espagne, l'Afrique, l'Égypte, la Syrie, une partie de l'Asie mineure et la Perse, au VIIᵉ et au VIIIᵉ siècles, quand les papes n'étaient que des évêques soumis à l'exarque de Ravenne. Le titre du pape alors était *vicaire de Pierre*, *évêque de Rome*. Il était élu par le peuple assemblé, comme l'étaient tous les autres évêques d'Orient et d'Occident. Le clergé romain demandait la confirmation de l'exarque en ces termes : « Nous vous supplions, vous, chargé du ministère impérial, d'ordonner la consécration de notre père et pasteur. » Il écrivait au métropolitain de Ravenne : « Saint père, nous supplions Votre Béatitude d'obtenir du seigneur exarque l'ordination de celui que nous avons élu. » C'est ce qu'on voit encore dans l'ancien diurnal romain.

Il est donc constant que le pape était bien loin d'avoir aucune prétention sur la souveraineté de Rome avant Charlemagne. Si l'on prétend que Grégoire II secoua le joug de son empereur, résidant à Constantinople, qu'était-il autre chose qu'un rebelle ?

Charlemagne étant devenu empereur romain, et ses successeurs ayant pris ce titre, il est encore évident que les papes n'étaient pas sous eux empereurs de Rome. Les Othons ne permirent certainement pas que l'évêque fût souverain dans la ville qu'ils regardaient comme la capitale de leur empire. Grégoire VII, en tenant l'empereur Henri IV pieds nus et en chemise dans son antichambre, à Canosse, n'osa jamais prendre le titre de souverain de Rome, sous quelque dénomination que ce pût être.

Les princes normands, conquérants de Naples, en faisaient hommage au pape ; mais aucun historien n'a jamais produit aucun acte où l'on voie les rois de Naples faire cet hommage au pontife romain, comme monarque romain : la première investiture donnée aux princes normands le fut par l'empereur Henri III, en 1047.

La seconde investiture est d'un genre différent, et mérite la plus grande attention. Le pape Léon IX, ayant fait une espèce de croisade contre ces princes, fut battu et pris par eux ; ils traitèrent leur captif avec beaucoup d'humanité, chose assez rare dans ces temps-là ; et le pape Léon, en levant l'excommunication qu'il avait lancée contre eux, leur accorda tout ce qu'ils avaient pris et tout ce qu'ils pourraient prendre, en qualité de fief héréditaire de saint Pierre, *De sancto Petro hæreditatis feudo.*

A qui Charles d'Anjou fit-il hommage lige pour Naples et Sicile ? fut-ce à la personne de Clément IV, souverain de Rome ? non ; ce fut à l'Église romaine et aux papes canoniquement élus, *pro regno Siciliæ et aliis terris nobis ab Ecclesia Romana concessis ;* « pour nos royaumes concédés par l'Église romaine. » Cet hommage lige était donc au fond ce qu'il était dans son origine, une oblation à saint Pierre, un acte de dévotion, dont il résulta des meurtres, des assassinats et des empoisonnements. Le pape était alors si peu souverain de Rome, que la monnaie y avait été frappée au nom de Charles d'Anjou lui-même, quand il était sénateur unique. On a encore des écus de ce temps avec cette légende : *Karolus, senatus populusque Romanus ;* et sur le revers : *Roma caput mundi.* Il y a de pareilles monnaies frappées au nom des Colonnes et des Ursins ; il y a aussi des monnaies au nom des papes ; mais jamais vous ne voyez sur ces pièces la souveraineté du pape exprimée : le mot *domnus,* dont on se servit très-rarement, était un titre honorifique que jamais aucun roi de France, d'Allemagne, d'Espagne, d'Angleterre, n'employa, si je ne me trompe ; et on ne trouve ce mot *domnus* sur aucune monnaie des papes.

Dans les sanglantes querelles de Frédéric Barberousse avec le pape

Alexandre III, jamais cet Alexandre ne se dit unique souverain de Rome : il avait beaucoup de terres d'une mer à l'autre; mais assurément il ne possédait pas en propre la ville où l'empereur avait été sacré roi des Romains.

Grégoire IX, en accusant l'empereur Frédéric II de préférer Mahomet à Jésus-Christ, le dépose à la vérité de l'empire, selon l'usage aussi insolent qu'absurde de ces temps-là; mais il n'ose se mettre à sa place; il n'ose se dire prince temporel de Rome.

Innocent IV dépose encore le même empereur dans le concile de Lyon; mais il ne prend point Rome pour lui-même; l'empire romain subsistait toujours, ou était censé subsister. Les papes n'osaient s'appeler rois des Romains; mais ils l'étaient autant qu'ils le pouvaient. Les empereurs étaient nommés, sacrés, reconnus rois des Romains, et ne l'étaient pas en effet. Qu'était donc Rome? une ville où l'évêque avait un très-grand crédit, où le peuple jouissait souvent de l'autorité municipale, et où l'empereur n'en avait aucune que lorsqu'il y venait à main armée, comme Alaric, ou Totila, ou Arnoud, ou les Othons.

Les papes regardaient non-seulement le royaume de Naples, mais ceux de Portugal, d'Aragon, de Grenade, de Sardaigne, de Corse, de Hongrie, et surtout d'Angleterre, comme feudataires; mais ils ne se disaient ni n'étaient les maîtres de ces pays. Ce n'était pas seulement l'opinion, la superstition qui soumettait ces royaumes au siége de Rome, c'était l'ambition. Un prince disputait une province; il ne manquait pas d'accuser son compétiteur d'être hérétique ou fauteur d'hérétiques, ou d'avoir épousé sa cousine au cinquième degré, ou d'avoir mangé gras le vendredi. On donnait de l'argent au pape, qui, en échange, donnait la province par une bulle : cette bulle était l'étendard auquel les peuples se ralliaient; et le pape, qui ne possédait pas un pouce de terre dans Rome, donnait des royaumes ailleurs.

La même chose arriva aux califes dans leur décadence qu'aux papes dans leur élévation. Les sultans de l'Asie et de l'Égypte, et du reste de l'Afrique, les rois des provinces espagnoles, prirent des investitures des califes qui ne possédaient plus rien. Tel a été le chaos où la terre fut longtemps plongée.

Les évêques allemands, dans l'anarchie de l'empire, s'étaient déjà faits princes, et en prenaient le titre, quand les papes étaient bien moins puissants dans Rome qu'un évêque de Vurtzbourg en Allemagne. Les papes avaient à Rome si peu de pouvoir, qu'ils furent obligés de se réfugier dans Avignon pendant soixante et dix ans.

Martin V, élu au concile de Constance, est, je crois, le premier qui soit représenté sur les monnaies avec la triple couronne, inventée par Boniface VIII. Les papes n'ont été réellement les maîtres de Rome que quand ils ont eu le château Saint-Ange, ce qui n'arriva qu'au XVe siècle.

Enfin, ils ont régné, mais sans jamais se dire rois de Rome; et les empereurs, qui n'ont jamais cessé d'en être rois, n'ont osé jamais y demeurer. Le monde se gouverne par des contradictions, et voilà sans doute la plus frappante : elle dure depuis Charlemagne.

Charles-Quint, roi de Rome, voulut bien la saccager; mais d'y demeurer seulement trois mois, de prétendre y fixer le siége de son empire, c'est ce que ce prince victorieux n'osa point entreprendre.

Comment donc accorder la souveraineté du pape avec celle du roi des Romains? c'est un problème que le temps a résolu insensiblement. Il semble que les empereurs et les papes soient convenus tacitement que les uns régneraient en Allemagne, et seraient rois de Rome de droit, tandis que les papes le seraient de fait. Ce partage ne nou étonne plus, parce que nous y sommes accoutumés; mais il n'en es pas moins étrange.

Ce qui nous fait voir combien la destinée se joue de l'univers, c'est que celui qui affermit la souveraineté réelle des papes sur les fonde- ments les plus solides, fut cet Alexandre VI, coupable de tant d'hor- ribles meurtres, commis par les mains de son incestueux fils dans la Romagne, dans Imola, Forli, Faenza, Rimini, Césène, Fano, Ber- tinoro, Urbino, Camerino, et surtout dans Rome. Quel était le titre de cet homme? celui de *serviteur des serviteurs de Dieu*, et quelle serait aujourd'hui dans Rome la prérogative de celui qui est intitulé roi des Romains? il aurait l'honneur de tenir l'étrier du pape, et de servir de diacre à la grand'messe.

XI. *Des moines.* — L'opinion, plus que toute autre chose, a fait les moines, et c'était une opinion bien étrange que celle qui dépeupla l'Égypte pour peupler quelque temps des déserts.

On a parlé des moines dans l'*Essai sur les mœurs*, quoique cette partie du genre humain ait été omise dans toutes les histoires qu'on appelle *profanes*. Après tout, ils sont hommes, et même dans ce corps si étranger au monde, il s'est trouvé de grands hommes. L'auteur a été beaucoup plus modéré envers eux que le célèbre évêque du Bellai, et que tous les auteurs qui ne sont pas du rite romain. Il a parlé des jésuites avec impartialité; car c'est ainsi qu'un historien doit parler de tout.

Le bien public doit être préféré à toute société particulière, et l'État aux moines, on le sait assez. La société humaine s'est aperçue depuis longtemps combien ces familles éternelles, qui se perpétuent aux dé- pens de toutes les autres, nuisent à la population, à l'agriculture, aux arts nécessaires; combien elles sont dangereuses dans des temps de trouble. Il est certain qu'il est en Europe des provinces qui regorgent de moines, et qui manquent d'agriculteurs.

Un auteur de paradoxes[1] a prétendu que les moines sont utiles, en ce que leurs terres, dit-il, sont toujours mieux cultivées que celles de la pauvre noblesse; mais c'est précisément par cette raison que les moines font tort à l'État. Leurs maisons sont bâties des débris des masures de la noblesse ruinée. Il est démontré que cent gentilshommes, ayant chacun une terre de deux mille livres de revenu, rendraient plus de services au roi et à la nation qu'un abbé qui possède deux cent

1. Le marquis de Mirabeau, auteur de *l'Ami des hommes*. (Éd.)

mille livres de rente. L'exemple de Londres est frappant; tel quartier
de cette ville, habité autrefois par trente moines, l'est aujourd'hui par
trois cents familles. On manque quelquefois d'agriculteurs, de soldats,
de matelots, d'artisans; ils sont dans les cloîtres, et ils y languissent.

La plupart sont des esclaves enchaînés sous un maître qu'ils se sont
donné; ils lui parlent à genoux, ils l'appellent *monseigneur* : c'est la
plus profonde humiliation devant le plus grand faste; et encore, dans
cet abaissement, ils tirent une vanité secrète de la grandeur de leur
despote.

Plusieurs religieux, il est vrai, détestent dans l'âge mûr les chaînes
dont ils se sont garrottés dans l'âge où l'on ne devrait pas disposer
de soi-même; mais ils aiment leur institut, leur ordre; et ces esclaves
ont les yeux si fascinés, que la plupart ne voudraient pas de la liberté,
si on la leur rendait. Ce sont les compagnons d'Ulysse qui refusent de
reprendre la forme humaine. Ils se dédommagent de cet abrutissement
en Italie, en Espagne, en donnant insolemment leurs mains à baiser
aux femmes. Leurs abbés sont princes en Allemagne. On voit des
moines grands officiers d'un prince moine, et son cloître est une cour
qui nourrit l'ambition. Depuis que cet ouvrage a été écrit, tout est
bien changé. Les hommes ont enfin ouvert les yeux.

Les moines, dans leur institut, sont hors du genre humain, et ils
ont voulu gouverner le genre humain. Séculiers et errants dans leur
origine, ils ont été incorporés dans la hiérarchie de l'Église grecque;
mais ils ont été regardés comme les ennemis de la hiérarchie latine.
On a proposé dans tous les pays catholiques de diminuer leur nombre;
l'on n'a jamais pu y parvenir jusqu'à présent. Dans les pays protestants, on a été forcé de les détruire tous.

On vient d'abolir les jésuites en France pour la seconde fois[1]; on
leur reprochait des priviléges qu'ils ne tenaient que de Rome, et qui
étaient incompatibles avec les lois de l'État; mais tous les autres religieux ont à peu près les mêmes priviléges. Les jésuites ont été chassés
du Portugal par des raisons de politique, et à l'occasion de l'assassinat
du roi; ils ont été détruits en France pour avoir voulu dominer dans
les belles-lettres, dans l'État, et dans l'Église : c'est un avertissement
pour tous les autres ordres religieux. Il en est un[2] dont on envie les
richesses, mais dont on respecte l'antiquité et les travaux littéraires; il
en est une foule d'autres moins considérés.

Tout le monde convient qu'au lieu de ces retraites monastiques, où
l'on fait serment à Dieu de vivre aux dépens d'autrui et d'être inutile,
il faut des asiles à la vieillesse qui ne peut plus travailler. Tout le
monde voit que chaque profession a ses vieillards, ses invalides, que
le nom d'hôpital effraye, et qui finiraient leurs jours sans rougir dans
des communautés instituées sous un autre nom; tout le monde le dit,
et personne n'a encore essayé de changer des monastères onéreux à
l'État en asiles nécessaires.

1. Voy. le *Précis du Siècle de Louis XV*, chap. XXXVIII.
2. Les Bénédictins. (ÉD.)

Ce n'est pas assurément dans un esprit de censure que l'auteur de l'*Essai sur les mœurs* a été en ce point l'organe de la voix publique : il a insinué, avec tous les bons citoyens, qu'on doit augmenter le nombre des hommes utiles, et diminuer celui des inutiles. Le jeune homme qui a des talents, et qui les ensevelit dans le cloître, fait tort au public et à soi-même. Qu'eût-ce été si Corneille, Racine, Molière, La Fontaine, et tant d'autres, avaient, dans l'âge où l'on ne peut se connaître, pris le parti de se faire théatins ou picpus ?

XII. *Des croisades.* — Les croisades ont été l'effet le plus mémorable de l'opinion. On persuade à des princes occidentaux, tous jaloux l'un de l'autre, qu'il fallait aller au bout de la Syrie. Un mauvais succès pouvait les faire tous exterminer; et, s'ils réussissaient, ils s'allaient exterminer les uns les autres.

De toutes ces croisades, celle que saint Louis fit en Égypte fut la plus mal conduite, et celle qu'il fit en Afrique, la moins convenable; elle n'avait aucun rapport au premier objet, qui était d'aller s'emparer de Jérusalem, ville d'ailleurs absolument indifférente aux intérêts de toutes les nations occidentales; ville dont elles pouvaient même détourner leurs pas avec horreur, puisqu'on y avait fait mourir leur Dieu; ville dans laquelle ils ne pouvaient punir la race juive, coupable à leurs yeux de ce meurtre, puisque cette race n'y habitait plus; pays d'ailleurs dépeuplé et stérile, dans lequel on n'aurait pas même combattu les musulmans, puisque les Tartares leur enlevaient alors ces contrées, ou du moins achevaient de les désoler par leurs incursions; pays enfin sur lequel les empereurs de Constantinople, dépouillés auparavant par les croisés mêmes, pouvaient seuls avoir quelques droits, et sur lequel les croisés n'avaient seulement pas l'apparence d'une prétention.

On a inséré dans la nouvelle *Histoire de France*, par M. l'abbé Velly, un passage dans lequel on accuse l'auteur de l'*Essai sur les mœurs* d'avoir inventé que saint Louis entreprit la croisade contre Tunis pour seconder les vues ambitieuses et intéressées de son frère Charles d'Anjou, roi des Deux-Siciles. Il n'a point assurément inventé ce fait, qui est très-précieux dans l'histoire de l'esprit humain: ce fait se trouve dans toutes les anciennes chroniques de l'Italie; il est transcrit dans l'*Histoire universelle* de Delisle, tome III, page 295. On le voit en propres mots dans Mézerai, sous l'année 1269. « Quant au saint roi, dit-il, il tourna son entreprise sur le royaume de Tunis, par deux motifs: l'un, qu'il lui semblait que la conquête de ce pays-là lui frayerait le chemin à celle de l'Égypte, sans laquelle il ne pouvait garder la Terre-Sainte; l'autre, *que son frère l'y portait*, à dessein de rendre ces côtes d'Afrique tributaires de son royaume de Sicile, comme elles l'avaient été du temps de Roger, prince normand. » Rapin de Thoyras dit expressément la même chose dans le règne de Henri III d'Angleterre.

Il n'est donc que trop vrai que la simplicité héroïque de Louis le rendit victime de l'ambition de son frère, qui devait être de cette croisade: ce fut même une des raisons qui porta le barbare Charles d'Anjou à faire périr, par la main du bourreau, Conradin, héritier légitime des Deux-Siciles, le duc d'Autriche, son cousin, et le prince Conrad, un des fils de l'empereur Frédéric II : il crut qu'il était de sa politique de se souiller d'une action si honteuse, afin de n'être point inquiété dans la Sicile quand il irait piller l'Afrique. Quels préparatifs pour un saint voyage! Mais en quoi d'ailleurs était-il si saint? Il n'était question que d'aller gagner des dépouilles et la peste sur les ruines de Carthage.

Saint Louis partit sous ces funestes auspices, et son frère n'arriva qu'après sa mort. Si le monarque de France prétendait aller de Tunis en Égypte, cette entreprise était beaucoup plus périlleuse que sa première croisade, et ses troupes auraient péri dans les déserts de Barca, aussi aisément que sur les bords du Nil.

L'auteur de l'*Essai sur les mœurs* sait très-bien que Guillaume de Nangis, qui écrivait l'histoire comme on l'écrivait alors, prétend que le shérif, ou émir, ou bey, ou soldan de Tunis, avait grande envie de se faire chrétien, et qu'il fit espérer au roi, par plusieurs lettres, sa conversion prochaine. Le même Guillaume croit bonnement que saint Louis alla vite mettre à feu et à sang les États de ce prince mahométan, pour l'attirer, par cette douceur, à la religion chrétienne. Si c'est là une manière sûre de convertir, on s'en rapporte à tout lecteur éclairé. Apparemment que la maxime : « Contrains-les d'entrer[1] », était admise dans la politique comme dans la théologie, et qu'on traitait les musulmans comme les Albigeois. On peut hardiment n'être pas de l'opinion de Guillaume; non qu'on le regarde comme un historien infidèle, mais comme un esprit fort simple, qui, quarante ans après la mort de saint Louis, écrivait sans discernement ce qu'il avait entendu dire. Un souverain de Tunis qui veut se faire catholique romain, un roi de France qui vient assiéger sa ville pour l'aider à entrer au giron de l'Église, sont des contes qu'on peut mettre avec les fables du Vieux de la Montagne, et de la couronne d'Égypte présentée au roi de France. Les entreprises de ces temps-là étaient romanesques; mais il y avait plus de romanesque encore dans les historiens. Il faut convenir que saint Louis aurait bien mieux fait de gouverner en paix ses États, que d'aller exposer au fer des Africains et à la peste, sa fille, sa bru, sa belle-sœur et sa nièce, qui firent avec lui ce fatal voyage.

Qu'il soit permis de dire ici que l'abbé Velly, auquel on impute cet injuste reproche contre l'auteur de l'*Essai sur les mœurs*, l'a copié dans quelques endroits, et qu'il aurait pu le citer; de même que le P. Barre, dans son *Histoire d'Allemagne,* a copié mot pour mot la valeur de cinquante pages de l'*Histoire de Charles XII :* on est obligé d'en avertir, parce que, lorsque les historiens sont contemporains, il est difficile, au bout de quelque temps, de savoir qui est celui qui a pillé l'autre. Mais n'oublions pas combien le droit qu'on réclame est peu de chose.

1. Saint Luc, XIV, 23. (ÉD.)

Remarquons encore que l'abbé Velly, après avoir critiqué le même auteur de l'*Essai sur les mœurs*, dans son sixième volume de l'*Histoire de France*, p. 73, fortifie ensuite lui-même l'assertion de cet auteur, par ces mots, p. 252 : « Les autres s'en prenaient au roi de Sicile, qu'ils accusaient hautement d'avoir cherché à le faire périr (saint Louis) dans une terre étrangère; » et par ceux-ci, p. 266 : « Il espérait que le roi de Tunis payerait le tribut ordinaire.... La multitude accusa hautement le prince sicilien d'avoir sacrifié l'honneur de la religion à son intérêt particulier. »

Velly relève aussi l'auteur de l'*Essai sur les mœurs*, p. 361 et 362, sur la raison que celui-ci donne des vêpres siciliennes. Cependant M. Velly rapporte lui-même le texte de Malespina, qui dit: « Uno Francese per suo rigoglio prese una femina.... per farle villania. » Je ne crois pas que ces mots « per farle villania » signifient « pour fouiller si elle n'avait pas de poignard caché. » D'ailleurs on ne dit point que l'on chercha à fouiller les autres femmes, ni les hommes qui allaient aussi à vêpres.

XIII. *De Pierre de Castille, dit le Cruel.* — Pierre le Cruel se vengeait avec barbarie, j'en tombe d'accord : mais je le vois trahi, persécuté par ses frères bâtards, par sa femme même; soutenu à la vérité par le prince Noir, le premier homme de son temps, mais ayant nécessairement la France contre lui, puisqu'il était protégé par les Anglais; opprimé enfin par un ramas de brigands, et assassiné par son frère bâtard, car il fut tué étant désarmé : et ce Henri de Transtamare, assassin et usurpateur, a été respecté par les historiens, parce qu'il a été heureux.

A la bonne heure que ce Pierre ait emporté au tombeau le nom de Cruel; mais quel titre donnerons-nous au tyran qui fit périr Conradin et le duc d'Autriche sur l'échafaud? Et comment nommer tant d'horribles attentats qui ont effrayé l'Europe?

XIV. *De Charles de Navarre, dit le Mauvais.* — On convient que Charles le Mauvais, roi de Navarre, comte d'Évreux, était très-mauvais; que don Pèdre, roi de Castille, surnommé le Cruel, méritait ce titre; mais voyons si, dans ces temps de la belle chevalerie, il y avait chez les princes tant de douceur et de générosité. Le roi de France, Jean, surnommé le Bon, commença son règne par faire tuer le comte d'Eu, son connétable. Il donna l'épée de connétable au prince d'Espagne, don La Cerda, son favori, et l'investit des terres qui appartenaient à son beau-frère Charles, roi de Navarre. Cette injustice pouvait-elle n'être pas vivement ressentie par un prince du sang, souverain d'un beau royaume? On avait dépouillé son père des provinces de Champagne et de Brie; on donnait à un étranger l'Angoumois et d'autres terres qui étaient la dot de sa femme, sœur du roi de France. La colère lui fait commettre un crime atroce : il fait assassiner le connétable La Cerda; et ce qui est encore triste, c'est qu'il obtient, par ce meurtre, la justice qu'on lui avait refusée. Le roi transige avec lui sur

toutes ses prétentions. Mais que fait Jean le Bon après cette réconciliation publique ? il court à Rouen, où il trouve le roi de Navarre à
table avec le dauphin et quatre chevaliers; il fait saisir les chevaliers;
on leur tranche la tête sans forme de procès; on met en prison le roi
de Navarre sur le simple prétexte qu'il a fait un traité avec les Anglais.
Mais, comme roi de Navarre, n'était-il pas en droit de faire ce prétendu traité? Et si, en qualité de comte d'Évreux et de prince du sang,
il ne pouvait sans félonie négocier à l'insu du suzerain, qu'on me
montre le grand vassal de la couronnne qui n'a jamais fait de traités
particuliers avec les puissances voisines. En quoi donc Charles le Mauvais est-il jusqu'à présent plus mauvais que bien d'autres? Plût à Dieu
que ce titre n'eût convenu qu'à lui !

On prétend qu'il a empoisonné Charles V : où en est la preuve?
Qu'il est aisé de supposer de nouveaux crimes à ceux qui sont chargés
de la haine d'un parti ! Il avait, dit-on, engagé un médecin juif de
l'île de Chypre à venir empoisonner le roi de France. On voit trop fré-
quemment dans nos histoires des rois empoisonnés par des médecins
juifs; mais une constitution valétudinaire est plus dangereuse encore
que les médecins.

XV. *Des querelles de religion.* — On a vu que, depuis le pape Grégoire VII jusqu'à l'empereur Charles-Quint, les querelles de l'empire et
du sacerdoce ont bouleversé l'un et l'autre. Depuis Charles-Quint jusqu'à la paix de Vestphalie, les querelles théologiques ont fait couler le
sang en Allemagne: le même fléau a désolé l'Angleterre depuis
Henri VIII jusqu'au temps du roi Guillaume, où la liberté de conscience
fut pleinement établie.

La France a éprouvé des malheurs, s'il se peut, encore plus grands,
depuis François II jusqu'à la mort de Henri IV; et cette mort, toujours sensible aux cœurs bien faits, a été le fruit de ces querelles. Il
est triste qu'un si bon arbre ait produit de si détestables fruits.

On a souvent agité si l'empereur Henri IV devait secouer le joug de
la papauté, au lieu de rester pieds nus dans l'antichambre de Grégoire VII; si Charles-Quint, après avoir pris et saccagé Rome, devait
régner dans Rome, et se faire protestant; et si Henri IV, roi de
France, pouvait se dispenser de faire abjuration. De bons esprits assurent qu'aucune de ces trois choses n'était possible.

L'empereur Henri IV avait un trop violent parti contre lui, et n'était
pas un homme d'un assez grand génie pour faire une révolution.
Charles-Quint l'était, mais il n'aurait rien gagné à renoncer à la religion catholique. Pour le roi de France, Henri le Grand, il est vraisemblable qu'il ne pouvait prendre d'autre parti que celui qu'il embrassa,
quelque humiliation qui y fût attachée. La reine Élisabeth, qui lui en
fit des reproches si amers, pouvait bien lui donner des secours pour
disputer le terrain de province en province, mais non pas pour conquérir le royaume de France. Il avait contre lui les trois quarts du
pays, Philippe II et les papes; il fallut plier. La facilité de son caractère se joignit à la nécessité où il était réduit. Un Charles XII, un Gus-

tave-Adolphe, eussent été inflexibles; mais ces héros étaient plus soldats que politiques; et Henri IV avec ses faiblesses était aussi politique que soldat. Il paraissait impossible qu'il fût roi de France s'il ne se rangeait à la communion de Rome; de même qu'on ne pourrait aujourd'hui être roi de Suède ou d'Angleterre, si l'on n'était pas d'une communion opposée à Rome. Henri IV fut assassiné malgré son abjuration, comme Henri III malgré ses processions; tant la politique est impuissante contre le fanatisme.

La seule arme contre ce monstre, c'est la raison. La seule manière d'empêcher les hommes d'être absurdes et méchants, c'est de les éclairer. Pour rendre le fanatisme exécrable, il ne faut que le peindre. Il n'y a que des ennemis du genre humain qui puissent dire: « Vous éclairez trop les hommes, vous écrivez trop l'histoire de leurs erreurs. » Et comment peut-on corriger ces erreurs sans les montrer? Quoi! vous dites que les temps du jacobin Jacques Clément ne reparaîtront plus? Je l'avais cru comme vous : mais nous avons vu depuis les Malagrida et les Damiens. Et ce Damiens[1], auquel personne ne s'attendait, qu'a-t-il répondu à son premier interrogatoire[2]? ces propres mots: « C'est à cause de la religion. » Qu'a-t-il déclaré à la question? « C'est ce que j'entendais dire à tous ces prêtres; j'ai cru faire une œuvre méritoire pour le ciel. » Il est évident que ce furent les billets de confession qui produisirent ce parricide. Quels billets! Mais ces horreurs n'arrivent pas tous les ans? non: on n'a pas toujours commis un parricide par année; mais qu'on me montre dans l'histoire, depuis Constantin, un seul mois où les disputes théologiques n'aient pas été funestes au monde.

XVI. *Du protestantisme et de la guerre des Cévennes.* — Dans l'histoire de l'esprit humain, le protestantisme était un grand objet. On voit que c'est le pouvoir de l'opinion, soit vraie, soit fausse, soit sainte, soit réprouvée, qui a rempli la terre de carnage pendant tant de siècles. Quelques protestants ont reproché à l'auteur de l'*Essai sur les mœurs* de les avoir souvent condamnés; et quelques catholiques ont chargé l'auteur d'avoir montré trop de compassion pour les protestants. Ces plaintes prouvent qu'il a gardé ce juste milieu qui ne satisfait que les esprits modérés.

Il est très-vrai que partout et dans tous les temps où l'on a prêché une réforme, ceux qui la prêchèrent furent persécutés et livrés au supplice. Ceux qui s'élevèrent en Europe contre l'Église de Rome comptèrent autant de martyrs de leur opinion, que les chrétiens du IIᵉ siècle en comptèrent de la leur, quand ils s'élevèrent contre le culte de l'empire romain. Les premiers chrétiens étaient de vrais martyrs; les premiers réformés étaient, dit-on, de faux martyrs: à la bonne heure; mais ils souffraient, ils mouraient véritablement les uns et les autres: ils étaient tous les victimes de leur persuasion. Les juges qui

1. Voy. le *Précis du Siècle de Louis XV*, chap. XXXVII.
2. Page 4 du *Procès de Damiens*. — 3. *Ibid.*, p. 405.

les envoyèrent à la mort avaient la même jurisprudence, ils condamnaient par le même principe; ils faisaient périr ceux qu'ils croyaient ennemis des lois divines et humaines : tout est parfaitement égal dans cette conduite du plus fort contre le plus faible. Le sénat romain, le concile de Constance, jugeaient de la même manière; les condamnés marchaient au supplice avec la même intrépidité. Jean Hus et Jérôme de Prague en eurent autant que saint Ignace et saint Polycarpe; il n'y a de différence entre eux que la cause; et il y a cette différence entre leurs juges, que les Romains n'étaient pas obligés par leur religion à épargner ceux qui voulaient détruire leurs dieux, et que les chrétiens étaient obligés par leur religion à ne pas persécuter inhumainement des chrétiens, leurs frères, qui adoraient le même Dieu.

Si c'est la politique bien ou mal entendue qui a livré aux bourreaux les premiers chrétiens et les hérétiques d'entre les chrétiens, la chose est encore absolument égale de part et d'autre; si c'est le zèle, ce zèle est encore égal des deux côtés. Si l'on regarde comme très-injustes les païens persécuteurs, on doit regarder aussi comme très-injustes les chrétiens persécuteurs. Ces maximes sont vraies; et il a fallu les développer pour le bien des hommes.

Il est constant que ceux qui se dirent réformés en France furent persécutés quarante ans avant qu'ils se révoltassent; car ce ne fut qu'après le massacre de Vassi qu'ils prirent les armes.

On doit aussi avouer que la guerre qu'une populace sauvage fit vers les Cévennes, sous Louis XIV, fut le fruit de la persécution. Les camisards agirent en bêtes féroces : mais on leur avait enlevé leurs femelles et leurs petits; ils déchirèrent les chasseurs qui couraient après eux.

Les deux partis ne conviennent pas de l'origine de ces horreurs. Les uns disent que le meurtre de l'abbé du Chaila, chef des missions du Languedoc, fut commis pour reprendre une fille des mains de cet abbé; les autres pour délivrer plusieurs enfants qu'il avait enlevés à leurs parents, afin de les instruire dans la foi catholique : ces deux causes peuvent avoir concouru, et l'on ne peut nier que la violence n'ait produit le soulèvement qui causa tant de crimes, et qui attira tant de supplices.

Après la paix de Rysvick, Orange, où régnait encore la religion protestante, appartenant à Louis XIV, plusieurs habitants du Languedoc y allèrent chanter leurs psaumes et prier Dieu dans leur jargon. A leur retour on en prit cent trente, hommes et femmes, qu'on attacha deux à deux sur le chemin; les plus robustes, au nombre de soixante-dix, furent envoyés aux galères

Bientôt après, un prédicant, nommé Marlié, fut pendu avec ses trois enfants, convaincu d'avoir prêché sa religion, et d'avoir fait convoquer l'assemblée par ses fils. On fit feu sur plusieurs familles qui allaient au prêche, on en tua dix-huit dans le diocèse d'Uzès : et trois femmes grosses étant du nombre des morts, on les éventra pour tuer leurs enfants dans leurs entrailles. Ces femmes grosses étaient dans leur tort, elles avaient en effet désobéi aux nouveaux édits; mais, encore une fois, les premiers chrétiens ne désobéissaient-ils pas aux édits des empereurs, quand ils prêchaient? Il faut absolument ou convenir que les juges romains firent très-bien de pendre les chrétiens, ou dire que les juges catholiques firent très-mal de pendre les protestants; car et protestants et premiers chrétiens étaient précisément dans les mêmes termes: on ne peut trop le répéter, ils étaient également innocents ou également coupables.

Enfin les chrétiens persécutés par Maximin égorgèrent après sa mort son fils âgé de dix-huit ans, sa fille âgée de sept, et noyèrent sa femme dans l'Oronte. Les protestants, persécutés par l'abbé du Chaila, le massacrèrent. Ce fut là l'origine de la guerre horrible des Cévennes. Il est même impossible que la révolte n'ait pas commencé par la persécution. Il n'est pas dans la nature humaine que le peuple se soulève contre ses magistrats, et les égorge quand il n'est pas poussé à bout. Mahomet lui-même ne fit d'abord la guerre que pour se défendre, et peut-être n'y aurait-il point de mahométans sur la terre, si les Mecquois n'avaient pas voulu faire mourir Mahomet.

On ne peut, dans un *Essai sur les mœurs*, entrer dans le détail des horreurs qui ont dévasté tant de provinces : le genre humain paraîtrait trop odieux, si l'on avait tout dit.

Il sera utile que, dans les histoires particulières, on voie un détail de nos crimes, afin qu'on ne les commette plus. Les proscriptions de Sylla et d'Octave, par exemple, n'approchèrent pas des massacres des Cévennes, ni pour le nombre, ni pour la barbarie; elles sont seulement plus célèbres, parce que le nom de l'ancienne Rome doit faire plus d'impression que celui des villages et des cavernes d'Anduze : et Sylla, Antoine, Auguste, en imposent plus que Ravanel et Castagnet. Mais l'atrocité fut poussée plus loin dans les six années des troubles du Languedoc que dans les trois mois de proscriptions du triumvirat. On en peut juger par des lettres de l'éloquent Fléchier, qui était évêque de Nîmes dans ces temps funestes. Il écrit en 1704 : « Plus de quatre mille catholiques ont été égorgés à la campagne, quatre-vingts prêtres massacrés, deux cents églises brûlées. » Il ne parlait que de son diocèse : les autres étaient en proie aux mêmes calamités.

Jamais il n'y eut de plus grands crimes suivis de plus horribles supplices : et les deux partis, tantôt assassins, tantôt assassinés, invoquaient également le nom du Seigneur. Nous verrons dans le *Siècle de Louis XIV* plus de quatre mille fanatiques périr par la roue et dans les flammes; et, ce qui est bien remarquable, il n'y en eut pas un seul qui ne mourût en bénissant Dieu, pas un qui montrât la moindre faiblesse : hommes, femmes, enfants, tous expirèrent avec le même courage.

Quelle a été la cause de cette guerre civile et de toutes celles de religion dont l'Europe a été ensanglantée? point d'autre que le malheur d'avoir trop longtemps négligé la morale pour la controverse. L'autorité a voulu ordonner aux hommes d'être croyants, au lieu de leur commander simplement d'être justes. Elle a fourni des prétextes à l'opiniâtreté. Ceux qui sacrifient leur sang et leur vie ne sacrifient pas de même ce qu'ils appellent leur raison. Il est plus aisé de mener cent mille hommes au combat que de soumettre l'esprit d'un persuadé.

XVII. *Des lois.* — L'opinion a fait les lois. On a insinué assez dans l'*Essai sur les mœurs* que les lois sont presque partout incertaines, insuffisantes, contradictoires. Ce n'est pas seulement parce qu'elles ont été rédigées par des hommes; car la géométrie, inventée par les hommes, est vraie dans toutes ses parties; la physique expérimentale est vraie; les premiers principes métaphysiques même, sur lesquels la géométrie est fondée, sont d'une vérité incontestable, et rien de tout cela ne peut changer. Ce qui rend les lois variables, fautives, inconséquentes, c'est qu'elles ont été presque toutes établies sur des besoins passagers, comme des remèdes appliqués au hasard, qui ont guéri un malade, et qui en ont tué d'autres.

Plusieurs royaumes étant composés de provinces anciennement indépendantes, et ces provinces ayant encore été partagées en cantons non-seulement indépendants, mais ennemis l'un de l'autre, toutes leurs lois ont été opposées, et le sont encore. Les marques de l'ancienne division subsistent dans le tout réuni; ce qui est vrai et bon au deçà d'une rivière est faux et mauvais au delà; et, comme on l'a déjà dit, on change de lois dans sa patrie en changeant de chevaux de poste. Le paysan de Brie se moque de son seigneur; il est serf dans une partie de la Bourgogne, et les moines y ont des serfs. Il y a plusieurs pays où les lois sont plus uniformes, mais il n'y en a peut-être pas un seul qui n'ait besoin d'une réforme; et cette réforme faite, il en faut une autre. Ce n'est guère que dans un petit État qu'on peut établir aisément des lois uniformes [1]. Les machines réussissent en petit, mais en grand les chocs les dérangent.

Enfin, quand on est parvenu à vivre sous une loi tolérable, la guerre vient qui confond toutes les bornes, qui abîme tout; et il faut recommencer comme des fourmis dont on a écrasé l'habitation.

Une des plus grandes turpitudes dans la législation d'un pays a été de se conduire par des lois qui ne sont pas du pays. Le lecteur peut remarquer comment le divorce qui fut accordé à Louis XII, roi de France, par l'incestueux pape Alexandre VI, fut refusé par Clément VII au roi d'Angleterre Henri VIII; et l'on verra comment Alexandre VII [2] permit au régent de Portugal, Alfonse, de ravir la femme de son frère, et de l'épouser du vivant de ce frère.

1. Cette révolution serait facile et ne causerait aucun trouble dans une monarchie absolue, où le prince aurait une volonté soutenue de faire le bien de son peuple, et voudrait employer à ce grand ouvrage les hommes vraiment éclairés, dont le nombre est plus grand qu'on ne pense. C'est un très-grand avantage que les monarchies absolues ont sur les républiques, où la plupart de ces réformes utiles ne peuvent se faire tant que les lumières ne sont point devenues presque populaires. (*Ed. de Kehl.*)

2. Le mariage de Marie de Savoie, duchesse de Nemours, et épouse d'Alphonse VI, avec don Pèdre son beau-frère, est du 2 avril 1668. Alexandre VII était mort en 1667; ce ne fut donc pas ce pape qui accorda les dispenses, mais Clément IX, ainsi que Voltaire le dit ailleurs. (*Note de M. Beuchot.*)

Tout se contredit donc, et nous voguons dans un vaisseau sans cesse agité par des vents contraires.

On a dit, dans l'*Essai sur les mœurs*, qu'il n'y a point en rigueur de loi positive fondamentale; les hommes ne peuvent faire que des lois de convention. Il n'y a que l'auteur de la nature qui ait pu faire les lois éternelles de la nature. La seule loi fondamentale et immuable qui soit chez les hommes est celle-ci : « Traite les autres comme tu voudrais être traité [1]. » C'est que cette loi est de la nature même : elle ne peut être arrachée du cœur humain : c'est de toutes les lois la plus mal exécutée; mais elle s'élève toujours contre celui qui la transgresse; il semble que Dieu l'ait mise dans l'homme pour servir de contre-poids à la loi du plus fort, et pour empêcher le genre humain de s'exterminer par la guerre, par la chicane, et par la théologie scolastique.

XVIII. *Du commerce et des finances.* — La Hollande presque submergée, Gênes qui n'a que des rochers, Venise qui ne possédait que des lagunes pour terrain, eussent été des déserts, ou plutôt n'eussent point existé sans le commerce.

Venise, dès le quatorzième siècle, devint par cela seul une puissance formidable, et la Hollande l'a été de nos jours pendant quelque temps.

Que devait donc être l'Espagne sous Philippe II, qui avait à la fois le Mexique et le Pérou, et ses établissements en Afrique et en Asie dans l'étendue d'environ trois mille lieues de côtes?

Il est presque incroyable, mais il est avéré que l'Espagne seule retira de l'Amérique, depuis la fin du quinzième siècle jusqu'au commencement du dix-huitième, la valeur de cinq milliards de piastres en or et en argent, qui font vingt-cinq milliards de nos livres. Il n'y a qu'à lire don Ustariz et Navarette pour être convaincu de cette étonnante vérité. C'est beaucoup plus d'espèces qu'il n'y en avait dans le monde entier avant le voyage de Christophe Colomb. Tout pauvre homme de mérite qui saura penser peut faire là-dessus ses réflexions : il sera consolé quand il saura que de tous ces trésors d'Ophir il ne reste pas aujourd'hui en Espagne cent millions de piastres, et autant en orfévrerie. Que dira-t-il quand il lira dans don Ustariz que la daterie de Rome a englouti une partie de cet argent? il croira peut-être que Rome la sainte est plus riche aujourd'hui que Rome la conquérante du temps des Crassus et des Lucullus. Elle a fait, il faut l'avouer, tout ce qu'elle a pu pour le devenir; mais n'ayant pas su être commerçante quand toutes les nations de l'Europe ont su l'être, elle a perdu, par son ignorance et par sa paresse, tout cet argent que lui ont produit ses mines de la daterie, et surtout ce qu'elle pêchait si aisément avec les filets de saint Pierre.

L'Espagne ne laissa pas d'abord les autres nations entrer avec elle en partage des trésors de l'Amérique. Philippe II en jouit presque seul

1. Luc, VI, 31. (ÉD.)

pendant plusieurs années. Les autres souverains de l'Europe, à commencer par l'empereur Ferdinand, son oncle, étaient devant lui à peu près ce qu'étaient les Suisses devant le duc de Bourgogne, lorsqu'ils lui disaient : « Tout ce que nous avons ne vaut pas les éperons de vos chevaliers. »

Philippe II devait avoir ce qu'on appelle la monarchie universelle, si on pouvait l'acheter avec de l'or, et la saisir par l'intrigue; mais une femme à peine affermie dans la moitié d'une île; un prince d'Orange, simple comte de l'empire, et sujet du marquis de Malines; Henri IV, roi mal obéi d'une partie de la France, persécuté dans l'autre, manquant d'argent, et ayant pour toute armée quelques gentilshommes et son courage, ruinèrent le dominateur des Deux-Indes.

Le commerce, qui avait pris une nouvelle face à la découverte du cap de Bonne-Espérance et à celle du Nouveau-Monde, en prit encore une nouvelle quand les Hollandais, devenus libres par la tyrannie, s'emparèrent des îles qui produisent les épiceries, et fondèrent Batavia. Les grandes puissances commerçantes furent alors la Hollande et l'Angleterre; la France, qui profite toujours tard des connaissances et des entreprises des autres nations, arriva la dernière aux Deux-Indes, et fut la plus mal partagée. Elle resta sans industrie jusqu'aux beaux jours du gouvernement de Louis XIV; il fit tout pour animer le commerce.

Les peuples de l'Europe, dans ce temps-là, commencèrent à connaître de nouveaux besoins, qui rendirent le commerce de quelques nations, et surtout celui de la France, très-désavantageux. Henri IV déjeunait avec un verre de vin et du pain blanc; il ne prenait ni thé, ni café, ni chocolat; il n'usait point de tabac; sa femme et ses maîtresses avaient très-peu de pierreries; elles ne portaient point d'étoffes de Perse, de la Chine, et des Indes. Si l'on songe qu'aujourd'hui une bourgeoise porte à ses oreilles de plus beaux diamants que Catherine de Médicis; que la Martinique, Moka, et la Chine, fournissent le déjeuner d'une servante, et que tous ces objets font sortir de France plus de cinquante millions tous les ans, on jugera qu'il faut d'autres branches de commerce bien avantageuses pour réparer cette perte continuelle : on sait assez que la France s'est soutenue par ses vins, ses eaux-de-vie, son sel, ses manufactures.

Il lui fallait faire directement le commerce des Indes, non pas pour augmenter ses richesses, mais pour diminuer ses dépenses; car les hommes s'étant fait des besoins nouveaux, ceux qui ne possèdent pas les denrées demandées par ces besoins doivent les acheter au meilleur compte qu'il soit possible : or, ce qu'on achète aux Indes de la première main coûte moins sans doute que si les Anglais et les Hollandais venaient le revendre. Presque toutes ces denrées se payent en argent. Il ne s'agissait donc, en formant en France une compagnie des Indes, que de perdre moins, et de chercher à se dédommager, dans l'Allemagne et dans le Nord, des dépenses immenses qu'on faisait sur les côtes de Coromandel; mais les Hollandais avaient prévenu les Français dans l'Allemagne comme dans l'Inde; leur frugalité et leur industrie leur donnaient partout l'avantage. Le grand inconvénient pour une Nouvelle compagnie d'Europe qui s'établit dans l'Inde, c'est, comme on l'a dit, d'y arriver la dernière. Elle trouve des rivaux puissants déjà maîtres du commerce; il faut recevoir des affronts des nababs et des omras, et les payer ou les battre : aussi les Portugais, et après eux les Hollandais, ne purent acheter du poivre sans donner des batailles.

Si la France a une guerre avec l'Angleterre ou la Hollande en Europe, c'est alors à qui se détruira dans l'Inde. Les compagnies de commerce deviennent nécessairement des compagnies guerrières, et il faut être oppresseur ou opprimé. Aussi nous verrons que, quand Louis XIV eut établi sa compagnie des Indes dans Pondichéry, les Hollandais prirent la ville, et écrasèrent la compagnie. Elle renaquit des débris du système, et fit voir que la confusion pouvait quelquefois produire l'ordre; mais toute la vigilance, toute la sagesse des directeurs, n'ont pas empêché que les Anglais n'aient pris Pondichéry, et que la compagnie n'ait été presque détruite une seconde fois. Les Anglais ont rendu la ville à la paix ; mais on sait dans quel état on rend une place de commerce dont on est jaloux; la compagnie est restée avec quelques vaisseaux, des magasins ruinés, des dettes, et point d'argent [1].

Elle agissait dans l'Inde en souveraine; mais elle y a trouvé des souverains, étrangers comme elle, et plus heureux. On doit convenir qu'il est un peu extraordinaire que le Grand-Mogol, qui est si puissant, laisse des négociants d'Europe se battre dans son empire, et en dévaster une partie Si nous accordions le port de Lorient à des Indiens, et celui de Bayonne à des Chinois, nous ne souffririons pas qu'ils se battissent chez nous.

Quant aux finances, la France et l'Angleterre, pour s'être fait la guerre, se sont trouvées endettées chacune de trois milliards de nos livres. C'est beaucoup plus qu'il n'y a d'espèces dans ces deux États. C'est un des efforts de l'esprit humain, dans ce dernier siècle [2], d'avoir trouvé le secret de devoir plus qu'on ne possède, et de subsister comme si l'on ne devait rien.

Chaque État de l'Europe est ruiné après une guerre de sept ou huit années; c'est que chacun a plus fait que ses forces ordinaires ne comportent. Les États sont comme les particuliers qui s'endettent par ambition ; chacun veut aller au delà de son pouvoir. On a souvent demandé ce que deviennent tous ces trésors prodigués pendant la guerre, et on a répondu qu'ils sont ensevelis dans les coffres de deux ou trois mille particuliers qui ont profité du malheur public. Ces deux

---

1. Elle a été supprimée en 1769, sous le ministère de M. d'Invau ; il fut prouvé alors qu'elle ne s'était jamais soutenue qu'aux dépens du trésor royal, et qu'elle faisait le commerce à perte. Des négociants particuliers le firent les années suivantes; ils y gagnèrent, et les denrées de l'Inde baissèrent de prix. (*Ed. de Kehl.*)

2. On ne doit point réellement plus qu'on ne possède. Les intérêts de la dette nationale sont assignés sur la totalité du revenu des propriétaires de la nation, et sont loin, même en Angleterre, d'approcher de la somme de ce revenu. (*Ed. de Kehl.*)

ou trois mille personnes jouissent en paix de leurs fortunes immenses, dans le temps que le reste des hommes est obligé de gémir sous de nouveaux impôts, pour payer une partie des dettes nationales.

L'Angleterre est le seul pays où des particuliers se sont enrichis par le sort des armes; ce que de simples armateurs ont gagné par des prises, ce que l'île de Cuba et les Grandes-Indes ont valu aux officiers généraux, passe de bien loin tout l'argent comptant qui circulait en Angleterre aux treizième et quatorzième siècles.

Lorsque les fortunes de tant de particuliers se sont répandues avec le temps chez leur nation par des mariages, par des partages de famille, et surtout par le luxe, devenu alors nécessaire, et qui remet dans le public tous ces trésors enfouis pendant quelques années, alors cette énorme disproportion cesse, et la circulation est à peu près la même qu'elle était auparavant. Ainsi les richesses cachées dans la Perse, et enfouies pendant quarante années de guerres intestines, reparaîtront après quelques années de calme, et rien ne sera perdu. Telle est dans tous les genres la vicissitude attachée aux choses humaines.

XIX. *De la population.* — Dans une nouvelle *Histoire de France*, on prétend qu'il y avait huit millions de feux en France, dans le temps de Philippe de Valois; or, on entend par *feu* une famille, et l'auteur entend par le mot de *France* ce royaume tel qu'il est aujourd'hui, avec ses annexes. Cela ferait, à quatre personnes par feu, trente-deux millions d'habitants; car on ne peut donner à un feu moins de quatre personnes, l'un portant l'autre.

Le calcul de ces feux est fondé sur un état de subside imposé en 1328. Cet état porte deux millions cinq cent mille feux dans les terres dépendantes de la couronne, qui n'étaient pas le tiers de ce que le royaume renferme aujourd'hui. Il aurait donc fallu ajouter deux tiers pour que le calcul de l'auteur fût juste. Ainsi, suivant la supputation de l'auteur, le nombre des feux de la France, telle qu'elle est, aurait monté à sept millions cinq cent mille. A quoi ajoutant probablement cinq cent mille feux pour les ecclésiastiques et pour les personnes non comprises dans le dénombrement, on trouverait aisément les huit millions de feux, et au delà. L'auteur réduit chaque feu à trois personnes; mais, par le calcul que j'ai fait dans toutes les terres où j'ai été, et dans celle que j'habite, je compte quatre personnes et demie par feu.

Ainsi, supposé que l'état de 1328 soit juste, il faudra nécessairement conclure que la France, telle qu'elle est aujourd'hui, contenait, du temps de Philippe de Valois, trente-six millions d'habitants.

Or, dans le dernier dénombrement fait, en 1753, sur un relevé des tailles et autres impositions, on ne trouve aujourd'hui que trois millions cinq cent cinquante mille quatre cent quatre-vingt-neuf feux; ce qui, à quatre et demi par feu, ne donnerait que quinze millions neuf cent soixante et dix-sept mille deux cents habitants. A quoi il faudra ajouter les réguliers, les gens sans aveu, et sept cent mille âmes au moins que l'on suppose être dans Paris, dont le dénombrement a été fait suivant la capitation, et non pas suivant le nombre des feux.

De quelque manière qu'on s'y prenne, soit qu'on porte, avec l'auteur de la nouvelle *Histoire de France*, les feux a trois, à quatre ou à cinq personnes, il est clair que le nombre des habitants est diminué de plus de moitié depuis Philippe de Valois.

Il y a aujourd'hui environ quatre cents ans que le dénombrement de Philippe de Valois fut fait; ainsi, dans quatre cents ans, toutes choses égales, le nombre des Français serait réduit au quart, et, dans huit cents ans, au huitième; ainsi, dans huit cents ans, la France n'aura qu'environ quatre millions d'habitants; et, en suivant cette progression, dans neuf mille deux cents ans, il ne restera qu'une seule personne mâle ou femelle avec fraction. Les autres nations ne seront sans doute pas mieux traitées que nous, et il faut espérer qu'alors viendra la fin du monde.

Tout ce que je puis dire pour consoler le genre humain, c'est que dans deux terres que je dois bien connaître, inféodées du temps du roi Charles V, j'ai trouvé la moitié plus de feux qu'il n'en est marqué dans l'acte d'inféodation : et cependant il s'est fait une émigration considérable dans ces terres à la révocation de l'édit de Nantes.

Le genre humain ne diminue ni n'augmente, comme on le croit, et il est très-probable qu'on se méprenait beaucoup du temps de Philippe de Valois, quand on comptait deux millions cinq cent mille feux dans ses domaines.

Au reste, j'ai toujours pensé que la France renferme, de nos jours, environ vingt millions d'habitants, et je les ai comptés à cinq par feu, l'un portant l'autre. Je me trouve d'accord dans ce calcul avec l'auteur de la *Dixme*, attribuée au maréchal de Vauban, et surtout avec le détail des provinces, donné par les intendants, à la fin du dernier siècle. Si je me trompe, ce n'est que d'environ quatre millions, et c'est une bagatelle pour les auteurs[1].

Hubner, dans sa géographie, ne donne à l'Europe que trente millions d'habitants; il peut s'être trompé aisément d'environ cent millions. Un calculateur, d'ailleurs exact, assure que la Chine ne possède que soixante et douze millions d'habitants; mais, par le dernier dénombrement, rapporté par le P. du Halde, on compte ces soixante et douze millions, sans y comprendre les vieillards, les jeunes gens au-dessous de vingt ans, et les bonzes; ce qui doit aller à plus du double.

Il faut avouer que d'ordinaire nous peuplons et dépeuplons la terre un peu au hasard; tout le monde se conduit ainsi; nous ne sommes guère faits pour avoir une notion exacte des choses; l'*à peu près* est notre guide, et souvent ce guide égare beaucoup.

C'est encore bien pis quand on veut avoir un calcul juste. Nous al-

1. L'ordonnance du roi du 15 mars 1827 portait la population de la France à 31 851 545 individus. Elle était, en 1852, de 35 781 628, sans compter les colonies. (ED.)

lons voir des farces, et nous y rions; mais rit-on moins dans un cabinet quand on voit de graves auteurs supputer exactement combien
il y avait d'hommes sur la terre deux cent quatre-vingt-cinq ans après
le déluge universel ? Il se trouve, selon le frère Pétau, jésuite, que
la famille de Noé avait produit un bi-milliard deux cent quarante-sept
milliards deux cent vingt-quatre millions sept cent dix-sept mille habitants en trois cents ans. Le bon prêtre Pétau ne savait pas ce que
c'est que de faire des enfants et de les élever. Comme il y va !

Selon Cumberland, la famille ne provigna que jusqu'à trois milliards
trois cent trente millions en trois cent quarante ans; et selon Whiston,
environ trois cents ans après le déluge, il n'y avait que soixante-cinq
mille cinq cent trente-six habitants.

Il est difficile d'accorder ces comptes et de les allouer. Voilà les excès
où l'on tombe quand on veut concilier ce qui est inconciliable, et expliquer ce qui est inexplicable. Cette malheureuse entreprise a dérangé
des cerveaux qui, d'ailleurs, auraient eu des lumières utiles aux
hommes.

Les auteurs de l'*Histoire universelle* d'Angleterre disent « qu'on est
généralement d'accord qu'il y a à présent environ quatre mille millions
d'habitants sur la terre. » Vous remarquerez que ces messieurs, dans ce
nombre de citoyens et de citoyennes, ne comptent pas l'Amérique,
qui comprend près de la moitié du globe : ils ajoutent que le genre
humain, en quatre cents ans, augmente toujours du double, ce qui
est bien contraire au relevé fait sous Philippe de Valois, qui fait diminuer la nation de moitié en quatre cents ans.

Pour moi, si, au lieu de faire un roman ordinaire, je voulais me
réjouir à supputer combien j'ai de frères sur ce malheureux petit globe,
voici comme je m'y prendrais. Je verrais d'abord à peu près combien ce
globule contient de lieues carrées habitées sur sa surface; je dirais :
La surface du globe est de vingt-sept millions de lieues carrées; ôtons-
en d'abord les deux tiers au moins pour les mers, rivières, lacs, déserts, montagnes, et tout ce qui est inhabité : ce calcul est très-mo-
déré, et nous donne neuf millions de lieues carrées à faire valoir.

La France et l'Allemagne comptent six cents personnes par lieue
carrée, l'Espagne cent soixante, la Russie quinze, la Tartarie dix, la
Chine environ mille; prenez un nombre moyen comme cent, vous
aurez neuf cent millions de vos frères, soit basanés, soit nègres, soit
rouges, soit jaunes, soit barbus, soit imberbes. Il n'est pas à croire
que la terre ait en effet un si grand nombre d'habitants : et si l'on
continue à faire des eunuques, à multiplier les moines, et à faire des
guerres pour les plus petits intérêts, jugez si vous aurez les quatre
mille millions que les auteurs anglais de l'*Histoire universelle* vous
donnent si libéralement. Et puis, qu'importe qu'il y ait beaucoup ou
peu d'hommes sur la terre? l'essentiel est que cette pauvre espèce soit
le moins malheureuse qu'il est possible.

---

1. Le nombre des hommes croît et diminue infiniment, en raison des subsistances, en faisant abstraction des accidents passagers; parce qu'un homme et

XX. *De la disette des bons livres, et de la multitude énorme des mauvais.* — L'histoire est décharnée jusqu'au seizième siècle, par la disette d'historiens; elle est depuis ce temps étouffée par l'abondance. On trouve dans la bibliothèque de Le Long dix-sept mille quatre cent quatre-vingt-sept ouvrages qui peuvent servir à la seule histoire de France. De ces ouvrages, il y en a qui contiennent plus de cent volumes; et depuis environ quarante ans que cette Bibliothèque fut imprimée, il a paru encore un nombre prodigieux de livres sur cette matière.

Il en est à peu près de même en Allemagne, en Angleterre et en Italie.

On se perd dans cette immensité; heureusement la plupart de ces livres ne méritent pas d'être lus, de même que les petites choses qu'ils contiennent n'ont pas mérité d'être écrites. Dans cette foule d'histoires, on ne trouve que trop de romans tels que ceux de Gatien de Courtilz. Les histoires secrètes, composées par ceux qui n'ont été dans aucun secret, sont assez nombreuses; mais les auteurs qui ont gouverné l'État du fond de leur cabinet, le sont encore davantage : on peut compter parmi ces derniers ceux qui ont pris la peine de faire les testaments des princes et ceux des hommes d'État; c'est ainsi que nous avons eu les testaments du maréchal de Belle-Isle, du cardinal Albéroni, du duc de Lorraine, des ministres Colbert et Louvois, du maréchal Vauban, des cardinaux de Mazarin et de Richelieu.

Le public fut trompé longtemps sur le *Testament du cardinal de Richelieu;* on crut le livre excellent, parce qu'on le crut d'un grand ministre. Très-peu d'hommes ont le temps de lire avec attention. Presque personne n'examina ni les méprises, ni les erreurs, ni les anachronismes, ni les indécences, ni les contradictions, ni les incompatibilités, dont le livre est rempli. On ne fit pas réflexion que ce livre n'avait été imprimé que plus de quarante ans après la mort du cardinal, qu'il est signé d'une manière dont le cardinal ne signait jamais. On oubliait qu'Aubéri, qui écrivait la vie du cardinal de Richelieu, par ordre de sa nièce, traita le *Testament* de livre apocryphe et supposé, de livre indigne de son héros, indigne de toute croyance. Aubéri était à la source, il avait en main tous les papiers; il n'y a pas, assurément, de témoignage plus fort que le sien.

Le savant abbé Richard, l'auteur des Mélanges de Vigneul-Marville, Charles Ancillon, La Monnoye, pensèrent de même.

On trouve, dans le chapitre intitulé *les Mensonges imprimés*, toutes

---

,une femme étant en état d'avoir des enfants pendant environ vingt-cinq ans, il doit, si ces enfants sont bien nourris, y en avoir, en prenant un terme moyen, beaucoup plus de deux par ménage qui vivent assez longtemps pour établir à leur tour une génération nouvelle. Il n'est donc pas étonnant que, dans un pays où les subsistances sont très-abondantes, le nombre des hommes double à chaque génération; c'est ce qu'on a observé depuis environ un siècle dans les colonies anglaises de l'Amérique. Cette progression s'arrête quand les subsistances deviennent moins communes; mais comme plus il y a d'hommes, plus ils cultivent, la progression doit seulement diminuer lorsque la totalité des terres d'une culture peu difficile est mise en valeur. (*Ed. de Kehl.*)

les raisons qui doivent faire penser que ce *Testament politique* est l'ouvrage d'un faussaire.

Comment, en effet, un ministre tel que le cardinal de Richelieu eût-il laissé au roi Louis XIII un legs si important, sans qu'il eût été présenté par sa famille au monarque, sans qu'il eût été déposé dans les archives, sans qu'on en eût parlé, sans qu'on en eût la moindre connaissance? Est-il possible qu'un premier ministre eût laissé à son roi un plan de conduite, et que dans ce plan il n'y eût pas un mot sur les affaires qui intéressaient alors le roi et toute l'Europe, rien sur la maison d'Autriche avec laquelle on était en guerre, rien sur le duc de Veimar, rien sur l'état présent des calvinistes en France, pas un mot sur l'éducation qu'il fallait donner au dauphin?

On voit évidemment que l'ouvrage fut écrit après la paix de Munster, puisqu'on y suppose la paix faite; et le cardinal était mort pendant la guerre.

On ne répétera point ici toutes les raisons déjà alléguées qui vengent le cardinal de Richelieu de l'imputation d'un si mauvais ouvrage.

Il est bon que les opinions les plus vraisemblables soient combattues, parce qu'alors on les éclaircit mieux. Tout ce qu'a pu faire un homme judicieux et éclairé[1], qui se crut obligé d'écrire, il y a quelques années, contre notre opinion, s'est réduit à dire : « Je pense que le plan est du cardinal, mais qu'il est possible, et même vraisemblable, qu'il n'ait ni écrit ni dicté l'ouvrage. »

S'il ne l'a écrit ni dicté, il n'est donc point de lui; et celui qui l'a signé d'une manière dont le cardinal de Richelieu ne signa jamais, n'était donc qu'un faussaire. Nous n'en voulons pas davantage; se trompera qui voudra.

XXI. *Questions sur l'histoire.* — I. L'histoire de chaque nation ne commence-t-elle pas par des fables? Ces fables ne sont-elles pas inventées par l'oisiveté, la superstition ou l'intérêt?

Tout ce qu'Hérodote nous conte des premiers rois d'Égypte et de Babylone, ce qu'on nous dit de la louve de Romulus et de Rémus, ce que les premiers écrivains barbares de notre pays ont imaginé de Pharamond et de Childéric, et d'une Bazine, femme d'un Bazin de Thuringe, et d'un capitaine romain, nommé Giles, élu roi de France avant qu'il y eût une France, et d'un écu coupé en deux, dont on envoya la moitié à Childéric pour le faire venir de Thuringe, etc., etc., etc., etc., ne sont-ce pas là des fables nées de l'oisiveté?

Les fables concernant les oracles, les divinations, les prodiges, ne sont-elles pas celles de la superstition?

Les fables, comme la donation de Constantin au pape Sylvestre, les fausses décrétales, la dernière loi du code théodosien, ne sont-elles pas dictées par l'intérêt?

II. On me demande quel empereur institua les sept électeurs : je réponds qu'aucun empereur ne les créa. Furent-ils donc créés par un

1. Foncemagne. (ÉD.)

pape ? encore moins; le pape n'y avait pas plus de droit que le grand lama. Par qui furent-ils donc institués ? par eux-mêmes. Ce sont les sept premiers officiers de la couronne impériale, qui s'emparèrent au treizième siècle de ce droit négligé par les autres princes, et c'est ainsi que presque tous les droits s'établissent : les lois et les temps les confirment, jusqu'à ce que d'autres temps et d'autres lois les changent.

III. On demande pourquoi les cardinaux, qui étaient originairement des curés primitifs de Rome, se crurent avec le temps supérieurs aux électeurs, à tous les princes, et égaux aux rois : c'est demander pourquoi les hommes sont inconséquents. Je trouve, dans plusieurs histoires d'Allemagne, que le dauphin de France, qui fut depuis le roi Charles V, alla à Metz implorer vainement le secours de l'empereur Charles IV. Il fut précédé par le cardinal d'Albe, qui était le cardinal de Périgord, arrière-vassal du roi son père ; je dis arrière-vassal, car les Anglais avaient le Périgord. Ce cardinal passa avant le dauphin à la diète de Metz, où la seconde partie de la bulle d'or fut promulguée ; il mangea seul à une table fort élevée avec l'empereur, *ob reverentiam pontificis*, comme dit Trithème dans sa *Chronique du monastère d'Hirsauge*. Cela prouve que les princes ne doivent guère voyager hors de chez eux, et qu'un cardinal, légat du pape, était alors au moins la troisième personne de l'univers, et se croyait la seconde.

IV. On a écrit beaucoup sur la loi salique, sur la pairie, sur les droits du parlement; on écrit encore tous les jours : c'est une preuve que ces origines sont fort obscures, comme toutes les origines le sont. L'usage tient lieu de tout, et la force change quelquefois l'usage. Chacun allègue ses anciennes prérogatives comme des droits sacrés; mais, si aujourd'hui le Châtelet de Paris faisait pendre un bedeau de l'Université qui aurait volé sur le grand chemin, cette université serait-elle bien reçue à exiger que le prévôt de Paris déterrât lui-même le corps de son bedeau, demandât pardon aux deux corps, c'est-à-dire à celui du bedeau et à celui de l'Université, baisât le premier à la bouche, et payât une amende au second, comme la chose arriva du temps de Charles VI, en 1408?

Serait-elle aussi en droit d'aller prendre le lieutenant civil, et de lui donner le fouet, culottes bas, dans les écoles publiques, en présence de tous les écoliers, comme elle le requit à Philippe Auguste?

V. Dans quel temps le parlement de Paris commença-t-il à entrer en connaissance des finances du roi, dont la chambre des comptes était seule autrefois chargée? Dans quelle année les barons, qui rendaient la justice dans le parlement de Paris, cessèrent-ils de s'y trouver, et abandonnèrent-ils la place aux hommes de loi?

VI. Toutes les coutumes de la France ne viennent-elles pas originairement d'Italie et d'Allemagne? A commencer par le sacre des rois de France, n'est-il pas évident que c'est une imitation du sacre des rois lombards?

VII. Y a-t-il en France un seul usage ecclésiastique qui ne soit venu d'Italie? et les lois féodales n'ont-elles pas été apportées par les peuples septentrionaux qui subjuguèrent les Gaules et l'Italie? On prétend que la fête des fous, la fête de l'âne, et semblables facéties, sont d'origine française; mais ce ne sont point là des usages ecclésiastiques; ce sont des abus de quelques églises, et d'ailleurs, la fête de l'âne est originaire de Vérone, où l'on conserva l'âne qui était venu de Jérusalem, et dont on fit la fête.

VIII. Toute industrie en France n'a-t-elle pas été très-tardive? et depuis le jeu de cartes, reconnu originaire d'Espagne, par les noms de *spadilles*, de *manilles*, de *codilles*, jusqu'au compas de proportion et à la machine pneumatique, y a-t-il un seul art qui ne lui soit étranger? Les arts, les coutumes, les opinions, les usages, n'ont-ils pas fait le tour du monde?

INSTRUCTION PASTORALE

DE L'HUMBLE ÉVÊQUE D'ALÉTOPOLIS,

A L'OCCASION
DE L'INSTRUCTION PASTORALE DE JEAN-GEORGES,
HUMBLE ÉVÊQUE DU PUY[1].

(1763.)

MES CHERS FRÈRES,

Mon confrère Jean-Georges du Puy a voulu vous instruire par un gros volume. Vous savez que la vérité est au fond du Puy, mais vous ne savez pas encore si Jean-Georges l'en a tirée. Vous vous êtes récriés d'abord en voyant les armoiries de Jean-Georges en taille rude à la tête de son ouvrage. Cet écusson représente un homme monté sur un quadrupède; vous doutez si cet animal est la monture de Balaam, ou celle du chevalier que Cervantes a rendu fameux. L'un était un prophète, et l'autre un redresseur de torts; vous ignorez qui des deux est le patron de mon cher confrère. Vous êtes étonnés que son humilité ne l'empêche pas de s'intituler *Monseigneur;* mais il n'a pas craint que sa vertu se démentît dans son cœur par ce titre fastueux. Les Pères de l'Église ne mettaient pas ces enseignes de la vanité à la tête de leurs

---

1. Le frère de M. de Pompignan se trouvait par hasard évêque du Puy en Velay : il avait fait ces *Questions sur l'incredulité,* où il prouve qu'il n'y a pas d'incrédules, et ensuite que les incrédules sont dangereux. Il avait essayé de réconcilier la dévotion avec l'esprit, et ils n'ont jamais été plus brouillés que depuis son livre. Il crut donc, en qualité d'évêque et de bel esprit, devoir défendre son frère contre M. de Voltaire, et donner à ses brebis, dans une instruction pastorale, des leçons de théologie et de bon goût. Cette instruction lui attira les réponses suivantes de la part d'un quaker et d'un évêque schismatique. Pour l'en consoler, le cardinal de La Roche-Aimon, si connu de toute l'Europe pour la profondeur de ses lumières en théologie, l'a fait archevêque de Vienne; et en cette qualité il a écrit à ses diocésains de ne point souscrire à cette nouvelle édition des *OEuvres de M. de Voltaire,* dans laquelle il se doutait qu'on aurait la malice de se moquer un peu de lui. (*Éd. de Kehl.*) — M. de Pompignan, archevêque de Vienne, fut membre del'Assemblée constituante. (ED.)

ouvrages; nous ne voyons pas même que les évangiles aient été écrits par Mgr Matthieu et par Mgr Luc. Mais aussi, mes chers frères, considérez que les ouvrages de Mgr Jean-Georges ne sont pas paroles d'évangile.

Il a soin de nous avertir que de plus il s'appelle Pompignan; nous avons vu à ce grand nom les fronts les plus sévères se dérider, et la joie répandue sur tous les visages, jusqu'au moment où la lecture des premières pages a changé absolument toutes les physionomies, et plongé les esprits dans un doux repos. Et bientôt on a demandé dans la petite ville du Puy s'il était vrai que monseigneur était auteur à Paris, et on a demandé dans Paris si cet évêque avait imprimé au Puy un ouvrage.

J'avoue que tous nos confrères ont trouvé mauvais qu'on prostituât ainsi la dignité du saint ministère; que sous prétexte de faire un mandement dans un petit diocèse, on imprimât en effet un livre qui n'est pas fait pour ce diocèce; et qu'on affectât de parler de Newton et de Locke aux habitants du Puy en Velay. Nous en sommes d'autant plus surpris que les ouvrages de ces Anglais ne sont pas plus connus des habitants du Velay que de monseigneur. Enfin, nous avouons qu'après le péché mortel, ce qu'un évêque doit le plus éviter, c'est le ridicule.

Comme notre diocèse est extrêmement éloigné du sien, nous nous servons, à son exemple, de la voie de l'impression pour lui faire une correction fraternelle, que tous les bons chrétiens se doivent les uns aux autres; devoir dont ils se sont fidèlement acquittés dans tous les temps.

Ce n'est pas que nous voulions contester à Jean-Georges ses prétentions épiscopales au bel esprit; ce n'est pas que nous ne sachions estimer son zèle ardent qui, dans la crainte d'omettre les choses utiles, se répand presque toujours sur celles qui ne le sont pas. Nous convenons de son éloquence abondante qui n'est jamais étouffée sous les pensées; nous admirons sa charité chrétienne qui devine les plus secrets sentiments de tous ses contemporains, et qui les empoisonne, de peur que leurs sentiments n'empoisonnent le siècle.

Mais, en rendant justice à toutes les grandes qualités de Jean-Georges, nous tremblons, mes chers frères, qu'il n'ait fait une bévue dans son instruction pastorale, laquelle plusieurs malins d'entre vous disent n'être ni d'un homme instruit ni d'un pasteur. Cette bévue consiste à regarder les plus grands génies comme des incrédules; il met dans cette classe Montaigne, Charron, Fontenelle, et tous les auteurs de nos jours, sans parler de la prière du Déiste de monsieur son frère aîné, que Dieu absolve.

C'est une entreprise un peu trop forte d'écrire contre tout son siècle, et ce n'est peut-être pas avoir un zèle selon la science, que de dire : « Mes frères, tous les gens d'esprit et tous les savants pensent autrement que moi, tous se moquent de moi; croyez donc tout ce que je vais vous dire. » Ce tour ne nous a pas paru assez habile.

On dit aussi qu'il y a dans l'in-4° de mon confrère Jean-Georges un long chapitre contre la tolérance, malgré la parole de Jésus-Christ et des apôtres, qui nous ordonne de nous supporter les uns les autres.

Mes frères, je vous exhorte, selon cette parole, à supporter Jean-Georges. Vous avez beau dire que son livre est insupportable ; ce n'est pas une raison pour rompre les liens de la charité. Si son ouvrage vous a paru trop gros, je dois vous dire, pour vous rassurer, que mon relieur m'a promis qu'il serait fort plat, quand il aurait été battu.

Nous demeurons donc unis à Jean-Georges, et même à Jean-Jacques, quoique nous pensions différemment d'eux sur quelques articles. Ce qui nous console, c'est qu'on nous assure de tous côtés que l'œuvre de notre confrère du Puy est comme l'arche du Seigneur : elle est sainte, elle est exposée en public, et personne n'approche d'elle.

Bonsoir, mes frères.

L'HUMBLE ÉVÊQUE D'ALÉTOPOLIS.

LETTRE D'UN QUAKER,

A JEAN-GEORGES LE FRANC DE POMPIGNAN,

ÉVÊQUE DU PUY EN VELAY, ETC., ETC.,

DIGNE FRÈRE DE SIMON LE FRANC DE POMPIGNAN.

(1763.)

AMI JEAN-GEORGES, je suis venu de Philadelphie en la ville de Paris pour recueillir trois millions cinq cent mille livres, que les fermiers généraux payent tous les ans à nos frères de Pensylvanie et Maryland pour les nez de la France.

L'ami Chaubert, honnête libraire, quai des Augustins, lequel me devait quelques deniers, me dit qu'il était dans l'impuissance de me payer, attendu qu'il avait imprimé une instruction dite pastorale, de ta façon, en trois cent huit pages, *par monseigneur Cortiat[1], secrétaire.* Il m'offrit en payement une grande cargaison d'exemplaires, lesquels il assurait que je pourrais vendre en Canada.

AMI JEAN-GEORGES, j'ouvris ton livre ; je fus fâché de voir comme tu traites Newton et Locke, qu'un Français plus juste[2] que toi appelle les précepteurs du genre humain. Peux-tu être assez barbare pour dire (page 33) qu'*on ne trouve point d'idée positive de Dieu dans ce sage Locke,* auteur du *Christianisme raisonnable,* et législateur d'une province entière ? Pourquoi es-tu calomniateur ? Ton libraire, Chaubert, m'a certifié que tu avais travaillé avec un homme qu'on appelle en France *abbé*[3], à l'apologie de la révocation de l'édit de Nantes, et que,

---

1. Le secrétaire de Pompignan s'appelait *Cortial.* (ÉD.)
2. Voltaire lui-même. (ÉD.)
3. L'abbé de Caveyrac, condamné au carcan et au bannissement perpétuel, mais par contumace, comme auteur de l'*Appel à la raison,* en faveur des jésuites. (ÉD.)

dans cette apologie, tu dis que les Anglais *recueillent le mépris des nations*. Ah! frère, cela n'est pas bien : nous ne sommes pas si méprisables que tu le dis; demande à nos amiraux.

De quoi t'avises-tu, dans une instruction dite pastorale, adressée aux laboureurs, vignerons, et merciers du Puy en Velay, de dire (page 38) que le système de la gravitation est menacé de décadence? Qu'a de commun la théorie des forces centripètes et centrifuges avec la religion et avec les habitants du Puy en Velay? Vois combien il est ridicule de parler de ce qu'on n'entend point, et de vouloir faire le bel esprit chez Chaubert, quai des Augustins, sous prétexte d'enseigner ton catéchisme à tes paysans. Apprends, l'ami, que la théorie démontrée de la gravitation n'est point un système; que tous les corps gravitent les uns vers les autres en raison directe de la masse, et en raison inverse du carré de la distance; que c'est une loi invariable de la nature, mathématiquement calculée; et souviens-toi qu'on ne doit pas en parler dans une homélie : *Non erat hic locus*.

AMI JEAN-GEORGES, si tu calomnies la Grande-Bretagne, je ne suis pas surpris que tu outrages les gens de ton pays (page 18); tu as tort de remuer les cendres de Fontenelle, et de dire que son *Histoire des oracles est remplie de venin*. Cette histoire n'est point de lui : elle est du savant Van-Dale; Fontenelle n'a fait que l'embellir. Le sage ministre Basnage, le judicieux Dumarsais, les meilleurs journalistes, tous ont soutenu cette histoire que tu veux décrier.

Comme je t'écrivais ces choses avec naïveté, je vis le carrosse d'une dame fort aimable s'arrêter devant la boutique de Chaubert. « Est-il vrai, dit-elle, que vous avez imprimé un mauvais livre, où le président de Montesquieu, le bienfaiteur des hommes, est traité d'impie? voyons un peu ce livre. » Elle se fit donner ta pastorale; on lui avait indiqué la page (page 208); elle lut et rendit l'ouvrage. « Quel est le polisson qui a fait cette rapsodie? dit-elle. — C'est Mgr Corttat, secrétaire, » répondit Chaubert. Je lui dis : « Belle femme, qui es-tu? » Elle m'apprit qu'elle était la bru du célèbre Montesquieu. « Console-toi, lui dis-je; quiconque insulte tant de grands hommes est sûr du mépris et de la haine du public. »

Elle partit consolée; je continuai à te feuilleter : tu parles (page 18) d'un Perrault, d'un La Motte, d'un Terrasson, et d'un Boindin auquel tu donnes l'épithète d'athée. Je demandai à Chaubert qui étaient ces gens-là, et si Boindin a fait quelque écrit d'athéisme, comme ton frère, Simon Le Franc, en a fait un de déisme. Il me dit que ce Boindin était un magistrat, qui avait fait quelques comédies, et que ni lui, ni Terrasson, ni La Motte, ni Perrault, n'avaient jamais rien écrit sur la religion. J'avoue que je me mis alors en colère, et que je dis : *Pox on the mad man;* la peste soit du... j'en demande pardon à Dieu, et je t'en demande pardon, mon cher frère.

AMI JEAN-GEORGES, tu vas de Boindin à Salomon. et tu affirmes (page 44) que l'auteur de l'*Ecclésiaste* a dit dans son dernier chapitre : « Tout ce qui vient de la terre, tout ce qui doit y retourner, est vanité.

Il n'y a d'estimable dans l'homme que son âme, sortie immédiatement des mains de Dieu, faite pour retourner vers lui, consistant tout entière à le craindre et à le servir, et attendant de son jugement la décision de sa destinée. »

Tu n'as pas menti; mais tu as dit la chose qui n'est pas. Ce passage n'est point dans l'*Ecclésiaste :* tu peux répondre, comme milord Pierre dans le conte du *Tonneau,* que, s'il n'y est pas *totidem verbis,* il y est *totidem litteris;* mais réponse comique n'est pas raison valable : quand on cite l'Écriture, il faut la citer fidèlement, et ne point mêler du Pompignan à Salomon.

Tu parles ensuite contre la religion naturelle : ah ! mon frère, tu blasphèmes; sache que la religion naturelle est le commencement du christianisme, et que le vrai christianisme est la loi naturelle perfectionnée.

AMI JEAN-GEORGES, pardonne; mais je n'aime ni le galimatias, ni les contradictions : tu avoues (page 111) que Dieu ne punira personne pour avoir ignoré invinciblement l'Évangile. Heureux les pécheurs qui n'auraient pas lu ta pastorale! ils ignoreraient l'Évangile invinciblement, et seraient sauvés. Et tu prétends (page 117) qu'il faut un prodige pour qu'un homme qui n'est pas de ta religion ne soit pas damné. Hélas ! puisque chez toi on ne peut être sauvé sans baptême; puisque les Pères de ton Église ont cru que les petits enfants morts sans baptême sont la proie des flammes éternelles; puisqu'un enfant mort-né est vraisemblablement dans le cas d'une ignorance invincible, comment peux-tu te concilier avec toi-même?

AMI JEAN-GEORGES, tu passes de Boindin à Moïse. Que ton livre ferait de tort à la religion s'il était lu ! tu pouvais aisément prouver la divine mission de Moïse, et tu ne l'as pas fait; tu devais montrer pourquoi, dans le Décalogue, dans le Lévitique, dans le Deutéronome, qui sont la seule loi des Juifs, l'immortalité de l'âme, les peines et les récompenses après la mort ne sont jamais énoncées. Tu devais faire sentir que Dieu, gouvernant son peuple immédiatement par lui-même, et le menant par des récompenses et des punitions soudaines et temporelles, n'avait pas besoin de lui révéler le dogme de la vie future, qu'il réservait pour la loi nouvelle.

Tu devais alléguer et étendre cette raison pour confondre ceux qui préfèrent aux dogmes des Juifs ceux des Indiens, des Persans, des Égyptiens, beaucoup plus anciens, et qui annonçaient une vie à venir. Quel service n'aurais-tu pas rendu en montrant que le Tartaroth des Égyptiens devint le Tartare et l'Adès des Grecs, et qu'enfin les Juifs eurent leur *Sheol,* mot équivoque, à la vérité, qui signifie tantôt l'enfer, tantôt la fosse; car la langue des Hébreux était stérile et pauvre, comme tous les idiomes barbares; le même mot servait à plusieurs idées ?

Tu devais réfuter les théologiens et les savants qui ont prétendu que le Pentateuque ne fut écrit que sous le roi Osias; que Moïse n'a pas pu prescrire des règles aux rois, puisqu'ils n'existèrent point de son temps; qu'il n'a pu donner à des villes les noms qu'elles n'eurent que longtemps après lui; qu'il n'a pu placer à l'orient des villes qui étaient à l'occident par rapport à Moïse et à son peuple vivant dans le désert. Tu devais savoir quelle langue parlaient alors les Juifs; comment on avait gravé sur la pierre tout le Pentateuque; ce qui était une entreprise prodigieuse dans un désert où tout manquait. Tu devais résoudre mille difficultés de cette nature; et alors ton livre eût pu être utile comme celui de notre savant évêque de Worcester [1]; mais il faudrait savoir l'hébreu comme lui.

Tu te bornes à dire que Moïse sépara les eaux de la mer à la vue de six cent mille hommes; le moindre écolier le sait comme toi; ton devoir était de montrer comment les Juifs, descendants de Jacob, se trouvaient, au bout de deux siècles, au nombre de six cent mille combattants, ce qui fait plus de deux millions de personnes; comment ils n'attaquèrent pas les Égyptiens qui, au rapport de Diodore de Sicile, n'ont pas été, sous les Ptolémées, plus de trois millions d'âmes, et qui ne passent pas aujourd'hui ce nombre.

De ces trois millions, qui pouvaient composer six cent mille familles, tous les premiers-nés avaient été frappés de mort par l'ange du Seigneur; l'Égypte n'avait certainement pas, après cette perte, six cent mille combattants à opposer aux Israélites. Tu nous aurais appris pourquoi ils prirent la fuite, au lieu de s'emparer de l'Égypte; pourquoi en prenant la fuite ils se trouvèrent vis-à-vis de Memphis, au lieu de côtoyer la Méditerranée : c'est ce que notre fameux Taylor a merveilleusement expliqué; mais il connaissait parfaitement l'Arabie et l'Égypte.

Tu nous aurais enseigné comment, en faisant un long détour pour arriver entre Memphis et Baal-Sephon, endroit où la mer s'ouvrit en leur faveur, ils étaient poursuivis par la cavalerie égyptienne, tandis que tous les chevaux étaient morts dans la cinquième plaie.

C'était un beau champ pour un homme profond dans l'antiquité, de faire connaître les secrets de la magie, d'expliquer par quel art les mages de Pharaon égalèrent par leurs prestiges les miracles de Moïse, et comment ils changèrent en sang les eaux du Nil, que Moïse avait déjà transformées en un fleuve de sang. C'est ce que le docteur Stillingfleet a su approfondir. Tu vois bien encore une fois que les Anglais ne sont pas si méprisables.

Tu aurais appris chez notre savant Sherlock la raison évidente pour laquelle Dieu fit arrêter le soleil dans sa carrière vers l'heure de midi, pour achever la défaite des Amorrhéens, et pourquoi presque tous les grands miracles de ce temps-là n'étaient opérés que pour exterminer les hommes; pourquoi, malgré tous ces miracles, le peuple juif fut malheureux et esclave si souvent et si longtemps.

Il était essentiel de réfuter ceux qui, pour prouver que le Pentateuque ne fut pas connu avant Esdras, avancent qu'aucun passage de ce Pentateuque ne se trouve cité, ni dans les prophètes, ni dans l'histoire

---

1. Warburton. Il était évêque de Glocester, et non de Worcester. (Éd.)

des rois juifs[1]; qu'il n'y est jamais parlé ni du Beresith, ni du Veellé Shemot, ni du Vaïcra, ni du Veiedabber, ni de l'Addebarim. Tu prends ces noms pour des mots tirés du Grimoire; ce sont les titres de la Genèse, de l'Exode, du Lévitique, des Nombres, du Deutéronome.

Comment ces livres sacrés n'auraient-ils pas été mille fois cités, s'ils avaient été connus? C'est une difficulté à laquelle l'évêque de Sarum répond très-savamment.

Un devoir non moins indispensable était de montrer que tous les livres sacrés de la nation judaïque étaient nécessaires au monde entier; car comment Dieu aurait-il inspiré des livres inutiles? Et si tous ces livres étaient nécessaires, comment y en a-t-il eu de perdus? comment y en aurait-il de falsifiés?

Dieu aurait-il voulu que l'évangile selon saint Matthieu dît au chap. II[2]: « Jésus habita à Nazareth, afin que cette parole du prophète fût accomplie : *Il s'appellera Nazaréen ?* » Et aurait-il voulu en même temps que cette parole ne se trouvât dans aucun prophète ?

On voit encore au chap. XVII[3] : « Alors s'accomplit ce qu'avait prédit Jérémie, en disant : *Ils ont accepté trente pièces d'argent, etc., dont il achètera le champ du potier.* » Cela n'est point dans Jérémie; et cette difficulté est encore admirablement bien éclaircie par notre docteur Young, qui a concilié parfaitement les deux généalogies qui semblent entièrement contradictoires. Permets que je te dise que tu devais imiter tous les grands hommes que je te cite, et qu'il valait mieux instruire tes compatriotes que de les outrager.

Tu nous aurais, à l'exemple de notre évêque de Durham, donné la véritable intelligence de la prédiction de notre Sauveur, qui annonce que dans la génération alors vivante on verra venir le Fils de l'Homme dans les nuées avec une grande puissance et une grande majesté : tu n'avais qu'à lire l'exposition de ce digne prélat; tu aurais vu dans quel sens cette grande prophétie s'est accomplie, et ton ouvrage alors eût été en effet une instruction. Mais tu examines si Boileau était un versificateur ou un poëte; si Perrault a pris avec raison le parti des modernes; tu parles de l'attraction; tu tâches de décrier l'algèbre et la géométrie. Mon ami, tu devais parler de l'évangile.

Tu aurais ensuite expliqué les mystères, tu aurais fait voir comment Jésus-Christ, ayant dit : *Mon père est plus grand que moi*[4], cependant il est égal à lui; comment le Saint-Esprit, étant égal au Père et au Fils, ne peut cependant engendrer, et pourquoi, au lieu d'être engendré, il procède; sur quels fondements l'Église grecque le crut toujours procédant du Père seul, et par quelle raison l'Église romaine le crut, au Xᵉ siècle, procédant du Père et du Fils tout ensemble.

De bonne foi, ces questions ne sont-elles pas plus importantes que ce que tu dis de La Motte et de Terrasson, et de la *Théorie de l'impôt*, roman de l'*Ami des hommes*?

---

1. *Deutéronome*, chap. XXIX, verset 24. (ÉD.) — 2. Verset 28. (ÉD.)
3. Versets 9 et 10. (ÉD.) — 4. Jean, chap. XIV, verset 28. (ÉD.)

Crois-moi, lorsqu'on est superficiel et ignorant, on ne doit pas se hasarder d'écrire des pastorales.

Ami Jean-Georges, je tombe sur un plaisant endroit de ta pastorale (pages 258 et 259) : tu prétends que la philosophie peut aussi exciter des guerres civiles. Va, tu lui fais trop d'honneur ; tu sais à qui ce privilége a été réservé. Tu allègues en preuve que le comte de Shaftesbury, *l'un des héros du parti philosophiste* et l'ami de Locke, entra dans des factions contre le conseil de Charles II, et sur cela tu prends Locke pour un conjuré. Tu fais d'étranges bévues, de terribles *blunders*. Celui que tu appelles le *héros du parti philosophiste* était le petit-fils de Shaftesbury, grand chancelier d'Angleterre. Le grand-père n'était qu'un politique, le petit-fils fut un véritable philosophe, et passa sa vie dans la retraite, loin des fripons et des fanatiques. Pauvre homme ! voilà ce que c'est que de parler au hasard, et de savoir les choses à demi. N'es-tu pas honteux d'avoir trompé ainsi ton troupeau du Puy en Velay ?

Ami Jean-Georges, voici un évêque, ton confrère, qui vient rendre à Chaubert ta pastorale, que Chaubert lui avait vendue douze francs : « Je ne veux point, dit-il, de cet impertinent ouvrage; il faut que mon confrère ait perdu la tête. Quel amas de phrases qui ne signifient rien ! il ne dit que des injures. Cet homme fait tout ce qu'il peut pour rendre ridicule ce qu'il veut faire respecter. J'aimerais mieux encore, je crois (Dieu me pardonne), les vers judaïques de son frère aîné. » C'est ainsi qu'a parlé ce digne prélat. Je me oins à lui.

Adieu, Jean-Georges.

TRAITÉ SUR LA TOLÉRANCE

A L'OCCASION

DE LA MORT DE JEAN CALAS.

(1763.)

AVERTISSEMENT DES EDITEURS DE KEHL.

Nous osons croire, à l'honneur du siècle où nous vivons, qu'il n'y a point dans toute l'Europe un seul homme éclairé qui ne regarde la *tolérance* comme un droit de justice, un devoir prescrit par l'humanité, la conscience, la religion; une loi nécessaire à la paix et à la prospérité des Etats.

Si, dans cette classe d'hommes qui déshonorent les lettres par leur vie comme par leurs ouvrages, quelques-uns osent encore s'élever contre cette opinion, on peut leur opposer avec trop d'avantage les maximes et la conduite des États-Unis de l'Amérique septentrionale, des deux parlements de la Grande-Bretagne[1], des États généraux, de l'empereur des Romains, de l'impératrice des Russes, du roi de Prusse, du roi de Suède, de la république de Pologne. Du cercle polaire au 50ᵉ degré de latitude, du Kamtschatka aux rives du Mississipi, la tolérance s'est établie sans trouble. A la vérité, les confédérés polonais mêlèrent quelques pratiques de dévotion au projet d'assassiner leur roi, et à leur alliance avec les Turcs: mais cet abus de la religion est une preuve de plus de la nécessité d'être tolérant si l'on veut être paisible.

Tout législateur qui professe une religion, qui connaît les droits de la conscience, doit être tolérant; il doit sentir combien il est injuste et barbare de placer un homme entre le supplice et des actions qu'il regarde comme des crimes. Il voit que toutes les religions s'appuient sur des faits, sont établies sur le même genre de preuves, sur l'interprétation de certains livres, sur la même idée de l'insuffisance de la raison humaine; que toutes ont été suivies par des hommes éclairés et vertueux; que les opinions contradictoires ont été soutenues par des gens de bonne foi, qui avaient médité toute leur vie sur ces objets.

Comment se croira-t-il donc assez sûr de sa croyance pour traiter comme ennemis de Dieu ceux qui pensent autrement que lui? Regardera-t-il le sentiment intérieur qui le détermine comme une preuve juridique qui lui donne des droits sur la vie ou sur la liberté de ceux qui ont d'autres opinions? Comment ne sentirait-il pas que ceux qui

---

1. La réunion du parlement d'Irlande et du parlement d'Angleterre en un seul date de 1800. (ED.)

professent une autre doctrine ont contre lui un droit aussi légitime que celui qu'il exerce contre eux ?

Supposons maintenant un homme qui, n'ayant aucune religion, les regarde toutes comme des fables absurdes; cet homme sera-t-il intolérant? non sans doute. A la vérité, comme ses preuves sont d'un autre genre, comme les fondements de ses opinions sont appuyés sur des principes d'une autre nature, le devoir d'être tolérant est fondé, pour lui, sur d'autres motifs. S'il regarde comme des insensés les sectateurs des différentes religions, se croira-t-il en droit de traiter comme un crime une folie qui ne trouble pas l'ordre de la société, de priver de leurs droits des hommes que l'espèce de démence dont ils sont atteints ne met pas hors d'état de les exercer? Peut-il ne pas les supporter de bonne foi? car l'existence même des fourbes qui professent une croyance qu'ils n'ont pas supposé celle des dupes aux dépens de qui ces fourbes vivent et s'enrichissent. Il faudrait qu'il y eût un moyen de prouver juridiquement que tel homme qui professe une opinion absurde ne la croit pas : et l'on sent que ce moyen ne peut exister. L'idée même qu'une telle opinion peut être dangereuse par ses conséquences n'autoriserait pas une loi d'intolérance. Une opinion qui prescrirait directement la sédition ou l'assassinat comme un devoir pourrait seule être traitée comme un délit; mais, dans ce cas, ce n'est plus d'intolérance religieuse qu'il s'agit, mais de l'ordre et du repos de la société.

Si maintenant nous considérons la justice et le maintien des droits des hommes, nous trouverons que la liberté des opinions, celle de les professer publiquement, et de s'y conformer dans sa conduite en tout ce qui ne donne point atteinte aux droits d'un autre homme, est un droit aussi réel que la liberté personnelle ou la propriété des biens. Ainsi toute limitation apportée à l'exercice de ce droit est contraire à la justice, et toute loi d'intolérance est une loi injuste.

A la vérité, il ne faut ici entendre par loi qu'une loi permanente, parce qu'il est possible que l'espèce de fièvre que cause le zèle religieux exige pour un temps, dans un certain pays, un autre régime que l'état de santé; mais alors la sûreté et le repos de ceux que l'on prive de leurs droits sont le seul motif légitime que puissent avoir des lois de cette espèce.

L'intérêt général de l'humanité, ce premier objet de tous les cœurs vertueux, demande la liberté d'opinions, de conscience, de culte : d'abord, parce qu'elle est le seul moyen d'établir entre les hommes une véritable fraternité; car puisqu'il est impossible de les réunir dans les mêmes opinions religieuses, il faut leur apprendre à regarder, à traiter comme leurs frères ceux qui ont des opinions contraires aux leurs. Cette liberté est encore le moyen le plus sûr de donner aux esprits toute l'activité que comporte la nature humaine, de parvenir à connaître la vérité sur tous ces objets liés intimement avec la morale, et de la faire adopter à tous les esprits; or l'on ne peut nier que la connaissance de la vérité ne soit pour les hommes le premier des biens. En effet, il est impossible qu'il s'établisse dans un pays ou qu'il y subsiste une loi permanente contraire à ce que l'opinion générale des hommes qui ont reçu une éducation libérale regardera comme opposé ou aux droits des citoyens ou à l'intérêt général. Il est impossible qu'une vérité aussi reconnue s'efface jamais de la mémoire, ou que l'erreur puisse l'emporter sur elle. C'est là, dans toutes les constitutions politiques, la seule barrière solide qu'on puisse opposer à l'oppression arbitraire, à l'abus de la force.

La politique pourrait-elle avoir d'autres vues? La force réelle, la richesse, et surtout la félicité d'un pays, ne dépendent-elles pas de la paix qui règne dans l'intérieur de ce pays? Tous ces objets, liés entre eux, le sont avec la tolérance des opinions, et surtout des opinions religieuses, les seules qui puissent agiter le peuple.

La tolérance, dans les grands États, est nécessaire à la stabilité du gouvernement : en effet, le gouvernement, disposant de la force publique, n'a rien à craindre tant que les particuliers qui chercheraient à le troubler ne pourront réunir assez d'hommes pour former une résistance capable de balancer cette force publique, ou tant qu'ils ne pourront enlever au gouvernement la force dont il dispose. Or il est aisé de voir que les opinions religieuses, que l'intolérance oblige de se réunir en un plus petit nombre de classes, peuvent seules donner à des particuliers ce pouvoir dangereux. La tolérance, au contraire, ne peut produire aucun trouble, et enlève tout prétexte; son effet nécessaire est de désunir les opinions : dans un pays partagé entre un grand nombre de sectes, aucune ne peut prétendre à dominer, et par conséquent toutes sont tranquilles.

Les partisans de l'intolérance politique ont dit, dans les pays protestants, qu'il ne fallait pas tolérer le papisme, parce qu'il tend à établir la puissance ecclésiastique sur les ruines de l'autorité du monarque; et dans les pays catholiques, qu'il ne faut pas tolérer les communions protestantes, parce qu'elles sont ennemies du pouvoir absolu. Cette contradiction ne suffit-elle pas à un homme de bon sens pour en conclure qu'il faut les tolérer toutes, afin qu'aucune n'ayant de pouvoir, aucune ne puisse être dangereuse?

Quelques personnes prétendent que la liberté de penser étant une suite naturelle de la tolérance, et la liberté de penser conduisant à la destruction de la morale, l'intolérance est nécessaire au bonheur des hommes; c'est calomnier la nature humaine. Quoi! du moment où les hommes se mêlent de raisonner, ils deviennent des scélérats! Quoi! la vertu, la probité, ne peuvent s'appuyer que sur des sophismes qui disparaîtront dès qu'on sera libre de les attaquer! Cette opinion est contredite par les faits. Parmi les hommes qui commettent des crimes, il y a beaucoup plus de gens crédules que de libres penseurs; et il faut se garder de confondre la liberté de penser, produite par l'usage de la raison, avec ces maximes immorales qui sont depuis tous les temps à la bouche de la canaille de tous les pays : elles sont le fruit d'un instinct grossier, et non celui de la raison; elles ne peuvent être attaquées et détruites que par elle.

Vous voulez, dites-vous, que les hommes aiment et pratiquent la vertu : préférez ceux qui veulent les rendre raisonnables à ceux qui s'occupent d'ajouter des erreurs étrangères aux erreurs où l'instinct peut entraîner.

Les hommes qui croient vraie la religion qu'ils professent doivent désirer la tolérance : d'abord, pour avoir le droit d'être tolérés eux-mêmes dans le pays où leur religion ne domine pas : ensuite, pour que leur religion puisse subjuguer tous les esprits. Toutes les fois que les hommes ont la liberté de discuter, la vérité finit par triompher seule. Voyez comme, depuis le peu de temps où il a été permis de parler raison sur la magie, cette erreur si générale et si ancienne a disparu presque absolument. Croyez-vous donc qu'il faille des bourreaux et des assassins pour dégoûter les hommes de croire au dieu Fô, à Sammonocodom, etc.?

Tandis que la nature, la raison, la politique, la vraie piété, prêchent la tolérance, quelques hommes voudraient bien persécuter : et si les gouvernements, plus éclairés, plus humains, ne leur immolent plus de victimes, on leur abandonne les livres; on défend, sous des peines graves, d'écrire avec liberté. Qu'en arrive-t-il? on porte dans les livres clandestins la liberté jusqu'à la licence; et si l'on avance dans ces livres des principes dangereux, aucun homme qui a de la morale ou de l'honneur ne veut les réfuter, pour peu que le nom de l'auteur soit soupçonné, et que sa personne puisse être compromise. Cette persécution sert donc seulement à ne laisser pour défenseurs à la cause de ceux qui les suscitent que des hommes méprisés.

D'autres fois, des corps très-respectables demandent hautement qu'on empêche de laisser entrer dans un royaume les livres où l'on combat leurs opinions. Ils ignorent apparemment que ces deux phrases : « Je vous prie d'employer votre crédit pour empêcher mon adversaire de combattre mes raisons, » ou bien : « Je ne crois pas aux opinions que je professe, » sont rigoureusement synonymes.

Que dirait-on d'un homme qui ne voudrait pas que son juge entendît les raisons de chaque partie? Or, de quelque religion que vous soyez prêtres, quand il s'agit de vérité, vous n'êtes que parties. La raison, la conscience de chaque homme est votre juge. Quel droit auriez-vous de l'empêcher de s'instruire? quel droit auriez-vous de l'empêcher d'instruire ses semblables? Si votre croyance est susceptible de preuves, pourquoi craignez-vous qu'on l'examine? Si elle ne l'est pas, si une grâce particulière d'un Dieu peut seule la persuader, pourquoi voulez-vous joindre une tyrannie humaine à cette force bienfaisante?

Il existe en France un livre qui contient l'objection la plus terrible qu'on puisse faire contre la religion : c'est le tableau des revenus du clergé; tableau trop bien connu, quoique les évêques aient refusé au roi de lui en donner un exemplaire. C'est là une de ces objections qui frappent le peuple comme le philosophe, et à laquelle il n'y a qu'une réponse, rendre à l'État ce que le clergé en a reçu, et établir la religion en vivant comme on prétend qu'ont vécu ceux qui l'ont établie. Écouteriez-vous un professeur de physique qui serait payé pour enseigner un système, et qui perdrait sa fortune s'il en enseignait un autre?

Écouteriez-vous un homme qui prêche l'humilité en se faisant appeler monseigneur, et la pauvreté volontaire en accumulant les bénéfices?

On demande encore pourquoi le clergé, qui jouit d'environ un cinquième des biens de l'État, veut faire la guerre aux dépens du peuple. S'il trouve certains livres dangereux pour lui, qu'il les fasse réfuter, et qu'il paye un peu plus cher ses écrivains. D'ailleurs, il n'en coûterait pas plus d'un ou deux millions par an pour retirer tous les exemplaires des livres irréligieux qui s'impriment en Europe; cette dépense ne ferait pas un impôt d'un cinquantième sur les biens ecclésiastiques : aucune nation ne fait la guerre à si bon marché.

On a dit dans quelques brochures que les libres penseurs étaient intolérants; ce qui est absurde, puisque liberté de penser et tolérance sont synonymes. La preuve en était plaisante; c'est qu'ils se moquaient, disait-on, de leurs adversaires, et qu'ils se plaignaient des prérogatives odieuses ou nuisibles usurpées par le clergé. Il n'y a point d'intolérance à tourner en ridicule de mauvais raisonneurs. Si ces mauvais raisonneurs étaient tolérants et honnêtes, cela serait dur; s'ils sont insolents et persécuteurs, c'est un acte de justice, c'est un service rendu au genre humain. Mais ce n'est jamais intolérance : se moquer d'un homme, ou le persécuter, sont deux choses bien distinctes.

Si les prérogatives qu'on attaque sont mal fondées, celui qui s'élève contre elles ne fait que réclamer des droits usurpés sur lui. Est-ce donc être intolérant que de faire un procès à celui qui a usurpé nos biens ? Le procès peut être injuste, mais il n'y a point là d'intolérance.

On a dit aussi que les libres penseurs étaient dangereux parce qu'ils formaient une secte : cela est encore absurde. Ils ne peuvent former de secte, puisque leur premier principe est que chacun doit être libre de penser et de professer ce qu'il veut : mais ils se réunissent contre les persécuteurs; et ce n'est point faire secte que de s'accorder à défendre le droit le plus noble et le plus sacré que l'homme ait reçu de la nature.

CHAP. I. — *Histoire abrégée de la mort de Jean Calas.*

Le meurtre de Calas, commis dans Toulouse avec le glaive de la justice, le 9 mars 1762, est un des plus singuliers événements qui méritent l'attention de notre âge et de la postérité. On oublie bientôt cette foule de morts qui a péri dans des batailles sans nombre, non-seulement parce que c'est la fatalité inévitable de la guerre, mais parce que ceux qui meurent par le sort des armes pouvaient aussi donner la mort à leurs ennemis, et n'ont point péri sans se défendre. Là où le danger et l'avantage sont égaux, l'étonnement cesse, et la pitié même s'affaiblit; mais si un père de famille innocent est livré aux mains de l'erreur, ou de la passion, ou du fanatisme; si l'accusé n'a de défense que sa vertu; si les arbitres de sa vie n'ont à risquer en l'égorgeant que de se tromper; s'ils peuvent tuer impunément par un arrêt, alors le cri public s'élève, chacun craint pour soi-même, on voit que personne n'est en sûreté de sa vie devant un tribunal érigé pour veiller sur la vie des citoyens, et toutes les voix se réunissent pour demander vengeance.

Il s'agissait, dans cette étrange affaire, de religion, de suicide, de parricide ; il s'agissait de savoir si un père et une mère avaient étranglé leur fils pour plaire à Dieu, si un frère avait étranglé son frère, si un ami avait étranglé son ami, et si les juges avaient à se reprocher d'avoir fait mourir sur la roue un père innocent, ou d'avoir épargné une mère, un frère, un ami coupables.

Jean Calas, âgé de soixante et huit ans, exerçait la profession de négociant à Toulouse, depuis plus de quarante années, et était reconnu de tous ceux qui ont vécu avec lui pour un bon père. Il était protestant, ainsi que sa femme et tous ses enfants, excepté un qui avait abjuré l'hérésie, et à qui le père faisait une petite pension. Il paraissait si éloigné de cet absurde fanatisme qui rompt tous les liens de la société, qu'il approuva la conversion de son fils Louis Calas et qu'il avait depuis trente ans chez lui une servante zélée catholique, laquelle avait élevé tous ses enfants.

Un des fils de Jean Calas, nommé Marc-Antoine, était un homme de lettres : il passait pour un esprit inquiet, sombre, et violent. Ce jeune homme ne pouvant réussir ni à entrer dans le négoce, auquel il n'était pas propre, ni à être reçu avocat, parce qu'il fallait des certificats de catholicité qu'il ne put obtenir, résolut de finir sa vie, et fit pressentir ce dessein à un de ses amis ; il se confirma dans sa résolution par la lecture de tout ce qu'on a jamais écrit sur le suicide.

Enfin, un jour, ayant perdu son argent au jeu, il choisit ce jour-là même pour exécuter son dessein. Un ami de sa famille et le sien, nommé Lavaisse, jeune homme de dix-neuf ans, connu par la candeur et la douceur de ses mœurs, fils d'un avocat célèbre de Toulouse, était arrivé de Bordeaux la veille [1] ; il soupa par hasard chez les Calas. Le père, la mère, Marc-Antoine leur fils aîné, Pierre leur second fils, mangèrent ensemble. Après le souper on se retira dans un petit salon : Marc-Antoine disparut : enfin, lorsque le jeune Lavaisse voulut partir, Pierre Calas et lui, étant descendus, trouvèrent en bas, auprès du magasin, Marc-Antoine en chemise, pendu à une porte, et son habit plié sur le comptoir ; sa chemise n'était pas seulement dérangée ; ses cheveux étaient bien peignés : il n'avait sur son corps aucune plaie, aucune meurtrissure [2]

On passe ici tous les détails dont les avocats ont rendu compte : on ne décrira point la douleur et le désespoir du père et de la mère : leurs cris furent entendus des voisins. Lavaisse et Pierre Calas hors d'eux-mêmes coururent chercher des chirurgiens et la justice.

Pendant qu'ils s'acquittaient de ce devoir, pendant que le père et la mère étaient dans les sanglots et dans les larmes, le peuple de Tou-

---

1. 12 octobre 1761. (ÉD.)
2. On ne lui trouva, après le transport du cadavre à l'hôtel de ville, qu'une petite égratignure au bout du nez, et une petite tache sur la poitrine, causée par quelque inadvertance dans le transport du corps.

louse s'attroupe autour de la maison. Ce peuple est superstitieux et emporté ; il regarde comme des monstres ses frères qui ne sont pas de la même religion que lui. C'est à Toulouse qu'on remercia Dieu solennellement de la mort de Henri III, et qu'on fit serment d'égorger le premier qui parlerait de reconnaître le grand, le bon Henri IV. Cette ville solennise encore tous les ans, par une procession et par des feux de joie, le jour où elle massacra quatre mille citoyens hérétiques, il y a deux siècles. En vain six arrêts du conseil ont défendu cette odieuse fête, les Toulousains l'ont toujours célébrée comme les jeux Floraux.

Quelque fanatique de la populace s'écria que Jean Calas avait pendu son propre fils Marc-Antoine. Ce cri répété fut unanime en un moment ; d'autres ajoutèrent que le mort devait le lendemain faire abjuration, que sa famille et le jeune Lavaisse l'avaient étranglé, par haine contre la religion catholique : le moment d'après on n'en douta plus ; toute la ville fut persuadée que c'est un point de religion chez les protestants qu'un père et une mère doivent assassiner leur fils dès qu'il veut se convertir.

Les esprits une fois émus ne s'arrêtent point. On imagina que les protestants du Languedoc s'étaient assemblés la veille ; qu'ils avaient choisi, à la pluralité des voix, un bourreau de la secte ; que le choix était tombé sur le jeune Lavaisse ; que ce jeune homme, en vingt-quatre heures, avait reçu la nouvelle de son élection, et était arrivé de Bordeaux pour aider Jean Calas, sa femme, et leur fils Pierre, à étrangler un ami, un fils, un frère.

Le sieur David, capitoul de Toulouse, excité par ces rumeurs, et voulant se faire valoir par une prompte exécution, fit une procédure contre les règles et les ordonnances. La famille Calas, la servante catholique, Lavaisse, furent mis aux fers.

On publia un monitoire non moins vicieux que la procédure. On alla plus loin. Marc-Antoine Calas était mort calviniste ; et s'il avait attenté sur lui-même, il devait être traîné sur la claie : on l'inhuma avec la plus grande pompe dans l'église Saint-Étienne, malgré le curé qui protestait contre cette profanation.

Il y a, dans le Languedoc, quatre confréries de pénitents, la blanche, la bleue, la grise et la noire. Les confrères portent un long capuce, avec un masque de drap percé de deux trous pour laisser la vue libre : ils ont voulu engager M. le duc de Fitz-James, commandant de la province, à entrer dans leur corps, et il les a refusés. Les confrères blancs firent à Marc-Antoine Calas un service solennel, comme à un martyr. Jamais aucune Église ne célébra la fête d'un martyr véritable avec plus de pompe ; mais cette pompe fut terrible. On avait élevé au-dessus d'un magnifique catafalque un squelette qu'on faisait mouvoir, et qui représentait Marc-Antoine Calas, tenant d'une main une palme, et de l'autre la plume dont il devait signer l'abjuration de l'hérésie, et qui écrivait en effet l'arrêt de mort de son père.

Alors il ne manqua plus au malheureux qui avait attenté sur soi-même que la canonisation ; tout le peuple le regardait comme un saint ; quelques-uns l'invoquaient, d'autres allaient prier sur sa tombe, d'autres lui demandaient des miracles, d'autres racontaient ceux qu'il avait faits. Un moine lui arracha quelques dents pour avoir des reliques durables. Une dévote, un peu sourde, dit qu'elle avait entendu le son des cloches. Un prêtre apoplectique fut guéri après avoir pris de l'émétique. On dressa des verbaux de ces prodiges. Celui qui écrit cette relation possède une attestation qu'un jeune homme de Toulouse est devenu fou pour avoir prié plusieurs nuits sur le tombeau du nouveau saint, et pour n'avoir pu obtenir un miracle qu'il implorait.

Quelques magistrats étaient de la confrérie des pénitents blancs. Dès ce moment la mort de Jean Calas parut infaillible.

Ce qui surtout prépara son supplice, ce fut l'approche de cette fête singulière que les Toulousains célèbrent tous les ans en mémoire d'un massacre de quatre mille huguenots; l'année 1762 était l'année séculaire. On dressait dans la ville l'appareil de cette solennité : cela même allumait encore l'imagination échauffée du peuple; on disait publiquement que l'échafaud sur lequel on rouerait les Calas serait le plus grand ornement de la fête; on disait que la providence amenait elle-même ces victimes pour être sacrifiées à notre sainte religion. Vingt personnes ont entendu ce discours, et de plus violents encore. Et c'est de nos jours! et c'est dans un temps où la philosophie a fait tant de progrès ! et c'est lorsque cent académies écrivent pour inspirer la douceur des mœurs ! Il semble que le fanatisme, indigné depuis peu des succès de la raison, se débatte sous elle avec plus de rage.

Treize juges s'assemblèrent tous les jours pour terminer le procès. On n'avait, on ne pouvait avoir aucune preuve contre la famille; mais la religion trompée tenait lieu de preuve. Six juges persistèrent longtemps à condamner Jean Calas, son fils, et Lavaisse, à la roue, et la femme de Jean Calas au bûcher. Sept autres plus modérés voulaient au moins qu'on examinât. Les débats furent réitérés et longs. Un des juges, convaincu de l'innocence des accusés et de l'impossibilité du crime, parla vivement en leur faveur; il opposa le zèle de l'humanité au zèle de la sévérité; il devint l'avocat public des Calas dans toutes les maisons de Toulouse, où les cris continuels de la religion abusée demandaient le sang de ces infortunés. Un autre juge, connu par sa violence, parlait dans la ville avec autant d'emportement contre les Calas que le premier montrait d'empressement à les défendre. Enfin l'éclat fut si grand, qu'ils furent obligés de se récuser l'un et l'autre; ils se retirèrent à la campagne.

Mais, par un malheur étrange, le juge favorable aux Calas eut la délicatesse de persister dans sa récusation, et l'autre revint donner sa voix contre ceux qu'il ne devait point juger : ce fut cette voix qui forma la condamnation à la roue; car il n'y eut que huit voix contre cinq, un des six juges opposés ayant à la fin, après bien des contestations, passé au parti le plus sévère.

Il semble que, quand il s'agit d'un parricide, et de livrer un père de famille au plus affreux supplice, le jugement devait être unanime, parce que les preuves d'un crime inouï [1] devraient être d'une évidence

1. Je ne connais que deux exemples de pères accusés dans l'histoire d'avoir

sensible à tout le monde : le moindre doute dans un cas pareil doit suffire pour faire trembler un juge qui va signer un arrêt de mort. La faiblesse de notre raison et l'insuffisance de nos lois se font sentir tous les jours ; mais dans quelle occasion en découvre-t-on mieux la misère que quand la prépondérance d'une seule voix fait rouer un citoyen ? Il fallait, dans Athènes, cinquante voix au delà de la moitié pour oser prononcer un jugement de mort. Qu'en résulte-t-il ? ce que nous savons très-inutilement, que les Grecs étaient plus sages et plus humains que nous.

Il paraissait impossible que Jean Calas, vieillard de soixante-huit ans, qui avait depuis longtemps les jambes enflées et faibles, eût seul étranglé et pendu un fils âgé de vingt huit ans, qui était d'une force au-dessus de l'ordinaire ; il fallait absolument qu'il eût été assisté dans cette exécution par sa femme, par son fils Pierre Calas, par Lavaisse et par la servante. Ils ne s'étaient pas quittés un seul moment le soir de cette fatale aventure. Mais cette supposition était encore aussi absurde que l'autre ; car comment une servante zélée catholique aurait-elle pu souffrir que des huguenots assassinassent un jeune homme élevé par elle, pour le punir d'aimer la religion de cette servante ? Comment Lavaisse serait-il venu exprès de Bordeaux pour étrangler son ami dont il ignorait la conversion prétendue ? Comment une mère tendre aurait-elle mis les mains sur son fils ? Comment tous ensemble auraient-ils pu étrangler un jeune homme aussi robuste qu'eux tous, sans un combat long et violent, sans des cris affreux qui auraient appelé tout le voisinage, sans des coups réitérés, sans des meurtrissures, sans des habits déchirés ?

Il était évident que, si le parricide avait pu être commis, tous les accusés étaient également coupables, parce qu'ils ne s'étaient pas quittés d'un moment ; il était évident qu'ils ne l'étaient pas ; il était évident que le père seul ne pouvait l'être ; et cependant l'arrêt condamna ce père seul à expirer sur la roue.

Le motif de l'arrêt était aussi inconcevable que tout le reste. Les juges qui étaient décidés pour le supplice de Jean Calas persuadèrent aux autres que ce vieillard faible ne pourrait résister aux tourments, et qu'il avouerait sous les coups des bourreaux son crime et celui de ses complices. Ils furent confondus, quand ce vieillard, en mourant sur la roue, prit Dieu à témoin de son innocence, et le conjura de pardonner à ses juges.

---

assassiné leurs fils pour la religion : le premier est du père de sainte Barbara, que nous nommons sainte Barbe. Il avait commandé deux fenêtres dans sa salle de bains : Barbe, en son absence, en fit une troisième en l'honneur de la sainte Trinité ; elle fit, *du bout du doigt*, le signe de la croix sur des colonnes de marbre, et ce signe se grava profondément dans les colonnes. Son père, en colère, courut après elle l'épée à la main ; mais elle s'enfuit à travers une montagne qui s'ouvrit pour elle. Le père fit le tour de la montagne, et rattrapa sa fille ; on la fouetta toute nue, mais Dieu la couvrit d'un nuage blanc ; enfin son père lui trancha la tête. Voilà ce que rapporte la *Fleur des saints.*

Le second exemple est le prince Herménégilde. Il se révolta contre le roi son père, lui donna bataille en 584, fut vaincu et tué par un officier : on en a fait un martyr, parce que son père était arien

Ils furent obligés de rendre un second arrêt contradictoire avec le premier, d'élargir la mère, son fils Pierre, le jeune Lavaisse et la servante; mais un des conseillers leur ayant fait sentir que cet arrêt démentait l'autre, qu'ils se condamnaient eux mêmes, que tous les accusés ayant toujours été ensemble dans le temps qu'on supposait le parricide, l'élargissement de tous les survivants prouvait invinciblement l'innocence du père de famille exécuté, ils prirent alors le parti de bannir Pierre Calas son fils. Ce bannissement semblait aussi inconséquent, aussi absurde que tout le reste; car Pierre Calas était coupable ou innocent du parricide : s'il était coupable, il fallait le rouer comme son père; s'il était innocent, il ne fallait pas le bannir. Mais les juges, effrayés du supplice du père et de la piété attendrissante avec laquelle il était mort, imaginèrent sauver leur honneur en laissant croire qu'ils faisaient grâce au fils; comme si ce n'eût pas été prévarication nouvelle de faire grâce; et ils crurent que le bannissement de ce jeune homme pauvre et sans appui, étant sans conséquence, n'était pas une grande injustice, après celle qu'ils avaient eu le malheur de commettre.

On commença par menacer Pierre Calas, dans son cachot, de le traiter comme son père, s'il n'abjurait pas sa religion. C'est ce que ce jeune homme atteste par serment [1].

Pierre Calas, en sortant de la ville, rencontra un abbé convertisseur, qui le fit rentrer dans Toulouse : on l'enferma dans un couvent de dominicains, et là on le contraignit à remplir toutes les fonctions de catholicité; c'était en partie ce qu'on voulait, c'était le prix du sang de son père; et la religion, qu'on avait cru venger, semblait satisfaite.

On enleva les filles à la mère; elles furent enfermées dans un couvent. Cette femme, presque arrosée du sang de son mari, ayant tenu son fils aîné mort entre ses bras, voyant l'autre banni, privée de ses filles, dépouillée de tout son bien, était seule dans le monde, sans pain, sans espérance, et mourante de l'excès de son malheur. Quelques personnes, ayant examiné mûrement toutes les circonstances de cette aventure horrible, en furent si frappées, qu'elles firent presser la dame Calas, retirée dans une solitude, d'oser venir demander justice au pied du trône. Elle ne pouvait pas alors se soutenir, elle s'éteignait; et d'ailleurs, étant née Anglaise, transplantée dans une province de France dès son jeune âge, le nom seul de la ville de Paris l'effrayait. Elle s'imaginait que la capitale du royaume devait être encore plus barbare que celle du Languedoc. Enfin le devoir de venger la mémoire de son mari l'emporta sur sa faiblesse. Elle arriva à Paris prête d'expirer. Elle fut étonnée d'y trouver de l'accueil, des secours et des larmes.

La raison l'emporte à Paris sur le fanatisme, quelque grand qu'il puisse être, au lieu qu'en province le fanatisme l'emporte presque toujours sur la raison.

1. « Un jacobin vint dans mon cachot, et me menaça du même genre de mort si je n'abjurais pas : c'est ce que j'atteste devant Dieu. » 23 juillet 1762.

M. de Beaumont, célèbre avocat du parlement de Paris, prit d'abord sa défense, et dressa une consultation qui fut signée de quinze avocats. M. Loiseau, non moins éloquent, composa un mémoire en faveur de la famille. M. Mariette, avocat au conseil, dressa une requête juridique qui portait la conviction dans tous les esprits.

Ces trois généreux défenseurs des lois et de l'innocence abandonnèrent à la veuve le profit des éditions de leurs plaidoyers[1]. Paris et l'Europe entière s'émurent de pitié, et demandèrent justice avec cette femme infortunée. L'arrêt fut prononcé par tout le public avant qu'il pût être signé par le conseil.

La pitié pénétra jusqu'au ministère, malgré le torrent continuel des affaires, qui souvent exclut la pitié, et malgré l'habitude de voir des malheureux, qui peut endurcir le cœur encore davantage. On rendit les filles à la mère. On les vit toutes les trois, couvertes d'un crêpe et baignées de larmes, en faire répandre à leurs juges.

Cependant cette famille eut encore quelques ennemis; car il s'agissait de religion. Plusieurs personnes, qu'on appelle en France dévotes[2], dirent hautement qu'il valait mieux laisser rouer un vieux calviniste innocent, que d'exposer huit conseillers de Languedoc à convenir qu'ils s'étaient trompés: on se servit même de cette expression: « Il y a plus de magistrats que de Calas; » et on inférait de là que la famille Calas devait être immolée à l'honneur de la magistrature. On ne songeait pas que l'honneur des juges consiste, comme celui des autres hommes, à réparer leurs fautes. On ne croit pas en France que le pape, assisté de ses cardinaux, soit infaillible: on pourrait croire de même que huit juges de Toulouse ne le sont pas. Tout le reste des gens sensés et désintéressés disait que l'arrêt de Toulouse serait cassé dans toute l'Europe, quand même des considérations particulières empêcheraient qu'il fût cassé dans le conseil.

Tel était l'état de cette étonnante aventure, lorsqu'elle a fait naître à des personnes impartiales, mais sensibles, le dessein de présenter au public quelques réflexions sur la tolérance, sur l'indulgence, sur la commisération, que l'abbé Houtteville appelle dogme monstrueux, dans sa déclamation ampoulée et erronée sur des faits, et que la raison appelle l'apanage de la nature.

Ou les juges de Toulouse, entraînés par le fanatisme de la populace, ont fait rouer un père de famille innocent, ce qui est sans exemple; ou ce père de famille et sa femme ont étranglé leur fils aîné, aidés dans ce parricide par un autre fils et par un ami, ce qui n'est pas dans la nature. Dans l'un ou dans l'autre cas, l'abus de la religion la plus sainte a produit un grand crime. Il est donc de l'intérêt du genre humain d'examiner si la religion doit être charitable ou barbare.

1. On les a contrefaits dans plusieurs villes, et la dame Calas a perdu le fruit de cette générosité.
2. Dévot vient du mot latin devotus. Les devoti de l'ancienne Rome étaient ceux qui se dévouaient pour le salut de la république; c'étaient les Curtius, les Décius.

Chap. II. — *Conséquences du supplice de Jean Calas.*

Si les pénitents blancs furent la cause du supplice d'un innocent, de la ruine totale d'une famille, de sa dispersion et de l'opprobre qui ne devrait être attaché qu'à l'injustice, mais qui l'est au supplice; si cette précipitation des pénitents blancs à célébrer comme un saint celui qu'on aurait dû traîner sur la claie, suivant nos barbares usages, a fait rouer un père de famille vertueux; ce malheur doit sans doute les rendre pénitents en effet pour le reste de leur vie; eux et les juges doivent pleurer, mais non pas avec un long habit blanc, et un masque sur le visage qui cacherait leurs larmes.

On respecte toutes les confréries; elles sont édifiantes : mais quelque grand bien qu'elles puissent faire à l'État, égale-t-il ce mal affreux qu'elles ont causé? Elles semblent instituées par le zèle qui anime en Languedoc les catholiques contre ceux que nous nommons *huguenots*. On dirait qu'on a fait vœu de haïr ses frères; car nous avons assez de religion pour haïr et persécuter, et nous n'en avons pas assez pour aimer et secourir. Et que serait-ce si ces confréries étaient gouvernées par des enthousiastes, comme l'ont été autrefois quelques congréga- tions des artisans et des *messieurs*, chez lesquels on réduisait en art et en système l'habitude d'avoir des visions, comme le dit un de nos plus éloquents et savants magistrats? Que serait-ce si on établissait dans les confréries ces chambres obscures, appelées *chambres de mé- ditation*, où l'on faisait peindre des diables armés de cornes et de griffes, des gouffres de flammes, des croix et des poignards, avec le saint nom de Jésus au-dessus du tableau? Quel spectacle pour des yeux déjà fascinés, et pour des imaginations aussi enflammées que soumises à leurs directeurs!

Il y a eu des temps, on ne le sait que trop, où des confréries ont été dangereuses. Les frérots, les flagellants, ont causé des troubles. La Ligue commença par de telles associations. Pourquoi se distinguer ainsi des autres citoyens? s'en croyait-on plus parfait? cela même est une insulte au reste de la nation. Voulait-on que tous les chrétiens entrassent dans la confrérie? Ce serait un beau spectacle que l'Europe en capuchon et en masque, avec deux petits trous ronds au-devant des yeux! Pense-t-on de bonne foi que Dieu préfère cet accoutrement à un justaucorps? Il y a bien plus; cet habit est un uniforme de contro- versistes, qui avertit les adversaires de se mettre sous les armes; il peut exciter une espèce de guerre civile dans les esprits, et elle finirait peut-être par de funestes excès, si le roi et ses ministres n'étaient aussi sages que les fanatiques sont insensés.

On sait assez ce qu'il en a coûté depuis que les chrétiens disputent sur le dogme: le sang a coulé, soit sur les échafauds, soit dans les batailles, dès le quatrième siècle jusqu'à nos jours. Bornons-nous ici aux guerres et aux horreurs que les querelles de la réforme ont excitées, et voyons quelle en a été la source en France. Peut-être un tableau raccourci et fidèle de tant de calamités ouvrira les yeux de quelques personnes peu instruites, et touchera des cœurs bien faits.

CHAP. III. — *Idée de la réforme du seizième siècle.*

Lorsqu'à la renaissance des lettres les esprits commencèrent à s'éclairer, on se plaignit généralement des abus : tout le monde avoue que cette plainte était légitime.

Le pape Alexandre VI avait acheté publiquement la tiare, et ses cinq bâtards en partageaient les avantages. Son fils, le cardinal duc de Borgia, fit périr, de concert avec le pape son père, les Vitelli, les Urbino, les Gravina, les Oliveretto, et cent autres seigneurs, pour ravir leurs domaines. Jules II, animé du même esprit, excommunia Louis XII, donna son royaume au premier occupant ; et lui-même, le casque en tête et la cuirasse sur le dos, mit à feu et à sang une partie de l'Italie. Léon X, pour payer ses plaisirs, trafiqua des indulgences, comme on vend des denrées dans un marché public. Ceux qui s'élevèrent contre tant de brigandages n'avaient du moins aucun tort dans la morale. Voyons s'ils en avaient contre nous dans la politique.

Ils disaient que Jésus-Christ n'ayant jamais exigé d'annates ni de réserves, ni vendu des dispenses pour ce monde et des indulgences pour l'autre, ne pouvait se dispenser de payer à un prince étranger le prix de toutes ces choses. Quand les annates, les procès en cour de Rome, et les dispenses qui subsistent encore aujourd'hui, ne nous coûteraient que cinq cent mille francs par an, il est clair que nous avons payé depuis François Ier, en deux cent cinquante années, cent vingt-cinq millions ; et en évaluant les différents prix du marc d'argent, cette somme en compose une d'environ deux cent cinquante millions d'aujourd'hui. On peut donc convenir sans blasphème que les hérétiques, en proposant l'abolition de ces impôts singuliers dont la postérité s'étonnera, ne faisaient pas en cela un grand mal au royaume, et qu'ils étaient plutôt bons calculateurs que mauvais sujets. Ajoutons qu'ils étaient les seuls qui sussent la langue grecque, et qui connussent l'antiquité. Ne dissimulons point que, malgré leurs erreurs, nous leur devons le développement de l'esprit humain, longtemps enseveli dans la plus épaisse barbarie.

Mais comme ils niaient le purgatoire dont on ne doit pas douter, et qui d'ailleurs rapportait beaucoup aux moines ; comme ils ne révéraient pas des reliques qu'on doit révérer, mais qui rapportaient encore davantage ; enfin comme ils attaquaient des dogmes très-respectés[1], on ne leur répondit d'abord qu'en les faisant brûler. Le roi, qui les protégeait et les soudoyait en Allemagne, marcha dans Paris à la

---

1. Ils renouvelaient le sentiment de Bérenger sur l'Eucharistie ; ils niaient qu'un corps pût être en cent mille endroits différents, même par la toute-puissance divine ; ils niaient que les attributs pussent subsister sans sujet ; ils croyaient qu'il était absolument impossible que ce qui est pain et vin aux yeux, au goût, à l'estomac, fût anéanti dans le moment même qu'il existe ; ils soutenaient toutes ces erreurs, condamnées autrefois dans Bérenger. Ils se fondaient sur plusieurs passages des premiers Pères de l'Église, et surtout de saint Justin, qui dit expressément dans son dialogue contre Tryphon : « L'oblation de la fine farine.... est la figure de l'Eucharistie que Jésus-Christ nous ordonne de faire en mémoire de sa passion. » Καὶ ἡ τῆς σεμιδάλεως.... τύπος ἦν τοῦ ἄρτου τῆς

tête d'une procession après laquelle on exécuta plusieurs de ces malheureux; et voici quelle fut cette exécution. On les suspendait au bout d'une longue poutre qui jouait en bascule sur un arbre debout; un grand feu était allumé sous eux, on les y plongeait, et on les relevait alternativement; ils éprouvaient les tourments de la mort par degrés, jusqu'à ce qu'ils expirassent par le plus long et le plus affreux supplice que jamais ait inventé la barbarie.

Peu de temps avant la mort de François I⁰ʳ, quelques membres du parlement de Provence, animés par des ecclésiastiques contre les habitants de Mérindol et de Cabrières, demandèrent au roi des troupes pour appuyer l'exécution de dix-neuf personnes de ce pays condamnées par eux; ils en firent égorger six mille, sans pardonner ni au sexe, ni à la vieillesse, ni à l'enfance; ils réduisirent trente bourgs en cendres. Ces peuples, jusqu'alors inconnus, avaient tort, sans doute, d'être nés Vaudois; c'était leur seule iniquité. Ils étaient établis depuis trois cents ans dans des déserts et sur des montagnes qu'ils avaient rendus fertiles par un travail incroyable. Leur vie pastorale et tranquille retraçait l'innocence attribuée aux premiers âges du monde. Les villes voisines n'étaient connues d'eux que par le trafic des fruits qu'ils allaient vendre; ils ignoraient les procès et la guerre; ils ne se défendirent pas; on les égorgea comme des animaux fugitifs qu'on tue dans une enceinte[1].

Après la mort de François I⁰ʳ, prince plus connu cependant par ses galanteries et par ses malheurs que par ses cruautés, le supplice de mille hérétiques, surtout celui du conseiller au parlement Dubourg, et enfin le massacre de Vassi armèrent les persécutés, dont la secte s'était multipliée à la lueur des bûchers et sous le fer des bourreaux; la rage succéda à la patience; ils imitèrent les cruautés de leurs ennemis : neuf guerres civiles remplirent la France de carnage; une paix plus funeste que la guerre produisit la Saint-Barthélemy, dont il n'y avait aucun exemple dans les annales des crimes.

La ligue assassina Henri III et Henri IV, par les mains d'un frère

---

εὐχαριστίας, ὅν εἰς ἀνάμνησιν τοῦ πάθους;.... Ἰησοῦς Χριστὸς ὁ κύριος ἡμῶν παρέδωκε ποιεῖν. (Page 119, *Edit. Londinensis*, 1719, in-8°).

Ils rappelaient tout ce qu'on avait dit dans les premiers siècles contre le culte des reliques; ils citaient ces paroles de Vigilantius : « Est-il nécessaire que vous respectiez ou même que vous adoriez une vile poussière? Les âmes des martyrs animent-elles encore leurs cendres? Les coutumes des idolâtres se sont introduites dans l'Eglise : on commence à allumer des flambeaux en plein midi. Nous pouvons pendant notre vie prier les uns pour les autres; mais après la mort, à quoi servent ces prières? »

Mais ils ne disaient pas combien saint Jérôme s'était élevé contre ces paroles de Vigilantius. Enfin ils voulaient tout rappeler aux temps apostoliques, et ne voulaient pas convenir que l'Eglise s'étant étendue et fortifiée, il avait fallu nécessairement étendre et fortifier sa discipline : ils condamnaient les richesses, qui semblaient pourtant nécessaires pour soutenir la majesté du culte.

1. Le véridique et respectable président de Thou parle ainsi de ces hommes si innocents et si infortunés : « Homines esse qui trecentis circiter abhinc annis asperum et incultum solum vectigale a dominis acceperint, quod improbo labore et assiduo cultu frugum ferax et aptum pecori reddiderint: patientissi-

jacobin et d'un monstre qui avait été frère feuillant[1]. Il y a des gens qui prétendent que l'humanité, l'indulgence et la liberté de conscience, sont des choses horribles; mais, en bonne foi, auraient-elles produit des calamités comparables?

CHAP. IV. — *Si la tolérance est dangereuse, et chez quels peuples elle est permise.*

Quelques-uns ont dit que, si l'on usait d'une indulgence paternelle envers nos frères errants qui prient Dieu en mauvais français, ce serait leur mettre les armes à la main; qu'on verrait de nouvelles batailles de Jarnac, de Moncontour, de Coutras, de Dreux, de Saint-Denis, etc: c'est ce que j'ignore, parce que je ne suis pas un prophète; mais il me semble que ce n'est pas raisonner conséquemment que de dire: « Ces hommes se sont soulevés quand je leur ai fait du mal; donc ils se soulèveront quand je leur ferai du bien. »

J'oserais prendre la liberté d'inviter ceux qui sont à la tête du gouvernement, et ceux qui sont destinés aux grandes places, à vouloir bien examiner mûrement si l'on doit craindre en effet que la douceur produise les mêmes révoltes que la cruauté a fait naître; si ce qui est arrivé dans certaines circonstances doit arriver dans d'autres; si les temps, l'opinion, les mœurs, sont toujours les mêmes.

Les huguenots, sans doute, ont été enivrés de fanatisme et souillés de sang comme nous; mais la génération présente est-elle aussi barbare que leurs pères? Le temps, la raison qui fait tant de progrès, les bons livres, la douceur de la société, n'ont-ils point pénétré chez ceux qui conduisent l'esprit de ces peuples? et ne nous apercevons-nous pas que presque toute l'Europe a changé de face depuis environ cinquante années?

Le gouvernement s'est fortifié partout, tandis que les mœurs se sont adoucies. La police générale, soutenue d'armées nombreuses toujours

---

« mos eos laboris et inediæ, a litibus abhorrentes, erga egenos munificos, tributa
« principi et sua jura dominis sedulo et summa fide pendere; Dei cultum assi-
« duis precibus et morum innocentia præ se ferre, cæterum raro divorum tem-
« pla adire, nisi si quando ad vicina suis finibus oppida mercandi aut negotiorum
« causa divertant; quo si quandoque pedem inferant, non Dei divorumque sta-
« tuis advolvi, nec cereos eis aut donaria ulla ponere; non sacerdotes ab eis
« rogari ut pro se aut propinquorum manibus rem divinam faciant : non cruce
« frontem insignire, uti aliorum moris est : quum cœlum intonat, non se lustrali
« aqua aspergere, sed sublatis in cœlum oculis Dei opem implorare; non reli-
« gionis ergo peregre proficisci, non per vias ante crucium simulacra capu-
« aperire; sacra alio ritu et populari lingua celebrare; non denique pontifici
« aut episcopis honorem deferre, sed quosdam e suo numero delectos pro anti-
« stitibus et doctoribus habere. Hæc uti ad Franciscum relata VI id febr. anni, etc. »
(Thuani *Hist.*, l. VI.)

Mme de Cental, à qui appartenait une partie des terres ravagées, et sur lesquelles on ne voyait plus que les cadavres de ses habitants, demanda justice au roi Henri II, qui la renvoya au parlement de Paris. L'avocat général de Provence, nommé Guérin, principal auteur des massacres, fut seul condamné à perdre la tête. De Thou dit qu'il porta seul la peine des autres coupables, *quod aulicorum favore destitueretur*, parce qu'il n'avait pas d'amis à la cour.

1. Ravaillac. (Ed.)

existantes, ne permet pas d'ailleurs de craindre le retour de ces temps anarchiques, où des paysans calvinistes combattaient des paysans catholiques enrégimentés à la hâte entre les semailles et les moissons.

D'autres temps, d'autres soins. Il serait absurde de décimer aujourd'hui la Sorbonne parce qu'elle présenta requête autrefois pour faire brûler la Pucelle d'Orléans ; parce qu'elle déclara Henri III déchu du droit de régner, qu'elle l'excommunia, qu'elle proscrivit le grand Henri IV. On ne recherchera pas sans doute les autres corps du royaume, qui commirent les mêmes excès dans ces temps de frénésie : cela serait non-seulement injuste ; mais il y aurait autant de folie qu'à purger tous les habitants de Marseille parce qu'ils ont eu la peste en 1720.

Irons-nous saccager Rome, comme firent les troupes de Charles-Quint, parce que Sixte-Quint, en 1585, accorda neuf ans d'indulgence à tous les Français qui prendraient les armes contre leur souverain ? et n'est-ce pas assez d'empêcher Rome de se porter jamais à des excès semblables ?

La fureur qu'inspirent l'esprit dogmatique et l'abus de la religion chrétienne mal entendue a répandu autant de sang, a produit autant de désastres, en Allemagne, en Angleterre, et même en Hollande, qu'en France : cependant aujourd'hui la différence des religions ne cause aucun trouble dans ces États ; le juif, le catholique, le grec, le luthérien, le calviniste, l'anabaptiste, le socinien, le mennonite, le morave, et tant d'autres, vivent en frères dans ces contrées, et contribuent également au bien de la société.

On ne craint plus en Hollande que les disputes d'un Gomar [1] sur la prédestination fassent trancher la tête au grand pensionnaire. On ne craint plus à Londres que les querelles des presbytériens et des épiscopaux, pour une liturgie et pour un surplis, répandent le sang d'un roi sur un échafaud [2]. L'Irlande peuplée et enrichie ne verra plus ses citoyens catholiques sacrifier à Dieu pendant deux mois ses citoyens protestants, les enterrer vivants, suspendre les mères à des gibets,

---

1. François Gomar était un théologien protestant ; il soutint, contre Arminius son collègue, que Dieu a destiné de toute éternité la plus grande partie des hommes à être brûlés éternellement : ce dogme infernal fut soutenu, comme il devait l'être, par la persécution. Le grand pensionnaire Barneveld, qui était du parti contraire à Gomar, eut la tête tranchée à l'âge de soixante-douze ans, le 13 mai 1619, « pour avoir contristé au possible l'Église de Dieu. »

2. Un déclamateur, dans l'apologie de la révocation de l'édit de Nantes, dit en parlant de l'Angleterre : « Une fausse religion devait produire nécessairement de tels fruits ; il en restait un à mûrir, ces insulaires le recueillent, c'est le mépris des nations. » Il faut avouer que l'auteur prend bien mal son temps pour dire que les Anglais sont méprisables et méprisés de toute la terre. Ce n'est pas, ce me semble, lorsqu'une nation signale sa bravoure et sa générosité, lorsqu'elle est victorieuse dans les quatre parties du monde, qu'on est bien reçu à dire qu'elle est méprisable et méprisée. C'est dans un chapitre sur l'intolérance qu'on trouve ce singulier passage ; ceux qui prêchent l'intolérance méritent d'écrire ainsi. Cet abominable livre, qui semble fait par le fou de Verberie, est d'un homme sans mission ; car quel pasteur écrirait ainsi ? La fureur est poussée dans ce livre jusqu'à justifier la Saint-Barthélemy. On croirait qu'un tel ouvrage, rempli de si affreux paradoxes, devrait être entre les mains de tout le monde, au moins par sa singularité ; cependant à peine est-il connu.

attacher les filles au cou de leurs mères, et les voir expirer ensemble ;
ouvrir le ventre des femmes enceintes, en tirer les enfants à demi
formés, et les donner à manger aux porcs et aux chiens; mettre un
poignard dans la main de leurs prisonniers garrottés, et conduire
leurs bras dans le sein de leurs femmes, de leurs pères, de leurs
mères, de leurs filles, s'imaginant en faire mutuellement des parricides, et les damner tous en les exterminant tous. C'est ce que rapporte Rapin-Thoyras, officier en Irlande, presque contemporain; c'est
ce que rapportent toutes les annales, toutes les histoires d'Angleterre,
et ce qui sans doute ne sera jamais imité [1]. La philosophie, la seule
philosophie, cette sœur de la religion, a désarmé des mains que la
superstition avait si longtemps ensanglantées; et l'esprit humain, au
réveil de son ivresse, s'est étonné des excès où l'avait emporté le fanatisme.

Nous-mêmes, nous avons en France une province opulente où le
luthéranisme l'emporte sur le catholicisme. L'université d'Alsace est
entre les mains des luthériens; ils occupent une partie des charges
municipales : jamais la moindre querelle religieuse n'a dérangé le repos de cette province depuis qu'elle appartient à nos rois. Pourquoi?
c'est qu'on n'y a persécuté personne. Ne cherchez point à gêner les
cœurs, et tous les cœurs seront à vous.

Je ne dis pas que tous ceux qui ne sont point de la religion du prince
doivent partager les places et les honneurs de ceux qui sont de la religion dominante [2]. En Angleterre, les catholiques, regardés comme
attachés au parti du prétendant, ne peuvent parvenir aux emplois; ils
payent même double taxe; mais ils jouissent d'ailleurs de tous les
droits des citoyens.

On a soupçonné quelques évêques français de penser qu'il n'est ni
de leur honneur ni de leur intérêt d'avoir dans leur diocèse des calvinistes, et que c'est là le plus grand obstacle à la tolérance; je ne le
puis croire. Le corps des évêques, en France, est composé de gens de
qualité qui pensent et qui agissent avec une noblesse digne de leur
naissance; ils sont charitables et généreux, c'est une justice qu'on doit
leur rendre; ils doivent penser que certainement leurs diocésains fugitifs ne se convertiront pas dans les pays étrangers; et que, retour-
nés auprès de leurs pasteurs, ils pourraient être éclairés par leurs institutions, et touchés par leurs exemples : il y aurait de l'honneur à
les convertir, le temporel n'y perdrait pas; et plus il y aurait de citoyens, plus les terres des prélats rapporteraient.

Un évêque de Varmie, en Pologne, avait un anabaptiste pour fermier, et un socinien pour receveur; on lui proposa de chasser et de

---

1. Tout a tellement changé, qu'en Irlande même les protestants se sont cotisés pour faire bâtir des chapelles à leurs frères catholiques, que la pauvreté où
l'ancienne intolérance les a réduits mettait hors d'état d'en élever à leurs dépens. (*Ed. de Kehl.*)

2. En lisant cette phrase, qui paraît insuffisante, on ne doit pas négliger de
jeter les yeux sur la dernière phrase du chapitre. Voy. aussi, page 126, la note
des éditeurs de Kehl. (*Note de M. Beuchot.*)

poursuivre l'un, parce qu'il ne croyait pas la consubstantialité, et l'autre, parce qu'il ne baptisait son fils qu'à quinze ans : il répondit qu'ils seraient éternellement damnés dans l'autre monde, mais que, dans ce monde-ci, ils lui étaient très-nécessaires.

Sortons de notre petite sphère, et examinons le reste de notre globe. Le Grand-Seigneur gouverne en paix vingt peuples de différentes religions ; deux cent mille Grecs vivent avec sécurité dans Constantinople; le muphti même nomme et présente à l'empereur le patriarche grec; on y souffre un patriarche latin. Le sultan nomme des évêques latins pour quelques îles de la Grèce [1], et voici la formule dont il se sert : « Je lui commande d'aller résider évêque dans l'île de Chio, selon leur ancienne coutume et leurs vaines cérémonies. » Cet empire est rempli de jacobites, de nestoriens, de monothélites; il y a des cophtes, des chrétiens de Saint-Jean, des juifs, des guèbres, des banians. Les annales turques ne font mention d'aucune révolte excitée par aucune de ces religions.

Allez dans l'Inde, dans la Perse, dans la Tartarie, vous y verrez la même tolérance et la même tranquillité. Pierre le Grand a favorisé tous les cultes dans son vaste empire; le commerce et l'agriculture y ont gagné, et le corps politique n'en a jamais souffert.

Le gouvernement de la Chine n'a jamais adopté, depuis plus de quatre mille ans qu'il est connu, que le culte des noachides, l'adoration simple d'un seul Dieu : cependant il tolère les superstitions de Fô, et une multitude de bonzes qui serait dangereuse si la sagesse des tribunaux ne les avait pas toujours contenus.

Il est vrai que le grand empereur Young-Tching, le plus sage et le plus magnanime peut-être qu'ait eu la Chine, a chassé les jésuites; mais ce n'était pas parce qu'il était intolérant, c'était, au contraire, parce que les jésuites l'étaient. Ils rapportent eux-mêmes, dans leurs *Lettres curieuses*, les paroles que leur dit ce bon prince : « Je sais que votre religion est intolérante; je sais ce que vous avez fait aux Manilles et au Japon; vous avez trompé mon père, n'espérez pas me tromper moi-même. » Qu'on lise tout le discours qu'il daigna leur tenir, on le trouvera le plus sage et le plus clément des hommes. Pouvait-il, en effet, retenir des physiciens d'Europe qui, sous le prétexte de montrer des thermomètres et des éolipyles à la cour, avaient soulevé déjà un prince du sang? Et qu'aurait dit cet empereur, s'il avait lu nos histoires, s'il avait connu nos temps de la Ligue et de la conspiration des poudres ?

C'en était assez pour lui d'être informé des querelles indécentes des jésuites, des dominicains, des capucins, des prêtres séculiers, envoyés du bout du monde dans ses États : ils venaient prêcher la vérité et ils s'anathématisaient les uns les autres. L'empereur ne fit donc que renvoyer des perturbateurs étrangers; mais avec quelle bonté les renvoya-t-il! quels soins paternels n'eut-il pas d'eux pour leur voyage et

1. **Voy**. Ricaut.

pour empêcher qu'on ne les insultât sur la route! Leur bannissement même fut un exemple de tolérance et d'humanité.

Les Japonais [1] étaient les plus tolérants de tous les hommes; douze religions paisibles étaient établies dans leur empire : les jésuites vinrent faire la treizième; mais bientôt n'en voulant pas souffrir d'autre, on sait ce qui en résulta; une guerre civile, non moins affreuse que celle de la Ligue, désola ce pays. La religion chrétienne fut noyée enfin dans des flots de sang; les Japonais fermèrent leur empire au reste du monde, et ne nous regardèrent que comme des bêtes farouches, semblables à celles dont les Anglais ont purgé leur île. C'est en vain que le ministre Colbert, sentant le besoin que nous avions des Japonais, qui n'ont nul besoin de nous, tenta d'établir un commerce avec leur empire; il les trouva inflexibles.

Ainsi donc notre continent entier nous prouve qu'il ne faut ni annoncer ni exercer l'intolérance.

Jetez les yeux sur l'autre hémisphère : voyez la Caroline, dont le sage Locke fut le législateur; il suffit de sept pères de famille pour établir un culte public approuvé par la loi : cette liberté n'a fait naître aucun désordre. Dieu nous préserve de citer cet exemple pour engager la France à l'imiter! on ne le rapporte que pour faire voir que l'excès le plus grand où puisse aller la tolérance n'a pas été suivi de la plus légère dissension; mais ce qui est très-utile et très-bon dans une colonie naissante, n'est pas convenable dans un ancien royaume.

Que dirons-nous des primitifs que l'on a nommés *quakers* par dérision, et qui, avec des usages peut-être ridicules, ont été si vertueux et ont enseigné inutilement la paix au reste des hommes? Ils sont en Pensylvanie au nombre de cent mille; la discorde, la controverse, sont ignorées dans l'heureuse patrie qu'ils se sont faite; et le nom seul de leur ville de Philadelphie, qui leur rappelle à tout moment que les hommes sont frères, est l'exemple et la honte des peuples qui ne connaissent pas encore la tolérance.

Enfin cette tolérance n'a jamais excité de guerre civile; l'intolérance a couvert la terre de carnage. Qu'on juge maintenant entre ces deux rivales, entre la mère qui veut qu'on égorge son fils, et la mère qui le cède pourvu qu'il vive!

Je ne parle ici que de l'intérêt des nations; et en respectant, comme je le dois, la théologie, je n'envisage dans cet article que le bien physique et moral de la société. Je supplie tout lecteur impartial de peser ces vérités, de les rectifier, et de les étendre. Des lecteurs attentifs, qui se communiquent leurs pensées, vont toujours plus loin que l'auteur [2].

---

1. Voy. Kempfer et toutes les relations du Japon.
2. M. de La Bourdonnaie, intendant de Rouen, dit que la manufacture de chapeaux est tombée à Caudebec et à Neufchâtel par la fuite des réfugiés. M. Foucault, intendant de Caen, dit que le commerce est tombé de moitié dans la généralité. M. de Maupeou, intendant de Poitiers, dit que la manufacture de droguet est anéantie. M. de Bezons, intendant de Bordeaux, se plaint que le commerce de Clérac et de Nérac ne subsiste presque plus. M. de Miroménil, intendant de Touraine, dit que le commerce de Tours est diminué de dix mil-

CHAP. *N. — Comment la tolérance peut être admise.*

J'ose supposer qu'un ministre éclairé et magnanime, un prélat humain et sage, un prince qui sait que son intérêt consiste dans le grand nombre de ses sujets, et sa gloire dans leur bonheur, daigne jeter les yeux sur cet écrit informe et défectueux; il y supplée par ses propres lumières; il se dit à lui-même : « Que risquerai-je à voir la terre cultivée et ornée par plus de mains laborieuses, les tributs augmentés, l'État plus florissant? »

L'Allemagne serait un désert couvert des ossements des catholiques évangéliques, réformés, anabaptistes, égorgés les uns par les autres, si la paix de Vestphalie n'avait pas procuré enfin la liberté de conscience.

Nous avons des juifs à Bordeaux, à Metz, en Alsace; nous avons des luthériens, des molinistes, des jansénistes : ne pouvons-nous pas souffrir et contenir des calvinistes à peu près aux mêmes conditions que les catholiques sont tolérés à Londres? Plus il y a de sectes, moins chacune est dangereuse; la multiplicité les affaiblit; toutes sont réprimées par de justes lois qui défendent les assemblées tumultueuses, les injures, les séditions, et qui sont toujours en vigueur par la force coactive.

Nous savons que plusieurs chefs de famille, qui ont élevé de grandes fortunes dans les pays étrangers, sont prêts à retourner dans leur patrie; ils ne demandent que la protection de la loi naturelle, la validité de leurs mariages, la certitude de l'état de leurs enfants, le droit d'hériter de leurs pères, la franchise de leurs personnes; point de temples publics, point de droit aux charges municipales, aux dignités : les catholiques n'en ont ni à Londres ni en plusieurs autres pays. Il ne s'agit plus de donner des privilèges immenses, des places de sûreté à une faction, mais de laisser vivre un peuple paisible, d'adoucir des édits autrefois peut-être nécessaires, et qui ne le sont plus. Ce n'est pas à nous d'indiquer au ministère ce qu'il peut faire; il suffit de l'implorer pour des infortunés.

Que de moyens de les rendre utiles, et d'empêcher qu'ils ne soient jamais dangereux! La prudence du ministère et du conseil, appuyée de la force, trouvera bien aisément ces moyens, que tant d'autres nations emploient si heureusement.

Il y a des fanatiques encore dans la populace calviniste; mais il est constant qu'il y en a davantage dans la populace convulsionnaire. La lie des insensés de Saint-Médard est comptée pour rien dans la nation,

lions par année; et tout cela, par la persécution. (Voy. les Mémoires des intendants, en 1698.) Comptez surtout le nombre des officiers de terre et de mer, et des matelots, qui ont été obligés d'aller servir contre la France, et souvent avec un funeste avantage; et voyez si l'intolérance n'a pas causé quelque mal à l'Etat.

On n'a pas ici la témérité de proposer des vues à des ministres (Choiseul et Praslin) dont on connaît le génie et les grands sentiments, et dont le cœur est aussi noble que la naissance : ils verront assez que le rétablissement de la marine demande quelque indulgence pour les habitants de nos côtes.

celle des prophètes calvinistes est anéantie. Le grand moyen de diminuer le nombre des maniaques, s'il en reste, est d'abandonner cette maladie de l'esprit au régime de la raison, qui éclaire lentement, mais infailliblement, les hommes. Cette raison est douce, elle est humaine, elle inspire l'indulgence, elle étouffe la discorde, elle affermit la vertu, elle rend aimable l'obéissance aux lois, plus encore que la force ne les maintient. Et comptera-t-on pour rien le ridicule attaché aujourd'hui à l'enthousiasme par tous les honnêtes gens? Ce ridicule est une puissante barrière contre les extravagances de tous les sectaires. Les temps passés sont comme s'ils n'avaient jamais été. Il faut toujours partir du point où l'on est, et de celui où les nations sont parvenues.

Il a été un temps où l'on se crut obligé de rendre des arrêts contre ceux qui enseignaient une doctrine contraire aux catégories d'Aristote, à l'horreur du vide, aux quiddités, et à l'universel de la part de la chose. Nous avons en Europe plus de cent volumes de jurisprudence sur la sorcellerie, et sur la manière de distinguer les faux sorciers des véritables. L'excommunication des sauterelles et des insectes nuisibles aux moissons a été très en usage, et subsiste encore dans plusieurs rituels. L'usage est passé; on laisse en paix Aristote, les sorciers, et les sauterelles. Les exemples de ces graves démences, autrefois si importantes, sont innombrables : il en revient d'autres de temps en temps; mais quand elles ont fait leur effet, quand on en est rassasié, elles s'anéantissent. Si quelqu'un s'avisait aujourd'hui d'être carpocratien, ou eutychéen, ou monothélite, monophysite, nestorien, manichéen, etc., qu'arriverait-il? on en rirait, comme d'un homme habillé à l'antique, avec une fraise et un pourpoint.

La nation commençait à entr'ouvrir les yeux lorsque les jésuites Le Tellier et Doucin fabriquèrent la bulle *Unigenitus*, qu'ils envoyèrent à Rome; ils crurent être encore dans ces temps d'ignorance où les peuples adoptaient sans examen les assertions les plus absurdes. Ils osèrent proscrire cette proposition, qui est une vérité universelle dans tous les cas et dans tous les temps : « La crainte d'une excommunication injuste ne doit point empêcher de faire son devoir. » C'était proscrire la raison, les libertés de l'Église gallicane, et le fondement de la morale; c'était dire aux hommes : « Dieu vous ordonne de ne jamais faire votre devoir, dès que vous craindrez l'injustice. » On n'a jamais heurté le sens commun plus effrontément. Les consulteurs de Rome n'y prirent pas garde. On persuada à la cour de Rome que cette bulle était nécessaire, et que la nation la désirait; elle fut signée, scellée, et envoyée; on en sait les suites : certainement, si on les avait prévues, on aurait mitigé la bulle. Les querelles ont été vives; la prudence et la bonté du roi les ont enfin apaisées.

Il en est de même dans une grande partie des points qui divisent les protestants et nous : il y en a quelques-uns qui ne sont d'aucune conséquence; il y en a d'autres plus graves, mais sur lesquels la fureur de la dispute est tellement amortie, que les protestants eux-mêmes ne prêchent aujourd'hui la controverse en aucune de leurs églises

C'est donc ce temps de dégoût, de satiété, ou plutôt de raison, qu'on peut saisir comme une époque et un gage de la tranquillité publique. La controverse est une maladie épidémique qui est sur sa fin; et cette peste, dont on est guéri, ne demande plus qu'un régime doux. Enfin l'intérêt de l'État est que des fils expatriés reviennent avec modestie dans la maison de leur père; l'humanité le demande, la raison le conseille, et la politique ne peut s'en effrayer.

CHAP. VI. — *Si l'intolérance est de droit naturel et de droit humain.*

Le droit naturel est celui que la nature indique à tous les hommes. Vous avez élevé votre enfant, il vous doit du respect comme à son père, de la reconnaissance comme à son bienfaiteur. Vous avez droit aux productions de la terre que vous avez cultivée par vos mains. Vous avez donné et reçu une promesse, elle doit être tenue.

Le droit humain ne peut être fondé en aucun cas que sur ce droit de nature; et le grand principe, le principe universel de l'un et de l'autre, est, dans toute la terre : « Ne fais pas ce que tu ne voudrais pas qu'on te fît. » Or on ne voit pas comment, suivant ce principe, un homme pourrait dire à un autre : « Crois ce que je crois, et ce que tu ne peux croire, ou tu périras. » C'est ce qu'on dit en Portugal, en Espagne, à Goa. On se contente à présent, dans quelques autres pays, de dire : « Crois, ou je t'abhorre; crois, ou je te ferai tout le mal que je pourrai; monstre, tu n'as pas ma religion, tu n'as donc point de religion; il faut que tu sois en horreur à tes voisins, à ta ville, à ta province. »

S'il était de droit humain de se conduire ainsi, il faudrait donc que le Japonais détestât le Chinois, qui aurait en exécration le Siamois; celui-ci poursuivrait les Gangarides, qui tomberaient sur les habitants de l'Indus; un Mogol arracherait le cœur au premier Malabare qu'il trouverait; le Malabare pourrait égorger le Persan, qui pourrait massacrer le Turc; et tous ensemble se jetteraient sur les chrétiens, qui se sont si longtemps dévorés les uns les autres.

Le droit de l'intolérance est donc absurde et barbare; c'est le droit des tigres; et il est bien plus horrible, car les tigres ne déchirent que pour manger, et nous nous sommes exterminés pour des paragraphes.

CHAP. VII. — *Si l'intolérance a été connue des Grecs.*

Les peuples dont l'histoire nous a donné quelques faibles connaissances ont tous regardé leurs différentes religions comme des nœuds qui les unissaient tous ensemble; c'était une association du genre humain. Il y avait une espèce de droit d'hospitalité entre les dieux comme entre les hommes. Un étranger arrivait-il dans une ville, il commençait par adorer les dieux du pays. On ne manquait jamais de vénérer les dieux même de ses ennemis. Les Troyens adressaient des prières aux dieux qui combattaient pour les Grecs.

Alexandre alla consulter dans les déserts de la Libye le dieu Ammon, uquel les Grecs donnèrent le nom de *Zeus*, et les Latins, de *Jupiter*, quoique les uns et les autres eussent leur *Jupiter* et leur *Zeus* chez eux. Lorsqu'on assiégeait une ville, on faisait un sacrifice et des prières aux dieux de la ville pour se les rendre favorables. Ainsi, au milieu même de la guerre, la religion réunissait les hommes, et adoucissait quelquefois leurs fureurs, si quelquefois elle leur commandait des actions inhumaines et horribles.

Je peux me tromper; mais il me paraît que de tous les anciens peuples policés, aucun n'a gêné la liberté de penser. Tous avaient une religion; mais il me semble qu'ils en usaient avec les hommes comme avec leurs dieux : ils reconnaissaient tous un dieu suprême, mais ils lui associaient une quantité prodigieuse de divinités inférieures; ils n'avaient qu'un culte, mais ils permettaient une foule de systèmes particuliers.

Les Grecs, par exemple, quelque religieux qu'ils fussent, trouvaient bon que les épicuriens niassent la Providence et l'existence de l'âme. Je ne parle pas des autres sectes, qui toutes blessaient les idées saines qu'on doit avoir de l'Être créateur, et qui toutes étaient tolérées.

Socrate, qui approcha le plus près de la connaissance du Créateur, en porta, dit-on, la peine, et mourut martyr de la Divinité; c'est le seul que les Grecs aient fait mourir pour ses opinions. Si ce fut en effet la cause de sa condamnation, cela n'est pas à l'honneur de l'intolérance, puisqu'on ne punit que celui qui seul rendit gloire à Dieu, et qu'on honora tous ceux qui donnaient de la Divinité les notions les plus indignes. Les ennemis de la tolérance ne doivent pas, à mon avis, se prévaloir de l'exemple odieux des juges de Socrate.

Il est évident d'ailleurs qu'il fut la victime d'un parti furieux animé contre lui. Il s'était fait des ennemis irréconciliables des sophistes, des orateurs, des poëtes, qui enseignaient dans les écoles, et même de tous les précepteurs qui avaient soin des enfants de distinction Il avoue lui-même, dans son discours rapporté par Platon, qu'il allait de maison en maison prouver à ces précepteurs qu'ils n'étaient que des ignorants. Cette conduite n'était pas digne de celui qu'un oracle avait déclaré le plus sage des hommes. On déchaîna contre lui un prêtre et un conseiller des cinq cents, qui l'accusèrent; j'avoue que je ne sais pas précisément de quoi, je ne vois que du vague dans son Apologie; on lui fait dire en général qu'on lui imputait d'inspirer aux jeunes gens des maximes contre la religion et le gouvernement. C'est ainsi qu'en usent tous les jours les calomniateurs dans le monde; mais il faut dans un tribunal des faits avérés, des chefs d'accusation précis et circonstanciés; c'est ce que le procès de Socrate ne nous fournit point : nous savons seulement qu'il eut d'abord deux cent vingt voix pour lui. Le tribunal des cinq cents possédait donc deux cent vingt philosophes : c'est beaucoup; je doute qu'on les trouvât ailleurs. Enfin la pluralité fut pour la ciguë : mais aussi songeons que les Athéniens, revenus à eux-mêmes, eurent les accusateurs et les juges en horreur; que Melitus, le principal auteur de cet arrêt, fut condamné à mort pour cette njustice; que les autres furent bannis, et qu'on éleva un temple à Socrate. Jamais la philosophie ne fut si bien vengée ni tant honorée. L'exemple de Socrate est au fond le plus terrible argument qu'on puisse alléguer contre l'intolérance. Les Athéniens avaient un autel dédié aux dieux étrangers, aux dieux qu'ils ne pouvaient connaître. Y a-t-il une plus forte preuve non-seulement d'indulgence pour toutes les nations, mais encore de respect pour leurs cultes?

Un honnête homme, qui n'est ennemi ni de la raison, ni de la littérature, ni de la probité, ni de la patrie, en justifiant depuis peu la Saint-Barthélemy, cite la guerre des Phocéens, nommée *la guerre sacrée*, comme si cette guerre avait été allumée pour le culte, pour le dogme, pour des arguments de théologie; il s'agissait de savoir à qui appartiendrait un champ : c'est le sujet de toutes les guerres. Des gerbes de blé ne sont pas un symbole de croyance; jamais aucune ville grecque ne combattit pour des opinions : d'ailleurs que prétend cet homme modeste et doux? veut-il que nous fassions une guerre sacrée[1]?

CHAP. VIII. — *Si les Romains ont été tolérants.*

Chez les anciens Romains, depuis Romulus jusqu'aux temps où les chrétiens disputèrent avec les prêtres de l'empire, vous ne voyez pas un seul homme persécuté pour ses sentiments. Cicéron douta de tout, Lucrèce nia tout; et on ne leur en fit pas le plus léger reproche. La licence même alla si loin, que Pline le naturaliste commence son livre par nier un Dieu, et par dire que s'il en est un, c'est le soleil. Cicéron dit en parlant des enfers : *Non est anus tam excors quæ credat :* « Il n'y a pas même de vieille assez imbécile pour les croire. » Juvénal dit : *Nec pueri credunt* (satire II, vers 152) : « Les enfants n'en croient rien. » On chantait sur le théâtre de Rome :

> *Post mortem nihil est, ipsaque mors nihil.*
> Sénèque, *Troade ;* chœur à la fin du second acte.

Rien n'est après la mort, la mort même n'est rien.

Abhorrons ces maximes; et, tout au plus, pardonnons-les à un peuple que les évangiles n'éclairaient pas; elles sont fausses, elles sont impies : mais concluons que les Romains étaient très-tolérants, puisqu'elles n'excitèrent jamais le moindre murmure.

Le grand principe du sénat et du peuple romain était, *Deorum offensæ diis curæ :* « C'est aux dieux seuls à se soucier des offenses faites aux dieux. » Ce peuple-roi ne songeait qu'à conquérir, à gouverner et à policer l'univers. Ils ont été nos législateurs, comme nos vainqueurs; et jamais César, qui nous donna des fers, des lois et des jeux, ne voulut nous forcer à quitter nos druides pour lui, tout grand pontife qu'il était d'une nation notre souveraine.

Les Romains ne professaient pas tous les cultes, ils ne donnaient

1. L'abbé de Malvaux, auteur de l'*Accord de la Religion et de l'Humanité sur l'intolérance,* 1762. (ED.)

pas à tous la sanction publique; mais ils les permirent tous. Ils n'eurent aucun objet matériel de culte sous Numa, point de simulacres,
point de statues; bientôt ils en élevèrent aux dieux *majorum gentium*,
que les Grecs leur firent connaître. La loi des Douze Tables, *Deos pe-
regrinos ne colunto*[1], se réduisit à n'accorder le culte public qu'aux
divinités supérieures, approuvées par le sénat. Isis eut un temple dans
Rome, jusqu'au temps où Tibère le démolit, lorsque les prêtres de ce
temple, corrompus par l'argent de Mundus, le firent coucher dans le
temple, sous le nom du dieu Anubis, avec une femme nommée Pauline. Il est vrai que Josèphe est le seul qui rapporte cette histoire; il
n'était pas contemporain, il était crédule et exagérateur. Il y a peu
d'apparence que, dans un temps aussi éclairé que celui de Tibère, une
dame de la première condition eût été assez imbécile pour croire avoir
les faveurs du dieu Anubis.

Mais que cette anecdote soit vraie ou fausse, il demeure certain que
la superstition égyptienne avait élevé un temple à Rome avec le con-
sentement public. Les Juifs y commerçaient dès le temps de la guerre
punique; ils y avaient des synagogues du temps d'Auguste; et ils les
conservèrent presque toujours, ainsi que dans Rome moderne. Y a-t-il
un plus grand exemple que la tolérance était regardée par les Romains
comme la loi la plus sacrée du droit des gens?

On nous dit qu'aussitôt que les chrétiens parurent, ils furent persécutés par ces mêmes Romains qui ne persécutaient personne. Il me
paraît évident que ce fait est très-faux; je n'en veux pour preuve que
saint Paul lui-même. Les *Actes des Apôtres* nous apprennent que[2] saint
Paul étant accusé par les Juifs de vouloir détruire la loi mosaïque par
Jésus-Christ, saint Jacques proposa à saint Paul de se faire raser la
tête, et d'aller se purifier dans le temple avec quatre Juifs, « afin que
tout le monde sache que tout ce que l'on dit de vous est faux, et que
vous continuez à garder la loi de Moïse. »

Paul chrétien alla donc s'acquitter de toutes les cérémonies judaïques
pendant sept jours; mais les sept jours n'étaient pas encore écoulés,
quand des Juifs d'Asie le reconnurent; et voyant qu'il était entré dans
le temple, non-seulement avec des Juifs, mais avec des Gentils, ils
crièrent à la profanation : on le saisit, on le mena devant le gouverneur Félix, et ensuite on s'adressa au tribunal de Festus. Les Juifs en
foule demandèrent sa mort; Festus leur répondit[3] : « Ce n'est point la
coutume des Romains de condamner un homme avant que l'accusé ait
ses accusateurs devant lui, et qu'on lui ait donné la liberté de se défendre. »

Ces paroles sont d'autant plus remarquables dans ce magistrat romain. qu'il paraît n'avoir eu nulle considération pour saint Paul, n'a-
voir senti pour lui que du mépris : trompé par les fausses lumières de
sa raison, il le prit pour un fou; il lui dit à lui-même qu'il était en
démence[4] : *Multæ te litteræ ad insaniam convertunt*. Festus n'écoute

---

1. Voy. le texte de Cicéron rapporté par Voltaire, dans *Un Chrétien contre
six Juifs*, paragraphe XXI. (ÉD.)
2. Chap. XXI et XXIV. — 3. *Act.*, chap. XXV, v. 16. — 4. *Act.*, chap. XXVI, v.

donc que l'équité de la loi romaine en donnant sa protection à un inconnu qu'il ne pouvait estimer.

Voilà le Saint-Esprit lui-même qui déclare que les Romains n'étaient pas persécuteurs, et qu'ils étaient justes. Ce ne sont pas les Romains qui se soulevèrent contre saint Paul, ce furent les Juifs. Saint Jacques, frère de Jésus, fut lapidé par l'ordre d'un Juif saducéen, et non d'un Romain. Les Juifs seuls lapidèrent saint Étienne[1]; et lorsque saint Paul gardait les manteaux des exécuteurs[2], certes il n'agissait pas en citoyen romain.

Les premiers chrétiens n'avaient rien sans doute à démêler avec les Romains; ils n'avaient d'ennemis que les Juifs, dont ils commençaient à se séparer. On sait quelle haine implacable portent tous les sectaires à ceux qui abandonnent leur secte. Il y eut sans doute du tumulte dans les synagogues de Rome. Suétone dit, dans la Vie de Claude (chap. xxv) : *Judæos, impulsore Christo assidue tumultuantes, Roma expulit*. Il se trompait, en disant que c'était à l'instigation du Christ; il ne pouvait pas être instruit des détails d'un peuple aussi méprisé Rome que l'était le peuple juif : mais il ne se trompait pas sur l'occasion de ces querelles. Suétone écrivait sous Adrien, dans le IIe siècle; les chrétiens n'étaient pas alors distingués des Juifs aux yeux des Romains. Le passage de Suétone fait voir que les Romains, loin d'opprimer les premiers chrétiens, réprimaient alors les Juifs qui les persécutaient. Ils voulaient que la synagogue de Rome eût pour ses frères séparés la même indulgence que le sénat avait pour elle; et les Juifs chassés revinrent bientôt après; ils parvinrent même aux honneurs, malgré les lois qui les en excluaient : c'est Dion Cassius et Ulpien qui nous l'apprennent[3]. Est-il possible qu'après la ruine de Jérusalem les empereurs eussent prodigué des dignités aux Juifs, et qu'ils eussent persécuté, livré aux bourreaux et aux bêtes, des chrétiens qu'on regardait comme une secte des Juifs?

Néron, dit-on, les persécuta. Tacite nous apprend qu'ils furent accusés de l'incendie de Rome, et qu'on les abandonna à la fureur du peuple. S'agissait-il de leur croyance dans une telle accusation? non, sans doute. Dirons-nous que les Chinois que les Hollandais égorgèrent, il y a quelques années, dans les faubourgs de Batavia, furent immolés à la religion? Quelque envie qu'on ait de se tromper, il est impossible d'attribuer à l'intolérance le désastre arrivé sous Néron à quelques malheureux demi-juifs et demi-chrétiens[4].

1. Quoique les Juifs n'eussent pas le droit du glaive depuis qu'Archélaüs avait été relégué chez les Allobroges, et que la Judée était gouvernée en province de l'empire, cependant les Romains fermaient souvent les yeux quand les Juifs exerçaient le jugement du zèle, c'est-à-dire quand, dans une émeute subite, ils lapidaient par zèle celui qu'ils croyaient avoir blasphémé.
2. *Actes*, chap. VII, verset 57. (ED.)
3. Ulpianus, *Digest.*, lib. I, tit. II. « Eis qui judaïcam superstitionem sequuntur honores adipisci permiserunt, etc. »
4. Tacite dit (*Annales*, XV, 44) : « Quos per flagitia invisos vulgus christianos appellabat. »
Il est bien difficile que ce nom de chrétien fût déjà connu à Rome : Tacite écrivait sous Vespasien et sous Domitien; il parlait des chrétiens comme on en

CHAP. IX. — *Des martyrs.*

Il y eut dans la suite des martyrs chrétiens. Il est bien difficile de savoir précisément pour quelles raisons ces martyrs furent condamnés; mais j'ose croire qu'aucun ne le fut, sous les premiers Césars, pour sa seule religion : on les tolérait toutes; comment aurait-on pu rechercher et poursuivre des hommes obscurs, qui avaient un culte particulier, dans le temps qu'on permettait tous les autres?

Les Titus, les Trajan, les Antonin, les Décius, n'étaient pas des barbares : peut-on imaginer qu'ils auraient privé les seuls chrétiens d'une liberté dont jouissait toute la terre? Les aurait-on seulement osé accuser d'avoir des mystères secrets, tandis que les mystères d'Isis, ceux de Mithras, ceux de la déesse de Syrie, tous étrangers au culte romain, étaient permis sans contradiction? Il faut bien que la persécution ait eu d'autres causes, et que les haines particulières, soutenues par la raison d'État, aient répandu le sang des chrétiens.

Par exemple, lorsque saint Laurent refuse au préfet de Rome, Cornelius Secularis, l'argent des chrétiens qu'il avait en sa garde, il est naturel que le préfet et l'empereur soient irrités; ils ne savaient pas que saint Laurent avait distribué cet argent aux pauvres, et qu'il avait

parlait de son temps. J'oserais dire que ces mots, *odio humani generis convicti*, pourraient bien signifier, dans le style de Tacite, *convaincus d'être haïs du genre humain*, autant que *convaincus de haïr le genre humain*.

En effet, que faisaient à Rome ces premiers missionnaires? Ils tâchaient de gagner quelques âmes, ils leur enseignaient la morale la plus pure; ils ne s'élevaient contre aucune puissance; l'humilité de leur cœur était extrême comme celle de leur état et de leur situation; à peine étaient-ils connus; à peine étaient-ils séparés des autres Juifs : comment le genre humain, qui les ignorait, pouvait-il les haïr? et comment pouvaient-ils être convaincus de détester le genre humain?

Lorsque Londres brûla, on en accusa les catholiques; mais c'était après des guerres de religion, c'était après la conspiration des poudres, dont plusieurs catholiques, indignes de l'être, avaient été convaincus.

Les premiers chrétiens du temps de Néron ne se trouvaient pas assurément dans les mêmes termes. Il est très-difficile de percer dans les ténèbres de l'histoire; Tacite n'apporte aucune raison du soupçon qu'on eut que Néron lui-même eût voulu mettre Rome en cendres. On aurait été bien mieux fondé de soupçonner Charles II d'avoir brûlé Londres : le sang du roi son père, exécuté sur un échafaud aux yeux du peuple qui demandait sa mort, pouvait au moins servir d'excuse à Charles II; mais Néron n'avait ni excuse, ni prétexte, ni intérêt. Ces rumeurs insensées peuvent être en tout pays le partage du peuple : nous en avons entendu de nos jours d'aussi folles et d'aussi injustes.

Tacite, qui connaît si bien le naturel des princes, devait connaître celui du peuple, toujours vain, toujours outré dans ses opinions violentes et passagères, incapable de rien voir, et capable de tout dire, de tout croire, et de tout oublier.

Philon (*De virtutibus, et legatione ad Caium*) dit que « Séjan les persécuta sous Tibère, mais qu'après la mort de Séjan l'empereur les rétablit dans tous leurs droits. » Ils avaient celui des citoyens romains, tout méprisés qu'ils étaient des citoyens romains : ils avaient part aux distributions de blé; et même lorsque la distribution se faisait un jour de sabbat, on remettait la leur à un autre jour : c'était probablement en considération des sommes d'argent qu'ils avaient données à l'État; car en tout pays ils ont acheté la tolérance, et se sont dédommagés bien vite de ce qu'elle avait coûté.

Ce passage de Philon explique parfaitement celui de Tacite, qui dit qu'on

fait une œuvre charitable et sainte; ils le regardèrent comme un réfractaire, et le firent périr[1].

Considérons le martyre de saint Polyeucte. Le condamna-t-on pour sa religion seule? Il va dans le temple, où l'on rend aux dieux des actions de grâces pour la victoire de l'empereur Décius; il y insulte les sacrificateurs, il renverse et brise les autels et les statues: quel est le pays au monde où l'on pardonnerait un pareil attentat? Le chrétien qui déchira publiquement l'édit de l'empereur Dioclétien, et qui attira sur ses frères la grande persécution dans les deux dernières années du règne de ce prince, n'avait pas un zèle selon la science; et il était bien malheureux d'être la cause du désastre de son parti. Ce zèle inconsidéré qui éclata souvent, et qui fut même condamné par plusieurs Pères de l'Église, a été probablement la source de toutes les persécutions.

Je ne compare point sans doute les premiers sacramentaires aux premiers chrétiens; je ne mets point l'erreur à côté de la vérité; mais Farel, prédécesseur de Jean Calvin, fit dans Arles la même chose que saint Polyeucte avait faite en Arménie. On portait dans les rues la statue de saint Antoine l'ermite en procession; Farel tombe avec quelques-uns des siens sur les moines qui portaient saint Antoine, les bat, les disperse, et jette saint Antoine dans la rivière. Il méritait la

---

envoya quatre mille Juifs ou Égyptiens en Sardaigne, et que, si l'intempérie du climat les eût fait périr, c'eût été une perte légère, *vile damnum. (Annales*, II, LXXXV.)

J'ajouterai à cette remarque que Philon regarde Tibère comme un prince sage et juste. Je crois bien qu'il n'était juste qu'autant que cette justice s'accordait avec ses intérêts; mais le bien que Philon en dit me fait un peu douter des horreurs que Tacite et Suétone lui reprochent. Il ne me paraît point vraisemblable qu'un vieillard infirme, de soixante et dix ans, se soit retiré dans l'île de Caprée pour s'y livrer à des débauches recherchées, qui sont à peine dans la nature, et qui étaient même inconnues à la jeunesse de Rome la plus effrénée; ni Tacite, ni Suétone, n'avaient connu cet empereur; ils recueillaient avec plaisir des bruits populaires. Octave, Tibère, et leurs successeurs, avaient été odieux, parce qu'ils régnaient sur un peuple qui devait être libre: les historiens se plaisaient à les diffamer, et on croyait ces historiens sur leur parole, parce qu'alors on manquait de Mémoires, de journaux du temps, de documents: aussi les historiens ne citent personne; on ne pouvait les contredire; ils diffamaient qui ils voulaient, et décidaient à leur gré du jugement de la postérité. C'est au lecteur sage de voir jusqu'à quel point on doit se défier de la véracité des historiens, quelle créance on doit avoir pour des faits publics attestés par des auteurs graves, nés dans une nation éclairée, et quelles bornes on doit mettre à sa crédulité sur des anecdotes que ces mêmes auteurs rapportent sans aucune preuve.

1. Nous respectons assurément tout ce que l'Église rend respectable; nous invoquons les saints martyrs: mais en révérant saint Laurent, ne peut-on pas douter que saint Sixte lui ait dit: *Vous me suivrez dans trois jours*; que dans ce court intervalle le préfet de Rome lui ait fait demander l'argent des chrétiens; que le diacre Laurent ait eu le temps de faire assembler tous les pauvres de là ville; qu'il ait marché devant le préfet pour le mener à l'endroit où étaient ces pauvres; qu'on lui ait fait son procès; qu'il ait subi la question; que le préfet ait commandé à un forgeron un gril assez grand pour y rôtir un homme; que le premier magistrat de Rome ait assisté lui-même à cet étrange supplice; que saint Laurent sur ce gril ait dit: « Je suis assez cuit d'un côté, fais-moi retourner de l'autre, si tu veux me manger? » Ce gril n'est guère dans le génie des Romains; et comment se peut-il faire qu'aucun auteur païen n'ait parlé d'aucune de ces aventures?

mort, qu'il ne reçut pas, parce qu'il eut le temps de s'enfuir[1]. S'il s'était contenté de crier à ces moines qu'il ne croyait pas qu'un corbeau eût apporté la moitié d'un pain à saint Antoine l'ermite, ni que saint Antoine eût eu des conversations avec des centaures et des satyres, il aurait mérité une forte réprimande, parce qu'il troublait l'ordre; mais si le soir, après la procession, il avait examiné paisiblement l'histoire du corbeau, des centaures, et des satyres, on n'aurait rien eu à lui reprocher.

Quoi! les Romains auraient souffert que l'infâme Antinoüs fût mis au rang des seconds dieux, et ils auraient déchiré, livré aux bêtes tous ceux auxquels on n'aurait reproché que d'avoir paisiblement adoré un juste! Quoi! ils auraient reconnu un Dieu suprême[2], un Dieu souverain, maître de tous les dieux secondaires, attesté par cette formule, *Deus optimus maximus;* et ils auraient recherché ceux qui adoraient un Dieu unique!

Il n'est pas croyable que jamais il y eût une inquisition contre les chrétiens sous les empereurs, c'est-à-dire qu'on soit venu chez eux les interroger sur leur croyance. On ne troubla jamais sur cet article ni Juif, ni Syrien, ni Égyptien, ni bardes, ni druides, ni philosophes.

---

1. Il faut regarder cet ouvrage comme une espèce de plaidoyer où M. de Voltaire se croyait obligé de se conformer quelquefois à l'opinion vulgaire. On ne mérite point la mort pour avoir jeté un morceau de bois dans le Rhône. On ne punit point de mort un homme qui, par emportement, donne quelques coups de bâton dont il ne résulte aucune blessure mortelle; et aux yeux de la loi, un moine n'est qu'un homme : Farel méritait d'être renfermé pendant quelques mois, et condamné à payer aux moines, outre des dommages et intérêts, de quoi refaire un autre saint Antoine. (*Ed. de Kehl.*)

2. Il n'y a qu'à ouvrir Virgile pour voir que les Romains reconnaissaient un Dieu suprême, souverain de tous les êtres célestes.

« .... O qui res hominumque deumque
« Æternis regis imperiis, et fulmine terres. »
Æn. I, 233-34.

« O pater, o hominum divumque æterna potestas, etc.»
Æn. X, 18.

Horace s'exprime bien plus fortement ·

« Unde nil majus generatur ipso,
« Nec viget quidquam simile, aut secundum. »
Lib. I, od. XII, 17-18.

On ne chantait autre chose que l'unité de Dieu dans les mystères auxquels presque tous les Romains étaient initiés. Voyez le bel hymne d'Orphée; lisez la lettre de Maxime de Madaure à saint Augustin, dans laquelle il dit « qu'il n'y a que des imbeciles qui puissent ne pas reconnaître un Dieu souverain. » Longinien étant païen écrit au même saint Augustin que Dieu « est unique, incompréhensible, ineffable; » Lactance lui-même, qu'on ne peut accuser d'être trop indulgent, avoue, dans son livre V (*Divin institut.*, c. III), que « les Romains soumettent tous les dieux au Dieu suprême; *illos subjicit et mancipat Deo.»* Tertullien même, dans son *Apologetique* (c. XXIV), avoue que tout l'empire reconnaissait un Dieu maître du monde, dont la puissance et la majesté sont infinies, *principem mundi, perfectæ potentiæ et majestatis.* Ouvrez surtout Platon, le maître de Cicéron dans la philosophie, vous y verrez « qu'il n'y a qu'un Dieu; qu'il faut l'adorer, l'aimer, travailler à lui ressembler par la sainteté et par la justice. » Épictète dans les fers, Marc-Aurèle sur le trône, disent la même chose en cent endroits.

Les martyrs furent donc ceux qui s'élevèrent contre les faux dieux. C'était une chose très-sage, très-pieuse de n'y pas croire : mais enfin si, non contents d'adorer un Dieu en esprit et en vérité, ils éclatèrent violemment contre le culte reçu, quelque absurde qu'il pût être, on est forcé d'avouer qu'eux-mêmes étaient intolérants[1].

Tertullien, dans son *Apologétique*, avoue[2] qu'on regardait les chrétiens comme des factieux : l'accusation était injuste ; mais elle prouvait que ce n'était pas la religion seule des chrétiens qui excitait le zèle des magistrats. Il avoue[3] que les chrétiens refusaient d'orner leurs portes de branches de laurier dans les réjouissances publiques pour les victoires des empereurs : on pouvait aisément prendre cette affectation condamnable pour un crime de lèse-majesté.

La première sévérité juridique exercée contre les chrétiens fut celle de Domitien ; mais elle se borna à un exil qui ne dura pas une année : « Facile cœptum repressit, restitutis etiam quos relegaverat, » dit Tertullien (chap. v). Lactance, dont le style est si emporté, convient que, depuis Domitien jusqu'à Décius, l'Église fut tranquille et florissante[4]. Cette longue paix, dit-il, fut interrompue quand cet exécrable animal Décius opprima l'Église : « Exstitit enim post annos plurimos exsecrabile animal Decius, qui vexaret Ecclesiam. » (*Apol.*, chap. IV.)

On ne veut point discuter ici le sentiment du savant Dodwell sur le petit nombre des martyrs ; mais si les Romains avaient tant persécuté la religion chrétienne, si le sénat avait fait mourir tant d'innocents par des supplices inusités, s'ils avaient plongé des chrétiens dans l'huile bouillante, s'ils avaient exposé des filles toutes nues aux bêtes dans le cirque, comment auraient-ils laissé en paix tous les premiers évêques de Rome ? Saint Irénée ne compte pour martyr parmi ces évêques que le seul Télesphore, dans l'an 139 de l'ère vulgaire, et on n'a aucune preuve que ce Télesphore ait été mis à mort. Zéphyrin gouverna le troupeau de Rome pendant dix-huit années, et mourut paisiblement l'an 219. Il est vrai que, dans les anciens martyrologes, on place presque tous les premiers papes ; mais le mot de martyre n'était pris alors que suivant sa véritable signification : *martyre* voulait dire *témoignage*, et non pas *supplice*.

Il est difficile d'accorder cette fureur de persécution avec la liberté qu'eurent les chrétiens d'assembler cinquante-six conciles que les écrivains ecclésiastiques comptent dans les trois premiers siècles.

Il y eut des persécutions ; mais si elles avaient été aussi violentes

---

1. S'ils s'étaient contentés d'écrire et de prêcher, il est vraisemblable qu'on les eût laissés tranquilles ; mais le refus de prêter les serments les rendit suspects dans une constitution où l'on faisait un grand usage des serments. Le refus de prendre une part publique aux fêtes en l'honneur des empereurs était une espèce de crime dans un temps où l'empire était sans cesse agité par des révolutions. Les insultes qu'ils commettaient contre le culte reçu étaient punies avec sévérité, et avec barbarie, dans des siècles où les mœurs étaient féroces, où l'humanité n'était point respectée, où l'administration des lois était irrégulière et violente. (*Ed. de Kehl.*)
2. Chap. XXXIX. — 3. Chap. XXXV. — 4. Chap. III.

qu'on le dit, il est vraisemblable que Tertullien, qui écrivit avec tant
de force contre le culte reçu, ne serait pas mort dans son lit. On sait
bien que les empereurs ne lurent pas son *Apologétique;* qu'un écrit
obscur, composé en Afrique, ne parvient pas à ceux qui sont chargés
du gouvernement du monde : mais il devait être connu de ceux qui
approchaient le proconsul d'Afrique; il devait attirer beaucoup de
haine à l'auteur : cependant il ne souffrit point le martyre.

Origène enseigna publiquement dans Alexandrie, et ne fut point
mis à mort. Ce même Origène, qui parlait avec tant de liberté aux
païens et aux chrétiens, qui annonçait Jésus aux uns, qui niait un
Dieu en trois personnes aux autres, avoue expressément, dans son
troisième livre contre Celse, « qu'il y a eu très-peu de martyrs, et
encore de loin-à-loin. Cependant, dit-il, les chrétiens ne négligent
rien pour faire embrasser leur religion par tout le monde; ils courent
dans les villes, dans les bourgs, dans les villages.

Il est certain que ces courses continuelles pouvaient être aisément
accusées de sédition par les prêtres ennemis : et pourtant ces missions
sont tolérées, malgré le peuple égyptien, toujours turbulent, séditieux et lâche; peuple qui avait déchiré un Romain pour avoir tué un
chat, peuple en tout temps méprisable, quoi qu'en disent les admira-
teurs des pyramides [1].

Qui devait plus soulever contre lui les prêtres et le gouvernement
que saint Grégoire Thaumaturge, disciple d'Origène? Grégoire avait

---

1. Cette assertion doit être prouvée. Il faut convenir que, depuis que l'histoire a succédé à la fable, on ne voit dans les Egyptiens qu'un peuple aussi
lâche que superstitieux. Cambyse s'empare de l'Égypte par une seule bataille ;
Alexandre y donne des lois sans essuyer un seul combat, sans qu'aucune ville
ose attendre un siége; les Ptoloméens s'en emparent sans coup férir; César et
Auguste la subjuguent aussi aisément; Omar prend toute l'Egypte en une seule
campagne; les Mamelucs, peuple de la Colchide et des environs du mont Caucase, en sont les maîtres après Omar; ce sont eux, et non les Egyptiens, qui
défont l'armée de saint Louis, et qui prennent ce roi prisonnier. Enfin, les
Mamelucs étant devenus égyptiens, c'est-à-dire mous, lâches, inappliqués,
volages, comme les habitants naturels de ce climat, ils passent en trois mois
sous le joug de Sélim Ier, qui fait pendre leur soudan, et qui laisse cette province annexée à l'empire des Turcs, jusqu'à ce que d'autres barbares s'en emparent un jour.
Hérodote rapporte que, dans les temps fabuleux, un roi égyptien, nommé Sésostris, sortit de son pays dans le dessein formel de conquérir l'univers : il est
visible qu'un tel dessein n'est digne que de Picrochole ou de don Quichotte; et
sans compter que le nom de Sésostris n'est point égyptien, on peut mettre cet
événement, ainsi que tous les faits antérieurs, au rang des *Mille et une Nuits.*
Rien n'est plus commun chez les peuples conquis que de débiter des fables sur
leur ancienne grandeur, comme, dans certains pays, certaines misérables familles se font descendre d'antiques souverains. Les prêtres d'Egypte contèrent
à Hérodote que ce roi qu'il appelle Sésostris était allé subjuguer la Colchide :
c'est comme si l'on disait qu'un roi de France partit de la Touraine pour aller
subjuguer la Norvége.
On a beau répéter tous ces contes dans mille et mille volumes, ils n'en sont
pas plus vraisemblables ; il est bien plus naturel que les habitants robustes et
féroces du Caucase, les Colchidiens, et les autres Scythes, qui vinrent tant de
fois ravager l'Asie, aient pénétré jusqu'en Egypte, et si les prêtres de Colchos
rapportèrent ensuite chez eux la mode de la circoncision, ce n'est pas une
preuve qu'ils aient été subjugués par les Egyptiens. Diodore de Sicile rapporte

vu pendant la nuit un vieillard envoyé de Dieu, accompagné d'une femme resplendissante de lumière : cette femme était la sainte Vierge, et ce vieillard était saint Jean l'évangéliste. Saint Jean lui dicta un symbole que saint Grégoire alla prêcher. Il passa, en allant à Néocésarée, près d'un temple où l'on rendait des oracles, et où la pluie l'obligea de passer la nuit; il y fit plusieurs signes de croix. Le lendemain, le grand sacrificateur du temple fut étonné que les démons, qui lui répondaient auparavant, ne voulaient plus rendre d'oracles; il les appela : les diables vinrent pour lui dire qu'ils ne viendraient plus; ils lui apprirent qu'ils ne pouvaient plus habiter ce temple, parce que Grégoire y avait passé la nuit, et qu'il y avait fait des signes de croix.

Le sacrificateur fit saisir Grégoire, qui lui répondit : « Je peux chasser les démons d'où je veux, et les faire entrer où il me plaira. — Faites-les donc rentrer dans mon temple, » dit le sacrificateur. Alors Grégoire déchira un petit morceau d'un volume qu'il tenait à la main, et y traça ces paroles : « Grégoire à Satan : Je te commande de rentrer dans ce temple. » On mit ce billet sur l'autel; les démons obéirent, et rendirent ce jour-là leurs oracles comme à l'ordinaire; après quoi ils cessèrent, comme on le sait.

C'est saint Grégoire de Nysse qui rapporte ces faits dans la vie de saint Grégoire Thaumaturge. Les prêtres des idoles devaient sans doute être animés contre Grégoire, et, dans leur aveuglement, le déférer au

que tous les rois vaincus par Sésostris venaient tous les ans du fond de leurs royaumes lui apporter leurs tributs, et que Sésostris se servait d'eux comme de chevaux de carrosse, qu'il les faisait atteler à son char pour aller au temple. Ces histoires de Gargantua sont tous les jours fidèlement copiées. Assurément ces rois étaient bien bons de venir de si loin servir ainsi de chevaux.

Quant aux pyramides et aux autres antiquités, elles ne prouvent autre chose que l'orgueil et le mauvais goût des princes d'Egypte, ainsi que l'esclavage d'un peuple imbécile, employant ses bras, qui étaient son seul bien, à satisfaire la grossière ostentation de ses maîtres. Le gouvernement de ce peuple, dans les temps mêmes que l'on vante si fort, parait absurde et tyrannique; on prétend que toutes les terres appartenaient à leurs monarques. C'était bien à de pareils esclaves à conquérir le monde!

Cette profonde science des prêtres égyptiens est encore un des plus énormes ridicules de l'histoire ancienne, c'est-à-dire de la fable. Des gens qui prétendaient que dans le cours d'onze mille années le soleil s'était levé deux fois au couchant, et couché deux fois au levant, en recommençant son cours, étaient sans doute bien au-dessous de l'auteur de l'*Alm·-nach de Liège.* La religion de ces prêtres, qui gouvernaient l'Etat, n'était pas comparable à celle des peuples les plus sauvages de l'Amérique : on sait qu'ils adoraient des crocodiles, des singes, des chats, des oignons; et il n'y a peut-être aujourd'hui dans toute la terre que le culte du grand lama qui soit aussi absurde.

Leurs arts ne valent guère mieux que leur religion; il n'y a pas une seule ancienne statue égyptienne qui soit supportable, et tout ce qu'ils ont eu de bon a été fait dans Alexandrie, sous les Ptolémées et sous les Césars, par des artistes de Grèce : ils ont eu besoin d'un Grec pour apprendre la géométrie.

L'illustre Bossuet s'extasie sur le mérite égyptien, dans son *Discours sur l'Histoire universelle,* adressé au fils de Louis XIV. Il peut éblouir un jeune prince; mais il contente bien peu les savants : c'est une très-éloquente déclamation, mais un historien doit être plus philosophe qu'orateur. Au reste, on ne donne cette réflexion sur les Egyptiens que comme une conjecture : quel autre nom peut-on donner à tout ce qu'on dit de l'antiquité?

magistrat : cependant leur plus grand ennemi n'essuya aucune persécution.

Il est dit dans l'histoire de saint Cyprien qu'il fut le premier évêque de Carthage condamné à la mort. Le martyre de saint Cyprien est de l'an 258 de notre ère; donc pendant un très-longtemps aucun évêque de Carthage ne fut immolé pour sa religion. L'histoire ne nous dit point quelles calomnies s'élevèrent contre saint Cyprien, quels ennemis il avait, pourquoi le proconsul d'Afrique fut irrité contre lui. Saint Cyprien écrit à Cornélius, évêque de Rome : « Il arriva depuis peu une émotion populaire à Carthage, et on cria par deux fois qu'il fallait me jeter aux lions. » Il est bien vraisemblable que les emportements du peuple féroce de Carthage furent enfin cause de la mort de Cyprien; et il est bien sûr que ce ne fut pas l'empereur Gallus qui le condamna de si loin pour sa religion, puisqu'il laissait en paix Corneille qui vivait sous ses yeux.

Tant de causes secrètes se mêlent souvent à la cause apparente, tant de ressorts inconnus servent à persécuter un homme, qu'il est impossible de démêler dans les siècles postérieurs la source cachée des malheurs des hommes les plus considérables, à plus forte raison celle du supplice d'un particulier qui ne pouvait être connu que par ceux de son parti.

Remarquez que saint Grégoire Thaumaturge et saint Denis, évêque d'Alexandrie, qui ne furent point suppliciés, vivaient dans le temps de saint Cyprien. Pourquoi, étant aussi connus pour le moins que cet évêque de Carthage, demeurèrent-ils paisibles ? et pourquoi saint Cyprien fut-il livré au supplice ? n'y a-t-il pas quelque apparence que l'un succomba sous des ennemis personnels et puissants, sous la calomnie, sous le prétexte de la raison d'État, qui se joint si souvent à la religion, et que les autres eurent le bonheur d'échapper à la méchanceté des hommes ?

Il n'est guère possible que la seule accusation de christianisme ait fait périr saint Ignace sous le clément et juste Trajan, puisqu'on permit aux chrétiens de l'accompagner et de le consoler, quand on le conduisit à Rome [1]. Il y avait eu souvent des séditions dans Antioche, ville toujours turbulente, où Ignace était évêque secret des chrétiens :

[1]. On ne révoque point en doute la mort de saint Ignace; mais qu'on lise la relation de son martyre, un homme de bon sens ne sentira-t-il pas quelques doutes s'élever dans son esprit ? L'auteur inconnu de cette relation dit que « Trajan crut qu'il manquerait quelque chose à sa gloire s'il ne soumettait à son empire le dieu des chrétiens. » Quelle idée ! Trajan était-il un homme qui voulût triompher des dieux ? Lorsque Ignace parut devant l'empereur, ce prince lui dit : « Qui es-tu, esprit impur ? » Il n'est guère vraisemblable qu'un empereur ait parlé à un prisonnier, et qu'il l'ait condamné lui-même; ce n'est pas ainsi que les souverains en usent. Si Trajan fit venir Ignace devant lui, il ne lui demanda pas : *Qui es tu ?* il le savait bien. Ce mot, *esprit impur*, a-t-il pu être prononcé par un homme comme Trajan ? Ne voit-on pas que c'est une expression d'exorciste qu'un chrétien met dans la bouche d'un empereur ? Est-ce là, bon Dieu ! le style de Trajan ?

Peut-on imaginer qu'Ignace lui ait répondu qu'il se nommait Théophore, parce qu'il portait Jésus dans son cœur, et que Trajan eût disserté avec lui sur Jésus-Christ ? On fait dire à Trajan, à la fin de la conversation : « Nous ordonnons

peut-être ces séditions, malignement imputées aux chrétiens innocents, excitèrent l'attention du gouvernement, qui fut trompé, comme
il est trop souvent arrivé.

Saint Siméon, par exemple, fut accusé devant Sapor d'être l'espion
des Romains. L'histoire de son martyre rapporte que le roi Sapor lui
proposa d'adorer le soleil : mais on sait que les Perses ne rendaient
point de culte au soleil; ils le regardaient comme un emblème du bon
principe, d'Oromase, ou Orosmade, du Dieu créateur qu'ils reconnaissaient.

Quelque tolérant que l'on puisse être, on ne peut s'empêcher de sentir quelque indignation contre ces déclamateurs qui accusent Dioclétien d'avoir persécuté les chrétiens depuis qu'il fut sur le trône;
rapportons-nous-en à Eusèbe de Césarée; son témoignage ne peut être
récusé; le favori, le panégyriste de Constantin, l'ennemi violent des
empereurs précédents, doit en être cru quand il les justifie. Voici ses
paroles[1] : « Les empereurs donnèrent longtemps aux chrétiens de
grandes marques de bienveillance : ils leur confièrent des provinces;
plusieurs chrétiens demeurèrent dans le palais; ils épousèrent même
des chrétiennes. Dioclétien prit pour son épouse Prisca, dont la fille
fut femme de Maximien Galère, etc. »

Qu'on apprenne donc de ce témoignage décisif à ne plus calomnier;
qu'on juge si la persécution excitée par Galère, après dix-neuf ans
d'un règne de clémence et de bienfaits, ne doit pas avoir sa source
dans quelque intrigue que nous ne connaissons pas.

Qu'on voie combien la fable de la légion thébaine ou thébéenne,
massacrée, dit-on, tout entière pour la religion, est une fable absurde.
Il est ridicule qu'on ait fait venir cette légion d'Asie par le grand
Saint-Bernard; il est impossible qu'on l'eût appelée d'Asie pour venir
apaiser une sédition dans les Gaules, un an après que cette sédition

qu'Ignace, qui se glorifie de porter en lui le crucifié, sera mis aux fers, etc. »
Un sophiste ennemi des chrétiens pouvait appeler Jésus-Christ *le crucifié*; mais
il n'est guère probable que, dans un arrêt, on se fût servi de ce terme. Le supplice de la croix était si usité chez les Romains, qu'on ne pouvait, dans le style
des lois, désigner par *le crucifié* l'objet du culte des chrétiens; et ce n'est pas
ainsi que les lois et les empereurs prononcent leurs jugements.
On fait ensuite écrire une longue lettre par saint Ignace aux chrétiens de
Rome : « Je vous écris, dit-il, tout enchaîné que je suis. » Certainement, s'il lui
fut permis d'écrire aux chrétiens de Rome, ces chrétiens n'étaient donc pas
recherchés; Trajan n'avait donc pas dessein de soumettre leur Dieu à son empire; ou si ces chrétiens étaient sous le fléau de la persécution, Ignace commettait une très-grande imprudence en leur écrivant; c'était les exposer, les livrer,
c'était se rendre leur délateur.
Il semble que ceux qui ont rédigé ces actes devaient avoir plus d'égards aux
vraisemblances et aux convenances. Le martyre de saint Polycarpe fait naître
plus de doutes. Il est dit qu'une voix cria du haut du ciel : *Courage, Polycarpe!*
que les chrétiens l'entendirent, mais que les autres n'entendirent rien : il est
dit que quand on eut lié Polycarpe au poteau, et que le bûcher fut en flammes,
ces flammes s'écartèrent de lui, et formèrent un arc au-dessus de sa tête; qu'il
en sortit une colombe; que le saint, respecté par le feu, exhala une odeur d'aro-
mate qui embauma toute l'assemblée; mais que celui dont le feu n'osait approcher ne put résister au tranchant du glaive. Il faut avouer qu'on doit pardonne.
à ceux qui trouvent dans ces histoires plus de piété que de vérité.
1. *Histoire ecclésiastique*, liv. VIII.

avait été réprimée; il n'est pas moins impossible qu'on ait égorgé six mille hommes d'infanterie et sept cents cavaliers dans un passage où deux cents hommes pourraient arrêter une armée entière. La relation de cette prétendue boucherie commence par une imposture évidente : « Quand la terre gémissait sous la tyrannie de Dioclétien, le ciel se peuplait de martyrs. » Or cette aventure, comme on l'a dit, est supposée en 286, temps où Dioclétien favorisait le plus les chrétiens, et où l'empire romain fut le plus heureux. Enfin ce qui devrait épargner toutes ces discussions, c'est qu'il n'y eut jamais de légion thébaine : les Romains étaient trop fiers et trop sensés pour composer une légion de ces Égyptiens qui ne servaient à Rome que d'esclaves, *Verna Canopi :* c'est comme s'ils avaient eu une légion juive. Nous avons les noms des trente-deux légions qui faisaient les principales forces de l'empire romain; assurément la légion thébaine ne s'y trouve pas. Rangeons donc ce conte avec les vers acrostiches des sibylles qui prédisaient les miracles de Jésus-Christ, et avec tant de pièces supposées qu'un faux zèle prodigua pour abuser la crédulité.

CHAP. X. — *Du danger des fausses légendes et de la persécution.*

Le mensonge en a trop longtemps imposé aux hommes; il est temps qu'on connaisse le peu de vérité qu'on peut démêler à travers ces nuages de fables qui couvrent l'histoire romaine depuis Tacite et Suétone, et qui ont presque toujours enveloppé les annales des autres nations anciennes.

Comment peut-on croire, par exemple, que les Romains, ce peuple grave et sévère de qui nous tenons nos lois, aient condamné des vierges chrétiennes, des filles de qualité, à la prostitution ? c'est bien mal connaître l'austère dignité de nos législateurs, qui punissaient si sévèrement les faiblesses des vestales. Les *Actes sincères* de Ruinart rapportent ces turpitudes; mais doit-on croire aux *Actes* de Ruinart comme aux *Actes des Apôtres?* Ces *Actes sincères* disent, après Bollandus, qu'il y avait dans la ville d'Ancyre sept vierges chrétiennes, d'environ soixante et dix ans chacune, que le gouverneur Théodecte les condamna à passer par les mains des jeunes gens de la ville; mais que ces vierges ayant été épargnées, comme de raison, il les obligea de servir toutes nues aux mystères de Diane, auxquels pourtant on n'assista jamais qu'avec un voile. Saint Théodote, qui, à la vérité, était cabaretier, mais qui n'en était pas moins zélé, pria Dieu ardemment de vouloir bien faire mourir ces saintes filles, de peur qu'elles ne succombassent à la tentation. Dieu l'exauça; le gouverneur les fit jeter dans un lac avec une pierre au cou : elles apparurent aussitôt à Théodote, et le prièrent de ne pas souffrir que leurs corps fussent mangés des poissons : ce furent leurs propres paroles.

Le saint cabaretier et ses compagnons allèrent pendant la nuit au bord du lac gardé par des soldats; un flambeau céleste marcha toujours devant eux; et quand ils furent au lieu où étaient les gardes, un cavalier céleste, armé de toutes pièces, poursuivit ces gardes la lance à la main. Saint Théodote retira du lac les corps des vierges : il fut mené devant le gouverneur, et le cavalier céleste n'empêcha pas qu'on ne lui tranchât la tête. Ne cessons de répéter que nous vénérons les vrais martyrs, mais qu'il est difficile de croire cette histoire de Bollandus et de Ruinart.

Faut-il rapporter ici le conte du jeune saint Romain? On le jeta dans le feu, dit Eusèbe, et des Juifs qui étaient présents insultèrent à Jésus-Christ qui laissait brûler ses confesseurs, après que Dieu avait tiré Sidrach, Misach et Abdenago de la fournaise ardente [1]. A peine les Juifs eurent-ils parlé, que saint Romain sortit triomphant du bûcher : l'empereur ordonna qu'on lui pardonnât, et dit au juge qu'il ne voulait rien avoir à démêler avec Dieu; étranges paroles pour Dioclétien! Le juge, malgré l'indulgence de l'empereur, commanda qu'on coupât la langue à saint Romain; et quoiqu'il eût des bourreaux, il fit faire cette opération par un médecin. Le jeune Romain, né bègue, parla avec volubilité dès qu'il eut la langue coupée. Le médecin essuya une réprimande; et, pour montrer que l'opération était faite selon les règles de l'art, il prit un passant et lui coupa juste autant de langue qu'il en avait coupé à saint Romain, de quoi le passant mourut sur-le-champ : *car*, ajoute savamment l'auteur, *l'anatomie nous apprend qu'un homme sans langue ne saurait vivre*. En vérité, si Eusèbe a écrit de pareilles fadaises, si on ne les a point ajoutées à ses écrits, quel fond peut-on faire sur son Histoire?

On nous donne le martyre de sainte Félicité et de ses sept enfants, envoyés, dit-on, à la mort par le sage et pieux Antonin, sans nommer l'auteur de la relation.

Il est bien vraisemblable que quelque auteur plus zélé que vrai a voulu imiter l'histoire des Machabées. C'est ainsi que commence la relation : « Sainte Félicité était romaine, elle vivait sous le règne d'Antonin : » il est clair, par ces paroles, que l'auteur n'était pas contemporain de sainte Félicité. Il dit que le préteur les jugea sur son tribunal dans le champ de Mars; mais le préfet de Rome tenait son tribunal au Capitole, et non au champ de Mars, qui, après avoir servi à tenir les comices, servait alors aux revues des soldats, aux courses, aux jeux militaires : cela seul démontre la supposition.

Il est dit encore qu'après le jugement, l'empereur commit à différents juges le soin de faire exécuter l'arrêt; ce qui est entièrement contraire à toutes les formalités de ces temps-là et à celles de tous les temps.

Il y a de même un saint Hippolyte, que l'on suppose traîné par des chevaux, comme Hippolyte, fils de Thésée. Ce supplice ne fut jamais connu des anciens Romains, et la seule ressemblance du nom a fait inventer cette fable.

Observez encore que dans les relations des martyres, composées uniquement par les chrétiens mêmes, on voit presque toujours une foule de chrétiens venir librement dans la prison du condamné, le

---

1. Daniel, chap. III. (ÉD.)

suivre au supplice, recueillir son sang, ensevelir son corps, faire des miracles avec ses reliques. Si c'était la religion seule qu'on eût persécutée, n'aurait-on pas immolé ces chrétiens déclarés qui assistaient leurs frères condamnés, et qu'on accusait d'opérer des enchantements avec les restes des corps martyrisés? Ne les aurait-on pas traités comme nous avons traité les Vaudois, les Albigeois, les hussites, les différentes sectes des protestants? Nous les avons égorgés, brûlés en foule, sans distinction ni d'âge ni de sexe. Y a-t-il, dans les relations avérées des persécutions anciennes, un seul trait qui approche de la Saint-Barthélemy et des massacres d'Irlande? y en a-t-il un seul qui ressemble à la fête annuelle qu'on célèbre encore dans Toulouse, fête cruelle, fête abolissable à jamais, dans laquelle un peuple entier remercie Dieu en procession, et se félicite d'avoir égorgé, il y a deux cents ans, quatre mille de ses concitoyens?

Je le dis avec horreur, mais avec vérité: c'est nous, chrétiens, c'est nous qui avons été persécuteurs, bourreaux, assassins! et de qui? de nos frères. C'est nous qui avons détruit cent villes, le crucifix ou la Bible à la main, et qui n'avons cessé de répandre le sang et d'allumer des bûchers, depuis le règne de Constantin jusqu'aux fureurs des cannibales qui habitaient les Cévennes: fureurs qui, grâces au ciel, ne subsistent plus aujourd'hui.

Nous envoyons encore quelquefois à la potence de pauvres gens du Poitou, du Vivarais, de Valence, de Montauban. Nous avons pendu, depuis 1745, huit personnages de ceux qu'on appelle *prédicants* ou *ministres de l'Évangile*, qui n'avaient d'autre crime que d'avoir prié Dieu pour le roi en patois, et d'avoir donné une goutte de vin et un morceau de pain levé à quelques paysans imbéciles. On ne sait rien de cela dans Paris, où le plaisir est la seule chose importante, où l'on ignore tout ce qui se passe en province et chez les étrangers. Ces procès se font en une heure, et plus vite qu'on ne juge un déserteur. Si le roi en était instruit, il ferait grâce.

On ne traite ainsi les prêtres catholiques en aucun pays protestant. Il y a plus de cent prêtres catholiques en Angleterre et en Irlande; on les connaît, on les a laissés vivre très-paisiblement dans la dernière guerre [1].

Serons-nous toujours les derniers à embrasser les opinions saines des autres nations? Elles se sont corrigées: quand nous corrigerons-nous? Il a fallu soixante ans pour nous faire adopter ce que Newton avait démontré [2]; nous commençons à peine à oser sauver la vie à nos enfants par l'inoculation; nous ne pratiquons que depuis très-peu de temps les vrais principes de l'agriculture; quand commencerons-nous à pratiquer les vrais principes de l'humanité? et de quel front pouvons-nous reprocher aux païens d'avoir fait des martyrs, tandis que nous avons été coupables de la même cruauté dans les mêmes circonstances?

Accordons que les Romains ont fait mourir une multitude de chré-

1. La guerre de Sept ans, terminée par le traité du 10 février 1763. (ÉD.)
2. La loi de l'attraction. (ÉD.)

tiens pour leur seule religion : en ce cas, les Romains ont été très-con-
damnables. Voudrions-nous commettre la même injustice ? et quand
nous leur reprochons d'avoir persécuté, voudrions-nous être persécuteurs ?

S'il se trouvait quelqu'un assez dépourvu de bonne foi, ou assez fanatique, pour me dire ici : « Pourquoi venez-vous développer nos erreurs et nos fautes ? pourquoi détruire nos faux miracles et nos fausses
légendes ? elles sont l'aliment de la piété de plusieurs personnes ; il y
a des erreurs nécessaires ; n'arrachez pas du corps un ulcère invétéré
qui entraînerait avec lui la destruction du corps : » voici ce que je lui
répondrais :

« Tous ces faux miracles par lesquels vous ébranlez la foi qu'on doit
aux véritables, toutes ces légendes absurdes que vous ajoutez aux vérités de l'Évangile, éteignent la religion dans les cœurs ; trop de personnes qui veulent s'instruire, et qui n'ont pas le temps de s'instruire
assez, disent : « Les maîtres de ma religion m'ont trompé, il n'y a donc
« point de religion : il vaut mieux se jeter dans les bras de la nature que
« dans ceux de l'erreur : j'aime mieux dépendre de la loi naturelle que
« des inventions des hommes. » D'autres ont le malheur d'aller encore
plus loin ; ils voient que l'imposture leur a mis un frein, et ils ne
veulent pas même du frein de la vérité, ils penchent vers l'athéisme :
on devient dépravé, parce que d'autres ont été fourbes et cruels. »

Voilà certainement les conséquences de toutes les fraudes pieuses et
de toutes les superstitions. Les hommes d'ordinaire ne raisonnent qu'à
demi ; c'est un très-mauvais argument que de dire : « Voragine, l'auteur
de la *Légende dorée*, et le jésuite Ribadeneira, compilateur de la
Fleur des saints, n'ont dit que des sottises ; donc il n'y a point de Dieu :
les catholiques ont égorgé un certain nombre de huguenots, et les huguenots à leur tour ont assassiné un certain nombre de catholiques ;
donc il n'y a point de Dieu : on s'est servi de la confession, de la communion et de tous les sacrements, pour commettre les crimes les plus
horribles ; donc il n'y a point de Dieu. » Je conclurais au contraire :
« Donc il y a un Dieu qui, après cette vie passagère, dans laquelle nous
l'avons tant méconnu, et tant commis de crimes en son nom, daignera
nous consoler de tant d'horribles malheurs ; car, à considérer les guerres
de religion, les quarante schismes des papes, qui ont presque tous été
sanglants, les impostures qui ont presque toutes été funestes, les
haines irréconciliables allumées par les différentes opinions ; à voir
tous les maux qu'a produits le faux zèle, les hommes ont eu longtemp
leur enfer dans cette vie. »

CHAP. XI. — *Abus de l'intolérance.*

Mais quoi ! sera-t-il permis à chaque citoyen de ne croire que sa
raison, et de penser ce que cette raison éclairée ou trompée lui dic-
tera ? Il le faut bien [1], pourvu qu'il ne trouble point l'ordre ; car il ne

1 Voyez l'excellente Lettre de Locke sur la tolérance.

dépend pas de l'homme de croire ou de ne pas croire, mais il dépend de lui de respecter les usages de sa patrie; et si vous disiez que c'est un crime de ne pas croire à la religion dominante, vous accuseriez donc vous-mêmes les premiers chrétiens vos pères, et vous justifieriez ceux que vous accusez de les avoir livrés aux supplices.

Vous répondez que la différence est grande, que toutes les religions sont les ouvrages des hommes, et que l'Église catholique, apostolique et romaine, est seule l'ouvrage de Dieu. Mais en bonne foi, parce que notre religion est divine, doit-elle régner par la haine, par les fureurs, par les exils, par l'enlèvement des biens, les prisons, les tortures, les meurtres, et par les actions de grâces rendues à Dieu pour ces meurtres? Plus la religion chrétienne est divine, moins il appartient à l'homme de la commander; si Dieu l'a faite, Dieu la soutiendra sans vous. Vous savez que l'intolérance ne produit que des hypocrites ou des rebelles : quelle funeste alternative! Enfin, voudriez-vous soutenir par des bourreaux la religion d'un Dieu que des bourreaux ont fait périr, et qui n'a prêché que la douceur et la patience?

Voyez, je vous prie, les conséquences affreuses du droit de l'intolérance. S'il était permis de dépouiller de ses biens, de jeter dans les cachots, de tuer un citoyen qui, sous un tel degré de latitude, ne professerait pas la religion admise sous ce degré, quelle exception exempterait les premiers de l'État des mêmes peines? La religion lie également le monarque et les mendiants : aussi plus de cinquante docteurs ou moines ont affirmé cette horreur monstrueuse, qu'il était permis de déposer, de tuer les souverains qui ne penseraient pas comme l'Église dominante; et les parlements du royaume n'ont cessé de proscrire ces abominables décisions d'abominables théologiens[1].

Le sang de Henri le Grand fumait encore quand le parlement de Paris donna un arrêt qui établissait l'indépendance de la couronne comme une loi fondamentale. Le cardinal Duperron, qui devait la pourpre à Henri le Grand, s'éleva, dans les états de 1614, contre l'arrêt du parlement, et le fit supprimer. Tous les journaux du temps rapportent les termes dont Duperron se servit dans ses harangues : « Si un prince se faisait arien, dit-il, on serait bien obligé de le déposer. »

1. Le jésuite Busembaum, commenté par le jésuite Lacroix, dit « qu'il est permis de tuer un prince excommunié par le pape, dans quelque pays qu'on trouve ce prince, parce que l'univers appartient au pape, et que celui qui accepte cette commission fait une œuvre charitable. » C'est cette proposition, inventée dans les petites-maisons de l'enfer, qui a le plus soulevé toute la France contre les jésuites. On leur a reproché alors plus que jamais ce dogme, si souvent enseigné par eux, et si souvent désavoué. Ils ont cru se justifier en montrant à peu près les mêmes décisions dans saint Thomas et dans plusieurs jacobins (voyez, si vous pouvez, la *Lettre d'un homme du monde à un théologien, sur saint Thomas*; c'est une brochure de jésuite, de 1762. En effet, saint Thomas d'Aquin, docteur angélique, interprète de la volonté divine (ce sont ses titres), avance qu'un prince apostat perd son droit à la couronne, et qu'on ne doit plus lui obéir; que l'Église peut le punir de mort (livre II, part 2, quest. 12); qu'on n'a toléré l'empereur Julien que parce qu'on n'était pas le plus fort (livre II, part. 2, quest. 12); que de droit on doit tuer tout hérétique (livre II, part. 2, quest. 11 et 12); que ceux qui délivrent le peuple d'un prince qui gouverne tyranniqu-

Non assurément, monsieur le cardinal. On veut bien adopter votre supposition chimérique, qu'un de nos rois ayant lu l'histoire des conciles et des pères, frappé d'ailleurs de ces paroles : *Mon père est plus grand que moi*[1], les prenant trop à la lettre, et balançant entre l concile de Nicée et celui de Constantinople, se déclarât pour Eusèbe de Nicomédie : je n'en obéirai pas moins à mon roi, je ne me croirai pas moins lié par le serment que je lui ai fait; et si vous osiez vou soulever contre lui, et que je fusse un de vos juges, je vous déclarerais criminel de lèse-majesté.

Duperron poussa plus loin la dispute, et je l'abrége. Ce n'est pas ici le lieu d'approfondir ces chimères révoltantes; je me bornerai à dire, avec tous les citoyens, que ce n'est point parce que Henri IV fut sacré à Chartres qu'on lui devait obéissance, mais parce que le droit incontestable de la naissance donnait la couronne à ce prince, qui la méritait par son courage et par sa bonté.

Qu'il soit donc permis de dire que tout citoyen doit hériter, par le même droit, des biens de son père, et qu'on ne voit pas qu'il mérite d'en être privé, et d'être traîné au gibet, parce qu'il sera du sentiment de Ratram contre Paschase Ratbert, et de Bérenger contre Scot.

On sait que tous nos dogmes n'ont pas toujours été clairement expliqués et universellement reçus dans notre Église. Jésus-Christ ne nous ayant point dit comment procédait le Saint-Esprit, l'Église latine crut longtemps avec la grecque qu'il ne procédait que du Père : enfin elle ajouta au symbole qu'il procédait aussi du Fils. Je demande si, le lendemain de cette décision, un citoyen qui s'en serait tenu au symbole de la veille eût été digne de mort? La cruauté, l'injustice, seraient-elles moins grandes de punir aujourd'hui celui qui penserait comme on pensait autrefois? Était-on coupable, du temps d'Honorius Ier, de croire que Jésus n'avait pas deux volontés?

Il n'y a pas longtemps que l'immaculée conception est établie : les dominicains n'y croient pas encore. Dans quel temps les dominicains commenceront-ils à mériter des peines dans ce monde et dans l'autre?

ment sont très-louables, etc., etc. On respecte fort l'ange de l'école ; mais si, dans le temps de Jacques Clément, son confrère, et du feuillant Ravaillac, il était venu soutenir en France de telles propositions, comment aurait-on traité l'ange de l'école?

Il faut avouer que Jean Gerson, chancelier de l'université, alla encore plus loin que saint Thomas, et le cordelier Jean Petit infiniment plus loin que Gerson. Plusieurs cordeliers soutinrent les horribles thèses de Jean Petit. Il faut avouer que cette doctrine diabolique du régicide vient uniquement de la folle idée où ont été longtemps presque tous les moines, que le pape est un Dieu en terre, qui peut disposer à son gré du trône et de la vie des rois. Nous avons été en cela fort au-dessous de ces Tartares qui croient le grand lama immortel : il leur distribue sa chaise percée; ils font sécher ces reliques, les enchâssent, et les baisent dévotement. Pour moi, j'avoue que j'aimerais mieux, pour le bien de la paix, portei à mon cou de telles reliques, que de croire que le pape ait le moindre droit sur le temporel des rois, ni même sur le mien, en quelque cas que ce puisse être.

1. Jean, XIV, 28. (ÉD.)

Si nous devons apprendre de quelqu'un à nous conduire dans nos disputes interminables, c'est certainement des apôtres et des évangélistes. Il y avait de quoi exciter un schisme violent entre saint Paul et saint Pierre. Paul dit expressément dans son *Épître aux Galates*[1] qu'il résista en face à Pierre, parce que Pierre était répréhensible, parce qu'il usait de dissimulation aussi bien que Barnabé, parce qu'ils mangeaient avec les gentils avant l'arrivée de Jacques, et qu'ensuite ils se retirèrent secrètement et se séparèrent des gentils, de peur d'offenser les circoncis. « Je vis, ajoute-t-il, qu'ils ne marchaient pas droit selon l'Évangile ; je dis à Céphas : « Si vous, Juif, vivez comme les gentils, « et non comme les Juifs, pourquoi obligez-vous les gentils à ju- « daïser ? »

C'était là un sujet de querelle violente. Il s'agissait de savoir si les nouveaux chrétiens judaïseraient ou non. Saint Paul alla dans ce temps-là même sacrifier dans le temple de Jérusalem. On sait que les quinze premiers évêques de Jérusalem furent des Juifs circoncis, qui observèrent le sabbat, et qui s'abstinrent des viandes défendues. Un évêque espagnol ou portugais qui se ferait circoncire, et qui observerait le sabbat, serait brûlé dans un *auto-da-fé*. Cependant la paix ne fut altérée, pour cet objet fondamental, ni parmi les apôtres, ni parmi les premiers chrétiens.

Si les évangélistes avaient ressemblé aux écrivains modernes, ils avaient un champ bien vaste pour combattre les uns contre les autres. Saint Matthieu[2] compte vingt-huit générations depuis David jusqu'à Jésus : saint Luc[3] en compte quarante et une ; et ces générations sont absolument différentes. On ne voit pourtant nulle dissension s'élever entre les disciples sur ces contrariétés apparentes, très-bien conciliées par plusieurs Pères de l'Église. La charité ne fut point blessée, la paix fut conservée. Quelle plus grande leçon de nous tolérer dans nos disputes, et de nous humilier dans tout ce que nous n'entendons pas !

Saint Paul, dans son *Épître* à quelques Juifs de Rome convertis au christianisme, emploie toute la fin du troisième chapitre à dire que la seule foi glorifie, et que les œuvres ne justifient personne. Saint Jacques, au contraire, dans son *Épître* aux douze tribus dispersées par toute la terre, chap. II, ne cesse de dire qu'on ne peut être sauvé sans les œuvres. Voilà ce qui a séparé deux grandes communions parmi nous, et ce qui ne divisa point les apôtres.

Si la persécution contre ceux avec qui nous disputons était une action sainte, il faut avouer que celui qui aurait fait tuer le plus d'hérétiques serait le plus grand saint du paradis. Quelle figure y ferait un homme qui se serait contenté de dépouiller ses frères, et de les plonger dans des cachots, auprès d'un zélé qui en aurait massacré des centaines le jour de la Saint-Barthélemy ? En voici la preuve.

Le successeur de saint Pierre et son consistoire ne peuvent errer ;

---

1. II, 14. (ÉD.) — 2. I, 17. (ÉD.) — 3. III, 23-31. (ÉD.)

ils approuvèrent, célébrèrent, consacrèrent l'action de la Saint-Barthélemy : donc cette action était très-sainte ; donc de deux assassins égaux en piété, celui qui aurait éventré vingt-quatre femmes grosses huguenotes doit être élevé en gloire du double de celui qui n'en aura éventré que douze. Par la même raison, les fanatiques des Cévennes devaient croire qu'ils seraient élevés en gloire à proportion du nombre des prêtres, des religieux, et des femmes catholiques qu'ils auraient égorgés. Ce sont là d'étranges titres pour la gloire éternelle.

CHAP. XII. — *Si l'intolérance fut de droit divin dans le judaïsme, et si elle fut toujours mise en pratique.*

On appelle, je crois, *droit divin*, les préceptes que Dieu a donnés lui-même. Il voulut que les Juifs mangeassent un agneau cuit avec des laitues[1], et que les convives le mangeassent debout, un bâton à la main[2], en commémoration du *Phasé*[3] ; il ordonna que la consécration du grand prêtre se ferait en mettant du sang à son oreille droite[4], à sa main droite et à son pied droit, coutumes extraordinaires pour nous, mais non pas pour l'antiquité ; il voulut qu'on chargeât le bouc *Hazazel* des iniquités du peuple[5] ; il défendit qu'on se nourrît[6] de poissons sans écailles, de porcs, de lièvres, de hérissons, de hiboux, de griffons, d'ixions, etc.

Il institua les fêtes, les cérémonies. Toutes ces choses, qui semblaient arbitraires aux autres nations, et soumises au droit positif, à l'usage, étant commandées par Dieu même, devenaient un droit divin pour les Juifs, comme tout ce que Jésus-Christ, fils de Marie, fils de Dieu, nous a commandé, est de droit divin pour nous.

Gardons-nous de rechercher ici pourquoi Dieu a substitué une loi nouvelle à celle qu'il avait donnée à Moïse, et pourquoi il avait commandé à Moïse plus de choses qu'au patriarche Abraham, et plus à Abraham qu'à Noé[7]. Il semble qu'il daigne se proportionner aux temps

1. *Exode*, XII 8. (ÉD.) — 2. *Id.*, 11. (ÉD.)
3. *Pascha*, la Pâque, fête annuelle des Juifs, en mémoire de leur sortie d'Egypte. (*Note de M. Beuchot.*)
4. *Lévitique*, VIII, 23. (ÉD.) — 5. *Id.*, XVI, 22. (ÉD.) — 6. *Deutér.*, ch. XIV.
7. Dans l'idée que nous avons de faire sur cet ouvrage quelques notes utiles, nous remarquerons ici qu'il est dit que Dieu fit une alliance avec Noé et avec tous les animaux ; et cependant il permet à Noé de *manger de tout ce qui a vie et mouvement* ; il excepte seulement le sang, dont il ne permet pas qu'on se nourrisse. Dieu ajoute (*Genèse*, IX, 5) « qu'il tirera vengeance de tous les animaux qui ont répandu le sang de l'homme. »
On peut inférer de ces passages et de plusieurs autres, ce que toute l'antiquité a toujours pensé jusqu'à nos jours, et ce que tous les hommes sensés pensent, que les animaux ont quelque connaissance. Dieu ne fait point un pacte avec les arbres et avec les pierres, qui n'ont point de sentiment ; mais il en fait un avec les animaux, qu'il a daigné douer d'un sentiment souvent plus exquis que le nôtre, et de quelques idées nécessairement attachées à ce sentiment. C'est pourquoi il ne veut pas qu'on ait la barbarie de se nourrir de leur sang, parce qu'en effet le sang est la source de la vie, et par conséquent du sentiment. Privez un animal de tout son sang, tous ses organes restent sans action. C'est donc avec très-grande raison que l'Ecriture dit en cent endroits que l'âme, c'est-à-dire ce

et à la population du genre humain; c'est une gradation paternelle: mais ces abîmes sont trop profonds pour notre débile vue. Tenons-nous dans les bornes de notre sujet; voyons d'abord ce qu'était l'intolérance chez les Juifs.

Il est vrai que, dans l'*Exode*, les *Nombres*, le *Lévitique*, le *Deutéronome*, il y a des lois très-sévères sur le culte, et des châtiments plus sévères encore. Plusieurs commentateurs ont de la peine à concilier les récits de Moïse avec les passages de Jérémie et d'Amos, et avec le célèbre discours de saint Étienne, rapporté dans les *Actes des apôtres*. Amos dit[1] que les Juifs adorèrent toujours dans le désert Moloch, Rempham, et Kium. Jérémie dit expressément[2] que Dieu ne demanda aucun sacrifice à leurs pères quand ils sortirent d'Égypte. Saint Étienne, dans son discours aux Juifs, s'exprime ainsi : « Ils adorèrent l'armée du ciel[3]; ils n'offrirent ni sacrifices, ni hosties dans le désert pendant quarante ans; ils portèrent le tabernacle du dieu Moloch, et l'astre de leur dieu Rempham. »

D'autres critiques infèrent du culte de tant de dieux étrangers, que ces dieux furent tolérés par Moïse, et ils citent en preuves ces paroles du *Deutéronome*[4] : « Quand vous serez dans la terre de Canaan, vous

---

qu'on appelait l'*âme sensitive*, est dans le sang; et cette idée si naturelle a été celle de tous les peuples.

C'est sur cette idée qu'est fondée la commisération que nous devons avoir pour les animaux. Des sept préceptes des Noachides, admis chez les Juifs, il y en a un qui défend de manger le membre d'un animal en vie. Ce précepte prouve que les hommes avaient eu la cruauté de mutiler les animaux pour manger leurs membres coupés, et qu'ils les laissaient vivre pour se nourrir successivement des parties de leurs corps. Cette coutume subsista en effet chez quelques peuples barbares, comme on le voit par les sacrifices de l'île de Chio, à Bacchus Omadios, le mangeur de chair crue. Dieu, en permettant que les animaux nous servent de pâture, recommande donc quelque humanité envers eux. Il faut convenir qu'il y a de la barbarie à les faire souffrir; il n'y a certainement que l'usage qui puisse diminuer en nous l'horreur naturelle d'égorger un animal que nous avons nourri de nos mains. Il y a toujours eu des peuples qui s'en sont fait un grand scrupule : ce scrupule dure encore dans la presqu'île de l'Inde; toute la secte de Pythagore, en Italie et en Grèce, s'abstint constamment de manger de la chair. Porphyre, dans son livre de l'*Abstinence*, reproche à son disciple de n'avoir quitté sa secte que pour se livrer à son appétit barbare.

Il faut, ce me semble, avoir renoncé à la lumière naturelle, pour oser avancer que les bêtes ne sont que des machines. Il y a une contradiction manifeste à convenir que Dieu a donné aux bêtes tous les organes du sentiment, et à soutenir qu'il ne leur a point donné de sentiment.

Il me parait encore qu'il faut n'avoir jamais observé les animaux, pour ne pas distinguer chez eux les différentes voix du besoin, de la souffrance, de la joie, de la crainte, de l'amour, de la colère, et de toutes leurs affections; il serait bien étrange qu'ils exprimassent si bien ce qu'ils ne sentiraient pas.

Cette remarque peut fournir beaucoup de réflexions aux esprits exercés sur le pouvoir et la bonté du Créateur, qui daigne accorder la vie, le sentiment, les idées, la mémoire, aux êtres que lui-même a organisés de sa main toute-puissante. Nous ne savons ni comment ces organes se sont formés, ni comment ils se développent, ni comment on reçoit la vie, ni par quelles lois les sentiments, les idées, la mémoire, la volonté, sont attachés à cette vie : et dans cette profonde et éternelle ignorance, inhérente à notre nature, nous disputons sans cesse, nous nous persécutons les uns les autres, comme les taureaux qui se battent avec leurs cornes, sans savoir pourquoi et comment ils ont des cornes.

1. Amos, chap. v, v. 26. — 2. Jérém., chap. vii, v. 22.
3. *Act.*, chap. vii, v. 42-43. — 4. *Deutér.*, chap. xii, v. 8.

ne ferez point comme nous faisons aujourd'hui, où chacun fait ce qui lui semble bon[1]. »

Ils appuient leur sentiment sur ce qu'il n'est parlé d'aucun acte religieux du peuple dans le désert, point de pâque célébrée, point de

[1]. Plusieurs écrivains conclurent témérairement de ce passage, que le chapitre concernant le veau d'or (qui n'est autre chose que le dieu Apis) a été ajouté aux livres de Moïse, ainsi que plusieurs autres chapitres.

Aben-Hezra fut le premier qui crut prouver que le *Pentateuque* avait été rédigé du temps des rois. Wollaston, Collins, Tindal, Shaftesbury, Bolingbroke, et beaucoup d'autres, ont allégué que l'art de graver ses pensées sur la pierre polie, sur la brique, sur le plomb ou sur le bois, était alors la seule manière d'écrire ; ils disent que du temps de Moïse les Chaldéens et les Égyptiens n'écrivaient pas autrement ; qu'on ne pouvait alors graver que d'une manière très-abrégée, et en hiéroglyphes, la substance des choses qu'on voulait transmettre à la postérité, et non pas des histoires détaillées ; qu'il n'était pas possible de graver de gros livres dans un désert où l'on changeait si souvent de demeure, où l'on n'avait personne qui pût ni fournir des vêtements, ni les tailler, ni même raccommoder les sandales, et où Dieu fut obligé de faire un miracle de quarante années (*Deut.*, VIII, 5) pour conserver les vêtements et les chaussures de son peuple. Ils disent qu'il n'est pas vraisemblable qu'on eût tant de graveurs de caractères, lorsqu'on manquait des arts les plus nécessaires, et qu'on ne pouvait même faire du pain ; et si on leur dit que les colonnes du tabernacle étaient d'airain, et les chapiteaux d'argent massif, ils répondent que l'ordre a pu en être donné dans le désert, mais qu'il ne fut exécuté que dans des temps plus heureux.

Ils ne peuvent concevoir que ce peuple pauvre ait demandé un veau d'or massif (*Exode*, XXXII, 1) pour l'adorer au pied de la montagne même où Dieu parlait à Moïse, au milieu des foudres et des éclairs que ce peuple voyait (*Exode*, XIX, 18-19), et au son de la trompette céleste qu'il entendait. Ils s'étonnent que la veille du jour même où Moïse descendit de la montagne, tout ce peuple se soit adressé au frère de Moïse pour avoir ce veau d'or massif. Comment Aaron le jeta-t-il en fonte en un seul jour (*Exode*, XXXII, 4)? comment ensuite Moïse le réduisit-il en poudre (*Exode*, XXXII, 20)? Ils disent qu'il est impossible à tout artiste de faire en moins de trois mois une statue d'or, et que, pour la réduire en poudre qu'on puisse avaler, l'art de la chimie la plus savante ne suffit pas ; ainsi la prévarication d'Aaron et l'opération de Moïse auraient été deux miracles.

L'humanité, la bonté de cœur, qui les trompent, les empêchent de croire que Moïse ait fait égorger vingt-trois mille personnes (*Exode*, XXXII, 28) pour expier ce péché ; ils n'imaginent pas que vingt-trois mille hommes se soient ainsi laissé massacrer par des lévites, à moins d'un troisième miracle. Enfin ils trouvent étrange qu'Aaron, le plus coupable de tous, ait été récompensé du crime dont les autres étaient si horriblement punis (*Exode*, XXXIII, 19 ; et *Lévit.*, VIII, 2), et qu'il ait été fait grand prêtre, tandis que les cadavres de vingt-trois mille de ses frères sanglants étaient entassés au pied de l'autel où il allait sacrifier.

Ils font les mêmes difficultés sur les vingt-quatre mille Israélites massacrés par l'ordre de Moïse (*Nombres*, XXV, 9), pour expier la faute d'un seul qu'on avait surpris avec une fille madianite. On voit tant de rois juifs, et surtout Salomon, épouser impunément des étrangères, que ces critiques ne peuvent admettre que l'alliance d'une Madianite ait été un si grand crime. Ruth était Moabite, quoique sa famille fût originaire de Bethléem : la sainte Écriture l'appelle toujours Ruth la Moabite : cependant elle alla se mettre dans le lit de Booz par le conseil de sa mère ; elle en reçut six boisseaux d'orge, l'épousa ensuite, et fut l'aïeule de David. Rahab était non-seulement étrangère, mais une femme publique ; *la Vulgate* ne lui donne d'autre titre que celui de *meretrix* (*Josué*, VI, 17) ; elle épousa Salmon, prince de Juda ; et c'est encore de ce Salmon que David descend. On regarde même Rahab comme la figure de l'Église chrétienne ; c'est le sentiment de plusieurs Pères, et surtout d'Origène dans sa septième homélie sur Josué.

Bethsabée, femme d'Urie, de laquelle David eut Salomon, était Éthéenne. Si vous remontez plus haut, le patriarche Juda épousa une femme cananéenne ;

pentecôte, nulle mention qu'on ait célébré la fête des tabernacles, nulle prière publique établie ; enfin la circoncision, ce sceau de l'alliance de Dieu avec Abraham, ne fut point pratiquée.

Ils se prévalent encore de l'histoire de Josué. Ce conquérant dit au

ses enfants eurent pour femme Thamar, de la race d'Aram : cette femme, avec laquelle Juda commit, sans le savoir, un inceste, n'était pas de la race d'Israël.

Ainsi notre Seigneur Jésus-Christ daigna s'incarner chez les Juifs dans une famille dont cinq étrangères étaient la tige, pour faire voir que les nations étrangères auraient part à son héritage.

Le rabbin Aben-Hezra fut, comme on l'a dit (page 141), le premier qui osa prétendre que le *Pentateuque* avait été rédigé longtemps après Moïse : il se fonde sur plusieurs passages. « Le Cananéen (*Genèse*, XV, 6) était alors dans le pays. La montagne de Moria (II, III, *Paralip.*, 1), appelée la *montagne de Dieu*. Le lit de Og, roi de Bazan, se voit encore en Rabath ; et il appela tout ce pays de Bazan, les villages de Jaïr, jusqu'aujourd'hui. Il ne s'est jamais vu de prophète en Israël comme Moïse. Ce sont ici les rois qui ont régné en Edom (*Genèse* XXXVI, 31) avant qu'aucun roi régnât sur Israël. » Il prétend que ces passages où il est parlé de choses arrivées après Moïse, ne peuvent être de Moïse. On répond à ces objections que ces passages sont des notes ajoutées longtemps après par les copistes.

Newton, de qui d'ailleurs on ne doit prononcer le nom qu'avec respect, mais qui a pu se tromper puisqu'il était homme, attribue, dans son introduction à ses Commentaires sur Daniel et sur saint Jean, les livres de Moïse, de Josué, et des Juges, à des auteurs sacrés très-postérieurs ; il se fonde sur le ch. XXXV de *la Genèse*, sur quatre chapitres des Juges, XVII, XVIII, XIX, XXI ; sur Samuel, ch. VIII ; sur les *Chroniques*, ch. II ; sur le livre de Ruth, ch. IV. En effet, si dans le ch. XXXVI de *la Genèse* il est parlé des rois, s'il en est fait mention dans les livres des Juges, si dans le livre de Ruth il est parlé de David, il semble que tous ces livres aient été rédigés du temps des rois. C'est aussi le sentiment de quelques théologiens, à la tête desquels est le fameux Leclerc. Mais cette opinion n'a qu'un petit nombre de sectateurs dont la curiosité sonde ces abîmes. Cette curiosité, sans doute, n'est pas au rang des devoirs de l'homme. Lorsque les savants et les ignorants, les princes et les bergers paraîtront après cette courte vie devant le maître de l'éternité, chacun de nous alors voudra avoir été juste, humain, compatissant, généreux ; nul ne se vantera d'avoir su précisément en quelle année le *Pentateuque* fut écrit, et d'avoir démêlé le texte des notes qui étaient en usage chez les scribes. Dieu ne nous demandera pas si nous avons pris parti pour les Massorètes contre le *Talmud*, si nous n'avons jamais pris un *caph* pour un *beth*, un *yoth* pour un *vau*, un *daleth* pour un *res* : certes, il nous jugera sur nos actions, et non sur l'intelligence de la langue hébraïque. Nous nous en tenons fermement à la décision de l'Église, selon le devoir raisonnable d'un fidèle.

Finissons cette note par un passage important du *Lévitique*, livre composé après l'adoration du veau d'or. Il ordonne aux Juifs de ne plus adorer les velus, « les boucs, avec lesquels même ils ont commis des abominations infâmes. » On ne sait si cet étrange culte venait d'Egypte, patrie de la superstition et du sortilège ; mais on croit que la coutume de nos prétendus sorciers d'aller au sabbat, d'y adorer un bouc, et de s'abandonner avec lui à des turpitudes inconcevables, dont l'idée fait horreur, est venue des anciens Juifs : en effet, ce furent eux qui enseignèrent dans une partie de l'Europe la sorcellerie. Quel peuple ! Une si étrange infamie semblait mériter un châtiment pareil à celui que le veau d'or leur attira ; et pourtant le législateur se contente de leur faire une simple défense. On ne rapporte ici ce fait que pour faire connaître la nation juive ; il faut que la bestialité ait été commune chez elle, puisqu'elle est la seule nation connue chez qui les lois aient été forcées de prohiber un crime qui n'a été soupçonné ailleurs par aucun législateur.

Il est à croire que dans les fatigues et dans la pénurie que les Juifs avaient essuyées dans les déserts de Pharan, d'Oreb, et de Cadès-Barné, l'espèce féminine, plus faible que l'autre, avait succombé. Il faut bien qu'en effet les Juifs manquassent de filles, puisqu'il leur est toujours ordonné, quand ils s'emparent

uifs[1] : « L'option vous est donnée, choisissez quel parti il vous plaira, ou d'adorer les dieux que vous avez servis dans le pays des Amor-héens, ou ceux que vous avez reconnus en Mésopotamie. » Le peuple répond : « Il n'en sera pas ainsi, nous servirons Adonaï. » Josué leur répliqua : « Vous avez choisi vous-mêmes ; ôtez donc du milieu de vous les dieux étrangers. » Ils avaient donc eu incontestablement d'autres dieux qu'Adonaï sous Moïse.

Il est très-inutile de réfuter ici les critiques qui pensent que le **Pentateuque** ne fut pas écrit par Moïse ; tout a été dit dès longtemps sur cette matière ; et quand même quelque petite partie des livres de Moïse aurait été écrite du temps des juges ou des pontifes, ils n'en seraient pas moins inspirés et moins divins.

C'est assez, ce me semble, qu'il soit prouvé par la sainte Écriture que, malgré la punition extraordinaire attirée aux Juifs par le culte d'Apis, ils conservèrent longtemps une liberté entière : peut-être même que le massacre que fit Moïse de vingt-trois mille hommes pour le veau érigé par son frère lui fit comprendre qu'on ne gagnait rien par la rigueur, et qu'il fut obligé de fermer les yeux sur la passion du peuple pour les dieux étrangers.

[2] Lui-même semble bientôt transgresser la loi qu'il a donnée. Il a défendu tout simulacre, cependant il érige un serpent d'airain. La même exception à la loi se trouve depuis dans le temple de Salomon ; ce prince fait sculpter[3] douze bœufs qui soutiennent le grand bassin du temple ; des chérubins sont posés dans l'arche ; ils ont une tête d'aigle et une tête de veau ; et c'est apparemment cette tête de veau mal faite, trouvée dans le temple par les soldats romains, qui fit croire longtemps que les Juifs adoraient un âne.

En vain le culte des dieux étrangers est défendu ; Salomon est paisiblement idolâtre. Jéroboam, à qui Dieu donna dix parts du royaume[4], fait ériger deux veaux d'or, et règne vingt-deux ans, en réunissant en lui les dignités de monarque et de pontife. Le petit royaume de Juda dresse sous Roboam[5] des autels étrangers et des statues. Le saint roi Asa ne détruit point les hauts lieux[6]. Le grand prêtre Urias érige dans le temple, à la place de l'autel des holocaustes, un autel du roi de Syrie[7]. On ne voit, en un mot, aucune contrainte sur la religion. Je sais que la plupart des rois juifs s'exterminèrent, s'assassinèrent les

d'un bourg ou d'un village, soit à gauche, soit à droite du lac Asphaltite, de tuer tout, excepté les filles nubiles.

Les Arabes qui habitent encore une partie de ces déserts stipulent toujours, dans les traités qu'ils font avec les caravanes, qu'on leur donnera des filles nubiles. Il est vraisemblable que les jeunes gens, dans ce pays affreux, poussèrent la dépravation de la nature humaine jusqu'à s'accoupler avec des chèvres, comme on le dit de quelques bergers de la Calabre.

Il reste maintenant à savoir si ces accouplements avaient produit des monstres, et s'il y a quelque fondement aux anciens contes des satyres, des faunes, des centaures, et des minotaures ; l'histoire le dit, la physique ne nous a pas encore éclairés sur cet article monstrueux.

1. Josué, chap. XXIV, v. 15 et suiv. — 2. *Nomb.*, chap. XXI, v. 9. 3. *II, Paralip.*, ch. IV. (ED.) — 4. *II, Rois*, XII, 28. (ED.) — 5. *Id.*, 31. (ED.) 6. *Rois*, liv. III, ch. XV, v. 14 ; *ibid.*, ch. XXII, v. 44. — 7. *Rois*, liv. IV, ch. XVI.

uns les autres; mais ce fut toujours pour leur intérêt, et non pour leur croyance.

Il est vrai que parmi les prophètes il y en eut qui intéressèrent le ciel à leur vengeance. Élie fit descendre le feu céleste pour consumer les prêtres de Baal, Élisée fit venir des ours[2] pour dévorer quarante-deux petits enfants qui l'avaient appelé *tête chauve* : mais ce sont des miracles rares, et des faits qu'il serait un peu dur de vouloir imiter.

On nous objecte encore que le peuple juif fut très-ignorant et très-barbare. Il est dit[3] que, dans la guerre qu'il fit aux Madianites[4], Moïse ordonna de tuer tous les enfants mâles et toutes les mères, et de partager le butin. Les vainqueurs trouvèrent dans le camp[5] six cent soixante-quinze mille brebis, soixante-douze mille bœufs; soixante-onze mille ânes, et trente-deux mille jeunes filles; ils en firent le partage, et tuèrent tout le reste. Plusieurs commentateurs même prétendent que trente-deux filles furent immolées au Seigneur : « Cesserunt in partem Domini triginta duæ animæ[6]. »

En effet, les Juifs immolaient des hommes à la Divinité, témoin le sacrifice de Jephté[7], témoin le roi Agag[8], coupé en morceaux par le

---

1. *Ibid.*, liv. III, chap. XVIII, v. 38 et 40; *ibid.*, liv. IV, chap. II, v. 24.

2. *IV, Rois*, II, 24. (ÉD.) — 3. *Nomb.*, ch. XXXI.

4. Madian n'était point compris dans la terre promise : c'est un petit canton de l'Idumée, dans l'Arabie Pétrée; il commence vers le septentrion au torrent d'Arnon, et finit au torrent de Zared, au milieu des rochers, et sur le rivage oriental du lac Asphaltite. Ce pays est habité aujourd'hui par une petite horde d'Arabes : il peut avoir huit lieues ou environ de long, et un peu moins en largeur.

5. *Nombres*, XXXI, 32 et suiv. (ÉD.) — 6. *Nombres*, XXXI, 40. (ÉD.)

7. Il est certain par le texte (*Juges*, XI, 39) que Jephté immola sa fille. « Dieu n'approuve pas ces dévouements, dit dom Calmet dans sa Dissertation sur le vœu de Jephté : mais lorsqu'on les a faits, il veut qu'on les exécute, ne fût-ce que pour punir ceux qui les faisaient, ou pour réprimer la légèreté qu'on aurait eue à les faire, si on n'en avait pas craint l'exécution. » Saint Augustin et presque tous les Pères condamnent l'action de Jephté : il est vrai que l'Écriture (*Juges*, XI, 29) dit qu'*il fut rempli de l'esprit de Dieu*; et saint Paul, dans son *Épître aux Hébreux*, chap. XI (verset 32), fait l'éloge de Jephté; il le place avec Samuel et David.

Saint Jérôme, dans son Épître à Julien, dit : « Jephté immola sa fille au Seigneur, et c'est pour cela que l'apôtre le compte parmi les saints. » Voilà de part et d'autre des jugements sur lesquels il ne nous est pas permis de porter le nôtre ; on doit craindre même d'avoir un avis.

8 On peut regarder la mort du roi Agag comme un vrai sacrifice. Saül avait fait ce roi des Amalécites prisonnier de guerre, et l'avait reçu à composition; mais le prêtre Samuel lui avait ordonné de ne rien épargner; il lui avait dit en propres mots (*II, Rois*, XV, 3): « Tuez tout, depuis l'homme jusqu'à la femme, jusqu'aux petits enfants, et ceux qui sont encore à la mamelle. »

Samuel coupa le roi Agag en morceaux, devant le Seigneur, à Galgal.

« Le zèle dont ce prophète était animé, dit dom Calmet, lui mit l'épée à la main dans cette occasion, pour venger la gloire du Seigneur et pour confondre Saül. »

On voit dans cette fatale aventure un dévouement, un prêtre, une victime : c'était donc un sacrifice.

Tous les peuples dont nous avons l'histoire ont sacrifié des hommes à la divinité, excepté les Chinois. Plutarque (*Quest. rom.*, LXXXII) rapporte que les Romains même en immolèrent du temps de la république.

On voit, dans les *Commentaires de César* (*De bello gall.*, I, XXIV), que les

prêtre Samuel. Ézéchiel même leur promet[1], pour les encourager, qu'ils mangeront de la chair humaine : « Vous mangerez, dit-il, le cheval et le cavalier; vous boirez le sang des princes. » Plusieurs commentateurs appliquent deux versets de cette prophétie aux Juifs mêmes, et les autres aux animaux carnassiers. On ne trouve, dans toute l'histoire de ce peuple, aucun trait de générosité, de magnanimité, de bienfaisance; mais il s'échappe toujours, dans le nuage de cette barbarie si longue et si affreuse, des rayons d'une tolérance universelle.

Jephté, inspiré de Dieu, et qui lui immola sa fille, dit aux Ammonites[2] : « Ce que votre dieu Chamos vous a donné ne vous appartient-il pas de droit? souffrez donc que nous prenions la terre que notre Dieu nous a promise. » Cette déclaration est précise : elle peut mener bien loin : mais au moins elle est une preuve évidente que Dieu tolérait Chamos. Car la sainte Écriture ne dit pas : « Vous pensez avoir droit sur les terres que vous dites vous avoir été données par le dieu Chamos; » elle dit positivement : « Vous avez droit, » *tibi jure debentur : ce qui est le vrai sens de ces paroles hébraïques : Otho thirasch.*

L'histoire de Michas et du lévite, rapportée aux xviie et xviiie chapitres du *livre des Juges*, est bien encore une preuve incontestable de la tolérance et de la liberté la plus grande, admise alors chez les Juifs. La mère de Michas, femme fort riche d'Éphraïm, avait perdu onze cents pièces d'argent; son fils les lui rendit : elle voua cet argent au Seigneur, et en fit faire des idoles; elle bâtit une petite chapelle. Un lévite desservit la chapelle, moyennant dix pièces d'argent, une tunique, un manteau par année, et sa nourriture; et Michas s'écria[3] ·

Germains allaient immoler les otages qu'il leur avait donnés, lorsqu'il délivra ces otages par sa victoire.

J'ai remarqué ailleurs que cette violation du droit des gens envers les otages de César, et ces victimes humaines immolées, pour comble d'horreur, par la main des femmes, démentent un peu le panégyrique que Tacite fait des Germains, dans son traité *de Moribus Germanorum*. Il paraît que, dans ce traité, Tacite songe plus à faire la satire des Romains que l'éloge des Germains qu'il ne connaissait pas.

Disons ici en passant que Tacite aimait encore mieux la satire que la vérité. Il veut rendre tout odieux, jusqu'aux actions indifférentes; et sa malignité nous plaît presque autant que son style, parce que nous aimons la médisance et l'esprit.

Revenons aux victimes humaines. Nos pères en immolaient aussi bien que les Germains; c'est le dernier degré de la stupidité de notre nature abandonnée à elle-même, et c'est un des fruits de la faiblesse de notre jugement. Nous dîmes : « Il faut offrir à Dieu ce qu'on a de plus précieux et de plus beau; nous n'avons rien de plus précieux que nos enfants : il faut donc choisir les plus beaux et les plus jeunes pour les sacrifier à la divinité. »

Philon dit que, dans la terre de Canaan, on immolait quelquefois ses enfants avant que Dieu eût ordonné à Abraham de lui sacrifier son fils unique Isaac, pour éprouver sa foi.

Sanchoniathon, cité par Eusèbe, rapporte que les Phéniciens sacrifiaient dans les grands dangers le plus cher de leurs enfants, et qu'Ilus immola son fils Jéhud à peu près dans le temps que Dieu mit la foi d'Abraham à l'épreuve. Il est difficile de percer dans les ténèbres de cette antiquité; mais il n'est que trop vrai que ces horribles sacrifices ont été presque partout en usage; les peuples ne s'en sont défaits qu'à mesure qu'ils se sont policés. La politesse amène l'humanité.

1. XXXIX, 20, 18. (ÉD.) — 2 *Juges*, ch. XI, v. 24. — 3. *Juges*, ch. XVII, v. dernier.

« C'est maintenant que Dieu me fera du bien, puisque j'ai chez moi un prêtre de la race de Lévi. »

Cependant six cents hommes de la tribu de Dan, qui cherchaient à s'emparer de quelque village dans le pays, et à s'y établir, mais n'ayant point de prêtre lévite avec eux, et en ayant besoin pour que Dieu favorisât leur entreprise, allèrent chez Michas, et prirent son éphod, ses idoles, et son lévite, malgré les remontrances de ce prêtre, et malgré les cris de Michas et de sa mère. Alors ils allèrent avec assurance attaquer le village nommé Laïs, et y mirent tout à feu et à sang selon leur coutume. Ils donnèrent le nom de Dan à Laïs, en mémoire de leur victoire: ils placèrent l'idole de Michas sur un autel; et, ce qui est bien plus remarquable, Jonathan, petit-fils de Moïse, fut le grand prêtre de ce temple, où l'on adorait le Dieu d'Israël et l'idole de Michas.

Après la mort de Gédéon, les Hébreux adorèrent Baal-bérith pendant près de vingt ans, et renoncèrent au culte d'Adonaï, sans qu'aucun chef, aucun juge, aucun prêtre, criât vengeance. Leur crime était grand, je l'avoue; mais si cette idolâtrie même fut tolérée, combien les différences dans le vrai culte ont-elles dû l'être !

Quelques-uns donnent pour une preuve d'intolérance, que le Seigneur lui-même ayant permis que son arche fût prise par les Philistins dans un combat, il ne punit les Philistins qu'en les frappant d'une maladie secrète ressemblant aux hémorrhoïdes, en renversant la statue de Dagon, et en envoyant une multitude de rats dans leurs campagnes; mais, lorsque les Philistins, pour apaiser sa colère, eurent renvoyé l'arche attelée de deux vaches qui nourrissaient leurs veaux, et offert à Dieu cinq rats d'or, et cinq anus d'or, le Seigneur fit mourir soixante et dix anciens d'Israël et cinquante mille hommes du peuple pour avoir regardé l'arche. On répond que le châtiment du Seigneur ne tombe point sur une croyance, sur une différence dans le culte, ni sur aucune idolâtrie.

Si le Seigneur avait voulu punir l'idolâtrie, il aurait fait périr tous les Philistins qui osèrent prendre son arche, et qui adoraient Dagon; mais il fit périr cinquante mille soixante et dix hommes de son peuple, uniquement parce qu'ils avaient regardé son arche, qu'ils ne devaient pas regarder : tant les lois, les mœurs de ce temps, l'économie judaïque, diffèrent de tout ce que nous connaissons; tant les voies inscrutables de Dieu sont au-dessus des nôtres! « La rigueur exercée, dit le judicieux dom Calmet, contre ce grand nombre d'hommes ne paraîtra excessive qu'à ceux qui n'ont pas compris jusqu'à quel point Dieu voulait être craint et respecté parmi son peuple, et qui ne jugent des vues et des desseins de Dieu qu'en suivant les faibles lumières de leur raison. »

Dieu ne punit donc pas un culte étranger, mais une profanation du sien, une curiosité indiscrète, une désobéissance, peut-être même un esprit de révolte. On sent bien que de tels châtiments n'appartiennent qu'à Dieu dans la théocratie judaïque. On ne peut trop redire que ces temps et ces mœurs n'ont aucun rapport aux nôtres.

Enfin, lorsque, dans les siècles postérieurs, Naaman l'idolâtre demanda à Élisée s'il lui était permis de suivre son roi[1] dans le temple de Remnon, *et d'y adorer avec lui* ce même Élisée, qui avait fait dévorer les enfants par les ours, ne lui répondit-il pas : *Allez en paix ?*

Il y a bien plus; le Seigneur ordonna à Jérémie de se mettre des cordes au cou, des colliers[2], et des jougs, de les envoyer aux roitelets ou melchim de Moab, d'Ammon, d'Édom, de Tyr, de Sidon; et Jé-

---

1. *Rois*, liv. IV, ch. v, v. 18 et 19.

2. Ceux qui sont peu au fait des usages de l'antiquité, et qui ne jugent que d'après ce qu'ils voient autour d'eux, peuvent être étonnés de ces singularités; mais il faut songer qu'alors dans l'Egypte, et dans une grande partie de l'Asie, la plupart des choses s'exprimaient par des figures, des hiéroglyphes, des signes, des types.

Les prophètes, qui s'appelaient les *voyants* chez les Égyptiens et chez les Juifs, non-seulement s'exprimaient en allégories, mais ils figuraient par des signes les événements qu'ils annonçaient. Ainsi Isaïe, le premier des quatre grands prophètes juifs, prend un rouleau (ch. viii), et y écrit : *Shos bas*, « bu- tinez vite : » puis il s'approche de la prophétesse : elle conçoit, et met au monde un fils qu'il appelle Maher-Salas-Has-bas : c'est une figure des maux que les peuples d'Egypte et d'Assyrie feront aux Juifs.

Ce prophète dit (vii, 15, 16, 18, 20) : « Avant que l'enfant soit en âge de man- ger du beurre et du miel, et qu'il sache réprouver le mauvais et choisir le bon, la terre détestée par vous sera délivrée des deux rois; le Seigneur sifflera aux mouches d'Egypte et aux abeilles d'Assur; le Seigneur prendra un rasoir de louage, et en rasera toute la barbe et les poils des pieds du roi d'Assur. »

Cette prophétie des abeilles, de la barbe, et du poil des pieds rasés, ne peut être entendue que par ceux qui savent que c'était la coutume d'appeler les es- saims au son du flageolet ou de quelque autre instrument champêtre; que le plus grand affront qu'on pût faire à un homme était de lui couper la barbe; qu'on appelait le *poil des pieds*, le poil du pubis; que l'on ne rasait ce poil que dans les maladies immondes, comme celle de la lèpre. Toutes ces figures si étrangères à notre style ne signifient autre chose sinon que le Seigneur, dans quelques années, délivrera son peuple d'oppression.

Le même Isaïe (ch. xx) marche tout nu, pour marquer que le roi d'Assyrie emmènera d'Egypte et d'Ethiopie une foule de captifs qui n'auront pas de quoi couvrir leur nudité.

Ezéchiel (ch. iv et suiv.) mange le volume de parchemin qui lui est présenté; ensuite il couvre son pain d'excréments, et demeure couché sur son côté gauche trois cent quatre-vingt-dix jours, et sur le côté droit quarante jours, pour faire entendre que les Juifs manqueront de pain, et pour signifier les années que de- vait durer la captivité. Il se charge de chaînes, qui figurent celles du peuple; il coupe ses cheveux et sa barbe, et les partage en trois parties : le premier tiers désigne ceux qui doivent périr dans la ville; le second, ceux qui seront mis à mort autour des murailles; le troisième, ceux qui doivent être emmenés à Babylone.

Le prophète Osée (ch. iii) s'unit à une femme adultère, qu'il achète quinze pièces d'argent et un chomer et demi d'orge : « Vous m'attendrez, lui dit-il, plusieurs jours, et pendant ce temps nul homme n'approchera de vous : c'est l'état où les enfants d'Israël seront longtemps sans rois, sans princes, sans sa- crifice, sans autel, et sans éphod. » En un mot, les nabis, les voyants, les pro- phètes, ne prédisent presque jamais sans figurer par un signe la chose prédite.

Jérémie ne fait donc que se conformer à l'usage, en se liant de cordes, et en se mettant des colliers et des jougs sur le dos, pour signifier l'esclavage de ceux auxquels il envoie ces types. Si on veut y prendre garde, ces temps-là sont comme ceux d'un ancien monde, qui diffère en tout du nouveau; la vie civile, les lois, la manière de faire la guerre, les cérémonies de la religion, tout est absolument différent. Il n'y a même qu'à ouvrir Homère et le premier livre d'Hérodote pour se convaincre que nous n'avons aucune ressemblance avec les

rémie leur fait dire par le Seigneur : « J'ai donné toutes vos terres à Nabuchodonosor, roi de Babylone, mon serviteur[1]. » Voilà un roi idolâtre déclaré serviteur de Dieu et son favori.

Le même Jérémie, que le melk ou roitelet juif Sédécias avait fait mettre au cachot, ayant obtenu son pardon de Sédécias, lui conseille, de la part de Dieu, de se rendre au roi de Babylone[2] : « Si vous allez vous rendre à ses officiers, dit-il, votre âme vivra. » Dieu prend donc enfin le parti d'un roi idolâtre; il lui livre l'arche, dont la seule vue avait coûté la vie à cinquante mille soixante et dix Juifs; il lui livre le Saint des saints, et le reste du temple qui avait coûté à bâtir cent huit mille talents d'or un million dix-sept mille talents en argent, et dix mille drachmes d'or, laissés par David et ses officiers pour la construction de la maison du Seigneur; ce qui, sans compter les deniers employés par Salomon, monte à la somme de dix-neuf milliards soixante-deux millions, ou environ, au cours de ce jour. Jamais idolâtrie ne fut plus récompensée. Je sais que ce compte est exagéré, qu'il y a probablement erreur de copiste; mais réduisez la somme à la moitié, au quart, au huitième même, elle vous étonnera encore. On n'est guère moins surpris des richesses qu'Hérodote dit avoir vues dans le temple d'Éphèse. Enfin, les trésors ne sont rien aux yeux de Dieu; et le nom de son serviteur, donné à Nabuchodonosor, est le vrai trésor inestimable.

[3]Dieu ne favorise pas moins le *Kir*, ou *Koresh*, ou *Kosroès*, que nous appelons *Cyrus;* il l'appelle *son christ, son oint*, quoiqu'il ne fût pas oint, selon la signification commune de ce mot, et qu'il suivît la religion de Zoroastre; il l'appelle *son Pasteur*, quoiqu'il fût usurpateur aux yeux des hommes : il n'y a pas dans toute la sainte Écriture une plus grande marque de prédilection.

Vous voyez dans Malachie[4] que « du levant au couchant le nom de Dieu est grand dans les nations, et qu'on lui offre partout des oblations

peuples de la haute antiquité, et que nous devons nous défier de notre jugement quand nous cherchons à comparer leurs mœurs avec les nôtres.

La nature même n'était pas ce qu'elle est aujourd'hui. Les magiciens avaient sur elle un pouvoir qu'ils n'ont plus : ils enchantaient les serpents, ils évoquaient les morts, etc. Dieu envoyait des songes, et des hommes les expliquaient. Le don de prophétie était commun. On voyait des métamorphoses telles que celles de Nabuchodonosor changé en bœuf, de la femme de Loth en statue de sel, de cinq villes en un lac bitumineux.

Il y avait des espèces d'hommes qui n'existent plus. La race des géants Réphaïm, Enim, Néphilim, Enacim, a disparu. Saint Augustin, au liv. V de *la Cité de Dieu*, dit avoir vu la dent d'un ancien géant grosse comme cent de nos molaires. Ézéchiel (xxvii, 11) parle des pygmées Gamadim, hauts d'une coudée, qui combattaient au siège de Tyr : et en presque tout cela les auteurs sacrés sont d'accord avec les profanes. Les maladies et les remèdes n'étaient point les mêmes que de nos jours : les possédés étaient guéris avec la racine nommée *barad*, enchâssée dans un anneau qu'on leur mettait sous le nez.

Enfin tout cet ancien monde était si différent du nôtre, qu'on ne peut en tirer aucune règle de conduite; et si, dans cette antiquité reculée, les hommes s'étaient persécutés et opprimés tour à tour au sujet de leur culte, on ne devrait pas imiter cette cruauté sous la loi de grâce.

1. Jérémie, ch. xxvii, v. 6. — 2. Jérémie, ch. xxviii, v. 17.
3. Isaïe, ch. xliv et xlv. — 4. I, 11. (ED.)

pures. » Dieu a soin des Ninivites idolâtres comme des Juifs; il les menace, et il leur pardonne. Melchisédech, qui n'était point Juif, était sacrificateur de Dieu. Balaam idolâtre était prophète. L'Écriture nous apprend donc que non-seulement Dieu tolérait tous les autres peuples, mais qu'il en avait un soin paternel : et nous osons être intolérants !

CHAP. XIII. — *Extrême tolérance des Juifs.*

Ainsi donc, sous Moïse, sous les juges, sous les rois, vous voyez toujours des exemples de tolérance. Il y a bien plus [1] : Moïse dit plusieurs fois que « Dieu punit les pères dans les enfants jusqu'à la quatrième génération : » cette menace était nécessaire à un peuple à qui Dieu n'avait révélé ni l'immortalité de l'âme, ni les peines et les récompenses dans une autre vie. Ces vérités ne lui furent annoncées ni dans le *Décalogue*, ni dans aucune loi du *Lévitique* et du *Deutéronome*. C'étaient les dogmes des Perses, des Babyloniens, des Égyptiens, des Grecs, des Crétois; mais ils ne constituaient nullement la religion des Juifs. Moïse ne dit point : « Honore ton père et ta mère si tu veux aller au ciel; » mais [2] : « Honore ton père et ta mère, afin de vivre longtemps sur la terre. » Il ne les menace que de maux corporels [3], de la gale sèche, de la gale purulente, d'ulcères malins dans les genoux et dans les gras des jambes, d'être exposés aux infidélités de leurs femmes, d'emprunter à usure des étrangers, et de ne pouvoir prêter à usure; de périr de famine, et d'être obligés de manger leurs enfants; mais en aucun lieu il ne leur dit que leurs âmes immortelles subiront des tourments après la mort, ou goûteront des félicités. Dieu, qui conduisait lui-même son peuple, le punissait ou le récompensait immédiatement après ses bonnes ou ses mauvaises actions. Tout était temporel; et c'est une vérité dont Warburton abuse pour prouver que la loi des Juifs était divine [4] : parce que Dieu même étant leur roi,

---

1. *Exode*, ch. xx, v. 5. — 2. *Deutéronome*, v, 16. (ÉD.)

3. *Deutéronome*, xxviii.

4. Il n'y a qu'un seul passage dans les lois de Moïse d'où l'on pût conclure qu'il était instruit de l'opinion régnante chez les Égyptiens, que l'âme ne meurt point avec le corps; ce passage est très-important, c'est dans le chapitre xviii du *Deutéronome* : « Ne consultez point les devins qui prédisent par l'inspection des nuées, qui enchantent les serpents, qui consultent l'esprit de Python, les voyants, les connaisseurs qui interrogent les morts et leur demandent la vérité. »

Il paraît, par ce passage, que si l'on évoquait les âmes des morts, ce sortilège prétendu supposait la permanence des âmes. Il se peut aussi que les magiciens dont parle Moïse, n'étant que des trompeurs grossiers, n'eussent pas une idée distincte du sortilége qu'ils croyaient opérer. Ils faisaient accroire qu'ils forçaient des morts à parler, qu'ils les remettaient, par leur magie, dans l'état où ces corps avaient été de leur vivant, sans examiner seulement si l'on pouvait inférer ou non de leurs opérations ridicules le dogme de l'immortalité de l'âme. Les sorciers n'ont jamais été philosophes, ils ont été toujours des jongleurs qui jouaient devant les imbéciles.

On peut remarquer encore qu'il est bien étrange que le mot *Python* se trouve dans le *Deutéronome*, longtemps avant que ce mot grec pût être connu des Hébreux : aussi le *Python* n'est point dans l'hébreu, dont nous n'avons aucune traduction exacte.

Cette langue a des difficultés insurmontables : c'est un mélange de phénicien,

rendant justice immédiatement après la transgression ou l'obéissance, n'avait pas besoin de leur révéler une doctrine qu'il réservait au temps où il ne gouvernerait plus son peuple. Ceux qui, par ignorance, prétendent que Moïse enseignait l'immortalité de l'âme, ôtent au Nouveau Testament un de ses plus grands avantages sur l'Ancien. Il est constant que la loi de Moïse n'annonçait que des châtiments temporels jusqu'à la quatrième génération. Cependant, malgré l'énoncé précis de cette loi, malgré cette déclaration expresse de Dieu qu'il punirait jusqu'à la quatrième génération, Ézéchiel annonce tout le contraire aux Juifs, et leur dit [1] que le fils ne portera point l'iniquité de son père : il va même jusqu'à faire dire à Dieu qu'il leur avait donné [2] «des préceptes qui n'étaient pas bons [3]. »

Le livre d'Ézéchiel n'en fut pas moins inséré dans le canon des auteurs inspirés de Dieu : il est vrai que la synagogue n'en permettait pas la lecture avant l'âge de trente ans, comme nous l'apprend saint Jérôme ; mais c'était de peur que la jeunesse n'abusât des peintures trop naïves qu'on trouve dans les chapitres xvi et xxiii du libertinage des deux sœurs Oolla et Ooliba. En un mot, son livre fut toujours reçu, malgré sa contradiction formelle avec Moïse.

Enfin [4], lorsque l'immortalité de l'âme fut un dogme reçu, ce qui probablement avait commencé dès le temps de la captivité de Baby-

---

d'égyptien, de syrien, et d'arabe ; et cet ancien mélange est très-altéré aujourd'hui. L'hébreu n'eut jamais que deux modes de verbes, le présent et le futur : il faut deviner les autres modes par le sens. Les voyelles différentes étaient souvent exprimées par les mêmes caractères ; ou plutôt ils n'exprimaient pas les voyelles ; et les inventeurs des points n'ont fait qu'augmenter la difficulté. Chaque adverbe a vingt significations différentes. Le même mot est pris en des sens contraires.

Ajoutez à cet embarras la sécheresse et la pauvreté du langage : les Juifs, privés des arts, ne pouvaient exprimer ce qu'ils ignoraient. En un mot, l'hébreu est au grec que le langage d'un paysan est à celui d'un académicien.

1. Ézéchiel, ch. xviii, v. 20. — 2. *Ibid.*, ch. xx, v. 25.

3. Le sentiment d'Ézéchiel prévalut enfin dans la synagogue ; mais il y eut des Juifs qui, en croyant aux peines éternelles, croyaient aussi que Dieu poursuivait sur les enfants les iniquités des pères : aujourd'hui ils sont punis par delà la cinquantième génération, et ont encore les peines éternelles à craindre. On demande comment les descendants des Juifs, qui n'étaient pas complices de la mort de Jésus-Christ, ceux qui étant dans Jérusalem n'y eurent aucune part, et ceux qui étaient répandus sur le reste de la terre, peuvent être temporellement punis dans leurs enfants, aussi innocents que leurs pères. Cette punition temporelle, ou plutôt cette manière d'exister différente des autres peuples, et de faire le commerce sans avoir de patrie, peut n'être point regardée comme un châtiment en comparaison des peines éternelles qu'ils s'attirent par leur incrédulité, et qu'ils peuvent éviter par une conversion sincère.

4. Ceux qui ont voulu trouver dans le *Pentateuque* la doctrine de l'enfer et du paradis, tels que nous les concevons, se sont étrangement abusés : leur erreur n'est fondée que sur une vaine dispute de mots ; la *Vulgate* ayant traduit le mot hébreu *Sheol*, la fosse, par *infernum*, et le mot latin *infernum* ayant été traduit en français par *enfer*, on s'est servi de cette équivoque pour faire croire que les anciens Hébreux avaient la notion de l'*Adès* et du *Tartare* des Grecs, que les autres nations avaient connus auparavant sous d'autres noms.

Il est rapporté au chapitre xvi des *Nombres* (31-33) que la terre ouvrit sa bouche sous les tentes de Coré, de Dathan et d'Abiron, qu'elle les dévora leurs tentes et leur substance, et qu'ils furent précipités vivants dans la sépulture, dans le souterrain ; il n'est certainement question dans cet endroit ni

lone, la secte des sadducéens persista toujours à croire qu'il n'y avait ni peines ni récompenses après la mort, et que la faculté de sentir et de penser périssait avec nous, comme la force active, le pouvoir de marcher et de digérer. Ils niaient l'existence des anges. Ils différaient

des âmes de ces trois Hébreux, ni des tourments de l'enfer, ni d'une punition éternelle.

Il est étrange que dans le *Dictionnaire encyclopédique*, au mot *Enfer*, on dise que les anciens Hébreux *en ont reconnu la réalité :* si cela était, ce serait une contradiction insoutenable dans le *Pentateuque*. Comment se pourrait-il faire que Moïse eût parlé dans un passage isolé et unique des peines après la mort, et qu'il n'en eût point parlé dans ses lois ? On cite le trente-deuxième chapitre du *Deutéronome* (versets 21-24), mais on le tronque ; le voici entier : « Ils m'ont provoqué en celui qui n'était pas Dieu, et ils m'ont irrité dans leur vanité ; et moi je les provoquerai dans celui qui n'est pas peuple, et je les irriterai dans la nation insensée. Et il s'est allumé un feu dans ma fureur, et il brûlera jusqu'au fond de la terre ; il dévorera la terre jusqu'à son germe, et il brûlera les fondements des montagnes ; et j'assemblerai sur eux les maux, et je remplirai mes flèches sur eux ; ils seront consumés par la faim, les oiseaux les dévoreront par des morsures amères ; je lâcherai sur eux les dents des bêtes qui se traînent avec fureur sur la terre, et des serpents. »

Y a-t-il le moindre rapport entre ces expressions et l'idée des punitions infernales, telles que nous les concevons ? Il semble plutôt que ces paroles n'aient été rapportées que pour faire voir évidemment que notre enfer était ignoré des anciens Juifs.

L'auteur de cet article cite encore le passage de Job, au chap. XXIV (15-19) : « L'œil de l'adultère observe l'obscurité, disant : L'œil ne me verra point, et il couvrira son visage ; il perce les maisons dans les ténèbres, comme il l'avait dit dans le jour, et ils ont ignoré la lumière : si l'aurore apparaît subitement, ils la croient l'ombre de la mort, et ainsi ils marchent dans les ténèbres comme dans la lumière : il est léger sur la surface de l'eau ; que sa part soit maudite sur la terre, qu'il ne marche point par la voie de la vigne, qu'il passe des eaux de neige à une trop grande chaleur : et ils ont péché jusqu'au tombeau, » ou bien, « le tombeau a dissipé ceux qui pèchent, » ou bien (selon les *Septante*), « leur péché a été rappelé en mémoire. »

Je cite les passages entiers, et littéralement, sans quoi il est toujours impossible de s'en former une idée vraie.

Y a-t-il là, je vous prie, le moindre mot dont on puisse conclure que Moïse avait enseigné aux Juifs la doctrine claire et simple des peines et des récompenses après la mort ?

Le livre de Job n'a nul rapport avec les lois de Moïse. De plus, il est très-vraisemblable que Job n'était point Juif ; c'est l'opinion de saint Jérôme dans ses questions hébraïques sur la *Genèse*. Le mot *Sathan*, qui est dans Job (t. 1, 6, 12) n'était point connu des Juifs, et vous ne le trouvez jamais dans le *Pentateuque*. Les Juifs n'apprirent ce nom que dans la Chaldée, ainsi que les noms de Gabriel et de Raphaël, inconnus avant leur esclavage à Babylone. Job est donc cité ici très-mal à propos.

On rapporte encore le chapitre dernier d'Isaïe (23, 24) : « Et de mois en mois, et de sabbat en sabbat, toute chair viendra m'adorer, dit le Seigneur ; et ils sortiront, et ils verront à la voirie les cadavres de ceux qui ont prévariqué ; leur ver ne mourra point, leur feu ne s'éteindra point, et ils seront exposés aux yeux de toute chair jusqu'à satiété. »

Certainement, s'ils sont jetés à la voirie, s'ils sont exposés à la vue des passants jusqu'à satiété, s'ils sont mangés des vers, cela ne veut pas dire que Moïse enseigna aux Juifs le dogme de l'immortalité de l'âme ; et ces mots : *Le feu ne s'éteindra point*, ne signifient pas que des cadavres qui sont exposés à la vue du peuple subissent les peines éternelles de l'enfer.

Comment peut-on citer un passage d'Isaïe pour prouver que les Juifs du temps de Moïse avaient reçu le dogme de l'immortalité de l'âme ? Isaïe prophétisait, selon la computation hébraïque, l'an du monde 3380. Moïse vivait vers l'an du monde 2500 ; il s'est écoulé huit siècles entre l'un et l'autre. C'est une insulte au sens commun, ou une pure plaisanterie, que d'abuser ainsi de la permission

beaucoup plus des autres Juifs que les protestants ne diffèrent des catholiques; ils n'en demeurèrent pas moins dans la communion de leurs
frères : on vit même des grands prêtres de leur secte.

de citer, et de prétendre prouver qu'un auteur a eu une opinion, par un passage
d'un auteur venu huit cents ans après, et qui n'a point parlé de cette opinion.
Il est indubitable que l'immortalité de l'âme, les peines et les récompenses après
la mort, sont annoncées, reconnues, constatées dans le Nouveau Testament, et il
est indubitable qu'elles ne se trouvent en aucun endroit du *Pentateuque* ; et
c'est ce que le grand Arnauld dit nettement et avec force dans son apologie de
Port-Royal.

Les Juifs, en croyant depuis l'immortalité de l'âme, ne furent point éclairés
sur sa spiritualité; ils pensèrent, comme presque toutes les autres nations, que
l'âme est quelque chose de délié, d'aérien, une substance légère, qui retenait
quelque apparence du corps qu'elle avait animé; c'est ce qu'on appelle *ombres,*
les *mânes des corps*. Cette opinion fut celle de plusieurs Pères de l'Eglise. Tertullien, dans son chapitre XXII *de l'Ame*, s'exprime ainsi : « Definimus animam
« Dei flatu natam, immortalem, corporalem , effigiatam, substantia simplicem : »
« Nous définissons l'âme née du souffle de Dieu, immortelle, corporelle, figurée,
simple dans sa substance. »

Saint Irénée dit, dans son liv. II, ch. XXXIV : « Incorporales sunt animæ quan-
« tum ad comparationem mortalium corporum : » « Les âmes sont incorporelles
en comparaison des corps mortels. » Il ajoute que « Jésus Christ a enseigné que
les âmes conservent les images du corps, » « Characterem corporum in quo
« adoptantur, etc. » On ne voit pas que Jésus-Christ ait jamais enseigné cette
doctrine, et il est difficile de deviner le sens de saint Irénée.

Saint Hilaire est plus formel et plus positif dans son commentaire sur saint
Matthieu : il attribue nettement une substance corporelle à l'âme : « Corpoream
« naturæ suæ substantiam sortiuntur. »

Saint Ambroise, sur Abraham, liv. II, ch. VIII, prétend qu'il n'y a rien de dégagé
de la matière, si ce n'est la substance de la sainte Trinité.

On pourrait reprocher à ces hommes respectables d'avoir une mauvaise philosophie; mais il est à croire qu'au fond leur théologie était fort saine, puisque,
ne connaissant pas la nature incompréhensible de l'âme, ils l'assuraient immortelle, et la voulaient chrétienne.

Nous savons que l'âme est spirituelle, mais nous ne savons point du tout ce
que c'est qu'esprit. Nous connaissons très-imparfaitement la matière, et il nous
est impossible d'avoir une idée distincte de ce qui n'est pas matière. Très-peu
instruits de ce qui touche nos sens, nous ne pouvons rien connaître par nous-
mêmes de ce qui est au delà des sens. Nous transportons quelques paroles de
notre langage ordinaire dans les abimes de la métaphysique et de la théologie,
pour nous donner quelque légère idée des choses que nous ne pouvons ni concevoir ni exprimer; nous cherchons à nous étayer de ces mots, pour soutenir,
s'il se peut, notre faible entendement dans ces régions ignorées.

Ainsi nous nous servons du mot *esprit*, qui répond à *souffle* et *vent*, pour
exprimer quelque chose qui n'est pas matière; et ce mot *souffle, vent, esprit*,
nous ramenant malgré nous à l'idée d'une substance déliée et légère, nous en
retranchons encore ce que nous pouvons, pour parvenir à concevoir la spiritualité pure; mais nous ne parvenons jamais à une notion distincte : nous ne
savons même ce que nous disons quand nous prononçons le mot *substance*: il
veut dire, à la lettre, ce qui est dessous; et par cela même, il nous avertit qu'il
est incompréhensible : car qu'est-ce en effet que ce qui est dessous? La connaissance des secrets de Dieu n'est pas le partage de cette vie. Plongés ici dans
les ténèbres profondes, nous nous battons les uns contre les autres, et nous
frappons au hasard au milieu de cette nuit, sans savoir précisément pour quoi
nous combattons.

Si l'on veut bien réfléchir attentivement sur tout cela, il n'y a point d'homme
raisonnable qui ne conclût que nous devons avoir de l'indulgence pour les opinions des autres, et en mériter.

Toutes ces remarques ne sont point étrangères au fond de la question, qui
consiste à savoir si les hommes doivent se tolérer : car si elles prouvent combien on s'est trompé de part et d'autre dans tous les temps, elles prouvent
aussi que les hommes ont dû, dans tous les temps, se traiter avec indulgence.

Les pharisiens croyaient à la fatalité [1] et à la métempsycose [2]. Les esséniens pensaient que les âmes des justes allaient dans les îles fortunées [3], et celles des méchants dans une espèce de Tartare. Ils ne faisaient point de sacrifices; ils s'assemblaient entre eux dans une synagogue particulière. En un mot, si l'on veut examiner de près le judaïsme, on sera étonné de trouver la plus grande tolérance au milieu des horreurs les plus barbares. C'est une contradiction, il est vrai; presque tous les peuples se sont gouvernés par des contradictions. Heureuse celle qui amène des mœurs douces quand on a des lois de sang.

Chap. XIV. — *Si l'intolérance a été enseignée par Jésus-Christ.*

Voyons maintenant si Jésus-Christ a établi des lois sanguinaires, s'il a ordonné l'intolérance, s'il fit bâtir les cachots de l'inquisition, s'il institua les bourreaux des *auto-da-fé*.

1. Le dogme de la fatalité est ancien et universel : vous le trouvez toujours dans Homère. Jupiter voudrait sauver la vie à son fils Sarpédon; mais le destin l'a condamné à la mort; Jupiter ne peut qu'obéir. Le destin était, chez les philosophes, ou l'enchaînement nécessaire des causes et des effets nécessairement produits par la nature, ou ce même enchaînement ordonné par la Providence; ce qui est bien plus raisonnable. Tout le système de la fatalité est contenu dans ce vers d'Annius Sénèque (épit. cvii) :

« Ducunt volentem fata, nolentem trahunt. »

On est toujours convenu que Dieu gouvernait l'univers par des lois éternelles, universelles, immuables : cette vérité fut la source de toutes ces disputes inintelligibles sur la liberté, parce qu'on n'a jamais défini la liberté, jusqu'à ce que le sage Locke soit venu : il a prouvé que la liberté est le pouvoir d'agir. Dieu donne ce pouvoir; et l'homme, agissant librement selon les ordres éternels de Dieu, est une des roues de la grande machine du monde. Toute l'antiquité disputa sur la liberté; mais personne ne persécuta sur ce sujet jusqu'à nos jours. Quelle horreur absurde d'avoir emprisonné, exilé pour cette dispute, un Arnauld, un Sacy, un Nicole, et tant d'autres qui ont été la lumière de la France!

2. Le roman théologique de la métempsycose vient de l'Inde, dont nous avons reçu beaucoup plus de fables qu'on ne croit communément. Ce dogme est expliqué dans l'admirable quinzième livre des *Métamorphoses d'Ovide*. Il a été reçu presque dans toute la terre; il a été toujours combattu; mais nous ne voyons point qu'aucun prêtre de l'antiquité ait jamais fait donner une lettre de cachet à un disciple de Pythagore.

3. Ni les anciens Juifs, ni les Égyptiens, ni les Grecs leurs contemporains, ne croyaient que l'âme de l'homme allât dans le ciel après sa mort. Les Juifs pensaient que la lune et le soleil étaient à quelques lieues au-dessus de nous, dans le même cercle, et que le firmament était une voûte épaisse et solide qui soutenait le poids des eaux, lesquelles s'échappaient par quelques ouvertures. Le palais des dieux, chez les anciens Grecs, était sur le mont Olympe. La demeure des héros après la mort était, du temps d'Homère, dans une île au delà de l'Océan, et c'était l'opinion des esséniens.

Depuis Homère, on assigna des planètes aux dieux, mais il n'y avait pas plus de raison aux hommes de placer un dieu dans la lune, qu'aux habitants de la lune de mettre un dieu dans la planète de la terre. Junon et Iris n'eurent d'autres palais que les nuées; il n'y avait pas là où reposer son pied. Chez les Sabéens, chaque dieu eut son étoile; mais une étoile étant un soleil, il n'y a pas moyen d'habiter là, à moins d'être de la nature du feu. C'est donc une question fort inutile de demander ce que les anciens pensaient du ciel; la meilleure réponse est qu'ils ne pensaient pas.

Il n'y a, si je ne me trompe, que peu de passages dans les Évangiles dont l'esprit persécuteur ait pu inférer que l'intolérance, la contrainte, sont légitimes; l'un est la parabole dans laquelle le royaume des cieux est comparé à un roi qui invite des convives aux noces de son fils; ce monarque leur fait dire par ses serviteurs [1] : « J'ai tué mes bœufs et mes volailles, tout est prêt, venez aux noces. » Les uns, sans se soucier de l'invitation, vont à leurs maisons de campagne, les autres à leur négoce; d'autres outragent les domestiques du roi, et les tuent. Le roi fait marcher ses armées contre ces meurtriers, et détruit leur ville : il envoie sur les grands chemins convier au festin tous ceux qu'on trouve; un d'eux, s'étant mis à table sans avoir mis la robe nuptiale, est chargé de fers, et jeté dans les ténèbres extérieures.

Il est clair que cette allégorie ne regardant que le royaume des cieux, nul homme assurément ne doit en prendre le droit de garrotter ou de mettre au cachot son voisin qui serait venu souper chez lui sans avoir un habit de noces convenable; et je ne connais dans l'histoire aucun prince qui ait fait pendre un courtisan pour un pareil sujet : il n'est pas non plus à craindre que, quand l'empereur ayant tué ses volailles enverra des pages à des princes de l'empire pour les prier à souper, ces princes tuent ces pages. L'invitation au festin signifie la prédication du salut; le meurtre des envoyés du prince figure la persécution contre ceux qui prêchent la sagesse et la vertu.

L'autre [2] parabole est celle d'un particulier qui invite ses amis à un grand souper; et lorsqu'il est prêt de se mettre à table, il envoie son domestique les avertir. L'un s'excuse sur ce qu'il a acheté une terre, et qu'il va la visiter; cette excuse ne paraît pas valable, ce n'est pas pendant la nuit qu'on va voir sa terre : un autre dit qu'il a acheté cinq paires de bœufs, et qu'il les doit éprouver; il a le même tort que l'autre; on n'essaye pas des bœufs à l'heure du souper : un troisième répond qu'il vient de se marier, et assurément son excuse est très-recevable. Le père de famille en colère fait venir à son festin les aveugles et les boiteux; et, voyant qu'il reste encore des places vides, il dit à son valet [3] : « Allez dans les grands chemins et le long des haies et contraignez les gens d'entrer. »

Il est vrai qu'il n'est pas dit expressément que cette parabole soit une figure du royaume des cieux. On n'a que trop abusé de ces paroles, *Contrains-les d'entrer;* mais il est visible qu'un seul valet ne peut contraindre par la force tous les gens qu'il rencontre à venir souper chez son maître: et d'ailleurs, des convives ainsi forcés ne rendraient pas le repas fort agréable. *Contrains-les d'entrer* ne veut dire autre chose, selon les commentateurs les plus accrédités, sinon, priez, conjurez, pressez, obtenez. Quel rapport, je vous prie, de cette prière et de ce souper à la persécution?

Si on prend les choses à la lettre, faudra-t-il être aveugle, boiteux, et conduit par force, pour être dans le sein de l'Église? Jésus dit dans

1. Saint Matthieu, chap. XXII, v. 4. — 2. Saint Luc, chap. XIV.
3. Verset 23. (ÉD.)

la même parabole[1] : « Ne donnez à dîner ni à vos amis ni à vos parents riches : » en a-t-on jamais inféré qu'on ne dût point en effet dîner avec ses parents et ses amis dès qu'ils ont un peu de fortune ?

Jésus-Christ, après la parabole du festin, dit[2] : « Si quelqu'un vient à moi, et ne hait pas son père, sa mère, ses frères, ses sœurs et même sa propre âme, il ne peut être mon disciple, etc. Car qui est celui d'entre vous qui, voulant bâtir une tour, ne suppute pas auparavant la dépense ? » Y a-t-il quelqu'un, dans le monde, assez dénaturé pour conclure qu'il faut haïr son père et sa mère ? et ne comprend-on pas aisément que ces paroles signifient : Ne balancez pas entre moi et vos plus chères affections ?

On cite le passage de saint Matthieu[3] : « Qui n'écoute point l'Église soit comme un païen et comme un receveur de la douane : » cela ne dit pas absolument qu'on doive persécuter les païens et les fermiers des droits du roi ; ils sont maudits, il est vrai, mais ils ne sont point livrés au bras séculier. Loin d'ôter à ces fermiers aucune prérogative de citoyen, on leur a donné les plus grands privilèges ; c'est la seule profession qui soit condamnée dans l'Écriture, et c'est la plus favorisée par les gouvernements. Pourquoi donc n'aurions-nous pas pour nos frères errants autant d'indulgence que nous prodiguons de considération à nos frères les traitants ?

Un autre passage dont on a fait un abus grossier est celui de saint Matthieu[4] et de saint Marc[5] où il est dit que Jésus, ayant faim le matin, approcha d'un figuier où il ne trouva que des feuilles, car ce n'était pas le temps des figues : il maudit le figuier, qui se sécha aussitôt.

On donne plusieurs explications différentes de ce miracle ; mais y en a-t-il une seule qui puisse autoriser la persécution ? Un figuier n'a pu donner des figues vers le commencement de mars, on l'a séché : est-ce une raison pour faire sécher nos frères de douleur dans tous les temps de l'année ? Respectons dans l'Écriture tout ce qui peut faire naître des difficultés dans nos esprits curieux et vains, mais n'en abusons pas pour être durs et implacables.

L'esprit persécuteur, qui abuse de tout, cherche encore sa justification dans l'expulsion des marchands chassés du temple, et dans la légion de démons envoyée du corps d'un possédé dans le corps de deux mille animaux immondes. Mais qui ne voit que ces deux exemples ne sont autre chose qu'une justice que Dieu daigne faire lui-même d'une contravention à la loi ? C'était manquer de respect à la maison du Seigneur que de changer son parvis en une boutique de marchands. En vain le sanhédrin et les prêtres permettaient ce négoce pour la commodité des sacrifices ; le Dieu auquel on sacrifiait pouvait sans doute, quoique caché sous la figure humaine, détruire cette profanation : il pouvait de même punir ceux qui introduisaient dans le pays des trou

1. Luc, xiv, 12. (Éd.) — 2. Saint Luc, chap. xiv, v. 26 et suiv.
3. Saint Matthieu, chap. xviii, v. 17. — 4. Matthieu, xi, 19. (Éd.)
5. Marc, xi, 13. (Éd.)

peaux entiers défendus par une loi dont il daignait lui-même être l'observateur. Ces exemples n'ont pas le moindre rapport aux persécutions sur le dogme. Il faut que l'esprit d'intolérance soit appuyé sur de bien mauvaises raisons, puisqu'il cherche partout les plus vains prétextes.

Presque tout le reste des paroles et des actions de Jésus-Christ prêche la douceur, la patience, l'indulgence. C'est le père de famille qui reçoit l'enfant prodigue[1]; c'est l'ouvrier qui vient à la dernière heure[2], et qui est payé comme les autres; c'est le samaritain charitable[3]; lui-même justifie ses disciples de ne pas jeûner[4]; il pardonne à la pécheresse[5]; il se contente de recommander la fidélité à la femme adultère[6]; il daigne même condescendre à l'innocente joie des convives de Cana[7], qui, étant déjà échauffés de vin, en demandent encore; il veut bien faire un miracle en leur faveur, il change pour eux l'eau en vin.

Il n'éclate pas même contre Judas, qui doit le trahir; il ordonne à Pierre de ne se jamais servir de l'épée[8]; il réprimande[9] les enfants de Zébédée, qui, à l'exemple d'Élie, voulaient faire descendre le feu du ciel sur une ville qui n'avait pas voulu le loger.

Enfin il meurt victime de l'envie. Si l'on ose comparer le sacré avec le profane, et un Dieu avec un homme, sa mort, humainement parlant, a beaucoup de rapport avec celle de Socrate. Le philosophe grec périt par la haine des sophistes, des prêtres, et des premiers du peuple : le législateur des chrétiens succomba sous la haine des scribes, des pharisiens et des prêtres. Socrate pouvait éviter la mort, et il ne le voulut pas : Jésus-Christ s'offrit volontairement. Le philosophe grec pardonna non-seulement à ses calomniateurs et à ses juges iniques, mais il les pria de traiter un jour ses enfants comme lui-même, s'ils étaient assez heureux pour mériter leur haine comme lui : le législateur des chrétiens, infiniment supérieur, pria son père de pardonner à ses ennemis[10].

Si Jésus-Christ sembla craindre la mort, si l'angoisse qu'il ressentit fut si extrême qu'il en eut une sueur mêlée de sang[11], ce qui est le symptôme le plus violent et le plus rare, c'est qu'il daigna s'abaisser à toute la faiblesse du corps humain qu'il avait revêtu. Son corps tremblait, et son âme était inébranlable; il nous apprenait que la vraie force, la vraie grandeur, consistent à supporter des maux sous lesquels notre nature succombe. Il y a un extrême courage à courir à la mort en la redoutant.

Socrate avait traité les sophistes d'ignorants, et les avait convaincus de mauvaise foi : Jésus, usant de ses droits divins, traita les scribes[12] et les pharisiens d'hypocrites, d'insensés, d'aveugles, de méchants, de serpents, de race de vipères.

Socrate ne fut point accusé de vouloir fonder une secte nouvelle : on n'accusa point Jésus-Christ d'en avoir voulu introduire une[13]. Il est

---

1. Luc, xv. (Éd.) — 2. Matthieu, xx. (Éd.) — 3. Luc, x. (Éd.)
4. Matthieu, ix, 15. (Ed.) — 5. Luc, vii, 48. (Ed.) — 6. Jean, viii, 11. (Éd.)
7. Jean, ii, 9. (Ed.) — 8. Matthieu, xxvi, 52; et Jean, xviii, 11. (Ed.)
9. Luc, ix, 55. (Ed.) — 10. Luc, xxiii, 34. (Ed.) — 11. Luc, xxii, 44. (Ed.)
12. Saint Matthieu, chap. xxiii. — 13. *Ibid.*, chap. xxvi, v. 59.

dit que les princes des prêtres et tout le conseil cherchaient un faux témoignage contre Jésus pour le faire périr.

Or, s'ils cherchaient un faux témoignage, ils ne lui reprochaient donc pas d'avoir prêché publiquement contre la loi. Il fut en effet soumis à la loi de Moïse depuis son enfance jusqu'à sa mort. On le circoncit le huitième jour, comme tous les autres enfants. S'il fut depuis baptisé dans le Jourdain, c'était une cérémonie consacrée chez les Juifs, comme chez tous les peuples de l'Orient. Toutes les souillures légales se nettoyaient par le baptême; c'est ainsi qu'on consacrait les prêtres : on se plongeait dans l'eau à la fête de l'expiation solennelle, on baptisait les prosélytes.

Jésus observa tous les points de la loi : il fêta tous les jours de sabbat; il s'abstint des viandes défendues; il célébra toutes les fêtes, et même, avant sa mort, il avait célébré la pâque; on ne l'accusa ni d'aucune opinion nouvelle, ni d'avoir observé aucun rite étranger. Né Israélite, il vécut constamment en Israélite.

Deux témoins qui se présentèrent l'accusèrent d'avoir dit [1] « qu'il pourrait détruire le temple et le rebâtir en trois jours. » Un tel discours était incompréhensible pour les Juifs charnels; mais ce n'était pas une accusation de vouloir fonder une nouvelle secte.

Le grand prêtre l'interrogea, et lui dit [2] : « Je vous commande par le Dieu vivant de nous dire si vous êtes le Christ fils de Dieu. » On ne nous apprend point ce que le grand prêtre entendait par fils de Dieu. » On se servait quelquefois de cette expression pour signifier un juste [3], comme on employait les mots de *fils de Bélial* pour signifier un méchant. Les Juifs grossiers n'avaient aucune idée du mystère sacré d'un fils de Dieu, Dieu lui-même, venant sur la terre.

Jésus lui répondit [4] : « Vous l'avez dit; mais je vous dis que vous verrez bientôt le fils de l'homme assis à la droite de la vertu de Dieu, venant sur les nuées du ciel. »

Cette réponse fut regardée par le sanhédrin irrité comme un blasphème. Le sanhédrin n'avait plus le droit du glaive; ils traduisirent Jésus devant le gouverneur romain de la province, et l'accusèrent calomnieusement d'être un perturbateur du repos public, qui disait qu'il ne fallait pas payer le tribut à César, et qui de plus se disait roi des Juifs. Il est donc de la plus grande évidence qu'il fut accusé d'un crime d'État.

1. Matthieu, chap. XXVI, v. 61. — 2. *Ibid.*, XXVI, 63. (ÉD.)
3. Il était en effet très-difficile aux Juifs, pour ne pas dire impossible, de comprendre, sans une révélation particulière, ce mystère ineffable de l'incarnation du Fils de Dieu, Dieu lui-même. La *Genèse* (chap. VI) appelle *fils de Dieu* les fils des hommes puissants : de même, les grands cèdres dans les psaumes (LXXIX, 11), sont appelés les *cèdres de Dieu*. Samuel (*I Rois*, XVI, 15) dit qu'une *frayeur de Dieu* tomba sur le peuple, c'est-à-dire une grande frayeur; un grand vent, *un vent de Dieu;* la maladie de Saül, *mélancolie de Dieu*. Cependant il paraît que les Juifs entendirent à la lettre que Jésus se dit fils de Dieu dans le sens propre; mais s'ils regardèrent ces mots comme un blasphème, c'est peut-être encore une preuve de l'ignorance où ils étaient du mystère de l'incarnation, et de Dieu, fils de Dieu, envoyé sur la terre pour le salut des hommes.
4. Matthieu, XXVI, 64. (ÉD.)

Le gouverneur Pilate, ayant appris qu'il était Galiléen, le renvoya d'abord à Hérode, tétrarque de Galilée. Hérode crut qu'il était impossible que Jésus pût aspirer à se faire chef de parti, et prétendre à la royauté : il le traita avec mépris, et le renvoya à Pilate, qui eut l'indigne faiblesse de le condamner, pour apaiser le tumulte excité contre lui-même; d'autant plus qu'il avait essuyé déjà une révolte des Juifs, à ce que nous apprend Josèphe. Pilate n'eut pas la même générosité qu'eut depuis le gouverneur Festus[1].

Je demande à présent si c'est la tolérance ou l'intolérance qui est de droit divin? Si vous voulez ressembler à Jésus-Christ, soyez martyrs, et non pas bourreaux.

CHAP. XV. — *Témoignages contre l'intolérance.*

C'est une impiété d'ôter, en matière de religion, la liberté aux hommes, d'empêcher qu'ils ne fassent choix d'une divinité; aucun homme, aucun dieu, ne voudrait d'un service forcé. (*Apologétique*, ch. XXIV.)

Si on usait de violence pour la défense de la foi, les évêques s'y opposeraient. (SAINT HILAIRE, liv. Ier.)

La religion forcée n'est plus religion; il faut persuader, et non contraindre. La religion ne se commande point. (LACTANCE, liv. III.)

C'est une exécrable hérésie de vouloir attirer par la force, par les coups, par les emprisonnements, ceux qu'on n'a pu convaincre par la raison. (SAINT ATHANASE, liv. Ier.)

Rien n'est plus contraire à la religion que la contrainte. (SAINT JUSTIN, martyr, liv. V.)

Persécuterons-nous ceux que Dieu tolère? dit saint Augustin, avant que sa querelle avec les donatistes l'eût rendu trop sévère.

Qu'on ne fasse aucune violence aux Juifs. (*Quatrième concile de Tolède*, cinquante-sixième canon.)

Conseillez, et ne forcez pas. (*Lettre de saint Bernard.*)

Nous ne prétendons point détruire les erreurs par la violence. (*Discours du clergé de France à Louis XIII.*)

Nous avons toujours désapprouvé les voies de rigueur. (*Assemblée du clergé*, 11 auguste 1560.)

Nous savons que la foi se persuade et ne se commande point. (FLÉCHIER, évêque de Nîmes, *lettre* 19.)

On ne doit pas même user de termes insultants. (L'évêque DUBELLOI, dans une *Instruction pastorale.*)

Souvenez-vous que les maladies de l'âme ne se guérissent point par contrainte et par violence. (Le cardinal LECAMUS, *Instruction pastorale*, de 1688.)

Accordez à tous la tolérance civile. (FÉNELON, archevêque de Cambrai, *au duc de Bourgogne.*)

L'exaction forcée d'une religion est une preuve évidente que l'esprit

---

1. *Acta apost.*, XXV, 16. (ED.)

qui la conduit est un esprit ennemi de la vérité. (Dirois, docteur de Sorbonne, liv. VI, chap. iv.)

La violence peut faire des hypocrites; on ne persuade point quand on fait retentir partout les menaces. (Tillemont, *Histoire ecclésiastique*, tome VI.)

Il nous a paru conforme à l'équité et à la droite raison de marcher sur les traces de l'ancienne Église, qui n'a point usé de violence pour établir et étendre la religion. (*Remontrance du parlement de Paris à Henri II.*)

L'expérience nous apprend que la violence est plus capable d'irriter que de guérir un mal qui a sa racine dans l'esprit, etc. (De Thou, *Épître dédicatoire à Henri IV.*)

Le foi ne s'inspire pas à coups d'épée. (Cerisiers, *sur les règnes de Henri IV et de Louis XIII.*)

C'est un zèle barbare que celui qui prétend planter la religion dans les cœurs, comme si la persuasion pouvait être l'effet de la contrainte. (Boulainvilliers, *État de la France.*)

Il en est de la religion comme de l'amour: le commandement n'y peut rien, la contrainte encore moins : rien de plus indépendant que d'aimer et de croire. (Amelot de La Houssaie, sur les *Lettres du cardinal d'Ossat.*)

Si le ciel vous a assez aimés pour vous faire voir la vérité, il vous a fait une grande grâce : mais est-ce aux enfants qui ont l'héritage de leur père, de haïr ceux qui ne l'ont pas eu? (*Esprit des lois*, liv. XXV.)

On pourrait faire un livre énorme, tout composé de pareils passages. Nos histoires, nos discours, nos sermons, nos ouvrages de morale, nos catéchismes, respirent tous, enseignent tous aujourd'hui ce devoir sacré de l'indulgence. Par quelle fatalité, par quelle inconséquence démentirions-nous dans la pratique une théorie que nous annonçons tous les jours? Quand nos actions démentent notre morale, c'est que nous croyons qu'il y a quelque avantage pour nous à faire le contraire de ce que nous enseignons; mais certainement il n'y a aucun avantage à persécuter ceux qui ne sont pas de notre avis, et à nous en faire haïr. Il y a donc, encore une fois, de l'absurdité dans l'intolérance. Mais, dira-t-on, ceux qui ont intérêt à gêner les consciences ne sont point absurdes. C'est à eux que s'adresse le chapitre suivant.

Chap. XVI. — *Dialogue entre un mourant et un homme qui se porte bien.*

Un citoyen était à l'agonie dans une ville de province; un homme en bonne santé vint insulter à ses derniers moments, et lui dit :

« Misérable! pense comme moi tout à l'heure : signe cet écrit, confesse que cinq propositions sont dans un livre que ni toi ni moi n'avons jamais lu; sois tout à l'heure du sentiment de Lanfranc contre Bérenger, de saint Thomas contre saint Bonaventure; embrasse le second concile de Nicée contre le concile de Francfort; explique-moi dans l'instant comment ces paroles : « Mon Père est plus grand que moi[1], » signifient expressément, « Je suis aussi grand que lui. »

« Dis-moi comment le Père communique tout au Fils, excepté la paternité, ou je vais faire jeter ton corps à la voirie ; tes enfants n'hériteront point de toi, ta femme sera privée de sa dot, et ta famille mendiera du pain que mes pareils ne lui donneront pas.

LE MOURANT. — J'entends à peine ce que vous me dites ; les menaces que vous me faites parviennent confusément à mon oreille, elles troublent mon âme, elles rendent ma mort affreuse. Au nom de Dieu, ayez pitié de moi.

LE BARBARE. — De la pitié ! je n'en puis avoir, si tu n'es pas de mon avis en tout.

LE MOURANT. — Hélas ! vous sentez qu'à ces derniers moments tous mes sens sont flétris, toutes les portes de mon entendement sont fermées, mes idées s'enfuient, ma pensée s'éteint. Suis-je en état de disputer ?

LE BARBARE. — Eh bien, si tu ne peux pas croire ce que je veux, dis que tu le crois, et cela me suffit.

LE MOURANT. — Comment puis-je me parjurer pour vous plaire ? Je vais paraître dans un moment devant le Dieu qui punit le parjure.

LE BARBARE. — N'importe ; tu auras le plaisir d'être enterré dans un cimetière, et ta femme, tes enfants, auront de quoi vivre. Meurs en hypocrite : l'hypocrisie est une bonne chose : c'est, comme on dit, un hommage que le vice rend à la vertu[2]. Un peu d'hypocrisie, mon ami, qu'est-ce que cela coûte ?

LE MOURANT. — Hélas ! vous méprisez Dieu, ou vous ne le reconnaissez pas, puisque vous me demandez un mensonge à l'article de la mort, vous qui devez bientôt recevoir votre jugement de lui, et qui répondrez de ce mensonge.

LE BARBARE. — Comment, insolent ! je ne reconnais point de Dieu !

LE MOURANT. — Pardon, mon frère, je crains que vous n'en connaissiez pas. Celui que j'adore ranime en ce moment mes forces, pour vous dire d'une voix mourante que, si vous croyez en Dieu, vous devez user envers moi de charité. Il m'a donné ma femme et mes enfants, ne les faites pas périr de misère. Pour mon corps, faites-en ce que vous voudrez ; je vous l'abandonne ; mais croyez en Dieu, je vous en conjure.

LE BARBARE. — Fais, sans raisonner, ce que je t'ai dit ; je le veux, je te l'ordonne.

LE MOURANT. — Et quel intérêt avez-vous à me tant tourmenter ?

LE BARBARE. — Comment ! quel intérêt ? Si j'ai ta signature, elle me vaudra un bon canonicat.

LE MOURANT. — Ah ! mon frère ! voici mon dernier moment ; je meurs, je vais prier Dieu qu'il vous touche et qu'il vous convertisse.

---

1. Jean, XIV, 28. (ÉD.) — 2. La Rochefoucauld, maxime 223. (ÉD.)

LE BARBARE. — Au diable soit l'impertinent qui n'a point signé ! Je vais signer pour lui, et contrefaire son écriture [1]. »

La lettre suivante est une confirmation de la même morale.

CHAP. XVII. — *Lettre écrite au jésuite Le Tellier par un bénéficier, le 6 mai 1714* [2].

MON RÉVÉREND PÈRE, J'obéis aux ordres que Votre Révérence m'donnés de lui présenter les moyens les plus propres de délivrer Jésu et sa Compagnie de leurs ennemis. Je crois qu'il ne reste plus que cinq cent mille huguenots dans le royaume, quelques-uns disent un million, d'autres quinze cent mille; mais, en quelque nombre qu'ils soient, voici mon avis, que je soumets très-humblement au vôtre, comme je le dois.

1° Il est aisé d'attraper en un jour tous les prédicants, et de les pendre tous à la fois dans une même place, non-seulement pour l'édification publique, mais pour la beauté du spectacle.

2° Je ferais assassiner dans leurs lits tous les pères et mères, parce que si on les tuait dans les rues, cela pourrait causer quelque tumulte; plusieurs même pourraient se sauver, ce qu'il faut éviter sur toute chose. Cette exécution est un corollaire nécessaire de nos principes; car s'il faut tuer un hérétique, comme tant de grands théologiens le prouvent, il est évident qu'il faut les tuer tous.

3° Je marierais le lendemain toutes les filles à de bons catholiques, attendu qu'il ne faut pas dépeupler trop l'État après la dernière guerre; mais à l'égard des garçons de quatorze et quinze ans, déjà imbus de mauvais principes, qu'on ne peut se flatter de détruire, mon opinion est qu'il faut les châtier tous, afin que cette engeance ne soit jamais reproduite. Pour les autres petits garçons, ils seront élevés dans vos colléges, et on les fouettera jusqu'à ce qu'ils sachent par cœur les ouvrages de Sanchez et de Molina.

4° Je pense, sauf correction, qu'il en faut faire autant à tous les luthériens d'Alsace, attendu que, dans l'année 1704, j'aperçus deux vieilles de ce pays-là qui riaient le jour de la bataille d'Hochstedt.

5° L'article des jansénistes paraîtra peut-être un peu plus embarrassant : je les crois au nombre de six millions au moins; mais un esprit tel que le vôtre ne doit pas s'en effrayer. Je comprends parmi les jan-

---

1. Ce n'est point ici une plaisanterie exagérée. A la mort de Pascal, on publia qu'il avait abjuré le jansénisme dans ses derniers moments, et il fut prouvé qu'il n'était mécontent des jansénistes que parce qu'ils avaient montré trop de condescendance dans une paix passagère avec la cour de Rome. On supposa depuis une rétractation de M. de Monclar, procureur général du parlement de Provence. On supposa, comme on l'a vu ci-dessus, une déclaration de la vieille servante de Calas. (*Éd. de Kehl.*)

2. Lorsqu'on écrivait ainsi, en 1762, l'ordre des jésuites n'était pas aboli en France. S'ils avaient été malheureux, l'auteur les aurait assurément respectés. Mais qu'on se souvienne à jamais qu'ils n'ont été persécutés que parce qu'ils avaient été persécuteurs; et que leur exemple fasse trembler ceux qui, étant plus intolérants que les jésuites, voudraient opprimer un jour leurs concitoyens qui n'embrasseraient pas leurs opinions dures et absurdes.

sénistes tous les parlements, qui soutiennent si indignement les libertés de l'Église gallicane. C'est à Votre Révérence de peser, avec sa
prudence ordinaire, les moyens de vous soumettre tous ces esprits re-
vêches. La conspiration des poudres n'eut pas le succès désiré, parce
qu'un des conjurés eut l'indiscrétion de vouloir sauver la vie à son
ami : mais, comme vous n'avez point d'ami, le même inconvénient
'est point à craindre; il vous sera fort aisé de faire sauter tous les
'arlements du royaume avec cette invention du moine Schwartz,
qu'on appelle *pulvis pyrius*. Je calcule qu'il faut, l'un portant l'autre,
trente-six tonneaux de poudre pour chaque parlement; et ainsi, en
multipliant douze parlements par trente-six tonneaux, cela ne compose que quatre cent trente-deux tonneaux qui, à cent écus pièce,
font la somme de cent vingt-neuf mille six cents livres; c'est une bagatelle pour le révérend père général.

Les parlements une fois sautés, vous donnerez leurs charges à vos
congréganistes, qui sont parfaitement instruits des lois du royaume.

6° Il sera aisé d'empoisonner M. le cardinal de Noailles, qui est un
homme simple, et qui ne se défie de rien.

Votre Révérence emploiera les mêmes moyens de conversion auprès
de quelques évêques rénitents; leurs évêchés seront mis entre les mains
des jésuites, moyennant un bref du pape; alors tous les évêques étant
du parti de la bonne cause, et tous les curés étant habilement choisis
par les évêques, voici ce que je conseille, sous le bon plaisir de Votre
Révérence.

7° Comme on dit que les jansénistes communient au moins à Pâques,
il ne serait pas mal de saupoudrer les hosties de la drogue dont on se
servit pour faire justice de l'empereur Henri VII. Quelque critique me
dira peut-être qu'on risquerait, dans cette opération, de donner aussi
la mort-aux-rats aux molinistes : cette objection est forte; mais il n'y
a point de projet qui n'ait des inconvénients, point de système qui ne
menace ruine par quelque endroit. Si on était arrêté par ces petites
difficultés, on ne viendrait jamais à bout de rien : et d'ailleurs, comme
il s'agit de procurer le plus grand bien qu'il soit possible, il ne faut pas
se scandaliser si ce grand bien entraîne après lui quelques mauvaises
suites, qui ne sont de nulle considération.

Nous n'avons rien à nous reprocher : il est démontré que tous les
prétendus réformés, tous les jansénistes sont dévolus à l'enfer; ainsi nous
ne faisons que hâter le moment où ils doivent entrer en possession.

Il n'est pas moins clair que le paradis appartient de droit aux molinistes : donc, en les faisant périr par mégarde, et sans aucune mauvaise intention, nous accélérons leur joie; nous sommes dans l'un et
l'autre cas les ministres de la Providence.

Quant à ceux qui pourraient être un peu effarouchés du nombre,
Votre Paternité pourra leur faire remarquer que depuis les jours florissants de l'Église jusqu'à 1707, c'est-à-dire depuis environ quatorze
cents ans, la théologie a procuré le massacre de plus de cinquante
millions d'hommes; et que je ne propose d'en étrangler, ou égorger,
ou empoisonner, qu'environ six millions cinq cent mille.

On nous objectera peut-être encore que mon compte n'est pas juste, et que je viole la règle de trois; car, dira-t-on, si en quatorze cents ans il n'a péri que cinquante millions d'hommes pour des distinctions, des dilemmes et des antilemmes théologiques, cela ne fait par année que trente-cinq mille sept cent quatorze personnes avec fraction, et qu'ainsi je tue six millions quatre cent soixante-quatre mille deux cent quatre-vingt-cinq personnes de trop avec fraction pour la présente année.

Mais, en vérité, cette chicane est bien puérile; on peut même dire qu'elle est impie : car ne voit-on pas, par mon procédé, que je sauve la vie à tous les catholiques jusqu'à la fin du monde? On n'aurait jamais fait, si on voulait répondre à toutes les critiques. Je suis avec un profond respect, de Votre Paternité,

Le très-humble, très-dévot et très-doux R....¹, natif
d'Angoulême, préfet de la congrégation.

Ce projet ne put être exécuté, parce que le P. Le Tellier y trouva quelques difficultés, et que Sa Paternité fut exilée l'année suivante. Mais comme il faut examiner le pour et le contre, il est bon de rechercher dans quels cas on pourrait légitimement suivre en partie les vues du correspondant du P. Le Tellier. Il paraît qu'il serait dur d'exécuter ce projet dans tous ses points; mais il faut voir dans quelles occasions on doit rouer, ou pendre, ou mettre aux galères les gens qui ne sont pas de notre avis : c'est l'objet de l'article suivant.

CHAP. XVIII. — *Seuls cas où l'intolérance est de droit humain.*

Pour qu'un gouvernement ne soit pas en droit de punir les erreurs des hommes, il est nécessaire que ces erreurs ne soient pas des crimes; elles ne sont des crimes que quand elles troublent la société : elles troublent cette société dès qu'elles inspirent le fanatisme; il faut donc que les hommes commencent par n'être pas fanatiques pour mériter la tolérance.

Si quelques jeunes jésuites, sachant que l'Église a les réprouvés en horreur, que les jansénistes sont condamnés par une bulle, qu'ainsi les jansénistes sont réprouvés, s'en vont brûler une maison des Pères de l'Oratoire, parce que Quesnel l'oratorien était janséniste, il est clair qu'on sera bien obligé de punir ces jésuites.

De même, s'ils ont débité des maximes coupables, si leur institut est contraire aux lois du royaume, on ne peut s'empêcher de dissoudre leur compagnie, et d'abolir les jésuites pour en faire des citoyens : ce qui au fond est un mal imaginaire, et un bien réel pour eux; car où est le mal de porter un habit court au lieu d'une soutane, et d'être libre au lieu d'être esclave? On réforme à la paix des régiments entiers, qui ne se plaignent pas : pourquoi les jésuites poussent-ils de si hauts cris, quand on les réforme pour avoir la paix?

1. Ravaillac. (ÉD.)

Que les cordeliers, transportés d'un saint zèle pour la vierge Marie, aillent démolir l'église des jacobins, qui pensent que Marie est née dans le péché originel, on sera obligé alors de traiter les cordeliers à peu près comme les jésuites.

On en dira autant des luthériens et des calvinistes. Ils auront beau dire : « Nous suivons les mouvements de notre conscience, il vaut mieux obéir à Dieu qu'aux hommes[1] ; nous sommes le vrai troupeau, nous devons exterminer les loups; il est évident qu'alors ils sont loups eux-mêmes.

Un des plus étonnants exemples de fanatisme a été une petite secte en Danemark, dont le principe était le meilleur du monde. Ces gens-là voulaient procurer le salut éternel à leurs frères; mais les conséquences de ce principe étaient singulières. Ils savaient que tous les petits enfants qui meurent sans baptême sont damnés, et que ceux qui ont le bonheur de mourir immédiatement après avoir reçu le baptême jouissent de la gloire éternelle : ils allaient égorgeant les garçons et les filles nouvellement baptisés qu'ils pouvaient rencontrer; c'était sans doute leur faire le plus grand bien qu'on pût leur procurer : on les préservait à la fois du péché, des misères de cette vie, et de l'enfer; on les envoyait infailliblement au ciel. Mais ces gens charitables ne considéraient pas qu'il n'est pas permis de faire un petit mal pour un grand bien; qu'ils n'avaient aucun droit sur la vie de ces petits enfants; que la plupart des pères et mères sont assez charnels pour aimer mieux avoir auprès d'eux leurs fils et leurs filles que de les voir égorger pour aller en Paradis; et qu'en un mot, le magistrat doit punir l'homicide, quoiqu'il soit fait à bonne intention.

Les Juifs sembleraient avoir plus de droit que personne de nous voler et de nous tuer; car bien qu'il y ait cent exemples de tolérance dans l'Ancien Testament, cependant il y a aussi quelques exemples et quelques lois de rigueur. Dieu leur a ordonné quelquefois de tuer les idolâtres, et de ne réserver que les filles nubiles : ils nous regardent comme idolâtres; et, quoique nous les tolérions aujourd'hui, ils pourraient bien, s'ils étaient les maîtres, ne laisser au monde que nos filles.

Ils seraient surtout dans l'obligation indispensable d'assassiner tous les Turcs, cela va sans difficulté; car les Turcs possèdent le pays des Éthéens, des Jébuséens, des Amorrhéens, Jerséséens, Hévéens, Aracéens, Cinéens, Hamatéens, Samaréens : tous ces peuples furent dévoués à l'anathème; leur pays, qui était de plus de vingt-cinq lieues de long, fut donné aux Juifs par plusieurs pactes consécutifs; ils doivent rentrer dans leur bien; les mahométans en sont les usurpateurs depuis plus de mille ans.

Si les Juifs raisonnaient ainsi aujourd'hui, il est clair qu'il n'y aurait d'autre réponse à leur faire que de les mettre aux galères.

Ce sont à peu près les seuls cas où l'intolérance paraît raisonnable.

_____

1. *Act.*, v, 29. (ÉD.)

CHAP. XIX. — *Relation d'une dispute de controverse*
à la Chine.

Dans les premières années du règne du grand empereur Kang-hi, un mandarin de la ville de Canton entendit de sa maison un grand bruit qu'on faisait dans la maison voisine : il s'informa si l'on ne tuait personne; on lui dit que c'était l'aumônier de la compagnie danoise, un chapelain de Batavia, et un jésuite qui disputaient; il les fit venir, leur fit servir du thé et des confitures, et leur demanda pourquoi ils se querellaient.

Le jésuite lui répondit qu'il était bien douloureux pour lui, qui avait toujours raison, d'avoir affaire à des gens qui avaient toujours tort; que d'abord il avait argumenté avec la plus grande retenue, mais qu'enfin la patience lui avait échappé.

Le mandarin leur fit sentir, avec toute la discrétion possible, combien la politesse est nécessaire dans la dispute, leur dit qu'on ne se fâchait jamais à la Chine, et leur demanda de quoi il s'agissait.

Le jésuite lui répondit : « Monseigneur, je vous en fais juge; ces deux messieurs refusent de se soumettre aux décisions du concile de Trente.

— Cela m'étonne, » dit le mandarin. Puis se tournant vers les deux réfractaires : » Il me paraît, leur dit-il, messieurs, que vous devriez respecter les avis d'une grande assemblée : je ne sais pas ce que c'est que le concile de Trente; mais plusieurs personnes sont toujours plus instruites qu'une seule. Nul ne doit croire qu'il en sait plus que les autres, et que la raison n'habite que dans sa tête; c'est ainsi que l'enseigne notre grand Confucius; et, si vous m'en croyez, vous ferez très-bien de vous en rapporter au concile de Trente. »

Le Danois prit alors la parole, et dit : « Monseigneur parle avec la plus grande sagesse; nous respectons les grandes assemblées comme nous le devons; aussi sommes-nous entièrement de l'avis de plusieurs assemblées qui se sont tenues avant celle de Trente.

— Oh! si cela est ainsi, dit le mandarin, je vous demande pardon, vous pourriez bien avoir raison. Çà, vous êtes donc du même avis, ce Hollandais et vous, contre ce pauvre jésuite?

— Point du tout, dit le Hollandais; cet homme-ci a des opinions presque aussi extravagantes que celles de ce jésuite qui fait ici le doucereux avec vous; il n'y a pas moyen d'y tenir.

— Je ne vous conçois pas, dit le mandarin; n'êtes-vous pas tous trois chrétiens? ne venez-vous pas tous trois enseigner le christianisme dans notre empire? et ne devez-vous pas par conséquent avoir les mêmes dogmes?

— Vous voyez, monseigneur, dit le jésuite : ces deux gens-ci sont ennemis mortels, et disputent tous deux contre moi; il est donc évident qu'ils ont tous les deux tort, et que la raison n'est que de mon côté.

— Cela n'est pas si évident, dit le mandarin; il se pourrait faire à toute force que vous eussiez tort tous trois; je serais curieux de vous entendre l'un après l'autre. »

Le jésuite fit alors un assez long discours, pendant lequel le Danois et le Hollandais levaient les épaules; le mandarin n'y comprit rien. Le Danois parla à son tour; ses deux adversaires le regardèrent en pitié, et le mandarin n'y comprit pas davantage. Le Hollandais eut le même sort. Enfin ils parlèrent tous trois ensemble, ils se dirent de grosses injures. L'honnête mandarin eut bien de la peine à mettre le holà, et leur dit : « Si vous voulez qu'on tolère ici votre doctrine, commencez par n'être ni intolérants ni intolérables. »

Au sortir de l'audience, le jésuite rencontra un missionnaire jacobin; il lui apprit qu'il avait gagné sa cause, l'assurant que là vérité triomphait toujours. Le jacobin lui dit : « Si j'avais été là, vous ne l'auriez pas gagnée; je vous aurais convaincu de mensonge et d'idolâtrie. » La querelle s'échauffa; le jacobin et le jésuite se prirent aux cheveux. Le mandarin, informé du scandale, les envoya tous deux en prison. Un sous-mandarin dit au juge : « Combien de temps Votre Excellence veut-elle qu'ils soient aux arrêts? — Jusqu'à ce qu'ils soient d'accord, dit le juge. — Ah! dit le sous-mandarin, ils seront donc en prison toute leur vie. — Hé bien! dit le juge, jusqu'à ce qu'ils se pardonnent. — Ils ne se pardonneront jamais, dit l'autre; je les connais. — Hé bien donc! dit le mandarin, jusqu'à ce qu'ils fassent semblant de se pardonner. »

CHAP. XX. — *S'il est utile d'entretenir le peuple*
dans la superstition.

Telle est la faiblesse du genre humain, et telle est sa perversité, qu'il vaut mieux, sans doute, pour lui d'être subjugué par toutes les superstitions possibles, pourvu qu'elles ne soient point meurtrières, que de vivre sans religion. L'homme a toujours eu besoin d'un frein; et quoiqu'il fût ridicule de sacrifier aux faunes, aux sylvains, aux naïades, il était bien plus raisonnable et plus utile d'adorer ces images fantastiques de la divinité, que de se livrer à l'athéisme. Un athée qui serait raisonneur, violent et puissant, serait un fléau aussi funeste qu'un superstitieux sanguinaire.

Quand les hommes n'ont pas de notions saines de la Divinité, les idées fausses y suppléent, comme dans les temps malheureux on trafique avec de la mauvaise monnaie, quand on n'en a pas de bonne. Le païen craignait de commettre un crime, de peur d'être puni par les faux dieux; le Malabare craint d'être puni par sa pagode. Partout où il y a une société établie, une religion est nécessaire; les lois veillent sur les crimes connus, et la religion sur les crimes secrets.

Mais lorsqu'une fois les hommes sont parvenus à embrasser une religion pure et sainte, la superstition devient non-seulement inutile, mais très-dangereuse. On ne doit pas chercher à nourrir de gland ceux que Dieu daigne nourrir de pain.

La superstition est à la religion ce que l'astrologie est à l'astronomie, la fille très-folle d'une mère très-sage. Ces deux filles ont longtemps subjugué toute la terre.

Lorsque, dans nos siècles de barbarie, il y avait à peine deux seigneurs féodaux qui eussent chez eux un Nouveau Testament, il pou-

vait être pardonnable de présenter des fables au vulgaire, c'est-à-dire
à ces seigneurs féodaux, à leurs femmes imbéciles, et aux brutes leurs
vassaux; on leur faisait croire que saint Christophe avait porté l'enfant Jésus du bord d'une rivière à l'autre; on les repaissait d'histoires
de sorciers et de possédés; ils imaginaient aisément que saint Genou
guérissait de la goutte, et que sainte Claire guérissait les yeux malades. Les enfants croyaient au loup-garou, et les pères au cordon de
saint François. Le nombre de reliques était innombrable.

La rouille de tant de superstitions a subsisté encore quelque temps
chez les peuples, lors même qu'enfin la religion fut épurée. On sait
que quand M. de Noailles, évêque de Châlons, fit enlever et jeter au
feu la prétendue relique du saint nombril de Jésus-Christ, toute la
ville de Châlons lui fit un procès; mais il eut autant de courage que
de piété, et il parvint bientôt à faire croire aux Champenois qu'on
pouvait adorer Jésus-Christ en esprit et en vérité, sans avoir son nombril dans une église.

Ceux qu'on appelait *jansénistes* ne contribuèrent pas peu à déraciner
insensiblement dans l'esprit de la nation la plupart des fausses idées
qui déshonoraient la religion chrétienne. On cessa de croire qu'il suffisait de réciter l'oraison des trente jours à la vierge Marie pour obtenir
tout ce qu'on voulait et pour pécher impunément.

Enfin la bourgeoisie a commencé à soupçonner que ce n'était pas
sainte Geneviève qui donnait ou arrêtait la pluie, mais que c'était Dieu
lui-même qui disposait des éléments. Les moines ont été étonnés que
leurs saints ne fissent plus de miracles; et si les écrivains de la *Vie de*
saint François Xavier revenaient au monde, ils n'oseraient pas écrire
que ce saint ressuscita neuf morts, qu'il se trouva en même temps sur
mer et sur terre, et que son crucifix étant tombé dans la mer, un cancre vint le lui rapporter.

Il en a été de même des excommunications. Nos historiens nous disent que lorsque le roi Robert eut été excommunié par le pape Grégoire V, pour avoir épousé la princesse Berthe sa commère, ses domestiques jetaient par les fenêtres les viandes qu'on avait servies au
roi, et que la reine Berthe accoucha d'une oie en punition de ce mariage incestueux. On doute aujourd'hui que les maîtres d'hôtel d'un roi
de France excommunié jetassent son dîner par la fenêtre, et que la
reine mît au monde un oison en pareil cas.

S'il y a quelques convulsionnaires dans un coin d'un faubourg,
c'est une maladie pédiculaire dont il n'y a que la plus vile populace
qui soit attaquée. Chaque jour la raison pénètre en France, dans les
boutiques des marchands comme dans les hôtels des seigneurs. Il faut
donc cultiver les fruits de cette raison, d'autant plus qu'il est impossible de les empêcher d'éclore. On ne peut gouverner la France, après
qu'elle a été éclairée par les Pascal, les Nicole, les Arnauld, les Bossuet, les Descartes, les Gassendi, les Bayle, les Fontenelle, etc.,
comme on la gouvernait du temps des Garasse et des Menot.

Si les maîtres d'erreurs, je dis les grands maîtres, si longtemps
payés et honorés pour abrutir l'espèce humaine, ordonnaient aujour-

d'hui de croire que le grain doit pourrir pour germer[1]; que la terre
est immobile sur ses fondements, qu'elle ne tourne point autour du
soleil; que les marées ne sont pas un effet naturel de la gravitation,
que l'arc-en-ciel n'est pas formé par la réfraction et la réflexion des
rayons de la lumière, etc., et s'ils se fondaient sur des passages mal
entendus de la sainte Écriture pour appuyer leurs ordonnances, comment seraient-ils regardés par tous les hommes instruits? le terme de
bêtes serait-il trop fort? Et si ces sages maîtres se servaient de la force
et de la persécution pour faire régner leur ignorance insolente, le
terme de *bêtes farouches* serait-il déplacé?

Plus les superstitions des moines sont méprisées, plus les évêques
sont respectés, et les curés considérés; ils ne font que bien, et du les
superstitions monacales ultramontaines feraient beaucoup de mal.
Mais de toutes les superstitions, la plus dangereuse, n'est-ce pas celle
de haïr son prochain pour ses opinions? et n'est-il pas évident qu'il
serait encore plus raisonnable d'adorer le saint nombril, le saint prépuce, le lait et la robe de la vierge Marie, que de détester et de persécuter son frère?

CHAP. XXI. — *Vertu vaut mieux que science.*

Moins de dogmes, moins de disputes; et moins de disputes, moins
de malheurs: si cela n'est pas vrai, j'ai tort.

La religion est instituée pour nous rendre heureux dans cette vie
et dans l'autre. Que faut-il pour être heureux dans la vie à venir? être
juste.

Pour être heureux dans celle-ci, autant que le permet la misère de
notre nature, que faut il? être indulgent.

Ce serait le comble de la folie de prétendre amener tous les hommes
à penser d'une manière uniforme sur la métaphysique. On pourrait
beaucoup plus aisément subjuguer l'univers entier par les armes que
subjuguer tous les esprits d'une seule ville.

Euclide est venu aisément à bout de persuader à tous les hommes
les vérités de la géométrie: pourquoi? parce qu'il n'y en a pas une qui
ne soit un corollaire évident de ce petit axiome: *Deux et deux font
quatre.* Il n'en est pas tout à fait de même dans le mélange de la métaphysique et de la théologie.

Lorsque l'évêque Alexandre et le prêtre Arios ou Arius commencèrent à disputer sur la manière dont le *Logos* était une émanation
du Père, l'empereur Constantin leur écrivit d'abord ces paroles rapportées par Eusèbe et par Socrate: « Vous êtes de grands fous de disputer sur des choses que vous ne pouvez entendre. »

Si les deux partis avaient été assez sages pour convenir que l'empereur avait raison, le monde chrétien n'aurait pas été ensanglanté pendant trois cents années.

Qu'y a-t-il en effet de plus fou et de plus horrible que de dire aux

1. *I Cor.*, XV, 36. (ÉD.)

hommes : « Mes amis, ce n'est pas assez d'être des sujets fidèles, des enfants soumis, des pères tendres, des voisins équitables, de pratiquer toutes les vertus, de cultiver l'amitié, de fuir l'ingratitude, d'adorer Jésus-Christ en paix; il faut encore que vous sachiez comment on est engendré de toute éternité; et si vous ne savez pas distinguer l'*Omoousion* dans l'hypostase, nous vous dénonçons que vous serez brûlés à jamais; et, en attendant, nous allons commencer par vous égorger ? »

Si on avait présenté une telle décision à un Archimède, à un Posidonius, à un Varron, à un Caton, à un Cicéron, qu'auraient-ils répondu?

Constantin ne persévéra point dans sa résolution d'imposer silence aux deux partis; il pouvait faire venir les chefs de l'ergotisme dans son palais; il pouvait leur demander par quelle autorité ils troublaient le monde : « Avez-vous les titres de la famille divine? Que vous importe que le *Logos* soit fait ou engendré, pourvu qu'on lui soit fidèle, pourvu qu'on prêche une bonne morale, et qu'on la pratique si on peut? J'ai commis bien des fautes dans ma vie et vous aussi : vous êtes ambitieux, et moi aussi : l'empire m'a coûté des fourberies et des cruautés; j'ai assassiné presque tous mes proches; je m'en repens : je veux expier mes crimes en rendant l'empire romain tranquille, ne m'empêchez pas de faire le seul bien qui puisse faire oublier mes anciennes barbaries; aidez-moi à finir mes jours en paix. » Peut-être n'aurait-il rien gagné sur les disputeurs; peut-être fut-il flatté de présider à un concile en long habit rouge, la tête chargée de pierreries.

Voilà pourtant ce qui ouvrit la porte à tous ces fléaux qui vinrent de l'Asie à l'Occident. Il sortit de chaque verset contesté une furie armée d'un sophisme et d'un poignard, qui rendit tous les hommes insensés et cruels. Les Huns, les Hérules, les Goths et les Vandales, qui survinrent, firent infiniment moins de mal; et le plus grand qu'ils firent fut de se prêter enfin eux-mêmes à ces disputes fatales.

CHAP. XXII. —*De la tolérance universelle.*

Il ne faut pas un grand art, une éloquence bien recherchée, pour prouver que des chrétiens doivent se tolérer les uns les autres. Je vais plus loin : je vous dis qu'il faut regarder tous les hommes comme nos frères. « Quoi! mon frère le Turc? mon frère le Chinois? le Juif? le Siamois? — Oui, sans doute; ne sommes-nous pas tous enfants du même père, et créatures du même Dieu? »

Mais ces peuples nous méprisent; mais ils nous traitent d'idolâtres! Hé bien! je leur dirai qu'ils ont grand tort. Il me semble que je pourrais étonner au moins l'orgueilleuse opiniâtreté d'un iman ou d'un talapoin, si je leur parlais à peu près ainsi :

« Ce petit globe, qui n'est qu'un point, roule dans l'espace, ainsi que tant d'autres globes; nous sommes perdus dans cette immensité. L'homme, haut d'environ cinq pieds, est assurément peu de chose dans la création. Un de ces êtres imperceptibles dit à quelques-uns de ses voisins, dans l'Arabie ou dans la Cafrerie : « Écoutez-moi, car le « Dieu de tous ces mondes m'a éclairé ; il y a neuf cents millions de « petites fourmis comme nous sur la terre, mais il n'y a que ma four- « milière qui soit chère à Dieu ; toutes les autres lui sont en horreur « de toute éternité ; elle sera seule heureuse, et toutes les autres se- « ront éternellement infortunées. »

Ils m'arrêteraient alors, et me demanderaient quel est le fou qui a dit cette sottise. Je serais obligé de leur répondre : « C'est vous-mêmes. » Je tâcherais ensuite de les adoucir ; mais cela serait bien difficile.

Je parlerais maintenant aux chrétiens, et j'oserais dire, par exemple, à un dominicain inquisiteur pour la foi : « Mon frère, vous savez que chaque province d'Italie a son jargon, et qu'on ne parle point à Venise et à Bergame comme à Florence. L'académie de la Crusca a fixé la langue ; son dictionnaire est une règle dont on ne doit pas s'écarter, et la Grammaire de Buonmattei est un guide infaillible qu'il faut suivre ; mais croyez-vous que le consul de l'académie, et en son absence Buonmattei, auraient pu en conscience faire couper la langue à tous les Vénitiens et à tous les Bergamasques qui auraient persisté dans leur patois ? »

L'inquisiteur me répond : « Il y a bien de la différence ; il s'agit ici du salut de votre âme ; c'est pour votre bien que le directoire de l'inquisition ordonne qu'on vous saisisse sur la déposition d'une seule personne, fût-elle infâme et reprise de justice ; que vous n'ayez point d'avocat pour vous défendre ; que le nom de votre accusateur ne vous soit pas seulement connu ; que l'inquisiteur vous promette grâce, et ensuite vous condamne ; qu'il vous applique à cinq tortures différentes ; et qu'ensuite vous soyez ou fouetté, ou mis aux galères, ou brûlé en cérémonie[1]. Le P. Ivonet, le docteur Cuchalon, Zanchinus, Campegius, Roias, Felynus, Gomarus, Diabarus, Gemelinus, y sont formels, et cette pieuse pratique ne peut souffrir de contradiction. »

Je prendrais la liberté de lui répondre : « Mon frère, peut-être avez-vous raison ; je suis convaincu du bien que vous voulez me faire ; mais ne pourrais-je pas être sauvé sans tout cela ? »

Il est vrai que ces horreurs absurdes ne souillent pas tous les jours la face de la terre, mais elles ont été fréquentes, et on en composerait aisément un volume beaucoup plus gros que les évangiles qui les réprouvent. Non-seulement il est bien cruel de persécuter dans cette courte vie ceux qui ne pensent pas comme nous, mais je ne sais s'il n'est pas bien hardi de prononcer leur damnation éternelle. Il me semble qu'il n'appartient guère à des atomes d'un moment, tels que nous sommes, de prévenir ainsi les arrêts du Créateur. Je suis bien loin de combattre cette sentence, « Hors de l'Église, point de salut ; »

---

1. Voy. l'excellent livre intitulé *le Manuel de l'inquisition.* — Le livre que Voltaire recommande ici, avec raison, est *le Manuel des inquisiteurs à l'usage des inquisitions d'Espagne et de Portugal, ou abrégé de l'ouvrage intitulé* Directorium inquisitorum, *composé vers 1358, par Nicolas Eymeric, etc.,* 1762, in-12 ; l'auteur du *Manuel* est l'abbé Morellet. (*Note de M. Beuchot.*)

je la respecte, ainsi que tout ce qu'elle enseigne; mais, en vérité, connaissons-nous toutes les voies de Dieu, et toute l'étendue de ses miséricordes? N'est-il pas permis d'espérer en lui autant que de le craindre? n'est-ce pas assez d'être fidèles à l'Église? faudra-t-il que chaque particulier usurpe les droits de la Divinité, et décide avant elle du sort éternel de tous les hommes?

Quand nous portons le deuil d'un roi de Suède, ou de Danemark, ou d'Angleterre, ou de Prusse, disons-nous que nous portons le deuil d'un réprouvé qui brûle éternellement en enfer? Il y a dans l'Europe quarante millions d'habitants qui ne sont pas de l'Église de Rome; dirons-nous à chacun d'eux : « Monsieur, attendu que vous êtes infailliblement damné, je ne veux ni manger, ni contracter, ni converser avec vous? »

Quel est l'ambassadeur de France qui, étant présenté à l'audience du Grand-Seigneur, se dira dans le fond de son cœur : « Sa Hautesse sera infailliblement brûlée pendant toute l'éternité, parce qu'elle s'est soumise à la circoncision? S'il croyait réellement que le Grand-Seigneur est l'ennemi mortel de Dieu, et l'objet de sa vengeance, pourrait-il lui parler? devrait-il être envoyé vers lui? Avec quel homme pourrait-on commercer, quel devoir de la vie civile pourrait-on jamais remplir, si en effet on était convaincu de cette idée que l'on converse avec des réprouvés?

O sectateurs d'un dieu clément! si vous aviez un cœur cruel; si, en adorant celui dont toute la loi consistait en ces paroles : « Aimez Dieu et votre prochain[1], » vous aviez surchargé cette loi pure et sainte de sophismes et de disputes incompréhensibles; si vous aviez allumé la discorde, tantôt pour un mot nouveau, tantôt pour une seule lettre de l'alphabet; si vous aviez attaché des peines éternelles à l'omission de quelques paroles, de quelques cérémonies que d'autres peuples ne pouvaient connaître; je vous dirais, en répandant des larmes sur le genre humain : « Transportez-vous avec moi au jour où tous les hommes seront jugés, et où Dieu rendra à chacun selon ses œuvres.

« Je vois tous les morts des siècles passés et du nôtre comparaître en sa présence. Êtes-vous bien sûrs que notre Créateur et notre Père dira au sage et vertueux Confucius, au législateur Solon, à Pythagore, à Zaleucus, à Socrate, à Platon, aux divins Antonins, au bon Trajan, à Titus, les délices du genre humain, à Épictète, à tant d'autres hommes, les modèles des hommes : « Allez, monstres; allez subir des « châtiments infinis en intensité et en durée; que votre supplice soit « éternel comme moi! Et vous, mes bien-aimés, Jean Châtel, Ravail-« lac, Damiens, Cartouche, etc., qui êtes morts avec les formules pres-« crites, partagez à jamais à ma droite mon empire et ma félicité. »

Vous reculez d'horreur à ces paroles; et, après qu'elles me sont échappées, je n'ai plus rien à vous dire.

1. Luc, x, 27. (ÉD.)

CHAP. XXIII. — *Prière à Dieu.*

Ce n'est donc plus aux hommes que je m'adresse; c'est à toi, Dieu de tous les êtres, de tous les mondes, et de tous les temps : s'il est permis à de faibles créatures perdues dans l'immensité, et imperceptibles au reste de l'univers, d'oser te demander quelque chose, à toi qui as tout donné, à toi dont les décrets sont immuables comme éternels, daigne regarder en pitié les erreurs attachées à notre nature; que ces erreurs ne fassent point nos calamités. Tu ne nous as point donné un cœur pour nous haïr, et des mains pour nous égorger; fais que nous nous aidions mutuellement à supporter le fardeau d'une vie pénible et passagère; que les petites différences entre les vêtements qui couvrent nos débiles corps, entre tous nos langages insuffisants, entre tous nos usages ridicules, entre toutes nos lois imparfaites, entre toutes nos opinions insensées, entre toutes nos conditions si disproportionnées à nos yeux, et si égales devant toi; que toutes ces petites nuances qui distinguent les atomes appelés *hommes* ne soient pas des signaux de haine et de persécution; que ceux qui allument des cierges en plein midi pour te célébrer supportent ceux qui se contentent de la lumière de ton soleil; que ceux qui couvrent leur robe d'une toile blanche pour dire qu'il faut t'aimer ne détestent pas ceux qui disent la même chose sous un manteau de laine noire; qu'il soit égal de t'adorer dans un jargon formé d'une ancienne langue, ou dans un jargon plus nouveau; que ceux dont l'habit est teint en rouge ou en violet, qui dominent sur une petite parcelle d'un petit tas de la boue de ce monde, et qui possèdent quelques fragments arrondis d'un certain métal, jouissent sans orgueil de ce qu'ils appellent *grandeur* et *richesse*, et que les autres les voient sans envie; car tu sais qu'il n'y a dans ces vanités ni de quoi envier, ni de quoi s'enorgueillir.

Puissent tous les hommes se souvenir qu'ils sont frères! qu'ils aient en horreur la tyrannie exercée sur les âmes, comme ils ont en exécration le brigandage qui ravit par la force le fruit du travail et de l'industrie paisible! Si les fléaux de la guerre sont inévitables, ne nous haïssons pas, ne nous déchirons pas les uns les autres dans le sein de la paix, et employons l'instant de notre existence à bénir également en mille langages divers, depuis Siam jusqu'à la Californie, ta bonté qui nous a donné cet instant.

CHAP. XXIV. — *Post-scriptum.*

Tandis qu'on travaillait à cet ouvrage, dans l'unique dessein de rendre les hommes plus compatissants et plus doux, un autre homme écrivait dans un dessein tout contraire; car chacun a son opinion. Cet homme faisait imprimer un petit code de persécution, intitulé : *L'Accord de la religion et de l'humanité* (c'est une faute de l'imprimeur : lisez *de l'inhumanité*).

L'auteur de ce saint libelle s'appuie sur saint Augustin, qui, après avoir prêché la douceur, prêcha enfin la persécution, attendu qu'il était alors le plus fort, et qu'il changeait souvent d'avis. Il cite aussi l'évêque de Meaux, Bossuet, qui persécuta le célèbre Fénelon, archevêque de Cambrai, coupable d'avoir imprimé que Dieu vaut bien la peine qu'on l'aime pour lui-même.

Bossuet était éloquent, je l'avoue ; l'évêque d'Hippone, quelquefois inconséquent, était plus disert que ne sont les autres Africains, je l'avoue encore : mais je prendrai la liberté de dire à l'auteur de ce saint libelle, avec Armande, dans les *Femmes savantes* :

Quand sur une personne on prétend se régler,
C'est par les beaux côtés qu'il lui faut ressembler.
                                    Acte I, scène 1.

Je dirai à l'évêque d'Hippone : « Monseigneur, vous avez changé d'avis, permettez-moi de m'en tenir à votre première opinion ; en vérité, je la crois meilleure. »

Je dirai à l'évêque de Meaux : « Monseigneur, vous êtes un grand homme ; je vous trouve aussi savant, pour le moins, que saint Augustin, et beaucoup plus éloquent : mais pourquoi tant tourmenter votre confrère, qui était aussi éloquent que vous dans un autre genre, et qui était plus aimable ? »

L'auteur du saint libelle sur l'inhumanité n'est ni un Bossuet ni un Augustin, il me paraît tout propre à faire un excellent inquisiteur ; je voudrais qu'il fût à Goa à la tête de ce beau tribunal. Il est, de plus, homme d'État, et il étale de grands principes de politique. « S'il y a chez vous, dit-il, beaucoup d'hétérodoxes, ménagez-les, persuadez-les ; s'il n'y en a qu'un petit nombre, mettez en usage la potence et les galères, et vous vous en trouverez fort bien : » c'est ce qu'il conseille, à la page 89 et 90.

Dieu merci, je suis bon catholique, je n'ai point à craindre ce que les huguenots appellent *le martyre :* mais si cet homme est jamais premier ministre, comme il paraît s'en flatter dans son libelle, je l'avertis que je pars pour l'Angleterre le jour qu'il aura ses lettres patentes.

En attendant, je ne puis que remercier la Providence de ce qu'elle permet que les gens de son espèce soient toujours de mauvais raisonneurs. Il va jusqu'à citer Bayle parmi les partisans de l'intolérance ; cela est sensé et adroit ; et de ce que Bayle accorde qu'il faut punir les factieux et les fripons, notre homme en conclut qu'il faut persécuter à feu et à sang les gens de bonne foi qui sont paisibles.

Presque tout son livre est une imitation de l'Apologie de la Saint-Barthélemy. C'est cet apologiste ou son écho. Dans l'un ou dans l'autre cas, il faut espérer que ni le maître ni le disciple ne gouverneront l'État.

Mais s'il arrive qu'ils en soient les maîtres, je leur présente de loin cette requête, au sujet de deux lignes de la page 93 du saint libelle : « Faut-il sacrifier au bonheur du vingtième de la nation le bonheur de la nation entière ? »

Supposé qu'en effet il y ait vingt catholiques romains en France contre un huguenot, je ne prétends point que le huguenot mange les vingt catholiques ; mais aussi pourquoi ces vingt catholiques mangeraient-ils ce huguenot, et pourquoi empêcher ce huguenot de se marier? N'y a-t-il pas des évêques, des abbés, des moines, qui ont des terres en Dauphiné, dans le Gévaudan, devers Agde, devers Carcassonne? Ces évêques, ces abbés, ces moines, n'ont-ils pas des fermiers qui ont le malheur de ne pas croire à la transsubstantiation? N'est-il pas de l'intérêt des évêques, des abbés, des moines, et du public, que ces fermiers aient de nombreuses familles? N'y aura-t-il que ceux qui communieront sous une seule espèce à qui il sera permis de faire des enfants? En vérité cela n'est ni juste ni honnête.

« La révocation de l'édit de Nantes n'a point autant produit d'inconvénients qu'on lui en attribue, » dit l'auteur.

Si en effet on lui en attribue plus qu'elle n'en a produit, on exagère; et le tort de presque tous les historiens est d'exagérer; mais c'est aussi le tort de tous les controversistes de réduire à rien le mal qu'on leur reproche. N'en croyons ni les docteurs de Paris ni les prédicateurs d'Amsterdam.

Prenons pour juge M. le comte d'Avaux, ambassadeur en Hollande, depuis 1685 jusqu'en 1688. Il dit, page 181, tome V, qu'un seul homme avait offert de découvrir plus de vingt millions que les persécutés faisaient sortir de France. Louis XIV répond à M. d'Avaux : « Les avis que je reçois tous les jours d'un nombre infini de conversions ne me laissent plus douter que les plus opiniâtres ne suivent l'exemple des autres. »

On voit, par cette lettre de Louis XIV, qu'il était de très-bonne foi sur l'étendue de son pouvoir. On lui disait tous les matins : « Sire, vous êtes le plus grand roi de l'univers; tout l'univers fera gloire de penser comme vous dès que vous aurez parlé. » Pellisson, qui s'était enrichi dans la place de premier commis des finances, Pellisson, qui avait été trois ans à la Bastille comme complice de Fouquet, Pellisson, qui de calviniste était devenu diacre et bénéficier, qui faisait imprimer des prières pour la messe et des bouquets à Iris, qui avait obtenu la place des économats et de convertisseur; Pellisson, dis-je, apportait tous les trois mois une grande liste d'abjurations à sept ou huit écus la pièce, et faisait accroire à son roi que, quand il voudrait, il convertirait tous les Turcs au même prix. On se relayait pour le tromper; pouvait-il résister à la séduction?

Cependant le même M. d'Avaux mande au roi qu'un nommé Vincent maintient plus de cinq cents ouvriers auprès d'Angoulême, et que sa sortie causera du préjudice : tome V, page 194.

Le même M. d'Avaux parle de deux régiments que le prince d'Orange fait déjà lever par les officiers français réfugiés; il parle de matelots qui désertèrent de trois vaisseaux pour servir sur ceux du prince d'Orange. Outre ces deux régiments, le prince d'Orange forme encore une compagnie de cadets réfugiés, commandés par deux capitaines, page 240. Cet ambassadeur écrit encore, le 9 mai 1686, à M. de Seignelai, « qu'il ne peut lui dissimuler la peine qu'il a de voir les manufactures de France s'établir en Hollande, d'où elles ne sortiront jamais. »

Joignez à tous ces témoignages ceux de tous les intendants du royaume en 1699, et jugez si la révocation de l'édit de Nantes n'a pas produit plus de mal que de bien, malgré l'opinion du respectable auteur de l'*Accord de la religion et de l'inhumanité*.

Un maréchal de France, connu par son esprit supérieur, disait, il y a quelques années : « Je ne sais pas si la dragonnade a été nécessaire; mais il est nécessaire de n'en plus faire. »

J'avoue que j'ai cru aller un peu trop loin, quand j'ai rendu publique la lettre du correspondant du P. Le Tellier, dans laquelle ce congréganiste propose des tonneaux de poudre. Je me disais à moi-même : « On ne m'en croira pas, on regardera cette lettre comme une pièce supposée. » Mes scrupules heureusement ont été levés quand j'ai lu dans l'*Accord de la religion et de l'inhumanité*, page 149, ces douces paroles :

« L'extinction totale des protestants en France n'affaiblirait pas plus la France qu'une saignée n'affaiblit un malade bien constitué. »

Ce chrétien compatissant, qui a dit tout à l'heure que les protestants composent le vingtième de la nation, veut donc qu'on répande le sang de cette vingtième partie, et ne regarde cette opération que comme une saignée d'une palette! Dieu nous préserve avec lui des trois vingtièmes!

Si donc cet honnête homme propose de tuer le vingtième de la nation, pourquoi l'ami du P. Le Tellier n'aurait-il pas proposé de faire sauter en l'air, d'égorger et d'empoisonner le tiers? Il est donc trèsvraisemblable que la lettre au P. Le Tellier a été réellement écrite.

Le saint auteur finit enfin par conclure que l'intolérance est une chose excellente, « parce qu'elle n'a pas été, dit-il, condamnée expressément par Jésus-Christ. » Mais Jésus-Christ n'a pas condamné non plus ceux qui mettraient le feu aux quatre coins de Paris; est-ce une raison pour canoniser les incendiaires?

Ainsi donc, quand la nature fait entendre d'un côté sa voix douce et bienfaisante, le fanatisme, cet ennemi de la nature, pousse des hurlements; et, lorsque la paix se présente aux hommes, l'intolérance forge ses armes. Ô vous, arbitre des nations, qui avez donné la paix à l'Europe, décidez entre l'esprit pacifique et l'esprit meurtrier !

CHAP. XXV. — *Suite et conclusion.*

Nous apprenons que le 7 mars 1763, tout le conseil d'État assemblé à Versailles, les ministres d'État y assistant, le chancelier y présidant, M. de Crosne, maître des requêtes, rapporta l'affaire des Calas avec l'impartialité d'un juge, l'exactitude d'un homme parfaitement instruit, l'éloquence simple et vraie d'un orateur homme d'État, la seule qui convienne dans une telle assemblée. Une foule prodigieuse de personnes de tout rang attendait dans la galerie du château la décision du conseil. On annonça bientôt au roi que toutes les voix, sans en excepter une, avaient ordonné que le parlement de Toulouse enverrait au conseil les pièces du procès, et les motifs de son arrêt qui avait fait expirer Jean Calas sur la roue. Sa Majesté approuva le jugement du conseil.

Il y a donc de l'humanité et de la justice chez les hommes, et principalement dans le conseil d'un roi aimé et digne de l'être. L'affaire d'une malheureuse famille de citoyens obscurs a occupé Sa Majesté, ses ministres, le chancelier et tout le conseil, et a été discutée avec un examen aussi réfléchi que les plus grands objets de la guerre et de la paix peuvent l'être. L'amour de l'équité, l'intérêt du genre humain, ont conduit tous les juges. Grâces en soient rendues à ce Dieu de clémence, qui seul inspire l'équité et toutes les vertus !

Nous attestons que nous n'avons jamais connu ni cet infortuné Calas que les huit juges de Toulouse firent périr sur les indices les plus faibles, contre les ordonnances de nos rois, et contre les lois de toutes les nations : ni son fils Marc-Antoine, dont la mort étrange a jeté ces huit juges dans l'erreur; ni la mère, aussi respectable que malheureuse ; ni ses innocentes filles, qui sont venues avec elle de deux cents lieues mettre leur désastre et leur vertu au pied du trône.

Ce Dieu sait que nous n'avons été animé que d'un esprit de justice, de vérité et de paix, quand nous avons écrit ce que nous pensons de la tolérance, à l'occasion de Jean Calas, que l'esprit d'intolérance a fait mourir.

Nous n'avons pas cru offenser les huit juges de Toulouse, en disant qu'ils se sont trompés, ainsi que tout le conseil l'a présumé : au contraire, nous leur avons ouvert une voie de se justifier devant l'Europe entière. Cette voie est d'avouer que des indices équivoques et les cris d'une multitude insensée ont surpris leur justice; de demander pardon à la veuve, et de réparer, autant qu'il est en eux, la ruine entière d'une famille innocente, en se joignant à ceux qui la secourent dans son affliction. Ils ont fait mourir le père injustement; c'est à eux de tenir lieu de père aux enfants, supposé que ces orphelins veuillent bien recevoir d'eux une faible marque d'un très-juste repentir. Il sera beau aux juges de l'offrir, et à la famille de le refuser.

C'est surtout au sieur David, capitoul de Toulouse, s'il a été le premier persécuteur de l'innocence, à donner l'exemple des remords. Il insulta un père de famille mourant sur l'échafaud. Cette cruauté est bien inouïe; mais puisque Dieu pardonne, les hommes doivent aussi pardonner à qui répare ses injustices.

On m'a écrit du Languedoc cette lettre du 20 février 1763.

. . . .

« Votre ouvrage sur la tolérance me paraît plein d'humanité et de vérité : mais je crains qu'il ne fasse plus de mal que de bien à la famille des Calas. Il peut ulcérer les huit juges qui ont opiné à la roue; ils demanderont au parlement qu'on brûle votre livre, et les fanatiques (car il y en a toujours) répondront par des cris de fureur à la voix de la raison, etc. »

Voici ma réponse :

Les huit juges de Toulouse peuvent faire brûler mon livre, s'il est bon; il n'y a rien de plus aisé : on a bien brûlé les *Lettres provincia-*

les, qui valaient sans doute beaucoup mieux : chacun peut brûler chez lui les livres et papiers qui lui déplaisent.

Mon ouvrage ne peut faire ni bien ni mal aux Calas, que je ne connais point. Le conseil du roi, impartial et ferme, juge suivant les lois, suivant l'équité, sur les pièces, sur les procédures, et non sur un écrit qui n'est point juridique, et dont le fond est absolument étranger à l'affaire qu'il juge.

On aurait beau imprimer des in-folio pour ou contre les huit juges de Toulouse, et pour ou contre la tolérance, ni le conseil, ni aucun tribunal ne regardera ces livres comme des pièces du procès.

Cet écrit sur la tolérance est une requête que l'humanité présente très-humblement au pouvoir et à la prudence. Je sème un grain qui pourra un jour produire une moisson. Attendons tout du temps, de la bonté du roi, de la sagesse de ses ministres, et de l'esprit de raison qui commence à répandre partout sa lumière.

La nature dit à tous les hommes : « Je vous ai tous fait naître faibles et ignorants, pour végéter quelques minutes sur la terre, et pour l'engraisser de vos cadavres. Puisque vous êtes faibles, secourez-vous ; puisque vous êtes ignorants, éclairez-vous et supportez-vous. Quand vous seriez tous du même avis, ce qui certainement n'arrivera jamais, quand il n'y aurait qu'un seul homme d'un avis contraire, vous devriez lui pardonner ; car c'est moi qui le fais penser comme il pense. Je vous ai donné des bras pour cultiver la terre, et une petite lueur de raison pour vous conduire ; j'ai mis dans vos cœurs un germe de compassion pour vous aider les uns les autres à supporter la vie. N'étouffez pas ce germe, ne le corrompez pas ; apprenez qu'il est divin, et ne substituez pas les misérables fureurs de l'école à la voix de la nature.

« C'est moi seule qui vous unis encore malgré vous par vos besoins mutuels, au milieu même de vos guerres cruelles si légèrement entreprises, théâtre éternel des fautes, des hasards et des malheurs. C'est moi seule qui, dans une nation, arrête les suites funestes de la division interminable entre la noblesse et la magistrature, entre ces deux corps et celui du clergé, entre le bourgeois même et le cultivateur. Ils ignorent tous les bornes de leurs droits ; mais ils écoutent tous malgré eux, à la longue, ma voix qui parle à leur cœur. Moi seule je conserve l'équité dans les tribunaux, où tout serait livré sans moi à l'indécision et aux caprices, au milieu d'un amas confus de lois faites souvent au hasard et pour un besoin passager, différentes entre elles de province en province, de ville en ville, et presque toujours contradictoires entre elles dans le même lieu. Seule je peux inspirer la justice, quand les lois n'inspirent que la chicane. Celui qui m'écoute juge toujours bien ; et celui qui ne cherche qu'à concilier des opinions qui se contredisent est celui qui s'égare.

« Il y a un édifice immense dont j'ai posé le fondement de mes mains ; il était solide et simple, tous les hommes pouvaient y entrer en sûreté ; ils ont voulu y ajouter les ornements les plus bizarres, les plus grossiers, et les plus inutiles ; le bâtiment tombe en ruine de tous les côtés; les hommes en prennent les pierres et se les jettent à la tête : je leur crie : Arrêtez, écartez ces décombres funestes qui sont votre ouvrage, et demeurez avec moi en paix dans l'édifice inébranlable, qui est le mien. »

Article nouvellement adopté, dans lequel on rend compte du dernier arrêt rendu en faveur de la famille des Calas.

Depuis le 7 mars 1763 jusqu'au jugement définitif, il se passa encore deux années; tant il est facile au fanatisme d'arracher la vie à l'innocence, et difficile à la raison de lui faire rendre justice. Il fallut essuyer des longueurs inévitables, nécessairement attachées aux formalités. Moins ces formalités avaient été observées dans la condamnation de Calas, plus elles devaient l'être rigoureusement par le conseil d'État. Une année entière ne suffit pas pour forcer le parlement de Toulouse à faire parvenir au conseil toute la procédure, pour en faire l'examen, pour le rapporter. M. de Crosne fut encore chargé de ce travail pénible. Une assemblée de près de quatre-vingts juges cassa l'arrêt de Toulouse, et ordonna la révision entière du procès.

D'autres affaires importantes occupaient alors presque tous les tribunaux du royaume. On chassait les jésuites; on abolissait leur société en France : ils avaient été intolérants et persécuteurs; ils furent persécutés à leur tour.

L'extravagance des billets de confession, dont on les crut les auteurs secrets, et dont ils étaient publiquement les partisans, avait déjà ranimé contre eux la haine de la nation. Une banqueroute immense d'un de leurs missionnaires [1], banqueroute que l'on crut en partie frauduleuse, acheva de les perdre. Ces seuls mots de *missionnaires* et de *banqueroutiers*, si peu faits pour être joints ensemble, portèrent dans tous les esprits l'arrêt de leur condamnation. Enfin les ruines de Port-Royal et les ossements de tant d'hommes célèbres insultés par eux dans leurs sépultures, et exhumés au commencement du siècle par des ordres que les jésuites seuls avaient dictés, s'élevèrent contre leur crédit expirant. On peut voir l'histoire de leur proscription dans l'excellent livre intitulé : *Sur la destruction des jésuites en France* [2], ouvrage impartial, parce qu'il est d'un philosophe, écrit avec la finesse et l'éloquence de Pascal, et surtout avec une supériorité de lumières qui n'est pas offusquée, comme dans Pascal, par des préjugés qui ont quelquefois séduit de grands hommes.

Cette grande affaire, dans laquelle quelques partisans des jésuites disaient que la religion était outragée, et où le plus grand nombre la croyait vengée, fit pendant plusieurs mois perdre de vue au public le procès des Calas : mais le roi ayant attribué au tribunal qu'on appelle *les requêtes de l'hôtel* le jugement définitif, le même public, qui aime à passer d'une scène à l'autre, oublia les jésuites, et les Calas saisirent toute son attention.

---

1. Le P. La Valette. (ÉD.) — 2. Par Dalembert. (F.D.)

La chambre des requêtes de l'hôtel est une cour souveraine composée de maîtres des requêtes, pour juger les procès entre les officiers
de la cour, et les causes que le roi leur renvoie. On ne pouvait choisir
un tribunal plus instruit de l'affaire : c'étaient précisément les mêmes
magistrats qui avaient jugé deux fois les préliminaires de la révision,
et qui étaient parfaitement instruits du fond et de la forme. La veuve
de Jean Calas, son fils, et le sieur de Lavaisse, se remirent en prison :
on fit venir du fond du Languedoc cette vieille servante catholique,
qui n'avait pas quitté un moment ses maîtres et sa maîtresse, dans le
temps qu'on supposait, contre toute vraisemblance, qu'ils étranglaient
leur fils et leur frère. On délibéra enfin sur les mêmes pièces qui
avaient servi à condamner Jean Calas à la roue, et son fils Pierre au
bannissement.

Ce fut alors que parut un nouveau mémoire de l'éloquent M. de
Beaumont, et un autre du jeune M. de Lavaisse, si injustement impli-
qué dans cette procédure criminelle par les juges de Toulouse, qui,
pour comble de contradiction, ne l'avaient pas déclaré absous. Ce
jeune homme fit lui-même un factum qui fut jugé digne par tout le
monde de paraître à côté de celui de M. de Beaumont. Il avait le double
avantage de parler pour lui-même et pour une famille dont il avait partagé les fers. Il n'avait tenu qu'à lui de briser les siens et de sortir des
prisons de Toulouse, s'il avait voulu seulement dire qu'il avait quitté
un moment les Calas dans le temps qu'on prétendait que le père et la
mère avaient assassiné leur fils. On l'avait menacé du supplice ; la
question et la mort avaient été présentées à ses yeux : un mot lui aurait
pu rendre sa liberté ; il aima mieux s'exposer au supplice que de prononcer ce mot qui aurait été un mensonge. Il exposa tout ce détail
dans son factum, avec une candeur si noble, si simple, si éloignée de
toute ostentation, qu'il toucha tous ceux qu'il ne voulait que convaincre, et qu'il se fit admirer sans prétendre à la réputation.

Son père, fameux avocat, n'eut aucune part à cet ouvrage : il se vit
tout d'un coup égalé par son fils, qui n'avait jamais suivi le barreau.

Cependant les personnes de la plus grande considération venaient
en foule dans la prison de Mme Calas, où ses filles s'étaient renfermées
avec elle. On s'y attendrissait jusqu'aux larmes. L'humanité, la générosité, leur prodiguaient des secours. Ce qu'on appelle la *charité* ne
leur en donnait aucun. La charité, qui d'ailleurs est si souvent mes-
quine et insultante, est le partage des dévots, et les dévots tenaient
encore contre les Calas.

Le jour arriva (9 mars 1765) où l'innocence triompha pleinement.
M. de Baquencourt ayant rapporté toute la procédure, et ayant instruit
l'affaire jusque dans les moindres circonstances, tous les juges, d'une
voix unanime, déclarèrent la famille innocente, tortionnairement et
abusivement jugée par le parlement de Toulouse. Ils réhabilitèrent la
mémoire du père. Ils permirent à la famille de se pourvoir devant qui
il appartiendrait, pour prendre ses juges à partie, et pour obtenir les
dépens, dommages et intérêts que les magistrats toulousains auraient
dû offrir d'eux-mêmes.

Ce fut dans Paris une joie universelle : on s'attroupait dans les places publiques, dans les promenades : on accourait pour voir cette famille si malheureuse et si bien justifiée; on battait des mains en voyant passer les juges, on les comblait de bénédictions. Ce qui rendait encore ce spectacle plus touchant, c'est que ce jour, neuvième mars, était le jour même où Calas avait péri par le plus cruel supplice (trois ans auparavant).

Messieurs les maîtres des requêtes avaient rendu à la famille Calas une justice complète, et en cela ils n'avaient fait que leur devoir. Il est un autre devoir, celui de la bienfaisance, plus rarement rempli par les tribunaux, qui semblent se croire faits pour être seulement équitables. Les maîtres des requêtes arrêtèrent qu'ils écriraient en corps à Sa Majesté, pour la supplier de réparer par ses dons la ruine de la famille. La lettre fut écrite. Le roi y répondit en faisant délivrer trente-six mille livres à la mère et aux enfants; et de ces trente-six mille livres, il y en eut trois mille pour cette servante vertueuse qui avait constamment défendu la vérité en défendant ses maîtres.

Le roi, par cette bonté, mérita, comme par tant d'autres actions, le surnom que l'amour de la nation lui a donné. Puisse cet exemple servir à inspirer aux hommes la tolérance, sans laquelle le fanatisme désolerait la terre, ou du moins l'attristerait toujours ! Nous savons qu'il ne s'agit ici que d'une seule famille, et que la rage des sectes en a fait périr des milliers ; mais aujourd'hui qu'une ombre de paix laisse reposer toutes les sociétés chrétiennes, après des siècles de carnage, c'est dans ce temps de tranquillité que le malheur des Calas doit faire une plus grande impression, à peu près comme le tonnerre qui tombe dans la sérénité d'un beau jour. Ces cas sont rares, mais ils arrivent, et ils sont l'effet de cette sombre superstition qui porte les âmes faibles à imputer des crimes à quiconque ne pense pas comme elles.

TABLE.

MÉLANGES (SUITE.)

COULOMMIERS
Imprimerie PAUL BRODARD.

ŒUVRES
DES PRINCIPAUX ÉCRIVAINS FRANÇAIS

VOLUMES IN-18 JÉSUS

On peut se procurer chaque volume de cette série relié en percaline gaufrée, sans être rogné, moyennant 50 cent.; en demi-reliure, dos en chagrin, tranches jaspées, moyennant 1 fr. 50 cent.; et avec tranches dorées, moyennant 2 fr. en sus du prix marqué.

1re Série à 1 franc 25 c. le volume.

Barthélemy : *Voyage du jeune Anacharsis en Grèce dans le milieu du iv siècle avant l'ère chrétienne.* 3 volumes.

Atlas pour le Voyage du jeune Anacharsis, dressé par J.-D. Barbié du Bocage, revu par A.-D. Barbié du Bocage. In-8, 1 fr. 50 c.

Boileau : *Œuvres complètes.* 2 vol.

Bossuet : *Œuvres choisies.* 5 vol.

Corneille : *Œuvres complètes.* 7 vol.

Fénelon : *Œuvres choisies.* 4 vol.

La Fontaine : *Œuvres complètes.* 3 volumes.

Marivaux : *Œuvres choisies.* 2 vol.

Molière : *Œuvres complètes.* 3 vol.

Montaigne : *Essais*, précédés d'une lettre à M. Villemain sur l'éloge de Montaigne, par P. Christian. 2 vol.

Montesquieu : *Œuvres complètes.* 3 volumes.

Pascal : *Œuvres complètes.* 3 vol.

Racine : *Œuvres complètes.* 3 vol.

Rousseau (J.-J.) : *Œuvres complètes.* 13 volumes.

Saint-Simon (le duc de) : *Mémoires complets et authentiques sur le siècle de Louis XIV et la Régence*, collationnés sur le manuscrit original par M. Chéruel, et précédés d'une notice de M. Sainte-Beuve, de l'Académie française. 13 vol.

Sedaine : *Œuvres choisies.* 1 vol.

Voltaire : *Œuvres complètes.* 46 vol.

2e Série à 3 francs 50 cent. le volume.

Chateaubriand : *Le Génie du Christianisme.* 1 vol.

— *Les Martyrs ;* — *le Dernier des Abencerrages.* 1 vol.

— *Atala ;* — *René ;* — *les Natchez.* 1 vol.

Fléchier : *Mémoires sur les Grands-Jours d'Auvergne en 1665*, annotés par M. Chéruel et précédés d'une notice par M. Sainte-Beuve. 1 vol.

Malherbe : *Œuvres poétiques*, réimprimées pour le texte sur la nouvelle édition des *Œuvres complètes de Malherbe*, publiées par M. Lud. Lalanne dans la Collection des GRANDS ÉCRIVAINS DE LA FRANCE. 1 vol.

Sévigné (Mme de) : *Lettres de Mme de Sévigné, de sa famille et de ses amis*, réimprimées pour le texte sur la nouvelle édition publiée par M. Monmerqué dans la Collection des GRANDS ÉCRIVAINS DE LA FRANCE. 8 vol.

COULOMMIERS. — TYPOGRAPHIE PAUL BRODARD.